司馬中原

狂風沙

經典復刻版

司馬中原

卷上

司馬中原 著

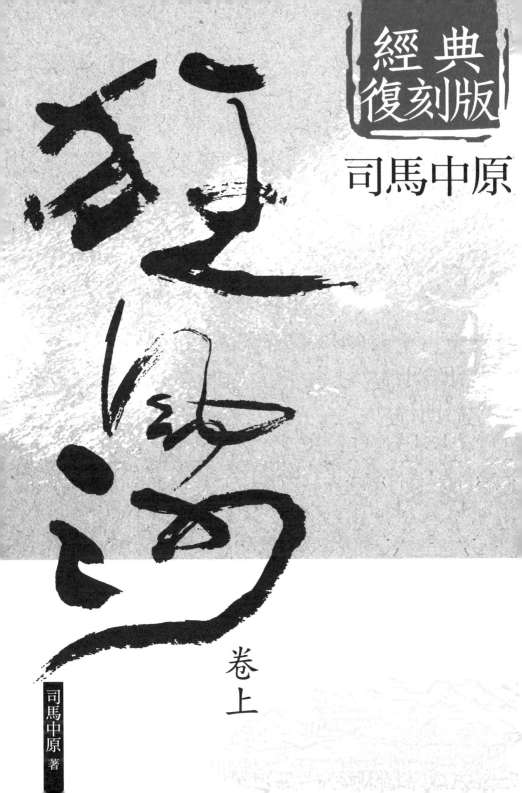

狂風沙

卷上

目錄

百年蒼茫中

——《荒原》、《狂風沙》再起

齊邦媛

一個全新的世紀剛剛開始。一個全新世代的讀者，仍隔著台灣海峽，在全新的版本裡看到淮河流域的狂風沙再度颳起，紅草在漫不見天際的荒原上燒著……

隔了四十年的文學情懷，另有一番悲喜，我竟不知從何說起。司馬中原這一系列魅力強烈的小說，好似一位多年難忘的老友，突然站在最新的熱鬧街口，等待那有秒數的綠燈亮了，即將穿過車潮勉強停下讓你行走的那條線，前來與我們重逢。

而如今，在這樣情景中，他怎麼仍然穿著那一身平實的唐裝，滿臉傷痕卻神情悲壯。走在面色豐潤，穿著休閒裝的人潮裡，他的百年形貌是多麼的突兀，難以融入——但是他多麼獨特，多麼吸引人！

其實我第一次看到他以這個裝扮出現時，《荒原》已出版了十年，在經濟起飛的台灣，林語堂剛剛說了「演講和女孩子的裙子一樣，愈短愈好！」的名言，台灣街上迷你裙的火勢比荒原的紅草火勢還旺。但那一代是認識這穿破棉襖的唐裝漢子的，在女生用迷你裙，男生用長頭髮反抗老傳統的那年月，常常有人仍說，「我們抗日的時候啊……」也仍有聽衆。外省本省，南南北北的讀者吃到的水餃，仍是在同學家飯桌上包了，下鍋煮了一起吃的，不是今天這樣，工廠冰凍成一包一包的，你買回去，在孤獨的燈下煮了，自己吃的。

一九七二年深秋我開始選編、翻譯第一套在台灣寫，台灣譯，台灣出版的英文《中國現代文學選集（台灣）》時，大陸正在文化大革命最凶狠熱烈的時候，那血腥駭人的鐵幕外面，全世界充滿了好奇的關懷，所有漏出來的消息都令人懷疑甚至鄙視中國人的人性。大陸官方翻譯印刷發行到外面世界的文學作品，除了魯迅、茅盾、巴金等對舊中國的批判，只有幾本金光大道、雷鋒……等等樣板戲小說，可以說沒有文學。

而台灣那時的人口大約是一千六七百萬，九年義務教育已實施了三年，黃春明、王禎和、白先勇、陳映真等的小說，以及名家輩出的新詩與散文，已開創了一個繁複深廣的局面，給日漸蓬勃的文學批評界足夠的研討題材。自一九六五年到一九八五年，至少二十年間，在相當自由的創作天地，產生了一些活潑、開朗、自在、自省的作品。如黃春明的「我愛瑪莉」、「蘋果的滋味」、王禎和的「玫瑰玫瑰我愛你」、和七等生獨特的「我愛黑眼珠」系列，都受到喜愛與鼓勵。台灣的文學作品，成了西方漢學和比較文學界研究中國當代文學最重要的對象。

最早以英文譯本出版的有吳魯芹、殷張蘭熙、夏志清、劉紹銘的台灣小說選集，和我邀集余光中、吳奚真、何欣和李達三合編的詩、散文、小說三卷共一千多頁的選集。一九七五年由美國華盛頓大學出版社在歐美發行後許多年是西方學術界重要的教材和論文資料。集裡所選司馬中原的鄉野傳奇「紅絲鳳」和「山」，是我最早的兩篇英譯，它們故事動人，文字精煉，他那幾年出版的中、短篇小說集子有：《黎明列車》、《靈語》、《煙雲》、《十八里旱湖》、《荒鄉異聞》、《天網》、《刀兵塚》等，其中最著名的《路客與刀客》和《狂風沙》還拍攝成電影。

這些粗獷的，代表基本人性正邪之爭的，半是真實、半是傳奇的故事，發生在他少年時離開，在懷念中美化的家鄉。在二十世紀前半個五十年中飽受天災與軍閥、日寇和土匪、土共輪番摧殘之際，春草般自生自滅的鄉民，仍在無知與迷信中討生活，民間曾流傳一些英雄傳說抒解苦難。

司馬中原（本名吳延玫），一九四九年逃離戰亂隨軍來台，初來台灣的時候，連出生以來雙腳能踩穩的苦難的土地也失去了，在南台灣一間天光處處的破竹屋，冬季寒夜披著毛毯寫；夏季苦雨，用鋁盆滿室接漏聲中寫，漂流之初，極為氣恨自己的同胞逆來順受的愚昧，筆下創造這些略帶誇張性的俠義漢子，一則在希望與想像中抵擋絕望，再則作為集體憂傷的補償。

這些短篇故事，文字鮮活，把人物和行動寫得有聲有色，充滿了令人感動的力量，將司馬中原這名字打得響亮。與朱西甯著名的「破曉時分」、「鐵漿」、「冶金者」、「狼」等篇，段彩華的「花雕宴」並列。雖然同是寫大陸記憶，卻與早期陳紀瀅的《荻村傳》、潘人木的《蓮漪表妹》、姜貴的《旋風》、王藍的《藍與黑》、彭歌的《落月》等反共小說不同，他們已甚少沉痛的敘述。取材更廣，今昔觀點對照增強，藝術的表現新穎，當年僅稱他們為軍中作家或反共懷鄉作家，實在是近距離評論的缺憾。

我真正成了司馬中原忠實的讀者，是在逐字逐句的推敲翻譯了他三篇短篇之後。（首篇譯他最早最「迷」人的「黎明列車」，全篇不標點的獨白，譯時極苦，卻被初期助編的英文讀者評為「看不懂」而未收入選集。）他的長篇力作《荒原》出版且得了全國青年文藝獎之後多年，我才真正「正襟危坐」一連數日詳讀全書，書中土地人物久久不能去懷，我寫了不是全然冷靜學術的「震撼山野的哀痛」長文，被登「中外文學」，一九七四年四月號。這標題雖是引用作者自己的句子，我讀時的感動卻誠誠實實地是震撼。為了在外文系好好生存，我剛剛在美國比較文學研究拓荒者之一的印第安納大學與文學批評奮鬥了兩年，除了史詩、希臘悲喜劇和一點德國現代作品（如《浮士德》和《魔山》）默許我投入大量感情外，大多數春花秋月的好辰光都在讀理論，理論、觀點、角度、層次……司馬中原這本大大的《荒原》，和前兩年欣遇黃春明的小小的「魚」一樣，使我離辛苦得來的理論更遠了。前者熱情奔放，後者木訥誠懇。這兩篇中，說得太多和說得太少的，同是依戀之情，引發讀者最深遠的共鳴。雖然我也完全贊同T.S.Eliot對無水荒原的恐懼。

一九九〇年，在台灣開始選舉文化的迷茫中，我曾以「抬轎走出《狂風沙》」為題，研討司馬中原這部一千三百多頁的小說似是建構在神轎的意象上，轎中供奉的是一位忠義雙全的關公現代版——關八爺。但是今日思之，作者雖然用很大篇幅寫賽會的神轎，他當年心中大約無此複雜象徵意念，只是虔誠地希望關八的事蹟得以流傳罷。

司馬中原這個筆名，是一個有才華的年輕作家充滿使命感的，直截了當的宣言：要用史筆躍馬中原。他原是個天生的說故事者，任何故事到了他耳裡都可能生出飛翔的翅膀。如果他生在富裕盛世，飽讀詩書，也許可能寫湯瑪斯曼《魔山》那樣的書，但是他生在一九三〇年代的中國，他繼承了民族大義之類的「男子漢」理想，前半世所見的民族處境卻是顛沛流離、世代相傳的苦難命運。他在軍中那些年，在全中國各地來的漂流者的故事中長大。那些男子漢的故事一直在他胸中衝激，直到他在南台灣旗山的一座破竹屋裡成家，有了一張桌子，開始熱情洋溢地，在文學生命之初，以元氣充沛，千變萬化的文字把飽受天災人禍的荒原寫成一片美麗的土地；把《狂風沙》中不靠武功抵抗強權的鄉野英雄寫得充滿魅力，卓立於百年蒼茫之中。

這些下筆不能自休的長篇小說的共同背景，都是那片渾厚的、孕育了古老苦難的大草原。在這大草原上，是些野火燒不盡的善惡、愛恨對立的史詩般的爭戰。這裡面的中心人物都是天生的血性漢子，以渾忘小我的、悲天憫人的熱忱、近乎神奇的力量、挺身而出保鄉衛民、阻擋強暴、奮戰至肝腦塗地才止。

《荒原》中的歪胡癩兒和《狂風沙》中的關八，並不是單純的勇士，在司馬中原單純崇敬的筆下，也有鐵血中的迷惘，有中國人性裡最尊重的澹泊境界。他筆下的女子，大多數是妻子，女兒，或者風塵中人，在《狂風沙》後三年他以相似的鹽河背景寫的《驟雨》，是一本比較輕鬆的鄉土故事，書中的女主角閨女盈盈是一個潑辣，可愛但是有主見的女孩，她使用的自衛語言和黿神廟的種種迷信，給他一連串的鄉野傳奇又一種姿采的面貌。三百頁的《荒原》裡只有三頁寫歪胡癩兒曾有過的情愛，與妻子在月夜坐在河岸一塊石上，「她從他手裡接過孩子，解懷餵奶……」那樣溫存的夜裡，野蛛絲黏黏地把他們牽連在一起。

同書中，貴隆與銀花的婚姻，歷經現實的種種磨難，不棄不離。貴隆死後，她帶著三歲的孤兒火生去上墳，教他認識大火劫後又茁生的樹和草，「初茁的草尖直立著，像一把把嫩綠的小劍，高舉在地上朝天宣誓，宣誓它們永不死亡。」在這結尾的一章中，作者一口氣寫了四頁花草樹木的名字和生長姿態，我每讀都仍感驚訝，一個作家在怎樣精力旺盛的年月，能看過了，記得了，這些墳墓外充滿生機的希望遠景，用這樣豐富優美，抒情敘事交糾的文字寫出苦難這一種結局？

我清楚地知道，這是一個全新的世紀，也清楚地看到，它與上一個世紀初年有多大的不同。我欣然重入這些書中百年蒼茫之境。全心好奇，新世紀讀者是用何種心情看這些遙遠的人性故事？

我不常引用西方的理論談台灣的文學，因為我們新舊夾雜的歷史十分複雜，必須自尋解說途徑。但是重見三十年前自己曾投入討論的文學舊識，不禁要用哈佛漢學教授宇文所安（Stephen Owen）寫唐詩研究的一本小書《追憶》（Remembrance）最貼切的幾句話，他說的大意是「人的事蹟因被追憶而不朽，追憶者亦因詩文流傳而不朽。」

這個「政治正確」支配著匆促過境文學的世界，也許並不是什麼新世界。總會有一些天災人禍火劫後的生命，持著人性中不變的生機存活下來，告訴許多新世紀的人：他們怎樣記憶了自己的那個時代。

二〇〇六年三月

捍衛人性烏托邦的英雄淬煉

——評司馬中原的《狂風沙》

陳康芬

《狂風沙》和《荒原》不同，它不是寫實小說，而是一則演繹鄉野英雄傳奇的懷鄉小說，但走得比《荒原》更遠。

亂世的一盞正義明燈

這些英雄的出身大多卑微，到了《狂風沙》，除了更多讓人頻頻扼腕嘆息的曲折命運，英雄通達人情世故的明澈之心，往往成為亂世的一盞正義明燈，為那些被世事無常所折磨的生命，嚴謹地維護著他們僅存的人性善良。《狂風沙》中的關八爺就是這麼一條鐵錚錚的漢子，以英雄獨特的男性自制力，以細心、溫柔但又頂天立地，守護著他所知道的江湖道義、是非之理，讓你又敬又愛。

故事是這樣開展的：人稱關八爺的關東山，原是鹽販老六合幫的車伕。老六合幫受剿散亡，關東山救主不成，入陸軍速成學堂，後來成了緝私隊長。但因義釋彭老漢而自首入獄，輾轉顛沛流離後，又重回淮北，成為新六合幫的領導者。關東山以一介鹽梟身分，對抗軍閥的荒唐剝削與無理打壓，幾次出生入死於鹽市的保衛戰中，甚至還勉力聯合地方正邪勢力對抗軍閥，以待北伐成功。在這過程中，關東山受盡各種磨難，甚至遭小人暗算，雙目失明。司馬中原一路寫來，驚心動魄。

《荒原》的藝術性成功，雖然不能解決現實的苦悶與困境，但所開啟的鄉土想像，卻像裊裊的輕煙，召喚我們心中重返家園故土、結束民族苦難的渴望。荒原世界中的神秘古老中國，並不見得就是歷史的現實，而想像本身，正是一種遠離現實的思維方式。但弔詭的是，想像的投射卻又往往比現實更能反映真實，提供我們不曾到過但又是那麼嚮往通過的純淨世界捷徑。關八爺正是在這個基礎上，反映出道德理念在人性接受命運試煉過程中，所能達到的完美形象價值。

英雄傳奇與英雄主義

人性的善惡分明在真實的人生，從來就不是那麼黑白分明、善惡不兩立。司馬中原的英雄傳奇與英雄主義之所以不流俗，就是他不以西方英雄主義與個人崇拜的心理為基礎，而是通過儒家傳統文化所浸漬的人文道德理想，作為傳奇英雄的試煉基石，因而致力打造出一種根基於文化價值的人性烏托邦——經歷自我道德與社會道德所淨化的純淨與執著人性。在關八爺的身上，我們看到了這種現實難以達到卻又一心嚮往的人性世界。司馬中原的《狂風沙》，正是一部實踐人性文學價值理念的優秀作品。

司馬中原在《狂風沙》的優異表現，除了敘述腔調貫有的老練世故通達外，情節推演的轉折迭盪，在在透顯出命運對道德英雄的嚴苛考驗。我們在關八爺身上看到的人性善端的極簡信仰，除了叫人不由自主地感動外，也連連驚呼：原來一個英雄的生命尊嚴，不是來自擁有什麼，而是願意相信什麼！

中國民間道德典範的建立，向來就不需要太多複雜的人性掙扎，只要憑藉著一腔「擇善固執」的單純，就可以應證天理昭彰，邪不勝正的信仰價值。這也正是司馬中原筆下英雄所一貫呈現的人性美學。這種人性美學來自一種簡單的人性善惡判斷，但使得英雄的所有言行情操，都暗暗符合「天行健，君子以自強不息」的天人合一境界。人在歷史、命運中經歷的卑微、險逆與苦難，就是為了驗證邪不勝正的昭彰天理。英雄知其不可為而為之的道德勇氣，成為人性淬煉的最後試金石，召喚其他一樣受限於歷史與命運磨難的小人物的良善之心。

透過關八爺的道德典範，司馬中原提醒我們一件事實：人性烏托邦向來就不是神話，而是一個可以根植於民間風土人情的民族文化信仰。這使得關八爺誓死捍衛的鄉土，超越寫實性的想像廣度，而向下內蘊文化性的想像厚度。關八爺所演繹的完美道德英雄形象，不是不近「人」情，而是一種受到儒家文化核心價值浸漬的中國民族草根性的極致象徵。

司馬中原內斂通達卻又華麗世故的敘事風格，為我們在中華民族的歷史苦難記憶中，添上一筆引人入勝的英雄傳說。英雄所馳騁的鄉土故國、江湖沙場，是似近實遠的現實失落鄉愁，也是似遠實近的文化想像鄉愁。

（本文作者為中原大學通識教育中心講師）

《狂風沙》新序

司馬中原

個人幼逢戰亂，失學奔走道途，秉性浮陋愚拙，僅能以半本「三字經」立身於世，誠未敢想像被人目為「作家」；我之所以做不好一個「軍人」，實因結婚太早，生下半打兒女，當年軍人待遇菲薄，不得不「煮字療飢」，軍中諷戲為「不務正業」，八年不升一階，我只有退役一途。俗云：「生活即教育，社會即學校」，我乃以本身生活為主幹，將幼時聽來的，感得的，發而為文，冀圖「混口飯吃」。

而《狂風沙》一書，就是在這種情況下的產物。個人寫《狂風沙》的動機，實源於老友管陵所講的一個「故事」，那就是書中一個俠義人物——關八爺，他本是北洋緝私隊的隊長，專門緝拿鹽梟的，但他了解當時軍閥割據，戰火綿延，麓田荒蕪，民不聊生，加上抓伕、抽丁、逼稅種種盤剝，才冒險販賣「私」鹽，冀使家能糊口度日；如果嚴抓濫捕，逼他們走上絕路，是極不人道之事，故此，乃義釋他們，甘心頂罪坐大牢，出獄後又帶領私鹽幫，成為領導人物。

這個極簡單的故事，我初稿僅寫成一個「短篇」，後來自覺不足，又改寫成「中篇」，最後卻寫成百萬字的長篇。為何有如此「轉折」呢？其中實有從未對外人道及的「秘密」，於今，《狂風沙》重新排版發行，有些話，不得不說了。

刨根挖底的說，這事得要從家父說起，依家譜記載，家父生於清光緒十年（即民前廿七年），他少慕豪俠，曾投入東北講武堂研習騎射。北洋軍齊燮元與浙督盧永祥，因爭權，大動干戈，家父時任蘇軍獨立騎兵團之隊長，大戰於上海郊區瀏河，那一場悲慘壯烈的「瀏河」之戰，雙方死傷逾萬，真可形容為「血流成河，屍骨堆山」。家父念及「中國人」殺「中國人」，殺到如此地步，根本非當初習騎習射之素願，乃自請長假離營，並帶同其警衛班回里務農。回鄉後，家父拜山東省「大」字輩老宿為師，為蘇北第廿二代青幫傳人，同時投入「中華革命黨」，為革命先烈黃興之華東區代表之一。北伐成功，全國統一後，被推選為家鄉首任鎮長，他對於鹽幫的處境非常同情，建議改良官卡。

私鹽販子們經常在鎮上逗留，我幼小時日，就和他們混在一起，聽他們講許多故事，書中的大板牙、石二矮子、雷一炮這些人，都曾是我童年的啓蒙者；但我從沒見過關東山，祇知實有其人，他是我心目裏的大俠客、大英雄。

不論這部書的成敗如何，我花費若干心血寫下它，總算對自己有了交代，感謝《皇冠》雜誌有如此魄力連載數年，並且出版它；感謝風雲時代將此書重新排印出版，更感謝文藝界衆多朋友的厚愛，激勵我「抱筆以終」的情懷，只要我一息尚存，我會繼續寫下去的。

第一章・落霜天

十一月。落霜的天。

十六輛響鹽車上路的辰光，天還沒大亮，關八爺跨著他的麥色騾子在前頭踹道兒。荒落落一條官道上，連個人影兒也沒有，一路衰草頭上落滿一層濃霜，像是吃食店麵案上的白粉屑，麥色騾子掃過去，留下一路灰黃的蹄花。

官道兩邊有些落光了葉子的楊柳，光禿禿的朝天舉著疏而細的枝椏，朝東南的一面泛黑青色，朝西北的這一面結滿了一粒粒晶白如雪的霜花。光溜溜的曉風帶著嚴寒，在那些枯枝上滑過，打起嗚嗚的號子，那聲音又尖銳又淒慘，就彷彿要把陰霾霾的天硬給開腸破肚一樣，滿天灰雲叫欲燒沒燒起的早霞一映，灰紅帶紫，真像滴出血來了。

「噯，我說向三哥，這條道兒沒人淌過；」第三輛鹽車那個精壯的矮個兒說起話來，嗓門兒有點左，半陰不陽的：「你可瞧仔細了，車溝兒、牲口印兒上全是蓋著霜的，那就是說，除了關八爺這匹大麥騾，今早上沒人走這條鬼路。」

響鹽車的車軸吱吱唷唷的唱成一片，一群鳥低掠過白糊糊的鋪霜的野地，飛向極遠處的野蘆蕩裏去，第二輛掌車的向老三嗯嗯啊啊的應著，聳聳他肩上的襻帶。

「算你夠精明的，可惜你石二矮子把話說晚了！」向老三歪過腦袋，放大喉嚨說：「你若是怕惹事，昨夜跟關八爺打聲招呼，你單抽你的腿子（鹽梟暗語，即鹽車）打岔兒去（鹽梟暗語，即分路），關八爺這號人，窩裏（鹽梟暗語，即在自己人當中）放的直（鹽梟暗語，即好說話），不會靠腿（鹽梟暗語，即下令停車）擄人（鹽梟暗語，即揍人）。……這業已放至大荒蕩兒了，難不成你還打算拐腿（鹽梟暗語，即回頭走另一條路）？」

「嘿嘿嘿……」第四輛的黑大漢兒爆出幾聲乾笑來：「石二矮子，你他媽不打關字旗號，響鹽車在大白天裏可有你推的?!甭說的簍裏插尖子（鹽梟暗語，即攮子），後盤子帶嘴子（鹽梟暗語，即短槍），東路上一路盤盤卡卡幾十道，你就插翅也飛不得，要是碰上鬼（鹽梟暗語，指北洋軍閥時代的緝私隊），伸了個屌棒淌了你的（鹽梟慣語，意指使帶刃的空心鹽籤兒劃破鹽包），你還不是白翻兩個卵子（眼睛）?!」

「去你的蛋！大狗熊。」石二矮子火上來了：「這話要換旁人說，我就擄斷他的挺子（鹽梟暗語，指脊骨），我石二雖說個頭兒不高，遇事人可沒矮過（鹽梟暗語，『矮』即束手認輸），官家壩那場火，我一樣上過他們的肉稅（鹽梟暗語，指開膛破肚）。」

「就是囉，嘿嘿，」大狗熊就那麼溫溫吞吞的：「你石二矮子既不真矮，旁人拉腿直放，用你擔什麼個小心?!」

「話可不是那麼說法兒！」石二矮子說：「咱們總是在道兒上混的，俗說『光棍不擋財路』，緝私隊那些黑心鬼跟咱們有樑子，朱四判官跟咱們可是井水不犯河水呀！」

「扯進那土匪頭兒幹啥來？」向老三皺起刀削似的濃眉說：「本來就各行各的道兒麼！咱們走私鹽，全爲一張嘴，咱們就拿白花花的銀洋當束褲腰的帶兒紮，他朱四判官也不興斜斜眼。他朱四判官做案，咱們也不曾插手掀過他。咱們路經蘆葦蕩，難不成也要送上買路錢?!」

「咳，我說向老三，你這可真越岔越遠了。」石二矮子嘆口氣：「在羊角鎮上，難道你耳風沒刮著?!——四判官業已放明了話頭，要在眼前這段日子捲掉蕩南的萬家樓，咱們這祇是比方著：比方今夜咱們響鹽車腿靠萬家樓罷，恰巧四判官捲的來了，尷尬罷？咱們抽嘴子，亮尖子，倒是幫哪邊是好?!不定就像武大郎盤槓子——兩頭全不夠有的。故所以我說，關八爺做事，一向沒岔兒，單單這一宗，兄弟不佩服。」

「這事你大可放開心，留給關八爺他自個兒料理去！」大狗熊的眼睛眉毛全是鬆的：「咱們無論把腿子靠哪兒，自管滾（鹽梟暗語，即賭）咱們的，無論誰來，咱們全跟他對對水子（鹽梟暗語，即酒；對水子，就是碰杯）。你甭看他四判官闖得開，他要是想硬捲萬家樓，可沒那麼輕鬆，萬世保萬世業兄弟手裏，硬扎傢伙少說也有四百條，荊棘圩子寬護壕，就算他四判官今夜捲的來，咱們也祇是聽聽炮竹罷了。」

日頭許已出來了，厚雲凍結著，連條裂縫也沒有，平野荒浩浩的，顯出極闊的天界。十六輛響鹽車像一行螞蟻，在鉛灰色的凝鬱的天空下面爬著；那樣龐大而又陰冷的天空像一面可怖的圓鐵罩，罩住了一野的荒淒和蕭條。面對著這樣的長途，長途上隱伏的艱難險阻，換不盡的雨雪風霜，人就彷彿在自覺裏變得微不足道了。

響鹽車吱吱唷唷的哀號著，有多少滴血的往事落在身後的雲裏，也叫染灰染冷了；結滿霜花的枯枝是些慘白的幽靈，在滾動的車輪兩邊旋轉著，風吹不動什麼，單祇留下空空洞洞嗚嗚，聽得人滿心淒迷。

響鹽車就那樣一路推過去了。

大麥騾子踩霜走，關八爺把軟皮韁打了個結，就放在麥騾的短鬣上，任牠自己認道兒。這匹剽悍的牲口可沒把一路荒涼放在眼裏，幾年前，牠就馱著關八爺走過關東道，幾千里長路也沒把牠走萎掉；那時祇不過牙口初生，腰力還沒發得足，如今腰骨硬，膘也上飽了，趕起長路來越發顯得精神。牠是那麼神駿，一身骨架兒抵得過高大的蒙馬，遍身麥紅的短毛，漆刷般的密伏著，閃著飽滿的光燦；劍削的兩耳薄而長，敏活的搖索著聽風。

說這一路荒遼麼？其實並不及關東雪野那麼荒遼，越過平野，在極遠的天邊的天雲交接處，多少還能看得見一些林障，林尖比草頭略高數指，在一片灰白中現一痕深褐色的曲線，彷彿半埋在那些厚雲裏面，不像關東那樣，連遠天的雲樹都渺不可尋；這一路的荒遼大半是顯在這種霜白雲低的天色上，這種慘淡的光景落進久歷江湖的關八爺的眼裏，就覺得天高了，地野了，而自身是片離枝的乾葉，悉索飛揚，不知哪兒是個落處？

關八爺捺捺熊皮帽兒，瞇瞜著兩眼朝荒蕩兒中間望著，彷彿極力要從眼裏推開什麼，明知那是徒然的，一看到遠處飛煙似的老蘆葦，人心就像騰起一場大霧。

早年裏，這片寬長四十里的蘆葦蕩，本是走鹽的天下，誰都知道鹽梟全是些扒得人心、喝得人血的野漢子，但卻很少有曉得內情的人，把鹽梟們的斑斑血淚道出來。

關八啊！關八！你當年不是也揹著一天灰雲一身寒雨，來往在這條荒路上麼?!……天該曉得那種日子是怎樣的？鹽梟這種行業不是正當行業是事實，可把話說回來，誰他媽有碗飯吃幹這個?!盤盤卡卡全是些尖刺刺的刀山！在當年六合幫的鹽車隊裏，自己祇是一名初出道的幫人拉車縴的小小子，五更天腿子一靠窩（鹽梟暗語，意即有掩護的安全處所），那些頸圍白巾的老哥們，就會拖下蒲草墊兒，歪靠在車把兒上，聒起那些煙樣雲樣的遠遠的傷心事……

那邊靠著趙安吉，他在小集鎮上原有一間草鞋舖兒。那邊歪著瘦瘦小小的彭老漢，他在鄉下原有七十畝河灘地，不論別處鬧荒鬧旱，他的地上全有收成。……不是馮國璋大帥抓兵，不是小辮子張勳作賤人，誰會犯王法推鹽車來著?!若是世上真有王法在，北洋軍的那些將軍帥爺就該先砍頭！……趙安吉是個逃勇，抓三次叫他溜掉兩回。

「壓尾一回我可再也溜不掉了！」趙安吉的聲音和他那張臉彷彿仍在凝結的雲裏。匆匆十來個年頭了，那夜在萬家樓萬梁的舖裏靠腿子，有五架腿子擠在一間矮小陰濕的牛棚裏邊，土牆角吊一盞竹架的油燈，小火舌撲突撲突的朝上滾煙，順牆積一道煙跡，像是陳年乾死的苔皮；燈光又昏又紅，像熬夜賭鬼的眼，趙安吉那張總是板著的臉浴在那種燈色裏，彷彿總鬱著些什麼……

「他們使攮尖挑穿我琵琶骨上的鎖洞，穿上一條拇指粗的鐵鍊！」陰鬱的火花從他眉影下直迸出來，他的嗓子瘖啞，眼角滿噙著淚。嗤！的一聲，他把上身的灰土布小褂兒扯開了。「你瞧，兄弟！瞧我誑人不誑人?!喏，疤還留在這兒……我好歹還是個人，不是……馬猴……你問彭老漢……他也叫這麼抓過的。」

轉過臉去，瘦小的彭老漢的影子像隻蜷屈的毛蟲，叫汗水浸濕的衣裳釘在肉上，靠胸處凸露出一痕痕的肋骨。

「我的傷疤祇是大些，時常發陰天！」隨後他就無因無由的笑起來，把他那種泡滿眼淚的笑聲散在那樣魯濁、潮濕、昏黯，鹽屑味很濃的棚屋的空氣裏面。

「能怪得咱們心狠手辣嗎？兄弟……」趙安吉的啞嗓子彷彿也響在雲裏：「當初拉腿子跦的是血路，除了車和鹽，誰都手無寸鐵，遇上稅卡兒，叩頭說軟話，白花花的銀洋雙手捧上，祇求那些爺們發善心，高抬貴手……但得一條活路，誰願硬碰硬把命給豁上?!……將軍帥爺把海鹽一把攏了，養著緝私隊，攫住咱們不是問死就是問吊！兄弟嘍，死罪好受，活罪難熬呀，上夾棍，坐老虎凳，十八般刑具讓你一一嚐過，疼得人骨肉分家。那些畜牲！逼得人瀝血拉幫，買槍購火，碰上就幹。咱們不是強盜，咱們是拿血汗換命的人，要論王法大夥論，不論咱們就不論，他將軍帥爺是螃蟹，就怪不得咱們亡命?!咱們得還他一個公平。」

那時自己似乎還不懂得那麼多，祇懂得六合幫裏一夥人講義氣，個個全跟窩裏人扒得心，亮得肺，一趟鹽走下來，不論誰賺誰賠，一律公攤。六合幫領腿子的羅老大是個豪強漢子，水陸兩路黑道上的人物全攀得上，鹽車常走蘆葦蕩，這條荒路是萬家樓萬家人的地面，萬家算是百里侯，那時萬世保弟兄還嫩，由他們的老人萬金標主事，連槍帶銃三百多條，不論是明是暗，若想拉槍過蕩，不先跟萬家樓打聲招呼，萬金標不理鬍子點個頭，那事就行不通；萬家樓雖也虛設了一道稅卡，可是萬金標老爹不讓官裏那些蝦兵蟹將下來，私鹽幫過境，萬家向不留難，年終報稅由萬家墊上。這對六合幫來講，不單算是人情，簡直算是活命之恩。

蘆葦蕩是一片浩浩的蒼白的海，關八爺望著它，兩眼不由淒淒的濕了——十年前，勇悍的六合幫就是在這裏覆沒了的。可不也正是這種天候，凝結的灰雲更低些，直能落到人眼眉上。大早冒著霜寒出得羊角鎮，直至黃昏還沒望見萬家樓，一路廿輛鹽車在羅老大招呼下，暫靠在蕩南的七棵柳樹下面，大夥兒打開後盤子，取出大蔥跟烙餅來，就著茶壺裏的溫茶用晚飯──羅老大特別吩咐過，在萬家樓落宿不准酗酒。

「那彭老漢，你跟關東山倆個把尖子嘴子留下，進萬家樓拜拜萬老爺子去，六合幫晚輩，合計人頭廿七，今晚宿在萬家樓圩後莊，明早太陽不出拔腿子上路！老爺子倘有什麼吩咐，咱們照辦！」

兩人剛拾住話上路，忽然在疾風裏聽見遠處捲來一聲奇異的馬嘶聲。瘦小的彭老漢真夠機伶，掖了掖襖兒，滾身倒下去，單耳緊貼在地面上行他的伏地聽音。自己兀自呆站著，估量離鹽車靠腿的七棵柳樹不過半里路，朝南不過二里就是萬家樓，因為雲霧低迷，兩眼也跟著昏黯了，呆立了一剎，似乎除了蘆葦梢上一片風濤，就再難聽見什麼動靜了。

初走道兒究竟是初走道兒，可不是？當時還自寬自慰的想著，難道縣裏的緝私隊那七八匹馬隊，也敢一路踩著六合幫，到萬家地面上抄鹽麼?!甭說萬家樓出面管事了，單就這廿輛鹽車，廿來條亡命的漢子，一班馬隊怕也扳不動它。

「橫下身聽聽罷，兄弟。」彭老漢咬著牙關說：「今夜晚，看光景有一場惡火好打！」

「您聽見什麼了？」自己還在呆站著，吃彭老漢扯腿一拽，就滾進一道淺溝去。

說快可就有那麼快法兒，倆人剛臥到一處，風裏就捲過一陣密鼓樣的馬蹄聲，緊接著，這裏那裏，分不清方向，都滾動著急馳的馬隊的影子，到處都揚起一片梟嚎般的殺喊，嘭嘭的馬槍，砰砰的短嘴子，此起彼落的交響著，直至對方的連子（**鹽梟暗語，指連發的馬提斯手提機關槍**）張嘴，這才弄清楚來的不是小股土貨（鹽梟暗語，指地方緝私隊），而是北地開來的緝私營大隊。

咬牙罷，搥土罷，空著兩手的人遇上那種辰光，乾有滿身的勁也使不出了。可一想到自家窩裏廿來個同生共死的好兄弟，想到義重如山的羅老大，逼上梁山的趙安吉……那一張張刻在油盞光霧裏鎖眉的臉，想到他們傍著鹽車倉促發彈，和即將到臨的揮動厚背馬刀所行的屠殺，自覺全身的血全湧注進兩眼。

「我們回去，要死就死在一堆，要葬就葬在一坑裏！」可是自家的頸子叫彭老漢死攀住了。

「你瘋了，老弟。要是講義氣，咱們就該奔進萬家樓，跪著請萬老爺子出面，不然，多死咱們兩個也無濟於事，咱們走腿子的也許自覺命貴，實在在北洋帥爺眼裏，還不及幾隻螞蟻……」

兩人順著溝壕，一路奔進萬家樓。萬家樓有八班吹鼓手在街心吹打著，滿街全是穿孝服的人；兩人永沒能見萬老爺子的面，祇能用頭撞響萬老爺子躺的那口四合頭黑漆棺材了。槍聲還在蘆葦蕩那邊響著，但萬家合族的哭聲更響。萬老爺子死後停靈已滿，恰巧擇定在那夜出南門落葬。

既見不著萬老爺子了，就抱著年輕的萬世保求援罷。

萬世保哭得頓足捶胸，變成了傻子。還是萬世業說了：「六合幫羅老大，算是萬家的一位朋友，照說他若在萬家地面上出事，咱們是不該袖手！可您兩位遇得不巧，先父今夜出殯，業已起了靈，爲人子的怎能把先父靈柩扔在街頭上，帶著槍隊去伸手管事去?!……老實說，緝私營方面怕是早就算好了的，要揀這個機會把六合幫吞掉，咱們圩子裏，送殯的前列業已下去十來里了，即算我能把槍隊集攏來，羅老大那邊……怕也早就完了。」

「認命罷，老大！」早年曾那般傷泣過。

「認命罷，老大！」如今眼望著漫野的蘆花隨風飛舞著，歷歷往事仍在人幻覺中閃動著。即使萬家樓救不得羅老大和六合幫的一夥兄弟，自家跟彭老漢仍然向萬世保弟兄求得兩匹馬，兩支他們弟兄親佩的廿響快機匣槍，趕夜奔回七棵柳樹去，可惜一切都成過去了。

一路鹽車仍停靠在路邊上，黑裏的馬屍人屍不知多少，祇覺常絆著馬蹄。天亮後才看得清那幅淒慘的景象，永生永世刻在人心上。從現場的跡象來揣摸，緝私營的馬隊總在百匹以上，分東西兩路，繞過蘆葦蕩西邊，設伏在大片密不見人的蘆叢裏，故而六合幫的鹽車打羊角鎮一路放下來，在路上不曾發現一隻蹄印。

這著棋走得又狠又辣，一來是揀著萬金標老爺子出殯，斷了羅老大的依靠，二來是揀著靠近萬家樓附近動手，攻其無備。饒是這樣，六合幫廿來條漢子也死得夠壯的了，那些鹽車的鹽簍，全釘著蜂窩般的彈痕，有些地方還留著馬刀砍劈的裂縫，七縱八橫的刀痕下，迸灑出白晶晶的鹽粒來。有八具手腳不全，被砍得血肉模糊的屍首，有一些至死還緊握著發盡了火的空槍。

羅老大倒在官道正中，他的屍首壓在一個馬兵的屍首身上，脊背上有三個並排的彈洞，血殷紅了他的藍布大襖。他的皮柄攮子連柄都沒入在那個馬兵的胸脯裏，而那馬兵的一隻腳還勾住馬蹬，那匹中彈的馬倒在兩人旁邊，直至天亮時，肚皮還在抽動著沒有斷氣。鹽車後的蘆葦邊，一併排躺著三個馬兵，全叫窩裏人替他們開了膛，五臟六腑摘在一邊，血窟窿裏塞滿了白鹽，大都染成紫紅色了。

估量著開膛上肉稅的事是趙安吉幹的，趙安吉的屍首就半跪在大灘腑臟旁邊，右手還握著凝血的尖子，他是被厚背馬刀劈中天庭蓋死了的。那柄馬刀劈得太重，不但把趙安吉的頭顱劈成兩半，各自倒垂在兩肩上，而且還深嵌進他的胸脯。

刀劈趙安吉的那人鬆刀後死的更慘，馬匹急奔過枯柳時，一支橫著的斷木撞進他的心口，從他脊蓋上透出血糊糊的木梢，那人的一顆心叫硬撞出來，整掛在木梢上面。較遠處屍首更多，有十多具馬兵的屍首全傷在腦袋上，彭老漢猜想這全是羅老大幹的，黑夜裏蹲身潑火，祇能從微黑朦朧的天光裏瞧見馬背上晃動的人頭，羅老大那手匣槍，原就是指哪打哪兒的。

關八爺在麥騾背上搖搖頭，無聲的長吁了一口氣，一剎的幻象又飄遠了，飄進心底下那一團黑裏去了。自打六合幫覆沒起始，這十年，自家單行獨闖，在江湖路道上，又已經經歷了多少滄桑?!誰料到十多年後的今天，自家又重新拉起六合幫?又重新走過萬家樓這條多事的荒路?

十六輛響鹽車跟著騾蹄印兒朝前推，其中祇有向老三是六合幫的老人。其餘十五位掌腿的，原都是單打單的夜貓子（鹽梟慣語，意指獨推鹽車，晝伏夜行），雖憑道路熟悉，能躲得過官設的稅卡，卻又躲不過六親不認的朱四判官手下的土匪。其中的石二矮子早年也入過淮幫，淮幫雖也集過百輛鹽車，硬打硬上的搶過盤卡，但在官家壩碰上緝私營，一場惡火打得兩敗俱傷，那趟鹽沒運至地頭，淮幫也就星散了。

「噯，我說向三哥，」石二矮子那張嘴有些兒閒不得，推過一段路，又找些話來聊開了：「當年我在淮幫的時刻，祇聽講六合幫有個雙槍羅老大，可沒聽說起這位關八爺呀?!沒見著八爺之前，我總以爲他至少四十來歲，如今看樣子至多卅二三歲罷了，就算他八爺在北道上闖得開，我看他也是勇則有餘，謀則不足。」

「矮鬼，你可甭門縫看人！」大狗熊沒容向老三答話就插上了嘴：「人在江湖上混事，全憑著膽識、骨氣、仁義，人家八爺雖說年事輕，人家可是有過大經歷，見過大場面，幹過大事情的好漢子，像你們全都望五十的人，除了推鹽車，喝爛酒，賭小錢，拚鬼孫，還有啥事好提的?!」

「我早跟你說過，八爺他不是尋常人物。」向老三這才開口說：「不錯，論資歷，就是我姓向的也比八爺多跑幾年道兒。當年我在六合幫掌一把腿子，關八爺不過是個拉縴的。六合幫在這片野蘆蕩遭殲，在場的一共祇活出四個人，我是左脅中槍，退進蘆叢撿得一條命，陸家溝的陸小菩薩被活拘回城裏去，經商會聯名，花錢保出來的。還有兩個沒那麼運氣，叫當土匪辦掉了，滴血的腦袋吊在高竿上。行刑那天，居然有人劫法場，那人就是關八爺。」

「你想想，石二，關八爺那時祇是個廿歲的小後生，一個人，一支快機匣槍，就敢從人堆裏迸出來，一梭火潑倒了七個兵勇，弄得全城鬨著拿他；法場雖沒劫成，城裏卻亂了兩天。……及至彭老漢重拉六合幫，我創口平復了，趕來湊了一把腿子，才又打彭老漢嘴裏聽說關八爺那一鬧，省裏站不住腳了，到北地進了陸軍速成學堂去了。」

「噢，」石二矮子亂搖著頭，帶點兒不屑的味道：「換是我，恁情一死也不幹雜種北洋兵！他關八爺若真是英雄豪傑，就不該倒進對頭的懷裏去。」

「八爺他強就強在不光憑血氣之勇上，」向老三說：「臨行時，他跟彭老漢賭過血咒，有一天，他要踩出謀害六合幫的主兇來，替羅老大和那夥死去的弟兄報仇！他以爲萬家樓那場火，若單是緝私營，耳目決不至那樣靈通，會揀在萬老爺子出殯那天黑夜動手?!其中必有通風報信的奸人。……八爺也祇用五年功夫，就接掌了這一帶的緝私隊，關八爺你若沒聽講過，緝私隊的關隊長你可聞名了罷?!」

「關隊長?!你說八爺他就是私鹽幫的大恩人關東山?!」石二矮子有點兒闔不攏嘴來：「這……這……這可真算是奇聞了！自從關東山關爺領了緝私隊，北地各縣鹽車可就沒遭抄扣過，他雖名爲緝私，實則是專剿土匪，暗助走盤子的鹽車。話又說回來，憑關爺那種威望名聲，竟肯回六合幫這個小小的鹽幫來領腿子?這話可是怎麼說法兒?!」

向老三踟躇了一會兒。響鹽車一路淌下去，每輛車包鐵的車輪外，全加一圈細蔴織就的墊子，平平穩穩的輾著草路，卅二條捲起褲管的粗壯多筋的毛腿，各蹬著棉耳蔴鞋，在飛滾的車輪後面，乘著車軸唱出的尖音的節拍，交叉費力的跋涉著。雖說已近小晌時分了，風還是尖溜溜的，而且愈吹愈猛，慘淡蕭條的秋景是變不了的了。

「窩裏人，也沒啥好瞞的，八爺他爲幫咱們吃了官司。」向老三緩緩的吐話說：「彭老漢再拉六合幫，一共跟北洋軍對了三場硬火，壓尾一場在八里廟，撂倒了辮帥的親兵，上頭壓著緝私營，限期要彭老漢的人頭；緝私營把這宗差使交在八爺手上，你猜八爺怎樣?……在黑松林，他把六合幫一夥人給放了！他親向上頭招供，就叫關進了大牢。」

「他坐牢我曉得，」大狗熊插口說：「他怎麼又脫身出來，我可就弄不清楚了。」

「獄卒替他開的鐐，」向老三說：「獄卒跟他一道兒抗風（江湖慣語，意指避一避風頭）走關東。在關東，他跟紅鬍子頭兒攀上了交情，在額爾古納河打過老毛子兵。」

「怨不得他如今甘心領鹽車了！」石二矮子伸了伸舌頭：「關東那種鬼地方，冷成那種樣兒，冰渣兒凍在人鬍子上，真箇是吐氣成冰，換是我，祇怕凍也凍成一根冰棒了，還談什麼掄槍去打老毛子……」

「你怎麼總愛把正話朝岔處說?!」向老三埋怨著：「八爺這回出來領腿子，全是我姓向的求得來的——咱們自知惹不得朱四判官，東路又叫關卡掹死，咱們沒路走了，才求八爺他出面……八爺他可並不靠領這幫響鹽車得聲名。」

「瞧，八爺在前頭打招呼了！」大狗熊說。

「噢！靠——腿子喲！夥計們！」領頭的壯漢雷一炮把鹽車推到荒路邊兒上，雙肘一抬，把鹽車靠住，單手從後盤蓋兒上抽下撐子，支住鹽車後架，一面粗聲的打起停車的號子來。

悠揚的號子聲隨風波傳著，一溜兒鹽車全在荒路邊上打住了，推車的漢子們架妥了車，歪身坐在後架的橫木上等著聽前面的動靜，汗氣在他們的氈帽邊兒上和頸間圍著的汗巾上騰升，那些滿是油污和鹽漬的大襖也彷彿叫汗氣蒸透了，襖面被冷風一掃，就散出淡淡的白霧來。

關八爺在前面道上喝住牲口；大麥騾子朝前貼豎著雙耳，舉蹄盤旋著，尖風把關八爺玄緞袍子的後襬掃得飄飄的，他左手舉著皮鞭——那是鹽車停靠的信號。就在牲口前邊不遠處，有一支剝掉樹皮的慘白的狼牙樁埋在路心，樁底的積土還是新的；斷樁周圍，枯草上儘是雜亂的馬蹄踐踏的痕跡。

麥色騾子繞著那支狼牙樁兜了一圈兒，轉回到鹽車停歇處來，關八爺翻下了牲口。

「兄弟夥全在這兒，我關東山有句不甚中聽的話，要打心眼裏挖出來奉告各位。」關八爺那張紅塗塗的長方臉雖沒衰老的痕跡，但眉梢眼角，無處不滿掛著江湖道上的風霜，即算低聲講話，也自有一股凜凜的威嚴從那張臉上騰射出來：「我關八處事不周，開罪了北洋的官府，背井離鄉走關東，回來後成了亡命之徒，蒙各位抬舉，人生面不熟，就這麼信得過關八，讓我領這一幫腿子。各位裏頭，也許有人怨我不走東道，實在是，我不忍，眼看著各位的……血肉之軀……硬拚緝私營的洋槍洋炮……西道兒上，四判官雖狠，咱們抱定不惹他的心，諒他也不願硬把刺朝手上扎！……這回，狼牙樁豎在荒路上，四判官業已把話標明了，他要在這條道兒做案，要外人少插手！諸位若真信得我關八，請聽我一言——咱們今夜腿子靠在萬家樓萬梁的舖兒裏，無論外間有塌天的動靜，諸位也請別動，萬事由我關八一肩扛著，行就行，不行也任憑各位，要是鬧出亂子，那就不怪我不幫各位收拾了！」

「行行行，嗯，八爺，我是一萬個行！」大狗熊抹掉氈帽當扇子，竟不分時令的搧起風來；翹起一條腿，腳蹬在車槓上，瞇著眼，半笑不笑的弄出一臉皺紋來說：「這年頭，多一事莫如少一事，萬梁的舖兒裏有牌有酒，咱們還管它旁的，他四判官搶圩子，放槍咱們拿當炮仗聽不就是了?!」

「咱們既跟八爺走道兒，您放下話就算數！」雷一炮是天生的大嗓門兒，吼得兩腮的捲毛鬍子亂抖：「窩裏弟兄，八爺您也甭這般客套，有不聽您的，我雷一炮來收拾他……噯，我說夥計們，有不聽的沒有?……嘿，我說八爺，您瞧，半個也沒有！」

「那就拔腿子罷，」關八爺說：「咱們在三里灣野舖裏靠腿子用晌飯，斷黑之前趕至七棵柳樹，月亮初升時落宿萬家樓……」

「噢……！拔……腿子了！」隨著叫號子的聲音，十六輛響鹽車又一路亢聲的唱著滾下去了。

三里灣是荒蕩兒裏唯一可供打尖的地方，有間出奇的小酒舖兒，是利用三棵大黃桷樹天然彎曲的枝枒搭成的，有客堂，有店面，還有一間半吊在空中的臥處。小酒舖沒有招牌，慣走這條路的客人就稱他做三里灣荒舖，荒舖雖小，遠近卻無不知名。

荒舖兒正好面對著一望無邊的蘆葦蕩，荒舖背後，是兩座圓頂的大土丘，丘上滿生著枝幹清奇的古樹。荒舖的主人也算是個怪物，人是個又粗又短的矮個頭兒，大班頂、羅圈兒腿外加八字腳；這倒不甚稀奇，奇的是這個滑稽老頭差了一個鼻子，臉上祇有一塊平坦的刀疤。疤裏凹進去兩個黑洞洞，估量著那就是鼻孔。

沒等雷一炮打號子架車，那個沒鼻子的矮老頭兒就繫著圍裙，兩手叉腰迎在舖前的大楡樹下面了。

「我說我的耳朵還不算聾，嘿嘿，早半個時辰我就聽鹽車吱吱唷唷響過來了的，我那老伴兒還罵我疑神疑鬼呢！真是，這可不是六合幫的鹽車嗎……向老三，好小子，我這老眼不識人，祇認得你一個了！」老頭兒打著宏亮的嗓門兒開心的迎客，又趕過去，在關八爺手裏牽過牲口，轉臉朝大楡樹幹的鐵環上栓。

「呵呵，你這個老沒鼻子的！你專門愛討人便宜，」向老三擠著眼：「你說你老眼不識『人』，偏識得我？——你把我當成什麼啦?!」

「你還是向老三呀！」沒鼻子老頭笑得嗨嗨的，一面央客進屋。

「那雷一炮，」關八爺招呼說：「煩兩位兄弟帶上嘴子，高處開開亮去（意指觀風望哨）！」

沒鼻子老頭這才退後兩步，仰起臉，手招在眼眉上，像仰望一座山樣的打量著關八爺。

在沒鼻子老頭的眼裏，關八爺可真像是座山了。這人不像是走私鹽的梟子頭兒，可不是？沒鼻子老頭兒看出來，論人品，論氣度，多少年來，這間荒舖裏沒款待過這樣的客人；他的身材在十幾個大漢裏算是最高的，兩隻厚敦敦的肩膀真能擔得山，可就沒有那幫掌車的那般野氣；他頭上的黑熊皮帽子，帽頂鑲著極珍貴的水獺皮，傳說雪花都不朝帽頂上落；他一身玄緞的長袍斜對角掖在黑緞的腰縧裏，露出銀色貂毛裏子，縧兩面插著兩把全新帶烤藍的匣槍，兩隻皮靴的軟帶上，插著八把雪亮的小攮子，他紅塗塗的那張長方大臉，帶著一股說不出的霜寒味，儘管兩道又濃又長的眉下兩隻溫厚的眼，總帶著似笑非笑的樣兒，可一看多了，就有點兒逼得人打寒噤——想到堂上供著的關公。

「我說，您這位可是初走這條路罷？我總覺著有些眼生。」沒鼻子老頭兒說：「也不定是我老眼昏花了。」

「啊！」關八爺笑起來：「沒鼻子大爺，您不認得我了？您還記得當年羅老大領的六合幫裏拉車的小子關八麼？」

「關八？……」老頭兒自言自語的想著，終於苦笑著說：「您可甭見怪，我著實記不起了，不過貴幫的羅老大我忘不掉他，那宗慘事發生之後，萬家樓的保爺捐的棺，連馬兵一總四十二，全葬在七棵柳樹附近保爺的地上，每逢鬼節，我跟我那老伴兒還都趕去燒幫紙呢！」

沒鼻子老頭兒一提那宗往事，關八爺臉上的笑意就凍結住了，多少年如一晃眼，七棵柳樹下遍地橫屍的慘景浮在心裏，就像昨天一樣。當初立誓要找出通風報信的主兇來，但直至如今，羅老大跟那夥慘死弟兄的冤仇還沒得伸，提起來，心頭就起了一陣隱痛。

小荒舖的客堂是用些削過的樹枝編排成的，四面都是長窗，屋裏雖設有三張方桌，禁不得十七條漢子一湧，也就擠得滿滿的了。

「噯，沒鼻子大爺，有吃的，全都替我端的來，」向老三說：「好歹吃些好上路。」

「倒寧願好歹喝些，」大狗熊乜著眼珠兒：「我說沒鼻子大爺，有酒麼？有了全給我拿的來罷。」

「總還算有點兒窖藏的。」沒鼻子大爺摸著大班頂：「你們這算是腿快，若等四判官手下那夥毛人再來過，怕連酒罈子也給啃了呢！」

「四判官那夥兒常來光顧您的酒舖兒?!」石二矮子伸長頸子說：「那您這買賣還能做得？」

「有什麼做不得？」沒鼻子老頭反問說：「誰喝我的酒，吃我的野味都得付錢……我可再沒有另一隻鼻子讓土匪去割了。當年他們抬財神，錯把我給抬了去，割了我的鼻子，我也沒答允給他們半個子兒，反而白吃了他們一個月飯。土匪遇上我，他們拿我也沒辦法；即使他撕肉票，至少也得貼捲蘆蓆錢罷？」

「老頭兒，甭在那兒耍貧嘴了，」門簾兒一掀，外間伸進來一隻短而肥的白手，扯著沒鼻子大爺的後衣領一拖，就把老頭兒給倒著拖出去了：「快來幫我抱酒罈兒，我好去張羅野味呀！」

「沒鼻子老爺天不怕地不怕，」向老三縮縮脖子：「就怕他家裏的這隻母老虎！」

大夥兒全鬨鬨的笑開了……一些粗豪慣了的野漢子，祇要桌上有肉，杯裏有酒，就會拿忘情的鬨笑驅走不快意的東西，兩杯落肚，好像連外間落架的鹽車和霜寒遍野的長路也給甩到腦後去了。

小荒舖裏的陳酒醇得打滑，蕩產的野味溢著香，再加上沒鼻子大爺夫妻倆那種有趣的殷勤，難怪大夥兒敞開豪興的了。可是在各人當中，祇有關八爺另有懷抱，他連飲了幾盞悶酒，手把著空杯旋轉著，從晃動的人頭上放眼望出去，古樹還是古樹，蘆花還是蘆花，這小荒舖裏的一切全沒改樣兒，祇是日子淌過去十來年，眼前的這群兄弟可不再是當年六合幫的那些兄弟了。

不錯，雙槍羅老大夠得上是條義勇漢子，可也就因著性子烈，膽量大，屢次栽倒稅卡上的人，才種下殺身之禍，一群弟兄埋下去了，算得什麼呢?!空留下江湖上幾聲讚嘆罷了，那些人的家口，有的在南，有的在北，兩眼漆黑忍饑挨餓的前途活像一張釘板，誰有那麼大的能爲，能挑得下那付重擔?!所以關八呀！關八！還是古人說得好：「忍字頭上一把刀，能忍才是大英豪！」

我關八隻身飄泊，沒牽沒掛，生是一片雲，死是一場霧，可是眼前這些兄弟，誰不是拖家帶眷，爲求生才幹這一行，日日驚險，夜夜風霜，我可萬不能依自家血氣拖累他們。六合幫朝後走僻道，緝私營不惹到人頭上，決不找他們，三年也不可，五年也不可，北洋軍氣數一盡了，一聲散夥，各拾各的老行當去，誰還留戀這倒楣的響鹽車?!

直到誰扳著手來斟酒，關八爺才從一刹沉迷裏醒過來，輕輕的「呵」了一聲。天過中晌時，雲不但沒退開，反而愈積愈厚，愈壓愈低了，風舞著漫天遍野的蘆花，像是一場大雪，那些白蒼蒼的蘆絮隨風舞進窗來，沾在人的衣上，袖上；弟兄們興高采烈的豁著拳，行著令，熙熙攘攘鬧成一片，誰有閒情獨抱一野的愁緒，慢慢品味灰雲低迷，北風緊急的天地中蘆絮輕飄的情境呢？這份情景在關八爺的眼裏擴大著，那慘淡的光景似乎全化成身後曾經經歷過的煙塵……

「乾杯呀，八爺。」

「來呀，乾杯呀，八爺。」向老三舉著酒盞伸過來，擺出等著碰杯的架勢：「我這不成材的老兄弟敬您一杯，瞧，您臉色陰陰的，悒個什麼勁兒?!」

「我乾，向老三，」關八爺舉起酒來，一口飲盡了，緩緩的放下杯，捏住一片正飛過眼前的蘆花，又就在嘴邊，把它徐徐吹走了，那裏面隱藏著他道不出因由的嘆息。又轉面朝雷一炮說：「老哥，丘上那兩位，該替換下來喝一盅了。」

瞧著雷一炮跟另一位弟兄拎著酒瓶跨出門，向老三也彷彿從關八爺的聲音裏感染到一些什麼，低下腦袋在沉思中把玩著酒盞，捲起舌尖打了個酒呃說：「當然囉，你是領腿子的人，得常朝遠處想，不比咱們迷裏迷糊撞日子，撞過一天就是一天。若是我心裏陰潮起來，我就會攫住酒，朝醉裏走，不會像你這樣鎖著眉頭。」

向老三說著，又探手去摸酒壺吃，對方探出手來，把他手背輕輕壓住了。

「老哥，等卸了鹽，那時咱們哥們再泡進酒甕吧！」關八爺說：「再喝，甭說前頭還有個四判官，就是一路平平靜靜，祇怕你那把腿子也會翻進草溝裏去了！」

兩人說著話，又叫一陣哄堂大笑打斷了；原來喝得有五分醉意的大狗熊，硬把沒鼻子大爺和石二矮子兩個揪在一道兒比高矮，結果兩人一樣高，大狗熊就吸著口涎叫說：「石二，這回你可找著你爹了！」

「結賬罷，沒鼻子大爺。」關八爺站起身，伸手掏出銀洋朝桌子上理開。

沒鼻子大爺趕來捏起一塊，放在鼻洞上嗅嗅說：「嘿嘿，關八爺，您要不是個慣使假錢的，其餘的請裝回肚兜去，就祇這一塊也就夠了。您臨走，我得有句話跟您說——四判官要捲掉萬家樓可不是空放的言語，他他，他……」老頭兒壓低嗓子說：「跟萬家樓裏頭人有勾結，是有人臥底的。」

關八爺把沒鼻子大爺拉到客堂外面，也壓低嗓子說：「您怎知有人扒灰，有人進去臥底?!」

「啱啱啱，我怎會不知道。」老頭兒聲音更小了：「前些時，四判官帶著一批人來這兒喝夜酒，其中有個壓低帽沿的傢伙就是萬家樓來的，騎著一匹白疊叉的黑騾子，他們說話的聲音雖小，我的耳朵還沒聾實呢！」

「好呀！你個臭老不死的！」廚房裏那隻母老虎可又吼起來了：「我叫您耳朵沒聾實?!沒聾實?!你一味胡言亂語，祇消有一個字漏進四判官的耳眼，老不死的你瞧著罷，下回他們再回程，可就要喊你沒舌頭大爺了！」

沒鼻子一聽裏面這一吼，急忙伸伸舌頭說：「實在抱歉，八爺，遇上這種婆娘，成天聽她這種吼勁，我倒寧願先做幾年沒耳朵大爺。——落得清靜清靜。」

而關八爺沒聽見這幾句詼諧話，他已經到大榆樹下去解他的牲口去了。突然記起一宗事，使關八爺覺得這矮老頭的話是句句可信的；十多年前，六合幫覆沒那天午間，一行人歇在小荒舖兒裏，臨行時，沒鼻子大爺可不是半開玩笑的說過，要羅老大放機伶點兒，兩天前就有緝私營馬隊下來，勒馬在舖後高丘上看望地勢的麼?!——可惜全身是膽的羅老大沒把那番話放在耳裏，如今想來，祇多添一番悔恨罷了！

三里灣小荒舖過後，荒路就一直貼著野蘆蕩子朝前伸，愈走地勢愈低，這才算走進荒蕩的中心。漢子們趁著酒勁推車，腿底下分外有力，車下的軸唱聲和蘆梢上的風濤聲絞成一片，北面的蘆葦擋住風勢，使人不覺寒冷，有幾個身強力壯的，竟把大襖也豁開了，氈帽也摘了，光著腦袋推車還自管嚷熱呢。

這一路蘆花飄得更多，把車和人全給沾白了。

車軸的銳響聲常把荒草間的野兔驚起來，一溜灰煙似的直射進蘆葦叢去，惹得灰雲下的蒼鷹低旋著，爆起一串無可奈何又極不甘心的啾鳴。黑色的大水鴉飛得很低，沉重的翅膀撲搧著，常弄折細脆的蘆梢，迸開一團白霧樣的蘆絮，細頸的魚顎子有翅就不愛飛，鹽車經過時，還站在原地不動，頸子一伸一伸，像要數清一共有幾輛車的樣子。也許這一路太荒涼了，大狗熊數過，他已經發現一路上竄過四十九隻野兔。

「他娘的，肥得很！」他嚥著口水說：「有那麼一隻下酒，也就沒的說了。」

「八爺他關照過不准放槍，你光嘴饞有啥鳥用？」向老三說：「少想那些糊塗心思罷，心裏實在潮得慌，後盤裏有煎餅，摸塊啃啃也好。」

「喔！我操他個娘！」石二矮子大驚小怪這一叫，把人全嚇住了。

「你他娘矮子矮，一肚子拐，又耍啥花樣！」

「呵呵！我他娘要中頭彩！」石二矮一舉手，平白的拎起一隻肥禿禿的野兔來，逗弄著：「小乖乖，你可真是曹操變的，說到你，你就找上門來了，怎麼睜大兩眼朝我襖兜裏蹦來?!」

「咱倆好兄弟可不是?!」後面的大狗熊這回連口水也沒來得及嚥下去，讓它滴到襖襟上了：「咱倆是挺好挺好的兄弟了，二矮子，咱們說妥了要打平伙的，酒錢歸我的，就是你喝八斤也行，我他娘單中意這種肥肥的兔腿。」

「我得停停車把牠給縛住，」石二矮子樂得連聲音都變了：「這回到南邊，我得去多買些彩票啦。」

「噯，我說，你們倆甭為一隻熊兔子在哪嘿窮樂了罷?!」雷一炮抬頭望望天色說：「這是怎麼弄的，天說黑就黑下來了?!」

「喔，你是初經此道兒，這不是天黑，這是落霾了！」向老三平靜的說：「落霾了！」

「落霾？」雷一炮說：「新鮮，我倒沒聽說過。」

「各處說法兒不同，」向老三說：「咱們講落霾，在川鄂一帶就叫作落沙，有句俗話說：『霾是灰沙霧是水』，在你們久走海岸的，可遇不上霾天。」

「川鄂一帶落黃沙我倒耳聞過。」雷一炮說：「據說落沙全在冬天風季裏，北風捲過蒙古大沙漠，把無數遮天蔽日的黃沙捲進關內來，風勢轉弱了，黃沙降下來，比霧還濃，人在落沙天趕路，渾身積沙，活像沙地裏拔出的蘿蔔！」

「霾天也正是這樣兒，」向老三說：「祇不過起霾處不是口外的沙漠地，卻是北邊的黃河灘罷了。霾天的風沙的顏色，是看著天色定的，要逗著晴天黃昏時，晚霞燒得烈，霾就成了紅霧，鄉野傳說紅霧主兵燹，其實就是沙霾，並不是水霧。……要是逢陰天，黃沙被漫天灰雲一染，就成了灰黃帶黑的顏色。風朝低處掃來，那些沙粒就刷刷響，像大群生了翅的飛蝗一樣扎臉疼。」

霾雲起在灰雲下面，煙塵滾滾的壓住西北半角天，順著蕩蕩的風勢，來得排山倒海，煙塵愈滾愈低，終於和遠處的蘆梢接在一起，那種沙粒擊打在枯蘆葉上的響聲，像無數刷刷揮動著的鞭子，打得人耳鼓發脹。

「腿底加把勁罷，夥計，」大狗熊忙不迭的把氈帽朝下拉：「瞧這種勁頭兒，沙粒能打麻人的臉。落霾天，趕路真不是味兒！」

「你怕啥?!」石二矮子這可攫著機會了：「你那臉皮子八丈厚，鎚子也扎不通，用不著小心火燭，對唄?!」

「去你娘的矮鬼，」大狗熊酸不蹓嘰的罵：「小心我使屌摑腫你那張臭嘴頭兒！」

霾雲飄過來，頭一陣猛密的沙雨刷辣辣的打在鹽車隊裏，也鎖住了那些愛聊天聒話的嘴巴，沒有霾沙顯不出風狂，沒有狂風顯不出沙疾，這陣子，風和沙兩相配搭上了；鹽車隊之外一片昏濛，沙雨比重霧還濃，瀰住天，遮住地，使人覺得一身除了慘黯之外，再沒有旁的了。

「腳下離七棵柳樹……還有好遠?八爺。」雷一炮一張開嘴，沙雨就灌進喉嚨去。

大麥騾子在路左噴著鼻，關八爺轉身背著風勢，圈起手筒答話說：「整廿里，逆著風推車，還得足足走夠兩個時辰。」

「風太猛了！」雷一炮說。

「還好，」麥色騾子拂著尾，閃動一下，又竄進沙煙裏去，關八爺的聲音飄過來：「在關外，遇上漠風，逼得人在地上爬呢！」

天硬是夠昏黑的了；也不是黑，祇是昏晦；風沙把人眼鎖得祇剩一條縫，從睫毛影裏出去，壓根兒分不清哪兒是地，哪兒是天?!鹽車緊緊挨著走，後一個祇望得見前一個聳起的脊背，沙粒像鬼靈般的在大襖面上跳躍著；沙粒咬住了膏了油的車軸，使軸唱的聲音裏也夾進格格軋軋的輾沙聲，而鹽車滾起來，也彷彿沒有落霾前那麼溜滑了。

就在這一片昏晦裏，不時響著水鳥的鼓翼聲，黑鴉的驚聲和蘆葦的斷折聲，彷彿替暴雨般傾潑的風沙助勢，使人心裏格外的煩躁不安。鹽車輾過那些橫路的斷蘆，順著影影綽綽的路影兒朝前摸著走；時辰在一些沒講出口的詛咒中熬過去，風沙沒停，天可真的有些接近黑了啦！

「七棵柳樹該快到了罷？」石二矮子憋半晌，憋出一聲嗨嘆來，聲音裏帶半分怨氣又加上些兒心急的巴望：「老子滿嘴全是沙子，像他娘剛吃了粉蒸肉似的。」

「少開口不就行了？」向老三掉臉說：「你實在憋不住嘴，也該照我這個樣兒，把臉背著風。」

「背著風?!」石二矮子說：「我這是跟你說話，可不是找大狗熊，他那張鍋貼臉又冷又硬，活像根驢屌棒子，我懶得拿眼睃他！……，啐，倒楣沙子，全他娘打鼻孔撞進來的，我說……七棵柳樹在哪嘿呀?奶奶的。」

「還有十二里，」向老三悶悶的：「不關緊可不是，腳底下發把勁，再淌一陣汗就到了。」

「唼，比他娘天邊還遠。」

「一壺酒早就晃盪完了，」大狗熊在後頭說：「矮鬼你損我，我連他媽回嘴的精神全沒有。剛剛你提起粉蒸肉，我可又想起你懷裏揣著的兔子來了。等歇靠在七棵柳樹，咱們就烤了牠醮著鹽吃，你他媽要不分我一條後腿，瞧我不把你腦瓜砸進肚裏去。」

「玩笑少開。」領頭的雷一炮說：「這種霾天，使我想起四判官來。不定咱們會在前頭撞上。」

「我要是四判官，我他娘就會趁這種昏天捲進萬家樓。」向老三說：「四判官是條毒骨蛇，我曉得他的手段，老雷他說的不錯，雖說八爺他關照咱們少管閒事，可是四判官若想在咱們頭上拉屎，咱們非踢他屁股不可！」

「換我就不踢。」大狗熊一本正經的：「我他媽祇當他是個老相公……」

「你真是個邪皮貨，」雷一炮罵說：「正經話也叫你給扯邪了，無怪人全罵你狗熊。」

又走了一晌時，風勢略爲收煞了些，沙粒也不像夏夜蜢蟲般的扎臉了；月亮還沒見影兒，雲後也看不見星光，夜像一團潑墨似的籠罩下來，石二矮子正想再問七棵柳樹在哪兒，那邊關八爺的牲口掃了回來，一路傳告說：「腿子拐到路旁去，挨著靠上，七棵柳樹已經到了。」

石二矮子在一堆亂塚中使攮子刨出個野炊洞，折些枯枝燃起一堆火來，大狗熊真的殺了那隻野兔，使蕩邊的濕泥糊在兔身上，用一根枯枝洞穿那野兔的肚腹，懸在火焰上燒烤起來。

人在趕路時不覺夜寒，反而滿身沁汗，等到一坐定，冷風收乾了汗氣，單覺半濕的褂褳冷冰冰的貼在肉上，凍得人牙關打戰；石二矮子剛升起火，一夥人就影影簇簇的攏過來了，有的啃著蔥捲的煎餅，有的喝著溫茶，大狗熊津津有味的翻動著火焰上的兔子，空氣裏滿溢著強烈的肉香味。

「向老三騎著八爺的牲口進圩子，怎麼好半晌還沒見轉來？」石二矮子說：「他再不來，咱們得先分這隻兔子了。」

「先甭忙，噯，先甭忙……」大狗熊雖則口水瀉瀉的，卻還沒忘記什麼：「關八爺跟雷一炮還在那兒把著風呢，咱們樂個啥？……你們沒聽向老三說過——這兒是塊傷心地，當年六合幫，有廿一位老哥們力抗緝私營，全栽在這兒，你們看這些沒碑沒石沒姓的墳，全是跟咱們同一條道兒的，如今咱們蹲在這兒，想想當初景況，一顆心怕就涼了大半截兒了。……啥好樂來?!」

「噯，我說大狗熊，」王大貴是個不常開口的，竟也說起話來：「這話要從旁人嘴裏吐出來，也許相襯些，怎麼你今晚也正經起來了？」

「人到正經地方，不正經行嗎？」大狗熊雖還在翻轉著野兔，兩手可有些兒打顫：「不談這些了，真箇兒的，咱們粗人，嘴也鈍，挖不出心底下的意思來，就算我一時心裏泛了潮罷。」壓尾那一句，嗓子有些顫涼……

一夥兒全都靜默著，沒人再接渣兒。

大狗熊把烤熟的野兔取在一旁，摸出短煙袋，裝上一鍋葉子菸，默默的吸起來，一亮一亮的煙鍋閃的紅火映著他緊皺的濃眉。

「開心逗趣全是假的。」他在寂靜裏自語說：「我他媽說句扒心話，我他媽壓根兒就沒真……樂……過……一條命吊在鹽車把兒上，今夜是你的，明早就不是你的，黑棗碰上腦袋，翹著屁股啃野草，碰得好，有人捐口薄皮材，不然，祇怕連根骨頭也塡進狗肚去了……啥好樂來？當年雙槍羅老大那樣英雄法兒，現今也祇落一堆黃土罷了！」

「你這人就這麼陰晴不定，」石二矮子說：「你也就甭說這些喪氣話，大夥胃口全叫你說倒了！」

「我自言自語也犯法？」大狗熊翻白兩眼說：「你甭那麼小心眼兒，我並不眞想分你一條兔腿。」

飄搖的火焰慢慢穩住，風停了，沙也靜了，寒氣絲絲朝下落，落在人的脊背上，使一圈就火的人，不得不盡量蹲得離火近些。而關八爺和雷一炮倆人離開火堆很遠，關八爺兩手背抄在貂毛皮袍的袖籠兒裏，沿著七棵柳樹周圍踱著方步，雷一炮橫抬起一隻袖肘，擱在彎腰老柳的低矮的叉枝上，一隻腳勾住腿肚兒，朝遠處的黑裏睃望著。

「月亮出來了，八爺。」雷一炮說：「我覺得這些日子天有點反常，照理是前夜降濃霜，二天該是響晴天才對，怎麼夜夜落霜，大早卻又陰起來的？」

「湖蕩地，地勢凹，水氣多，」關八爺說：「在這兒，氣候是不按常理來的。老哥，人在這兒也一樣，當年咱們在這兒靠腿子，原以爲天荒地遠，誰也沒料著緝私營會大隊跟著踩下來。」

「我懂得八爺您的意思。」雷一炮說。

關八爺抬頭望望雲縫裏的月亮，一團扁大的光燒亮那塊碎開的雲，朝上移升著，並看不見什麼月亮，祇有那片亮雲被燒得白白的，像一池破裂的冰凍。

「並不是我多慮，老哥，」關八爺沉吟著：「假若當年我關八能跟羅老大一道兒躺在這塊地上，我也就沒有什麼好掛心的了。人活著在江湖上闖蕩，總有一筆絲毫不苟的恩……仇。說來這是我個人的私事，但我總時刻擔心會拖累到大夥頭上，即使拖累了一個，我也於心難安。——我料準了四判官會在這幾天動手，除非我不碰上，不然，各位不要管事，我跟向老三——兩個六合幫的老人，卻不能袖手。」

「要是有人自願幫你呢？那該死而無怨了罷?!」

「不談那個。」關八爺的聲音有些著惱：「至少，我還用不著人幫忙。我跟你說這話，是因你在如今這夥弟兄當中，要比較持重些，萬一我叫撂倒在萬家樓，拜託你無論如何，好生把這趟腿子領到地頭。我關八今夜晚，是言盡於此了！」

雷一炮滿心有話，卻硬叫壓了回去，冷著臉，乾嚥了兩口吐沫。天頂的雲塊終叫月光燒熔了一塊，露出幾顆疏朗的星子來。黝黯的星光和雲後的月光，總算朦朦朧朧的勾描出七棵古老的柳樹的黑影來，關八爺記得在萬家樓時聽人傳講過，這七棵柳樹還是兩百多年來，萬家二世祖——七個的兄弟親手栽植的，所以又稱做「兄弟柳」。

這七棵彎腰老柳結成一個圓環，環心正罩住這條荒路，七棵樹靠得很密，如今是枝椏交搭著枝椏，有些竟壓合到一堆去了；這形象，正像一夥義氣干雲的好兄弟發誓同生共死一個樣，冬來時枝椏相抱，共擁寒風，春來時迎春同綠，共用春光。可是望樹懷人，想著羅老大和一干兄弟，心就脹脹的，被一種火燒的恨意和愁情塞滿了。古往今來，有幾個江湖兄弟能同白首呢？

「聽那邊，八爺。」雷一炮朝南指著：「向老三回來了！」

關八爺打斷迷惘迎上去。

「怎樣，老三，你見過保爺了？」

向老三兜住牲口：「見過了，保爺說是儘管帶槍進圩子，如今是四面圩門整夜開放，萬家樓的人都說：『聽講四判官要捲萬家樓，咱們索性行賽會，讓那幫毛賊進來開開眼界呢！』」

「行賽會？」關八爺特意又問了一遍。

「可不是行賽會怎麼的？」向老三苦笑說：「萬家樓七房頭出了七個會班子，舞獅的，耍龍的，撐旱船賽鑼鼓的，鬥燈和亮彩轎的，全有了。咱們算是來得及時，聽說長房的保爺業爺、二房的小牯爺、七房的珍爺三個班子最硬扎，賽起來，那才有得瞧呢。」

「保爺還跟你說些什麼？」

向老三下了牲口，把韁繩交還給關八爺：「保爺他說，聽說你親領六合幫下來，他高興極了，保爺在族中說你是頂豪強的好漢子，比當年羅老大更有威名。保爺又說廟會共有三夜，他要留六合幫三夜做證人，證實朱四判官是個牛皮筒子，他根本不敢晃晃萬家樓一塊磚頭……您覺得怎樣？八爺。」

「吩咐弟兄立即拔腿子，雷一炮。」關八爺這才朝向老三一跺腳說：「我說老三，這可就糟了。」

第二章・萬家樓

沒走過四十里野蘆蕩，沒進過萬家樓的人，怎麼也不會相信萬家樓有這等威武煊赫的氣勢，像海市蜃樓一般的升起，遮擋住一野浩浩的風沙。

萬家樓這座人煙茂密、花團錦簇的集鎮，建在野蘆蕩三里的大平梁（平頂的高地）上，六條大街十八條小巷星羅棋布的織成一面蛛網，蛛網當中是座大廣場，廣場心矗立著那座象徵著萬家這族人遠祖榮光的石砌高樓。

這座高樓是萬家宗祠的入口，兩邊連接著青磚翼牆。穿經廣場，爬上廿四級的蔴石台階，經過甬道般的樓心的拱門，正對著萬家宗祠祀奉祖先的一排五間正殿，樓高三丈六尺，共分三層，建築的形式刻意摹仿著古代城樓的模樣；樓身全是以灰蔴石疊砌而成，中層朝外探開七尺寬的小飛簷，頂上是鐘樓，樓頂高聳，屋面一式嵌著碧色的琉璃瓦，斜斜飛起的四面簷角，全吊有古老的銅製風鈴。

倘若遇上秋高氣爽的季節，過路的客旅們能夠在十里外望得見那座高樓的尖頂，墨沉沉的輪廓凸出在浮臥的長捲白雲上；繞著那座聳立的高樓，是一片參差的瓦脊，層層疊起，一層比一層高，彷彿疊羅漢一樣。這些古老的家業，全是在萬家二世祖先七弟兄手上建造起來的，十六斤一塊的巨大青磚，祇有明代的磚窯才能燒得出來；長房萬老爺子萬金標的宅子，座落在萬家樓對面的十字街口，其餘六房頭，每房各佔一條大街，各房僱用的長工、短工，分租附近田地的佃戶，以及來此行商的外姓人，總有七八百戶人家，使這塊大平梁上的集鎮撐得起西北角一塊荒天。

也正因萬家這一族赫赫的財勢，所以多少年來一直被黑道上的人覬覦著，在江湖上輾轉的傳說裏面，萬家的錢財是不可以數計的，說萬家樓上的正樑是黃銅鑄成的，樑中密封著萬家的傳家之寶，——兩顆乳鴿大的夜明珠；說萬家七房頭，每房的正屋四角，都埋著鎮宅的財寶，兩隻荷花缸兩隻荷花缸那麼樣一對一對的倒扣著，使糯米汁膠石灰嵌得嚴嚴的，缸裏全是些金塊子，銀錠子，紅紅的瑪瑙，白白的珍珠；說萬家的底財（**大意指埋藏在地下的財寶**）要是化成銀洋撒出來，能使四十里蘆葦蕩落三天的銀雨。

誰當真見過來?!誰也沒眼見過，就連年歲輕輩份高，繼萬金標老爺子當了族長的萬世保，也覺得這些傳說未免過份誇張，荒緲得有些離了譜了。其實那些傳說倒不是毫無因由，單就人人能看得見的，萬家樓在此地各縣中確是沒人能比。萬家七房族的田地，能掛得出十來塊千頃牌子，百里之內，無處沒有萬家的田莊。萬家的倉糧，在前朝放過此地十八縣的大賑，萬家的騾馬牲畜總有好幾千匹，這些全是假不了的。

怕祇有萬家樓大門兩邊白梵石的守門獅子知道，就爲了萬家一族赫赫的錢財，使萬家樓在這幾百年間經歷過多少憂患，多少滄桑。

同治年間，此地大股悍匪總瓢把子鐵頭李士坤，嘯聚了一千多嘍囉撲打過萬家樓，雙方相持十來天，土匪數次撞進外線圩崗子，縱火燒掉老二房那條街，結果仍叫擋了回去，並沒摸得著萬家樓一塊石頭；土匪依仗著人多勢眾，改在大白天撲圩子，總瓢把子李士坤頭纏大紅巾，光敞著大襖，舞動兩把單刀領頭衝，他手下的那些徒眾全都光著上身，紅巾紮額，一邊朝上湧，一邊發出驚天動地的怪吼。

李士坤原以為攤開這種陣勢，不用真衝，也該嚇裂萬家人的心膽。財主人家麼，護著錢財抗拒小股毛賊倒是常事，如今大陣犯的來，萬家若是聰明懂事的，當真會顧錢不顧命?!……當時萬家守圩子的也祇三百來人，七尊子母大炮，還不及土匪一半多。

李士坤衝至圩口的木柵門前，停住身子朝圩裏開出盤子：「一萬二千兩銀子，祇要萬家樓九牛身上拔下一毛，銀子抬出來就收兵。」萬家樓答得妙，說是祇願花一千二百兩銀子，算是替李頭兒跟他手下人收屍。

李士坤一聽，氣炸了心肺，揮動兩把亮霍霍的單刀嚷著爬圩子，捲進去，祇要遇上姓萬的，不論他是三尺童男二尺童女，一律開刀。話剛說完，圩上的子母炮響了，大蓬的鐵沙鐵蓮子跟鐵三角，硬朝鐵頭李士坤的腦殼上灑，彷彿要試試他那號稱的鐵頭是真是假?!可惜李士坤的腦瓜子不肯爭氣，叫轟成血肉模糊的爛西瓜。

人無頭必死，鳥無頭必散；土匪散走後，萬家樓果真替土匪收屍落葬，連超度亡魂在內，硬是花掉一千二百兩銀子。那一回，若說對萬家樓有什麼傷損處，就是把老二房那一房族扯得寒傖些罷了。

儘管白梵石的守門獅子不會講話，這類古老凄怖的故事，還是一代又一代的傳講下來，刻在萬家後輩族人的心上。

鐵頭李士坤之後，也有過幾次，各股土匪為重利所誘，聯起膀子來犯過萬家樓，可惜連外線圩子也沒撲進來過，臨退時，多多少少總要留下幾個憨皮賴臉的屍首，彷彿苦一輩子，不睡睡萬家的棺材不甘心似的。——從李士坤那回之後，萬家樓好像有了個不成文的例子，替土匪收棺不用薄皮材，一概用晉木的圓心十八段。

經過這些事件，黑道上這才睜眼認清了，除非誰嫌腦袋放在脖子上礙事，要不然，活一天就甭動萬家樓的主意。足足也有幾十年，沒聽說土字號兒敢動萬家樓的點兒。尤獨在萬金標萬老爺子手上，萬家樓的聲勢不單鎮住了黑道上的人，更連北洋的那些將軍帥爺們也不買賬了。凡在萬家地面上，稅由萬家自家收，田糧由各房族照繳到萬老爺子手上，萬老爺子單爲這些設了個賬房。

「哪處有荒年，哪處有災情，你們官裏發信來，我們萬家派人出去，直接放賑；姓萬的不會貪圖這筆錢糧。」萬老爺就衝著縣官說過：「如今這些將軍帥爺，誰夠得上是正經主兒？今兒生張，明兒熟魏，走馬燈似的轉；咱們萬家樓錢糧祇有一筆，該交給誰？……錢糧到了他們手，不是買槍就是販土（指鴉片煙土），他們忍心擾民害民，我可忍不下心。我說話就算數，誰不服，拉他人馬下來對對陣好了，祇怕我膀子一舉，人槍一樣幾千條。」

不錯，有清一代，萬家沒人得過功名，莫說文武舉，連秀才的方巾也沒人戴過一頂。萬家沒入仕，並不能就笑萬家是些土財主，萬家樓前那三根旗桿是前朝道光、咸豐、同治年代欽賜的，滿朝那些主子們，想拿這個來攏絡萬家樓，明是酬庸萬家樓殺匪賑災之功，實是想藉此多收些糧賦。

三根旗桿和一方御筆親題的「積善之家」的匾額，買不了萬家這族人一向以明臣後代自居的氣節，萬家不是重視錢財的肉頭財主，萬家是明代武將之後，後輩子孫們多半帶些江湖人物的野氣和豪情。

朱四判官在北地黑道上，確是個又悍又辣的傢伙，闖道兒還不上十年，北地三大股旱匪就叫他軟吃硬扒併掉了兩股半，如今手底下少說握有二百多雜牌槍，廿多匹馬，也曾捲過蕩北的柴家堡、鄭家圩、七星灘一些大戶；但在萬世保保爺的眼裏，四判官還夠不上是一粒沙子。至少，四判官手底下這點兒人槍，跟當年鐵頭李士坤比較起來，還不配替人家吊裏兒的，而萬家樓的實力，不知比當年的單刀火銃子母炮強了多少。

「祇要他四判官有這份興致，」保爺當族裏有人把四判官立在萬家樓北圩門外的狼牙樁拔來之後，淡淡的笑著說：「咱們也該陪他玩玩槍了……」

火把在暗夜裏燒著，把萬家樓前的廣場子燒成黯紅的了。那座威武沉默的高樓，在白天看來有些蒼涼衰老，在今夜的火光中，又彷彿恢復了往日那種雄視荒野的英姿。有一列兒臂粗的火把插在那座高樓的石牆間凸出的鐵架上，活生生抖動的蛇舌上捲騰著黑色的油煙，高樓的樓影一忽兒沉黯，一忽兒明亮，就彷彿浴在閃電中一樣；那蒙滿苔跡的琉璃瓦脊，叢生著密密的一尺多高的瓦松；那飛起的簷角下交叉重疊的雕花漆柱，都跟遙遠的時空縮連在一起，塗上了一層朦朧的神秘的顏彩。

而那些挨挨擦擦湧向廣場來的人群，全都沉迷在地面上賽會的光景裏了。朱四判官要捲萬家樓？一群螞蟻要夢想抬大象呢？呸！也讓他那個土角裏沒開過眼的蛤蟆來瞧瞧萬家樓各房族出的會罷。在往常，賽會也是常有的，那些賽會不外是爲了迎春、神日或者是祭祠，這一回，卻是保爺、小牯爺和珍爺出的主意——爲了朱四判官放言要捲萬家樓，萬家樓就大敞著四面圩門，熱鬧一番給那些土匪瞧瞧，萬家沒把那夥毛人放在眼上。

十四夜晚，陰雲沒褪盡，欲滿沒滿的月亮常在雲後走，投落下一些暈糊糊的幽光，禁不住滿街的燈籠火把一照，那點兒淡淡薄薄的光倒是可有可無了；賽會出會前，各房的燈隊先拉了出來，一些扁大的紅綠燈籠，方匣燈，帶罩的頭號馬燈，挑在高竿上，一路成行的散在大街兩面，竿頭高過房簷，燈火不斷的搖曳著，光暈潑上人群的肩和臉，放眼朝遠看去，簡直就像是繁星。

燈隊各處散開之後，一簇兒開道的馬隊擁著萬家樓年輕的族主保爺和他的兄弟業爺出現了。

保爺是個瀟灑人物，不單萬家樓知名，走南到北，各處城鄉也沒有不知道的。在萬家樓這族人裏，拖鬍子老頭不是沒有，偏偏論起輩份來，幾個老長輩全是年輕人；保爺雖說祇有卅三四歲年紀，可在十八歲那年，就幫著萬老爺子領了七房的槍隊；保爺自幼玩槍，並沒打算日後自領槍隊，玩槍就是玩槍，好像拎畫眉籠子收藏各式紫沙茶壺一樣，是個消遣。

保爺的性格是多面的，淡起來，把各事都看成行雲流水，拗起來，可比鐵砧兒還要硬上三分。甚至連保爺自己也沒想到「祇要功夫深，鐵杵也能磨成針。」那句話了，保爺玩槍興致濃，近廿年玩下來，不知不覺的下了功夫。保爺玩過各式匣槍，八英手槍；玩過德造的馬牌，英造的小蛤蟆；玩過左輪，勃朗林和自來得；不論哪種短傢伙，保爺都能在衣兜裏卸掉它，兩手插進衣兜去，一面跟人談閒，一面把它裝攏來，連拆帶裝，前後不消一袋煙功夫就行。

保爺不單槍玩得熟，使起槍來更拿手了，萬家樓的人，有好些都瞧過保爺那手絕招兒——一隻手裝彈擦火帶放槍，另一隻手不用伸出袖籠。若論準頭，老二房的小牯爺是遠近知名的好槍手，保爺自說不如小牯爺；不過誰也沒見他倆比過槍，——保爺就有這麼個好脾氣，不跟人爭強。倒是小牯爺說是保爺玩槍祇是學的花拳繡腿那一面，上不得正場兒。

今晚的保爺騎著他那匹心愛的白馬「一塊玉」，緩緩的從人群夾道的街頭走過來。在族人眼裏，覺得保爺今晚興頭足，出會前許是喝了幾杯酒，把他那張眉清目秀的白臉染得有些兒紅；馬背上的保爺戴著一頂極為時新的黑呢禮帽，帽沿略為打斜；極輕極薄的灰鼠皮袍兒，紫緞團花面兒，沒加幔袍，大簇的團花在一街燈色裏閃著光燦。

至於槍，保爺他是行步不離的，但保爺帶槍則不像一幫粗漢那樣，隨意插在腰絲兩邊順手的地方，拖著噁心人的大紅大綠的綢穗子絲穗子；保爺的自來得手槍就裝在左邊的插袋兒裏，拖出一截精緻的黑皮帶，另外在馬囊兩邊特製的皮匣裏，斜扣著兩支快慢機。

「嗳，保爺，保爺，多早晚才出會呀？」

「月亮全升上屋脊了呀！」

馬群經過老七房珍爺家的大門口，珍爺的妹妹跟一群花花朵朵的堂客擠在門樓下的高台級上，拎著兩三盞燈籠伸出去搖著，纏住保爺叫了。在萬家樓，跟保爺同輩的弟兄姐妹一共祇有四個人，其中以珍爺的妹妹最小，十九歲年紀就被族裏官稱做小姑奶奶。

小姑奶奶是個愛撒嬌使性子的女娃兒，好強得很，每回行賽會，得彩的不是長房就是二房，四十來歲的珍爺溫吞慣了不以為意，小姑奶奶可有些不服氣，這回七房派定沙河口田莊上出一檯亮轎，小姑奶奶親自放車到十八里外的沙河口去，拿出一筆私房妝點那檯轎子，發誓要爭個頭名。

「妳甭急，五妹妹。」保爺一臉帶笑勒住馬，一塊玉昂起頭，伸著鼻子聞嗅小姑奶奶手上燈籠裏的蠟香味：「我說妳甭急，妳那檯亮轎妝點得實在好，尤獨是轎頂的五隻金葉鳳凰，全是七彩琉璃珠跟金片兒串成的，虧得妳有那份七孔玲瓏的心竅。」

「別肉麻了，你那轎頂上的銀繡麒麟，單就繡功就嚇壞人，你以爲人家不知道?!」

「轎身光采沒啥用。」保爺說：「單看沙河口那幫行轎的漢子幫不幫襯妳，要是他們廿四個人裏，有一個走亂了步兒，五妹妹，我說，妳這番心血可不是白費了?!」

「不來了！」小姑奶奶扭得手裏的燈籠二面晃，嗲聲叫：「當心人家啐你，還沒出會呢，就咒人家倒轎子，弄得人心裏不上不下的。你倒是怎麼還不催著出會?人家腳脖子全站酸了。」

「就算妳那頂轎子妝點得堂皇，」保爺說：「妳也不全靠萬家樓的人誇讚妳罷?……我說的是正經話，五妹妹，今夜晚，咱們萬家樓要有貴客光臨，讓人家衝著妳那頂轎子豎豎大拇指，那才是真好呢。」

「貴客?!」小姑奶奶把燈籠笑得抖抖索索的：「哪兒來那麼多貴客?!像朱四判官那幫子土匪也配！」

保爺把白馬又勒近了一點：「我可沒講朱四判官，是不是?!若真是朱四判官，我也就不會跟妳提了！」

「誰?你說誰?」

「說了妳也不會曉得，」保爺說：「他是當年雙槍羅老大鹽幫裏幹拉子（即拉鹽車）出身的青年人，後來混得驚天動地的烈性好漢關八爺！」

「您……您……您……是說在黑松林放了彭老漢，後來越獄走關東的關東山關八爺?!」堂客裏突然有人攀著小姑奶奶肩膀急匆匆的問說。而保爺並沒答她，他說完話一夾馬，一塊玉就像條白龍似的竄過去了。

有試敲鑼鼓的聲音，隔著幾條街傳過來。一些穿皂衣的漢子手拿紅漆棍，忙著把人群朝兩邊街廊下分開，替將出的會班子開道。

「小娘，小娘！妳怎麼啦？」小姑奶奶轉過燈籠，推搖著剛剛問話的那個新嫁娘般的女子說：「妳認得那個什麼貴客關東山？」

燈籠光搖顫在那個年輕女人的臉上，即使有那麼一層紅紙傳出紅暈，也遮不住她那張臉上突興的蒼白，她的兩隻帶有濕意的大眼緩緩的閉上了，彷彿要把無數的傷逝的歲月關回在那雙眼裏，在黑又長的睫毛交合處，擠出兩粒晶亮的淚水。

「關東山，關八爺？是了。」她幽語說：「是我爹開鎖放了他，跟他一道兒走的……關東……」

在北徐州的大牢裏遇上關八爺那年，愛姑才十六歲。做父親的秦鎮原是個南貨店裏的賬房，兵亂的日子裏，東主歇了業，才央人說項，找上獄卒這種苦差使。愛姑十歲那年，患癆病的母親死在牢房外那條窄街的矮屋裏，祇留下孤苦的愛姑跟著父親相依爲活。

自小就在牢獄裏長大，愛姑熟悉那個陰黯霉濕的世界；做父親的秦鎮雖幹了這一行，可不像其他獄卒那樣子，冷酷得沒有半分人味；一般的獄卒們的日子過得很霉爛，愛姑記得那些輪廓已經相當模糊的醉臉，不逢輪班的當口，他們就愛窩聚在紅牆左邊，窄街背後的一家半開門的娼戶裏爛賭。

她記得卞三和歪眼兒四徐五跟毛六那夥自稱是折過鞋底（意指拜兄弟），但卻常在賭桌上爲一文小錢拔刀子咒罵祖宗八代的獄卒。記得門前有道污水溝，房簷能打著人頭的低矮的土屋，鴿籠似的小方屋，煙薰火烤的土牆框兒貼著些前門煙裏的畫卡，一盞燒黃色煤油的小號馬燈連罩子全是黑的，一直低垂在三條腿的賭桌面上。如要想找人接替爹的班，非到那些地方去找不著人。

她實在怕進那扇門，她怕白胖的老鴇母瞇著眼，像找什麼金山銀礦似的抹著人胸口的那種刺人的眼神；怕那些蓬頭散髮、渾身骨頭好像沒擰緊似的姑娘們，打著啞嗓子粗聲嗲氣講那些淫詞穢語；怕十三協裏那些穿藍衣的兵爺們，歪吊著嘴角，色迷迷的兩眼，拿人當骨牌抹的眼神。她經過時，兩頰燒得慌，使手帕在背後緊扭著，頭垂在胸口，但仍聽見輕浮的口哨和那樣挑逗的俚曲兒：

「妹呀，俺倆一頭睡喲，

扯開了老棉被唷，

一股貓騷味……噢……」

扭著小汗帕兒像逃鬼似的飛奔進側廂的賭場去，高喊著：「接爹的班啦，卞三叔或是毛六叔！」而那些將滿把蠶豆子在一桌油灰上數來數去的賭鬼，總那麼磨磨蹭蹭的。

「先回去跟妳爹講，叫他再看段水滸傳，咱們就來，好唄。人把兒（黑道暗語，指秦姓）家的片子（指丫頭）甭在這兒釘著，兵爺看走了眼，吃虧的還是妳。」

要是逢關餉呢，這夥賭鬼可又換了地方了，什麼聚珍樓萬象樓，再不然就是五福館口味香那些下三流麇集的酒樓飯鋪兒，事先議定打平伙，卻把零錢湊在一個人手上，掩飾那種寒傖，酒席筵前，你卞三爺過來，我歪四爺過去，取的個「人抬人」「水抬船」。吃飽了喝足了，切些兒雜碎，拎瓶白酒一路喝回來接班，留著那份兒好在牢門邊泛黑的木凳上消夜。

話說回來，無論是酒樓也好，娼館也好，總要比眼看那些黑獄牢房要好些，因在那裏的人哪還像人，簡直就像是囚著一籠豬；在那兒，不分是行兇作惡的江洋大盜，仗義濟貧的俠士，因北洋兵欺詐不遂誣告繫獄的富賈，游手好閒不務正業的流氓，一律是號字衣，赤腳板，重刑犯還加有手銬和腳鐐。

那兒有無數石砌的高牆，間隔成一方一方的小天井，天真像是井口，露一方深邃無底的蒼藍，而因刑繫獄的囚犯們連看天的機會全是難得的，囚屋又古老又沉黯，寬大的拱廊啣著拱廊，連那點兒可憐的天光也叫遮斷了；每天的每個時辰，都聽得見沉重的腳鐐拖動的聲響，聽見賭輸了錢的毛六一夥人搬弄私刑磨叨犯人，好在那些窮途末路的傢伙們身上磨出幾文孝敬費，再去宿娼和酗酒，過那些胡天胡地的生涯。

爹不是那種人，跟他們連不上氣兒。爹輪班的時刻，總坐在長凳靠簷那一頭，泡壺濃茶看他的水滸或者三國演義那類的書。「自古做大牢的不光是惡漢，丫頭。」爹就那樣嘆說過：「黑黑的牢間裏，不知有多烈性漢子困在裏頭?!就像前時那幾個革命黨罷，頭天關進來，二天就提出去斃了。這不是講律法，叫爹我跟卞三他們一樣爲虎作倀，我不幹那個……」爹看水滸傳，頂推崇黑旋風李逵，說是：「凡人立身處事，誠實忠義頂要緊，黑旋風是個至性人，有沒有學問有沒有口才，那倒其次。」……關東山關八爺也就是那時爲朋友兩脅插刀進牢的。

辮帥親自提審關八那宗案子，轟動了北徐州，茶樓酒館拿他當話題，做買賣的也都在議論紛紛；關八爺是自己進城來投案的，這可是把自家腦袋拎在手裏玩；小辮子張勳的狗熊脾氣陰陽不定，高起興來也許會把關八爺五馬分屍。照爹那種形容，關八爺真比他心眼兒的黑旋風更高一籌。

「他姓關，或許是關王老爺的後嗣，」爹說了：「黑松林義釋彭老漢，明知辮帥會要他的人頭，關八爺値得人佩服就在這點上——明知保不住腦袋他還是幹了，他若不是關王爺後嗣，哪來這大的膽子?!」

關八爺發監那天，監前那條街擠滿了人，全等著看他的真面目，誰知等了個空，——也許是辮帥怕關八名頭大，人群會生出事來，改在深更半夜把他悄悄的送進牢房。當夜，爹値小夜班，自己挑盞燈籠替他送夜飯，就見長廊下面，四個配短槍的馬弁連拖帶架的拖著囚人，那漢子手上帶著雙銬，腳踝上繫著頭號鐐；發監前明明受過毒刑拷打，一身藍布軍衣扯肩搭背全是血斑，尤獨是那雙腿，看樣子幾乎廢了，軟軟的在地面上拖著，腳鐐後邊一截鐵鍊上繫著一隻十來斤的鐵球跟著滾動，鐵鐐釘得太緊，一截兒裸露的足踝全叫磨塌了皮，順著鐵鍊兒朝下滴血。

爹佝僂著腰，找出鎖匙來打開那間小監房的門，四個馬弁拖著那人扔進去，爲頭的一個朝爹說：「人，是交給你了。」……對了，那一夜自己曾親眼看見關八爺入獄時淒慘的光景。

波漾波漾的歲月喲！是再也覓不回來的了。爹對關八爺那種關照法兒，甭說是獄卒對囚人，即使是知己好友，祇怕也不到那種程度。爲了替關八爺療棒傷，爹不吝當掉衣物和被頭，去老城南祥生中藥舖去抓湯藥，買膏藥，抽著深夜無人的時分替關八爺換貼，一口口親餵他湯藥，直至他能走動爲止。爲怕關八爺在牢房裏悶氣，他就把長凳兒挪在小監房門外，兩人隔著一道鐵欄聊天聒話。

「八爺您可真夠英雄！」爹說：「您是條真真實實的好漢子，爲朋友兩脅插刀。」

關八爺聳著肩膀搖搖頭，搖出一臉的寂寞淒迷味：「弄岔了，秦大叔。我關八放了彭老漢，並不是憑著義氣，更不是爲什麼朋友，我實在是不忍那些爲混口飯吃的老實人，在我手下……丟命。

在黑松林，不論他是彭老漢或是素昧平生的，我全該放……要是我還有顆沒被染黑的良……心！」

「不錯，這年頭講良心就得吃苦頭，」爹的眼有些潮濕：「可是，八爺，您這番苦頭吃大了，……跟您說句實情話：你發監算是運氣，咱們原來全以爲您會當場送命的。」

「這就是張勳的辣處，」關八爺那污穢的臉湊在鐵欄邊：「他要先緝獲彭老漢那夥人，他要那夥人死在我眼前，然後再斷送我……他要我臨死自認是個傻蛋。」

那就是他的聲音，他的形象，在今夜的繁燈裏。自打一天黑夜裏，爹爲他打開牢門，陪他越獄去關東，這些年來，爹怎樣，他怎樣，無時不留在自己的夢裏。如今他回來了，爹呢？爹該在那裏？他不知道當年的愛姑，今天的萬小娘，在這些年裏遭過什麼？遇過什麼？回過頭去，就有千顆萬顆心也該碎盡了。

龍鞭沿著街廊一路滾響過來，出會了。

最先出的是萬家樓七支房族中的七檯亮轎，每檯轎子全穿上一丈八尺長的紅漆長轎槓，外加三道橫槓，彎彎的橫槓中間，各雕著凸出的金漆虎、獅、龍、鳳頭；每檯轎子全由廿四個壯漢抬著。亮轎的轎篷不同於一般官轎和花轎，全係用綠呢紅綢佈成的；亮轎的轎篷全是由多彩的透明的玻璃片穿綴而成的。轎裏懸著八寶琉璃燈，轎角上、亮角上亮著四盞宮燈，轎頂四邊鑲滿了銀製的燭籤兒，外加長圓形的玻璃罩，罩裏點燃著明晃晃的白蠟和紅蠟，紅白相映成一環，那光亮交投在轎頂妝點得繁華如錦的飾物上。

在北地挨縣數，各鄉各鎮也常行賽會，但若說到賽亮轎，那可真就是鳳毛麟角了。萬家樓人得意就得意在這點上，旁處並非不想賽亮轎，實在是他們賽不起，單就保爺族裏出的那頂轎子，飾金就飾上一百四十八兩金葉片兒，還不算宮燈上嵌的瑪瑙、麒麟眼裏的大珍珠；那頂轎子使用了五六代了，每年都還朝上添新換舊。賽亮轎不但要賽轎身的紋飾和新奇，還得要賽那廿四個抬轎人的服飾、繡飾，和亮轎的身手。

明晃晃的頭一檯亮轎，在轟雷般的采聲裏軟悠悠的抬了過來，廿四個漢子齊一步子，有節奏的聳動肩膀，使轎身好像是浮在軟浪上的鵝毛。頭道橫槓的主槓手是保家的護院大鬍子牛恩；誰都知道牛恩是個武術師，用他來當主槓手，可說在任何情況下轎子都不易倒，在行家眼裏一瞧，就那廿三個助手，也是十中挑一，經過長期調教出來的。他們一律套著原色軟牛皮的護臂和護腿，頭上纏著薄緞的黃巾，光身上穿著無袖的緊身馬甲，黑地紅鑲邊，襟前灑一路密密的盤花扣兒；下身穿著白棍褲，翻毛薄底箭靴，靴口繫著小鬧鈴。

「喝，到底是長房這檯轎子硬扎！」人群裏有人誇說。

「甭把話說老了！」後面有人插嘴說：「老鼠拖木掀（**木掀，北方農具之一，形如鐵鏟**）大頭在後面。咱們小姑奶奶那檯轎子，你等著瞧罷！」

實在說，不管七房那頂轎子妝點得怎麼樣，單就長房這頂轎子，那種富麗堂皇也夠人縮不進舌頭的了。長房這頂亮轎，還是在萬金標老爺子的祖父——朝官太爺手上製出來的；轎架採用堅實的紫檀木打成，兩根長轎桿是棗木的，照轎桿的長度論，這兩支棗木的原材總得兩丈三四，棗木是生長得極慢的一種木材，普通棗木極難選出這樣長這樣粗的；這頂亮轎的轎木和轎桿全上了朱紅的光漆，光彩照得見人影兒，荀頭接合處，又嵌著九道兩指寬的銀箍；轎身兩邊開著玻窗，繞著玻璃，各有七張由無數綠色琉璃珠和黃金葉片綴成的角形葉子點綴著。

亮轎在極輕快的步伐下波著漾著，亮光從轎內垂懸著的八寶琉璃燈中透射出來，使轎身所有的彩圖像影畫般的浮凸出來，星星燦燦的閃射出一片晶瑩：轎角宮燈上嵌著粉色琉璃的荷花，燈下拖滿了細細長長的琉璃瓔珞，轎身盪動時，瓔珞跟著搖曳，搖出另一種雅致的風情。

頭轎的轎頂上，昂昂的站著一隻通身銀繡的麒麟，蜷起一隻前蹄，朝天張著嘴，兩面的銀鬚朝上高捲著，隨著轎身的波動發出一串無休的顫索；麒麟的兩隻眼望著轎頂四面明亮的燭火，瑩瑩的綠光暴射著，直如活的一般。

「就憑這兩粒大珍珠，就把這隻麒麟給點活了！」

「我倒迷在繡工上，你看那麒麟身上的一鱗一甲，繡得多精多巧！全是細髮般的銀絲編結的，得花多少心思?!」

「四判官要是看見這種排場，」鎮上的滑稽人物大板牙咬著旱煙袋嘴子說：「他就睡不著覺了，——祇怕他祖宗八代全沒見識過這麼精的銀繡，這麼大的珍珠！」

「看二檯轎罷，」有人說：「迎轎的鞭炮又響了。」

第二輛亮轎是老二房出的轎子；萬家樓七支房族當中，老二房頭的人丁不旺，單傳了好些世代，直至小牯爺的曾祖朝祥太爺手裏剛有點兒旺氣，偏又遭了一場大火劫，把一條街的大片房產全燒成焦糊的牆框兒了。但二房是個好強爭勝，死要面子的房族，也就在朝祥太爺手裏，把一半野蘆蕩割讓給長房，打點一筆鉅款，又把那片遭過火劫的房產重置起來。等到小牯爺當了家，老二房好像添了一把遮得住天的紅羅傘，無論幹什麼，小牯爺總要走在其他各房族的前頭。

小牯爺自小就逃塾不肯唸書，整天耍槍弄棒，長大後變成一條生氣勃勃的野牛，彷彿一身全長著角。二房出的那頂亮轎沒有前一頂轎子妝點得那麼華麗，卻另有一種野氣。

第二頂轎子的廿四名抬轎手，全是由老二房那支槍隊裏挑選出來的小夥子，年紀不超過廿三四，每人穿著無袖的緊身獸皮馬甲，攔腰勒著寬皮帶兒，帶面上滿嵌著一圈銀星；帽子也是四塊瓦毛朝外的獸皮縫成的，黑裩褲的褲管高高捲起，露出一段精壯多毛的小腿，腳下蹬著薄底筒靴，靴口也綴著一圈怒蓬蓬的獸毛。當那頂亮轎抬過來時，遠遠的人群簡直分不清抬轎的是一群人，還是一窩成精作怪的虎豹。

跟在那頂亮轎後面的鑼鼓，也敲出一種粗野急速的點子，抬轎的就進三退一踏起花步來，使轎頂上那隻由整張虎皮縫成的假虎，連尾巴也或左或右的擰動起來了。二房那頂轎子四周雖也是用七彩的琉璃綴的，一樣的晶耀奪目，但那些琉璃珠子卻全串成各式兇猛的獸圖，連一片花花朵朵也沒有，更奇的是轎中沒有懸燈，卻安放了一隻二尺高的三腳銅鼎，鼎裏焚著檀香，除了由飄動的焰舌上放出活動的光熠來映亮轎身的彩團外，還給整條大街留下一股濃烈的香氣。

二房的小牯爺穿著一身黑短打，騎著一匹無鞍的黑馬，領著韁繩從轎側竄到前面來，一共有三四匹馬跟著他，那些槍隊上的人今晚全沒帶槍。

「噯，牯爺。」大板牙這回可把煙袋從嘴裏拔出來了：「說您大膽，您可真是大膽，這可是四判官要來赴會的呀……保爺業爺全帶著槍的，您可是在空著手玩。」

「大板牙你這個甩子！」小牯爺說起話來，眼角總是稜稜的：「我帶著槍就不玩，玩呢，就不會像保爺業爺那樣，把心放在別處，那樣玩起來就沒意味了！沒意味，你懂罷？那祇算假大膽兒。」

第二頂亮轎轉彎進了萬家樓前的那座大廣場，沿著廣場四周，高竿兒豎得像密林似的，竿頭上捱捱擦擦的搖動著各式的馬燈和燈籠，這邊看賽會的人群更多了，人頭遍地滾著，小樓上，曬台上，石砌的矮牆上，到處全擠著人，還有幾股兒人流，從各條街道上跟隨著亮轎一路匯入廣場來。小牯爺一夾馬來到樓前的石級邊，從石級下望上去，第廿四層石級的高台上，安放了一排太師椅，全還空著，祇有長房的業爺跟四房的老侄兒萬梁在說話。

「喂，世業，咱們的會主保爺到哪兒去了？」小牯爺說：「等亮轎全進了場，就該起賽啦！」

萬世業瞧見小牯爺，趕忙丟下萬梁來，摟起皮袍叉兒跑下石級說：「甭急，牯哥，今夜咱們萬家樓來了貴客，保哥方騎了馬去邀客去啦。」

「貴客?!」小牯爺眉毛鎖成一把黑：「你知道是誰？」

「在黑松林釋了六合幫，投案坐大牢的關東山關八爺。」萬世業朝小牯爺笑說：「該稱他是貴客了罷！」

小牯爺不屑的聳聳肩膀，話頭兒有些火氣：「貴客，當然嘍，世保跟你兩人外強中乾，一心真怕他四判官真會打出黑虎偷心拳，關八爺來了，正好壯壯你們的膽子，還有不是貴客的嗎?!……我說世業，世保他雖說年紀比我小兩歲，他可是萬家樓的一族之長，你們可不能在外人面前露出怯相來，既亮出話去不把四判官放在眼裏，一面可又處處小心火燭幹啥來?!」

「我！我倒沒這個意思，小牯哥，」萬世業說：「祇是保哥他說過，防人之心不可無，萬一他四判官進來，咱們是有備無患，我說：你老二房誇稱膽子大，我覺得有些有勇無謀，若是四判官真趁機捲進來，打咱們一個措手不及，咱們難道還得放著一條大街讓他燒?!」

「好罷，」小牯爺攤開手說：「讓你們有備無患，我是更放心看會，有什麼不好?!不過有句話我得說明白，就是他四判官真在這三天會期裏捲得來，也是咱們萬家樓族裏的事，用不著拉上關八他來幫忙；他英雄好漢他的，萬家樓的事從沒請外人插過手，今夜他是客，明早請他走路，免得日後留話他說——萬家樓對四判官碰火，全是我關某人拔刀相助的。這份人情，咱們還不起呀！」

萬世業苦笑著搖搖頭，他真想不透小牯爺這種陰陽不定的脾氣，——在往常，他是跟各地混世的朋友打得最火熱的一個人，他也不止一次惦記過關八爺，今夜就算在火頭上罷，說起話來，也未免太不近人情了。不過對方說完幾句火氣話之後，也就沒再爭嘴，兜轉馬頭說：「算啦，起賽會要緊，你瞧，有五頂亮轎進了場了，咱們不能耽誤時刻，我去找世保去，他不來，沒有個主兒呀！」

小牯爺一夾馬，就從廣場一角竄進後巷去了。

六合幫腿子靠進萬梁家的舖兒時，街頭的亮轎還沒有過完。這一群粗莽的漢子們推著鹽車趕了一整天的長路，除了沾霜的枯柳，衰草落葉，再就是灰霾霾的天色下的野蘆葦和滿眼風沙。鹽車一進萬家樓，人潮、燈影、龍鞭、鑼敲鼓打的喧嘩，直把他們像推進五顏六色的彩夢裏一樣，一種明亮，輕快的狂歡世界，在一剎間躍進他們的眼，無怪一個個全像剛出洞的獾狗，把剩餘的精力全放在豪笑裏迸出來了。

「我操他個外祖奶奶罷！」大狗熊像喝水似的罵開來了：「我敢賭他媽血淋淋的咒，這種熱鬧老子從來沒瞧見過！這是啥？金山銀山堆成的轎子，稀奇！可算是稀奇！」一面說著，人在萬梁舖的廊簷下面背靠牆，一隻腿蹬在鹽車把兒上，使手背擦著口水朝一邊亂甩。

「噯噯噯，你他媽文明點兒！」石二矮子說：「我可沒求雨呀！屌熊口水甩得人一眼的！」

「不關緊，不關緊，」大狗熊說：「我他媽不甩不就成了？窮嚷個屌毛！看會要緊。」

「乖乖，這是哪家的閨女？這麼個俊法兒?!」石二矮子指著騎馬挑燈籠，走在亮轎前的姑娘說：「這比畫紙上的美人兒還要俏三分嘛！誰他娘有福娶到這種媳婦，就該一輩子不離被窩……」

石二矮子使舌頭舐著上唇，正待找兩句更什麼的話說說，誰知被人從身後一把抓住大襖的後領，猛的朝後一帶，又朝上一拎，弄得他恁啥話也說不出來。石二矮子雙手護著頸子扭過頭去，開二腳（**第二輛車的掌車者**）的向老三一臉冷得發青。

「閉嘴！」向老三低低的但卻朗朗的吐出兩個字來：「要是你想活出萬家樓，你就閉嘴！」

石二矮子慌忙像磕頭似的點頭；他不能不點頭，因爲他再不點頭，頸子叫領口鎖住，迫得他喘不出氣來了。向老三手一鬆，石二矮子連忙吸了兩口氣，扯著向老三說：「兄弟夥，甭那麼神經好唄？叫人弄不清真假了。」

「你知她是誰？」向老三這才緩和下來，惱聲說：「她是萬家族裏的小姑奶奶，你好歹省些事，你若油嘴薄舌，叫萬家恁是誰聽了去，當心你那腦袋！」

石二矮子當著向老三伸伸舌頭，等向老三轉身進店，立即擠眉弄眼的朝大狗熊扮個鬼臉說：「就算她是公主娘娘罷，背後也封不住人的嘴呀?! 萬家的小姑奶奶跟我姓石的啥相干？……除非她這輩子不嫁，當個磁佛供著。」

大狗熊哪還理會石二矮子的閒話，他兩眼像遇上吸鐵石，被吸在最後一檯亮轎上，七房的這檯亮轎簡直是抬寶轎，廿四把抬轎手全穿著寶藍的緊身緞子掛褲，腰裏繫著同色的緞帶，胸前和袖口嵌上琉璃的花邊；論轎身的裝飾，比長房那檯轎子更顯得雅致，轎身以碧色琉璃珠串成的八仙過海圖爲主色，配上一捲捲白色的煙雲，遠遠望上去，簡直就是栩栩的活的丹青。轎頂上，立著五隻七彩的鳳凰，不用說是取五鳳朝陽的意思，每隻鳳凰從頭至尾總有四尺，那彩尾展垂在轎簷外面，鳳身係由各色琉璃珠和金葉裹成，鳳腹裏亮著百十盞燈，把鳳身從裏到外映得通明；鳳頭鳳尾全採用較軟的鋼絲彈簧，轎身一動，那些彩鳳便搧動翼子，點著頭，搖搧著長尾，一股展翼入雲的樣子。

「噯噯，老哥，」石二矮子在廊下攫著個看熱鬧的：「會在哪兒起賽啊？」

「十字街口的空場兒上。」那人說：「你能不能鬆開手?!我的袖子快叫你扯爛啦。」

石二矮子鬆開手，使手肘碰觸著大狗熊的大腿：「我說，咱們免調當啦（**鹽梟暗語，把吃飯稱為調當**），兔腿揣在懷裏，各把壺子水，那邊看會去。」

「噓——」大狗熊說：「八爺交代過的那番話，你又全扔到腦後去啦?咱們也祇是在這兒溜溜邊兒就夠了，明兒大早起腳，你當真通宵不睡?……再說，咱哥倆一雙屁股鎬筒兒，還是少走爲妙。等調當了了，咱們滾滾就扯蒙子（**鹽梟暗語，意指賭完就睡**）。」

「咱們只走一會兒，」石二矮子幾近懇求說：「萬家樓這麼大法兒，各街各巷燈火通明，沒有作伴的，我怕會迷在那裏。咱們閉著嘴不惹事不就是了?!」

「我不去。」大狗熊說。

亮轎後面緊接著各房族的花鼓會，鼓點子嘭隆隆像一陣急雨，石二矮子憋不住說：「大狗熊，說真箇兒的，你若真的不去，我可要單溜了。」

「矮鬼，你真的要去?!」大狗熊說：「當心八爺會擄你一頓。」

其實關八爺一點兒也不知石二矮子溜走的事，萬梁的舖子是他的熟地方；店主萬梁也是個混世走道兒的人，除了開這間萬梁舖，兼替萬家樓稅卡收鹽稅之外，在鎮上也設有一爿鹽槽子（收購新鹽的鹽店）。

萬梁收鹽稅，按萬老爺子所訂的老例子，每百包抽一包，萬梁槽子從不截各幫各路的腿子（有很多鹽槽仗著地方權勢，硬以較低價格強收過路私鹽，謂之截腿子），凡是過湖鹽（從產地海州運過洪澤湖銷售者）過境，隨領腿子的意，多少留下一些鮈兒（鹽梟暗語，鹽之別稱），供給萬家各族以及各處田莊食用；而槽上開出的盤口，總比湖西還要高些。

關八爺一下牲口，舖裏就有人牽去大麥槽上槽加料，萬梁舖裏的老賬房程青雲，戴著青緞的瓜皮小帽，穿著整整齊齊的長袍馬褂趕過來抱拳迎客，見了關八爺，一躬到地說：「萬家樓小地方，今夜有八爺這般的人物光臨，真是難得。適才族主保爺親來關照過，要咱們小心侍候著八爺，待會兒保爺還要來的。」

吩咐雷一炮把十六把腿子暫在長廊下靠妥，關八爺這才挑起門簾兒進店。

萬梁舖是爿規模宏大的店舖，接待來往的行商旅客兼營吃食，前排是棟五間通的敞屋，大顯門筆直放得進車馬，通道自影壁牆起朝兩面分開，四面的高牆圍住一進廣闊的院落，東牆搭一溜兒長棚，專停各式車輛；中進五間是一般的客堂，五盞帶笠的大樸燈終夜點亮，從東路過長牆邊的側門，另有一座花廳。

老賬房程師爺走在關八爺身側說：「八爺，請過那邊，保爺他業已設了兩桌薄酒，算是替八爺您洗塵；今兒晚上鎮上行賽會，保爺怕是抽不出空兒來，所以請七房裏的珍爺來陪客，等八爺您用罷飯，保爺自會來接您去看賽會……」

「保爺他真是太看重兄弟了！」關八爺感慨萬千的說。

關八爺望著這所寬廣的大宅子，在東西長棚棚簷懸掛的馬燈下面展現著，花還是花，樹還是樹，一切都還像十多年前的老樣兒，不知有多少夜晚，六合幫在這兒靠腿子，迎客的也都是這位程師爺。如今自家認得他，而他也許只認得黑松林義釋彭老漢越獄走關東的關八爺，卻認不出當年拉車的小夥子關東山了。同樣的，保爺這樣款待自家，也款的是虛名藉藉的關八，可不是當年頭撞黑漆棺，呼天不應、喚地不靈的拉車小子。關八關八，你當真在人眼裏成了個英雄了麼?!謀害六合幫的仇人沒踩著底兒，獄卒秦鎮秦大哥的女兒下落不明，也沒能報恩，有哪點夠得著英雄?!

「珍爺！珍爺！」程師爺先一步搶進花廳叫說：「關八爺來了。」

「噢，八爺，」珍爺人沒出來，話先出來了：「萬世珍久慕八爺的名，咱們家的兄弟保爺，更把八爺佩服得不得了！今兒可總算見到了。」珍爺挑簾子出來，一把把關爺握得緊緊的，抽出另一隻手挑簾子讓關八爺進屋，跟著說：「程師爺，煩您關照外廂諸位掌腿子的老哥們，一道兒進來用酒，晚了怕耽誤看賽會。」

在萬家樓待過的人，大多數全曉得七房裏珍爺這個人，雖說在同輩裏數他年紀最長，四十來歲的人了，玩心還跟廿來歲的小夥子一樣；他那條左腿走起路來有些跛，那是多年前學騎馬摔壞了的；耳朵邊有塊疤，是練飛刀入石柱時，小攮子蹦回來斬的；那之後，珍爺就沒再玩過那些野玩意兒。

若說珍爺就是天生的小膽子，也未免有些冤枉，實在珍爺的體質弱些，不適合玩那些野的。珍爺攻書很下了一番功夫，經史子集「多少」懂得些，一筆魏碑也寫得有「三分」像樣兒。珍爺最拿手的事就是養花和飼鳥；這兩宗事，不但在萬家樓沒人得比，就是北地各縣，珍爺在這方面也真算是一把手。除了花和鳥，珍爺最感興致的事就是賽會了。

「我說珍爺，我有句冒昧話先得陳明了，」關八爺說：「兄弟今天重領六合幫幾把腿子過境，蒙萬家樓幾位有臉有面的爺們賞賜一席，咱們感謝不盡，我關八替那幫兄弟當面謝過。我業已交代明兒大早拔腿子。我看珍爺，這賽會麼，不……必……了。」

「哪兒的話，」珍爺說：「咱們只當是軟扣您三天，等賽會行過了，再放八爺您上路。……這回您可越不得獄了，這場賽會您非看不可。」

「我倒是無所謂的，」關八爺苦笑笑：「只是我手底下這夥子野性兄弟，活蹦活跳像花果山下來的猴精，我耽心一弄出岔子來，對保爺和您都不好交代。」

在酒席上，關八爺查點人數，十六個人缺了兩個，雷一炮說：「這兩個傢伙，一花眼功夫就背著人溜掉了，準是去看賽會去了。」

「您瞧八爺，」珍爺說：「兄弟猜得準，諸位老哥們既想看賽會，就早早兒的用了飯去罷，稍待一會兒，保爺怕也就要過來了。適才保爺跟舍妹菡英說起諸位來鎮，舍妹要我堅請諸位賞臉，看看她親自妝點的轎子。」

萬世珍說完話，關八爺附著雷一炮的耳朵說：「老哥，等歇要各人捎上嘴子。——看樣子，萬一遇上四判官捲得來，各位都準備自保了……」

月出時退開的雲塊又聚合起來，一度停落的風又在火把頭上出現了。七檯亮轎齊臨高樓前的廣場，轎子外面，七班鑼鼓繞成七個圓環，交替的敲打著新奇的鼓點子；也許有些人在賽會前真箇擔心賽會場上會冒出朱四判官來，驚天動地的開槍對火，鬧出一番大事故，等到出了會，這才發現擔心是多餘的；來看賽會的人擠在廣場四周，黑壓壓一片人頭，少說也有幾大千，高樓的巨大的影子在火光和燈華中高舉進雲裏去，不由不使人安心，使人想到憑他朱四判官，甭說撼不動這座高樓，只怕他那夥打總算，也搬不動樓基的一塊大石頭！

石二矮子拎著酒壺，把半隻啃剩的兔腿揣在懷裏，隨著滾動的人潮擠向廣場這邊來，人是那樣多法兒，上上下下全叫擠直了，腿捱著腿，肩膀抗著肩膀，那股人氣火炕炕的，一股汗味。石二矮子人太矮了，活像掉在人坑裏，儘管踮著腳尖，伸長頸子，仍舊看不見什麼好看的，除了高竿頭上挑著的燈籠和一些擠動的人頭。高處既佔不著便宜，腦筋就朝低處轉，石二矮子就埋下腦袋來，從旁人腰間朝前猛竄。

「矮鬼，噯，石二矮子，你弄到誰的襠底下去啦?!」明明聽見是大狗熊的聲音，叫鑼鼓打成幾截兒了：「咦，剛剛還看見他竄過來的，真是見了鬼了?!」

「我在這兒咧，大狗熊，你怎麼又來了?!」石二矮子說著，摸著聲音擠過去。擠了好半晌擠至大狗熊說話的地方，沒見大狗熊的人影兒，忽又聽見大狗熊的聲音在自己擠過來的地方窮嚷嚷，越嚷越去的遠了。

「真他娘的悶氣，」石二矮子嘟囔說：「這豈不是弄到漩渦上，推起大磨來了?!」

俗說「聚蚊成雷」，一點兒也沒錯，人群一麇聚，聽那種鬨鬨鬨的囂音罷，真像開了閘門倒了壩一個樣兒，喊爹的、叫娘的、拾帽的、找鞋的、外加上鞭炮，采聲和震耳欲聾的鑼鼓，把人腦袋全撐脹了。石二矮子既沒找得到高個兒的大狗熊，祇好一味瞎擠，總巴望能擠到最前頭去，誰知擠來擠去的還是陷在人窩裏，貼身的衣褲全濕透了，汗氣蒸騰像隻剛出籠的饅頭。

「噯，老哥，亮轎這玩意倒是怎麼個賽法兒？」

那個人順著聲音低下頭，這才找著說話的石二矮子：「你也來湊這份熱鬧?!我的天，你擠在人窩裏能看得見什麼?!」那人捏著短煙袋桿兒，吱起大板牙，說話時，細長的頸子一伸一伸的，使石二矮子想起白天在野蘆蕩邊看見過的魚鷹子。

「我是問，亮轎是怎麼個賽法兒？」

「噢，亮轎怎麼賽法?!」那人的眼珠滴溜打轉說：「我說，你是外路來的罷？嗯，這亮轎麼?……除了賽裝潢，還得賽廿四個抬轎人的身手。起賽的時刻，在廣場當中豎起兩排紅漆木桿兒，每隔五尺遠豎一根，排成七彎八折的樣兒，每頂轎子配上一班鑼鼓，依著鑼鼓點兒走花步，一路穿過那條彎彎曲曲的由紅漆棍排成的道兒。走完一次又一次，七頂轎子啣著轉，在紅漆棍排成的道兒裏耍花樣兒，依照各轎耍出的新奇花樣計點，壓尾是奔轎，鑼鼓聲點子一變，咚咚不息的像一陣急雨，主槓手一聲吆喝，那廿來個齊一步子，抬得轎子在彎道兒裏狂奔，左閃右閃，左轉右轉，不能摔倒人，更不能摔倒轎子，連碰歪了一根紅漆棍也要扣點兒。」

「噢噢噢，」石二矮子說：「原來還有這多的名堂?!……糟了！咱們這光顧著講話，叫擠到哪兒來啦?!」

「你可甭急，二哥，」那人說：「要看賽會還早著呢，天剛落黑頓把飯時辰，往年起賽會，哪回不熱鬧到四更天？你人矮擠不進人圈去，要看得真切請跟我走，穿過那條小巷兒，那還有道矮石牆，人騎在牆上，啥景兒全走不出眼界的。」

「喝，那敢情好！」石二矮子興沖沖的說：「到那邊，我請你喝壺酒，你瞧，酒在這兒，」他把酒壺拎在眉毛上晃了晃，又掏出一塊烤得焦黃的兔腿說：「野蘆蕩裏的兔子，真夠肥，咱們邊喝邊看賽會，才叫夠味兒不是?!」

「就是了！」那人附和著說：「我早知野蘆蕩的兔子夠肥的。咱們走罷。」

兩人返身朝外擠，到底身高眼亮，有那人帶領著，不消一會就打人窩裏擠出來了，那人領著石二矮子繞著高樓打轉走，一路全是石板舖成的窄巷子，兩面夾著高牆，由東面轉至西邊，果然有道四尺來高的矮石牆把廣場隔開，牆頭上也擠了不少孩子，在那兒拍著巴掌。

「就要起會了，」一個說：「保爺跟那個關八爺上階台了。」

「看那群走鹽的那種土匪樣兒。」另一個說。

石二矮子一聽，心裏一寬，暗想：關八爺跟一夥人到底叫人家拖得來了，該不會怪我領先溜號了罷。

「來，酒壺我替你拎著，你先爬牆。」那人說。

石二矮子把酒壺遞過去，對方接過壺，有意無意的掂了掂。

「嘎，不用掂，這是頭號壺，我關照店家裝得滿滿的，夠你喝的就是了，」石二矮子說：「老哥，你可甭把好酒給潑撒掉了。」

石二矮子轉臉朝牆伸出兩隻手去，勉強搆得著牆頭，正當他兩臂發力，一彎肘彎子，整個身體懸空的時刻，聽見身後那人說：「喏，二哥你太小氣了，還你這壺酒！」說著說著的，石二矮子就覺後腦瓜子一麻，天旋地轉，人就像一條死狗似的蜷縮到牆角根去了。

「個狗入的笨賊，」那人把砸扁了的錫酒壺扔開說：「你也沒豎起耳朵打聽打聽，萬家樓有幾個大板牙？嘿，你沒張嘴，我就知道你嘴裏長的是牙！在老子面前，容得你這替四判官臥底的？老子眼裏連粒沙子全容不得呢！」

「開……玩笑……」石二矮子迷迷糊糊的說：「大狗熊，他娘的，有你在一道兒，我腦袋就不會吃酒壺了……」

大板牙一聽，趕急把扔在一旁的酒壺又撿起來，照準石二矮子腦門正中重新來上一傢伙，可憐那扁了的酒壺，又叫石二矮子的腦袋敲成圓的了……

而大狗熊沒有石二矮子這種運氣，他改變主意來追石二矮子，忘記從櫃上拎酒。在這般湧擠的人群裏找矮人，真比海裏撈針還難，大狗熊仗著胳膊粗，蠻勁足，橫著身在人窩裏擠來擠去擠了好幾趟，也沒找著半根矮鬼毛。

「真他娘十足邪門鬼，矮鬼又不是土行孫（封神榜上人物，善土遁），明明看見著，說遁就不知遁到哪個地穴裏去了！」大狗熊咕噥著，擠到了廣場前面。

七頂亮轎已經在起賽了，在各班鑼鼓的導引下，繞著廣場四周緩緩的移動著。廣場當中，有些穿短打的漢子們正在立桿子，桿子之間橫扯著彩緞的帶子；那些晶瑩透亮的亮轎在抬槓子的步伐下起伏著，彷彿結成一條彩龍。長房的「麒麟」轎，二房的「虎」轎，三房的「金雞」轎，五房的「銀兔」轎……七房的「彩鳳」轎，各有各的特色，令人眼花撩亂。大狗熊把腦袋伸在人頭上望著，樂得連口水也忘記吸了。

亮轎踏進紅漆木桿插成的窄道時，頭頂轎的主槓手吹了一聲長長的唿哨兒，鑼鼓點子打出「亂插花」，顫索而急促的：

「咚咚咚咚吃咚克咚鏘！咚咚咚吃咚克咚鏘！」

那廿四個抬轎手便踩準了鼓點子，腳跟打著屁股，擺動身體跳將起來，前面十三個人矮身，後面十一個人躍起，前面十三個人躍起，後面十一個人又朝下蹲身；這樣一來，那頂轎子便像浮在一波接一波的大浪上，轎角的四盞宮燈隨著轎身抖動，悠來盪去的打著鞦韆，宮燈下垂懸的瓔珞不時碰擊著，炸出碗大的晶花。等到頭檯轎的鼓音剛歇，二檯轎的鼓音又起，鼓手打的是「炸豆兒」鼓：

「咚，咚彈咚，咚，咚彈咚，咚彈咚彈咚彈咚！」

二檯轎的抬轎手跳步很奇，無論下半身怎樣瘋狂的跳法兒，抬著轎的肩膀卻像山一般的穩紮；他們一齊舉腿前飛，舉腿後踢，舉腿左揚，舉腿右甩，簡直形成一面腿山，不斷的飛出層層腿影來，但是那檯轎子彷彿動全沒動過，直到走完那條彎曲的桿陣，燈全沒搖一搖。

「好哇！好哇！」人群一條聲的喳呼著。聲音還沒落下去，第三檯轎子又隨著另一種鼓音闖進桿陣裏來了。第三檯轎的廿四個抬轎手抬著那頂轎前竄五步，猛的挺胸蹲腿，凸著肚皮走起鴨子步來，每人雙手叉腰不扶轎桿，身子朝後大仰著，彷彿祇要拴條細線朝後一牽，連人帶轎全會仰臉朝天。這樣大膽的身法和步法，若沒經苦心調教，是決計走不出來的，人群裏爆出的采聲也就更多了。

大狗熊踮著腳尖站久了，趁第三檯轎子過去，第四檯轎子還沒接上之前，趁機彎彎膝蓋，偶然從廣場的空隙間看見高樓前廿四級扇展的台階，台階上面的平台上安排了一排太師椅，關八爺跟那夥弟兄全都大模大樣的坐在那裏，叼著洋煙捲的也有，品黃茶的也有，笑得老遠見牙不見眼，比自己擠在人窩裏伸酸脖頸兒，可不知強到哪兒去了?!

「他奶奶個孫兒的！全是石二矮子害的人。」大狗熊心裏說：「要不然，我不也在那邊翹上二郎腿了嗎?!虧得老子個頭兒高，若像矮子那樣矮法，祇怕啥也望不到了。」

看賽會看得久了，冒失鬼得要放一放（意指小解），可哪兒去找毛坑去？大狗熊原想丟開這念頭，下狠勁忍它一忍的，誰知冒失鬼憋不得，越憋它，它越刺叼人。大狗熊實在憋不住了，這才手抓著褲襠朝外擠，想著找處僻靜的地方把它放掉。

擠出人堆朝北拐，拐進一條窄巷兒，順著窄巷兒朝深處摸，一出巷頭，到了背街的另一方上空場兒上，空場兒四周有好些枝幹獰猛的大樹，樹梢上跳動著一星半點遠處落過來的微弱的燈光；等到腿底下絆著什麼，蹲下身一摸，才摸出遍地都釘著拴扣牲畜的短腿角樁。

大狗熊伸著鼻子聞嗅兩下，自言自語說：「對了，這兒是萬家樓的牛馬市，一股牲口氣味。」看看左右沒人，不如就在這兒把冒失鬼放掉罷。站起身來，剛扯開褲腰想放溺，就聽那邊的樹影背後有人惱聲說：「誰？夥計，砌個萬兒罷！」黑話一出口，大狗熊嚇了一跳，趕急又蹲下身去；冒失鬼不肯聽話，逕自出來了，弄得濕濕的一褲襠。

「火頭把（黑道暗語，指姓王的），八叉兒（黑道語：排行第八）。」大狗熊聽見另一個方向的濛黑裏，有人用黑話接上渣兒，才發覺剛才問話不是衝著自己發的。早年鹽車常走東海岸的賊窩子，自問對黑道上的暗語懂得些，像答話的這個傢伙，竟然自稱他是王八，真令人發笑。按照黑話的口氣，這倆個傢伙極像是做小手的（黑道暗語，指毛賊），老子先不作聲，聽聽他們說些什麼罷?!大狗熊拿定主意，身子伏得更低了。

「噯，『墜把兒』三（黑道暗語：指姓陳的老三），咱們『小架兒』不搭（黑道暗語：小架兒就是雞的別稱），『繩頭兒』不扯（黑道暗語：繩頭兒即是牛），跟他娘『琵琶』似的（琵琶，在黑道人稱『鴨子』，見琵琶，取其兩形相似也），擠在『草把兒』（黑道暗語：指姓萬的）家的『稠子』上（黑道暗語：意指集鎮），替角把兒四（指朱四判官）開暗『扇兒』（黑道暗語：扇兒指門，暗扇兒即暗裏開路），把『方子』（黑道暗語：『方子』即窗戶），即算今夜『水平』『風穩』（黑道暗語：意指一切順心如意），咱們還是……嗨，眼看他娘滿街走『長臉』（黑道暗語：『長臉』指驢和騾馬），各院住的『黑炭頭兒』（黑道暗語：指肥豬）夜來扯不上『蒙頭子』（黑道暗語：指被子）窩得慌！」那個自稱是王八的傢伙嘟嘟噥噥的說：「墜把兒三，我說這是何苦來?——萬一犯在草把兒家的手上，摘了咱們的『瓢』去，祇怕『有擠兒沒籠』，『曬光陽』呢！」

「我說，八叉兒，這些廢話甭在稠兒上喳呼了！」叫陳三的那個傢伙說：「你以爲開罪了角把兒四，能保住你那水包皮（黑道俚戲語，和瓢兒一樣，全係指腦袋）?!你若是瓜子癢了，開開窯兒，再不，拉拉花門兒（開窯：開天窯，就是掀開屋頂行竊。黑道暗語：稱挖穴掏洞行竊為拉花門兒），小架兒，揸角兒（黑道暗語：指羊）取些，碰高興，請跛二先生（黑道暗語：鴨子除稱琵琶外，又稱其為跛二先生，蓋取其走路搖擺也）喝盅酒去也好。」

「可甭談拉花門兒了，」王八說：「昨夜我試著拉，吃奶力氣用上也撥弄不開道兒，隔牆跛二先生不歇聲的唱皮簧（指鴨子呱呱噪叫），我沒在意，挨他娘『花皮條』扯了小腿肚兒（黑道暗語，稱『狗』為皮條，此處指挨花狗咬了小腿肚兒），酒沒喝得成，倒貼了三文錢的一張狗皮膏藥……」

大狗熊吱著牙暗笑著，自言自語的說：「你們這窩替朱四判官來臥底的小毛賊，你們可沒想到路旁說話，草溝裏有人罷?!」憑自己懂得的，那番話翻出來的意思是：叫王八的那傢伙先發了頓牢騷，抱怨「朱四判官把他們拉到萬家圩來臥底，白替他舖暗路，把風望信，弄得雞也不能摸了，牛也不能牽了，像一窩旱鴨兒似的擠在街上，就算今夜動手順利，咱個……大概也攤不上大份兒。」

在萬家樓，人多眼雜，這夥毛賊眼看「滿街走著起膘的牲口，滿院養著肥豬，卻做不上手腳，弄得夜晚睡不著覺。如果叫萬家樓的人查出來，摘了腦袋，祇怕在太陽底下挺屍，連口棺材全睡不成。」聽了王八這番話，那陳三就勸他：「已經來到萬家樓，放馬後炮也沒用了！假如不聽朱四判官的吩咐，照樣保不住腦袋。你王八要實在手癢了，掀掀屋頂，挖挖黑窿，拎幾隻雞，牽幾隻羊，碰高興偷隻肥鴨下酒也是好的！」王八抱怨說：「昨夜我試著挖穴了，牆根太硬撥不開，光聽裏面鴨子叫，不在意挨花狗咬了一口，倒貼三文錢的狗皮膏藥錢。」

「誰?!」那邊又在招呼誰了：「砌個萬兒罷！」

「弓把兒（黑道暗語：指姓張的），爛字行的（黑道暗語：賊不稱賊，稱為爛字行的，好像北方討飯的不稱乞丐，自稱咱字行的一樣）。」來人說。

「水勢如何（黑道暗語：意指在動手前風聲怎樣）？」陳三問說。

「高得緊！高得緊（黑道暗語：意指風聲不甚妙）！」那人說：「半路殺出個程咬金來了……門把兒，八叉兒，那一夥偏巧今晚裝進稠子來，這個數！人人全揹的有辣刮兒（黑道暗語：意指人人帶有短槍），如今全在台兒上唱著戲呢！」

「秋秋秋（黑道暗語，意指糟糕了）！」王八說：「角把兒四要脫褲子，亮光屁股了。虎頭抱四六——整頭整腦是個彎十！你們不知門把兒的威名，我的天爺，咱們可甭拿命豁上，趁早抽底罷。」

「我的兒！」大狗熊心裏一動：「朱四判官今夜當真要捲的來了……」他正想倒著爬開，回去找關八爺報信，身子還沒動呢，忽然聽見廣場那邊的人群鬨鬧起來，鑼鼓停歇了，有一道潑紅了天的火光從背後沖起，把眼前那些樹影照得真真亮亮的。

緊跟著，四面都響起了槍聲……

第七頂亮轎在鑼鼓聲裏演出特技，主槓手一聲唿哨兒，廿四個抬轎人使雙手把轎槓高高舉在頭頂上，狂奔著拐了三個險彎，轎身緊緊擦著紅漆木桿閃過去，轎槓兒從右肩換至左肩，從右肩又換回左肩；這一著兒功夫全靠一個三字訣：快！狠！準！要不然，連人帶轎都會摔到桿外去了。

在人群發出的轟雷般的釆聲裏，萬菡英樂得使雙手攥緊椅背，朝她身旁的保爺說：「噯，保哥，沙河口的抬轎手雖都是些新手，我看也夠賣勁的了！」

「可惜人家關八爺沒喝釆。」保爺取笑說：「五妹妹，妳這可是老王賣瓜，自賣自誇。」遂即轉朝關八爺說：「八爺，您沒見這頂五鳳轎？論妝點，是七檯亮轎裏頂尖兒的；論抬轎手的功夫，也夠一等一了罷。」

「噢，噢，」關八爺從怔忡裏醒轉來，歉然的笑笑說：「真是抱歉，保爺。我這正在想著，要是朱四判官混在人窩兒裏，我很想曉得萬家樓是怎麼對付他？……我自打答允替六合幫領腿子走西道，我就留神四判官的手法了。」

「萬家樓的事，不用八爺您這做客的費心，」一旁的小牯爺說：「您看，我空著兩手，連傢伙全沒帶在身上，我若擔心四判官會來，我就不至於這樣放心了！」

「業爺，業爺，我跟你說句話……」

那邊人叢裏擠上來一個漢子，手拎一把錫酒壺，急急匆匆上得階台，招起手掌就著業爺的耳眼子咕噥了幾句話，業爺臉朝下一沉說：「甭大驚小怪了，大板牙，先替他旱鴨子浮水給吊在二樑上，狠抽它一頓籐條，等完了會再說罷。」

「慢點兒，大板牙！」小牯爺說：「你捉著什麼了？」

「替四判官臥底的傢伙，」大板牙笑嘻嘻的伸著腦袋，一付大門牙朝上撩著：「那傢伙連亮轎怎麼個賽法全不懂，一開口就露出馬腳來了！我請他連壺帶酒吃了兩壺，直到如今他還沒醒酒呢！」

「甭以為四判官豎狼牙椿，揚言要捲萬家樓全是虛張聲勢，保爺，你該明白這個。」關八爺說：「您不記得去年元宵節，四判官捲掉柴家堡嗎？」

「我清楚。」保爺說。

在座有好些人聽講過，朱四判官趁著上元節，柴家堡舉行燈會時闖進去的；柴家堡仗著槍枝多，人手足，也是大敞著四面柵門竟夜賽花燈；槍一響，柴家的族主柴進隆就叫撂倒了；人群一鬨一亂，槍隊集不起來，等槍隊集起一小簇兒人，又缺人調度，直著喉嚨大喊殺賊，朝天瞎放一陣空槍。——那好像放龍鞭歡送四判官沒兩樣，柴家堡的金銀細軟叫四判官放出去四牛車。

「我清楚，」保爺重上一句說：「萬家樓不像柴家堡，我知四判官是隻又刁又猾的老鼠，我這回行賽會，正是張開籠口，趁機會夾住他的鼻尖。」

關八爺凝望著腳下的大廣場，場心正行著奔轎的各頂亮轎和滾動的人群，他的兩道濃眉緊蹙著，彷彿有一種推不開的陰影，黑鳥般的棲落在他的臉上搧著翼子。不錯，保爺在某些地方，確有些像當年萬金標老爺子那種雄風豪氣，可也有些年輕人浮誇味兒；就算萬家樓事先有準備罷，也未免把四判官估量得太輕了。依朱四判官那種計算，他若沒訂妥破你陷阱的法兒，他決不至於冒險朝裏闖。他闖柴家堡，是先踩清了柴家堡無備，才敢明火執仗朝外豁的；你萬家樓一舉一動，決瞞不過躲在暗裏的朱四判官的眼；甭看眼前熱熱鬧鬧的，祇消一眨眼功夫，說變可就會變下來啦。當真如小牯爺說的，不用做客的費心，那倒好了……

「我說八爺，您真的請放心，」保爺半邊身斜靠在太師椅把兒上，手掌支著腮，露出一截雪白的內袖，閒閒的說：「四判官要是聰明人，就不致於像李士坤那樣，捲萬家樓祇爲替他自己弄口棺材……除掉咱們家牯爺那支槍隊設伏野蘆蕩之外，我手上還預先集有三百來桿槍銃，除了南門……其餘各處全有人把著。」

關八爺也側過身子，苦笑說：「保爺，在此地，誰不知萬家樓是隻鐵桶？我一點兒也不擔心四判官硬砸桶殼兒，祇怕他認準桶底鑽出個窟窿，甭瞧祇是個小窟窿，桶可就不成桶了！……會上這麼多人，一出了事，您那些槍火朝哪兒潑？他四判官混在人窩裏拔槍，您總不能朝人頭上回槍潑他?!人堆成了他的擋箭牌，事兒就難辦了！」

倆人正說著話，就看見東面老二房的那條街有一片紅光衝起，描出一排參差的脊頂；人群裏有人大喊說：「東大街起火了！」不知是誰跑過來叫小牯爺，說是起火的地方正是老二房穀倉左近的輾房，若不趕急推水龍（**水龍為老式救火器**），穀倉祇怕保不住。

「這把火起得太突兀，」業爺說：「祇怕是四判官嗾使他手下縱火，趁亂好行事。大板牙適才抓著個臥底的，待我先去盤問盤問。」

「我得先去著人救火，不能讓火勢延到穀倉。」小牯爺說：「這邊我看祇有留給你收拾了，世保。」

瞧見東大街一起火，廣場人群像一鍋沸粥似的朝四面滾動起來，七檯亮轎、七班鑼鼓和一些花鼓會上的人倒很沉著，大鬍子牛恩一聲吆喝，那七檯轎便退至樓前的石級下面，展成一把扇子形，每人在轎下的暗盒裏摸出匣槍、鴨嘴銃和攮子；保爺身後的鐵門打開了，萬梁過來催說：「保爺，您跟關八爺和這幫掌腿子的老哥們先進屋罷，樓下的四十桿快槍全頂上火，在那兒等著四判官哪！」

「咱們這倒甭忙，」保爺說：「老二房的槍隊拉出去了，小牯爺去張羅水龍救火，他跟他身邊那夥人全都沒帶槍；你立即打樓上撥出廿桿槍，領著巡街去，遇上事，也好幫著小牯爺一把。如今除了東街起火，還沒見四判官影子呢，咱們可不能心慌意亂，自亂了陣勢。」

儘管保爺沉得住氣，賽會場四面的人群卻亂得一塌糊塗，火勢蔓延得很快，把半邊天的灰雲全映紅了；房屋的黑影在人眉眼上搖晃著，老遠全聽得見乒乒乓乓的炸瓦聲，火舌跟著衝了上來，捲在濃煙裏的大陣火花朝南面飄散，裹在黑夜當中的一角天地全現出奇異的慘紅，人群在湧擠中跌撞著，撞倒了扛著高桿的，燈籠跌落在人身上，有一個女人的脊背上揹著一把火，惶惶驚叫著朝樓前飛奔，匍倒在亮轎前面不遠的地方。

一梭匣槍子彈不知從哪兒潑過來，叭叭叭叭掠過人頭頂，打在高樓的石牆上，有一個護從保爺的漢子中了彈，匍倒在保爺坐過的太師椅背上。手拎著匣槍的珍爺嚇得躲到椅子後面去了。六合幫裏開頭腳的雷一炮搶下石級，翻過那脊背著火的女人，橫拖著她，背上的火叫拖滅了，卻留下一條長長的黑印。

「伏下身來！伏下身來！」關八爺說。

祇有保爺一隻手掂著自來得，另一隻手拎著皮袍叉兒，還站在高高的平台上找那發槍的人呢。無論如何，關八爺是說對了，儘管萬家樓事先有準備，出了事，卻祇有大睜兩眼挨打的份兒，高樓上下，長短槍銃百十來支，面對著人群，沒有一支槍能發火，這才叫窩心呢！一處槍響，四處槍響，不用說，四判官硬在萬家樓行賽會的頭一晚上捲進來了，街上的匣槍聲很密，朝外湧散的人群像潮水撞上巨石，反而倒灌進廣場來了。

「伏下身來，保爺！」關八爺話沒說完，又一排匣槍掃過，保爺扔開槍，回手捂著胸口，跌撞了兩步，跌翻了一把太師椅，人就那麼栽在石級上。

「保爺中槍了！」誰說。一個女娃失聲尖叫著撲在保爺身上，那是珍爺的妹妹萬菡英。關八爺滾身過來托住保爺時，三排槍彈擊滅了石牆上的一支火把；保爺那隻捂著前胸的手緩緩的鬆開，血泉朝上噴湧，染在他紫緞團花襖面上。

「他怎樣？」萬菡英哭問說。

「他……完……了！」關八爺咬著牙說。

槍聲在四面響著，萬家樓的槍隊眼看那些土匪在人群裏橫衝直闖，沒有一處還得上槍的。土匪究竟來了多少？沒人曉得；四判官人在哪兒？沒人曉得，所有萬家樓槍隊上的人全像戴上驢眼罩兒一樣，在四判官的鞭子下面打轉。四判官祇用六七支匣槍，就圍住廣場前保爺和珍爺領著的這百十來支槍，兩梭火潑下來，先把保爺放倒在平台上，餘下一個優柔寡斷的珍爺，更沒門兒了。

「我說八爺……世保他這一倒下來，可叫我怎麼辦？」珍爺抖索著說：「您聽四面槍響成這個樣兒！我能把槍隊縮在這兒，任四判官把幾條街捲空了走?!」

紅毒毒的火光抖動著遍地人影，好些被踏扁了的燈籠仍冒著青煙；經過一陣混亂，看賽會的人群也已經散去了八成，留有一些散不去的，全縮在矮石牆邊的街口的長廊下面；黑裏傳來一陣陣擂門打戶的聲音。廣場正對面橫一道嵌有彎瓦如意的白粉長牆，長牆那邊就是保爺家的宅子，人在高處，越過長牆的牆頭，望得見保爺家大顯門的門樓，門樓下面兩盞大垂燈仍然亮著，照得清一塊水磨方磚地面和顯門兩邊的石獅子頭。

「這座樓還得要守著，」關八爺說，「這兒地勢高，控得住四邊的瓦面。帶短槍的用不著窩在這兒；煩牛恩老哥領著，去跟西邊的業爺會合。四判官差來臥底的傢伙，我料定他們必先搶馬棚，他們斷韁放馬，使萬家樓拉不出追兵，這是四判官的一著老棋！」

關八爺剛說到馬，樓側面石樁上拴著的幾匹牲口就同聲嘶叫起來；街口處掠過兩三條狂奔的人影，一路喊叫說：「北柵門大敞著，四判官馬群踹過來啦！」喊聲沒完，一陣急雨似的馬蹄聲敲打過街口，馬上的人甩出一梭火，狂奔的人影有兩個當場倒下，另一個踉蹌的撞進廣場，也祇撞了三五步就改成爬著了。

關八爺真夠快，就當馬群掠過保爺門前那一刹，橫手發槍，卜卜卜卜四顆火點中了四匹馬上的人頭，馬群打白粉長牆西頭馳出時，多出三匹拖韁的空馬，另一個傢伙栽馬時，一隻腳蹩在蹬裏，屍首在奔馬一邊倒拖著。

「雷一炮，快著人滅掉身後石牆上的火把！」關八爺說：「快，他們就要兜韁放回來了！」

果然那群馬並沒直朝西放，出了長牆立即兜韁，沿著廣場西面的矮石牆奔至樓西，馬蹄聲突然停住，石牆那邊有條響亮的粗嗓子指名喊說：「六合幫領腿子的關八爺聽著，咱們頭兒吩咐咱們放話，這回咱們捲萬家樓，早就豎過狼牙樁，明告江湖各界朋友的了！這檔子事，請甭插手！若是硬要牽進去，祇怕六合幫腿子望不見大湖……到那時，可是鹹菜燒豆腐——有（鹽）言在先，怨不得咱們啦！」

「留你一口氣傳話給四判官，」關八爺在高樓的牆影間回話說：「插手不插手，是姓關的事，可甭扯上我六合幫的這夥子兄弟。四判官有酒菜，有槍有火，不論文的武的，日後這本賬全記在我關八頭上，姓關的全領著了！」

「姓關的，咱們得告訴你，」那人說：「咱們頭兒實在是瞧得上你，才著咱們浪費這番言語，你若真不識相，祇怕你看不見明早東邊的太陽！」

「你說對了！」關八爺爆出一串帶火的爽笑來：「——明早又是個陰霾天。」

那人瞧著硬的不成，又放軟了話頭來嚕嗦，雷一炮和向老三一齊潑過整匣的槍火去，把那張嘴給封住了。大鬍子牛恩領著七八十個抬轎手，跟在那群馬匹之後衝向西街去，雷一炮也照關八爺的吩咐，領著六合幫的十四條漢子衝回東街的萬梁舖去，高樓裏外，還留著有萬梁舖掌櫃的萬梁、珍爺兄妹和幾十桿長槍。

馬群過後，槍聲越響越密，估量著朱四判官一夥人今夜是全數捲進來了；小牯爺臨走說是去設法救火，槍子兒呼呼的到處飛刮著，誰能在彈雨裏救得下這場火?!火勢也是越燒越旺了。

「這邊的槍枝還嫌太多，」關八爺跟珍爺說：「黑夜裏跟四判官這幫土匪打混火，就算是居高臨下，也是沒眼的瞎子，他祇消用幾支匣槍鎖住你不動，他就好在旁處順心如意的捲劫！」

「保爺這一倒下頭，我是整抓了蝦啦，」珍爺說：「虧得八爺您在這兒，您看該怎辦就怎辦罷！」

「珍爺是個文弱人，」萬梁也在一邊說：「若論調度槍隊，上陣掄槍，那實在是不成。萬家樓今夜叫弄得混亂不堪，總領槍隊的業爺叫困在西街，掄得開槍的小牯爺叫隔在東面，一族之主保爺叫人放倒在這裏；八爺您是助人助到底，事到這步田地，這片爛攤子祇有您才能收拾得了。」

「就煩萬掌櫃的您領著平台上這幫人，分兩路翻到兩邊瓦面上去，每段街口留幾桿槍扼著；其餘的竄著瓦面走，遇上動靜，立時匿退到脊影裏，在暗處開槍。」關八爺說：「請關照槍隊上的哥們，留神哪個方向槍聲密，就朝哪個方向竄攏，咱們竄瓦走，比那幫土匪繞街要快當，打這種混火，誰運行得靈活，攏集得快當，誰就佔便宜了。」

「那八爺您？」

關八爺聳聳肩膀：「我是單打單打慣了的，我在這兒等著朱四判官。」

萬梁領著幾十桿長槍，順著高樓兩側的翼牆分撲兩邊的屋脊時，對方七八支匣槍全在矮石牆背後吐火了，子彈撞在高樓石壁上產生的跳彈，帶著刺耳的銳鳴聲直迸向半空去，那聲音令人心悸。樓頂上原先伏著的幾十桿長槍這才有機會還槍，不過對方全匿在暗處，不是順著牆根就是順著廊柱竄動著，守在高樓上的槍隊叫東街的大火刺得睜不開眼，放槍也祇當應景兒罷了。

「夥計，盯住門把兒八叉兒，甭讓他脫身！」

「放心，他脫不了！」

就在這一問一答之間，關八爺摔出去一把太師椅，西邊石牆頭剛冒出半個腦袋，關八爺就讓那腦袋變成了血西瓜。

「八爺，您還是退進門裏來好些。」珍爺蹲在門邊的白石獅子背後說：「平台上那排木椅遮不了人，多少支槍口瞄著您，太險了。」

「您先潑一梭火，我就來了！」

珍爺果然潑出一匣子火，關八爺把保爺的屍首連拖帶挾的搶了進來。有人把鐵門浮掩上，幾個人就落在沉黑裏了。

「沒料到會出這種事，把八爺您給拖累在裏面。」珍爺說：「早些時，小牯爺跟保爺要行賽會，我也原以爲四判官沒有這個膽子捲進萬家樓來的！」

「客套話您請甭再說了，珍爺。」關八爺說：「我早料到四判官會捲進來，就憑當年萬老爺子對六合幫那種恩義，我關八也値得把命留在這兒；我顧的是我手下這幫兄弟，他們有家有口，若牽進裏面來，祇怕日後一本賬有得算了！……四判官若知六合幫這夥人幫打，他能不記仇?!……故此我決定，今夜我有口氣在，必得找著四判官，跟他單對單把賬給結清，免得是非生在日後。」

「八爺，」萬菡英顫悠悠的在一邊說：「我看您倒犯不著爲咱們萬家樓擔這種風險，賣這個命，世保哥他一向膽氣包天的一個人，也……真傷心死人……」

「放心罷，姑娘，」關八爺說：「如今賣命不賣命，業已由不得我了……」

石二矮子打從腦殼上挨了兩酒壺之後，就做起夢來了；夢見黃黃的扁大的月亮掛在萬家樓飛起的簷翅上，七檯滿綴著七彩琉璃和瓔珞的亮轎像走馬燈似的飛旋著，無數鑼鼓狂敲狂打，直像要把天蓋掀翻一樣；石二矮子夢見面前有壺酒，那股香醇味直撲人的鼻孔，伸出舌頭舐舐，果然是酒，簡直又不像是夢了；再他娘搖搖頭，既不是鼓鳴又不是鼓響，乒乒乓乓，竟是一串串放不完的花炮了；再聽聽，天爺呀，哪裏是花炮，竟是一鍋沸粥似的槍聲……我他媽怎弄到哪兒來了?!石二矮子挪挪身子，身子便在酸棗樹的大椏杈上搖晃起來。

「狗娘養的，我著了那傢伙的道兒了！」石二矮子噏噏咧咧的罵說：「竟把老子四馬攢蹄吊在這兒?!」

腦後窩麻麻木木的，頂門上腫起小碗大的疙瘩，扯肩搭背，全潑的是酒，手和腳捆得久了，連石二矮子自己也不知手腳在哪兒了？睜眼朝下望，酸棗樹的椏杈下面是個矮小的土地廟，拴著自己的那根繩頭就繫在旗桿斗兒下邊，廟前廟後，連個人影兒也見不著。

紅光貼在人眼皮上跳，萬家樓這豈不是起了火了麼？嘿，整老子的冤枉，天罰它！嗯，不對勁?!那邊密密的放槍，嗬嗬喊叫鬧成一片，莫不是四判官真他媽捲進來了罷?!這種要命的辰光，難道也嫌我在底下礙事？偏要把老子懸在半虛空裏?!

東邊的火勢旺得很，人在樹上吊著，望什麼全是倒著頭，那抖動的紅火從下面升騰起來，使自己像隻將被打上烤架的鴨子；倒楣的槍子兒打著尖唿哨，必溜，唿啦，擦著樹椏飛，就像能擦破人耳朵那麼近法。即使腦袋昏昏沉沉的，石二矮子也叫嚇得清醒過來了，趁著火光細看，小廟正當萬家樓西的背角落兒上，廟前有塊小小的磚場子，場邊臨著一片汪塘，滿街的紅火和天頂的紅雲全都映落在塘面上，塘西有座長牆，牆裏搭著數道馬棚，藍色的槍口火一朵朵的從棚脊上噴落，乍看像一串串石蘭花。

人叫吊在這種倒楣的僻角兒裏，想央誰把自己放下來，至少今夜是沒指望了，長牆下一溜兒蘆荻叢裏，不時有水波漾開，把水面上的火和雲抖亂，顯然有人躲在那兒想撲打馬棚；石二矮子又不敢冒冒失失的放聲叫喚，祇好癩蛤蟆墊床腿——死撐活挨的咬著牙乾等著。

朱四判官究竟使多少人踹進萬家樓？把各街各巷搞得翻翻亂亂的。石二矮子想起大狗熊，歇在萬梁舖廊前的腿子，關八爺和窩裏那幫子兄弟，心裏就懊惱起來，不知是什麼鬼迷住了心竅?!要不然老子我他媽決不至於單行獨闖，看他媽什麼鬼賽會！如今人吊在半虛空裏被人當成了活靶啦，槍子兒呼呼叫，祇消有一顆拐在腦瓜上，明早準吃不成飯了。正想著，背後的樹林裏傳來馬匹的噴鼻聲，把石二矮子一顆心又給嚇吊上去了。

「頭兒，順這座六畜廟彎過水塘，那邊可就是萬家宗祠了！」一個聲音說：「姓關的業已叫軟困在那邊，萬世保也業已叫放倒了。」

「先撲開馬棚放馬，」領頭的灰斑馬上的精瘦的中年漢子，用冷冷的嗓子吩咐說：「老五，你帶一撥人，抬碓木（**碓，北方舂糧農具，碓身係以沉實之巨木製成，盜匪慣以其撞破門戶**）撞開萬世保家的扇兒；錢財其次，凡活口全替我給剪掉！」

石二矮子一聽這話，張開嘴倒抽了一口冷氣；早先人說四判官是隻尾上帶鉤兒的毒蠍，今兒才親嚐他的狠勁兒，一般抬財神上扒戶的土匪，也非臨到萬不得已的辰光，不肯輕易撕掉一張肉票，看樣子，四判官今夜捲進萬家樓倒不光爲了劫財，簡直像是蓄意尋仇了。

「四哥，」那個叫老五的傢伙勒著馬打轉說：「踹開萬世保家的宅子容易，祇要您能伏得下姓關的，我能把萬家樓拿當平陽大路走！要不然，關八那支匣槍可真難對付，誰也沒那多腦袋預備著！」

「兄弟，旁人膿包也罷了，你五閻王膿包可不是給你四哥我丟人?!——他關八祇不過在黑松林露過那麼一手，因緣際會讓他博得個豪俠虛名，你可甭叫他這個虛浮的名頭嚇縮了膽子。實在說，你四哥我真沒把他放在眼下，祇不過彼此井水不犯河水，閒著不招惹他罷了，假如他關八不知死活伸上一腿，我就得讓他跟萬世保一路上西天算了！」四判官朝後一招手，七八匹馬緊緊的從林後竄了上來：「噯，夥計，你們可聽清了!你們今夜專對付姓關的，祇消他動一動，七八支匣槍就衝準他猛潑；他就是三頭六臂也不成，槍火硬煮也給他煮化了。」

石二矮子閉上眼，心想：這可糟了，照四判官這種謀算法兒，不單八爺他逃不過，祇怕咱們那夥兄弟也得貼幾個進去了，趁這個機會若不設法下來，等明早下來，怕祇能幫關八爺抬棺材啦！……

馬群盤過那座很像土地廟似的六畜廟時，石二矮子就咧開喉嚨管兒，在樹椏杈兒上哼嘆起來；恰巧朱四判官的灰斑馬被那條斜牽在旗桿斗兒上的麻繩攔住了，仰臉一望說：「嘿，誰叫旱鴨子浮水吊在這兒了?!」

「頭兒……救救命，」石二矮子說：「我可叫萬家樓的槍隊給砸暈了，吊到這兒來啦！」

「關照後尾的兄弟放下他來，」四判官冷冷的說。帶動韁繩時，忽然又補了一句使石二矮子頭皮發麻的話來：「要是他走動不便當了，就把他留在這兒好了！」

土匪頭兒的說話，你休想從他嘴裏挖出個「砍」字「殺」字兒，石二矮子懂得四判官所說的「留在這兒」的意思，那簡直就是「替我伸槍打掉好了！」，越聽他說得輕飄飄的，自己的腦窩後頭就像灌了風似的，一直冷到骨縫裏。老天菩薩，你無論如何得他媽保佑我能走能爬，我石二矮子並非膽小怕死，實在今夜我是死不得，我得溜至萬家宗祠去報信給關八爺，叫他留神八支槍一齊吐火蓋他，我要是放挺在這兒，關八爺也就快完蛋啦！……

馬群打眼下竄過去，拎著長槍的匪群總有百十多，越過六畜廟後，散開朝西邊的長牆撲過去。石二矮子斷定這夥人連四判官在內，全沒走附近有方堡夾峙著的柵門，他們走的是一條暗路；萬家樓裏沒扒灰匠，我姓石的做鬼也不心服。

「頭兒他交代過，」誰跟誰說了：「煩老哥你把他放下來罷，頭兒他說：『若是他行動不便當，就把他給剪了，免得落下來，替萬家留下一張活口。』」

「嗯，嗯，」另一個支吾的應著：「曉得了……」

那人摸著旗桿斗上的繩結那麼一抽，石二矮子疼得嗷嗷叫的被放下地來了；石二矮子沒命的翹起腦袋，等那人來挑開繩結，那人把帽沿壓在鼻樑上，懷裏摘出一把攮子，大步跨將過來，並不忙著挑開繩結，卻先伸腿一撥，把石二矮子撥得仰臉朝上；那人把攮子反攏著跪下來說：「二哥，你就安穩些，替我留在這……兒……罷。」

攮子猛然朝上舉起，石二矮子突然迸出話來叫：「大……大……狗熊！原來扒……灰匠就是你呀?!」

「噓……」那把將要落下來的攮子頓住了，大狗熊使攮子壓著嘴唇：「矮鬼！我的兒，你怎麼這般狼狽法兒?!你要不喊這一聲，祇怕你如今已進了鬼門關啦！」

「你快些鬆開我，」石二矮子求告說：「我手腳全叫吊腫了，成了捆蹄啦！」

「要命你就甭嚷嚷，」大狗熊說：「你這個屁漏筒子，那壺酒約莫全叫你喝光了，瞧你渾身這股酒味！」

石二矮子苦著臉吱了吱牙：「到他媽這種辰光，你還開什麼窮心?!老子豈止喝光了酒，連酒壺也給啃扁了——我他媽腦袋上可沒長牙呀！」

大狗熊使攮子挑斷了石二矮子的繩結，悄聲說：「這幸虧湊著夜晚，混水裏頭好摸魚；四判官這回捲萬家樓，可把此地各夥散匪全捻成股兒來的，這幫跟那夥，對面不啃西瓜皮，要不然，咱們倆還想留住這張人皮？……這兒待不得，要想活命，就得趕快走，找八爺去。」

「我不成了！」石二矮子吱牙咧嘴的：「我連爬全爬不得，我這手腳，像萬針挑的一樣麻法！」

「我揹著你！」大狗熊說：「我們打那邊的黑巷裏摸過去，再晚了，祇怕關八爺真叫他們陷住。」

四判官來得真像是一陣霾雲挾著的風沙，一刹時就把燈火輝煌、人山人海的萬家樓捲進昏黯裏去了！主領萬家樓各房槍隊的業爺初接火時，就被困死在西園子的馬棚裏，保爺一中槍，整個萬家樓就沒有施行號令的人了；小牯爺騎著黑馬，帶著一夥兩手空空的槍隊，在人堆裏亂撞，到處召喚人去推水龍，而那些惶亂的人群一聽槍響，祇恨脅下沒長一雙翅膀，哪還有心去救火?!小牯爺沒辦法，親到東柵邊，招喚方堡裏的槍隊出來救火。

堡門一開，黑裏翻上來一批使快槍的土匪，連打帶衝，把扼住萬家樓東角的那支槍隊給撞散了；小牯爺退進老二房的宅子，土匪就把他包住了打。北門附近的方堡裏，萬家樓的槍隊倒放有幾十桿槍，因爲一直耽心朱四判官闖北門，那幾十桿槍空瞄著北柵門，結果連人影兒也沒見著；而西門的馬棚一帶，槍火密得分不出點來。

大鬍子牛恩領著的這一批抬轎手撲路朝西街去，這批人全是各房族裏挑出來的精壯的漢子，使的又全是連發匣槍，按理說，一直闖進西園子的馬棚，解救出被困住的業爺，不是四判官攔阻得了的。

牛恩領著人穿過黑巷，轉上西面正街，一路上沒見著土匪的影子，祇是有個土匪攀在一座染坊架上，趁牛恩經過時，居高臨下甩出一梭火，使牛恩的左膀子帶了彩，另外又撂倒兩三人，牛恩一側身閃至廊下去，理手還槍，使那人從高高的木架上翻落下來，屍首橫在街心。

「牛爺，你帶彩了！」靠近牛恩身邊的一個說：「你得包紮一下，不能任血這麼淌法！」

「招呼一夥人散開點，」牛恩說：「咱們全穿著賽會的衣裳，甭擠在大街心裏給人家當活靶，誰腿快，誰就先竄到西園上去，給業爺報個信兒，不論馬棚怎樣吃緊，業爺也不能叫陷住身；要不然，萬家樓就要叫四判官給抖散了……」

牛恩連傷也沒裹，帶人順著街兩面廊簷朝西直撲，還沒出街，就跟四判官手下的一哨馬匪碰上了，雙方貼得近，沿街轉著打，馬匪懸著紅巾，夾馬飛竄，弄得街廊兩邊的匣槍手潑不得火，誰也不願打著對街的自己人，那些馬匪夾在中間反沒顧忌，快槍左右開弓，使街廊兩面直朝街心裏滾人。

「打這種混火，咱們人多反而礙事了！」

血從牛恩的左肩上朝外湧，半邊身子熱呼呼的，濕漉漉的牛皮護套上全結著血餅；這個會武術的硬漢心裏躁急得像燃著一盆旺火；眼前這場糊塗仗，把人頭全搞昏了，時辰滾在釘板上，寸寸見血光，四判官如今是擱在一桿沒有秤鉈的空秤上，秤不出他究竟有多少斤兩；赫赫有名的關八爺，槍法如神的保爺，拎天掄地的小牯爺，看來全不在四判官眼裏。對火比不得賽亮轎，這幫精壯的抬轎手雖有好匣槍，可是一向沒跟土匪對過火，真刀真槍玩起來，就顯得處處吃虧；天快上二更了，東街的火勢很惡，西園上又打得很緊，南北大街滾來滾去的不斷馬蹄聲；幸好保爺事先還作過一番準備，要不然，萬家樓更要慘了。

那一哨兒馬群彷彿存心來吊住牛恩這夥人的，來來回回梭竄著，不讓這幾十支匣槍去援馬棚，抬轎手們上過了當，立即就學了乖，當馬群馳過時，他們在廊柱背後伏下身潑火，密密的槍火像簇簇蓮蓬，一排槍放過，有五個人當街栽馬。

可當一出了西街口，那道三孔長橋卻叫四判官伏在橋側的長槍封死了，首先闖上橋的叫放倒在橋上，跟上去的幾個叫槍火壓得抬不起頭，祇有藉著石欄的遮擋爬著朝前挪，挪至橋口，再也動不了了，祇好困據在一窩。牛恩的這幫人援不上，馬棚那邊可就岌岌乎了。

關八爺沒料錯，四判官確把劫馬當成頭一著棋；在四十里野蘆蕩，祇要能闖開萬家樓的馬棚，把馬匹放走掉，就如同砍斷萬家槍隊的雙腿，使捲進來的人放心洗劫到五更天，然後消消停停的退走。爲了使己方行動快捷，兩撥攻打馬棚的，是北地徐四和錢九的旱匪，他們跟四判官牽起股兒來捲萬家樓，兩眼就落在馬上，在這一路荒廣平陽，膘健的騾馬就是人的翅膀。

業爺原聽了大板牙的話，想到西園來盤問扒灰匠的，人還沒到六畜廟，馬棚就已經接上火了。

業爺被陷在大院裏，手底下總共祇有十四條槍，馬棚外面，三邊全是荆棘的圍籬，祇有朝東的一面是一道長牆；接火時，每道馬棚裏全點著一盞馬燈，這些馬燈沒捻滅，可把守馬棚的槍隊給害苦了，土匪們藏身在荆棘背後的黑暗裏，憑著那幾圈燈光，把馬棚的動靜看得一清二楚，大睜兩眼打瞎子，對方連回手全摸不著地方。

看著不是勢頭，業爺隱在馬槽背後嚷著滅燈，西棚裏有個傢伙傻不楞登的站起身，想到棚簷下去托燈，剛伸手托著燈底兒，一聲槍響，那人在原地舉著手狂轉了兩圈，讓搖曳的馬燈晃動他的影子，然後，他便像一隻被鞭抽的陀螺一樣，旋身匍臥在馬槽上，彷彿渴極了要掬一捧水喝的樣子。有幾個膽大的槍手顧不得亂槍刮耳，藉著那些踢跳不安的牲口作遮擋，竄至馬棚頂上回火。手抖心慌的業爺連發四彈，才把靠近的那一盞馬燈打滅了。

「呔，看馬的將頭們聽著，」長牆外有條嗓子叫說：「爺們相中了這條棚子的馬啦！你們若是不退，徐四爺我就使麻繩拴住你們的脖項頸兒，活活的馬拖你們十里！」

「稍停點開槍，」西邊又有人喊說：「我錢九一向是菩薩心腸，不忍趕盡殺絕，你們扔槍放馬，我錢九不撥你們吃飯的傢伙下地……」

「大板牙你這個主意罐兒，你拿個主意罷？」業爺說：「咱們這十來桿槍挺是挺不久的了，世保爺那邊若不從速撥些人過來，眼看保不住這些牲口啦！」

大板牙一隻手抱著拴馬柱子，一隻手摸著後腦殼，蹲在地上像個痀瘌的，上下牙碰得咯咯響，團住舌頭說不出半句話來。

業爺望望長牆背後的火勢，墨黑的天角上飄著一陣陣蝗蟲似的火星；近處的槍聲一歇，遠處的槍聲才隨風刮進人耳裏來，自東到西，打北朝南，不歇聲的響成一片，估量著四判官今夜捲進來的人，沒有一千也有八百，單就馬棚四面就有兩三百口兒。十來桿槍，就算人人全是活線手，也決擋不得這多人一窩蜂朝上湧，要是再等一袋煙功夫，街裏撥不下人來，西園上的馬就不再是姓萬的了。

「唉?! 業爺您聽，」大板牙彷彿聽著了什麼，打著牙巴骨說：「一路匣槍響過那邊的橋口來啦！龜孫仗著人……人……多，想……搶馬，怕沒那麼輕鬆……呢！」

「甭指望這裏那裏來了人，」業爺咬著牙：「咱們目前的辦法是盡量挨辰光，挺一時是一時。瞧罷，他們又要耍花樣了！」正說著，一梭匣槍彈潑過來，擊中了一匹馬，另一匹掙脫了韁繩，在棚外的枯草地上咆哮著，引得全棚的馬全發出驚嘶來。緊跟著東牆那條粗嗓門兒又發話了。

「嘿，夥計們，裏邊那幾個不知死活的傢伙，簡直不是個傢伙！他們既不要吃飯的傢伙，咱們就操他一傢伙！繡球風進澡堂，捧著它窮泡，咱們可沒那種消閒勁兒！」

緊跟著，槍聲又密集起來，在業爺頭頂的馬棚脊上，滑下一具軟軟的人屍；長牆外吆吆喝喝，到處都是人聲，業爺空理著匣槍，不知從哪面瞄人。

「我……我想起來了。」大板牙抖索著說：「咱們再不退，他們準會用火攻！天乾物燥的辰光，茅草棚見一著火，業爺，您曉得會叫燒成什麼樣兒罷?……我連比方全不敢比方了啦！」

業爺沒答理，他祇是渾身震動了一下——一支燒得正旺的火把業已扔上了馬棚。火把在風中一舐上了棚脊的乾草，立刻就擴燃開來，任誰也救不了啦。

事到危急處，業爺心裏倒有了主意，悄聲吩咐大板牙說：「你甭再死死的蹲在這兒了，快替我傳告過去——斷韁放馬！土匪撲馬棚，眼就落在這群馬上，咱們如今雖守不住馬棚，卻也不能讓他們撿了馬去。這邊一放開馬，土匪準撇開人去攔馬，咱們押後催馬過橋，藉馬群的衝勢突出去！」

業爺這著棋走得不錯，槍隊上僅餘下的六七個人，分在馬棚裏抽刀割斷馬韁，那些驚馬紛紛噓叫著，揚蹄離開著了火的馬棚，踹開南面的柵欄狂奔出去。混亂中，業爺領著那幾個槍手跳上無鞍馬，雙手薅住馬鬣，全身貼伏在馬背上衝了出來；夜暗加上混亂救了他們，那些土匪除了尾著亂放槍之外，沒人能攔得住狂奔的馬頭。

馬群一窩浪頭似的直朝三孔長橋捲將過去，可把牛恩領著的那批抬轎手惹上了。馬群從火光照不亮的黑裏竄過來，誰能立即分得清來的是誰？還以爲又是四判官手底下的大群馬匪呢，一個喊打，個個伸槍，自己人跟自己人就這麼糊糊塗塗的窩弄上了，匣槍亂炸把馬群給驚散了，分朝各街各巷亂奔亂竄，一剎時，萬家樓各條街巷全灌滿了無主的馬匹的驚嘶，更替這槍聲喊聲交織的夜晚刷上一層恐怖的氣氛。

儘管蚊蚋黏在蛛網上了，關八爺還穩穩沉沉的等待著最後的一個時刻；無論他朱四判官怎樣豪強，他拿萬家樓比做柴家堡他就錯了；萬家樓各街各巷全攤在關八爺手掌心，甭說洗劫，單給他四判官一整夜時光讓他挨戶擂門，也擂不開這兒的千門萬戶；朱四判官贏祇贏在「措手不及」四個字上，以靜打亂；若等萬家樓槍隊喘過氣來，十個八個四判官也未必佔著便宜。

可是朱四判官腦瓜也夠靈的，西園上的馬棚裏沒搶著馬，就知道非使出快刀斬亂麻的手法不可，要不然，等到天亮之後，甭想安安穩穩的脫身。若要使萬家樓服貼，首先得踹開萬世保的宅院；若想踹開萬世保的宅院，又非先拔掉被困在宗祠裏的關八不可；若要拔掉關八這顆扎手的虎牙釘，單靠七八支快槍還不成，非得自己動手。主意打定了，夾馬就奔宗祠西邊闖過來。

朱四判官彎過水塘，西園上的馬棚燒得正烈，一群散了韁的馬匹到處奔竄著，路上碰見五閻王，牽著馬貼在後街的屋簷邊等著什麼似的；他領的那一撥人，亂七八糟的蹲成好幾攤，兩支碓木沒有人抬，空放在一邊。

「我說老五，你怎麼弄的？」四判官說：「虧得你渾號叫閻王，我看還不如一隻縮頭烏龜！」

「甭談了，頭兒。」老五苦著臉說：「那邊撲不上去，硬叫宅子對面宗祠裏的一匣槍鎖住了，我親眼看見五匹馬過來，對方連發五槍，四匹馬變成空的，還有一個拖在馬蹬上，這明明是點卯，馬快不如槍快，你叫這些夥計抬碓去撞門，那不是拿人屍去玩疊羅漢？」

「我不信他關八的槍有這麼靈法兒?!」四判官下馬撩槍說：「你跟我來，咱們先試試姓關的槍法。」

倆人繞過幾戶人家，彎腰蛇行的到祠堂西邊的牆腳下面，那兒已經伏的有幾個快槍手，有一個把熊皮帽子歪壓在額上，好像睡覺的樣子，四判官使手一扳，那人倒顯得蠻親熱，投懷送抱，就勢躺到四判官膝上來了；藉著閃跳的火光一看，那人的眉心中了彈，槍眼很小，血都從後耳一側滴盡了，前面祇凝聚著一塊血疤，乍看祇像是一顆主紅運當頭的喜痣。

「咱們拿姓關的簡直沒一點兒辦法，頭兒。」旁邊不遠有個傢伙說：「誰露頭，誰就硬的上去，軟的下來，姓關的壓根兒不准咱們爬牆。」

「讓我來見識他，」四判官說：「你們腦瓜紋路少，自然鬥不過姓關的。」說著，從死屍手上取過一支匣槍，又把死屍戴的熊皮帽兒挑在槍口上，放在左手裏，抽出右手來拔下自己使的匣槍，掂了一掂。

「你這是幹嘛？」老五說。

「這他媽有個名堂，這叫做『孔明借箭』！」四判官歪吊起嘴角獰笑說：「我要是沒兩手，我敢領你們各幫合股直踹萬家樓?!」四判官說著說著，忽然把匣槍槍管挑著的皮帽兒朝牆頭上一舉，揚聲發話說：「姓關的，甭仗你那手槍法欺人太甚，四爺我親來領教你來了！」

話沒說完，從宗祠的門縫裏響了一槍，聲剛起，四判官一露頭，右手橫著匣槍還了個兩點放，這才蹲下身察看那帽子。原來那頂帽子經這一槍，已經前後透風，開了兩個洞，不但帽子被打穿，連匣槍的槍管也叫打缺了。

「要是人戴它的話，正在前額正中。」四判官伸伸舌頭說：「無怪你說關八狠，這手槍法，實在是高明。不過關八遇上我，他本事再大也不成！我在這邊窩住他不能拔腳，你還是催著那撥人，拾了碓木去撞門。關八一急，非露頭不可，那時我們再伸槍蓋他。」

四判官這著兒夠狠的，匿守在宗祠裏的關八爺心裏也有了底兒了。東邊的大火沒熄，西邊的馬棚又延燒起來，樓堡前的廣場上空，不時捲騰過綹綹的煙霧，從廣場通向四邊的各街各巷，人影幢幢的儘是土匪，有十幾匹散韁的馬匹披散廣場，車奔西突哀嚄嚄的嘶叫著。在西邊的矮石牆外，同一個地方，總伸出那麼樣的半個戴皮帽的腦袋，一口一個四爺，四爺，估量著就是朱四判官。

奇的是，那腦袋明明中了槍，隔不一會兒，依舊冒將出來，還是打著同樣的嗓門兒喊叫著；關八爺又發現，每當腦袋挨槍之後，另一顆腦袋在一旁一晃，緊跟著發槍，槍法奇準，子彈呼呼的飛進門縫，射在背後的石牆上。不用說，朱四判官今兒晚上是存心把自己絆上了。影壁長牆那邊，不知何時已爬來一撥兒抬著碓木的匪眾，在那兒轟隆轟隆的撞門，那些人彎著腰，用長牆作遮擋，使人無法伸槍，連樓上的長槍也射不進影壁牆根的死角，若想把撞門的那夥匪徒擊退，自己非離開這個被困的地方不可。

正想著怎樣擺脫糾纏，忽聽有人敲響堡樓背後通向宗祠天井的那扇鐵門，叫說：「關八爺！關八爺可在裏面？」一聽那嗓子，關八爺的精神就來了；因爲他聽得出大狗熊那種砂擦般的粗糙的嗓門兒。

「是誰在叫喚您？八爺。」珍爺說。

「開門罷。」關八爺說：「來人是兄弟領的響鹽幫裏的弟兄。」

珍爺拉開門，大狗熊像扛鹽包似的把石二矮子給扛進來了。石二矮子不管怎樣，祇管哼哼唧唧說：「八爺，咱們總算找到您了，我手腳全叫捆麻了，幫不上您的忙，如今四判官選了匣槍手把這兒困得死緊，你能溜，就趕快打後邊溜掉算了，我石二沒旁的本事，當替死鬼總行！」

關八爺沒答話，外面的匣槍響得像炸豆似的，有人喊著：「射那匹大麥色騾子，那是姓關的坐騎，射倒牠，就好像砍斷關八的兩腿！」隨著這樣的喊聲，關八爺的麥色騾子真的中了彈，掙斷韁繩，慘嘶著狂跳一陣，摔倒在一檯亮轎旁邊。

「你替我在這兒頂著，」關八爺跟大狗熊說：「這是我跟四判官決死的時候了！」

誰知關八爺還沒動身，外面的情勢又起了變化；原在圍撲保爺家宅的匪眾，被一陣從街口方向潑來的槍火打得丟下碓木，抱著頭鼠竄，一條聲的驚呼著關八來了！關八爺蹲身在黑裏就著火光一瞅，來的正是自己遣到萬梁舖去的響鹽幫裏那十四個弟兄。雷一炮和向老三全都豁開衣裳，光赤著半邊胸脯，魔神般的橫著匣槍直撞過來，手腕一翻，卜卜的彈嘯流出槍口，使逃竄的匪眾像刀菱的高粱似的朝下倒人。

「關八爺來了！」雷一炮一面放槍，一面這樣的暴喊著：「不怕死的快拿命來！」

「關八爺來了！」其餘的弟兄一條聲的附和著。

關八爺很快就看得出，響鹽幫的這批弟兄，硬是在危難之中拿出對抗緝私營的那種捨死忘生的勇氣，他們這樣不要命的從東街闖向西街，威猛的氣勢已使匪眾喪魂落膽。但這夥弟兄闖佔那道長牆時，卻被伏在西邊矮石牆後的那幾支匣槍阻住了；很顯然的，祇有老奸巨猾的土匪頭兒並沒被這種喊聲驚倒，他那一手匣槍迎著人打，使長牆後的弟兄們無法露頭。

「我說八爺，」那邊的石二矮子不哼了，正經的說：「您看，西邊那道矮石牆中段常冒出來的腦袋定是假的，——明明中了槍，還在那兒搖晃！」

「假的！我也看出來了！」大狗熊說：「它伸出來，祇是誘人露頭放槍，誰露頭，他好瞄著打誰。」

「你先橫掃它一匣火！」關八爺吩咐大狗熊說：「我好出去把他拔掉！」

大狗熊一滾身伏到門後，理手潑出火去，匣槍子彈緊擦矮石牆上空飛過，把牆頭封住，不讓對方探頭，關八爺趁著這空子飛身撲出，在廿多級階台上橫身飛滾下去；等大狗熊一匣火潑完，對方伸槍回擊時，關八爺業已撲在保爺那匹白馬的馬背上，馳到影壁長牆那邊去了。

關八爺這樣一從堡樓裏奔出來，和響鹽幫原有的弟兄合在一起，四判官也知道棘手，不到一刹功夫，匪眾就吹響牛角，朝南邊潰退了。

「你們留在街上防著殘匪舉火。」關八爺跟雷一炮說：「甭讓殘匪焚掠各房的宅子，我要追出去，替咱們的恩人保爺報仇！」

連萬家樓的人也沒想到，原是極得勢的匪徒，怎會在突然之間潰退掉的？槍停了，火熄了，嘈雜人聲飄遠了，業爺的槍隊佔穩正街，好不容易把混亂的情況穩定下來，珍爺也帶著槍隊出堡樓，把散在各處的人槍集攏。

「四判官究竟是怎麼回事？」業爺說：「馬棚被他們燒了，正街被他們佔了，沒大肆搶劫就退了？」

「那得要謝謝關八爺。」珍爺說：「就憑關八爺這名號，業已嚇破他們的賊膽！……響鹽幫的這批弟兄臨危拔刀，一條聲喊著關八爺，關八爺一出面，他們祇有潰退罷了。」

「我從沒見過像關八爺那樣的人，」萬菡英像打惡夢裏醒過來似的，餘悸猶存的白著臉說：「堡樓外面的那些匪徒，十來支快槍，三面圍著他，他跟我們伏在鐵門後面，一動不動穩著打，一有機會，就像虎樣的撲出去了！」

「一開頭，他們就死困著關八爺。」珍爺說：「他們原想放倒關八爺，再放手大掠萬家樓的，誰知他們放不倒他。」

「八爺呢？」業爺問說。

「他……他他，」石二矮子說：「他單槍匹馬出南門，追賊去了。」

「那不成！」業爺猛地跳起身來叫說：「誰？誰領著一支槍隊去接應他？無論如何，咱們不能讓八爺他有什麼險失的。」

「我去！」剛從東街火場救火回來的小牯爺說：「我剛著人把設伏在北面蘆葦蕩的槍隊抽回來，正好領他們去追賊去。」

小牯爺領著響鹽幫的一夥人跟老二房的槍隊走了，留下來的事情，也夠業爺和珍爺分頭張羅的了。由關八爺遣出去的武師牛恩和萬家舖掌櫃的萬梁，都死在最後的混戰裏，各房的槍隊上，一共死傷了十九個人；四判官在七處地方縱火，西園上的馬棚和老二房的糧倉全被燒光，街南有三家店舖被破門洗劫，珍爺家宅前的石獅子叫匪眾拖倒在街心；至於四判官手下，伏屍累累，黑裏也數不清多少，單在萬家樓廣場四周，就有廿多具死屍。

天，在萬家樓的忙亂中放亮了，雲層滾滾，寒風蝕骨，仍然是個陰霾的天色；業爺雖是穩沉的人，面對著這種光景，心裏也亂成一團。保爺的屍首就停在宗祠裏，準備裝殮，經過這場匪劫，萬家樓的元氣大喪，料理還料理不及，根本無力去追擊潰退的匪眾，小牯爺雖領著幾十桿槍去接應關八爺，天亮後還不見回來，即使心裏有些空茫無主，事實也非料理不可。清理火場，捕捉散韁的馬匹，覓屍收屍，熬得通宵沒闔眼；天亮後認屍的家屬圍滿宗祠，淒淒慘慘的一片哭聲。

威名遠播的萬家樓，從鐵頭李士坤之後，一直爲黑人物側目，這一回可算慘了，若沒遇上關八爺和他響鹽幫的弟兄們拔刀相助，逼使朱四判官趁夜遁走，祇怕硬會被土匪連根捲掉，就像柴家堡一樣。

能說是保爺有錯嗎？錯也錯不到精明半世的保爺頭上；以萬家樓的槍枝實力，對付朱四判官實在不算一回事兒，業爺想過這一層，可是誰知朱四判官來得這樣快，算得這樣準？若沒有內線，保爺如今決不至於直腿直腳的陳屍在這兒了。

天亮了，灰黯的晨光落在宗祠的灰色瓦脊上，十幾具死屍橫陳在宗祠天井裏的草蓆上，儘管頭臉全蓋著白紙，仍掩不住一攤攤的血跡，死者的家屬披上孝服，圍著屍堆嚎啕哀哭著，誰聽到那種刺心的哭聲也會感到鼻尖酸楚，滿眶凝淚。

小姑奶奶萬菡英跪在保爺的腳前，哭得兩眼發黑，她雖是個野性的姑娘，可也有著一份款款的深情；在萬家樓，金打銀裝的大宅院裏的生活夠寂寞的，族裏人因爲輩份之隔，沒人敢在她面前談什麼論什麼，同輩弟兄裏面，她最推重的就是保爺，保爺平時也極愛護著這個年輕的妹妹；保爺中槍時，她沒嚎啕哭過，槍聲和殺喊聲把她推在惡夢裏，她如今哭著保爺，才想起她曾在保爺的屍首旁邊挨過了長長的一夜。

萬菡英身邊的愛姑也在哭著她的丈夫萬梁；她的心本就是碎的，萬梁縫綴過她。她永遠忘不了身後的那串日子，爹豁著命釋放了落難的關八爺，跟關八爺一道兒走關東，臨走時，把她託給卞三和毛六，誰知他們竟把自己賣了。幾經飄泊，她轉到淮河壩的鹽市上一家名叫「風月堂」的妓館裏爲娼，花名叫做小荷花。凡是鹽市的大鹽商，闊綽的湖客老爺（**指從洪澤湖來的鹽商**），沒有不知道紅姑娘小荷花的。

在鹽市整整過了三年日子，天知道有多少眼淚滴在噴香的緞枕上，她癡盼著有一天，爹跟豪勇的關八爺能把她從火坑裏搭救出去。鹽河的水波上走著無情的歲月，她的臂彎裏也不知換過多少無情的漢子，最後她落在萬梁的手裏。

萬梁是個誠厚人，沒對她說過花言巧語，她用久歷風塵的眼睛看出他來；萬梁中年喪偶，誠心要替她贖身，要她跟他過日子，她跟他來到萬家樓；在這座陌生的集市上，幾乎很少有人正眼瞧過她，後來她才知道，多少代以來，由於萬姓的族規很嚴，從沒有人娶過在風塵中打過滾的女人，儘管萬梁在族裏幾位長輩面前陳說過，她也不能算是明媒正娶的塡房，族裏人都管她叫小娘。

昨夜聽說關八爺來了，她像沉船落難的人攀著一塊巨木似的歡喜，關八爺知道她，知道她的過去，她並不是天生淫賤，甘心操賤業的女人，她是落難落在風塵裏，像許許多多古唱本兒上的烈女的遭遇同樣哀淒。但老天不長眼，沒讓她見到關八爺，萬梁就已經死了，她哭著，一半是哭萬梁，一半是傷心她自己的命運。

天近傍午時了，趁夜追賊的關八爺沒有回家，接應關八爺的小牯爺和響鹽幫裏的漢子卻回來了。

「八爺呢？」業爺向小牯爺說。

「沒見著。」小牯爺說：「並不是我在這兒信口評斷八爺的長短，俗說『窮寇莫追』，實在是有幾分道理。關八爺他再豪強，也祇是獨馬單身一個人，就算能追著四判官，又能把土匪怎樣？……我領著幾十桿槍出南門，沙路上，帶霜的衰草上，儘是紛亂的人腳印兒和馬蹄印兒，我們尾著蹄印走，追到沙塹那兒，蹄印分成三路，可見四判官手底下的匪眾退散了，三路裏，怎知關八爺他追賊走的是哪一路？」

「我寧願把舉喪的事壓著不辦，也不能讓八爺有險失。」業爺斷然說：「就算保爺沒死，他也不會批斷我一個『不』字。——若沒有關八爺在這兒，萬家樓決不止死這幾個人，他能爲萬家樓豁命，我們絕沒有袖手旁觀的道理。四判官分三路退走，我們就得集齊槍隊，分三路追，總有一路能接應得著關八爺。」

業爺正待吩咐集槍隊，就聽有人報說：「業爺您甭著急，關八爺回來了！他騎著保爺的白馬一塊玉，馬毛全叫血水染得透紅，馬鞍兩邊，滴溜搭掛的掛著六七顆人頭！……」

從保爺落葬那天起，荒蕩兒上的天空總是灰霾霾的沒斷過風沙。關八爺和他手下那夥子弟兄們，把鹽車歇在萬家樓，送族長保爺落了葬，二天一早就動身上路了。儘管萬家樓的業爺、珍爺特爲他們設了謝宴，關八爺卻堅辭不領，祇當業爺把保爺生前的坐騎相贈時，關八爺留下了那匹神駿的白馬。

六合幫的響鹽車推走了，卻把許許多多的印象和傳說留在萬家樓；男人們在茶館裏、街頭上談著關八爺，婦人們在香案前焚香跪禱時惦記著關八爺；尤其是關八爺匹馬追賊，帶回七顆血淋淋的人頭，在人們眼裏更成爲奇蹟了，那不像一般傳述中的豪俠的故事，而是人人眼見的事實，保爺的紅漆大棺在萬家樓南門外的黑松林落葬時，七顆人頭排在墳前當做祭品。

「我不是愛開這個殺戒，」關八爺在拜墳時，曾對著墳裏的保爺說過這樣話：「爲著萬老爺子和保爺您兩世對江湖人物的照護之恩，我關東山不能不插手管事。更爲著不使我手下這幫弟兄牽進江湖恩怨，我不得不殺這些貪財無義的土匪，人是我姓關的手刃掉的，他朱四判官啣恨，日後儘來找我算賬，一人做事一人當，與我這幫好兄弟無干。」

關八爺說話時那種誠摯，句句挖心吐腑，使人落淚不已；而那種氣吞日月的凜然的氣概，更令人心折。雖說七顆人頭當中並沒有朱四判官在內！但在近幾十年裏，除了關八爺能幹出這種轟轟烈烈的事，江湖上還沒有另一個人敢單騎追匪，一口氣拎下對方七顆人頭的。

關八爺走了，卻把一種愁緒撒在小姑奶奶萬菡英的身上。說起來，全得怪在珍爺的頭上，珍爺就是那樣死心眼兒，探聽得關八爺還是單身人，就一心想把妹妹許給關八爺，沒開口之前，先跟妹妹當面商量。按珍爺的意思，關八爺是江湖上知名的豪俠，這回朱四判官夜捲萬家樓，又承關八爺拔刀相助，萬家樓實在該有這樣的人物來結一門親，婚後，關八爺可以不再領著六合幫的鹽車走南到北的飄泊，可以在萬家樓定居下來，安度歲月了。這門親事若能談得成，彼此都好。

萬菡英默許了。

她是個有慧眼的姑娘，她也有著計算。事實擺在眼前，除了關八爺這種男子漢，誰也當不上萬家這族人年輕的姑太爺。她第一眼看到時，就愛上了這位英風逼人的關八爺，雖然哥哥提出這宗事，總嫌有些倉促，但她不能因爲劫後的悲哀，輕易放過這難得機會，對方是那樣人——終年飄泊江湖，以路爲家，每走一趟鹽，還不知一年半載才經過萬家樓。

但當珍爺開口時，關八爺竟然推辭了這門婚事。不過關八爺說得坦直，說得誠懇，使珍爺不得不尊重他。

「珍爺的厚意，我關東山祇能心領了。我不是不願高攀，實在是有難處。……就以這一回來說，我就得揹上朱四判官的一身仇恨，日後還不知結局如何？我不能貪戀家室，把這群掙扎求生的弟兄扔開，自己躲縮在萬家樓，任朱四判官去收拾他們，若是答應這門親，日後行事反多了一層顧忌，……還是單身闖盪的好，不論死活存亡，了無牽掛。無論如何，珍爺，請能曲諒我這番心意……」

關八爺就那樣走了。萬菡英卻在深宅大院裏，反覆的咀嚼著這份愁情。天氣一天比一天寒冷了，養在廊間金絲籠裏的畫眉鳥禁不得朝朝霜寒，都加上了藍絹風罩了。人在廊下望著籠裏的鳥，越望越覺得自己就好像籠鳥一樣，被關在萬家樓的宅子裏，又罩上蘆荻蕭蕭的荒湖，使人望不見遠方的世界。

自己是落地就死了娘的人，全由哥哥帶大的，一個北地的奶媽袁媽和一個女婢一直伴著自己過了十九年。在記得事的年紀，就常聽老袁媽講故事，講那些從沒經過的兵燹，從沒看見過的災荒。老袁媽也有過兩個兒子，一個死在槍口上，另一個餓死在她的脊背上，她最後一個女兒生下來十四天鬧驚風死了，她才受雇到萬家樓來的。

那些流離的故事，使自己童年世界的外緣罩成一圈難解的迷霧，使自己不得不關心飄泊無定的流民。荒雖荒不到萬家樓，旱雖旱不到萬家樓，但流民們卻常常飄過萬家樓的街心，飄到不知名的地方去，而且所見的都是陌生的臉孔。

自小她就愛騎在獅背上，呆呆的看著那些人；討乞的瞎子，劃刀子的跛子，哀聲叫喊得使一條街都發抖；打琴賣唱的那麼淒遲的笑著，唱哭了廊下的秋風……那時候，她就想念過他們和他們身上揹著的遠方世界淒寒的影子。……如今她確信，關八爺就是從那種迷霧中躍出來的，他不是什麼英雄，不是什麼好漢，他祇是一個關愛人的人，東飄西盪的生活著。

惡夢般的夜晚，她曾眼看關八爺擊殺匪眾；在黑暗的堡樓裏，微弱的火光把他巨大的身影描在石牆上，他竄動得像一頭快捷的豹子，每一伸槍，外邊就響起摔馬者的慘呼。他在彈雨裏滾過廿四級石階，逼退了匪徒；他單騎黑夜追賊，帶回七顆血滴滴的人頭；他生命中似乎有著令人難解的勇悍與神奇。

劫後的萬家樓陷在冷寂裏，業爺繼保爺當了族主，把槍隊統交給小牯爺統領。業爺當了族長後，記起關八爺臨走時丟下的話，說是朱四判官若沒臥底的人，決不會有這麼大的膽量夜捲萬家樓。

「記住那匹白疊叉的黑騾子！」

業爺查過那樣一匹牲口，就是自己這一房族裏畜養的，而長房的子侄裏，不可能有誰暗通朱四判官。這回四判官雖被關八爺逼走了，難保他不再捲土重來，所以儘管天寒地凍，也會同小牯爺著槍隊防備著，夜夜擊鑼巡更。

而萬菡英可以不管這些，高牆大院裏的日子像一泓止水，白天坐在火盆邊刺繡些什麼，紅綠斑斕的全是遠方世界的影子，夜晚就著燭光，聽巡更人鍠鍠的鑼響，敲過了一更又一更，一更比一更苦寒，一更比一更淒冷。她弄不明白，關八爺為什麼要婉拒這門親事？……

沒見關八爺之前，她的生活是平靜的，她在庭院裏澆花除草，和街坊的婦女們一面做針線，一面閒閒的談說著一些家常話，她舉著剪紙花剪鞋樣剪窗花，在燭光前抹著牙牌；春秋兩季，她會幫著主事的珍爺，騎馬到沙河口的田莊上去收租算糧，分配點種各類莊稼的地畝，逢到賽會期，她總千方百計的使七房的會班子穿著得光灩，演跳得精彩，在會上博得采聲和巨額花紅。但從遇上關八爺之後，她對生活裏的一切都起了厭倦了。

珍爺知道這位愛施性子的妹妹難侍候，就勸說：「五妹妹，做哥哥的沒把這門親事結得成，怪來怪去，還是怪我；不過後來我也想開了，關東山是個俠義人，走南到北飄流慣了的，如今他重領六合幫在江湖上闖道兒，他不肯答允，實在也有他的難處……」

「笑話了，你以爲我是爲這事煩愁？」小姑奶奶當真使起性子來：「往後你可甭再當著我提起姓關的一個字，他是他，我是我！……人家既有難處，難不成還牽牽連連的賴著他不成？」

說是這麼說，珍爺走後，萬菡英關起房門，抱著枕頭流淚，眼淚淌濕了半邊枕頭。

在東街的萬梁鋪兒裏，被人稱做萬小娘的愛姑更是個傷心人。萬梁把她從鹽市上爲娼賣笑的火坑裏救出來，即使沒有個名份，她也滿意了，她知道蕩南的萬家樓是旱鹽幫常經的要地，安心探訪著，總會訪出爹跟關八爺的消息；儘管萬家樓的人蔑視她，笑她是娼戶，但萬梁對她夠恩義，夠體貼，加上小姑奶奶萬菡英的祖護，使她能在萬家樓無波無浪的活下去，她並沒向老天多要什麼。

一個命運悲慘的小婦人，她能多要什麼呢？過往的那串歲月把她嚇怕了，並不是不堪回首，而是不敢回首。在枕邊，她跟萬梁吐述過那些，說起卞三、毛六、歪眼兒四那夥惡漢，在她爹去關東那年如何存心騙賣她，卻把她瞞在鼓裏；最初，她被哄去北徐州老城東南黃河灘上的金谷里，說是寄住在卞三的一位乾媽家。她發現那兒不是良家居地，吵著要回城裏去，卞三跟毛六強灌她烈酒……那年她才十四歲。她十四歲就成爲一朵殘花。她說過在風月堂的日子，繡花的鞋底不沾泥，出局時，全由夥計揹在肩上，她唱唱，勸酒，陪宿，她不再是當年的愛姑，她祇是紅妓小荷花。

她溯述著那些，像溯述一個陌生人的故事，在風月堂那些姐妹淘裏，誰沒有過大把的血淚？世上若沒有那麼多悲慘事，就顯不出關八爺那樣豪強的漢子了。在萬梁面前，她可沒提起關東山三個字，她怕關東山經她的口，污了他轟轟烈烈的名頭……。在萬家樓，沒人相信她血淚斑斑的經歷，沒人相信由一個娼妓嘴裏吐出來的自己的身世，他們一直是那樣想──婊子的話全是哄人的。

她便沉默了。

她安安份份的跟著萬梁過日子，她本就是個安份的人，她不再回首風塵。萬家樓大行賽會的那夜，她陪侍著小姑奶奶萬菡英，在珍爺家的門斗兒下面初初聽起她久埋在心底的名字，關東山關八爺的名字像火閃一樣照亮了她，她必得要見著他，詢問爹的下落，哭訴別後的遭遇；她知道關八爺會洗雪她心底的屈辱，會懲處那些惡漢；但當她順著人潮擠回店舖時，關八爺卻又到廣場去了，她再擠到廣場，正遇著朱四判官手下的匪徒發槍。

那一夜的光景是駭怕死人的；槍聲從四面八方來，子彈呼呼的銳嘯著掠過人頭，街屋上響著一片炸瓦聲，看賽會的人群像炸了箍的桶，驚惶的呼叫著朝開迸散，人推人，人踩人，這裏那裏的亂奔亂竄。火光沖天起，把人群零亂奔逃的影子映在街牆上，被人扔棄的燈籠火把在街廊間燃燒著。她好容易才從人堆裏擠出來，被人踩脫了鞋，跣著腳彎進小巷，從後街奔回店舖裏去。誰知萬梁舖被朱四判官手下的匪眾窩踞了，亂鬨鬨的擠在前面客堂裏分槍塡火，她從匪群裏閃進後屋，藏身在一隻空酒甕裏，直等到三更過後，夥計才叫出她來，說是六合幫的爺們擊退了匪眾，把半條街佔穩了。

「您可見著關八爺了？」她抖索著，問六合幫裏的一位漢子說：「八爺他在哪裏？」

「八爺在廣場那邊。」那人說。

她很想找著萬梁，讓他領著槍隊去宗祠解救被困的關八爺，她急於要見著他。關八爺被囚進北徐州大牢時，她雖然還是個十三歲的女孩子，她就用早熟的心愛上他了。爹常跟她講說坊本上的那些英雄人物，關八爺就是那樣的一個落難的豪傑，那時，她祇是偷偷的憐愛著他，但她從沒想到啓齒。事隔多年，那番情義變成一場幻夢了，但她在危難時沒想到自己，一心全記掛著關八爺。

她做夢也沒想到，被困在萬家樓的關八爺半根毫毛也沒傷損，四更天，卻帶來萬梁的死訊。等到關八爺黑夜追賊，帶回七顆人頭時，她卻不能像旁人一樣圍湧到廣場上去面見他，她祇是身披重孝，守著靈堂。萬梁死了，她剛望見亮光的前途又變成黑洞洞的大坑，使她不敢摹想橫在眼前的日子和她早放的歷劫的春華。

關八爺走了，他走得那樣快，使自己連見他一面的機會都沒抓得著，在萬家樓，在萬梁的喪期，她不能離開靈堂，到業爺的宅子裏去拜見關八爺；雖說有著北徐州那段往事，但關八爺究竟不是自己什麼樣的親人。

萬梁舖在忌中暫時關了店門，靈堂設在後宅裏，她整天整夜守著靈堂上的燈火，也許是哭得太多，也許是發了虛病，靈燈在她眼裏亮得綠慘慘的，燈焰外裏著黑忽忽的暈輪。沒有名份的外室，在族裏照例是沒有地位的，萬梁生前沒留下子媳，由房族公議，將萬梁舖交給萬梁近房的一位侄兒——八歲的萬治邦繼承。

而她，祇是個端閒飯碗的無名寡婦罷了。

她等著，她祇有等著，等著關八爺領著響鹽車重新經過萬家樓時，她一定得探聽出爹的下落，她全心願意回到爹的膝前奉侍終生。

「八爺，您在哪裏？」她心裏常常這樣問詢著。

天落了頭場雪，鵝毛大的雪朵兒飄飄漾漾的，把萬家樓變成一片銀白的世界，她坐在爐火旁邊，熊熊的爐火永遠溫不了她滿心的淒寒。

萬梁滿了七，族裏大開祠堂門集議，她被召了去。族長業爺跟她說：「小娘，萬梁老侄已經入土了，妳年紀輕輕，兩眼漆黑，娘家又沒人出面，願嫁願守？該由妳自己作主。族裏規矩雖嚴，可並不逼著沒名份的遺眷守節，但妳拿定主意之後，就是再難更改的了。」

來到萬家樓兩年，愛姑還是第一遭踏進祠堂門，萬家宗祠的大殿是夠威嚴的，虎黃的神幔斜斜垂吊著，神龕上的祖先牌位，一層層像疊山樣的疊到樑頂去，越上去，那些牌位的顏色越黯，彷彿是些冷著臉木坐著的老人；神龕前的長案上放著石雕的大香爐，海碗粗的巨束香支旺燃著，翻花的紅色香頭上吐出一陣陣濃香的煙霧，在巨大的褐色橫樑間環繞著，族長和執事們的太師椅排成一彎馬蹄形，每張臉上都像罩上一層霜。

她早就從死鬼萬梁嘴裏聽說過萬家族中的族規，族長和執事們有權決人生死。她略顯踟躕在長輩面前跪了下來，關八爺的影子出現在煙霧裏，她卻咬著牙說：「我願……守……」

業爺憐惜的望著她，帶半分讚嘆的意味嘆息著。

「萬家樓這回遭匪劫，沒想會連累到妳頭上。」珍爺說：「妳既願守，就得顧全萬家一族的名聲……」

「我願……守……」愛姑說，她抬起頭，神色堅定悲沉：「我求族裏准我領養繼子治邦。」

「小娘要領養治邦，族裏誰有話說？」業爺朝各房的執事問說。

「那可不成。」沉默裏爆出一條嗓子：「業爺您在這兒，我是治邦的生父，我不能把孩子交在一個出身不正的女人手裏。我的意思是，治邦繼承產業，萬梁舖該由我來監管，等治邦成人，再交給他。至於小娘，該分出一些田產，由她自行度日。」

關八爺的影子仍在煙霧裏飄游著，祇有他能相信自己的悲慘遭遇，祇有他能挺身作證，但他在哪裏？……出身不正四個字，像尖刀一般的挖著她的心肺，愛姑的臉色蒼白了，兩眼湧溢著眼淚。

大殿兩側，各房族的人紛紛議論著……

「她既從良在先，又能守節，」業爺緩緩的說：「英雄生草莽，俠女出風塵，似乎不宜再提她的出身。挺身解圍的關八爺，出身又如何？……我判她領養治邦，守節度日。」

族長的言語就是萬家樓的律法，她叩下頭去。即使是有望不盡的寂寞的年月橫在她微鎖的眉上，她也甘心承受了。她知道從今以後，她對關八爺所生的情意，祇能永遠的銹在她已經殘碎的心上……

而關八爺所領著的十六輛響鹽車，正走在風雪迷漫的長路上。江湖道上的生涯就是這樣：迫著人把一切往事摔在身後，兩眼看著前面。——踏出萬家的地界後，誰也料不定下一個時刻，前途上會興起怎樣的風波？

趁著大風雪拔腿子上路，是關八爺的主意，這一帶靠近鹽河地面，緝私營設的關卡兒多，官設的鹽槽兒（收買官鹽的鹽棧，經北洋軍閥衙門允准設立者，俗稱槽兒），各鄉鎮都有些字號，打單的鹽車弄得不好，十有八九會被槽兒上放出來拉買賣的地頭蛇以低價盤掉，根本到不了湖邊。

鹽車淌在風雪長途上，那份苦楚夠瞧的；風勢是那麼猛法兒，鵝毛雪片像斜射的羽箭，從身後直射過來，上路不到盞茶功夫，人就變成雪人了。雪花積在人皮帽頂上，大襖的兩肩上，有些碎雪從人的衣領鑽進去，使人脊骨發麻，一剎功夫就化成濕漉漉的雪水，順著脊骨的凹處朝下流。

愛發牢騷的石二矮子那張嘴總是閒不住，邊推著車，就嘀咕起來了：「噯，我說老三，八爺他是怎麼弄的?!在萬家樓，朱四判官他敢打，到這兒，反又處處小心火燭了；卡兒上的那夥毛人，官槽上的那幫攔路虎，我不信他們比朱四判官更有能耐?!八爺反而好像存心躲著他們！」

「算啦罷，矮鬼，」大狗熊酸酸的嘲笑說：「腿兒既不是你領，用得著你他娘狗咬鴨子——多管哪檔子閒事?八爺他拿定主意，自有他的道理；你閉上眼聽他的，準沒錯兒，至少他不會害你拿腦袋去砸酒壺罷。」

大狗熊一提起石二矮子在萬家樓賽會上所鬧出的笑話，後面幾個漢子全呵呵的笑了起來。

「我不得不告訴你一點兒八爺他的意思，」向老三說：「你入過淮幫，走道兒也不止一年了，你那腦瓜好像還不甚靈光！……人在江湖上闖道兒，非到萬不得已不要開罪人，八爺他雖說威名赫赫，卻不是輕易愛開殺戒的人；你想想，八爺他跟朱四判官，平素沒樑沒段，無怨無仇，朱四判官若不犯萬家樓，不遇上八爺在場，我相信八爺決不至拋開鹽車，單找他朱四判官的碴兒。這回單騎追賊，摘了四判官手下七顆人頭，全爲一個義字。……早年六合幫深受萬老爺子父子照護之恩，眼看萬家樓遭劫，袖手旁觀，那還算是漢子麼?!……至於對卡子和官槽兒，光景就大不相同了，——緝私營裏那些吃糧的，還不是跟咱們一樣爲肚皮?其中有不少當初跟過八爺的，人若能守得田，種得地，和和樂樂過日子，誰會跟誰過不去?他們祇要留條活路給咱們走，咱們自沒有朝人家槍口上撞的道理。官槽兒上放出來的那些地頭蛇雖是可惡，但則這一路上，那種人太多，若和他們硬頂硬撞，到處結下仇來，日後這一路風波迭起，又何苦來?……咱們到底是走買賣的人，不是要來動武的呀！」

「嗯，您到底是老江湖，說話放屁全是道理，」石二矮子說：「無論如何，大雪天拔腿子趕長路，總不是人受的洋態罪也是真的，我他媽腳板麻得像踩在一層棉花上似的。」

「你既認爲有道理，那不就得了？」向老三說：「東邊就是壩上，南邊就是渡口，咱們若不趁著大雪天趕路，趁著黑夜渡河，準會惹出閒是非來。再說，四判官在這一帶有勢力，耳線眼線多，在萬家樓吃了八爺的癟，你怎知他不會暗地謀算咱們？……早到大湖邊早沒事。」

「算你高明，向老三。」石二矮子扮了個鬼臉說：「我他娘這張嘴硬叫你講禿了！」

「咱們聊些旁的罷，」大狗熊口涎滴滴的：「聊些有滋有味的，比方賭場，鹽市堂子裏的娘們什麼的……我他娘有好幾年沒去過鹽市了；走湖鹽（意將鹽包運過洪澤湖，博利較豐）固然有賺頭，可惜一路悶的慌，等回程時，我非得推著空車，拐到鹽市上賭一場不可。」

「得啦，不是我說，——你可趁早甭打這種歪算盤，你一鹽車豁著能賣幾文？壩上那種賭法，豪得很，三五十塊錢，兩把『么』轉出來，整飛啦！……咱們能跟海鹽商、湖客佬相比？咱們賣命走一趟腿子，三四個月的血汗，還不夠他們打一場茶圍的（逛娼館而不入宿，北方通稱打茶圍），那種揮金如土的地方，咱們還是少沾邊爲妙。」

「這話你跟矮鬼說還差不多，老三。」大狗熊瞇眼笑著說：「我他娘運氣好，真算是福將牛臯，三年前，我回程走鹽市小賭，贏了一衣兜銀洋，墜得我腰疼。」

「我他媽可沒你那種狗熊運，」石二矮子懊傷的說：「我是嗜賭如命，偏偏每賭必輸！……我他媽算是窮神養的，八輩子窮光蛋！呸！」他吐了口吐沫，歪聲的唱將起來：

「輸輸輸，喊六他來的么窟洞，
老子喊他細，他偏他娘的粗粗粗！
賺三文要還六文的債，
逼得老子回家賣小豬……」

一夥豪氣的粗漢就這麼說說唱唱的推著鹽車朝前走過去，不可知的命運也正像寒冷的雪片般的圍繞著他們；攮子插在腰裏，匣槍放在車盒裏，性命吊在車把兒上；他們沒有那份閒情觀賞什麼雪景，也無視於寒冷迷離的命運，他們祇想到黃瘦著臉、亂髮蓬蓬的妻，飢餓啼號的兒女，想到湖那邊的大鹽棧，油垢的黑櫃檯，算妥的碼子（鹽棧收了鹽，照例發給計算斤兩的碼牌，憑牌付款），以及一塊塊油光灼亮的銀圓，拿血汗換得那些，回去哺養家人，已是他們最豐足的夢。……連這樣卑微的夢裏，也常常擲進血影和刀光。

在他們聊著天趕路時，開頭腳的雷一炮始終沉默著，望著車前那一路馬蹄印兒。愈朝前走，蹄印越淺，不用說，在鄰近渡口的地方，領路的關八爺催馬走出去很遠。

「嗨，八爺這個人……」雷一炮打斷身後幾個興高采烈的談話，感慨萬千的嘆說：「我真弄不清，他爲什麼要領六合幫，爲咱們這夥窮漢擔風險？憑他的名聲，憑他的膽識和行徑，他起得萬丈高樓……」

「就是了！」石二矮子說：「萬家樓天仙似的小姑奶奶，兩手捧著送，他還不答應呢！……誰要把那種美人兒送我做妻小，我連骨頭全會酥化掉。八爺不解情，算什麼英雄好漢?!」

「閉住你的那張臭嘴！」向老三罵說。

「怕什麼？嘿嘿……」石二矮子縮縮頭，擠出一串笑聲，像癩蛤蟆吞了鹽：「怕什麼？這又不是在萬家樓。」

「這可不是開心逗趣的時候，矮鬼，」向老三說：「說實話，這趟鹽若沒有八爺的旗號撐著，咱們把四判官鬍子捻掉半根，十條命滾上也不夠賠的；八爺他要是爲了自己想，開初他就不會答允領腿子了！」

在漫野風雪裏推著沉重的鹽車，車輪深深嵌進雪面，輾出條條縱錯的痕跡；那彷彿就是他們艱困的生命爬行的痕跡，難分難解的交纏在一起。

雪花那樣密，風急時反朝天空揚舞，風歇時復朝地面沉降，每個人的肩背上都積成了小小的雪丘。灰白的雪雲壓得很低，幾乎就橫展在人頭上，鹽車的軸唱聲被風捲走，在車前很遠的地方響著，隔著飄漾的雪花，使人看不見百步外的光景，彷彿天和地就是那麼一片閃動的碎銀般的混沌。

「這他娘走到哪兒來了？」石二矮子說。

「這該是鄭家大窪兒，」向老三說：「前面不遠，就該到鹽河的大渡口啦。」

走腿子的人都知道，鄭家大窪是西路上出名的險地，從清末起始，緝私營劫鹽盤貨就迭次發生在這塊荒地上，也不知爲民間留下了多少慘烈搏殺的傳聞。到北洋的辮帥時期，各處官槽兒爲爭著攔鹽，在這兒舉行過好幾次大規模的械鬥，參加械鬥的人像傾巢而出的螞蟻，迤邐幾里路，扛著釘鈀、鐵鍬、木棍、紅纓槍和長矛，掄著單刀、巨斧等類的原始武器，面對面的盲目廝殺，械鬥之後，使鹽河飄了一季的浮屍。通常走腿子的人，都極力避開經過這兒過大渡口，因爲大渡口設有官卡，遇上了準受磨難；而八爺他領腿子，竟衝著官設的卡子走，這夥人雖都是玩命玩慣了的，一聽見鄭大窪和大渡口，也不由得暗捏了一把汗。

這時候，鹽車接近了大渡口，在飛翻的大雪中，響鹽車推車的漢子們，全都聽見了人聲鼎沸，夾雜著一聲聲白馬的長嘶……

「前頭又有了麻煩了！」雷一炮說。

關八爺一再盤算過，才決定直撲大渡口的。

腿子從東海岸起腳，偏西南下到洪澤湖邊，不論走東道還是走西道，都有六七百里的行程。無論是結幫走或是起單程，買賣在手上總不能像一般行商那樣方便，有時白天靠腿子，夜晚起腳，有時前頭不穩，一歇就是十朝半月。西道上，大小卡子總有五七十處，除了橫下心來硬衝硬闖，得像推磨似的繞著它打轉。

就因在萬家樓遇上朱四判官那把子人，扯下臉來把他開罪了，關八爺這才決意逕走大渡口而不繞僻路；朱四判官是個陰毒人，吃了虧決不至輕易了賬，繞僻路，很容易闖進賊窩裏去，如果他們暗中下手，趁黑伏擊，自己生死事小，難免牽累六合幫裏的這夥弟兄；要是直撲大渡口，雖然一路關卡多，但卡上的人不乏是自己領過的兵勇，他們任誰身後，也都有大把酸辛的眼淚，雖投身在北洋軍裏棲身餬口，對江湖走道的漢子們的苦楚該比誰都清楚，不致於翻下臉白刃相見；萬一有些不通人情的牲畜故意磨難，闖關拔卡也並不是什麼難事。祇怕官設的槽子搶著截鹽，不答允難免惱人，可是比較起來，總比遇上朱四判官要好辦些兒。

人在白馬上，揹著一身風雪，滿心沉甸甸的，也不知壓上了多少感觸。久走江湖屢歷風霜的人，大半都有著鐵錚錚的外表，乍看上去，彷彿那些鐵澆的野漢漠不知情，骨子裏，他們的豪情和感慨沛乎天地。

關八爺眼望著紛飛的大雪，早已忘卻自身的饑寒，數不盡的前塵往事，都化成片片雪花，飄浮在眼底，無論是愛是恨，是歡悅是哀愁，都在身後的時間裏落下去了，所留下的，祇有一身倦怠而已。……走不盡的野路，歷不盡的風霜，英雄也英雄過，俠義也俠義過，話又說回來，人間若沒有這多的不平事，哪還用得著英雄俠義去灑血拋頭?!古往今來，英雄俠義全是叫人間不平逼出來的，虛名四播，而內心祇餘下一片空空洞洞的悲涼……誰願意離開黯黑的老窩窠，終年在江湖上走馬？是是非非，恩恩怨怨，結成一串解不開的無盡的連環？誰願意跟誰白刃相拚，橫飛血肉？誰願意受人恩惠沒齒難忘？但你除非不立腳在江湖路道上……

半生闖蕩在江湖上，有許多事歷歷如昨，儘管一再抑著自己，不再去回溯，不再去思量，而那些事件，那些零亂的形象和聲音，總會在一刹靜默中蛇盤在人心底。

「我說，八爺，您早也該成個家了！」誰說過這樣話的呢？珍爺就這樣誠懇的說過。

我關東山不是不解情的漢子，也早已厭倦了浪跡江湖，我不是什麼英雄豪傑，祇是個肉和血做成的常人，有一顆突突迸跳的良心。老獄卒秦鎮的女兒沒有下落，北洋官府加在老民頭上的枷鎖沒有卸除，雙槍羅老大和六合幫一夥老弟兄的血仇沒報，朱四判官這本賬記在自己頭上，還得豁命來挑……儘管厭倦了江湖，我卻不能收拾起在江湖上飄萍浪跡的生涯。

白馬一塊玉的噴鼻聲把關八爺的思緒打斷了，不禁又想起萬家來。也許真的是年頭變了？江湖上無義之徒愈形得勢，萬金標老爺子那樣忠肝俠膽，不知為江湖人物挑了多少擔子？操過多少心神?!保爺業爺全都是溫厚的仁人；就這樣，朱四判官這把子人，還把念頭轉到萬家樓。徐四錢九那干匪目，居然甘心跟姓朱的合夥，他們兩眼除了看見錢財，還看得見旁的什麼?!

自己無論再怎樣盡力，莫說七顆人頭，就算有七十顆人頭，也換不回保爺和萬家樓十九條人命的了！以萬家樓的槍枝實力，若沒有人在暗中放水，決不致弄成那種混亂的局面，也決不致使保爺丟命。……一匹白疊叉的黑騾子？關鍵就在這裏了。記得自己臨行時，特為提醒業爺，要留神查訪這樣一匹牲口，設法找出一些線索來。

萬家樓的房族多，各房族之間難保沒有恩怨，這又是外人難以過問的事情。但據自己料想，那集鎮裏甚有蹊蹺！從老六合幫的雙槍羅老大被殲起始，自己就起了解不開的疑竇了！……但還是先把它收拾了罷，這裏已是鄭家大窪，晌午前該過渡口了。

保爺的這匹坐騎實在是匹名不虛傳的良駒，騰開四蹄，在虛鬆的雪面上躍行著，平穩輕靈，不知不覺已經把鹽車隊拋在身後老遠。紛舞的雪花雖常封住視野，但從凹道兩邊的沙塹上，看得出這就是大渡口北岸了；大渡口共有三隻方頭平底的大型渡船，擺渡人全是河堆上的村民，平常這些擺渡人並不留在渡口等待過渡的客人，卻都在堆口的樊家舖裏聚賭。

凡到過鹽河大渡口的人，沒有人不知樊家舖的。

這座開設了很多世代的樊家老舖，座落在河岸邊的高堆上，一面被林木掩住，一面是壁立的沙塹，塹下就是滔滔的河水。樊家舖朝北扼著鄭家大窪，朝南扼著渡河口，堆脊有路，東通壩上的鹽市，所以成了各類江湖人物麇聚的地方；舖裏的房舍雖是土牆茅屋，但也都很敞潔，總共有百十來間房舍，排八陣圖般的依著高堆展開，顯露出層層疊疊的屋脊，就彷彿是一座扼著要津的山寨。

關八爺冒著風雪一領韁，白馬離開直通渡口的凹道，斜走向盤曲的上坡路；天到晌午了，關八爺並沒有使響鹽車在這兒落宿的意思，祇因這一路風雪猛，渡河後又仍有廿幾里荒路好走，該在這兒打尖用飯了。

馬匹掃過一排戴雪的行林，還沒到舖前的廣場子上，就看見廣場中間圍了一大群人，在那邊嘈嘈喝喝的爭議著什麼。有六七輛沉實的帶簍的鹽車停在那裏，兩個緝私營的兵勇端著大槍封住車子，一個關卡上的稅官歪戴著皮帽兒，一隻腿踹在鹽簍上。四五個穿皮袍兒斜揹著匣槍的傢伙，在那兒窮嚷嚷。樊家舖的那位老掌櫃的，捏住長煙袋桿兒，東打躬，西作揖，在那兒做和事佬，而幾個推鹽車的苦漢子，苦著臉呆在車把兒旁邊，全是一付聽人擺佈的味道。

「無論你們槽兒上的諸位爺們怎麼分配法兒，我總得先下簽兒，把鹽稅上了再講。」稅官說：「我他媽今兒運氣不好，連抓三把死鱉十，輸掉六七塊大洋，這回正好，每輛車我上一塊大洋——把賭本給找回來。」

「稅官老爺你甭急，玉興槽子包你五塊錢，這七車鹽跟我歸槽子去，毛鹽帶簍，每百斤，玉興付你們三塊大洋……省得你們多走百里地，車過大渡口，能不能保得住鹽頗成問題。」褲腿上裹著幾把攮子的說：「鹽跟我走，玉興槽子包你們的稅，不刻薄你們！」

「老曹，你可是霸王硬上弓，硬捏人的鼻子呀！」包著滿嘴金牙的說：「玉興槽子官字號兒，咱們老振興槽子可也不是私設的！——我包卡子上六塊大洋，每百斤毛鹽出價三塊三。跟我去，連吃的住的，老振興全管了！」

「請……請……諸位老爺高抬貴手！」一個推鹽人哀告說：「免得使諸位相爭傷和氣，還是放我們過渡口罷。稅官老爺帶諒些兒，每車上它兩三毛錢捐稅，讓您小賭，意思意思，彼此都是曉得的……」

「那不成！」稅官換了一條腿踹著鹽簍：「這兒不是小關卡，上稅三五毛一車，他們天高皇帝遠，沒人來盤稅賬，十成十進腰包；大渡口靠著壩上的官鹽局，稽查老爺三天五日下來盤賬，不孝敬怎麼成？卡上弟兄多，查鹽辛苦，多少要分點小份兒，三分幾不分，再加上報庫，我終不成白苦白忙？所以我說，彼此全要顧到，至少每車要上這個數兒……」他伸手打了個七字記號，表示最少要上七角大洋的稅。

「慢點兒談上稅好不好？」一個手端茶壺，掖著袍角的漢子奸笑著，捏了稅官一把說：「老李，鹽車沒長翅膀，你的賭本飛不掉的，何苦站在雪地裏爭？吩咐他們把腿子靠進廊下去，咱們先商量進槽子的事罷。」

「淮大爺，沒你的事，這批鹽歸玉興了！」插攮子的老曹說：「這批買賣，是兄弟我先招攬了的！」

「玉興跟老振興扯平了分配的！」包金牙的說：「玉興三車，老振興四車，走腿子的哥們答應了的。」

「腿子先別動！」淮大爺虎下臉來說：「我他媽頂瞧不慣你們尖著腦殼爭生意，活像一窩餓狗搶骨頭，嗯嗯吭吭的吵成一團……這七車鹽歸和泰槽子了！」

「哼！你姜淮可甭倚老賣老！」老曹說：「大夥兒全是在世面上混的，幹事總得分個先來後到。你端和泰的飯碗，我端玉興的飯碗，你想砸爛老子的飯碗？」

老曹裝模作樣的，擺出要拔攮子的架勢。

淮大爺不動聲色的笑著，一手反握著匣槍的槍把兒，並沒摘槍，就叫人拉開了，猶自奸笑說：「小子，想死你也認認地方，憑你那一手，嫩得很呢！」

「算了算了，兄弟夥，一個檯面上的人，幾車鹽犯不著太認真。」一個胖子說：「兄弟的意思是——各槽子見眼都有份，各領一車回去交差。——就說大雪天，過路的買賣少，車把車的，開個彩頭罷了。」

「薛二胖子說的對，這樣免得動肝火！」有人附和說：「各槽子全沾點兒，這才像那麼回事兒。」

「配不開，」又有人說：「各鎮官槽十三個，鹽祇有七車。」

「求求諸位老爺……咱們都是拉單走湖鹽的，一路上，單是卡稅也交了好幾塊大洋了。若照官價，實在不夠維持的，可憐咱們全家老小，全等著這車鹽活命呢。」一個走鹽的漢子幾乎哭泣下來，拱手哀告著。明知他的哀求是白費精神的事，情急起來，他也管不了那麼多了。

關八爺在這一片嘈切聲裏，牽著馬走過那些人的背後，舖裏的夥計跑下門階接去韁繩，關八爺卻並不忙著進舖裏去，手捏著馬鞭兒，叉著腰，站在人群一邊看望著。一塊玉上了槽，看見馬料，發出歡悅的長嘶。雷一炮領著的響鹽車，浩浩蕩蕩的順著馬蹄印兒推上坡來，車軸的銳響使稅官嚥了一口吐沫。

「喝！大買賣，」稅官說：「聽聲音，至少有廿輛鹽車，北幫來的。」

「開彩了！」帶攮子的老曹說。

「祇怕是……是扎手貨，硬裏兒（意指大幫鹽車，攜有武器的），吃下去吐不出來，把人撐死。」

「嘿嘿，薛二，」淮大爺說：「你真是個軟骨蟲！有什麼樣的硬裏子敢在大渡口挺腰？照你這麼說，咱們這十三家官槽兒上的漢子全是飯桶囉?!」

響鹽車吱吱唷唷的，在雪花飛舞中推過來了。

「靠——腿兒啦！」

這一聲悠長響亮的號子聲像要把彤雲滿佈的天掀得崩騰一角一樣，十六輛響鹽車一路架在行林下面，十六條漢子朝廣場圍了過來。原是眯眯帶笑的稅官一聽號子聲，那張臉上的笑容立刻就凝固了；他是個機敏人，一聽來人打出這種歇車的號子，就知來的是大幫買賣，既能直闖到設有關卡的樊家舖，就有它的仗持。

「扯個字號兒罷，我說。」他三腳兩步搶過去哈著腰，衝著亂髯滿面的雷一炮說：「兄弟我是這邊卡兒上管事的，諸位爺不見外，兄弟在這兒迎著啦。」

雷一炮斜睨那稅官一眼，理出一個「六」字，再合起雙掌。六合幫的字號一亮出來，那稅官的身子忽然挫下去三寸，登登的退後兩步。而官槽兒上放出來截鹽的地頭蛇們可沒介意，伸著頸子，祇管數點著鹽車。

「腿子十六條，外加這七條，……七六大三，廿三條，十三家扯平，每處兩條，還他媽不足數兒。」

「嗳，朋友，玉興槽兒上的曹大，在這兒等著諸位，渡口南，大隊緝得緊，兄弟全是一番好意，毛鹽帶簍打出三塊大洋百斤，諸位點個頭，兄弟掏腰包，請諸位喝杯水酒。」老曹皮笑肉不笑的說。

「老振興願開三塊三，不計虧蝕。」包金牙的也湊合上了：「祇消諸位點個頭，誰他媽硬截，我包了！」

「熱鬧，熱鬧。」雷一炮掀著鬍子說：「可惜這幫買賣，兄弟作不得主，得要當家的放句話。咱們底下人，樂得吃喝玩樂。」

「嘿嘿，鹽到大渡口，當家的就是咱們。」淮大爺端著茶壺踱出來了：「不答應進官槽，卡兒上立刻扣車留鹽，到那時，連一文銅腥味全嗅不著，那可就……晚了。」

「嗯，這話我倒頭一遭聽說過。……您可是苟（與狗字諧音）苟什麼大爺？」關八爺從人叢背後緩緩踱出來，一手拎著馬鞭，一手拎著袍叉兒，慢吞吞的開口說：「您可是姓苟的那一位？——扣車留鹽，祇有他敢說。」

人群騷動起來，略略顯出些侷促不安。因為誰也沒留意這個紅臉的大漢子是什麼時刻擠在人群裏面的，他這一身打扮，哪裏像是領腿子闖江湖的?!灰閃閃的緞質披風連雪片兒全沾不上，領口以及襟袖全鑲著珍貴的貂毛；他的袍子是極昂貴的錦緞，漆黑的帶馬刺的靴筒一點污痕全沒有，光亮得能照見人影。他重棗般的臉又方又長，沉著中含帶幾分懾人心膽的威凜，他寬闊的雙肩晃在人頭之上，十足展露出他傲岸的身形。

面對著這樣一個不可測的陌生人物，淮大爺顯得有些口吃起來：「我……我……我姓姜，姜子牙的姜，卻不是姓苟。」他說：「你可是認岔了人了？」

「沒認岔，」關八爺掂掂馬鞭說：「您祖上姓過苟的，你是狗姦（與姜字諧音）的雜種。」

淮大爺勃然變了臉色；無論如何，在大渡口一帶，姜淮這個名頭還是抖在檯面上叮噹響的，地頭蛇混世，全憑檯面上這一點兒；對方當眾兜頭罵開來，弄得他軟硬下不了台，情急之下，右手就朝槍把兒上貼了。在大渡口一帶，姜淮的匣槍玩得極熟，頗有點兒小名氣，他的手一貼著槍把兒，有些人就忙不迭的閃開了。

人們也祇看見淮大爺摘槍，可沒見對方那漢子動手，眨眼功夫，淮大爺的匣槍飛脫了手，他單膝跪倒在雪地上，茶壺扔碎在一邊，端茶壺的那隻手緊按在曾經摘槍的手背上，啊唷啊唷的喊叫著，上半身因熬不住疼，抖索得像發了瘧疾。而對方絲毫沒動聲色，祇是閒閒的悠盪著那支細細的馬鞭。

「起來罷，苟大爺。」對方的聲音略帶點兒揶揄：「論玩槍麼，您還嫩得很呢！」

而淮大爺沒有十朝半月的調養是起不來的了，他朝前仆倒下去，吱著牙打滾，滾得渾身是雪。沒有人看清對方的馬鞭是如何出手的，清脆的一聲響過之後，淮大爺那隻善玩匣槍的手，連腕帶手臂，暴起了一條拇指粗的紫色的鞭痕。

「吩咐擺渡的，送這七輛鹽車過河。」關八爺跟雷一炮說：「該上多少稅，記在我頭上。」他兩眼朝稅官稜了一稜，背轉身，大踏步的逕自走進舖裏去了。

十三家槽子放出來的混混兒們，被這位不速之客的威凜氣勢懾伏了。眼看先前辛辛苦苦截下來的買賣推下坡去，後來的十六條漢子跟著進舖，連氣也沒敢再吭。有人從雪地上把淮大爺架將起來，可憐淮大爺活像一頭夾著尾巴的癩狗，哪還有半點爺字輩的架勢；右手著鞭處，轉眼就暴腫起來，整個手背腫成發了酵的饅頭。

「就算他兇罷，你的稅總得要上的。」帶攮子的老曹挑撥說：「我不信這幫腿子敢抗衙門？」

「算啦罷，你！」稅官比劃出一個字號說：「來的是哪個幫子，你也沒睜開眼來看看？——我寧願八輩子不摸牌九，也不敢收他們半個子兒。」

「六合幫?!」老曹說：「敢情是在東路上擄過帥府親兵的？」

「天底下哪還有第二個六合幫?!」胖子伸著舌頭說。

「不單是那個六合幫，」石二矮子拎著酒出來了，坐在樊家舖大門的門坎兒上插口說：「而且領腿子的那一位，關東山關八爺，你們適才是見過的了！」

若說有麻煩，這麻煩也是石二矮子找出來的。

關八爺有這麼大的名頭，這麼大的面子；石二矮子放了話，話風裏刮著一個關字兒，當時就有幾匹牲口冒著風雪上路，通報了各號官槽子。早在關八爺打遼東回來時，風聲就播傳到壩上，有人說，北徐州走了張辮帥，新的督軍有意攬關八爺當司令，好抵禦即將北伐的南軍（即從廣州誓師北伐的國民革命軍），又有人說孫傳芳當人提起關八，誇稱他是北地無出其右的豪士，黑松林義釋彭老漢，爲單挑民間疾苦進天牢捨命，直可比上古代的關雲長。更有人猜斷說，關八爺是條神龍，孫傳芳、馮國璋那些豹狼之輩休想拿官銜名爵、金銀財寶打動他。

關八爺是在連雲登的岸，一上岸就重領了六合幫，各大城鎮混世走道的候著他，鄉紳名士等著他，卻沒人等到關八爺。一直到前些天，朱四判官手下的散匪潰經壩上，才傳來關八爺在萬家樓露臉的消息。……朱四判官使十多支匣槍鎖住萬家樓宗祠的樓堡，想把關八爺栽在那兒，誰知不但沒有鎖住關八爺，反叫關八爺打得狼煙溜，連四判官的堂侄也叫關八爺拎了頭去。

而坐在樊家舖客堂裏的關八爺並沒想到這些，他跟北洋官府冰炭不同爐，跟各地混世走道鄉紳名士也少有瓜葛，藉藉浮名不是他所要的，他要的是民間的豐足和承平。爲六合幫裏這夥弟兄，他必得履險江湖，單望能領著他們多走幾次道兒，把字號扯得響了，道路踩得實了，他就好隻身回到北徐州去，查訪愛姑的下落。

老獄卒秦鎭臨危時，曾把愛女愛姑的事交託給自己，也提及過卞三、毛六的名字；五年來，北洋官府裏變化很大，也不知愛姑會流落哪裏？這宗事在料想中並不難辦，卞三、毛六有名有姓的人，即使不幹獄卒，也有線索可尋。自己急就急在雙槍羅老大那宗案子上，晃眼多年了，連半點蛛絲馬腳全摸不著，難道羅老大那干兄弟，真該冤沉海底麼？

樊家舖招待夠殷勤的，關八爺用飯時，卡子上那個歪鼻子邪眼的稅官竟也蹩過來伺候著了。

「小的姓李，十八子李，」稅官說：「小的福薄，沒趕上跟八爺受教，還是八爺您投案後，小的才補進緝私營來的。小的做夢也沒想到，會在這窮鄉僻壤小地方拜識八爺，還是那位姓石的老哥他提起您來……」

跟著稅官進來的，還有玉興槽上的老曹、老振興槽上的老潘；連被關八爺教訓過的姜淮，也使圍巾吊著膀子過來請罪來了。

「八爺，說句實在話，」姜淮奉承說：「從壩上到大小渡口，我姓姜的混得多少也有點面子，比起八爺您來，您是天，我是地，說什麼也攀不著您的腳跟，今兒八爺賞了我一馬鞭，嘿嘿，真夠我姓姜的受用一輩子！——日後即使我這隻胳膊殘廢了，有人問起來，我可以大伸胳膊，誇說我挨過大名鼎鼎的當代豪傑關八爺一馬鞭兒，能栽在您手裏，算我祖上積德……」

一夥人像螞蟻見蜜似的圍著關八爺，使關八爺連一點兒酒興也叫弄沒了。在亂世的江湖上，最可惡的就是這幫吃江湖飯的毛蟲，天生兩付面孔，遇到軟弱可欺的，惡聲惡語黑良心整搬出來，欺壓善良像吃家常便飯，遇上硬扎的對手，立即換上另一具面孔，奉承得使人作嘔，使人骨肉分家。高明點兒的真俠士畏懼江湖不是沒道理的；單就這幫嘴臉來說罷，在江湖上打混的人群裏，十個之中就佔了七八個，說殺掉他們罷，他們又不該死罪，說教化他們罷，又等於硬教頑石點頭。

等那些人奉承完了，關八爺還是苦笑著站起身說：「關東山，直性人，今天既然幸會諸位，可有句不甚中聽的話要奉贈諸位的；無論諸位爲生活，爲飯碗，爲哪一樁，可不能像今天這樣欺壓良民……諸位心裏若真有個關東山，就請記著，我是言盡於此了。」

天雖過了午，大雪並沒有停的意思；雷一炮過來請問，是否立即拔腿子起渡過鹽河？關八爺推開酒盞，正要吩咐動身，卻被那個老曹攔阻了。

「八爺請甭介意，」老曹說：「那位石老哥一提起您在大渡口過境，咱們就有人飛騎報到壩上去了。東家早就關照咱們這夥在外邊拉腿子的，要是遇上八爺，無論如何請到壩上去，委屈著待幾天，官鹽局跟各家槽子上，不敢留六合幫半粒鹽，但八爺和您領的這干人，咱們東家們非留不可。」

「不是我不肯留。」關八爺望著簾外的大雪說：「轉眼進臘月了，頭場雪後不久，湖岸就要冰封，我總想趕得緊一點兒，能把這趟鹽放到大湖南岸去，在年前讓弟兄們回家團聚著，等數盡了

『九』，再拉攏了到產地走二趟鹽，若在中途耽誤久了，誤了湖蕩口發船的期限，那就得困在壩上過年了。」

「八爺就是執意要走，也務請暫緩一步。」老振興槽子上包金牙的老潘說：「各槽上的東家，一聽八爺在大渡口過境，一準趕的來拜謁，瞧光景也就快到了，您要是先渡河走了，東家責怪下來，咱們實在挑不起這個千斤擔子，——他們會罵咱們不會留客了！」

「我說八爺，」石二矮子吱著牙，插上一槓兒湊熱鬧來了：「走買賣的不去壩上逛逛，推車趕路全提不起精神來，您不知如今鹽市多麼風光?!河岸的船篷連接幾里地長，水上起城牆似的；半條街全設得有賭場，大賭小賭隨意來；各堂子裏的姑娘，拎著堂號燈籠出去應局，馱得滿街跑，眼全給照花了，尤其是北幫有位卞三爺開的『如意』堂子，沒有一個姑娘不會彈唱的！」

石二矮子眉飛色舞的談說著，冷不防被關八爺一把揪住了衣領，搖晃說：「卞三開的『如意』堂妓館?!你是說——」

「不錯，」大狗熊在那邊檯子上打著酒呃：「有那麼一個卞三，聽說是打北徐州金谷里轉得來的；您問他們常走壩上的全該知道……」

「這個您儘管問小的，」稅官瞇著眼說：「如意堂如今倒還叫如意堂，不過龜公換成毛六了。」

「哦！」關八爺不經意的哦了一聲，主意卻重新打定了。原以為尋找愛姑要費一番手腳的呢，誰知竟有這麼巧，自己正待尋找的卞三、毛六，卻就在壩上！自己在北徐州做監的日子並不長，當時又帶著棍創，除了老獄卒秦鎮和小女兒愛姑常進監房為自己療創外，對其餘的獄卒都沒留下多少印象：卞三和毛六既轉到鹽市來設娼館，祇怕愛姑……這事非得趕急去查探一番不可！哪怕耽誤運鹽的日子，也管不了那麼多了！

「大風雪裏走腿子，苦兮兮不是人受的罪，八爺，」石二矮子看出關八爺沉吟著，還以爲關八爺不肯彎道兒去鹽市，就訴苦說：「一雙走一路腿全是痲的。假若遇上朱四判官，不用打我就得躺在那兒去了！」

「看大夥兒意思如何？」關八爺說。

「還在八爺一句話，」雷一炮說：「大雪裏推車實在太辛苦，就讓他們逛逛鹽市也好。——再說，防人之心不可無。」他壓低嗓子，湊近關八爺耳邊說：「趁這個機會，也好打探些朱四判官的動靜……」

正說著，就聽外面起了一陣車馬滾動的聲音，有人報說：「八爺，各官設鹽槽兒的東家、各縉紳聽說您在這兒，全都冒雪趕得來了！」

在萬家樓，在珍爺家的後園子裏，兩個寂寞的影子對坐在垂落的簾子裏，那是萬菡英和新寡的愛姑。

飄飄的大雪把後園裏的假山盆景全掩覆了，成一片銀色的世界；在往年，萬菡英喜歡落雪天，喜歡捲起簾子，坐看滿園的雪景，大雪天的夜晚，要婢女把樸燈擦拭得亮亮的，約聚嫂嫂和鄰近的侄女們到後園裏來，玩骨牌，鬥紙牌，剪鞋花，盡情的談些家常話；風雪再寒，也寒不進小姑奶奶的暖閣，暖閣裏的鐵架上有著一次能裝四十斤炭的大銅爐，升起火來，連皮襖全穿不住，到了深夜，每人的腳下全踏著絨舖的錫熓兒，腕上還掛有玲瓏的小手爐；小姑奶奶是最愛熱鬧的女孩兒。

以萬菡英的身份，以萬家的財勢，她幾乎是要什麼就有什麼；她愛吃零食，保爺就送她四對景德細瓷的磁鼓兒，飛龍雙耳，寶塔頂蓋，鼓身燒著全套的仕女四季行樂圖，鮮明的彩色就像生長在白玉般的磁膚裏，使人愛不忍釋；她講究宵夜，珍爺送她全套磁具不說，單是一套湯匙就夠人咋舌的了，匙身是雕花純銀的，柄上還嵌著七粒小寶石，說多堂皇就有多堂皇。她那匹胭脂馬是老二房牯爺送的，身價據說比保爺的白馬一塊玉還昂，胭脂馬的鬃毛留得很長，每天有管馬人替牠梳理，編結出一大把細細長長的辮子，尤其在雪地上馳馬，人和馬一色鮮紅，跑起來就像玉盤上疾滾著的一隻紅球……

但今年，小姑奶奶變了，再沒有愛熱鬧的興致了；她心裏總有些不太如適，總有些說不出名字來的朦朧的遠憂。她祇著人把愛姑接了來，陪她度過落雪天百無聊奈的時辰。她一開始就喜歡老侄兒萬梁從風塵裏領回來的這個女人，她是個與眾不同的人，不像萬家樓各房族裏祇知道愛玩愛樂的女孩子，她的眼瞳裏，亮著許多深沉難解的東西，許多天外的憂愁；儘管她談著，笑著，也掩不住那些烙在她生命裏的創痕。

她接著愛姑來，她覺得萬梁死後，她的身世更慘，她的寂寞和哀愁更深，她更要人安慰；另一方面，她想聽愛姑談她的遭遇，她要知道萬家樓外的遠方世界。

愛姑坐在她對面的椅子上，她穿著一身孝服，像一朵開在白玉瓶裏的花，雪光透簾來，落在她微俯著的白臉上，她原就缺乏血色的臉，白得更有些淒慘。

暖閣裏，跟往年一樣燃著爐火，金漆立几上，高大的碎瓷瓶中，插著一束新採來的初吐苞的梅枝，碎雪沾著枝莖，進屋來就融化了，看上去濕漉漉的。一隻長毛的雪狸蹲在几角，呆望一陣兒紛舞的雪花，又轉睛望著八寶垂燈上拖懸下來的彩穗兒，不時朝上空探著爪子。廳堂的木柱邊放著一列朱紅的籠架兒，風罩裏的籠鳥吱吱喳喳的碎語著，也不知彼此在說些什麼?!

兩人裝了滿心的話，但都沉默著，想從亂裏整出一絲頭緒來。終還是愛姑先說了。

「姑奶奶今年變了，」愛姑說：「保爺死後，再沒人陪妳馳馬了……那夜妳可算受了驚啦。」受了驚麼?倒也不是受驚什麼的。朱四判官捲進萬家樓那一夜，自己祇是在做一場噩夢；夢醒後，萬家樓變了樣兒了，自己也變了。

「我祇是有些說不出的愁悶。」萬菡英說：「萬家樓從沒死過那樣多的人，也從沒遭過那麼大的匪劫；妳是走南到北跑過碼頭的，外鄉當真會遍地是匪嗎?」

愛姑點點頭：「年年起荒，月月驚兵，北洋的帥爺們拿老民當豬狗，除開萬家樓這塊福地，哪兒還有人過的日子?!……在北徐州老黃河灘，哪天沒有插草爲標出賣親人的?鹽河壩上，那些難民的圓頂蘆棚，牽牽連連好幾里，活像安了大營。」

萬菡英翻弄著牙牌，玩著過五關斬六將，闖來闖去，總闖不通那些關口。也不知怎麼的，自己極不願提起的一個「關」字，卻先在心裏騰跳著。關八這個人也真是怪癖!萬家樓無波無浪的日子他不取，偏生要選他那走不盡的江湖路。很多唱本，很多傳說裏，都有著前朝歲月裏的江湖人物的故事，哪篇哪節裏不流著滄桑的血淚?!

「匪盜是人逼出來的，姑奶奶。」愛姑說：「那些守得住、熬得住的良民該受苦，還有什麼話說。……天底下，能有多少關八爺去救他們?!」

對方廢然嘆了口氣，把牙牌的方陣推散了。

「不要當著我提關八爺。」她說，聲音有些僵涼幽怨，好像夢語似的。

「我不能不提他，小姑奶奶。」愛姑說：「我曉得八爺他那種人，他不能把自己關在萬家樓，放著天外的饑寒不管！……妳不能這樣怨著他，我知妳心裏……煩亂……祇怪珍爺他提得不是時候……」

萬菡英的臉紅了，她沒想到跟她年歲相仿的愛姑，會這樣大方，這樣老成，當面跟她提到那宗沒成的婚事。

「不是我怨什麼，小娘。」她訥訥的說：「關八爺回絕了這門親事，各房族全知道了，無論如何，對我是極失面子的事，我這是關起門跟妳說——我哪樣配不上姓關的？除非他心上另有旁人？」

「容我告訴妳一宗事，小姑奶奶，」愛姑說：「我來萬家樓兩年，老想告訴妳，可總沒說出口。關八爺在北徐州入監時，我爹是看守他的人。當時他挨過刑，受過棒，渾身是傷，我爹著我偷偷的去延醫，熬藥，暗裏調治他，末後，開監門釋了他。……就因爲我爹釋了關八爺，跟他一道兒走關東，我才落在該殺的下三、毛六手上。……」

「上回妳沒見著他？沒問妳爹的消息？」萬菡英說，把對方的話給打斷了。

愛姑搖搖頭，繼續說：「妳想想，關八爺是那種人，自出江湖道，就沒過過一天安穩日子，揹著一身恩仇血淚，他怎能一歪肩就給卸掉？小姑奶奶，我說，妳心裏若真有個關八爺，妳就該等著，等著四方安泰了，他自會找一處棲身處，不再飄遊。」

萬菡英臉上的寂寞更深了，隨手抓起起一張骨牌，放在手背上玩著：「如今我衹是在問妳，上回妳沒見著他？」

「沒有。」愛姑說：「我這身重孝在身上，怎好去認他？我想他既領鹽車，明春必經萬家樓。」

「妳看，小娘，雪這麼大，」萬菡英若有所感的說：「那幫鹽車迎風冒雪的，如今不知歇在哪兒了呢？」

愛姑屈指數算著，抬臉說：「也許已過了鹽河，也許會留在壩上……」

萬菡英望著風罩裏的籠鳥，一對籠鳥跳躍著，使黃木包銀絲的鳥籠微旋起來；——一對望不見窗外風雪的籠鳥，又怎知遠遠的江湖上變幻莫測的風雲？誰知道呢？眼看灰雲白雪中的天色，逐漸又暗下來了……

「替我們端些點心來罷，」她吩咐婢女說：「也該掌燈了……」沒掌燈前，黯色的暮景撲進屋來，彷彿那就是她心底的憂愁所化，她呼吸著圍繞在她周遭的這份愁情……愈想到遙遠事，她的心也就跟著一寸一寸的沉下去，黯下去了……

第五章・鹽市風雲

河西岸壩上的鹽市，是在滔滔苦難裏繁華起來的。

在鹽河與老淮河之間，土黃色的河堆蜿蜒著朝東伸展，形如一條戲水的蒼龍，繁華的鹽市就是順堆興起的。在古老的東方土地上，一城一地的興起都有著不同的荒誕的傳說存在著，代替了不可追溯的根源；西壩鹽市的興起，也正是這樣的。——壩東凹地上，有一座方圓數里的荷塘，塘水凝碧，終年不涸，傳說有一隻已歷千年的老黿（俗名癩頭黿，形狀像鱉，但較長大，此物今很少見）守護在塘裏，壩上的居民們都稱它叫黿神；自從黿神守護在這兒之後，壩上就常年被一團紫色的霧氛籠罩著，無論春夏秋冬，陰暗風雨，這團紫色的霧氛始終隱隱的籠在壩上。

不必要去追溯那種神異傳說的由來，壩上的興隆卻是眼見的事實：東從橋船口起，西到茂盛街止，鹽市上重重疊疊的房舍展有七里路長；十八家鹽棧，六家岸商的堆棧，一家小鹽莊麇集在這兒，使它成爲兩淮鹽集散的中心；各家檔子店（清期的旅館多稱檔子店，迄民國初年雖更名為客棧，但人們仍通稱檔子店）裏，住滿了運商、岸商、稽核所的老爺，一擲千金的湖客和各方來的買主，每家沿河岸的茶樓和妓館裏，整天整夜繁燈如錦，不輟弦歌。

北洋官府在鹽市上設的有鹽務稽核所，官鹽局分出的分司衙門，兩淮緝私營本部，黑道人物經招撫改編的招安隊；喝血的運商們不單要供養這些人，還得按月籌獻一整師北洋軍的全部糧餉。而這些人，正都是旱幫走腿子的貧民的對頭星。

關八爺比誰都清楚這些，當他由一名被擊潰的私鹽幫的拉子，投軍幹至緝私隊隊長時，他就看透了北洋軍閥們的真正嘴臉了。若換一個隨波逐流的人，今天的關八決不至在長途上飲風喝雪，但他抛開了那些聲色犬馬，從繁華的燈影走進黑沉沉的監牢。

大雪仍在不停的飄落著，到大渡口來接關八爺的人群，擁著八爺和他的響鹽幫回壩上來了。爲接關八爺，福昌棧的少東特意備了豪華的單座雙馬車，但八爺仍願騎他的白馬一塊玉，爲使六合幫的鹽車免在旱道上跋涉，謙復棧的老闆特意拉上來一條頭號駁船，把十六輛響鹽車跟雷一炮那幫人安置在船上；關八爺弄不清，這些棧商對待自己爲什麼要那樣殷勤。

行林斷處，對岸的鹽市呈現了，多次來過緝私營本部的關八爺像眼見故人一般的凝望著，那些房舍，那些碼頭，那些紙醉金迷的世界，他經歷過但也毅然甩脫過，那些永不屬於他這樣的人。……直至如今，他還背得出那些棧號，從西朝東、玉興、老振興、和泰、源亨、興泰、長發、公茂、三盛、景興、利河興、同心、永隆源、福昌、謙復、協泰、公泰、德興、新永和……他更記得那些廣大的棧房中積鹽成山的景象，多少血水？多少民脂？在這一角造成了畸型的繁華。傳說裏若真有黿神，早該馱著這塊罪惡之土沉進東海了！

十八家棧商擁著關八爺過渡，經石砌的楊家碼頭登岸，他這才發現，阜候在碼頭上接他的不止是運商岸商和部份湖客，連稽核所長、鹽務分司主管、緝私營長，全必恭必敬的冒雪迎接著他。

關八爺儘管納罕著，表面上卻沒動一絲聲色。

替關八爺洗塵的晚宴，設在福昌棧主王大少的大花廳裏，花廳就寬敞到那種程度，毫不壅塞的擺下五十桌酒席，明間裏幾百位陪客的人還有安歇的地方。暗間裏設下鴉片煙榻，以備吞雲吐霧的貴客們消受一番。

最裏間的精緻小套房，專為關八爺預備一榻，鋪上錦織的獅子氈，當中加上一層斑斕的猛虎的皮毛；橫榻一端放著一對銀絲枕，加上鴨絨枕墊兒，榻前另放兩張金漆的腳凳兒。

「抱歉得慌，」關八爺說：「兄弟實在是……不善這個……」

「不要緊的，八爺，」稽核所長趕忙說：「八爺您實在不吸，鋪上歪歪，鬆活鬆活兩腿也是好的。不過麼，逢場作戲，燒個泡兒提提神也無傷大雅，潤山他這是特意為您準備的上好雲土。」

「王少東的煙土存了很多缸，」協泰的東家說：「這種好煙土卻不多，都是為貴客特備的；八爺，您不知從罌粟點種，到開花結實，到取漿熬膏，費了多少精神?!……每棵罌粟根，施肥都灌的是豬肝豬肺汁兒，故所以，吸這種鴉片，是滋補人的。」一面說著，一面獻殷勤地招手說：「來人，替八爺奉煙具來！」

話音方落，端著黃金托盤的侍僮上來打恭，緩緩的掀開托盤的紅絨；八爺看那托盤裏，放著一列七套煙具，黃金的，純銀的，潔白漢玉鑿成的，烏龍木嵌上琉璃嘴兒的，水晶配溫涼玉的……各搭著燒泡兒用的銀籤銀揑兒。關八爺並不打算吸煙，卻順手抓了一支潔白的漢玉煙槍來，在手裏把玩著。

先一個侍僮打恭退去，另一個端著純銀托盤的侍僮轉上來打恭，緩緩的掀開托盤上的綠絨，盤裏放著兩把極小極玲瓏的紫沙茶壺，一廳炮台煙，八式淮揚細點，一盞八角形鑲寶石的煙燈；連托盤放在煙榻中間。

「八爺您請就榻，」稽核所長說：「兄弟我親自來調理，燒它兩個泡兒，好土得要好功夫，香醇味兒才夠足，兄弟理鹽務，旁的沒學著，這個門檻兒倒學得滿精。」

關八爺弄得清楚這些衙門；論權勢，稽核所最大，分司衙門、緝私營都得聽它。當年自己領緝私隊時高高在上的所長，如今倒來親爲自己燒煙泡兒了，這裏頭一定另有文章！自己明明不吸，也要做個樣兒，聽聽他們話頭兒朝哪個方向理？因此，也不十分客氣，就卸去披風，掛上短槍，歪下來了。

套間夠寬敞的，煙榻前，兩邊分放著十幾把嵌玉背的檀木太師椅兒，牆邊立著竹雕的西湖十景屏風，條山字畫，琳琅滿目；關八爺在煙榻上躺下了，那些棧商鹽官才紛紛落座。

「我說八爺，您可要找個伺候的？」王少東還沒坐穩，就又站起身，笑瞇瞇的說：「壩上各堂子裏的姑娘，早就在外廂預備著，沒得您點個頭，不便讓她們進來。」

「說句實話，王兄，」關八爺說：「兄弟出道兒就選的是味字行兒（鹽梟暗語之一種，也是意指運鹽），多年來，餐風飲露苦慣了，您預備的這些繁華，兄弟一概沒嘗受過，您若是有意讓關八爺開開眼界呢，兄弟倒不介意了！」

「快人！快人！八爺真是個大快人！」緝私營長說。

關八捏著紫沙茶壺苦笑起來。

「要是我沒記錯，營座。」他說：「雙槍羅老大領的老六合幫，是栽在緝私營馬隊的手裏，如今兄弟領的新六合幫，又叫軟窩在您的衙門口啦，我這摘了槍掛在壁上的人，能不乖乖兒的聽吩咐麼？——我還指望巴著大湖邊呢！」

「罪過罪過，」緝私營長欠著身子，惶恐的說：「那宗案子，跟兄弟實在風馬牛，連邊兒全沾不上。辮帥的緝私營跟孫帥的緝私營，壓根兒不是一個班子。那時，那些營官的腦袋還不知叫拎過幾遍了。就算班底兒還在，事隔這些年，鐵打的營盤流水兵，論淘也淘光啦！」

「一朝挨蛇咬，十年怕草繩，」關八爺呷了口茶：「直至如今，我還怕見紅脖兒呢（民初北洋緝私營全係紅帽箍，俗稱紅脖兒）！」

經關八爺這一說，窘得緝私營長趕緊摘掉他頭上繡紅邊的帽子，交馬弁拿了出去；又轉朝關八爺說：「您可甭見外，八爺，兄弟明知不成材料，不敢企望攀結您，可早就在心眼兒裏仰慕您的風儀了！……吃公門飯，形勢所迫，不得而已，還望八爺多體諒些兒……」

緝私營長還待說些什麼，那邊有人挑簾子報說：「諸位老爺，各堂應局的姑娘來了！」

姑娘們進屋前，有各堂跟班的接去堂號燈籠和沾雪的披風，那些打扮得花團錦簇、光艷照人的姑娘們，挨次碎步走到煙榻前，扭著汗帕兒朝關八爺行禮；福昌棧的王少東以地主的身份，照例逐一的介紹著。

「這是四喜堂艷名遠播的姐妹花，花名七歲紅，八歲紅。」

穿紫花緞襖的七歲紅和穿藍花緞襖的八歲紅，手牽手上來，含笑低頭，側身萬福，打著軟綿綿的南方語說：「七歲紅，八歲紅，見過八爺。」

關八爺使手肘支起上半身，仔細端詳面前這兩個文靜嬌羞、年紀不過十八九歲的女孩子，白裏滲揉著半分嫣紅的瓜子臉，簡直是一個模式裏鑄出來的，一時竟分不出誰是姐姐，誰是妹妹了。……七歲紅，八歲紅，若不是處身在這種場合，誰會想到她們已有十年以上的日子淪落風塵？

「每人大洋十塊，」德興棧的東家算是機敏，瞧著關八爺不是此道中人，便發話說：「八爺賞的！」

七歲紅八歲紅謝領了，跟著來的是三合堂的紅姑娘花玉寶，風月堂的台柱小叫天。

福昌棧的王少東湊近關八爺身邊說：「八爺半生東闖西盪，不慣風月，須得我這識途老馬帶帶路兒了……在壩上，一個堂子裏的姑娘能否竄紅，除了年華、品貌、詩、酒、才情之外，最要緊的，就要看她口手如何了？」

「願聽高論。」關八爺說。

「說起來很簡單，這『口』麼，就是要能說善唱，說話要能投合客人的身份興致，熟知應對進退，要會吟詩填詞，從古樂府唱到牌曲兒，從南方唱到北地，從京腔唱到小調，口上功夫才算是上乘的。」王少東說：「論手，至少要會彈琵琶，會拉胡琴二虎兒，自拉自唱才見功夫！……如今各堂的姑娘裏，口手俱備的實在沒有幾個；花玉寶跟小叫天已經算不錯的了，但也祇能算是中等，還是早些年從良的北幫紅姑娘小荷花……」

「算了，大少，」那高瘦的花玉寶不依，扯著王少東的袖子，朝關八爺撒嬌說：「八爺，您可甭聽這沒良心的王大少亂講，他得著的全是不好的，得不著的全是好的，總忘不掉那個什麼小荷花！」

「八爺！您還不知他風流成什麼樣兒呢？」小叫天也跟著拉扯說：「他如夫人娶了一房又一房，全是從我們姐妹淘裏揀了去的，也不儘是有口有手的，——揀揀揀，揀了一堆破燈盞！倒是他願花八百銀洋夜渡貲沒弄著的小荷花，他卻成天禮佛似的放在嘴上讚著。你大少也甭不知足，你要有口手的，我們姐妹倆一道兒嫁你算了！」

「嘿嘿嘿，」稽核所長齜著一口滿是煙油的牙齒笑說：「那不成，讓他獨走桃花運，太便宜他了！」

「我討不起這種便宜是真的，」王少東說：「我這座僅能屯得萬包鹽的小鹽棧，養不起這對金絲鳥。花玉寶的繡花鞋不沾泥，沾泥就要另換新鞋，小叫天更嬌了，每換一個時辰要換一套衣裳。我得有金山銀山供她們敲剝才行……」

「別說我們嬌。」花玉寶故意嘟起小嘴說：「就真是嬌些兒，也是壩上諸位爺們寵的縱的。」

在座的一些商賈，都色眼瞇瞇的捧腹大笑起來了。

稽核所長捏好煙泡兒，替關八爺裝上，關八爺的眼光卻落到一個年僅十五六歲，垂髫的雛妓身上。那姑娘臉上幾乎沒施脂粉，在一張張濃妝艷抹、眼波流盪的笑臉映襯中，愈顯得清麗脫俗，別具風華；她碎步走上前來，從緊捏著衣角的微僵的雙手上，看出她內心隱含的怯意，即使在外行人眼裏，也一眼就看得出她是初出道兒的雛兒了。

關八爺所看的還不止這個，他從那姑娘舉手投足時天生嫻雅的姿態上，眉梢眼角自然流露的神情上，她穿著麗服而絲毫不顯忸怩的習慣上，判斷出她決非是尋常人家的女兒，她身後一定有著某種私隱。

她走上前來，低眉側臉，怯怯生生道了個萬福，滿臉湧泛起不可言喻的羞紅，許是心慌的緣故，把一方粉紅的羅帕也遺落在地上了。她嘴唇也翕動著，彷彿在報出堂名和她的花名，但聲音輕微得祇有她自己才能聽到。

「妳請坐下來罷，姑娘。」關八爺用悲涼的語調溫和的說。

「算八爺有眼光！」王少東擊掌說：「這個雛兒是北幫姑娘，剛落在毛六手裏不久，論經驗是沒有的，論資質卻是全壩上頂尖兒的。她生得極像我說過的小荷花，假如調教得好，一準會紅遍江淮！」

「這點八爺可真算看準了！愚意也正是如此，」稽核所長發他的議論說：「一般看法，都說是南國多佳麗，所以論起堂子來，全推蘇幫、揚幫是一等一的，殊不知南國佳麗多了，美得一個模兒，看起來就艷而俗了。再者，南方氣候溫熱，美人早熟，極易凋謝。北方可不一樣，北方是不出美人兒便罷，出一個就是一代絕色，傾國傾城的，像咱們歷史上出了名的八大美人兒，有幾個不是出在北方?!」

「請坐下罷，姑娘。」關八爺又說，語調更加溫和了。那姑娘終於在榻邊坐下來，捏起粉拳，慌亂的、機械的替關八爺輕搥著腿，不笑，也不說話。

在這樣堂皇典麗的套間裏，每一個擁著姑娘的商賈鹽官們，都在不著邊際的談論著。大雪在雕花的窗欞外飛著舞著，爐火在房屋裏製造出另一種春天，侍僮不歇的送上熱手巾把兒，替幾位吸水煙的縉紳唲火，煙霧在空間漫騰著，空氣裏充滿煙味，脂粉味，話聲和笑語糾纏著撞開，花玉寶要跟班的取出琴來，坐在王少東的腿上，帶幾分賣弄的意味調著弦子，小叫天夾著煙捲兒，還沒試著唱曲兒就先輕輕的咳嗽起來了。

那個雛兒仍在替八爺輕搥著腿，隔著衣裳，關八爺仍能感覺到傳自她內心的戰慄。他就著燈光仔細端詳著她的臉，愈端詳，愈覺著她很像已故老獄卒秦鎮的女兒愛姑。福昌棧少東嘴裏的小荷花？……愛姑和眼前的這個少女，使他疑竇重重，至少有一宗事是可以確定的——她不是愛姑，今天的愛姑不止是十五六歲的年紀了。

他沒有問她什麼，這不是說話的地方。而且侍僮來傳報說，晚宴就要開始了……

花廳壁上有一座西洋鳴鐘，正當關八爺在幾百位作陪的賓客群中露面時，自鳴鐘的玻璃框裏躍出一個滿身凸露著筋肉的小小金人，揮動金棒敲打在擺錘上，鐺鐺的響了七次。

關八爺被安排在靠花廳裏面，舖著大紅絲絨，圍著一圈太師椅的席位上；正席兩邊各排八席成雁翼形，連雷一炮、向老三那一把子，也都分別做了首席。在關八爺那一席上，豪富的鹽商極盡舖陳的能事，杯盞全是玉雕的，筷匙全是純銀的，經巧匠鏤出精緻的花紋。

「八爺請別見笑，」福昌棧的王少東說：「壩上的日子就這麼顛倒。有句流行的俗語說：『不怕過荒年，單怕沒了鹽；早上沒飯吃，晚上有馬騎！』正是做鹽的人生活寫照。一切排場慣了，因襲成風，硬拿鴨子上架，不充臉面是不行的。」

「王大少太客氣了，」稽核所長說：「八爺，咱們這位大少排場起來，嚇得人吐舌頭，吃冬瓜，他吃大洋一塊二毛一斤的冬瓜紐兒，吃韭菜，他吃一寸二寸的韭菜芽兒。他吃炒麻雀眼，燴鯽魚肝，嘿嘿，他就是這麼排場法兒！」

炭火在大廳中央旺燃著，十六盞罩有白色磁笠的大樸燈捻高燈蕊，把整個大廳照得明光灼亮；在一些重要的席位上，每位賓客身後都侍立著一位執壺斟酒的姑娘，更有一些跟班的抱著各類樂品，立在較遠的地方。花廳是那樣敞亮，三面全圍著雅致的花欄，中間有玻璃明扇相隔著，玻璃隔扇外形成一環寬廣的長廊，人在廳內能環視廳外的雪景；沿著玻璃隔扇，放列了很多從溫室中搬來的盆栽，枝幹盤曲、古意盎然的老梅，華蓋招風、枝柯蒼勁的老松，……天竺、仙人掌和萬年青，從雅致的花盆到盆景本身，都顯示了豪富鹽商揮金如土的性格。——這跟江湖路上爲一車鹽流血灑汗的世界離得多遠？關八爺環顧一周後，搖頭嘆息了。

然而，不容他有默想的機會，金漆托盤川流不息的送上菜來，福昌棧的王少東舉杯過頂，站起身來發話說：「今天鹽市上大放光采，因爲我們慕名已久的江湖豪士關東山關八爺路經此地，我們官商聯合，在這兒奉八爺一杯薄酒，還望八爺看在我們一番誠意份上，日後多加照顧……嗯，多加照顧……」

關八爺一拎袍叉兒，在眾目睽睽下舉杯站起說：「王大少言重了！我關八祇不過是浪跡江湖的直性人，懂得些做小民的苦楚罷了。幾年頭裏，開罪了小辮子張勳，亡命關東，這回回來，還幹味字行老行當，領著些苦哈哈的兄弟，憑汗水混日子。誰不知走私鹽犯國法?!要是各人能靠田靠地活下去，誰也不會把一條命扣在車把兒上擔這份風險！……我拿什麼照顧鹽市？倒盼著緝私營，分司衙門多照應我那些苦朋友，不要關門打狗，總得爲人留條生路。這回路過大渡口，錯承相挽，我關八先乾一盞，算是拜領諸位的厚意隆情……」

關八爺這番話雖說得徐緩，可是句句斬釘截鐵，語調激昂，加上他聲音異常宏亮，直像鐘鳴雷動般的浪擊著全廳。

話音沒落，坐在關八爺身邊的稽核所長，就晃動他的鴨蛋腦袋，領先擊起掌來，笑著說：「關八爺有吩咐，業已照辦了，十六車鹽，咱們非但免稅，而且不扣一顆鹽粒兒……」

一剎時，全廳都響著掌聲……

雷一炮那夥漢子們，雖然丈二和尙摸不著頭腦，不懂壩上這些鹽官鹽商們爲什麼要這樣呵捧關八爺，但既坐到這種檯面上安享豐餚盛饌，總比推著鹽車冒著風雪趕路要安逸些，就都隱住勁，人模人樣的坐席。唯有石二矮子和大狗熊這對活寶樂不得，一樂就離了譜兒了。

這倆人是搭擋慣了的，一旦拆開來，石二矮子就有些發慌。石二矮子八輩子也沒坐過這種席，紅漆托盤裏端上的名菜，他是一概認不得，認不得也不要緊，你就祇管吃你的不就成了？嘿，三杯酒落肚，他那張嘴就癢將起來，把咖哩雞爪認成拌黃瓜，一面吃一面讚說：「他娘的，隆冬大雪天吃黃瓜，自出娘胎我可沒見識過！」

另一席上的大狗熊不像石二矮子這麼個笨法，不過錯把鵪鶉蛋認成湯糰兒罷了，還特意關照和他同席的淮大爺少吃些兒，說是吃甜吃鹹會生癩瘡。

而石二矮子在那邊又錯把雞絲誤認成竹筍，一面吃一面抱怨說：「奶奶的，這些鹽商竟肉頭到這樣？請咱們坐席，不來大魚大肉，竟上些蔬菜，咱們又不是吃長齋的和尙！」當包金牙的老潘告訴他，他吃的是雞絲時，他正好又把魚翅當成了粉條：「還他娘說呢！連豬肉全見不著！」

包金牙的老潘笑起來：「老哥，吃這種名席，你是見不著豬肉的了！」

「算了算了，幸虧酒還不壞。」石二矮子搓著手，看見侍僮以紅漆托盤端來兩隻裝白水以便換甜點時洗湯匙的碗，就忙不迭的伸出湯匙舀著喝起來，一面笑說：「既吃不著油腥，我他娘就多喝些參湯補補也好。」不過，喝完了又舐舐嘴唇說：「人參湯竟是這種滋味？——有他娘三分像是白水！」

話一出口，連他身後陪酒的姑娘都笑彎了腰。

那邊的大狗熊究竟比石二矮子高明些，並不是他不願說話，實在是騰不出他那張嘴來；大狗熊的食量大得驚人，又是個大酒桶，一面滿嘴塞菜，一面連壺抓來套在嘴上喝酒，就是滿心有話，也叫酒菜壓下去了。

而關八爺在席上，幾乎連落座的空兒全沒有，各席不斷有人過來敬酒，其中不乏在江湖上大有聲名的人物；像早年自己初入六合幫時，就聽雙槍羅老大經常提起過的，以少林武技名滿北道的神拳太保戴老爺子，以及他的幾個身懷絕技的徒弟張二花鞋、湯六刮、窩心腿方勝……

這幾個武林人物在壩上出現，是出乎關八爺意料的，使他更驚奇的，是這幾個人一點也沒有傳說裏所謂武俠的英風豪氣，全都是破衣襤褸，一付落魄的樣子。

神拳太保戴老爺子近八十歲年紀了，左半個身子似乎患了風癱症，舉動顯出麻木艱難的樣子；他穿著一件老羊皮結成一塊塊金錢餅兒的破皮襖，襖面上打了幾個補釘，攔腰橫勒著一條破圍巾改成的腰絲，扣著一根黑不溜啾的旱煙桿兒；他那張臉瘦得幾乎不成人形，眼窩鼻凹和兩頰都陷成黑洞，一把火燒的山羊鬍兒根根捲曲著，愈顯出苦兮兮的老境，除了那雙隱在鬆垂肉褶裏的眼，還保有練武人那種精敏的光彩外，他傳奇般的早年事蹟，似乎全被無情的歲月埋葬了。

他顫巍巍的端著酒盞，緩緩的領著三個徒弟走過來，用低啞的聲音報出他的姓名，關八爺立時像挨了雷擊般的一推椅背跨過來，要行單膝落地大禮，但被戴老爺子一抬右肘止住了。

「八爺，」他低聲說：「動不得，八爺，早先的神拳太保，已在我心裏死了！我如今祇是個苦老頭兒，全靠幾個徒弟賺錢養活我。……張二花鞋在繩蓆廠裏當領工，湯六刮靠一把力氣，在壩西鐵道上領工推火車，方勝好些，在繩蓆廠對面開家小客棧，我就在客棧裏權充個門房。因爲早年我跟壩上老一輩人有過交情，所以像這種場合，才容我插上一腳罷了。」

老人說話是真實的，他那幾個徒弟也都是四五十歲的中年人了，張二花鞋的肩上袖上，還釘著很多散碎的蘆花和草刺，湯六刮渾身都是鹽漬，祇有窩心腿方勝穿得還略爲像樣些，但跟衣著煊華的鹽商們相較，也夠寒愴的了。

「八爺請乾這杯酒，有話日後再談罷。」戴老爺子說完話就告退了，讓其餘敬酒的客人喧喧嚷嚷的擠過來，圍著關八爺說長道短。

關八爺也明知這兒不是說話的地方，但心總懸懸的，定不下來。……老六合幫沒覆沒之前，在寂寞的長途上，領腿子的雙槍羅老大常愛講述些武林中的傳說，還記得一年冬天，在棗子林的野舖裏，一夥人緊緊的圍靠在土牆角兒上，共擁著一床被子，羅老大曾在壁洞的微弱油燈下，講述過戴老爺子的故事。

故事是鮮活的，但總帶有幾分荒誕，自己當初不止一次懷疑過，世上當真有聶隱、紅線之流的武俠嗎？羅老大曾經慨嘆過：「武俠是有的，東山。不過，如今再好的武功也搪不得一粒槍子兒了；如今強梁遍野，武俠也叫逼得沒路走了！——既不願趨炎附勢，到帥府去謀個親隨侍衛，又不願憑藉武術去攔路劫奪，活也活得艱難。」……除非那些傳聞是假的，要不然，羅老大算是說對了！——以戴老爺子師徒那種心懷和技藝，如今竟流落在壩上，活得這樣艱難！有一個疑竇是等著解開的！爲什麼鹽市上這幫官商這樣呵捧著自己，卻把戴老爺子那樣的前輩人物不放在眼下，僅把他們安排在廳邊的角席上呢？

酒過三巡，三合堂的紅姑娘花玉寶，在眾賓客的催促下，從跟班子裏接過胡琴來，解開套口的紅絨，亮琴在手，朝關八爺行禮；有人送上曲簿兒來，請關八爺點唱。

關八爺把玩著酒盞，正凝神追想著神拳太保戴老爺子和他的徒弟們，在江湖上留下的傳奇性很濃的那些故事，哪有心腸去領略妓女的弦歌？隨手翻開曲簿兒，那上面全是什麼「煙花女子嘆十聲」、「十二月彈梅」、「鬧五更」……等類俚俗不堪的曲兒；其中有個比較別緻的曲兒，名叫「狂風沙」，引動了他的興致，便朝花玉寶說：「就煩妳唱這曲『狂風沙』罷！」

「謝八爺，」花玉寶說：「胡琴拉不出這個曲兒來，換三弦琴，讓我好生唱這段來伺候您罷。」

跟班的忙著替花玉寶換三弦，關八爺趁機朝王少東說：「王大少，剛剛那位戴老爺子，來壩上多久了？」

「您是說戴旺官那個怪老頭兒？」王少東楞了楞說：「五年前他就領著徒弟到鹽市來了，聽說早年他在北道上混得還有些聲名，人也滿爽氣的，不過如今人老了，又帶著病，老境夠慘的。」

「戴旺官有名無實，」稽核所長說：「人全傳說他一生練武，幾個徒弟全有功夫，那全是假話；——前些時，馬師長也不知聽誰傳說他們師徒如何如何，打算召張二花鞋跟湯六刮去當隨從，要兄弟考考他們，誰知緝私營去了個國術教練就把他們嚇住了，沒人敢跟這位教練搭手。教練一氣，摑了張二花鞋兩耳刮兒，又把湯六刮打得翻了幾個筋斗……他們原可到手的差事，整砸了！我總不能把這窩草包荐給師座去。」

關八爺沉沉的嘆了口氣，嘆也嘆不盡心底的哀愁。依自己料想，老爺子即使不能像傳說那樣具有不世的武技，他的幾個徒弟也絕不至於敵不過緝私營裏一個以幾手野把式混飯吃的國術教練！北洋軍裏一個師長算什麼？竟打算召使武林裏出名的人物去當隨從?!……羅老大說的不錯，江湖人物生在這種亂世，實在夠悲哀的了。

「八爺，您聽聽花玉寶罷，」王大少說：「她這一手三弦和嗓子，雖及不得早時的小荷花，可在今天的鹽市上，也夠差強人意的了！」

「替八爺把酒給斟上呀！」稽核所長朝關八爺身後侍立著的那個北幫姑娘說：「妳甭這樣羞羞答答的，難道還待八爺轉身伺候妳不成?!」

「全是沒經人事的關係，」王大少一把牽過那姑娘執壺的手，幫著她把關八爺面前的酒給斟上，一面朝關八爺說：「關八爺，今夜我留她伺候您，您甭看她小臉羞得紅紅的，一經梳攏，到明兒早上，她就會親親熱熱，服服貼貼的了！」

那邊花玉寶彈出的三弦琴音代替了關八爺的答話，說也奇，偌大的一座大花廳，數百位醉語喧嘩的賓客，一剎時，都被這一聲初起的琴聲壓服了，變得鴉雀無聲。花玉寶雲髻蓬鬆的抱著琴，琴把兒一端繫紮著她香噴噴的粉紅色的紗巾，風搖弱柳似的扭動她細柔的腰肢，在酒席筵前踏著細碎的花步兒，使她身下曳地的百褶長裙曳著紫色的波浪，波浪裏時時浮泳出一對鴛鴦般的她小小的紅鞋；她一隻手輕捏著琴撥兒，另一隻手俏生生的在弦索間游移著，三弦琴便迸出一串微帶凄涼的悅耳的叮咚。

大風在廳簷間呼嘯，雪花像瘋漢般的醉舞著，那彷彿是無盡的天地重重包裹著這一角繁華，無盡的遙遠浪擊著這一宵風月，花玉寶指尖撥出的琴音，已透露出外界的寒冷和哀愁。

「披……星……戴……月，以路為家……」

琴聲頓停，她用一種的奇特的尖銳的嗓音，像撕裂什麼似的唱道：

「一人一馬，他……走遍了海……角與天……涯……

天起黃雲不降雨，滿野祇見風沙刮，

沙煙鞭馬，野路無涯，轉眼又……

夕陽西下……」

唱完這段詞兒，琴音又叮咚的飛揚起來，花玉寶正欲接著唱下去，卻叫關八爺打個手勢止住了。

「若是嫌唱得不好，等我再另換個曲兒伺候八爺。」花玉寶說。

「好，好極了！」關八爺站起身說：「祇怪我冒了一朝風雪，又喝多了酒，有些睏頓了。」

「八爺既有倦意，那就散席飲茶去。」

散席時，眾多賓客過來道別，獨不見神拳太保戴老爺子師徒，想必已經走了，關八爺始終以沒能跟戴老爺子深談爲憾。一行人帶著酒意，扶著紅紅綠綠的鶯燕重新回到套間來，稽核所長這才把話題轉到正經事上。

「壩上的局勢不甚穩，八爺，」稽核所長說：「縣城裏，自從多年前，十三協（清朝兵制）炸營（兵變）之後，一直還算平靜；不過四鄉匪亂多，股匪大多不劫私鹽，專動官辦的運鹽船，您領過緝私隊，壩上情形您是知道的，咱們這夥人，全靠鹽來撐著，養著，一旦沒了鹽，那就完了。今年這一秋，有四撥兒鹽船被劫，運商急得喊天叫地，棧商無貨可屯，岸商祇有袖手，官方抽不著鹽稅，分司衙門發不出薪餉，緝私營裏怨聲沸騰，天天防著逃勇，……我們槍枝少，勢力孤，無法沿路護鹽，真是裏外爲難。」

「所座，您的意思我不甚懂？」關八爺說：「照理說，沿路的防軍多得很，他們有責任保護運鹽船！」

「嗨，甭提那些防軍了！」三盛棧的棧主說：「北洋這些防軍全是窮凶極惡，辦事沒辦在哪裏，竹槓兒先把人給敲昏！要薪糧，我們給薪糧，要槍火費，我們給槍火費，要添槍費，我們給添槍費，要護船費，我們給護船費，上萬銀洋付出去，留給師長大人在賭局上押他的三千大洋三道快（**賭牌九的術語，專賭七、八、九三種點子**）！……您想想，他們在駐地原是上民稅領民糧的，吃了民糧，倒過頭來虐民縱匪，匪患焉得不猖狂！」

「我還是不懂，」關八爺說：「諸位跟我說這些的意思是──？」

「實跟您說了罷，八爺。」緝私營長有些狼狽的說：「匪患鬧成這個樣兒，旁的不說了，單就朱四判官新擰起的這股人，咱們就對付不了他。──他倒不是劫鹽船，如今他聲勢比防軍還大，他想把鹽市整給盤掉，當成他的垛子窯！……他跟防軍開下明盤兒，官私鹽歸他統運統銷統收稅，有好處彼此對分！這一來，鹽市上的運岸棧商跟鹽務衙門就完了。我們的意思是，朱四判官那種惡匪，祇有八爺您能伏得住他；在北地萬家樓，您單憑六合幫十來條槍就打退了他，假如壩上出錢出槍枝，加上您八爺的聲名，登高一呼，拉起一支民團來……」

關八爺笑了笑說：「防軍不護官鹽，我憑什麼？我連私鹽全護不了。當然囉，春秋時管仲相齊，力倡漁鹽之利，煮海爲鹽，鹽歸國有，齊國大盛，我不反對鹽歸國有，但如今官鹽養肥了虐民縱匪的北洋將帥，使民不聊生，才會鹽梟遍江湖；如今我單人匹馬走江湖，祇保私鹽不保官鹽。……也許有一天，我會拎掉四判官的腦袋，但決不因他佔鹽市的緣故。」

「八爺既不願拉民團，我們當然不便相強，」謙復棧的棧主說：「不過，不過，我們這是關起門說話，最近聽說南方的革命軍要北伐，大湖澤裏起民軍，要佔漕河（即運鹽河，清朝時稱鹽運為漕運），……到時候，八爺您跟那邊的關係深厚，還望多多扶持……」

「您弄岔了，」關八爺愕然說：「我替老民百姓挑擔子，那是我關某的私事，革命黨遠在天邊，我跟他們向無關係可是真的。……革命黨早一天來行仁政，還用得著我替誰進言？」

「我說八爺，祇怕您還不知大湖澤裏的民軍是誰領的罷？」福昌棧的王少東說：「他就是您在黑松林開釋的彭老漢彭爺……」

「啊！」關八爺祇啊了一聲，緊鎖的眉頭就舒展開來了。彭老漢拉起民軍回應革命黨，這條路算他走對了。本來在北洋軍的暴政之下，橫的豎的都不是人過的日子，你組民團平匪患該對了，可你平不得殘民以逞的北洋兵！你爲壩上賣命，祇便宜了這幫紙醉金迷的大腹賈！你單人匹馬去拯民水火，你就是鐵澆的漢子也熬不過官匪雙方的狼牙！彭老漢看得開，他對了。

鹽商們消息夠靈通的，你一言我一語談起大湖澤裏的彭老漢來，說他聚起多少人槍，使蘇皖兩省的防軍不敢靠近湖澤地，說他怎樣活動各地的招安隊炸營投奔他。關八爺這才弄清楚爲什麼鹽市上的官商們這樣呵捧著自己，原來他們別有用心。

「這樣罷，」關八爺沉吟半晌說：「你們若依我幾宗事，革命軍來後，我當求彭老漢設法保全你們。頭一宗，鹽務衙門從今要寬待私梟，跟他們合力剷除朱四判官這股惡匪。二一宗，從今不再替北洋防軍供糧餉，以鹽養壩。……這也是諸位自保之道，望諸位三思。……鹽河壩有七千多戶定居的人口，加上壩東壩西蘆棚戶的災民，論槍，槍有千條，論人，人有上萬；北地萬家樓，巴掌大一座鎮市，多年來還敢抗北洋，禦匪寇，這兒比萬家樓又如何？等到革命軍來後，官鹽自有法制，老民得能安枕，誰還違法幹私梟?!」

這番言語，轟轟烈烈，堂堂正正，把在座的官商全說得動容了。

關八爺又說：「諸位若真聽得進關某的腑肺之言，兄弟也可去一訪戴老爺子，請他老人家出面相助。……據兄弟所知，戴老爺子決非像在座所說『有名無實』，他那幾位高徒的武技，不知比兄弟高過幾倍，祇是當初不肯爲北洋所用罷了。」

「八爺您可甭生氣，」稽核所長說：「我實在信不過戴旺官那個病老頭兒跟他那夥窩囊徒弟真有什麼了不得的能爲?……明天住了雪，我陪八爺走走，今晚不耽誤您安歇，我想咱們都該告辭了。」

眾人和各堂的姑娘們正待起身，關八爺忽然招呼那個北幫的姑娘說：「妳請暫留一步，我想跟妳談談。待會兒我要親送妳回去，——我跟妳們的老闆毛六是熟人了！」

那姑娘沒說什麼，猛可地抖動肩膀哭泣起來，這使正待告辭的賓客又停住了。

「看樣子妳有了委屈了，」王少東說：「八爺在這兒，有委屈，妳儘管說出來就是了，八爺他會替妳作主的。別怕，妳說好了！」

「八爺救我！」那姑娘說。再想說什麼，卻被她哭得噎住了。經不得關八爺一再追問，她才斷斷續續的說出她姓柴，她是萬家樓北柴家堡柴二爺的侄女，被朱四判官擄帶出來，賣到毛六手裏的。

「厲害！厲害！」緝私營長吐舌說：「沒想到鹽市上業已有人跟四判官互通聲氣了。」轉臉吩咐馬弁說：「趕急回去調警衛班，限他們馬上把毛六抓得來！」

「慢著。」關八爺說：「這兒所有妓院的跟班和姑娘暫時委屈些兒，等歇再走，那邊也暫行緩一緩，不用打草驚蛇，我祇想煩一位路熟的帶帶路，我要親自去抓捕這個毛六——我們之間，還有一筆私賬沒了！」

「我領著八爺去走一趟罷，」帶攮子的老曹在門外說：「我最熟悉毛六那堂子的前後門路。」

儘管在寒冬大雪的夜晚，鹽市的長街上仍然是熱鬧得很。太平碼頭，楊家碼頭，三盛碼頭，公茂碼頭，張家碼頭，高高的鐵架上交射著巨大的孔明燈。封河季之前，新到的運鹽船在黃昏時靠泊，成千上百的運伕和槓手冒著風雪，趕夜駁鹽進棧，那些運伕們豁開短襖，高捲起褲管，頸上圍著白巾，肩上墊著麻袋，成群結隊，像螞蟻般的槓著鹽包，把一路的白雪踐踏出一條條的黑印；爲了排除長時工作的寂寞，運伕們結隊抬鹽時，吭聲的叫著號子：

「哎喲！吼唷，

哎里！嗨喲！嗨呀……呵！」

各碼頭的號子聲有時綰結著，有時此起彼落的呼應著，那種勞動著的生命裏瀉出的粗宏嘹亮的聲音，搖撼著這座鎮市，音波一直盪出街梢。

正街的酒坊、茶樓和懸燈籠的澡堂兒，也都是燈火輝煌，人群川流不息；楊家碼頭東的丁字路口，兩棵粗可合抱的大白果樹後，是鹽市上最熱鬧的大王廟，大王廟的夜市並沒因大雪紛飛而稍顯冷落。

那座寬大的廟宇兩邊的廊房，幾乎全被走江湖的民間藝人分佔著，形成了許多室內的場子；東廊北端，廊柱上貼著「名滿各地的洋琴書家老喻父女長駐大王廟書場」，南端卻是專說「七俠五義」的鐵嘴謝君堂。西廊房有一半是「江淮膏店」（即鴉片煙舖兒），另一半是薛二先生論詩韻的場子；正殿上有耍小把戲的，拉洋片的，設賭局的。沿著白果樹周圍的圍形茅棚裏，麇集著各式的小吃擔子，賣胡椒辣湯的，賣燻燒捆蹄的，賣元宵餛飩的，賣野兔肉的，每個擔子的擔頭上全掛著六角的玻璃燈，照亮了方場上舞動的雪片。

這座湧動著人群的、雜耍、說書的場子，是鹽市上消閒的好去處，各鹽棧的師爺、門傍，做零碎買賣的駄客（以騾、驢運鹽的小規模轉運商），岸商門裏的經手、消閒慣了鎮民，天一落黑就端著茶壺，套著手筒匯聚到這兒來消磨長夜；除了對詩韻，聽說書，躺煙榻之外，「江淮膏店」裏還設得有好些檯面，供人叉麻雀，鬥葉子，或者品茶聊天什麼的。

「江淮膏店」外邊的一處迴廊底下，本是一個耍黃雀戲的老頭兒的攤子，今夜卻換了個搖骰子帶押寶的，那人把長招靠在朱漆廊柱上，上面寫的是一付對子，上聯是：「馬五瞎子設賭局」，下聯是：「濟公和尚也輸錢！」

「嘿，好大的口氣！」一個不服氣的下了注，立刻就有幾個跟上來了！

那個馬五瞎子年紀並不大，也不過卅來歲的樣子，剃著個平頭，亂髮根根直豎著，頂得那頂滿是破洞的缺邊銅盆帽兒，歪到一邊耳朵上去了，精瘦的一張臉，髒得像一塊沒經搓洗的抹布，左眼看起來並不瞎，右眼上卻貼了塊紅布的膏藥。

搖骰子原是個簡單的玩意兒，三粒骰子放在搖碗裏，一張白紙兩邊寫著大小，押的人掏出一把銅子兒，捏幾文隨意放在大上或者小上，搖骰子的馬五瞎子伸手抓起搖碗，搖幾下掀開碗蓋，九點以上爲大，以下爲小。這種玩藝兒，平常大王廟也是有的，賭的人並不多，不過，馬五瞎子這付對聯可真激起不少人的好奇心，明明不賭，也湊過來扔兩個銅子下下注兒，瞧瞧這馬五瞎子究竟有啥能耐?竟敢誇這種海口?!

誰知馬五瞎子硬是有些邪門兒，檯面押大的錢多，他就搖出小來，檯面上押小的錢多，他就搖出大來，正贏得不亦樂乎，忽然來了個穿黑長衫，歪戴禮帽的漢子，擠到馬五瞎子身後，輕輕扯了他一把。馬五瞎子回過頭，一面嚷著：「押呀押呀，來來來！押大?還是押小?……」一面低聲說：「啥事?六爺?」

「老相好的來了，」那個說：「我欠他幾文舊債，不好對面，得避上一避。你留著陪他玩兩招兒罷。九爺在橋船口。我走了！」

「舊債我替您還，六爺，」馬五瞎子拍著胸脯說：「您瞧，我發了利市了，點子順得很。單望一順到底！」

穿黑長衫的那個拎著小籐箱兒朝外走，一個矮矮的粗漢喝醉了酒，走路兩腿打晃，從橫裏直撞到那人身上，那人倒沒說什麼，醉鬼卻咧嘴罵開來了：「我操他祖奶奶，鹽市這些傢伙怎麼這等的欺負外碼頭?老是使肩膀抗我！」

「算了，石二，」大狗熊拎著半壺酒說：「他能抗你腦袋，你就抗他腰眼，誰也佔不著便宜，對吧？老……老……潘。」

「您兩位爺要我陪著逛逛不要緊，」老潘吱出一口金牙說：「可不能在壩上鬧事，弄出紕漏來，我跟八爺和老闆兩方面全不好交代。……咱們聽洋琴去罷，你們聽聽老喻閨女那種七個彎八個轉的調兒……。」

「你放一百廿個心，」大狗熊捲著舌頭，「甭說這點兒酒，再開兩罈子也醉不倒我……祇是矮鬼道行淺，三壺灌的他頭朝上了，迷裏馬虎亂晃盪，你多留神照顧他一點倒是真的！」

「我說他媽的大狗熊，你他媽甭門縫看人好不好?!」石二矮子反嘲說：「真要較較酒量，不知誰他媽先躺在那兒了呢？」

大狗熊拍拍鼓凸凸的肚皮，笑說：「矮鬼，你瞧瞧，我這肚皮能把你的人全揣在裏頭，你不自量力，還想跟我較酒量嗎？」

「走，咱們找地方再喝去！」石二矮子原想扯住大狗熊，打一個踉蹌撲過來，誰知竟醉眼昏花的扯住一個叨著煙捲兒、衣著入時的女混混兒身上的衣角，拖得她驚惶失措，「走，甭光硬在嘴頭兒上！聽什麼鳥洋琴，咱們較酒去！」

「去你的，醉鬼！砍千刀殺頭的，頂炮子兒害汗病生大頭瘟的！」那個女混混兒嘴頭上也是個不饒人的，一推一搡，把石二矮子搡了個仰八叉，猶自指著他跺腳罵說：「你存心在你姑奶奶身上佔便宜？你家祖宗八代的老墳沒葬對地方——沒那種好風水！你也沒溺泡溺照照你那影子——活脫武大郎再世！你灌多了黃湯，喝多了貓尿，你就施瘋作邪裝貓變狗想在你姑奶奶頭上動土?!你這綠了眼迷了心昏了頭的短命鬼！你這混賬王八狗雜種……」

那個女混混兒一罵開頭，比王婆罵街更要粗鄙，簡直像唸一篇村野大全，她跺著腳理著手這麼一罵，把前殿的人群都招引來了。

虧得老潘在鹽市上熟人多，看她罵得不像樣兒了，不得不上來拉彎兒說：「得了，姑奶奶，妳是個清醒人，甭跟醉漢一般見識，再說，他是壩上的賓客，並不是存心怎麼怎麼的，省一句也就算了！」

老潘沒出面時，人堆裏原有幾個青皮二流子（即流氓）存心想打落水狗，揎拳抹袖想幫著那個女混混兒，結結實實把石二矮子收拾一頓，一見老潘出面，就都不聲不響的散了。而石二矮子卻當作沒事人，被罵得笑瞇瞇的說：「我的兒！這一頓罵得過癮，真比他媽的唱唱還要好聽！罵得老子十萬八千根毛孔都開了！可真是……呃……呃……真他媽的長了不少見識！」

三個人搭著肩膀去聽洋琴，那屋裏煙霧沉沉的，業已擠滿了人，連找個位子泡盞茶的地方全沒有。三個歪靠在牆上，石二矮子的酒發作了，隔著煙霧望著那個打琴唱曲兒的梳辮子的大閨女，那張白俏俏的臉都變成雙的，一會兒蓬有笆斗大，一會兒又小成銅錢大了。而叮叮的擊琴聲像一塊浮雲似的把人托著朝上升、朝上升。

那閨女巧舌翻花急速的唱著一段快板：

「轟隆隆隆隆，那紫金城外炮聲響！
通通通通！紫金城外迎官的大炮響九聲，
眾明公若問來了哪一位？他可就是千歲三劉鏞！

在前面，嘩啦啦啦跑開了八八六十四匹對子馬，
馬背上一半穿綠半穿紅……對對板子，
對對棍，對對官燈對對繩，
金爪月斧朝天鐙，半朝的鑾駕在後頭跟，
緊接著抬過來一輛八抬八托的綠呢轎，
轎裏邊坐著個官員好不威風……」

石二矮子暈暈脹脹的聽了一會兒，悶得透不過氣，解開襟前的鈕扣兒，吐了口氣說：「外面站站去，這玩意酸不溜嘰的沒啥好聽！」說著就先自歪晃出來，正巧轉到馬五瞎子的賭局前面。

那馬五瞎子正贏得起勁，因爲輸了錢的不肯走，賴著想撈本，誰知全都是癩蛤蟆掏井——越撈越深。迴廊的賭局前擠了一大簇兒人，把馬五瞎子那個賭檯擠得亂搖亂晃。

這一次押注兒的人很多，多半是押大，馬五瞎子面前的銅子兒銀洋贏了一大堆，正蓋上搖碗蓋兒，準備搖出點子來，忽然看見來了三個漢子把人群撥開，伸進頭來，其中一個酒氣醺醺的說：「操他的，這賭的是啥玩意兒？老子也押它一注兒試試運氣如何？」

「想輸你就來！」旁邊有人快嘴說：「這個馬五瞎子邪得很！你沒見著長招上那付聯子？他說是！馬五瞎子設賭局，濟公和尙也輸錢呢！」

「邪有邪運，他在運頭上，你拿他有什麼辦法！」另一個吐了口痰說：「我每回押五個子兒，兩吊錢全輸掉了，竟沒贏過一回。」

「咦，他奶奶個孫兒的，我石二矮子偏不信邪，——沒這回事兒！」石二矮子擠進來瞅著馬五

瞎子說：「你號稱馬五瞎子，我看你該叫馬五獨眼，你並不瞎嘛！」

「我是個以賭為生，沒喝過墨水的睜眼大瞎子！」馬五瞎子笑說：「怎樣?老哥，有興趣押一注兒嗎?」話沒說完，對方已把一塊龍洋噹啷一聲摜在檯子上了。

「押大?還是押小?」

「我他媽押個不大不小。」石二矮子說。

「您是說笑話?——我這是在設賭局。」馬五瞎子耐住性子說：「您可甭拿我消遣，沒人押什麼不大不小的。咱們都是在世面上混的，何必呢?」

「別酸，」石二矮子說：「我的意思是五角大洋押大，五角大洋押小，一輩子你也贏不去這塊洋錢。你說我比濟公和尚如何?」

「您要是捨不得賭就算了，還是留著您這塊洋錢壓口袋罷，」馬五瞎子不甚樂意說：「每回不輸不贏，有啥意思呢?」

「慢點！」正當馬五瞎子要搖碗時，石二矮子一伸手，把馬五瞎子那隻手背給壓住了：「讓我來瞧瞧你這骰子裏頭有鬼沒有鬼?……你想裝鉛騙人可不成，當心我砸扁你的腦袋！」

「你這是存心消遣我！」馬五瞎子怒勃勃的摜下臉來說：「要是沒裝鉛，你待怎講?!」

「沒裝鉛是應該的。」石二矮子朝一圈兒下注的人擠眼說：「裝鉛不裝鉛，我查看查看總不犯法呀！」

「好！」馬五瞎子無可奈何的苦笑說：「我今晚上算是遇上鬼了！」說完話，掀開碗蓋來，把搖碗推到石二矮子面前，擺出任他查看的樣子。

誰知石二矮子竟是這麼一種查看法兒——把骰子塞在嘴裏，像狗啃骨頭似的，咯崩、咯崩，全咬成了兩半兒，咬完了一看說：「有你的，馬五，我擔保你設賭局沒玩鬼，你們大夥兒全看著了，他是貨真價實——沒裝鉛！」

馬五瞎子原已叫石二矮子作弄得冒火的，一聽這番奉承，又變成哭笑不得了，攤開兩手說：「矮爺，您這一查看不要緊，把我一付大骰子硬糟蹋掉了，我又沒準備另一付骰子，眼看賭不成了。」

「你不是搖骰子帶押寶嗎？」石二矮子說：「咱們換換口味，改成押寶就是了！我恁情把褲子全輸給你，光著屁股進窯子——省他媽的多費一番手續，還不成嗎？」

「您有多少錢輸？」馬五瞎子說：「押寶可不比搖骰兒，檯面要大些。」

「哪怕我就是這一塊壓口袋的錢呢，你也得先贏去了再說，」石二矮子說：「論賭寶，你邪？我比你更邪！說不定我就憑這一塊錢把你剝光呢！……來，你裝寶罷！你寶裝出來我就押了！」

「好，裝寶就裝寶……好，寶來了！」馬五瞎子把寶盒兒裝出來，壓在一塊黑絨布底下，開始唱各家下注的碼子：「好，您單撐三文，您紅槓五角，您黑槓一文小意思，您攘么沖么全是么，您——矮爺，您怎樣？」

石二矮子把一塊銀洋壓在「四」上說：「我他媽沖四加翻，沖著一塊你賠六塊，沖不著你拿我兩塊錢！」

馬五瞎子一亮寶，可不正是個黑四坐在寶盒裏；馬五瞎子吃了旁的門上幾個銅子兒，卻淨賠了石二矮子六塊響鐺鐺的大洋。石二矮子收了錢，樂得見牙不見眼，拍手打掌說：「怎樣？馬五，你那招牌甭亮了，牛皮也算吹炸了！輸錢的是假濟公，可不是真活佛，——你遇著我這活佛的徒弟就招架不了啦。」

「嘿嘿嘿，」馬五瞎子強笑說：「我這是欲擒故縱，您也甭神氣，人沒離賭檯，贏了也不是你的，帶走了才算有本事呢！……好，寶來，寶又來了！」

這一回馬五瞎子亮出寶來時，原先那些老輸家都不搶著押了，一個個把錢捏在手裏等著石二矮子。石二矮子把贏來的六塊大洋加上原先那塊老本，一疊兒全押在「三」上，笑說：「獨沖三，要不是三，我連腦袋全賠上。……你以爲我不知道你玩的是黑虎下山？」

「有了！咱們也跟著沖三！」

「靠靠這位矮爺的運氣……」

這一寶，石二矮子一押三，大夥兒全跟著沖三，估量三字門上的零碎碼兒，總也有好幾吊錢。馬五瞎子沉住氣掀開寶盒兒，盒裏赫然坐著個黑三。不用說，馬五瞎子統賠，把辛辛苦苦贏得的那一堆全都賠光了；石二矮子摟了一衣兜還不知足，連問對方還想輸不想輸？

「走罷，矮鬼，較酒量你請客，」大狗熊說：「你當真還想讓這位瞎哥脫褲子?!」

「噯，慢點兒走，」馬五瞎子叫說：「我這兒還有筆錢，要贏，你一併兒拿去！」

一大疊兒銀洋的光閃刺著石二矮子的眼，使他晃盪了幾步又拐將回來，吐了口口水搓著手。

「慢走一步，大狗熊，」他說：「等我一併拿了他這一疊兒，我他媽請你上酒樓，扳著酒甕喝都成！」

「我算是豁著輸了，」馬五瞎子掂著一塊銀洋敲打著那一疊兒銀洋說：「看來你是個老賭寶的行家！」

「嘿，你奉承得受用！」石二矮子搖頭晃腦，得意洋洋的說：「走遍北道管打聽，六合幫的石二爺賭起寶來，誰他媽從我手裏扣走半個銅子兒去沒有？我是管贏不管輸！出了名兒的。」

「失敬失敬，我實在沒聽說過。」馬五瞎子說：「照您這一說，我這一疊兒錢該跟您單賭，也好討教兩招兒。」說完話，轉朝眾人作了個揖說：「對不住諸位爺們，我馬五瞎子真是瞎了眼，當著高手面前賣狂言，砸了攤子獻了醜了！這得重新拜師，跟這位矮爺討教，——收攤子不賭了。」

等眾人散後，馬五瞎子不慌不忙的裝上一寶，使黑絨布覆好，笑瞇瞇的說：「矮爺，我這是末後一著兒回馬槍，賭你那衣兜裏所有的錢，你若真心賭，就押上來罷！」

「我怎麼不押來？」矮子把衣兜一傾，一大堆銅子兒銀洋全堆在「四」這一門子上，歪著嘴說：「我獨沖四；我知你開的是四！拿錢來罷。」

馬五瞎子這回並不亮寶，卻把寶盒兒推至石二矮子面前，逕自摟錢到錢袋裏，把錢袋繫到腰眼的絛子上去了。石二矮子一急，忙著掀開寶盒蓋兒，這回寶盒裏卻坐著一個連神仙也猜不著的點字——「五」。

「你你你你……你！你他媽寶開『五』算啥玩意兒？」石二矮子說：「世上我沒聽說寶開五的？」

馬五瞎子也不理會，直管朝外走。

「你喝多了，我的寶明明開的是么！」

「五！我他媽兩隻眼全看的是五！拿錢來！」

「你喝醉了，」馬五瞎子說：「你能說你沒醉？」

「你開的是五。」石二矮子說：「你能說不是五？」

「誰見著來？——連你那站在廟門口的朋友也沒見著。就是打官司，你也找不著證人。」

石二矮子猛的揮出去一拳，沒打著人，卻打在前殿邊的一支廊柱上，叫說：「大狗熊，甭讓這瞎子走掉，他騙了我的錢！」

「我沒走，」他祇聽見耳邊有聲音說：「我馬五瞎子算倒楣，收攤子了，還得服侍你這醉鬼……你們兩位幫一把，他輸了寶，卻栽賴我寶開五，你們說，在鹽市上，我要是寶開五，存心行騙，我還要腦袋不？」

「你甭跟他囉嗦，」他媽的大狗熊竟也幫著馬五瞎子說起話來了：「咱們這位矮鬼一喝多了就是這個樣兒。在萬家樓，咱們幫人打土匪，這小子好心沒好報，就因爲喝迷糊了，拿腦袋啃人家錫酒壺，被人錯當是土匪，四馬攢蹄捆在樹上……。」

石二矮子光落個心裏明白卻毫無用處，老酒一發上來，那勁頭兒真足，手腳全逐漸打軟了，兩眼望著人頭，人頭是一串兒浮泡，嚕嚕的朝上翻升，兩眼望燈火，燈火是一串兒光塔，一層層的疊進半空裏去，這個夜晚，又他媽窩囊，又他媽顛倒，大狗熊看樣子也醉得跟自己一個樣兒了，把他那狗熊樣的身子靠在老潘的身上，那老潘原也是有三分打晃，再加大狗熊一壓，三分就變成了六分，而自己明知馬五瞎子是個騙子，全身卻軟軟的黏在他的肩膀上，搖搖晃晃的走出廟門。

「五……五……明明……是五……」自己聽自己的聲音有些朦朦朧朧的，像魚吐泡兒似的消失在雪夜的街頭。那個馬五瞎子明明欺負自己酒醉了，還硬掙掙的跟大狗熊說：「您聽，他輸了錢一直不服氣，還在五呀五的……」

「就他娘真開個五出來也沒啥稀奇！」大狗熊真他媽不是人揍的，硬他媽順著外人講話：「人家以賭爲生，賭了半輩子，偶爾開出一個五，也是順理成章的事兒！」

「兩個全醉到頂兒了。」那個馬五瞎子說話倒還公道：「我該把他扶到哪兒去？」

「福昌鹽棧的後花廳，」老潘說：「他們兩位是關八爺領的六合幫裏掌腿子的，他們跟八爺今晚全歇在那兒……」

「倒楣，咱們得把他們交給那位關八爺才好！」

就這樣，一個醒的陪著三個醉的，在落雪的街上朝西走，走向福昌鹽棧去。

在路上，石二矮子開始嘔吐，那顆腦袋像醃瓜似的垂在馬五瞎子的臂彎裏，他閉上眼，斷續吐出五呀五呀的醉語，連冰冷的落在他臉上的雪花也弄不醒他了。那個包金牙的老潘原也有五分酒意，經不住大狗熊吊在他身上亂搖晃，明明不醉也叫他給晃醉了，路過四喜堂妓院，聽見裏頭有姑娘唱小曲兒，兩個就歪腔歪調的刮搭上了，暈糊糊的哼著：

「那一呀一更裏……

月亮照樓梢，十七八歲小大姐……」

而碼頭上的運伕們的號子聲仍然此起彼落的響著。在一處暗黑的地方，馬五瞎子揭掉眼上的那塊假膏藥，並且抽空兒摸了摸貼在襖裏面的匣槍把兒，心想：關八呀，關八，這一傢伙你可是瓦罐裏摸螺絲——走不了你瞎爹爹的手了。

當然，石二矮子和大狗熊決不會認出這個開攤子設賭的馬五瞎子，就是朱四判官手下得力的頭目五閻王。

毛六開設的妓院，座落在壩東的街梢上，一共有三道院子四進房舍，妓院的前門斜對著橋船口的河坡，後門緊接著神異傳說裏有老鼋護守的荷花汪塘。

雖說是寒冬大雪天的夜晚，堂子裏照樣熱鬧得很，大門前的滴水簷前虎頭瓦下，吊著七盞巨大的帶有紅字堂號的燈籠，旋旋盪盪的映出一片銀色的雪景。那妓院原是前清鹽官的廢第，高石級，大顯門，地面舖著光潔的砌有花紋的水磨方磚，一尺多高的包銅門檻兒上面，是兩扇嵌有獅頭門環，釘滿六角銀釘黑漆大門，一股威武莊嚴的氣派，若不是那七盞大燈籠，誰也不敢猜說它是妓院。

一溜兒五間前屋兩邊，還搭有翼棚，一邊翼棚裏拴有騾馬，另一邊歇有闊佬豪客們的自備人力包車，翼棚前廊下面，也有些零星的吃食擔兒，人力車拉車的和照管牲口的漢子們眼望著高門大屋，澆著白酒捻著花生米兒，在外邊閒閒的談論著。

「八爺，那邊就是毛六的堂子。」老曹遙指著說。

「甭再稱呼我八爺了。」關八爺說：「你叫我陳金堂陳大少爺好了。我的身份是鹽商。」

「就是，就是，八爺，噢，不不！我是說陳大少爺，逛窯子、打茶圍我是老手，您就委屈點兒少開口，一切讓我來，——橫直您祇要抓那個毛六，祇要他在院裏，我包他走不了手就是了。」

兩人走到妓院門前，老曹上去抓住門環，叮噹拍了幾下，挺著胸脯假咯說：「嗯哼！門傍，怎麼這般慢客？客人上了台階還相應不理，下回湖客老爺還會上門？」

一句湖客老爺還沒說完，吱呀一聲，大門開了，那個穿青衣的門傍祇使眼角瞥了一眼，便登登的朝後退了三步，蝦米似的躬著腰央說：「小院不知貴客光臨，請登後堂。」一面又隔著影壁牆叫說：「掌燈籠照路，貴客到了！」

一聲叫罷，關八爺就覺眼前亮了一亮，原來從第二進房子裏，轉出四盞粉紅色的紗燈來，芙蓉色的透明麗亮的燈光灑在雪地上，連積雪也都變成脂粉；拎燈籠的是四個圓臉尖下巴，梳著雙環髻的女孩子，年紀都不過十六七歲的樣子，一律穿著翠藍的花綾小襖，領襟和底襬以及短短的盤花袖口兒上，全鑲著純白的兔毛，下身穿著紫色的百褶長裙兒。奇的是襖面上雖都是整枝金色梅花，細看花形卻都不相同；最右邊的一個，梅花是初含苞，次一個，梅花是初吐蕊，三一個，梅花盛開著，末一個，梅花卻已從枝頭凋謝了。

這四個姑娘顫微微的挑著燈迎客到前屋階前，轉回身子，每位客人面前排著兩盞燈，回臉含笑說了個請字，聲音低柔，令人沉迷在那種初入溫柔鄉的氣氛裏。

二進房子三明兩暗，舖陳得很夠考究，算是妓院裏待客的地方，關八爺還沒進門，早有一個眉笑眼開、久歷風塵的卅來歲的女人在門邊接著了。

「萬三，」老曹跟那個女人招呼說：「龜公毛六哪兒去了？……這位是腰懷萬貫的遠客，嗯，大名鼎鼎的鹽商陳大少爺。」

「唷，我說是哪兒來的一陣風，把大少刮來這裏，」萬三搔首弄姿的拋著媚眼說：「我們老闆剛出門，也祇是去附近打個轉兒，我馬上著人叫喚去，待不上一會兒就回來。……小堂子，賤地方，多多委屈大少，您請坐呀！」

關八爺略一轉身，玄緞的披風抖了一個大花，在廳堂右側的一把牛皮圈椅上落了座，一個托茶盤的侍婢趕急獻上香茶和四式雅點來，另一個趕急打來熱手巾把兒，忙得團團轉。

老曹坐下來，歪過身子朝關八爺呶呶嘴說：「這個萬三是毛六的姘頭，毛六既不在，咱們是既來之則安之，打場茶圍等著罷，逢場作戲的事兒，您甭介意才好。」

關八爺點點頭，那萬三就扭著過來了。

「我說萬三，」老曹趕緊轉換話題說：「咱們這位大少那兩隻眼，真是長在頭頂上了！鹽市可算是群花國了罷？嘿，我領著他跑遍了六七個堂子，沒有一個姑娘進得他的眼的，……妳得挑幾位頂尖兒的讓他過過目，若是大少瞧上了，妳這堂子還愁不發達？」

「祇怪大少沒看著咱們堂子裏的小餛飩。」萬三說：「小餛飩的一根汗毛，能扣得住十條金剛大漢，像大少這種多情多義的美男子，要是看見小餛飩呀，嘿，不是我說，怕骨頭全要酥了半邊……旁的姑娘骨是骨，肉是肉，咱們的小餛飩那個妮兒呀，骨頭是肉做的，肉卻是水做的，哎，曹爺，您憑良心說一句，——哪個堂裏姑娘及得她？」

「空話少說，」老曹說：「妳就快點兒把妳那塊寶捧的來，讓大少賞識賞識罷！」

「今兒個可不成，」萬三說：「您知道的，剛剛福昌棧的王少東宴客，指名要她去應局，她也沒去得成——她紅透半邊天的個人，成天應這局應那局，白天黑夜忙得像走燈似的，她底子弱，又嬌慣了，一病就病下來了。剛打藥舖抓了藥，熬給她喝下去，大被蒙頭還沒出汗呢！……不是，不是，曹爺，她哪兒敢搭架子？委實是……像大少這樣豪客，若在平常，她迎全迎不迭呢。」

「算了，老曹，待會兒我去看看她去，」關八爺閒閒的品著茶說：「我不懂，一個姑娘叫形容成這樣，不是西施就是王嫱，怎麼花名這等俗法，偏叫小餛飩呢？」

「嘿，您有所不知，她這人，妙就妙在這個花名兒上。」老曹說：「餛飩是皮兒又細又白，又薄得透明，裏頭裹著五味俱全的鮮肉餡兒；她那個人也正是這樣，一身細皮嫩肉比雪還白上三分，油光水滑細過緞子！該高的地方高，該圓的地方圓，該粗的地方粗，該細的地方細；那眉那眼那鼻樑那小嘴，無一處不逗人，誰見著她，誰就想一口把她吞下去，不叫小餛飩還該叫什麼?!」

「該死的，曹爺，聽你那張薄嘴頭兒，簡直把咱們家的小餛飩描活了！單祇有一樣你說漏了，……她那身功夫呀，直比活馬老九還活呢！」萬三說著，兩眼水汪汪的斜乜著關八爺，把手絹掩在嘴上，花枝招展的笑了起來。

「誰是活馬老九？」關八爺說：「妳真把我弄糊塗了！」

「顯見大少是個外行。」老曹說：「活馬老九您全不知道？她是滬上一代尤物，聽說，呃呃……聽說她……若是墊雞蛋，雞蛋不碎，若是換成一疊兒紙，擦得紙片一張一張的朝四面飛，……那才真像騎活馬，夠銷魂的……」

萬三笑得彎著腰站起來，使指尖點著老曹的鼻子，你呀你的，說半天說不成腔，過了好晌才說：「你甭把咱們大少說得蝕斷了骨頭罷，待我去看看小餛飩去，讓我硬拉起她來陪陪大少，不好讓大少空坐著。」

「噯噯，妳眼裏祇有大少，還有我老曹不？」老曹說：「也讓我揀個合適的談談聒聒呀！」

「來呀，妳們，」萬三一邊走一邊擊掌說：「玉興棧的外務曹爺來啦。」又轉臉跟老曹說：「待會兒她們來了，你自己挑罷。」

關八爺趁空兒看了看妓院的客堂，除開兩頭的暗間，正中三間亮間連成一氣，算是夠寬宏夠敞亮的，兩邊各設有紅漆堂堂描有金邊的八仙桌兒，沿牆放置了幾組高腳几、矮腳几和太師椅，磁瓶和方盂裏供著些臘梅和水仙，橫樑間嵌滿雕花的角板，花窗邊攏著紅絨窗緯；若不是深知卞三毛六底細的人，誰也想不到幾年前幾個看牢的獄卒，竟能設得起這樣堂皇的妓館?!

旁的不說，單就這滿屋的條山字畫，就要耗去多少銀錢？……而他們的銀錢是那樣搾取來的，在北徐州那座陰森森的大牢裏，那座青磚鏟牆的小方屋中設有那麼一個刑室，——獄卒們以各類私刑拷打囚犯，祇為搾取錢財！皮鞭，狼牙板和老虎凳，有很多人都經過那些，多少慘呼響澈在深深的靜夜？多少血雨飛灑在刑室的牆上？那些故事連結著千百年的歷史，永揹在人殘破的心上。卞三毛六就這樣起家，再把那筆骯髒錢轉用在人肉市場上。想到這一層，關八爺暗暗的挫著牙。

不容他有多想的功夫，兩邊暗間的軟簾兒一動，鶯聲瀝瀝的來了一大群，關八爺留神細看，沒有一個像是愛姑的，但他不便多問，必得等著毛六。

老曹涎著臉，和那些姑娘們開心逗趣，黏黏膩膩的敲搭著。兩邊廊房和後一進屋子裏的一些客人在鬧著酒，不時傳出猜拳聲，夾著淫冶的小曲兒和一些靡靡的絲弦。

「大少，您得謝謝我這一等的功臣，」萬三那婦人挑起門簾兒就笑向著關八爺說：「還是大少的面子大，我原拖她拖不起來，一說您在前堂等著，她連衣裳也沒換，披起襖兒就跟我來了。——來呀，好姑娘，怎麼又當著人怕起羞來了?!」萬三使手一拖，硬把小餛飩給拖出來了。

老曹形容得半點兒也不誇張，那個小餛飩硬是稱得絕色；她身上僅穿著一套粉紅輕紗的睡襖裙，外面披著一件鮮紅的綾襖，睡襖上繫著一束粉紅絲絛，穗帶兒飄飄的擊拍著裙緣。她低著那張吹彈得破的白臉，星眼微斜朝關八爺道了個萬福說：「小餛飩抱病見過大少，怕您久等著，沒及換衣裳，還請不要見罪。」

「哪兒話，」關八爺還是穩穩沉沉的說：「妳請坐下罷，姑娘，假如方便，我想跟妳聊聊天，我在這兒還有點事兒要辦。」

小餛飩真是個七竅玲瓏的人，一聽關八爺不怒而稜，稜而帶威的聲音，再偷眼一瞧關八爺那種英風逼人的氣概，立刻就覺得這位大少不是常人，而且他決不是來這兒尋歡作樂的，眼珠兒一轉，便悄步走向關八爺說：「大少不嫌委屈，我外廂小客堂裏還算清靜，過那邊去談談心可好？——請移步走這廂。」

「大少，您去您的，」老曹說：「我就在這兒候著好了。」

小餛飩的屋子在第三進院子的西廂，客堂雖小，確是夠得上清雅的，兩人一進屋，關八爺退後一步就把門給反掩上了。

「不用害怕，姑娘，」他緩緩的說：「我今晚是找毛六的，我有個故人秦鎮的女兒愛姑曾託在他手上，我要來探查愛姑的去處。毛六如今不在妓院裏，妳能否盡妳所知的告訴我？」

「我一點兒也不害怕，」小餛飩說：「我先要知道您是誰？」

「關東山，」關八爺說：「五年前，我在北徐州坐過大牢，獄卒秦鎮為救我，跟我一道兒走關東，把他的女兒託在卞三和毛六的手裏，……」

「我總算等著您了，八爺，」小餛飩跪下說：「不錯，愛姑是卞三和毛六打夥賣掉的，您如今祇能找毛六算賬，卻再找不到卞三的頭上了……」小餛飩說到這兒，兩眼大串的朝外滾淚：「您問我怎麼知道？……我是卞三的同胞妹妹，八爺，卞三確是毛六殺害了的！」

一盞仿宮燈形式的大紗燈在頭頂上旋轉著，流蘇穗兒波漾波漾的黯影，走過那哭泣著的美艷無匹的小婦人的眉頭，她抽動怯怯的雙肩，一面咽哽，一面吐述她悲慘的過往。

她的語音是斷斷續續零零散散的，全叫她迸流的眼淚泡濕了，話語裏能撿得出成千成萬的痛傷。關八爺挽她起來，她不肯，反而叩下頭去。她描述出的場景是那樣真切，那樣可怖，使人閉上眼，眼前就湧起那樣的畫圖。

……這家如意堂妓院原是卞三獨資開設的，辮帥入京復辟後，北徐州鬧過兵亂，獄卒們趁機會撈了一筆爲數可觀的錢，——有銀洋就可放人，卞三得了錢，到鹽市來開設如意堂妓館，混得很發達。毛六得了錢，卻買了六匹壯健的騾馬，作了馱糧的商販，專在北道上販賣米糧。

「天殺的毛六不改他的老脾氣，積賺些銀錢就招妓飲酒，成天像野雉似的，一頭栽在賭場裏……」

……有一回，毛六遇上了朱四判官手下的錢九爺，倆人在羊角鎮的一家茶樓賭牌九，毛六走楣運，不但輸了所有的現鈔，連六匹騾馬和十二口袋米糧全輸得光光。

就這樣，……「就這樣，」她哭著說：「天殺的毛六就跑到鹽市上來了！」

……毛六到如意堂妓院來找卞三，卞三接待他。毛六說他願意合夥，把如意堂擴充成鹽市上首屈一指的大妓院，說他在北地有門路，能物色到北幫裏最好的姑娘。卞三動了心，帶了四千七百塊大洋，跟妹妹一道兒陪毛六到北地去。三個人三匹牲口，銀洋分裝在牲口袋囊裏，冒著火毒毒的秋老虎（指秋天的太陽）趕路，一路上，倆人談得極爲投契。

「我可做夢也沒夢著，八爺！毛六竟是那種人面獸心的人！若說我那哥哥卞三該死，毛六就該千刀剮，萬刀刓……那天路過皂莢樹林，那青紗帳漫過人頭，晌午的太陽一把火，一路的蟬都叫啞了。走到一片高粱田裏，毛六說他有些發暈，須得找處蔭涼歇歇腿。卞三照應他躺在行樹邊，又從牲口背上取下竹筒，著我去溪邊去找水，等我取水回來，啊唷！……八爺……！毛六就有那麼狠心！他那樣殺了卞三——咽喉和胸口下了兩把攮子！」

「事後，毛六抽出瀝血的攮子跟我說：『小賣×的！打今兒起，妳是六爺我的人了！妳要漏出半句風聲，卞三就是妳的樣兒！』可憐我……八爺，……那時我雖在如意堂管賬，卻還是個沒經人事的，許是卞三作孽多了，命該報在我身上……毛六不單破了我的身子，更藉我的名，回來接管了如意堂。到末了，他還拿我的皮肉去搖錢，……八爺，八爺！您是毛六常掛在心上的剋頭星，您也是我心裏仰盼的好漢子；您無論如何……」

關八爺背著手，沉沉的蹀著方步，他沉重的身軀，真像能踏碎腳下的方磚。不錯，在這種死人如死狗的亂世，像毛六那種有土匪撐腰的人，甭說謀害了一個卞三，謀害了十個卞三也祇如捏死一撮螞蟻，威逼一個弱女更不在話下了。可嘆的是滿眼江湖人物都是炭頭黑臉，竟容得毛六這種惡人活下去！朝後去，江湖道義必將蕩然無存！……八爺！八爺！一個弱女的呼號刀一般的，聲聲刺人肺腑；我關八既然來此，即使揹不下這付擔子，也非硬揹不可了！人道不是寬懷，殺一人能救百命，非把毛六做掉不可！

「起來罷，姑娘。」他說。

「您答應了?」小餛飩哭說:「您答應了我才敢起來,……我的命是攢在毛六那天殺的手裏!」

「嗨!」關八爺廢然嘆說:「妳揹著兄仇跟毛六,妳爲何把話留到今夜才說?我要讓妳知道,我關八也並非是喜歡殺人的人!」

「八爺,您怪得我?……您看得出這世上還有幾個能替人申冤理屈的人?……回鹽市後,我被毛六軟禁著,我背後時時頂著尖刀!今夜跟班的不在了,我才有張口的機會。」

「起來罷,」關八爺說:「今夜我若等著毛六,我把人頭拎給妳;要是他聞風先遁了,妳得等著,祇要我關某有口氣,我總要把他交在妳手上!」

「八爺大恩大德,我……我先謝了!」小餛飩認著方磚,碰著響頭說。

關八爺正待說什麼,門外有人輕輕叩門,響起萬三的聲音:「我說大少,幹嘛關著房門?您跟咱們家那個妞兒真算投緣,一見面呀,就鍾了情,投了意,說起體己話來了?——您問我呀,我是說,咱們老闆他有急事,上了洋車走啦,走哪兒?他沒關照,今夜怕不會回來……哎呀!有了小餛飩,還追問老闆幹啥呀?!」

「我不留宿,」關八爺拉開門走出來說:「今夜我還有事等著辦。」

「哎喲,大少。」萬三軟軟的的貼上來,裝模作樣的說:「是不是堂子小,委屈您了?還是咱們妞兒不懂事,開罪您了?……您這麼急急衝衝的,一臉怒氣……來呀,小餛飩,留客妳不開腔,送客總是妳的事呀!」說著,就把手上的燈籠推到小餛飩的手裏。

關八爺踏著雪,正走下台階,就聽客堂那邊有一條粗邪的嗓子暴叫說:「什麼樣的頭面妳九爺玩不得?!奶奶的，搭那種臭架子；騙老子有客，有客！……有客也叫她滾出來！……花大錢玩女人，九爺愛拎她兩腿朝上，誰也管不著。萬人壓的貨，難道九爺壓不得她?!」

「萬三娘，……三娘，快叫小餛飩！」一個雛妓奪門奔出來惶叫說：「這位爺醉了酒，把匣槍壓在桌面上，說小餛飩再不來，他就要斃幾個人玩玩呢！」

「大少慢一步，」萬三戰戰兢兢的說：「您不要去犯那醉鬼，……鹽市上五方雜處，什麼樣的人都有……常有開槍鬧事，藉酒裝瘋，胡亂殺人的！」

「不要緊，」關八爺說：「無論他再怎樣兇橫，我不去沾惹他，他總不能憑空找上邪叉兒?再說，聽他罵人罵得滿滑溜的，——他肚裏根本沒裝多少酒！」

萬三扯不住，關八爺業已進了客堂。醉漢大鬧妓院原是司空見慣的事情，關八爺並沒把它放在心上，倒是毛六可能聞風滑脫了，卻有些棘手。自己既領著六合幫淌道兒，當然無法分身專去踩著毛六，等一趟湖鹽走過了，那時毛六又將不知匿到哪兒去了！……當著小餛飩答允下來的事情，不論時日長短總要辦到，再說，若找尋秦愛姑，也非找著毛六不可！

「八爺，」關八爺一進門，老曹就蹩過來悄悄的說：「十有八九，毛六是抽腿遁掉了！……我看，咱們還是回去調人把東西街口鬧住，挨戶搜人。」

關八爺一擺手，壓住老曹的話頭，但那已經晚了！

客堂一側的椅子，坐著那個自稱九爺的醉漢，敞開短衣褸，所有的扣子使一條藍絲束著，褲管捲起兩道，露出一條格外粗的患過橡皮腫的粗腿，高高翹在几面上搖晃著。在他右手邊的桌面上，赫然放著一支簇新帶烤藍的三堂匣槍，拖一方紅綢穗子。他明明聽見老曹講話，卻故意咧著嗓子，瞇著眼，歪聲唱道：「小餛飩嗳……他奶奶，光皮肉餡兒的，九爺我的小親親，……」

關八爺也祇瞅了他一眼，就轉身拎起皮袍叉兒要出門，四個雛妓掌著燈籠，正待轉到階前去送客，猛可的，聽見那漢子唱著唱著喊了一聲：「哎……喲！」關八爺一轉臉，心裏就有了底兒了。——原來那自稱九爺的醉漢，嘴不閒，手可也不閒，趁自己轉背的一剎，已經順手抓起了匣槍，不過卻有一宗連自己也夢想不到的事兒出現了，使那人陰謀未得逞，反而吃了大苦頭！——有一把極薄極利的亮得發青的小攮子插進他的手腕，不但把那人的手背射穿，而且攮尖還嵌進桌面去了。

那人發出一聲極慘的長號，全身大仰著從椅上滑落，想極力挺起身子，使左手去拔除那把匕首，但祇摸著了攮柄就疼暈了，血水從桌角流滴到他歪垂的額角上。

關八爺大踏步趕過去，拔出那人手背上的攮子，那人一鬆手，匣槍落在桌面的血泊裏。

老曹過來一拉機頭，吐舌說：「傢伙辣得很，八爺，槍火是頂了膛的！……神仙還難逃腦後風，我說，要不是憑空來這攮子，您完了不說，連我這條不值錢的命怕也陪襯上啦！……誰有這手絕招兒，救了咱們的呢?!」

「就算是神仙罷，」關八爺把那把攮子在手上掂了一掂，籠進袖子裏說：「老曹，你先把他弄到棧裏去看管著，我也許有話要問他，甭忘記，找個醫生替他療傷！」

「誰他媽能有這一招兒？」老曹不死心，猶自咕噥說：「單憑人家這一手，我的攮子算白玩了！」

關八爺笑著沒答腔，他一瞧那把攮子就已明白了——攮背上分明刻著一隻花鞋。……走了多少年的江湖道兒從沒失手，這一回一大意，就差點把命給丟掉，江湖上真箇是一眨眼就有著一番風險，明早他得去拜訪戴老爺子，還得一謝張二花鞋的救命之恩。

這回老曹扶起那個傷了手的傢伙，關八爺袖著那把攮子正要出門，就聽外面有人撲進妓院來，大嚷著要找關八爺。關八爺一看，來的是包金牙的老潘。

「怎樣？棧裏出了事？」

「八……八爺，不好了！」老潘說：「大王廟那……那個設賭的馬……馬五瞎子，誰知竟……竟是個土匪，他他他他，藉著攙扶那位喝醉了酒的矮爺，混進福昌……棧去，朝大花廳裏開槍，打死了淮大，傷了一個堂子裏的姑娘！」

「結果怎樣？」

老潘喘息著，抹抹胸口說：「等大夥兒摸起槍追他，他跑得比兩隻眼的人還快！……他跑過幾處碼頭，大叫錢九放船，沒人應，他他……他……氽進河裏跑掉了！」

「真他娘的！事兒全趕著一晚上來。」老曹說：「他怎能找著錢九罷?!……你瞧，錢九跟我在這兒親熱上了！──明兒等我剝他的皮，這傢伙準是四判官那一夥兒的！」

關八爺皺了皺眉頭。

他知道朱四判官是認著自己來了……這不過是剛剛開頭罷了！

第六章・風月堂

關八爺落枕時，遠近的寒雞已啼叫兩遍了。

這一夜真是又亂又長，大花廳豪華的宴飲。神拳太保戴老爺子師徒出現。一闋唱進人心底的「狂風沙」。柴家堡被賣的姑娘。自己一番言語說動了鹽市官紳，拉槍自衛抗北洋拒土匪，以鹽養壩。石二矮子醉酒。毛六失蹤。什麼馬五瞎子潑火行刺。什麼錢九爺被捕……激盪起陣陣思潮，仔細分析起來，不外是兩宗事情。

第一宗，是鹽市的轉變，——這是一宗大事，假如自己能說動鹽市，萬家樓、柴家堡各處回應大湖澤裏的民軍共抗北洋，漕河半邊天就沒有北洋軍的份兒了。

第二宗，是朱四判官處心積慮安排的，想暗中下手整倒自己。朱四判官跟北洋軍暗中勾搭，才敢明目張膽大肆搶劫殺戮，若是失去靠山，就橫不起來了，這宗事祇能由它。

關八爺許是過慣了苦日子，一旦安享暖舖高床，反而難以交睫，便捻亮油燈，取出張二花鞋的那把攮子來把玩著；攮子不過四寸長，兩面帶刃，薄得很，掂著直沒什麼份量。按理說，尋常即使是孔武有力的人使用這種攮子，也壓根兒用不上勁，而張二花鞋竟能用這把攮子，不現身形，飛擲進錢九的腕子，斬筋斷骨，攮尖還嵌進桌面近寸，這種身手，非傳說中武俠是根本辦不到的。

自己是苦練國術多年的人，常覺得坊間那些南派的武俠小說無稽，什麼飛劍一起，百里取人首級，什麼師祖下山，猿鶴相隨……但像神拳太保戴老爺子師徒，確是具有一番不凡的身手。也許在羅老大的傳說裏有些誇張失實的地方，但這種人物若能請出來幫著鹽市上抗北洋，禦土匪，真是游刃有餘了。

傳說裏的戴老爺子是那樣的……

清末的江湖道上，有個神拳太保戴旺官，神拳不著人身，就能把人擊倒（類似今日之高極柔道術而已）。而神拳太保戴旺官，那時不過是初出道的青年罷了，不但血氣方剛，而且經常憑藉武術，劫奪單身行旅。

有一天，戴旺官瞧上了一個騎馬獨行的公子哥兒，那公子哥兒也不過十八九歲年紀，長得白淨溫雅，是個道地文弱的讀書人，但他肥馬輕裘，一路上手面極大，馬囊裏飽飽的微露黃白（指金銀），戴旺官欺他單身體弱，就動了他的念頭。

戴旺官一路追著那公子哥兒，直到蘇魯兩省交界處的一段荒路上，就連夜趕路，在前面道上等著他。二天一早，天還沒放亮，輕霧裏盪響一陣馬蹄聲，不一會兒功夫，那公子哥兒策馬出現了，戴旺官匿身樹後，等那匹馬經過時，縱身躍出，想擋住馬頭。誰知就當他縱身躍出那一剎，那公子哥兒輕輕一領韁，那匹馬像輕煙似的從戴旺官身邊竄過去了，戴旺官就覺微風一盪，原來自己的辮梢兒業已捏到人家手裏去了。

那公子哥兒伸出兩隻手指，捏住戴旺官的辮梢兒之後，若無其事的鞭馬飛馳，可憐戴旺官像隻紙鳶似的在馬後飛著。戴旺官雖然自知不敵，落在人家手上，但他忍著疼，沒從牙縫裏迸出半個字求饒。那人這放韁就是三四十里，拖得戴旺官腦袋發麻，方才問道：「你這笨賊，你師傅是誰？」

戴旺官一聽，裏外爲難，若是不說罷，這人決不會放過自己，說罷，可又汚了師傅的名頭！便說：「我是神拳太保戴旺官的徒弟。」

那人呵呵笑著說：「嗯，不錯，我沒會過你師傅戴旺官，不過也久聞他的大名，聽說他練得一手神拳，功夫了得，可沒想到竟會調教出你這樣的膿包徒弟來?!……罷了，罷了，權看你師父的面子，我就放了你罷！」那人一抖手，把戴旺官摔在路邊的草地上，等戴旺官爬起身，人和馬全叫煙塵隔住了……！

打那之後，有很多年，神拳太保戴旺官的名字沒有再在江湖上出現過；等他再露面時，他已經是兩鬢斑白的老人了。

雙槍羅老大說是在北地見過戴老爺子，處事待人一點兒也不像他年輕時那種樣子，卻是樸拙溫和，令人覺得可親可敬的老頭兒。他也常跟年輕人坦述他當初心浮氣躁而吃大虧的往事；那時候，他從沒當著人顯露過他苦練多年的身手，單就他的幾個徒弟那幾下子，也就夠瞧的了！……

在戴旺官老爺子的幾個徒弟中，出名最早的，要算是張二花鞋。傳說張二花鞋這個渾名兒是有來由的，來由就在他的那雙花鞋上……！

雙槍羅老大形容過那雙花鞋，千層底，全使雙股細麻線密密的納著，並且浸過桐油；黑線香（布名）的鞋面上，精工繡著滿幫花。據說張二花鞋晴天不穿那雙花鞋，要臨到飄雨落雪的日子才穿，無論走哪兒，地上不留印兒，鞋底不沾碎雪和汚泥，——他的輕功就好到這種程度！

北地有很多人都傳講過張二花鞋逼散白虎幫的故事……說是黑道上的白虎幫盤踞在徐州城，幫裏的人物全是些無惡不作的流氓，訛吃詐騙佔全了，六扇門裏喊冤的狀子堆成山，縣太爺也明知白虎幫這班流氓不是玩意兒，無奈他們勢大惹不得，弄得不好，自己摜紗帽事小，祇怕腦袋全會給他們搬掉。但祇官有官威，又不能不硬著頭皮做做樣兒應景一番，等原告的人群逼急了，就拔下紅頭籤來，摔下去，著捕快拿人！

可憐縣太爺拔籤時，那隻手全是活活沙沙抖索著的，那些跟班的，站班的，平時槓著膀子吃公門飯的傢伙，到哪兒拿人去?!……既拿不著人，交不了差，逢到三天一小比，五天一大比（比，意指縣太爺向捕快追索犯人），祇有硬著頭皮脫光屁股挨板子。好在站堂打板子的全是自己人，呶呶嘴，睞睞眼，拍拍灰了事。

無論怎麼說，長期輪流脫光屁股捱板子總不是回事兒，捕快頭目就想到張二花鞋的頭上了。大夥兒一計議，也祇有央張二花鞋出面，才能壓得住白虎幫，才能捕得人，結得案。張二花鞋原不肯出面，經不得捕快頭目的央告才答允了。

白虎幫仗著人多勢眾，北徐州又是他們地盤，雖也耳聞張二花鞋要出來，也略知張二花鞋有點兒真功夫，但總欺他單身一人，沒把他放在心上。

一天，幾個白虎幫的頭目趁夜在一家酒樓上聚議，商量怎樣對付張二花鞋，有人就主張合力圍擊，先把張二花鞋給拔掉！一花眼功夫，就聽有人說：「你們這夥毛人，拔不掉他。——張二花鞋自己說的！」大夥兒再看，我的媽，從窗口平飛進一個人來，那人是個黃臉瘦個頭兒，繞頭盤著辮子，衣袖飄飄的飛到方桌中間，一隻手指點著桌角，全身在半空倒豎著，正就著燭火吸煙哩，腳上套的，可不是那雙花鞋?!

……當關八爺在靜夜裏轉側難眠時，這些故事所化成的形象，總裹著迷離的輕霧，在黑裏湧撞過來。說它神奇也罷，荒緲也罷，至少這些傳說中，卻滿含著疾苦人們的願望，——他們渴切盼望著這世上有這樣的強者來除暴安良，擊技是槍炮盛行前的國術，學擊技的人遵師訓，守戒律，行仁義，曾傳爲江湖美談，不像如今一槍在手，橫行如蟹，逞血氣，行霸道，江湖怎得不亂？國術怎得不衰？戴老爺子一般人又怎得不隱?!

……時光真夠無情，幾十年過去，連那些傳說眼看也都將湮沒了，誰知道鐵扇子湯六刮倒退清江閘？誰知道窩心腿方勝一腿收徒？像朱四判官那幫惡匪，反成了家喻戶曉的人物……這全是北洋軍顛倒是非弄出來的結果，又豈止是可嘆而已?!因此，央請他們出來保壩，更是一宗大事了！

第二天雪仍沒停，祇是風勢比頭天略微顯得弱些，關八爺剛起身，套間裏就來了不少的客人；原來鹽市上的官紳人等，趕夜草擬了一個護鹽保壩、連絡四鄉抗稅擊匪的辦法，打算奉給關八爺過目後，寫帖分頭張貼出去。同時想請關八爺去察看壩東壩西那些災民們的棚戶，大家共同出力拉槍，才能抗得住防軍的突擊。

福昌棧的王少東遞上辦法來，關八爺看了說：「諸位是否詳實考量過了？——在北洋軍的窩裏抗北洋，可不是一宗小事，一點兒馬虎不得，帖子一張貼出去，北洋防軍就等於斷了接濟，一定會惱羞成怒，拉隊伍來攻鹽市；故此，鹽市上必得處處設防，有個萬全的準備！」

「您請放心，八爺，」緝私營長說：「兄弟業已吩咐屯駐各鄉的馬兵分隊撤回壩上來，改編成保鄉團，——緝私營的裝備您是曉得的，單憑這個營，就抗得孫傳芳的一旅人，鹽市十八家大棧的棧工，小鹽莊各路腿子，總也集得起六七百條槍，而且槍火充足……」

「棧工也都集合妥了，」景興棧主說：「祇盼八爺過湖時，跟彭老漢彭爺說妥當，若是北洋軍大股攻壩，再加朱四判官的匪眾夾擊時，盼望大湖澤裏的民軍能及時起兵相應，要不然，單憑壩上一地，究竟嫌勢孤力薄，沒法長久撐持。」

「這事我一定辦到。」關八爺說：「我回程時，還得路經萬家樓和柴家堡，說動他們跟這邊呼應。……咱們這就先去察看運鹽鐵路跟那些棚戶去，回頭時，煩所座陪我一道兒去看望戴老爺子。至於那個錢九，等夜晚再審，看來他是朱四判官安下的一顆棋，追蹤到鹽市上來殺我的，可是準沒錯的了！」

「我說八爺，這幫惡匪真該活剮！」稽核所長說：「還有什麼好審好問的？……您還沒見昨夜那個什麼馬五瞎子，問知您歇的是套間，兩梭火全潑進套間來，您瞧窗洞看看！……幸好我們全在套間外面，祇死了一個姜淮。您這回下湖東，一路上得千萬留心；朱四判官一計不成會生二計，他不會善了的！」

「愈是這樣，愈得審審他，」利河興的棧主說：「不然，怎能弄得清朱四判官背後耍什麼把戲？……來人，替八爺備馬……」

關八爺就是這種豪情的漢子，爲了說動各地抗北洋，解民困這宗大事，把其餘的事都先放在一邊去了。一行上了牲口，冒著雪，察看了全壩形勢，一面指出哪兒要設柵子，哪兒要舖鹿砦，哪兒要增堡樓，哪兒要積沙包，一直談論到蘆棚戶附近的凹地邊沿。

壩東的蘆棚戶總有一千多戶，圓形的低矮的蘆棚壓著雪，成一片苦難的海，在凹地當中散散落落的伸展有二里路寬長。捲在雪花中低飛不散的炊煙籠罩在這片海上，猶如那些災民們達不上蒼天的怨怒，那樣淒慘的飄浮在低空，使經歷過苦難的關八爺望在眼裏，湧起一股止不住的酸辛……

他知道那些人，在豫東的黃土平原上，在魯南巖山赤赤的山區，在蘇北東海岸的荒土，都有著他們聚居的村落，灰黃的茅屋頂，閃光的黃土牆，有他們肥沃或是貧瘠的祖產田畝，有他們牛羊牲畜，有他們撒種和豐收的盼望。他知道，知道那些逼壓，那些迫害，那和他的生命從根綰連著，不可分開……

自從踏上了江湖，使他連靜下來一溫遼遠的時間全沒有了；偶一回顧，就覺滿心潮濕，像陰霉的黑角照不著一絲陽光。這樣多的難民們捲在一起南遷，決不是單純的天災造成的，直奉戰爭，蘇皖交惡，江浙戰事……一場接一場的北洋軍的火拚，像石滾兒碾場一般的輾碎了他們的村落，輾光了他們當中的壯漢和做種的餘糧，使他們不得不離開火燒的廢墟，遠遠的流徙。

關八爺的白馬緩緩的踏進棚戶區，喉嚨似乎被什麼噎住，使他半晌沒講出一句話來。一家棚戶使破麻袋縫綴成聊以擋風的門簾兒，因為行炊，把門簾兒扯起一角來放煙，紅紅的灶火映出一個老婦人散亂的白髮，她佝著腰，正用竹削的吹火筒費力的吹著火。另一家門前矮凳兒上，坐著一個臉黃肌瘦的年輕少女，梳著兩條髒得結成餅兒的辮子，正用一盆炭火烘烤許多泥娃娃和泥雞，她十來歲，穿著破爛黑布襖的妹妹，把半乾半濕的泥雞尾部細心的插上羽毛。

「若要保壩，先得保住棚戶，」關八爺說：「防軍的大營盤就紮在黃河南岸（指淤黃河），保壩的風聲一傳進他們耳眼，他們就會夥著朱四判官來夾攻了！」

「棚戶也有些槍枝，」緝私營長說：「不過數量少，大半是土造槍，也都是遷來後集資買的，八爺說的不錯，該跟他們的領隊人商量，遷到鹽河北去，擋著四判官。至於防軍，我想該由我們來對付。……您不知我那營裏，大半全是領過票的（意指暗中宣誓參加革命黨者），你叫他們去查緝，他們懶洋洋的沒勁兒，若叫他們抗防軍，一個能當十個打。」

「若是他們不肯遷，也不甚要緊，」協泰棧的棧主說：「那邊還有一道運鹽堆擋著，鹽路員工全都是些年青力壯的漢子，一百多條槍居高臨下，緊扼住淤黃河渡口，防軍那些膽小如鼠的傢伙，未必就能撲過河來。」

「去！去！」正當他們勒住牲口談話時，那個白頭髮的老太太捎著吹火筒出來了，沉沉鬱鬱的冷著那張臉，冷漠中透出不知是厭惡還是疲倦的神情，叉著腰，嘟著嘴，像趕雞似的揮動吹火筒，嚎哭般的啞著嗓子說：「去！打仗別處打去！瀏河（瀏河，地名；蘇浙之戰的戰場，此役蘇浙兩省軍閥火拚，傷亡慘重）打了八晝夜，死人堆成山，鬼門關不收兇鬼，一到陰雨天，遍野鬼哭你們沒聽見?!我三個兒子全死了，骨頭上黃鏽了，你們還在我門口談打火？你們想拖走我死鬼兒子的鬼魂?!……」

「我說，老太太……」

但對面棚屋裏的少女打斷了緝私營長的話。

「有話甭跟她講，說了也沒用的，」她說：「她兒子死後，她就變成了瘋子，見誰她都說瘋話。要找，你們該找齊二叔去，——瞧，那可不是！」

「哪位是關八爺?」齊二叔是個四十來歲，灰黃臉膛，濃眉大眼的漢子，捏著短煙桿，趿著毛窩鞋（以蘆花編成的鞋子，北方人冬季多著之，可防雨雪），蹩過來問說。

關八爺連忙下馬，上前揖說：「兄弟就是關八。」

齊二叔呵呵的笑起來：「我知您一來，壩上就會拉槍抗防軍保壩……這事在私下醞釀的久了！營長所長，各棧主誰不知道？昨夜官紳一聚會，緝私營的弟兄就來透露過，如今壩東壩西各棚戶槍早就拉好了。咱們這些有家歸不得的人，還有什麼好掛慮的？在這兒，能咬孫傳芳的後腿一口，咬不死他，讓他知道疼也是好的。」

「保壩是壩上決定的，兄弟實在不敢居功，」關八爺說：「兄弟祇是領腿子路過大渡口，承諸位邀得來共商大計罷了。等明早停了雪，兄弟就得上路到大湖澤去……不過，從鹽市到萬家樓，也許在眼前就有事，兄弟見過彭老漢之後，自當立即趕回來……。」

離了棚戶區趕到運鹽堆，蒸氣騰騰的運鹽火車旁散著好些員工，全都揹上了長槍，正在那兒守看著渡口。一瞧見關八爺的白馬上了堆，大夥兒全揚手舉槍，吆喝起來。

「八爺您瞧快不快？——咱們不知受了防軍多少氣，早就等著這一天了。」

「他娘的×大甩兒，吃掉齊爕元手下的馬玉仁（馬為齊爕元一系，後為孫傳芳繳械吞併），那種得意勁兒還了得，咱們辛苦運鹽的血汗錢，他也照抽幾成去充他的軍餉，這回攫著機會，咱們也該剃剃他的頭了！」

關八爺點點頭，卻無法笑出聲來。不錯，鹽市一片保壩聲是很自然的，經過這多年，任誰有再好的耐性，也該被北洋防軍磨傷了心。但眼前形勢明擺著，假如南方的北伐軍出師的時間配合不上，準會有一場慘烈的戰事和極大的傷亡。一想到未來的光景，就不由不使人滿心沉重。……

勒馬在高高的運鹽堆上，透過半旋帶舞的疏落的雪花，可以看得到深藍如帶的淮水，兩岸已結了薄冰，防軍的南大營就在河南不足三里的地方，那一列列鉛板掩蓋的營舍全覆著白雪，除了營中廣場的旗桿上，還升著一面垂頭喪氣的五色旗之外，關八爺看了很久，見不著一些動靜。

「假如孫傳芳不調大軍，單憑×大甩兒這師人，未必能拔掉鹽市一根毛。」稽核所長說：「您想必還不知道，鄭大甩兒如今不在營裏，這一師有兩個團全調下浙江去了……南邊風聲緊，他們顧不得鹽市這塊地方。」

「所長說的不錯，八爺，」有一條粗沉的嗓子在關八爺身後說：「留下的這團人，聽說鬧過兩次炸營沒炸得成，如今全不敢放出來，說打火，也祇有閉著眼朝天放空槍的能耐。……這條運鹽堆，咱們百十條槍頂得住，怕就怕四判官從鹽河北岸來夾攻，那夥土匪可比防軍兇得多！」

關八爺轉過臉。不錯，說話的那人正是鐵扇子湯六刮。他穿一身灰撲撲的舊大襖，臃腫的燈籠紮腳褲兒，光腳蹬著一雙毛窩鞋，腰眼勒著寬絲帶，別著一把短短的小彎刀，刀柄兒使紅布纏繞著。他破氈帽下那張臉，因爲常受寒風吹襲，變得乾燥龜裂，泛著青紫顏色，他渾身上下都染著污黑的煤灰，說話時，他微微瞇著眼，一隻腳踏在一節車廂的踏板上，手肘撐著膝頭，使手指搓弄著他的短髭。

「湯老哥，」關八爺說：「兄弟正想去訪戴老爺子，鹽市要得您幾位大力相助，兄弟可以安心了。」

「我說八爺，我湯六刮是直腸子人，——我這條命打算賣在鹽市上，可不是我師傅他老人家的主意，」湯六刮淒淒迷迷的笑著說：「您即使去看老頭子也算白看，他是不會肯出山的了……也許我那兩位師兄肯出來，那得碰運氣，沒準兒的。」

關八爺嘆了口氣說：「兄弟也祇是盡人事罷了。」

一行人順著運鹽堆西行到壩西的棚戶區，那一帶的蘆棚戶散佈在南北兩條河中間的野林裏，人數比壩東棚戶還多，有些漢子站在一座積雪的土阜上吹著螺角，長長的哽咽的角聲在雪野上沉遲的迴盪著，雄壯裏滲進一些兒淒涼，無數年輕力壯的難民聽到角號聲，都帶著單刀、木棍、火銃和洋槍，匯向土阜前的平野上去，顯然他們已經在集合了。……

關八爺望著那種景象，有一股烈火從心底湧騰上來，從這種異常的景象，可以看出潛藏在人心深處的抑鬱一經迸發，就匯成一股洪流。這次鹽市揭竿抗暴竟如此迅速，實在出乎人的料想，這遠比走腿子，闖江湖，零星抗北洋的聲勢浩大得多；自己若能在大湖澤裏連絡上領民軍的彭老漢，把從南到北的槍枝實力連在一起，倒真是一股能扯倒孫傳芳的力量。

繞著壩上察看了一圈，天到傍晌時了，關八爺請眾人先回福昌棧，祇留下稽核所長。

「您說壩上還能守得住不？八爺。」稽核所長說。

「論人槍，論形勢，全該守得住，」關八爺沉吟說：「但則，這多的人槍，若沒有一個有膽識、有氣魄的人統領，還是不成。……壩上的運商岸商全是生意人，集錢辦事，添槍購火行，若論統兵，全都不是料兒。再說那些棚戶雖說勇氣百倍，卻沒臨陣的經驗，若沒人調教，跟防軍和土匪對起火來，白送性命罷了……」

「這個麼，」稽核所長爲難說：「這個……兄弟根本也是外行，實在跟您說了罷，鹽市上的官紳——連兄弟在內，原先倒沒這個膽子拉槍保壩，可是不這樣做，底下就要鼓炸了，後來逼於形勢，才商議著想做。倒是昨晚聽了八爺那番話，才覺得走這條路是對的，這才算是順應民心。……至於統兵，連緝私營長也不敢挑這付擔子，祇有八爺您行，咱們打算把這個位子空著，等八爺您打大湖澤回來再說。」

關八爺笑起來：「我保舉一個人可行。」

「您是說?!……」

「就是昨晚我說過的戴旺官戴老爺子！」關八爺說：「他老人家肯不肯出來，還說不一定，咱們現在就去拜訪他。」

護鹽保壩，抗北洋禦土匪的帖子張出去了，散屯在附近各地的原先緝私營的馬班撤回鹽市來，使各茶樓的廊柱上拴滿了各色馬匹。警察局子裏忙著抄冊子，準備等大湖澤的民軍北上時好辦移交，而真正的北伐軍，還在遠遠的閩贛兩省邊緣和孫吳兩大軍閥膠著著。

鹽市街南的繩蓆廠裏，幾個屯鹽的大棧房裏，那些運伕、槓手，以及受雇編蓆結繩的棚戶中來的婦女們，仍然照常忙碌著；雪光映亮了一座座原本陰黯的巨大棚屋，編蓆的婦女們一排排坐在蒲墊上，一面使壓裂的蘆柴編著蓆，一面唱著打發寂寞的古老民謠。

那樣徐緩的謠歌，和另一座大棚屋中編繩婦女的謠歌和應著；但隔不上一會兒，她們低柔的歌聲就被運伕們高吭激烈的號子聲打斷了，永遠是一條飛舞著的龍般的巨音，哼著：

「嗨呀，呵喲！

哎里，呀嗨，

哎呀，嘿唷，嗳呀嘿——唷！」

在鹽河岸各碼頭靠泊的駁船邊，精壯的鉤手揮動帶柄的彎刀形的鹽爪子，鉤動壘好的鹽包，運伕們接住鹽包，放在繩編的軟兜上，抬鹽進棧房來，棧房門口的高凳兒上坐著秤手，面前懸空吊著一桿巨秤，鹽包一掛上秤鉤，秤手一抹秤鉈，就唱著報出船號、棧號、包數和重量來。

「四號駁船……連福昌，第卅三包，一百……零三……」

劃碼子的把炭筆夾在耳朵上，永遠劃得那麼細心，那麼安詳，根本沒看見關八爺和稽核所長騎馬經過棧房門外。

從棧房朝東拐，空場兒邊上有條石路上坡，一道窄街的街口第二家就掛著客棧的燈籠。燈籠熄了火，在寒風裏旋盪著，偶然現出一邊的「迎賓客棧」四個黑字來。關八爺估量著這就是窩心腿方勝開的客棧了。

倆人在棧前下馬，店伙來接韁繩時，關八爺問說：「這兒有位戴老爺子可在嗎？」

「啊，您是說老師傅？他老人家在暖房烤火呢！」

「來罷，所座。」關八爺說，一面挑起門簾子跨進屋去；暖房就在迎門東側，沒張簾子，房中升著一盆很旺的炭火；神拳太保戴旺官還是穿著那件破舊的皮袍兒，手捏一支早煙桿，坐在靠窗的一把木椅上，窩心腿方勝沒落座，垂手立正的站在一邊。

關八爺搶前幾步跨進來，也不管地上多麼污穢，就單膝落地，抱拳拱手說：「老前輩，老爺子，關八爺拜望您來了！」

窩心腿方勝猛見關八爺闖進來行這樣的大禮，嚇得連忙跪下去攙扶。戴老爺子也忙不迭的站起身，雙手亂搖說：「您您……您，八爺，您也真是胡來，這可不折煞我這糟老兒了?!我白走多年的江湖，何德何能?敢受您的大禮，這真是……這真是……決沒這個道理。」

關八爺這才起身長揖說：「晚輩徒有虛名，心裏著實惶恐得很，雙槍羅老大死後，少見教導晚輩的人，這回能在鹽市得遇您老人家，真是天大的幸運……」

戴老爺子按著關八爺和稽核所長的手，央他們落了座，自己這才坐下來，神色黯然的說：「八爺，您這麼一客氣，叫我這快進棺材的人坐立難安，我真不知怎樣說才好了？……我師徒幾個，全因打心底敬佩您，才越席敬酒。這幾十年裏，我滿眼看遍了江湖人物，沒有一個能跟您比擬的，我見到您，萬分惶愧，自覺大半輩子算是白活了！」

關八爺打了個苦哈哈，欠身說：「晚輩的心情，您似乎也料想得出來，……就彷彿陷在流沙裏，想拔也拔不脫，想遁也遁不了，這種世道，想挺起脊樑來學著做一個人，也竟有這麼多的難處。」

窩心腿方勝親自去泡了茶來；戴旺官老爺子捻著鬍鬚，兀自點著頭，似乎在玩味關八爺適間所說的話。暖屋裏地方小，旺燃的爐火吐著紅紅的火苗，使人有一股熱烘烘的感覺，但老人的臉上始終籠罩著一層冰霜。

「全是一個『俠』字累了人。」隔了半晌，戴老爺子才吐出話來：「走道兒的朋友，論起『武』來，誰都有兩下子，真說具有『俠』性的人，千百人裏也難挑出一個人來。江湖上提起『俠』字，總把『武』字加在前面，好像非武不能行俠，那就大錯了！像歷史上的相如懷璧，張良刺暴，那才是大俠之風！……後來一些江湖末道，不懂得行俠的真意，動輒拳腳交加，打字朝前，為一拳一腳結怨，互拼互殺，代代不休，那算是什麼！……我說八爺，早年練武技，還得拜師投門，日受教誨，花幾十年功夫，才能練出真本事來；您看如今罷！隨意買桿槍也就『武』起來了！

弄得烽火狼煙，一場糊塗，我師徒幾個不隱，又有什麼辦法？……」

「老爺子說得極是，不過……」關八爺搓著手說：「不過……」

「我知您的來意了，八爺。」戴老爺子總是皺著眉頭，眉下聚一片沉思的黯影：「方勝剛來跟我說過，說壩上業已決定聯合四鄉來保壩，把北洋防軍跟土匪踢開。我這把沒用的老骨頭，出力談不上，賣命卻是應該的，祇不過，我怕發動得太早一點了！」

「若說早，實在也不早。」稽核所長說：「您不知底下鼓得多麼厲害！……大夥兒恨透了抽乾餉，吃白飯，反而暗地呵捧土匪的防軍，要不然，像朱四判官他們怎會坐大？」

「我知道，」老人緩緩的說：「壩上勢孤力薄，而孫傳芳卻有幾十萬大軍，我擔心的是……萬一北伐軍晚來一步，這許多好百姓……都要……埋骨荒郊了！」老人順起煙桿來，裝上一袋煙，並沒就著爐火去吸，卻彎腰捏起一塊燒得正紅的火炭來，吸燃了煙，那火炭仍然捏在手上。

「我也是想到這一層，所以才特地來央懇您老人家，就看在這群黎庶份上，出來救救他們。」關八爺說：「目前北洋軍都聚合在大江南，後方祇留下少數防軍，假如有人出力撐持，也許結局不會如想來那麼慘法。」

戴老爺子沒作聲，卻轉朝方勝說：「你去繩蓆廠，找張二花鞋來見我。」窩心腿方勝出門去了，老人沉默的噴著煙，煙霧飄散在他的眼前。

「聽人傳說，您在北地萬家樓逼走了朱四判官？」老人說。

「不錯。」關八爺說：「其實我跟朱四判官倒是沒樑沒段，無冤無仇。您曉得，當年雙槍羅老大領六合幫時，受過萬老爺子多少恩德?!……四判官夜捲萬家樓時，晚輩恰好在場，眼見他們族長保爺中槍畢命，不能不插手；再說，四判官在北地那種作爲，實在看不入眼。」

戴老爺子又嘆息說：「八爺，您惹了豺狼了。我老頭子愛慕您這種人物，不得不奉勸您……早一天把恩恩怨怨清結了，換種日子過就好。要不然，無論是怎樣的英雄人物，結局也總脫不了一個慘字。尤獨是有『俠性』的人，更是如此……那些陰險刻毒之輩，決容不得您。」

「多承老前輩關心，晚輩個人恩怨死生，倒不常掛在心上……」

「正爲八爺不把生死掛在心上，所以昨夜害得我不能不出手，」關八爺話沒說完，屋外就有人插上說：「我原想幫您捉毛六，誰知他早就聞風先遁掉了。」張二花鞋人隨聲至，進來朝關八爺拱手。

關八爺臉上一陣泛紅，從袖裏捏出那柄匕首說：「您不是俗人，不用俗謝，關八知恩就成了。——今後，我當把這條命用在該用的地方。」又捏著那柄匕首，轉朝稽核所長說：「不由您不信，昨夜我去如意堂，沒留意那個匪目錢九，當我轉身時，他拾起已經餵上頂膛火的匣槍，虧得張二爺飛了這一攮子，扎穿錢九的腕子，要不然，今天我該裝殮了。」

「我是俗人俗眼，」稽核所長說：「當然看不出老爺子師徒有這等身手！我說八爺，您的面子大，就煩您再堅央戴老爺子，無論如何，替壩上萬民來挑這付擔子罷！」

「我找張二花鞋來，也就是這個意思，」戴老爺子說：「實在說，壩上這回拉槍保壩，也太快了些！您跟八爺既來此地，我老頭子領幾個徒弟賣命，原是沒話可說的事情，不過，有句話得說在前頭，那就是：賣命不賣名，——鹽市若把我師徒幾個的名號亮出來，傳進四判官耳朵裏，那是有害無益……當年四判官正是白虎幫的一個小頭目，叫張二花鞋逼跑了的，四判官是極工心計的人，即使他有意報仇，他也不會親自來，那樣，擒賊擒王可就擒不成了。」

「壩上的意思是，想請戴老爺子統兵，」稽核所長說：「八爺他也認爲這樣妥當，不知您覺得如何？」

「我統兵?!」老人搖頭說：「我統兵，把八爺放在哪裏？……再說，就算八爺您去大湖澤罷，我祇是個練武術的人，對洋槍洋炮這些玩意兒很生疏，更甭談調兵佈陣了，緝私營長可不正是塊材料?!」

「他不成。」稽核所長說：「天曉得咱們這號官兒是怎麼幹得上的?!他耍煙槍比手槍熟得多，連老鼠全怕，這兒既保壩了，鹽務各衙門理當撤銷，緝私營也得拿掉番號另改編，眼前是『蛇無頭不行』，保鄉團非有統制的人不可。」

「這樣罷，」老人說：「名義呢，還讓營長他掛個名，著窩心腿方勝幫他。好在方勝早年領過協裏的炮隊，他深懂兵事——緝私營裏那些領過票的官長都跟他練武習兵，他行。」

窩心腿方勝聳聳肩膀。

「張二花鞋跟我祇能操練團勇，」戴老爺子又說：「教他們使長矛，劈單刀。至於湯六刮，他會領著路工們幹的。」

關八爺回到福昌棧的大花廳時，保鄉團業已在原先的緝私營本部設立起來了；中晌時，謙復棧主宴請保鄉團的各級領隊人。對窩心腿方勝擔任副統制，大夥兒一點都不覺意外，若說窩心腿方勝，壩上真少有人知道，若說迎賓客棧方德先方爺誰都知道；這位方爺最愛跟緝私營的下層官兵交結，跟碼頭工、鐵路工、船戶、小鹽莊的苦力們都混得很熟，很受大夥兒愛戴，方勝一出面，很快就把保鄉團改編的事給辦妥了。

如意堂走了毛六，使關八爺心裏有些煩得慌，爲了查探愛姑下落，不得不趁著天色欲暮的當口，再到風月堂去走走。好在玉興棧的老曹在外間侍候著，便招呼說：「老哥，這風月堂妓院，如今是誰在開？……我想去走走，查訪個姑娘。」

「噢，」老曹說：「風月堂是個南方姓劉的老鴇開的，八爺要是查訪人，您問問小叫天可就知道了！今兒您累了一天，莫若躺著歇歇，明天大早，我替您把風月堂的老鴇和小叫天傳的來，一問便知，免得累您勞神費步。」

關八爺搖搖頭說：「明天我就得領腿子上路，沒時間再辦這些瑣事了。」

「容我繫根腰帶，捎著燈籠，」老曹說：「我陪您走一趟。」

這當口，六合幫開頭腳的雷一炮進屋來，向關八爺附耳說了幾句話，關八爺點了點頭說：「您告訴諸位，明早拔腿子離壩。要向老哥先陪陸爺坐坐，我去辦點兒事，一歇就回來。」

關八爺跟老曹出街時，天色已經落黑了，雪花也已停落，天頂的灰雲退裂，微露出下弦月的幽輝。風雖不甚猛，卻很尖寒，看樣子明早天氣會放晴轉冷，正適宜趕路。街上的步兵馬隊帶臂號的便衣團勇很多，緝私營的兵勇們紛紛扯掉紅帽箍和符號牌，雜在團勇裏混合編隊，槓鹽的運伕們仍在趕著運鹽，仍在呼喝著粗沉的號子。

風月堂不像如意堂那樣直沖著正街，祇有一道影壁長牆擋著，它卻設在一條曲折的既深且窄的斜巷裏，黑漆大門前也沒懸掛堂號燈籠。

「八爺請稍等一會，我來叫門。」

老曹抓住門上的銅環輕叩兩響，立刻門邊露出覘洞來，有一隻眼朝外張了一張。

「沒什麼好張好瞧的，咱們不是『夾銅少爺』（意指腰裏沒錢硬充闊佬的人），——我是南玉興的老曹，領的是位貴客。」

裏面拔門子開了門，關八爺就覺眼前一亮。

原來風月堂妓院的規模極大，通道盡頭，展開一座極爲廣闊的方形庭院，院子裏堆砌著好幾處高達數丈的假山，幾處曲曲相通的荷池繞山而走，池上架有幾座古色古香的九曲橋；假山上下，古木參天，有些枝柯盤曲的蒼松點綴其間，雖壓著一層雪蓋，也遮不住它的翠色；蒼松的翠色在夜晚原看不分明，全靠燈火輝映，而風月堂的燈火不但遠近相唧，輝煌一片，同時有無數露天的紅綠紗燈，在假山石徑間的石柱上搖曳著，別有一番雅致的風情。

假山上的叢樹中，建有幾處嵌著玻璃亮格的亭台，也都是几案紛陳，燈華灼亮，俾便豪富的客人們擁妓對酒，賞雪聆歌。在廣闊的庭院四周，是一些被枝柯遮斷的長牆，長牆那邊，是許多單獨的小院落，每座院落都迸射出燈火，紛響著喧騰的笑語，游走的弦音……。

關八爺站在通道盡頭的石級上，寒風拍打著他玄色披風的底襬，他凝望著燈華和月光交融的闊院，有一種哀遲的迷離的情懷，輕霧般把他掩蓋上。人常道海鹽商官鹽商窮奢極侈，這種傳言實非虛語，單看鹽市上的幾家妓館，就可見一般了！多少曲折的哀情，多少悲淒的血淚！在這些歡場的背後……如今壩上既然拉槍自保，這些風月場非得讓他們散去不可。

「我說，曹爺，這位貴客老爺您打算替他找哪位姑娘來伺候？」

「你先睜大龜眼瞧瞧罷，」老曹說：「除了你們院裏的紅牌姑娘小叫天，還有誰配得上這位爺的?!……快替我掌上燈籠，引咱們到小叫天屋裏去！」

「是，是，」那龜公偷眼一瞅天神似的關八爺，嚇得連忙倒退三步，喊說：「快掌燈引貴客老爺去北廂院，小嫂兒（**妓女的跟班俗稱小嫂兒**），快些。」

兩個白淨的小嫂兒穿得一身鮮艷，掌燈過來引路，那老曹可又拐上一句：「告訴老鴇趕快過去伺候，咱們這位貴客老爺有話跟她說。」

「是了，曹爺。」那人忙說：「我這就著人去找！」

風在松梢，月在天上，自然的風月激起了關八爺不少的豪情感慨，對這片人間風月反生了深深的哀憐……

幾年前紅遍鹽市的名妓小荷花，究竟是不是愛姑？或是另一個淪落風塵的女人？愛姑究竟是不是被賣在風月堂？在沒抓住毛六之前，都還是個謎。至少，依照卞三的妹妹小餛飩所說，愛姑被賣是事實，在自己的記憶裏，愛姑仍祇是十五六歲的女孩，那樣的純真，羞澀而善良，她會在惡人手裏遇上這樣悲慘的厄運，旁的女孩又何嘗能免得？風月場裏待援待救的，又何止一個愛姑?!風月場是罪惡的淵藪，看來是一點也不錯的了！

「北廂院到了，老爺。」小嫂兒說。

關八爺看那北廂院，是一座小巧的雅致的院落，一幢寬廊紅漆柱的長長的瓦屋，廊下分別垂吊著四盞寫有姑娘花名的紫色紗燈，小叫天、小灩紅、小春菱、小美雪，看來這座廂院是四個姑娘的款客之處。方磚院子鋪著的雪已被掃淨了，院子中央砌有四座花壇，種著荼蘼、金桂、臘梅和天竺等類的木本花，有些玲瓏的立石沿牆羅列著，襯著牆腳的青松。

「糟，」關八爺正待朝院裏邁步，另一個小嫂兒叫說：「小叫天姑娘那邊看來先有客人了，——那可不是幾位爺站在門口？」

「不要緊，不要緊，」老曹說：「他們沒進門不能算數，咱們喊著比局包（**民初妓院規矩，進妓院打茶圍，照例是一塊大洋一個局包——例費，一個紅妓客人多時，難以同時接待，客人為了公平爭局，常有比局包的情事，誰出高資，姑娘便接待誰**）好了！」

關八爺走到小叫天門前，就見紗燈光下站著三個穿著新皮袍兒，舉止有些呆笨的漢子在那兒說話。

「聽人說，這個風月堂裏，以北廂院的姑娘最好，北廂院這四個姑娘裏，又以小叫天名氣最大，牌子最紅，」一個腮邊生著一撮毛的漢子說：「他娘的，咱們趁著三分酒興，花一塊大洋不要緊，洋葷不可不開！」

「我這人天生賤皮子，」拎馬燈的一個傢伙說：「見不得標緻的小娘們，見了心癢，不是摸就是捏，再不然捺倒一陣揉！……你讓我花錢乾坐，冒充正經人，我不幹這種冤大頭，我恁情花兩毛大錢後街矮屋裏摟野雉打水舖（**與妓女實實在在過夜，謂之打水舖；有名無實謂之打乾舖**），那還實惠些兒。」

「你真掃人的興，倒人的胃口！」另一個說：「你也沒看看這是什麼地方？三個人花一塊錢已經夠寒傖的了，真要見識美人兒，也祇能屁股挨著板凳，喝口茶就走，你還癩蛤蟆想吃天鵝肉？你他媽沒那種德行！」

「管得了那麼多？」拎馬燈的說：「咱們每人花三角半大洋，擰總得擰她一把呀！我的兒，她花名叫做小叫天，咱們得擰得她嗲著嗓子叫天……嗨嗨嗨……噯，我說，小叫天，開門啦。」

拎馬燈的那個傢伙上前敲門，老曹急衝著關八爺丟了個眼色，兩人退至另一盞紗燈的光暈暗處。

「八爺，您可看出這三個傢伙有些邪氣？」老曹說：「面孔生，口音侉，個個又都腰裏硬（**意指帶有短槍**），新衣遮不住野相，鹽市可沒這種不沾鹽味的人。會不會是跟錢九那些是一夥兒的？」

關八爺還沒答腔，那邊的門開了，一個梳扁髻的小嫂兒跟那三個爭論起來了。原來拎馬燈的那個傢伙，不懂得妓院裏那些不成文的規矩，小嫂兒一開門，他拎著馬燈就往裏闖，那小嫂兒一見，急忙橫身在門口把他擋著，央說：「這位爺，想必是初來。——拎著馬燈挾著雨傘，不好進姑娘的屋子的，這可大犯忌諱的，您這樣，下回姑娘就沒生意了；您著實要進屋，也請把馬燈放下。」

「咦他奶奶，想不到當婊子的竟有這麼多的名堂？啐！老子不信這個邪！試試看怎麼樣？」說著說著，那隻手就像老虎鉗擰螺絲釘兒似的，在那個小嫂子胸前微隆的地方反覆擰了一把，擰得那小嫂子哎喲喲的尖叫起來。

「少惹事，王八。」腮邊一撮毛說：「各堂總護院尹又香一樣難招惹，甭把正事給甩到腦後去了。——在壩上，咱們還不夠惹事的料兒。」

「我……我祇是鬧著玩的，誰稀罕乾瞪小叫天一眼?!走，咱們還是到後街矮屋裏溫暖實惠去！」三個人你扶著他，他攙著你，一路斜的撞出去了。

關八爺望著他們的背影，突然想起什麼來，跟老曹說：「你不妨踩踩他們的底兒，有消息，回去告訴我，我在這邊辦完事，回福昌等著你。」

「就這麼著，八爺。」

等老曹走後，關八爺才踱過來，朝著猶自站在門口咒罵的小嫂兒說：「煩妳轉告小叫天姑娘一聲，妳就說有位姓關的來看她。」

那小嫂兒還沒及轉身，小叫天業已從裏間轉出來說：「一聽聲音，就知八爺來了，小叫天在這兒拜見八爺。」

「我說，姑娘，我這祗是來查探一宗事情，」關八爺說：「我祗是想問妳來這兒多久了？可曾認識小荷花？可知道她一些兒出身來歷？」

小叫天微吁了一口氣，感嘆說：「我不知八爺您爲什麼憑空問起這個？……我是鴇母帶大的，自幼到如今沒離過風月堂，提起小荷花，我不單認得她，我這屋子，原也是她住的，有話，請進屋來坐著談罷。」

小叫天真是紅姑娘，屋裏的陳設真夠富麗堂皇的，除了前面的客廳是接待普通茶客的地方，圓窗後，還有一方玻璃亮頂的小小天井，砌著假山，養著蘭草和一些精緻的盆栽；走過那座小天井，是她的起坐室，綾幔後面才是她的套房，三進檀木雕花的架子床，曲曲重重，雕花的架裏也設有光可照人的金漆小几和隔几相對鋪著厚氈的睡榻。整個屋子裏不但溫暖如春，而且瀰漫著一種芝蘭般的香氣。

「八爺您是非常人，我也不以俗禮相待了。」小叫天奉上煙茶後，也逕在對面睡榻上疊著腳坐下來說：「小荷花是本堂的鴇母買來的，因她容貌姣，手口好，在這兒三年就紅了三年，最後有個姓萬的她的恩客替她贖身，帶她走了的。」

「妳可知她原來的姓名？」

小叫天搖搖頭，從廳子裏抽出一支洋煙來玩弄著：「也許鴇母她會知道。八爺，人在這兒，誰肯挖心掏肺談論過去？談又能有什麼用？……空使夜來眼淚落濕枕角罷了……俗客朝朝來去，恩客半世難求，她真正的身世，也許祇有那姓萬的知道。請容我放肆問一句，小荷花會是八爺您的故人？」

「不，姑娘，」關八爺正色說：「我實在也是個苦命漢子，從沒有半分風月閒情，孤身飄泊，還不知日後死哪兒葬哪兒……我有個故友秦鎮，留下個女兒愛姑，託在惡人手裏，我從關東回來後打探她的消息，確知她是被賣了，詳細經過和她的下落不明，不得不來探聽探聽。」

「小叫天姑娘，劉媽媽來了！」小嫂兒報說。

「正好，八爺。」小叫天站起身說：「關於小荷花，您問問媽媽罷，她如今既已不在堂子裏，媽媽她會講的。……來，媽媽，這位就是大名鼎鼎的關八爺。」

老鴇母劉媽媽是個圓臉重下巴，淡眉細眼的老婦人，大把的精明全掩在癡肥的外表之下，使人乍看上去，錯以為她是廣行善事的富家老太太。她一聽小叫天嘴裏吐出關八爺三個字，急忙換上一張虔誠的笑臉，在幾聲大驚小怪的哎喲之後，奉承說：「哎喲，活活的該死，我這老賤婆人老眼花，不識貴人，真是……在這兒，誰不把八爺您當神看?!我們家的小閨女叫天是幾生幾世修來的福？竟入了八爺的眼……」

「媽媽妳別說了，」小叫天急忙截斷她的話說：「人家關八爺是銅打鐵澆的漢子，不是吃花酒打茶圍的闊少爺，人家八爺是有事來問妳的。」

「問我？」老鴇母說：「八爺要問什麼，儘管問，我祇要曉得，決不會留半句，自會奉告八爺。」

「人家八爺問的是跟姓萬的走了的小荷花姐姐，問她原姓原名？問她是從哪兒盤來的？問那萬姐夫叫什麼？問他帶她去了哪兒了？」小叫天怕老鴇母聽不清楚，就著她耳朵說了一遍，又重複了一遍。

老鴇母歪著臉，出神的聽著，一面嗯嗯的點頭，來回轉動著眼珠，等小叫天說完了，她才喘口氣說：「不瞞八爺說，我是吃這行飯的人，也沒什麼好瞞之處。不錯，小荷花是我從北徐州金谷里娼戶轉盤來的，因爲她不是原封，身價還算便宜。她原姓什麼，我實在記不清了？她在金谷里的花名就叫小荷花，……她的恩客萬梁我記得住，他是北地旺族，萬家樓來的！如今她跟萬梁過日子，該是糠蘿跳進米蘿，夠好的了！」

「如意堂前後的龜公卞三和毛六，有沒有盤出一個姓秦的姑娘來這邊？」關八爺說。

「沒有。」老鴇母搖頭說，突然她又說：「對了，我好像記起來，小荷花說過她原姓秦，……嗯……祇不過她不是從卞三毛六手上盤給我的。您若想弄清楚，再經北地時，您何不取道萬家樓去瞧瞧，那就弄得清了！」

萬……家……樓?! 關八爺把她們的言語默記一遍，伸手捏起他的黑貂皮帽子；他不能停留，老六合幫的夥伴陸家溝的陸小菩薩在等著見他。

別過老鴇和小叫天出來，關八爺的心思又叫陸小菩薩的突然來訪佔去了，他猜不透會有什麼樣的事情橫在他的眼前?!

陸小菩薩正由向老三陪著，在福昌棧花廳的套間裏等著他。一別多年，陸小菩薩看上去老得多，也憔悴得多了，一臉的病容加上倦意，使他萎頓不堪。

「八爺，我的好兄弟，」陸小菩薩見了關八爺，止不住濕了眼，半是闊別的離愁在這一刹湧聚，半是久別重逢時的激動和歡欣，使他嘸了半晌說不出話來。關八爺急忙扶持他在榻邊坐下，直至他理順了一口氣，才幽幽的說：「我這回迎風冒雪來壩上，一來是著實想看看你，二來是先報個訊兒。……當年老六合幫一干弟兄折了翼，祇活出四個人，幸好你跟彭老漢、向老三都挺得起脊樑，而我是完了，……我叫他們攫住，雖被商團保釋出來，因爲熬不過刑，半邊身已殘廢了，煤油辣椒水灌得太多，常咯血，想來是沒多少日子好活的了！」

「陸大哥是特意來報信的，」向老三說：「他說是朱四判官在萬家樓吃癟後，懷恨在心，發誓要把六合幫齊根剪掉，……大渡口朝南百里地，一步一座刀山。」

關八爺點點頭說：「料也料得到的，四判官原就是那種人。萬家樓那筆賬沒勾銷，看樣子，鹽市拉槍保壩這筆賬又記到我頭上來了。」

「陸家溝那荒村，如今全叫土匪盤踞著，」陸小菩薩憂心忡忡的說：「聽說四判官差了錢九一夥匪目一路暗踩著你，要栽你的黑刀……萬家樓你出面打走四判官，聲傳百里，四判官若不處心積慮的栽了你，他還有臉面再混下去?……我說八爺，就算你有本事，你可不是三頭六臂的哪吒！」

「吉人自有天保佑，陸大哥。」關八爺說：「我算是託天之福，躲過了頭一關。向老三想必已經告訴了您，那個馬五瞎子行刺沒成，汆河跑掉了！錢九如今被逮，在這兒還有些不知名姓的，諒也走不了。我掛慮的倒不是自己，卻是這十多個跟我捲在一道兒的兄弟。」

「您千萬甭掛慮這個，」向老三說：「六合幫一夥人信得過八爺，論人是一把兒，論命卻打總一條，您不願拖累咱們，但咱們也不能袖著手讓您一個在油鍋邊兒上跑馬！」

「我知你的脾性烈，八爺。」陸小菩薩說：「你跟四判官既已結怨在前，多說也沒有用了。但則明槍易躲，暗箭難防，您這一路朝南去，加意提防總沒錯兒，……我一路耳聞目睹的，全跟向老三說了，我不能在鹽市上久待，三天兩日也就得走，單盼你多保……重。」

「你不回陸家溝？」

陸小菩薩搖頭說：「陸家溝成了賊窩，我怎好再回去？我打算到北徐州去養病，我外甥在那兒有爿店，我去投靠他去。」

關八爺沉默了一會兒，兩眼微紅說：「人嘛，想來也夠可憐的，想當年雙槍羅老大遇襲，全六合幫祇活出你、向老三、彭老漢跟我四個人，除了向老三跟我還在一道兒，咱們可算是闊別多年，不見面時想著，滿心的言語，見了面倒反說不出什麼來了！……我常想，若在承平年月，日子消閒，弟兄夥見面，該好好兒的聊聊聒聒，暢飲它幾壺，如今竟是這麼的匆忙，真料不到。」

「能見面就好，」陸小菩薩嘆說：「祇怕咱們見不了幾面，就鬢髮如……霜囉！」

金璧輝煌的豪華套間裏，一時竟被一種難言的愁緒掩蓋了，除以唏嘘感嘆外，誰也兜不轉話頭。陸小菩薩乾咳著，似乎承受不了這種氣氛，順起他的枴杖要道別，關八爺拖住他，硬塞給他一百銀洋。

「這個你帶著，也許延醫治病用得著它，」關八爺說：「等我走完這趟鹽，回北徐州時再去看視你罷。我明天一早就領腿子上路，今夜還有幾宗事情要辦，無法再留你了。」

關八爺剛送走了陸小菩薩，福昌棧的王少東跟緝私營長過來了。

「八爺，匪目錢九那宗案子，原要等您親審的，」王少東說：「適間我們來花廳，您左右有位石二爺說是您出去了，說您有話交代他去審的……我們還不甚放心，所以又過來問一聲，您是否還需親自去看看？」

「那位石二爺是個愛動刑的，把錢九拷問得死去活來，」緝私營長說：「那傢伙可真有股兒狠勁，寧死沒口供，依我看，一味拷打也不是個辦法。」

「又是大狗熊跟石二矮子！」向老三跺腳說：「這兩個成事不足、敗事有餘的傢伙，八爺您待他們太寬厚了，才把他們寵成這樣的！」

「真是一對該死的東西！」關八爺動火說：「這也真太……太不成話了！——如今錢九人在哪兒？」

「在謙復棧對面，老分司衙門裏。」王少東說：「除了請您外，我已著人去請方德先方爺去了。」

「好，」關八爺說：「要是方爺先到，那對寶貝怕要吃些苦頭，……罰他們也算是罰我御眾不嚴罷……咱們這就慢慢兒的踱過去好了。那雷老哥，——等歇要是玉興的老曹來找我，告訴他可到分司衙門去找我。」

謙復棧離福昌棧不遠，踱過去不消盞茶功夫，分司衙門的白粉八字牆兩旁站著四人大崗，氣象威武森嚴，那些剛改編的團勇精神十足，見了關八爺一行人，一聲吆喝，舉槍敬禮。關八爺笑問說：「方德先方爺來了沒有？」

「方爺來有一會兒了。」領班的團勇說。

「犯人在哪兒審？」關八爺轉朝緝私營長——新任的保鄉團統領說：「還在老營部的那間黑屋嗎？」

「對了！」這位新統領說：「還在老地方。……不過自從兄弟接掌緝私營之後，可沒按老例刑求過。」

「我一生最恨嚴刑逼供。」關八爺說：「我這一身傷疤告訴我……天下不知有多少善良人身上，帶著比我更多的傷痕。即使是錢九也不例外，我相信惡人不是天生作惡的，能有一線生路，一絲活路，都得先指給他們；指了他不走，也最多犯一個『死』字，不能讓他們受活罪。古往那些把『死罪可免，活罪難饒』掛在嘴上的官兒，專以上夾棍、打板子爲能事，那才真的該死！」

一行人還沒走到黑屋，剛走進分司衙門一側的院子裏，就聽得院心有人大嘈大嚷了。原來那幢專囚犯人的黑屋前，有棵沖天的老榆樹，葉子落得光光的，祇剩下一些雜亂的枝柯伸向天空；榆樹邊的木桿上吊著一盞頭號馬燈，一些團勇繞著燈圍成半個圓圈兒。那馬燈久久沒經擦拭，燈光透過煙薰的玻璃燈罩，變成黯影斑斑的黃色碎塊，旋動在人的臉上。

在人圈兒裏面，關八爺一眼就看見石二矮子，上身被剝得光光的，雙手被反剪著吊在樹椏上，兩腳半懸空，祇有腳尖兒點著地；大狗熊目瞪口呆的坐在雪地上，抱著一隻胳膊，而窩心腿方勝一聲不響的雙手交抱著膀子，站在石二矮子面前，聽由對方破口大罵呢。

「我他娘偏要罵你這個龜孫雜種狗操驢×的！你們準是私通土匪，要不然，爲何要把土匪當做老子般的庇護著？不讓你石二爺敲他?!」

「我不跟你們這兩個渾蟲說話，」窩心腿方勝說：「我料想關八爺他決不至差你們這種寶貨來審土匪，不問青紅皂白就動刑，口供沒問，人業已叫你們敲昏八遍了！破開小腿肚兒塞鹽，天下沒這種刑法……我要等關八爺來後再放你們，先委屈些兒罷！」

「那不是八爺來了，」大狗熊帶著哭腔說：「石二矮子，我說你甭惹禍，你不聽，這好，咱們這算一道兒下水了。」

「你他媽甭朝我一人頭上賴賬，大狗熊，──尖頭子彈劃破他的肋骨，這把戲是你玩的！」石二矮子一瞧見關八爺走過來，一迭聲叫喊著：「八爺八爺，這個姓方的好不講理，他他他……他他娘私通土匪，還把我吊在這兒，大狗熊想揍他，反叫他一掌打倒在這兒，爬不起來了！」

「這算是輕的，」關八爺冷淡的說：「換是我，該再抽你們每人五十皮鞭！」

「八爺您來得正好，」方勝苦笑說：「這兩位仁兄滿嘴酒氣，歪斜衝倒的跑來審犯人，十八般刑具換遍了不過癮，又想出兩種新花樣，把那個錢九整得暈過去好幾遭；……如今著人鬆下刑，潑了幾盆水，不知醒沒醒呢！……我過來一瞧不是那回事兒，阻住他們兩人不讓再動手，一個抓攮子，一個拔匣槍，我不動手制住他們，幾條人命全鬧出來了！」

「真對不住您，方爺。」關八爺躬身道歉說：「這倆人十足是兩個屁漏筒兒，一灌多了酒，啥事都鬧出來了……您千萬看在兄弟薄面上，甭計較他們，爾後兄弟自當留意，多加約束他們，要不然，他們把性命玩丟了，還不知是怎麼丟的呢！」又轉朝石二矮子跟大狗熊說：「今晚上，我向方爺討情，權且放了你們兩個，可是從今天起，我要罰你們兩個——不准滴酒沾唇，要是不聽的話，你們拉腿子打岔兒去！」

「噢！我的天！」石二矮子舐著嘴唇叫說：「你爽快點，給我一顆黑棗（黑棗，子彈的俗稱）嚐嚐算了！我好到閻王爺那邊討酒喝去，做個名符其實的醉鬼都比做個不准喝酒的活人好受些。……您沒想想在萬家樓，那幫土匪那麼兇橫法兒，我磨磨他的頭皮，難道過火?!」

「我……我恁情挨一百皮鞭，八爺……」大狗熊竟拍著地面哭出聲來：「您旁的不好罰，偏罰我戒酒？我舌頭饞得拖出三寸來，豈不是活活變成了吊死鬼？」

有人過去替石二矮子鬆綁，一對寶貝哭得像剛死了爹娘的孝子。關八爺不再理會他們，逕自邁步走向亮有馬燈的黑屋。黑屋是一座陰森森的屋子，四壁無窗，祇有屋頂上有兩塊天窗和一座通風孔，地面比外面要低有三尺，進門後，得踏下五道石級，轉過一條彎曲的甬道才踏著實地。

囚房裏分成內外兩大間，中間有粗實的鐵欄隔著，內間是往常囚禁人犯的地方，陰濕苦寒的地面上祇舖了一層薄薄的生了霉的麥草，泛出一股撲鼻的氣味，外間屋樑上吊著兩盞馬燈，沿著一邊牆壁，一道巨木橫架上，掛著各種各樣使人觸目心驚的刑具！染血的馬鞭，各式繩索、釘板拖兒、手銬腳鐐、梭子、夾棍、小棒搥，各型烙鐵，裝滿煤油的水壺，室中升著鐵筒做成的煤火爐兒，迸射的火焰上插著幾支燒得透紅的烙鐵。

在審問檯一邊的牆角上，放有三隻老虎凳兒，那個匪目錢九被縛著雙手，靠著牆，伸著腿，坐在老虎凳上，儘管經人抓住頭髮，兜頭潑了幾盆冷水，但那顆濕淋淋的腦袋還軟軟的垂在敞開大襖的胸脯上；他那遍生胸毛的胸脯兩邊橫肋上，走著好幾條骨肉分離的血口兒（凡人在老虎凳上加磚塊熬刑之際，極端的痛苦會使人骨肉分離，祇消使尖頭子彈攔胸輕劃，人的皮肉就會迸裂），皮肉朝外捲，紅瀉瀉像新剝的石榴，露出白白的肋骨來；他的小腿肚兒也叫攮子劃裂了，幸好還沒真的塡進鹽去，要不然，即使停了刑，錢九那雙腿沒有一年半載也收不了口兒了！……石二矮子藉酒動刑，要不是方勝早來一步，錢九這條命非葬送不可。

「你再看看罷，石二，」關八爺悲痛的說：「就算他是一隻狼，你這樣也夠過火的了！」

「我不是跟您頂撞，八爺。」石二矮子振振有詞的說：「假如有一天，您落在朱四判官手裏，您就相信我沒幹錯了，他那套玩意，包管比這個還厲害八倍！……我一點兒也沒冤屈了他，您知他手底下殺過多少人？」

「他假若該死，」關八爺說：「我是寧殺不動非刑！你們該懂得我的心意，我最恨酷刑酷吏的！」

「可是八爺，您可知我在淮幫走腿子時，有一回落在錢九這傢伙手裏過？」石二矮子終於迸發般的吐出他埋在心裏的話來了：「您可知他怎樣待過我跟另一個兄弟?!……」他捲起褲管，轉過腿肚兒來說：「您看，八爺，這是錢九留給我的傷疤。……可憐我那兄弟，硬叫磨折了半個月死了，我……認得他，即使他燒成灰我也認得他！我這是……還他一個公……平！……我沒您那種寬厚的心腸——便宜他一槍送命，我這套玩意兒全是從他那兒學來的！……這就是爲什麼我要背著您，先來找他的原因！」

「那你何不早說這事？」

「嗨，八爺，」大狗熊在一旁幫腔說：「早說晚說，一樣是沒有用的，您決不會殺錢九，石二矮子早跟其餘的弟兄打過賭的了！」

煤火爐上閃跳的紅光，把這塊空間染得透紅的，有一種奇異的滴血的淒慘，石二矮子的話音也彷彿不是語言，而是一把一把憤怒的火焰，一滴一滴的血水朝上燒著，朝下滴著，把可悲可嘆可歌可恨的江湖，變成一片使人闖不出衝不走拔不脫離不開的火湖和血海，仁心和仇恨，妒惡和悲懷混纏在一起，交織在一起，那樣撞擊著煎熬著人的心腑。一剎間，幻覺湧動，就彷彿這兒並不是囚房一角，而是整個亂世人間。

早些來罷，北伐軍！關八爺心底響著那麼一種悲沉如錘擊的聲音，我得告訴你們，不光是熱血如潮的革命，不光是頒佈新的律法，統一國土；得要多少有遠見、有愛心的仁人，才能拔除地上人心裏的凶頑暴戾，使他們重沐春風?!……我關八祇是江湖上一個粗漢，這在我——一個微末的人，幾乎是無能爲力的了！

紅光閃跳著，那樣陰慘的紅光描出周圍的陰慘的景象，刑具、血跡和錢九受刑後的身體，關八爺想得到當年石二矮子在另一個空間所承受的，似乎隱約仍聽見他當時的慘呼，流過遠遙的時光，浮泡般的在人心頭湧泛著。這正像是一個極大的輪盤，因它的旋轉，使當年的施刑者反變成了受刑人，說它是果報也罷，命運也罷，無論如何，錢九總是一個赤裸裸的人，不是牲畜……祇是這人間爲何多生橫暴，逼得人非這樣還報不可呢?這似乎又是自己難釋於懷的了。

「再潑他一桶水，」關八爺說：「我有話要問他！」

一桶水潑下去，一個兵勇抓住錢九的濕髮，使他大張著身子，仰臉朝上，搖動他翻著白眼的頭顱說：「聽著，你這賊種！八爺他有話要問你！」

錢九彷彿沒醒轉，又彷彿醒轉了，幽幽的吐出一口氣，斷續的夢囈般的吐話說：「活……報應，我……姓錢的……認命了……我作孽……太……多……自知難……活，祇求……死得……爽快些兒……」

「替他鬆綁！」關八爺說：「手腿的麻繩全替他挑斷，扶他到椅上去。——人到這種地步了，還擔心他逃跑嗎?!」

兵勇們抽刀挑斷錢九身上的索子，扶他到靠近爐火邊的一張椅子上去，誰知錢九根本坐不住椅子，兵勇們剛一鬆手，他兩腿一軟，整個身子就像軟骨鰍魚似的滑下來，跌坐在地上。

「你這個死囚！關八爺他有話問你，你還在裝什麼洋熊？」一個兵勇正要伸腿踢他，卻被關八爺攔開了。

關八爺上前彎腰，仍然攙扶起他來坐回椅上去，然後緩緩的開口問說：「錢九，我是關東山，我問你，昨夜你爲何趁我轉背時拔槍要殺我？咱們是有冤？有仇？你還是另有人主使？……我不用刑求，祇是想問個明白。」

「啊，你是關八爺？」錢九想抬起胳膊揉眼，但他的胳膊早已拖不動了：「我說，八爺……一塊肉送上菜案兒了，問不問全是一樣了，我錢九命祇一條，任砍任殺祇求您快些兒，我是……沒話可說了！」

「要是我放了你，你總該說了罷？」

「放我?!」錢九眉頭一動，梟嚎般的慘笑起來：「我說，姓關的，我錢九再差勁，總也不是三歲的娃兒，你何苦朝我鼻尖上抹糖——聞著吃不著！……我要是攫住你，我可不來這種刁著兒；要殺你，就指明殺你，變花招兒掏供，我不幹的。」

「八爺您聽聽，這種蠻賊，您何苦多費精神？」新上任的保鄉團統領說：「他既求速死，您就成全他也就罷了！」

「不。」關八爺說：「錢九，放下屠刀，立地成佛，我這是有意開條生路給你走！姓關的說一是一，從來不騙人的！但則你總得把話說明了。」

「好罷，」錢九喘息說：「你聽著，不論你真話假話，橫直我是認命了，聽你講話總還人味十足，我就直對你說了罷。我是天生粗人，半輩子幹土匪的，我跟朱四判官原不是一夥兒，祇因他槍多勢大，一心要捲萬家樓，著人來跟我說項，說是有內線，成事機會大，……他貪錢財，我跟徐五貪那些馬匹，就擰成股兒幹上了！……萬家那一火，你半路殺出來壞了事，害得我啥也沒弄到手。你姓關的也是在江湖混事闖道的人物，總懂得『光棍不擋財路』罷？萬家樓跟你風馬牛，你何苦出面管事來著？……事後你逞英雄，摘頭祭靈，可也把咱們臉面摘盡了！……這回是四判官安排我帶著一干弟兄混進鹽市，踩著你，要把你放倒。……我殺你沒殺成，平空來了一攮子，把我腕子廢了，這算是你的命大；但則你也得當心，遲早你會栽倒的，我那干弟兄不會饒過你。」

「我的命也祇一條，」關八爺平靜的說：「誰要拿誰就拿去，我一向沒把生死當回事。可是我活一天，總得手摸胸口幹事情。我要先問你，假如你受過人家大恩，人家遇事你在場，你能袖手也不？」

「當然不能。」錢九說：「知恩報恩，應當的！我錢九幹土匪，辣是辣，這個我還知道。」

「那就是了。」關八爺說：「萬家樓萬金標老爺子，義名遠播，不知幫了江湖人士多少忙，我談不上報恩，遇事不能袖手可是真的！」

錢九的傷處一陣疼上來，緊咬著牙盤苦熬著，兩肩不斷的泛起痙攣，一陣苦熬過後，開口說：「八爺，你可問完了？——快拖我出去打掉罷，我受不了了！」

「我放了你！」關八爺說：「我已經說過了。——你若願跟四判官捲在一道兒，也聽憑你！若是想栽我，養好傷，也還有機會，也就是這樣的了！」

錢九喘息著，突然張開嘴，木木的呆住了。他一生從沒遇過這種事情，從沒見過這等爽快的人，從沒聽過這樣寬懷的言語；這是不可思議的，——自己作的孽，這人清楚；自己要殺他的心意，這人知道；自己謀算著殺他，他卻放了自己！他一時木木的呆在椅子上，他不知該怎樣說怎樣做才好？但他不得不抬眼，仔細看看這個名滿江湖的人物。爐火的紅光跳動在他的臉上，他那張有稜有角的臉飽含著凜然的正直的光，他的兩眼不怒而威，有一股懾人心魂的力量，而穿透那種寒光，使人看到一種少見的寬恕的溫柔。

「啊！八爺……」他是在不知不覺中脫口叫出這三個字，費力的滑下坐椅，伏身抱住關八爺的腿子，把半邊貼伏在他的靴筒上。「八爺，您……您……」這野悍的，粗魯的，殺過人放過火的賊的兩眼濕透了，喉嚨咽哽著，再也說不出別的話來。

「我說少東，」關八爺說：「煩您立即找個醫生來，先替他扶到福昌去養傷罷。……我說錢九，你也不必這樣，更不要怨人行刑拷打你，——當初你也這樣整過他的，等你養好傷，你願去哪兒去哪兒，缺路費，我著福昌的王少東送你。」

「且慢，八爺，」錢九朝前爬動半步，滴了一地血印兒，緩緩的抬起頭仰望著，關八爺在他眼裏成了一座山，他那樣偉岸，那樣安詳，那張臉上的光，把周圍一切的陰慘景象全逼開了：「我……我還幾句話要說……」

關八爺復又彎下腰，重新把他攙扶到椅子上坐定，緩緩的說：「請說罷。」

「八爺，人常說大恩不言謝，我錢九心受了，我在鹽市上還埋有幾支暗樁，得趕快拆掉（**意指另有暗算的人，得趕快解決掉**），那幾個人由一撮毛領著，混在南後街的土地廟西丁孱頭家裏，全是帶傢伙的，我怕他們不明實情，會對八爺暗中下手。那幾個全是跟我混的，還望八爺抬抬手，饒他們不死。」

「行。」關八爺說：「我已著人踩著他們去了！」

「還有。」錢九說：「八爺您這回朝南去，千萬要當心，四……判官，他已設下好幾道暗卡，地點我弄不甚清，您這樣待我，我不能不盡心說一聲……」

「四判官要對付我，我已耳聞了，」關八爺想起什麼來，換了話頭問說：「我倒想起一宗事情問你，——你可知萬家樓各房族裏，誰是四判官的內線？你可曾見過那個騎一匹白疊叉黑騾子的人？」

「這我可就弄不清楚了！」錢九說：「捲萬家樓，全是四判官事先佈置妥當了，才找咱們各股擰起來撲圩子的，四判官事後從沒跟誰提過這事。」

「好，」關八爺沉吟說：「那就罷……了……」

人，有時偏走到這種僻路上，想探究的事情，探究不出一絲眉目，不想探究的事情，耳風卻刮得呼呼響；昨夜遁了毛六，使愛姑的下落仍然查不分明，今夜釋了錢九，仍沒能打聽出那個潛伏在萬家樓專幹扒灰臥底，呵奉官兵，勾結土匪，盤掉老六合幫，槍殺保爺等十多條人命的傢伙來；看光景，不抓得毛六，親會四判官，是不易查出來的了！

正沉吟著，就聽有人報說：「八爺，玉興的曹老大來了，他說八爺有事吩咐他辦，如今他押著三個光赤赤的漢子，在門外等著見您呢！」

「八爺請甭勞步，」又有人叫說：「老曹押著那三個傢伙進來了！」

一陣雜沓的腳步聲響過來，連關八爺也怔了怔，原來老曹掂著匣槍，活像趕羊似的趕著適間在風月堂碰見的那些傢伙進來了。那三個人不知怎麼弄的，渾身赤條條的一絲不掛，衣裳鞋襪全都抱在懷裏，活像從失火的澡堂裏撞出來的一般。

「來了來了，全都替您押得來了，八爺。」老曹就是那麼愛喳喝，一路喳喝進來不算，還伸腳踢著幾個的光屁股。

「這就是你左右的那幾個人？」關八爺朝錢九說。

錢九斜著眼珠瞅一眼，有氣無力的點點頭。

「真你娘的丟死人，」他哼著罵說：「我早知你們全是膿包，——被逮也得像個被逮的樣兒嘛?!你們這是怎麼搞的？」

「我……我……我們祇是……」王八期期艾艾的說。

「祇是……呃呃……」另一個也跟著半吞半吐。

一撮毛總算會拉扯，接口說：「祇是，呃……祇是喝多了幾杯酒！」

「放你們祖宗八代的洋熊狗臭屁！」錢九圓睜兩眼說：「喝多了酒，跟光屁股有他娘啥相干？快你娘的穿好衣裳，跟關八爺叩頭罷！」

「八爺，」老曹看看滿身是血的錢九，心裏明白了幾分，躬身朝關八爺說：「我一路踩著這幾個傢伙，他們在黑巷裏醉語連天，口口聲聲要放倒您——江湖黑語塞不住我的耳眼。我踩著他們進了土娼館，嘿，真箇是盤絲洞捉妖，先扣了他們的匣槍，一個一個拖來了。如今人交在您手上，我算是交差啦！」

關八爺朝錢九說：「這三個原是你的人，我還是把他們交給你罷。」

當關八爺離開那座黑屋時，那三個毛賊有一對半全成了矮人。他們做夢也沒想到，鬥把兒八叉兒竟連一句話也沒問，就這麼把他們給釋放了……而關八爺在鹽市的最後一晚上，不僅僅是放了錢九和他的手下，他更說服了鹽市上的官紳們，遣散了各堂子的姑娘和停止豪華的宴飲……

第二天，他們又回到了冰封的路上去了。

第七章・鼎沸

雪後的尖風打著高亢的唿哨兒，低低掃過原野，捲走了吱唷不絕的車軸的鬧聲，在往常，祇要一拔腿子上路，石二矮子跟大狗熊兩個就打開話匣子，路有多長，他們的話兒也就多長。而今天，當旁的弟兄一路上說長道短時，那兩個卻勾著腦袋推悶車，三拳兩腿也搗不出一個屁來。原因祇有他們兩個心裏明白，旁人的酒囊裏裝的是酒，而他們酒囊裏卻裝的是水。

大渡口朝南一直到湖邊，連他媽的路也鬧彆扭，常被溝泓子和橫淌的河叉兒截斷，走不上三里五里，就得等候渡船，說它是柔腸寸斷，該是頂適合的了。離鹽市之前，關八爺三番五次告誡過，這條路遠比四十里荒湖蕩兒難走，水澤區早就是聞名的匪穴，黑道上路路消息相通，十有八九全是順著四判官的，六合幫倒下十幾個人事小，連絡不上民軍彭老漢，而讓鹽市在無援無助情境中被孫傳芳重新吞掉事大，這回拔腿子南下大湖澤，其意義已經不止是單爲走這趟私鹽了。

可在石二矮子跟大狗熊眼裏，祇要有了酒，日子才有盼望；沒了酒，連太陽也變得黑糊糊的了。倆人各把一口悶氣在心裏憋著，憋到下午，肚皮快憋炸了，這才罵罵咧咧埋怨著吐出話來。

「矮鬼你他媽是顆楣星，」大狗熊說：「我他媽自從碰上你，就他媽楣星罩頂，倒八輩子窮楣！若不是你拖我下水，八爺他怎會斷了我的酒?!」

「算了算了！」石二矮子反怨說：「你若是沒酒就活不成，等歇兒到野舖兒，你何不跳進酒甕自殺去?!——八爺他擋不住你做醉死鬼呀！」

大狗熊又使袖子抹抹口涎說：「我沒精神跟你開心逗趣，矮鬼，從今後，咱倆誰都不要再提酒字兒了！奶奶的，一提起它，就引得酒蟲朝上爬，弄得人喉管癢蠕蠕的，好不難受！」

「乾提酒字兒，望梅止渴解解饞也是好的，」石二矮子說：「八爺也許祇是虛張聲勢，嚇唬嚇唬咱哥兒倆，隔不上三兩天，碰上他那麼一高興，也許就……嘿嘿，就准咱們開了戒啦！」

「你倆個可甭癡心枉想了！」向老三皺著刀削的濃眉回過頭來說：「其實八爺要你們不准沾酒，我認爲最好不過，……也許這一路上，朱四判官設有黑店，酒裏全滲的蒙汗藥，一杯落肚，天旋地轉，再過幾個時辰，就成了人肉包子餡兒了啦！」

這話一出口，逗得大夥兒全鬨笑起來。

說什麼黑店，什麼蒙汗藥，全都是玩笑話，若說是這一路會出麻煩，那倒是真的，事到臨頭不由自，耽心也是瞎耽心，橫直有關八爺在前頭挺著，刀山也祇好當路走；沒經萬家樓那一火，還弄不清四判官的底，總有些毛毛的，既跟四判官對過火，說他厲害到那種樣兒，——跑起來兩腳比人長一截兒，反而沒什麼好怕的了！

就當大夥兒談天說地的時刻，可把所有的耽心全扔到在車隊前面踹道兒的關八爺一個人的肩膀上去了；鹽市上拉槍保壩是一著險棋，這一粒棋子兒活不活得?全在自己的身上。那種形勢很明顯，鹽市的官紳所以走這著棋，實在是被鼎沸的民情簇擁到老虎背上，其實心眼裏還有三分活搖活動，——挾妓冶遊，豪華宴飲，獨攬鹽利，也祇有在北洋軍的地盤上才辦得到，北伐軍來了，可沒那等方便事兒了！真說讓他們戒這個，祇怕比石二矮子跟大狗熊這對寶貨戒酒還難上百倍！真正撐持著鹽市抗北洋的，也祇是那些不堪北洋軍騷擾的居民和離鄉背井、怒火沖天的棚戶，以及戴老爺子師徒幾個人。

老爺子說得不錯，如今再好的武技，再精的功夫，再搪不得一粒子彈，人究竟是血肉之身，並非真是銅打鐵澆的；萬一鹽市開起火來，北洋防軍必定勾結各股土匪南北夾攻；鹽市若叫踹開，那種姦淫燒殺的慘狀，真是想也不敢多想，若想保住鹽市，救得萬民，勢非早一天見著彭老漢不可！

話又說回來，大渡口朝南這段路，可不是急性人走得了的，不候著渡船，鹽車總飛不過那些縱橫的河彎港叉去，自己雖已把生死兩個字拋在身後，不在乎朱四判官的報復，但朱四判官若真明打明白的面對面，事情倒也好辦了，麻煩就麻煩在他藏頭露尾，使人摸不清底細上，除了關照各掌腿子的弟兄加意防範外，就拿不出更好的法子來了！

白馬一塊玉的腳程，比死去的大麥色驃子更快，人在馬背上眺望四野，除了一片風銳吼，再也找不出一絲動靜。一處近路的村落上，金色的冬陽照在麥草垛兒上，發出耀眼的光；一群村婦們在草垛腳下背風的地方，忙著切紅薯片，把它晾掛在一排排拉起的橫索上；一位披青大布頭巾的老婆婆拎著一隻小木桶，爲拉碾的黃牛接溺，接完溺，呀呵一聲，那黃牛又拖動碾盤上巨大的石滾兒打起盤旋來了，癟著嘴，唱著趕牛的俚俚（北方一種趕牲口唱的無詞的歌），她的聲音是平靜安詳，微帶半分黯啞的淒涼……這可判斷出朱四判官的匪群不在附近，也沒騷擾過這一帶散落的村戶，要不然，村民們不會有這麼安閒。

村裏有些狗，聽見馬蹄聲和後面路上的車軸聲，遠遠的就竄出村口，攔路空吠著了。

「聽聽瞧，可不是又是鹽車來了?!」一個年紀較長的婦人大聲叫著她的媳婦兒說：「小老鼠她媽，今兒早上一幫鹽車路過村頭上，咱們忘記攔住鹽車向他們討一瓢鹽了（瓢，北方常見的舀水用具，使葫蘆劈開做成），妳還不快去取瓢去！……趁著年前好醃霜白菜，再不醃，窖裏的菜該凍爛了啦！」

「鹽車也真怪，」另一個面孔黧黑的婦人停下紅薯擦兒說：「往年時常有散鹽車，今年總是結幫的多！不來呢，等紅了眼他們也不來，要來一天能過幾陣兒，……我也得回屋裏取瓢去了！」

「噯，她二嬸兒，等等我，阿金呀，雪桂呀，我們也回去取瓢去，……別忘了帶些剛烙的菜餅來換鹽……」

關八爺勒住白馬，抬頭望望太陽，天也快傍午了，他知道這一路散落的荒村上，人們習慣用一餐熱茶飯來換幾瓢鹽；這條路不斷有鹽車經過，攔車換鹽，遠比到幾十里外的集市上買鹽方便。既這樣，不如靠起腿子來，就在村口歇一會兒，用飯時，順便向村婦們掏問掏問前頭的動靜……關八爺下了牲口，鹽車也已經一路推過來了。車到村口，雷一炮依照關八爺的手勢，一聲號子一打，十六輛響鹽車齊齊整整一條龍，歇在村口的路邊上。

村婦們接待外鄉過客真夠殷勤，找個背風向陽的地方，張羅了一些長長短短、高高矮矮的木凳兒來，讓推鹽的漢子們歇腿，大壺熱燙的麥仁茶，裝著粗黑煙絲的小扁，全端出來了。幾個端了瓢等著換鹽的婦人又端出大疊的烙餅來。

「算啦，幾瓢鹽小意思，」雷一炮笑著說：「妳們太客套啦，那石二，你打開簍蓋，舀點給她們罷！」

「罷呀，我們怎好白受你們的鹽？一路辛苦推過來的，……這不是做買賣，自家烙的餅，將就吃點兒搪饑也好。」年紀較長的婦人說。

石二矮子接過瓢，順手拈起一塊菜餅朝嘴裏塞，一面吃著，一面咬字不清說：「真……真是的，這這這不像話，怎麼好吃妳們的餅……」

「當心噎住喉嚨管兒！」誰說：「祇怕你不嫌少就夠好的了！」

「我說，大娘，妳是說早上看見響鹽車路過？」關八爺把白馬散了韁，任牠在麥場蹓躂著，踱過來問說。

「可不是，」那婦人半側著臉，望了望停靠著的那些鹽車說：「估量著也有廿輛鹽車，有個騎騾子的黑大漢兒領著，路經這兒沒停車，怕是要趕店落宿罷?!」

「他們去有多麼久了？」

婦人光掐指頭算不出來，她的媳婦，被她叫做小老鼠他媽的那個年輕婦人替她說：「約莫是兩頓飯外加一袋煙的功夫（**北方農村少見鐘錶，計時間總以吃飯、喝茶、抽煙比照**）罷！」

「我說八爺，據我料想，前面的腿子極可能是一些散腿子臨時拉湊起來的，」雷一炮說：「我們在羊角鎮起腳，並沒聽說另有大幫鹽車隊順著踩下來？……這些夜貓子，大約也聽說前面路難走，怕被土匪分別吃掉，所以才綁成捆兒走的。」

「對呀，」大狗熊說：「咱們腳下緊一緊，管保明天不到晚就追上他們，一來人多熱鬧些，二來麼，要他娘真的遇上四判官，也好多些幫手！」

關八爺聽著，沒說什麼，卻仍轉問那些村婦說：「妳們這兒，如今還算平靖罷？」

老婦人皺皺眉，嗨嘆說：「那要看怎麼說法了！若說大宗搶劫，明火執杖的殺人放火，倒也沒有，我們這些窮莊子，大股的股匪也瞧不上眼；若說偷豬偷牛的小賊秧兒，那倒多得很！前幾天，雪桂家的黑牸牛不是叫小賊牽了去了?!」

關八爺點點頭，這才轉朝雷一炮說：「調當完了，拔腿子，不論前面鹽車歇哪兒，咱們歇在林家大莊西的野舖。……出門走道兒，欺人之心不可有，防人之心不可無，凡遇上來路不明或是弄不清底細的人，都得時刻留心。假如前面的鹽車真的遇匪，咱們拔刀相助是該當的，可也用不著跟他們打成捆兒走在一起！」

鹽車過了晌午拔腿子上路，離開那座村子。雪後的太陽亮是夠亮的，可惜沒有一絲暖氣，——就是有點兒暖氣，也被尖風掃走了，祇留下一片裂膚的尖寒。

關八爺計算過今天的路程，從腳下到林家大莊西的野舖祇有廿八里的樣子，前面不要越河過渡，祇有三道需得拉縴的旱泓，一座佔地百畝的亂塚，假如腳程加快些，太陽偏西就可以趕到，即算慢點兒走，太陽啣山時也就該到了。他卻不希望到得太早，恐怕石二矮子跟大狗熊幾個偷著去蹓躂，又不希望到得太晚，怕天黑後來不及細察野舖四周的地勢，假如四判官暗中設伏，豈不是把一塊羊肉送進虎口?因爲有這點顧慮，就勒著白馬，押著車隊走。

「八爺，您要把腿子歇野舖，我可就有些想不透了？」向老三說：「這一路，我跟你一般熟悉，那林家大莊雖比不得萬家樓，卻也有百十戶人家，有莊院，有碉樓，歇在那兒，有人在外巡更，咱們也睡得一場安穩覺，何等不好！您偏要歇野舖，是什麼意思呢？」

「對呀，八爺，」沒容關八爺回話，石二矮子插上一槓兒來了：「向老三說的一點兒也不錯。——咱們沒酒喝，賭一場也是好的。」他拍拍腰肚兒（一種硬質帆布製成的雙層寬腰帶，用以裝錢）說：「我跟大狗熊倆個在鹽市上，旁的沒捎，賭具卻捎了全套來，找處人多的地方，也好剝光幾個，若是歇在野舖裏，跟幫裏的窮鬼賭，贏了他們也是一筆空賬！」

「你們再想想，就會覺著歇在林家大莊不妥當了！」關八爺說：「咱們跟人家素來沒交往，四判官捲得來，怎好因此拖累到姓林的頭上？……再說，日後傳揚出去，會錯當六合幫畏匪怕事，縮進林家大莊求庇護呢！那還成話嗎?!……野舖四周地勢開闊，附近沒人家，曠地上藏不住人，四判官就是有心動咱們的手，也得先拿人撞咱們槍口，那兒離林家大莊不遠，一有動靜，莊裏自會應援，四判官一撲不成，他也就站不住腳了！」

石二矮子呶著嘴，原待抱怨什麼，吃關八爺白了一眼，便說：「那……那我祇好贏一筆空賬啦！」

「頭道溝泓子到了，八爺，」雷一炮說：「您瞧，泓口的車跡雜亂得很，前頭的鹽車隊今晚若是歇得早，也會歇在野舖的。」

「嘿嘿，那就妙了！」石二矮子扭頭找大狗熊說：「若是遇上那幫人，咱們掏光他們的袋兒！……我他媽練過喝牌法的（**迷信所傳的一種職業賭徒所練的邪法，會『喝牌法』的人，每賭必贏，據說有鬼幫其換牌**），祇准贏不准輸的！」

「咱們合夥賭怎樣？」大狗熊叫他說動了心，笑瞇瞇的打起如意算盤來：「贏了咱們二一添作五，扯平了對分，輸了你拿錢！」

「豈……豈豈?豈有此理！」石二矮子急得翻眼說：「便宜又不是狗屎，這麼好撿法兒?——輸了要我一人出錢?贏了你攤乾份兒?」

「本來嘛，」大狗熊一本正經的：「你說了你會『喝牌法』，祇贏不輸，你著什麼急?!要說你沒把握不輸錢，那你壓根兒就是在吹牛說大話，……誰眼見喝牌法是怎麼練出來的?」

石二矮子鼻孔出氣說：「你以爲你施激將法，我就會把絕招兒傳授給你?!就是我有心傳授，你不叩頭拜師，也還是不靈，……你這種人，腦後有反骨，一付欺師滅祖的形象，我他媽樂不樂意收你爲徒，還沒有拿定主意呢！」

「酒癮沒發作，瞧你倆個神氣勁兒！」前頭的向老三說：「車到泓口了，扯出攀索來罷！」

俗說：寧願多走十里路，不願多翻一道泓，這對推車的人來說，確實有它的道理在。就拿響鹽車來說罷，每輛車上滿裝著鹽包鹽簍，多則六七百斤，少則三四百斤，走在平陽路上，習慣推鹽的壯漢倒不覺得怎樣沉重；若要翻過一條泓子，下坡跟著上坡，中間連歇口氣的餘地全沒有，推車的漢子要不一鼓作氣，很難把鹽車推上坡去。尤其是遇著窄而深的陡泓，或當寒冬雨雪之後，坡面結了冰，滑溜溜的沒有蹬腳的地方，若想獨力控住鹽車可真萬分不易，非得靠住腿子，互相幫忙不可。

這條旱泓，寬倒不甚寬，高高的泓背卻陡削得很，泓口雖經有人修鏟過，但也滑溜難行。大夥兒歇住車，向老三豁去大襖，幫著雷一炮扶著車邊的大槓，倆人大吼一聲：「下！」雷一炮那輛鹽車就順著那道冰滑的斜坡直滑去了！

初下坡時，倆人施足力氣，朝後倒拔住那輛鹽車，使它盡量放緩，減低衝勢，到了快近泓底時，向老三一放手，利用鹽車下衝的餘力再行上坡，一面快步趕至車前，抖開攀索揹在背上，朝前弓著腰桿，牽引那輛車上坡。鹽車一上一下之間，那份重量要超過平常數倍，累得倆人面紅耳赤，腿臂筋肉暴凸著，額頭蒸著熱汗。

「來罷，大狗熊，輪咱們了！」石二矮子在雷一炮回頭幫著向老三推車時，吐口吐沫擦著手掌說：「你他媽力氣足，替我多賣些勁兒！」

石二矮子推車下坡，大狗熊幫著他，實在夠賣勁兒，但等上坡時，大狗熊忽然放起刁來。他原來是幫著石二矮子拉攀帶的，拉到要命的節骨眼兒上，故意把身上朝後仰一仰，腳底下勁兒鬆一鬆，這麼一來，鹽車下墜的重量全都落在石二矮子身上去了！

「噯噯，你他媽……開不得玩笑！」石二矮子死命抵住鹽車，像一隻死撐活捱的癩蛤蟆，臉色漲得像塊豬肝似的說：「你是怎麼弄的？——發力拉呀！你不拉，我上不去了！」

「我的鞋子掉了！」大狗熊說：「你總得讓我拔上呀！你挺住一會兒，讓我來拔鞋。」

石二矮子沒命的挺著，但卻挺不住，鹽車真像泰山壓頂似的，逼得人脈管賁張，雙瞳欲裂。大狗熊磨磨蹭蹭的拔鞋子，那鹽車把人逼得直朝下滑。

「我我我……我挺不住了！」

「我來了！」大狗熊說：「我不是來了?!」

倒退的鹽車經大狗熊一挽，石二矮子頓覺得兩肩重量輕了很多；石二矮子吸了口氣，正待發發力把鹽車頂上坡去，誰知大狗熊又停住了。大狗熊一停不要緊，石二矮子可又變成了蛤蟆啦！

「你你你?!你這不存心消磨人?!」

「倒不是消磨你，」大狗熊說：「我祇是半天沒喝幾口酒，有些後勁不繼，你不妨挺著歇一會，讓我喘口氣再拉。」

「甭開心，後頭還有十幾輛車要過泓呢！」石二矮子咬牙說：「你他媽要學喝牌法，我教你算了！我他媽算認得了你。如今你趁人之危消磨我，你不怕我等歇消磨你？」

大狗熊笑笑說：「你有喝牌法，那祇是邪魔詭道，一點兒也不算什麼，老子我有喚人法，不信你就瞧瞧！……我要沒有這一手，就不會在你面前逞能了……來！上！」他吼了一聲，反手一帶攀索，石二矮子就把鹽車推上了坡。

石二矮子鹽車一上坡，轉過臉，一屁股就坐在車板上，渾身力氣耗盡了，祇落下喘息的份兒。大狗熊回頭推他自己的那輛鹽車，朝關八爺叫說：「八爺，矮子真不成，真是個空殼兒……我這輛車過泓沒幫手啦。」

「我來。」關八爺說。

關八爺捲起衣袖這一插手，大狗熊輕而易舉的就把鹽車推過了泓，朝石二矮子睞眼說：「我這喚人法靈是不靈？」氣得石二矮子哇哇叫，罵大狗熊是促壽鬼！

在寂寞的長途上，這對寶貨開心逗趣雖是小事，卻使得大夥兒忘記了疲睏和寒冷，也平添了不少的生意。石二矮子吃虧上當氣在一時，等到一上了路，吱吱唷唷推上一陣兒，又把剛才的事兒扔到腦後，找著人聊聒起來。

大狗熊摸得透矮子愛戴高帽子的脾氣，就說：「你可甭記恨我，矮鬼，我適才祇是存心試試你究竟有多大的力氣？你當真能獨力挺住那輛六百斤來重的鹽車，我可真沒想到！」

「嗨嗨，」石二矮子一聽，就樂開了：「這點兒小溝泓，哪還在話下？更高更陡的，想當年不要人打幫手，我獨力推下推上也不覺怎麼樣！……如今年紀不饒人，業已差勁多了可不是！」

「我倒想聽聽你那喝牌法兒？」不常開口的王大貴說：「咱們小時候聽老頭兒講古，好像也聽過什麼牌鬼偷搬骰子，說是會法術的人，心裏想要什麼張兒，什麼點兒，那鬼就替他偷換來什麼張兒，搬出他想要的點兒，這到底是真的還是假的？」

「假的？——你瞧我石二爺也是瞎扯蛋的人?!」石二矮子說：「喝牌法聽著容易，練起來可不那麼容易了！——就像大狗熊這號的假大膽兒，就是說給他聽，他也沒這個膽量去練它……」

太陽斜了西，鹽車隊業已翻過幾道溝泓，靠近那座鬼氣森森的亂塚堆；領著車隊的關八爺卻不能像掌腿子的那干兄弟們一樣，有說有笑的心無掛慮。他必得催著牲口，在車隊前頭小心翼翼的踩道兒。多少年來，有不少鹽幫，就因領隊人一時疏忽，慘遭覆沒的命運，他挪不開擔在自己肩膀上的這付沉重的擔子！

西天起晚雲，條條如帶的晚雲兜不住下沉的太陽，反被斜陽燒成陰紅帶紫的顏色，無聲無息的晚風，似乎比帶哨兒的晨風更尖更利，刮在人的臉上，直如千片萬片薄薄的刀鋒；遠處的那座亂塚堆，恰恰橫在斜陽的面前，無數墳頂紛聳著，狀如一隻攔著路的大刺蝟。在林木不多的這塊地勢較低的平野上，視界極爲廣闊，在西南角，已能隱約看見林家大莊閃著土黃色光輝的莊院圍牆，野舖在正西方，被斜陽撒佈的光霧隔住，祇能看見一簇林木光禿枝柯所呈現的黑影。

「那雷老哥，先把腿子靠住，」關八爺轉身打個手勢說。腿子靠住後，關八爺猛然一夾馬，白馬一塊玉就像一條怒龍似的，四蹄敲響凍土，飛竄向那座亂塚堆去了。白馬還沒接近亂塚堆，大夥兒看見白馬一斜身從塚北竄過去，繞著亂塚打起盤旋來。

「八爺若不是遭鬼迷了，就是過份小心火燭，」石二矮子評斷說：「這兒既不巴村，又不巴店，硬叫咱們靠住腿子喝風是啥意思？……亂塚堆是土做的，裏頭埋的是死人骨頭，祇怕瞎子全知道，有什麼好瞧看的？」

「你甭那兒信口雌黃好罷?!」向老三說：「走道兒的鹽車，最忌遇著亂塚密林、土堆河叉兒。假若四判官伏得有快槍，咱們閉著眼直推過去，祇怕撞上人家槍口還不知道呢！」

「看樣子沒人設伏，」雷一炮說：「關八爺策馬回來了！兄弟夥，再趕五六里路，就趕上野舖的熱湯熱飯了，大夥兒準備拔腿子罷。」

大亂塚沒設伏，大夥兒放下一條心，這一天的長路趕下來，不望見野舖的影子也還不覺怎麼累，可當一望見野舖的影子，就好像卸了眼罩的推磨驢看見槽頭麥粉兒一樣的喜歡，自覺累得歪歪的，非得趕緊歇息不可。

腿子起腳時，雷一炮跟關八爺說：「八爺，這塊地方，祇有大亂塚是塊險地，其下餘一抹平陽，四判官既沒在大亂塚設埋伏，我料想他們必不會匿在附近……」

「那可也料不定，」關八爺說：「四判官那種人，什麼花招兒全耍得出來……我想，過了亂塚，前頭有岔路，我得繞道林家大莊去走走，打聲關照，萬一有事，他們也好有個接應，——免得把咱們也拿當土匪打。」

「您想得周到。」雷一炮說：「那我就逕把腿子靠野舖，先照應兄弟們用飯了。」

石二矮子的肚腸原已轆轆響，一聽說飯字，便聳聳肩膀添了精神；他眯著眼推車走，滿心喜洋洋的夢，他想到熱烘烘的野舖，大瓦罐裏舀水燙腳的滋味，熱燙的飯菜和透香的好酒——該死的好酒，不知能不能偷嚐的好酒……菜油盞照亮的賭檯，軟軟的麥草通舖——躺在上面暈暈糊糊的，好像睡在雲上一樣，真他奶奶的，一天的路，祇有這五六里巴望宿店的路值得一走！

「八爺他到林家大莊去了，」雷一炮的聲音飄過來，照例又是那一套，比碎嘴老婆婆強不到哪兒去：「臨走關照兄弟，煩諸位嘴子隨身帶，槍火壓膛，保險卡上，提防萬一會碰上岔兒，……甭以爲有一幫鹽車在咱們前面走，就大意了！」

「真是……」石二矮子搖搖頭，自言自語的：「一個不見影兒的四判官，把人弄得提神吊膽到這種程度？當初咱們沒惹他，倒有些怕他，既已惹了他，還有什麼好怕的?!……像這種空曠的平陽地，除了大亂塚的鬼魂，祇怕連兔子全找不著，哪會有什麼土匪窩著……?!」

「噯，矮鬼，你剛剛說的喝牌法怎麼了？」大狗熊說：「你他娘光賣一陣關子，還沒揭底兒呢？」

「你瞧瞧這塊亂塚堆再講罷！」石二矮子伸出舌頭舐舐嘴唇，危言聳聽的說：「這種亂塚堆看來夠大的了可不是?你不知咱們老家一十八座聯塚比這兒大得多呢，……喝牌法不是好練的，我說，——你們膽小的不要聽好了，練喝牌法的人，先得要向師傅討張符，趁星月無光的黑夜，找座墳頭焚化了，你得要單獨一個人，在七月十五鬼節那天，再去拜你曾經燒了靈符的那座墳，誠心誠意的焚燒香燭紙馬，叩頭跟墳裏的鬼魂說話，……」

斜陽落進雲幃背後去，那些大大小小的荒墳在人身邊緩緩的旋轉著。冬天的黃昏短得可憐，晃眼之間，暮色就一絲一縷的游過來，在墳陰處伸著耳朵，彷彿偷聽什麼似的向人貼近；暮靄就有那種力量，它初起時並不昏黯，祇是裹一層極薄的透明的朦朧，但它能使那些原本死沉沉的墳塚活動起來，恍惚是些幻象中站立的白色精靈，張牙舞爪的撲進人的眼瞳……

石二矮子也不知哪兒來的一股子勁兒，吊起嗓門兒，使相隔五六輛鹽車的人全聽得見他那樣誇張的聲音……

「你一邊叩頭，一面要千方百計的哄騙那個鬼，」石二矮子越說越若有其事了：「你要哄他說：我幹這一行，也實在爲生活所迫，走投無路，萬非得已什麼什麼的……懂罷？——那個鬼若是心慈的，經不得你一番苦求，也就會答允替你去換張兒偷牌了。這種聽不得人三句好話，見不得人一張苦臉的鬼，在世全是老實人，死後仍是老實鬼，是最易哄騙的……」

「嘿，有意思！」大狗熊說：「假如你當初化符時，沒選著這種老實鬼，你又待怎樣呢？」

「有什麼怎樣？」石二矮子悶聲說：「鬼跟人其實還不是一個樣？不過人在陽世鬼在陰間罷了！人有三六九等人，這鬼麼，呃，當然也分三六九等鬼了！俗話說：見什麼人說什麼話，你見什麼鬼，自然也該拿什麼話去哄他呀！……比如說，有種貪財鬼，他那兩眼祇看得見金紙跟銀箔和大張頭的冥票，——正是，正是陽世所形容的『見錢眼開』那種鬼，你要是遇上這種鬼，你就是哭瞎兩眼，吐盡苦水，跳死在他面前也是白費心機！……你要是遇上這種鬼，你就得許他一點實實在在的好處；你得把喝牌法的好處告訴他，允他贏了錢，逢年過節都替他燒紙化箔，送節禮，塞紅包，他沒有不答應的……。」

「一等到那鬼答允了，墳頭上就會滾出一團碧綠碧綠的鬼火來，朝你點頭睞眼，你見到那光景，心裏就該有了數了。」石二矮子這才又拐入正題說：「那，你就得把事先準備好的六粒骰子和一付牌，撒在那座墳墓四周的荒草裏去；打第二天夜晚起始，不論陰晴雨雪，不論有星有月或無星無月，你每夜都要到亂塚裏來摸著這座墳，偷偷的撿回一張牌或一粒骰子去，……等你哪天把你撒出去的牌和骰子全撿齊了，那，你的喝牌法就算練成了！」

「想不到一個喝牌法，也有這麼多的名堂？」王大貴說：「你就是這麼練出來的了？」

「可不是?!」石二矮子說：「世上事，沒有一宗是容易的，你們想想看，秋夜飄著牛毛雨，天上地下全都是滑滑黏黏的，天黑成那種樣，舉頭不見星月，低頭不見路影兒，要你們當中任是誰，不准帶燈帶火，悄悄的，賊似的摸到比這座亂塚堆還大十倍的亂塚裏，伸手不見五指，你可得摸到原先那座墳，你還得屏住氣，伸手到濕淋淋的亂草叢裏去摸牌。……」

「可真不容易，」大狗熊咂咂舌頭說。

「何止不容易！」石二矮子說：「有時你走楣運，摸著的不是牌，卻是個軟不溜啾的冷東西！也許是一條蛇尾巴，呃，也許是個癩皮大蛤蟆，也許……也許是個叫人扔掉的死娃兒，臭鬨鬨爛糊糊的一把，——你喊天？……喊天也來不及了！」

「啐，」走在前面的向老三忍不住吐了一口：「講歸講，說歸說，你甭在那兒噁心人好不好?!」

「嘿，妙了！」石二矮子說：「我摸著沒起噁心，你聽著就噁心起來了?……我當初去亂塚摸牌，什麼事兒全經歷過，奶奶的，鬼火圍著我打轉，陰風吹得我豎汗毛，誰要學喝牌法，誰就得噁心噁心！——怎樣?大狗熊?我說，你還有這個意思不?」

「我爲啥要學邪門道?」大狗熊說：「邪玩意兒不發家，你他娘就是個樣兒！你會喝牌法，也沒見你積了錢在哪兒?!還不是跟大夥兒一樣，是個差點兒穿不起褲子的窮光蛋！……這套玩意騙不了人，也祇好在亂塚堆裏騙小鬼罷了！」

「甭那麼認真，老哥，」石二矮子說：「我不過是覺得大夥兒趕長路無聊，隨嘴編點兒什麼，給諸位添精神罷了！我才沒那種興致去騙鬼呢。」

日頭快沉落了，紅得像塊柿餅，無精打采的坐在野舖前的樹梢上，尖風掃過光禿的枝柯，細聲細氣的哀泣著，寒冬欲暮的光景最是蕭條，落在人的眼瞳裏，印入人的心底去，使人泛起空空茫茫的感覺，會覺得人突然的變輕了，變小了，再不算是一個推著鹽車趕路的人，卻是一些窸窸窣窣隨風飛旋的乾葉，不知哪兒才是落處？

鹽車吱吱唷唷的響著，亂塚堆落進身後的黑裏去了；人在長途上，談著聒著時倒不覺怎麼樣，一旦沉默下來，立時就會被一種灰黯的哀淒罩住，無數遙遠的、浮流的、重疊的、幻變著形象在眼前的空無中構成魘境，即使全心掙扎著，也難從那樣的魘境中拔脫出來；這時刻，誰都希望有人講些什麼，用爆發的哄笑聲敲碎那種魘境，甚至於，連石二矮子那種不著邊際的窮吹瞎侃也是好的了，誰知石二矮子竟然忍住勁不再吭聲，祇管悶推他的車子。

「矮鬼，你再吹一段如何？」大狗熊說：「再吹一段，正好把車子推到野舖門口。」

「我不能講話！」石二矮子咬著牙說。

「誰也沒使封條貼住你的嘴！」向老三說：「剛剛還在狂吹二百五，怎麼好好兒的竟變得不能講話了？」

「我，我他媽的肚子疼！」石二矮子說：「許是在鹽市上大魚大肉的，油水吃得太多了，加上趕路發了些汗，受了些風寒，怕是要拉稀。」

「拉稀你就把腿拐到路邊靠下，自管去拉不就得了?!」雷一炮說：「這也用得大驚小怪?」

「我我我我……我偏生又怕鬼！」石二矮子說：「我祇好咬牙忍著，替野舖的糞坑送泡屎算了！」

大夥兒正想大笑，卻被雷一炮的聲音打斷了。

「你們瞧，野舖門前靠了一排腿子，」雷一炮說：「那必是走在咱們前面的那幫鹽車隊，我料不透他們爲什麼歇住不朝前走？——他們晌後就趕到野舖的，腿子不會無緣無故的靠半天，也許是前頭會有什麼變故？」

「管它什麼變故，」向老三說：「推過去再說。」

六合幫的各輛鹽車在野舖門前叫號子停靠下來，在一排大樹下面，早已靠了一排廿把腿子。野舖的主人沒想到這一天會來兩大批客，樂得闔不攏嘴來，親自迎著雷一炮，好像迎神奉佛一樣的熱乎。

「先開兩桌飯菜，掌櫃的，」雷一炮說：「再準備一個淨房，一個十六個舖位的通間。」

「酒是現成的小泡兒酒（俗稱小葉子酒），」野舖的主人說：「菜飯還得現張羅，因爲這個小舖兒素常沒來過這麼多的客人，屋裏這一幫走鹽的爺們，已把舖裏準備的一點兒菜飯全吃掉了！……這舖麼，還將就勻得出來，淨房倒有空著的。」

「那就煩您先張羅飯菜要緊，咱們是十七口兒。」

打點吃食和宿處，照例是領頭腳的事情，當雷一炮忙著張羅時，祇有向老三陪著他，其餘的漢子們靠住腿子之後，全一窩蜂似的湧進客堂去了。

這家野舖座落在平地上，論氣勢，及不得大渡口的樊家舖，論房舍之多，也還算一路野舖當中比較寬敞的；正面一溜五間屋全是客堂，光潔的黃土牆，平塌塌的柴編的屋頂，彎曲的雜木橫樑上吊著馬燈，客堂裏設有幾張矮腳圓桌，如今變成了賭檯，先來的那幫走鹽的漢子約莫已經用完了晚飯，正聚在圓桌邊呼么喝六，怨粗罵細的賭得不亦樂乎。

「嘿，窩裏的夥計，你們可樂得緊！」大狗熊進門就叫說：「咱們也來插一腿，好歹湊湊熱鬧。」

「來罷，夥計們！」先到的鹽梟裏有人叫說：「吼子行不分家，牌九骰子隨意下注，腰裏銅足，做莊也成，咱們賭你的！」

「我他娘先抓幾把骰子再講！」說著，大狗熊歪著肩膀一抗，就擠到骰子局裏面去了。

圓桌上空，有一盞馬燈在人頭上搖晃著，黃黃的光暈裏騰游著煙霧的黯影；至少有七八個漢子在賭著骰子，人頭挨著人頭，那些人全穿著藍布或是黑布大襖，腰眼勒著腰縧，胸前插著匕首，脅下插著匣槍，有幾個敞開襟口，使白汗巾圍著脖子。坐莊的那個漢子是個粗脖子（**即今所謂甲狀腺腫大症**），大腦瓜，看樣子手氣極順，桌角的檯面上已經堆了不少雜七八拉的票捲兒，銀洋和銅角子，使一支匣槍壓著；他面前放著一隻粗瓷的大大碗公，碗口有些歪斜；碗裏放著六粒頭號大骰兒。

「噯，噯，列位，」他用手指彈著碗口說：「堆上多的是錢，掏腰包下大注兒罷，沒人下注，我就要他娘漫莊（**莊家贏了錢不願再做莊了，謂之漫莊**）啦！」

「慢點兒漫莊，」大狗熊伸著下巴，笑瞇瞇的說：「你沒瞧砸堆（**贏光莊家檯面上所有的錢，謂之砸堆**）的主兒來啦！」

那人神色不變的把大狗熊看了兩眼，也笑著說：「您是新來那幫裏走腿子的，您說這話我可真樂，小檯面，小意思，難得會著新朋友，您端不端得走，那得看您的運氣如何了?!」

大狗熊話一說出口，經人家這麼一客氣，反而懊悔起來；自已嗜好小賭也是真的，運氣不佳可也是真的，尤其是擲大骰子（三粒骰子一擲，俗稱小骰子，六粒一擲，稱大骰子），十回倒有九回九是輸家，本待先押上幾角試試運氣的，這麼一來，不得不硬著頭皮下了兩塊銀洋的注。

兩塊銀洋一把定輸贏，這在大狗熊眼裏，業已算是一等一的大注兒了，誰知那個大腦袋的莊家仍帶點兒諷嘲的意味笑指著說：「老哥，您若真砸我的堆，注兒不妨下大些兒……小堆上至少賠得出五七十塊大洋，您兩塊兩塊碎注兒，就算把把贏，半夜的功夫，也難把堆給扯乾呀！」

大狗熊苦笑笑，心想，你他娘的說得可輕鬆，老子腰裏打總也掏不出幾個兩塊錢！不過，嘴上雖裝著不介意，答說：「這祇是投塊石子問問路，試試手風，你可甭急，——大注兒還在後邊呢。」

其餘的幾個也紛紛下了注，一兩塊、三五毛不等，等注兒全擺好了，那個莊家一揎衣袖，探出壯實多毛的手，抓起碗心的骰子放在嘴邊呵口氣，唸唸有詞說：「骰子骰子顯顯神，不是豹子就是順（六粒骰子擲出同一點子，稱為豹子，擲出么二三四五六，稱為順子，均為通吃）！」

俗說擲一夜骰子，喊啞了嗓子，這話一點兒不錯，莊家的六粒骰子一撒手，不知多少隻手點著碗心旋轉不定的骰子狂喊狂叫，真像要把屋脊蓋兒給掀翻一樣。

擲骰子的人伸長頸子，兩眼像要暴凸出來似的盯著大海碗，六粒骰子你推我撞的叮噹碰擊著，在碗心滾動；為了巴望它們能滾出通贏的點子，大腦袋差點要連心也嘔出來，嘴張瓢大狂嚷著：

「呃呃，一么擲六喲！……六六大順喲！……呃一擲一十八點大洋樓呀！……叮噹叮噹豹子來，豹子生財喲！咦，他奶奶！大點兒還不快些兒滾出來?!」

而另一些下注的傢伙恰恰相反，他們嚷的是：

「雙么抬二！么么么么——么出來！」

「小鼻小眼一擲通賠喲！」

「小妖摟著二姑娘！」

而在那些人中，大狗熊擺出一種奇異的後傾的姿態，使手指指著滾動的骰子，用低啞、缺氣的嗓門兒，拖著滑稽的歪腔叫說：「么，么！么！么窟那個洞！賠錢貨滾出來了！賠，賠，賠，賠，賠錢那個——貨！嘿，嘿，七點，你賠定了！」

骰子停下來，現出三個六，一個四，一個二，一個么！在擲大骰子來說，這是賠面居多的小點兒，很容易被下注的各家追上；下注的各家依次擲點兒，點兒全比莊家的大，莊家賠了錢，大狗熊伸手抓大海碗，朝碗心吹了口氣說：「吹掉么毛！看我的！」煞有其事抓起骰子一把擲出來，嚷都沒來得及嚷，那骰子業已現了點子，——三個五，兩個么，一個二，六點。

「對不住，」大腦袋伸手一撈，就把大狗熊的注兒撈走了，話音裏仍帶著半分調侃味兒說：「吃大注兒賠小注兒，你老哥實在夠幫忙的，手風不順，你就歇會兒再來下注兒罷！」一面把兩塊銀洋放在掌心裏掂得叮噹響，響聲使大狗熊有些心疼。

大狗熊一擲就擲出晦氣點兒，本待抽身換張檯子的，經不得大腦袋一調侃，抽身就更顯得沒面子了，旁人也許會嘲笑自己是個虎頭蛇尾怕輸錢的，無奈咬著牙，又掏出兩塊錢來說：「小意思，

小意思，賭錢賭興致，誰把輸贏放在心上，那還有啥意思……」

不過那六粒骰子似乎很欺生（欺負陌生人，北方俗謂欺生），總是順著莊家，不聽自己的叫喊，連著兩把下來，輸得大狗熊兩眼冒金星，暗自叫苦不迭，一輸了錢，不由想起自稱福將牛皋的石二矮子來，朝外面叫了兩聲矮鬼，沒人應聲，祇聽另一張賭天九牌的檯面上傳出王大貴的聲音說：「石二鬧肚子，出去找糞坑拉屎去了！」

「你在那邊賭得怎樣？」大狗熊問說。

「我在這兒押上門，連抓兩把天字槓（大天配人排，稱天字槓，除對子外，通贏），點子旺得很呢！」

王大貴賭牌不愛喳喝，一味悶賭，天字槓之後又抹出一把地字炮來（地牌配雜八，等級僅次於天字槓），樂得他破例的開口跟人聊起天來了。

「你們是下午到的罷？」他問一個押游門（不固定押哪一門）的傢伙說：「爲何歇在這兒，不朝前再趕一站路呢？前頭難道有動靜？」

「咱們全是散腿兒湊合起來的，」那人說：「咱們祇是走買賣，可不是玩命！……莫說咱們一二十支槍，就是有百兒八十支槍也不成，……不是四判官的價錢呀！」

「貴幫趕得來，咱們心裏寬鬆了不少。」掌堆的那個漢子說：「四判官愈是見影兒不見人，咱們心裏越怕的慌，不得不早點落宿，把四周打探清楚；要不然，他們窩住你，那就慘了！……咱們如今兩幫人合在一起，槍枝人手更多些，心裏好歹有個仗持！貴幫是？」

「小幫上『六』下『合』，說起來你們該曉得的，關東山關八爺親領這一幫腿子。」王大貴邊說著，一面打下一撥兒碼子（賭天九牌，下注時，用硬幣排列出『一點賭』，『三道快』等等名目，謂之打碼子），掏出一支揉縐了的煙捲兒吸著說：「四判官在一路上陰魂不散，就是要找六合幫，報萬家樓的一箭之仇！……說實話，甭看六合幫人少，真的面對面，也沒什麼便宜讓他佔去，——八爺就是一付猴王對，我說。」

「您說關八爺親自領腿子？」坐莊的漢子手捺在牌面上，肅然起敬說：「八爺的威名，凡是走腿子的沒人不知道，有些人還受過他的照顧的，……八爺如今人在哪兒？咱們該丟下牌去拜望他去！……嗨，能跟八爺同路，就有十個四判官也嚇不著人了！」

「甭急呀，夥計。」王大貴不願在手風正順時停手，急說：「八爺他又到林家大莊去了，一會兒不見得就回來，你還是推一會兒再說罷！」

賭場上時辰淌得最快，眨眼之間天就黑下來了！臘月上旬的夜晚，彎彎細細的上弦冷月照著野舖四周朦朧的曠野，曠野上除了一片風聲之外，別無半點兒聲息。

在六合幫裏，唯一沒捲進賭場的，就是雷一炮、向老三和石二矮子三個人。

雷一炮是個穩沉幹練的人，時時謹記著關八爺的交代，腿子一靠，他就忙著張羅吃食、熱水和舖位，總想讓弟兄早些安歇下來調養精神，同時又顧到大夥兒的安全，著處事精明的向老三手不離槍，留在停靠的鹽車邊亮眼，等著關八爺從林家大莊回來。

向老三是個肯爲旁人著想的漢子，有歡有樂退後，有苦有難當先；不論是否輪著自己放風，總肯盡心爲大夥兒喝風。

而石二矮子不是這樣；關八爺勒逼著不准他喝酒，他已經怨天怨地怨個不完了，如今他摸著毛坑，蹲在兩塊懸空的木板上，連他自己的肚皮也挨起他的罵來。

他的肚皮不但咕咕嚕嚕的窮嚷，還滾來滾去的疼個不完，他不得不使雙手捺住肚皮，罵說：「你奶奶箇孫兒的！你好好兒的爲啥儘跟老子搗蛋來?!誰他媽有一天寵你？縱你？把你養成這種沒出息的嬌脾氣來?!——餓，又說餓著你了！攫住油水，老子大修你這座五臟廟，你他媽又天生賤皮子，沒那種福氣消受得！我他媽嘴裏還覺得不過癮，你倒忙不迭的朝外漏油了！」

而那肚皮像個愛嘀咕愛嚕唣的老聾子，任你石二矮子怎麼罵它，它還是依然故我的叫個不歇，叫得石二矮子火上來了，在自己肚皮上狠狠的擰了一把說：「還叫呢？奶奶的！你就是要鬧毛病，也該等夜深人靜的時刻鬧呀？矮爺我沒事，心平氣和的陪你蘑菇，倒是無所謂的！你呀！你他媽沒眼色透了，你不知道你這一傢伙，害得老子少贏多少錢？……你聽，骰子叮噹響，牌九正在開條兒呢！你就快點兒罷！」

而那肚皮是個慢性子，石二矮子越催，它越快不了，細聲細氣的唱著小曲兒呢！石二矮子無可奈何的嘆說：「我的肚子祖宗，肚子大王！你再不老實，我可就賭不成了！我他媽贏不得錢，就該餓殺你這個王八蛋了！……嗨，我他媽實在不該生著你這不爭氣的東西！」

既然罵不服自己肚皮，石二矮子就蹲在毛坑裏乾嘔氣，低著頭不再開腔了。似有還無的月光把一溜兒毛坑矮簷的踞齒形的影子勾描在石二矮子眼前，寒風刮過來一陣陣呼么喝六的賭博聲，磨弄得石二矮子滿心癢癢的，抓不著撈不著；那齒形的簷影彷彿變成了一把活動著的鋸子，呼呼啦啦把人的心全給鋸斷了！

正在這當口，忽然眼見毛坑那邊的煙頭火一閃一亮，隔壁的坑位上來了個人，那人一定是個粗大個兒，人朝坑頭的木板上面一站，把木板踩得吱吱響。

既然拉稀拉得一時提不起褲子，來個人聊聊天，也比一個人勾著頭發悶好些兒；石二矮子想著，就準備跟隔壁那位聞其聲不見其面的朋友打打招呼了。誰知自己的話還沒放出，又有一陣細碎的腳步聲走到毛坑邊上來，一面扯開褲子嘩嘩的放溺，一面低聲打著黑語說：「落葉兒（**指姓黃的人**），落葉兒！飄到哪兒去了？」

石二矮子立刻聽懂了那人的意思，他是在說：老黃，你在哪兒？……這麼一來，石二矮子可把湧至喉嚨管的言語又嚥了回去，側過腦袋，豎起耳朵偷聽著。心想：妙妙！沒料著這兒也會遇著賊？待老子我聽聽你們說些什麼罷？全心顧著聽話，那肚皮竟也不疼不叫了。

就聽隔壁那個出大恭的人說：「長臉嗎？——落葉兒在這兒，……門把兒還不見動靜呢。」

「扇子外頭長出個亮眼的來了！」解小手的說：「不把他擺平，行事扎手。老五他說，外頭一響鞭炮，裏頭就敲鑼打鼓，熱鬧熱鬧！」

「其實老五也是死心眼兒，」出大恭的傢伙說：「何必讓咱們苦等門把兒？莫如早點剪掉亮眼兒的，裏邊外邊兩面烤它一頓算了，……若等門把兒一插手，成不成事還料不準呢！」

石二矮子一聽，壓根兒不對勁！什麼幹小手腳的毛賊？簡直全是四判官那一窩豺狼虎豹！自己虧得沒吭聲，要不然，頭一個當了他們試槍的活靶，那豈不是傷透了感情！從話裏聽出這兩個傢伙，是叫差出來伏擊關八爺的，他們打算先把六合幫裏放風的弟兄撂倒，然後從裏面動手突擊，黑了燈窩著打。假如真讓他們稱心如意幹起來，六合幫豈不整砸了鍋?!……

人到急處，沒主意也得拿主意來，石二矮子一急，也就有了主意了。他不聲不響的繫上褲子，打量出那一溜毛坑下面的蹲板全是活的，能夠抽得動，而自己是雙拳不敵四手，非先在兩個傢伙裏整倒一個不可！……繫好褲子之後，他悄悄的竄到旁邊那間毛坑邊上，彎腰伸手搭住蹲板一端，猛力一掀一抽，那塊板被他抽到手裏，單聽砰咚一聲響，蹲著的那人就摔進毛坑裏去！偏偏這座毛坑是磚砌的，又大又深，那人仰臉栽下坑去，一聲還沒喊出口，頭就沉進臭水裏吐泡泡去了。

「黃葉兒，黃葉兒，」解小手的正在提褲子，慌亂的說：「你這是怎麼弄的？」

「救……救……命，咕嚕嚕，咕嚕嚕……」可憐坑底下那個，像肚皮朝上的烏龜，滿心有話說不出口，祇落下手舞足蹈的掙扎了。

解小手的傢伙急於要救他的同夥，一時也顧不得骯髒，就在糞坑邊沿伏下身去，朝坑裏伸出雙手。誰知正當他伸出雙手時，猛覺腦後起了一陣風，緊跟捱了一傢伙，半昏迷中被人提起兩腳一翻，也就蹚了「渾」水啦！

石二矮子整倒那個傢伙之後，踢開木板，拔出匣槍，轉身就朝野舖這邊奔過來，認出放風的向老三，扯住他說：「事情不妙了，……這……這……這，這先來的一夥子人，哪是什麼鹽幫走腿子的?!全是四判官手下的土匪，存心想貼住咱們的。剛剛我蹲毛坑，遇見倆個說黑話的傢伙，業已叫我整下毛坑去了！」

「真有這回事？」向老三吃驚說。

「難道我還哄你不成?!」石二矮子跺腳說：「如今咱們的弟兄全跟那夥兒混捲在賭檯上，你得快拿主意，要不然，等他們的匣槍先張嘴，那可就……慘了！」

「這話若換旁人說，我就全信了。」向老三手捺著匣槍把兒說：「唯有你跟大狗熊倆人，鬼話劉基慣了，我總得打三分折扣！上回不是你們引狼入室，使什麼馬五瞎子混進福昌棧的大花廳，那位淮大爺怎會丟命？」

「人總不能沒錯，」石二矮子說：「這回我弄對了，將功折罪總行！——你瞧！」他過去幌幌另一個鹽幫的鹽簍說：「有簍兒沒鹽，空的！他們推空車下大湖？除非是得了瘋病了?!」

這一回，向老三不由不信了，正把匣槍拔在手裏，但已經來不及了，就見賭檯上的燈火一黑，裏面響起了一片雜亂的槍聲，桌椅的斷折聲，門窗被椅子砸開，不分敵我，人影幢幢的朝外亂跳，夾著一些喊叫，咒罵和呻吟。向老三和石二矮子空掂著匣槍在手，卻不敢亂潑火，因爲上弦月沉得快，原野黯糊糊的，任誰也沒有那種夜光眼，能在十步開外分得出敵我來。

這真是突如其來的一場惡火……而這場惡火不是由對方先發制人，卻是由大狗熊主動引起來的。大狗熊在骰子局上一連輸掉三把，不得已推說要出去放溺，從局上退出來，其實放溺是假，換檯子是真。他三轉兩轉，轉到王大貴身後，打算下注兒押幾注牌九，一隻手伸到腰眼去摸錢，錢捏在手上一抬眼，人就楞住了。

原來他越看那個做莊的傢伙越覺得臉孔好熟，就彷彿不久之前在哪兒見過？在哪兒呢？……那莊家正低著腦袋在洗牌疊牌，出條子打骰子，一面分牌說：「七戳自拿三，天門頭一班。」那人不開口，大狗熊也許一時想不起他是誰來，那人一開口，大狗熊就想起來了！

不錯！一點兒也不錯！他就是自己在鹽市大王廟裏遇見的馬五瞎子！不過今夜他不瞎了，那隻貼過膏藥的眼是好的，同時那張臉不再塗上油灰。

大狗熊初發現這個秘密，著實有點心驚膽戰。——這人既是馬五瞎子，不用說，這個鹽幫裏一夥人全是土匪扮的，這算是準沒錯兒的了！六合幫十幾個弟兄，除開關八爺、雷一炮、向老三和石二矮子不在當場，其餘十三個人不知不覺全窩進人家懷裏去了，要是自己不先動手，等對方先動手來，祇怕連一個也活不成。

十三是個不吉利的數目，可不是？按照當前情勢看來，若想一個個附著耳朵通知，準會敗露行藏，想來想去，祇有一個辦法，——先動手放倒馬五，馬上滅燈，黑裏打一場混戰，有虧兩邊有份還好些。

大狗熊眼睛珠兒轉了幾轉，就把主意拿定了，他的個頭兒本來就高，當那些傢伙兩眼注視牌面時，探出一隻手捏住馬燈的捻鈕，另一隻手猛的拔出匣槍來，黑洞洞的槍口筆直的頂住馬五瞎子腦門正中，扳機一壓，轟的一聲悶響，同時那盞馬燈就叫他捻滅了。

這一聲悶槍，聽在有經驗的人耳裏，就知有人被放倒了，那些土匪卻不知被放倒的會是他們發號施令的頭目五閻王。五閻王原本交代過，不等外邊槍響，放倒關八爺，裏面不得動手的，所以當大狗熊響槍之後，土匪們就搶著先捻滅馬燈。全屋在一剎間燈火全滅，變成一片黑暗，雖說祇是眨眼功夫，卻給六合幫裏的漢子們留出拔槍待變的機會。而黑裏更傳出大狗熊的破鑼嗓子。

「六合幫的，當心土匪！……四判官手下的小雜種們，馬五瞎子腦袋開天窗啦！風緊水漲，拉你們的合子罷……」

這一來，掄椅子砸窗戶開溜的是那些土匪，開槍制人的倒變成六合幫走腿子的了，雖然土匪裏有些奸猾的傢伙也還了槍，卻打不著大狗熊；原來他幹掉馬五瞎子之後，抱住王大貴朝下一滑，就滑到賭檯下面去啦。

屋裏的地方黑又窄，拎槍的人影紛紛朝外竄，一時院子裏，黑路上，到處全是人影，活像一腳踢翻土塊後，一窩受驚的蟋蟀。摸黑對火實在不是滋味，摸來摸去也找不出頭兒來，有些人弄得杯弓蛇影，不讓任何人貼近他，橫著匣槍亂潑火；有些人精靈些，非得挨著人分清敵我不開槍；有些土匪聽說死了頭目，沉不住氣，卅六著，走爲上著，拔腿就跑了；有些人兜著樹行和草垛兒捉著迷藏。

槍戰初起時，野舖裏的兩位店夥正托著爲六合幫人張羅來的飯菜，還沒進門，就叫黑裏撞出來的人撞翻了！雷一炮截住一個傢伙，板著臉一認，不是窩裏人，那人手臂彎在雷一炮背後，一支匣槍正頂在雷一炮的後心窩，而雷一炮的匣槍也頂住那人的左邊太陽穴，倆人一齊壓下板機，而兩支槍全沒響，原來倆人心情全緊張過火，手指不靈活，把膛火勒死了！（**德造駁殼槍，扣板機時不可用力過度，否則易生故障。**）

那個土匪很精靈，急忙扔開匣槍，施出摔跤的手法，伸腿壓襠，想把雷一炮摔倒；誰知雷一炮更精靈，使匣槍的槍管朝對方的太陽穴上猛力橫掃過去，那人就乖乖兒的伏在跌碎的杯盤上舐菜去了。

在野舖前面的行林背後，石二矮子跟向老三倆個雖是先知先覺，但是面對著這種糊塗火，也是一籌莫展，祇有隔岸觀火的份兒了。匣槍潑出的流彈清脆而短促，在寒冷黑暗的半空叭叭炸響，這裏那裏，不時噴出槍口火的藍焰。時辰這樣一分一寸的流過去，弄得石二矮子不耐煩了，匿在樹後大喊說：「風緊，夥計們！鬥把兒踩的來了！」

那些土匪原打算一拔槍就把六合幫給窩倒的，誰知算盤不照算盤來，祇是棋差那麼一著，就弄得滿盤皆輸，加上聽到石二矮子這麼一陣吆喝，更弄得惶惶無主，沒有心腸再纏鬥下去，幾聲唿哨兒一響，就敗退下去了。

「兄弟夥，不要窮追！」雷一炮這才揚聲招呼說：「先逗攏來檢點一下，有傷亡帶彩的沒有？」

那邊的王大貴打火燃亮馬燈，從客堂出來，各人互相一點數，祇差一個大狗熊。

「不妙，」石二矮子慌說：「世上最笨的莫過於那個傢伙，準是頂了槍子兒了！」

「你他娘背後損人，該翹著屁股死！」大狗熊在屋裏詭秘的笑著說：「土匪退了，老子在這兒收堆底兒呢！……老子不用練什麼喝牌法，照樣有小鬼送錢來！」

「嗳嗳，這種意外之財獨吞不得，」石二矮子從王大貴手上搶過馬燈，衝進客堂去，把馬燈朝賭桌上一放，動手就跟大狗熊搶起錢來。誰知手忙腳亂，腳底下絆著個軟東西，一摔就摔了個狗吃屎，石二矮子回手一摸，一巴掌全是紅的，便軟了腿，在地上爬說：「我的媽！怨不得我的膝蓋有些打軟，原來掛彩的倒是我自己！」

石二矮子窮嚷窮叫，硬說他掛了彩，賴在地上不肯起來。王大貴向老三他們趕進屋，拎著馬燈一照，就見石二矮子渾身倒是好好兒的，而他身後那具死屍卻看全看不得了。

那個悍匪馬五瞎子爲向四判官表功，處心積慮的要除掉關八爺，結果關八爺沒怎麼樣，他本人卻落得這般下場，——大狗熊那一槍靠得太近，槍口火燒捲了他的頭毛，槍彈射進去的地方，傷口祇有蠶豆粒兒那麼大，偏偏那顆槍火從他後腦橫撞出來，頂掉了他的大半邊腦蓋，白裏帶紅絲的腦漿淌了一地，經石二矮子一爬，全弄碎了，黏得他一褲子全是。

「狗×的矮鬼你瞧瞧，」大狗熊罵說：「今夜你準夢見馬五瞎子找你賭寶！」

石二矮子就著燈光再一看，蹦隆跳起來，連連跺著腳，提著褲子亂抖說：「噁心！噁心！這這這，這怎麼是好?!」

「其實也沒什麼，」向老三說：「脫下褲子洗洗不就得了！……這新鮮的死人腦子，可比你練喝牌法時摸著的又爛又臭的死嬰要乾淨些兒。」

一夥兒正在說著話，卻被雷一炮的手勢打斷了。話斷了，話聲靜落，代之而起的，是遠處發出的槍聲……

依照槍聲的方位，雷一炮斷定那可能是林家大莊的槍隊，在莊外截擊潰匪；各人心裏全掛念著關八爺，就覺得黑夜裏的槍聲和沖天的狗吠是那樣的淒慘。誰都知道這樣淒怖的冬夜是很長的，他們還得拉出去接應關八爺。由於石二矮子跟大狗熊倆人意外的機敏，今夜四判官算是蝕了些老本，但誰也料不定下一把抓的什麼點子？是通吃？還是通賠？……

野舖裏發生的這場火拚，連關八爺也沒料得到；人坐在林家大莊莊主家堂屋的椅子上，正跟莊主說話，呼呼的匣槍子彈就飛過來報了信。關八爺聽了聽槍音，這才斷定是野舖出了事，一時也顧不得說話了，站起身就要出去牽馬。莊主硬說是靠近林家地面，就是有事也不要緊，執意要帶一撥槍隊，陪關八爺一道兒去看看。

倆人領著幾十桿槍銃，拎了好幾盞馬燈，抄近路趕奔野舖，半途就跟潰匪撞上了，乒乓一陣亂打，那些莊勇們不懂得打土匪的妙訣，一味搶著亂放槍，先把聲勢舖開來，把那群潰匪整驚遁了，行到野鋪外的行林，遇著雷一炮領著一夥弟兄接應上來，問明了大夥兒沒傷亡，關八爺這才放下心來。

兩股人合到一起，打著馬燈找前找後，一共找出五具遺屍來；石二矮子這可攫著機會，誇稱他是如何發現那些走鹽的人原是土匪，他如何把兩個土匪打落下毛坑的。大狗熊不甘示弱，也把他如何認出馬五瞎子，如何先發制人的事情講了一遍。倆人嘴裏話雖不同，心裏卻抱著一個意思——巴望關八爺一高興，會下了個赦令來，答允仍准他們喝酒。

誰知關八爺連眉頭也沒舒展，反而朝兩人說：「這五個土匪既是兩位打掉的，無論他們生前怎樣造孽，如今已應了天報……死人無罪，就煩兩位替他們收拾收拾，明早也好替他們下葬。」說完了，就轉過臉去，跟林家大莊的莊主說起話來。

石二矮子望望大狗熊，就見大狗熊嘴角朝下撇，也正苦兮兮的望著自己呢！儘管滿心老大的不願意，也不敢頂撞，祇好跑出去扯麥草，拖屍首，沖血跡，壓著一肚皮悶氣收拾去了。

在西路上，林家大莊是打北朝南數最後一個像樣兒的村落，多年來，儘管淮河南匪亂不息，而林家大莊附近倒仍維持著一隅偏安的小局面，像今夜這種事，可說是絕無僅有的。

莊主是個安份的農戶，一向跟走道兒的朋友沒什麼交往，但對六合幫和關八爺的名號並不陌生，事情出在自己地面上，雖說六合幫沒什麼傷損，總也覺得過意不去，遂也關照莊勇說：「你們也幫著收拾去罷！著人回莊去取些繩蓆，趁夜把他們捲妥，使門板抬到亂塚堆去埋掉。」莊勇方動腳，他又交代說：「記住，刨坑要刨深些，浮土要澆水踩實，免得讓野狗嗅著血腥氣，把他們拖得東一塊，西一塊的。」

「您甭費心，」關八爺歉然的說：「若不是六合幫打這兒過境，林家地面上不至於留下這片血腥，……這幫土匪，正如兄弟適才所說的，全是四判官手下的人，他們爲踩著六合幫，才會騷擾這兒的。」

「嗯，不錯，」莊主沉吟著，彷彿在沉思什麼，過了半晌說：「朱四判官在北地氣焰很盛，這邊有很多散匪全跟他聲氣相通；我說八爺，這兒去大湖口還得百十里地，可算是一路荒涼，……假如得不到民軍的接應，那可就有些……不太方便了！」

莊主的話是實在的，凡走過西道兒的人都想像得出來，要想單憑十幾桿槍闖過那些賊窩，有多麼難！平常鹽幫路過水澤地，跟那些散匪沒過節，黑吃黑的事情不多；如今可不同了，假如四判官親自南來，先把散匪疏通妥當，槍口齊衝著六合幫，那可真的是每行一里地，就好像翻越一座刀山。

關八爺早就反覆的想過這些，依眼前而論，祇能問及這條路該走不該走？若是該走，就是刀山如筍如林，一步一個血印也得走，用不著管它能走不能走了。爲聯絡主領民軍的彭老漢，適時解救鹽市萬民的危難，爲相機鏟掉朱四判官這塊毒瘤，爲追踩惡賊毛六，查探萬家樓的內奸，更爲把六合幫這干弟兄領到活路上，讓他們能在民軍裏幹點兒什麼，這條路是走定了。不過，這全是六合幫本身的事，不能牽累到林家大莊這些耕田種地的頭上。……

送走了莊主之後，關八爺獨坐在淨室裏，眼望著馬燈的小小焰舌，耳聽著寒風流咽，滿心就像騰煙湧霧般的盤算著這些……

也想過下一天的行程，中晌時該歇在卅里外的陸家溝，傍晚要過鄔家瓦房西的鄔家渡口，歇在南興村，而這幾處地方，全是西道上出名的險地，祇要過了南興村，朝南不到廿里，就該是民軍的地面了。

二天絕早，六合幫的鹽車就在關八爺的催促下上了道兒；旁的弟兄精神還好，惟有石二矮子跟大狗熊兩個傢伙，因爲前一夜拖屍埋人，浪擲了不少精神，上路時迷迷盹盹的，一邊推著車，一邊打著盹；大狗熊有時還抬起頭來，揉著滿堆眼屎的眼角看看路，石二矮子卻一直勾著腦袋做夢，祇是順著前面鹽車車軸的聲音，把自己的鹽車跟著朝前推，推了大半個時辰，鹽車沒叫他推下路邊的草溝，也算是宗奇事了。

石二矮子是那種人，樂祇樂在表面上，沉澱的苦味全積在心窩下面的一塊黑裏；而那點兒帶有幾分神經質的詼諧，以及滿不在乎得樂且樂的勁兒，也全是走腿子養成的。……長年累月的滾行在路上，路業已夠長的了，苦日子卻比路更長。幾百斤重的鹽車可是好推的？一開始，誰都不是天生的銅筋鐵骨的力士，何況雙肩壓著的不單是鹽包加給人的斤兩……從單打單走腿子到瀝血加盟入淮幫，從滴血的淮幫在官家渡那一火裏活出來，改入如今的六合幫，使他學會了在粗野頑強的一群人活著，也活得粗野頑強。

人不存心欺人壓人，就該在這世上活下去，人活下去就得穿透苦難，穿透血海汪洋，去取得一碗飯分給妻兒。若談道理，道理也就這麼多了！可是這些年來，還沒遇過什麼人用嘴說道理的，那些人總拿槍口頂著人說話，道理全在黑洞洞的槍口裏面，——也祇有腦袋開花的人才配說懂字。就這麼閉著兩眼死活由它闖下去罷，同夥的弟兄全都是這樣，世上哪還有伸冤救苦的人！

如今，車軸尖銳的響聲割破四野的岑寂，擴散到遠處去，石二矮子兩條腿木木的跟著車聲走，有時刻自覺是醒著，有時又恍惚陷身在夢境裏。幾乎每一個走腿子的人，都巴望能夢見大湖口，那兒將是千里長途上暫時的終站，誰能活著望到湖口，誰的血汗就有了收穫了。

石二矮子也夢見那些；夢見煙波萬頃的灰藍色的大湖，無論陰晴，遠處的湖波上全裹著暈濛的水霧，夢見一座一座滿生蘆荻的沙渚，渚上的蘆叢裏，總潛伏著專載湖鹽的梟船上差出的把風的漢子，當岸上的鹽幫噘嘴吹出悠長的胡哨時，他們就會應以低沉的角聲，——那是召船的訊號。

梟船總在夜暗時聽著信號，從沙渚背後的水道中駛近岸邊裝鹽，等到鹽包裝滿，就越湖駛到青弋和水陽江去，賣給皖南各地的買戶。……在煙波浩渺的大湖心裏，各幫各地的推鹽的漢子可算是放下一條心了，湖心沒設關卡，也極難發現緝私船，一夥人分散在鹽包下面，或是成排的靠在鹽車旁邊分成好幾堆，整天整夜的聚賭。

「喝，這一路好荒遼！」誰那麼嘆著說了一句。

石二矮子皺皺眉毛，正在夢裏賭得起勁，硬被這一聲打斷了。大驚小怪！可不是？走腿子十有八九翻山越野踩大荒，哪條路不荒遼?!

「打這兒起腳，一路全是大大小小的野澤子，」向老三的聲音飄響著：「俗說野澤九十九，頭是陸家溝，尾是鄔家渡口，這段路拉直了走並不遠，拐彎抹角繞著澤子打轉，卻要走上一整天。」

「我的兒，」雷一炮說：「在這種地方可不能遇上四判官，開起火來，連塊伏身的地方全沒有。」

鹽車總是那樣吱吱唷唷的吟出同一種單調的聲音，使人軟，使人睏，使人有些無端的厭煩；那聲音把人擲在一種晃晃蕩蕩的空茫裏，無邊無際的朝前滾轉著。在空茫裏展佈著的，不是什麼災難，不是長途上的風霜雨雪，饑寒和寂寞，不是喝喝的鬨笑和感時的哀嘆，也不是激烈的拚鬥和廝殺！而祇是交織的時空加給這群人的自然的命運，必須要面對著而且迎接著的命運！……管他娘的，朝前推著罷，說什麼全是多餘的了！就這樣，石二矮子可又打起盹來了。

「石二，你的鹽車是怎麼推的?!」跟在石二矮子身後的王大貴發話了：「走路不看路眼兒，你可要推進野澤裏去啦！」

石二矮子吐口吐沫，揉揉眼，懵懂的：「這他娘推到哪兒來啦？我還祇當在草舖上睏覺的呢！」

「前頭就是陸家溝，」向老三說：「你可真會睏覺，一覺睏了卅來里路。」

「怪不得我肚皮有些餓的慌了，」石二矮子望望日影說：「天快傍午了。」

天實在到傍午時分了，透過冬天清朗的大氣，很遠就望得見陸家溝半遮在禿樹枝椏那邊的村舍屋頂；灰裏帶黃的屋頂平塌塌的閃著光，使一群久走荒路的人有一種溫暖的感覺。

陸家溝是個寒傖荒僻的小村落，座落在陸家溝的溝脊上，三面都是淺淺的廣大的野澤，冬天缺雨水，澤裏半涸了，變成許多相連相接的結了薄冰的池塘；水涸的地方，顯出一些潮濕的淤泥澤底，亂蓬蓬的豎立著一些水蘆的乾黑的枝椏，大部分全叫朔風掃斷了，祇能留給揀野柴的孩子拾收去燒火。澤子那邊的村落龜伏著，茅屋土牆小窗眼，又低又矮又傖寒。

即使是這麼樣的一座小村落，望進石二矮子的眼，人也就精神起來；無論如何，這總是人住的、有煙有火的地方，午炊的煙柱也帶著一股可親的人味，鹽車還沒推到那兒，就好像看見許多張可親的人臉飄浮在眼前了；何況這樣的村落，頗有幾分像是自己老窩老巢那座荒村……人要是不被一些莫名其妙的什麼玩意兒逼到江湖上來，誰願離鄉背井來？真他媽該啐它八百口吐沫！

村子在眼前旋轉著，一直旋進人的記憶深處來了，石二矮子想起自己的家，門口有棵彎拐的狗芽兒樹，樹皮叫拴牛繩子磨亮了，看在眼裏光滑滑的，摸著更光；老黑牛總他媽愛啃樹，把牛繩下面靠樹根的那一節兒樹皮啃光，白慘慘的，當牠臥著曬太陽時，牠就認著沒樹皮的地方擦癢；畜牲究竟是畜牲，不會知道那兒擦癢不得力，越擦越癢。

淮幫叫打散了的那一年，一車鹽白白飄掉了，一文錢沒賺到手，反貼掉老本；回去後正逗著春荒，硬把牛給賣了，分點兒錢買了半笆斗糧食種，又勻點兒錢爲女人買了兩隻沒放腰的小豬，儘管賣了牛，那棵狗芽兒樹也沒能長大，等旁的樹在軟風裏抽了芽，它卻枯死掉了。

「枯死門前樹，主楣運上門！」誰他媽快嘴說了這種晦氣話，楣運硬叫它說上門了！……小豬買來不久就得了春瘟，豬瘟人也瘟，一個八歲大的男孩反而死在豬頭裏，——連吃瘟豬肉的命全沒有。

儘管記憶裏打著數不盡的疙瘩，想著就有些窩心，但那塊黑裏的老窩巢畢竟是人夢魂的歸處，有著一份潮濕的淚滴的溫熱；若再把記憶朝更久遠的深黑的年月裏去翻耕，人就會恍恍惚惚的溶化在裏面……

承平的日子裏，荒村上聽不見更鑼更鼓，扁大的初升月把村舍樹叢映得影廓朦朧，幼年的歲月是一幅幅褪色年畫，灰黝黝的夢色裏，已經掏不出怎樣清晰的情境了，但那總是好的，春林裏的野鳥啼泣，低沉傷感的迷離，遠遠近近相應相連，游絲般的捆著人心；野地上潮濕的土香，拌肥與成熟的莊稼混和的氣味，平頭扁額的女人露出一口整齊黃牙的笑容，麥場邊瓜棚下原始的胡琴聲，沒有什麼風能吹動心裏留著的那些影像，祇因它們已經過去了；人在長路上潑汗推車爲什麼呢？那些是永也回不來的了。

腿子靠在陸家溝村頭上，這可憐的村子上連家賣舖也沒有，向老三一提起六合幫和陸小菩薩來，村上人立刻就顯得火熱了。

「老大爺，我說，」關八爺向一個啣煙桿的老頭兒說：「這兒近些日子還算平靜嗎？」

老頭兒搖搖頭：「您可是領腿子的關八爺？──陸小菩薩常常提起您；老六合幫，早年常打這兒過，咱們算來不外，我才說這話；今夜你們過鄔家渡，千萬得要小心，……鄔家瓦房那一帶枯樹林，說不定嘯聚有大股的土匪，……你問我怎麼知道？……村後澤邊儘是人和馬的腳印兒，我估量他們是夜裏拉過去的。」

關八爺點點頭。

「大股土匪拉到野澤來，我弄不清楚是什麼意思？」老頭兒叭著煙說：「這兒沒大戶，值不得他們捲的；再朝南去，就是民軍地面了，他們也甭想拉過去。……除非是在北地惹了是非，拉過來喘口氣，再不然，就是爲鬧住過境的鹽車隊……」

「您可說對了！」向老三說：「四判官那夥土匪，就是要找塊咽喉地，把六合幫一口吞掉。他們夜捲萬家樓，咱們拔刀相助，使他們一塊到嘴的肥肉沒吃得成，前天在壩上，小菩薩找過八爺，業已明告過了。」

「既然如此，八爺您又何必呢？」一個中年的莊戶說：「這邊風聲一緊，連陸小菩薩都覺得蹲不住，拔腿走了，諸位犯不著爲一車鹽去豁命呀！……能賣給槽子，利薄些不要緊，我說，在這兒胡亂用過晌午飯，還是掉頭朝北推還安穩些，最好不要再把買賣送過大湖了！」

「八爺，您可別聽他的，讓咱們走回頭路！」大狗熊插嘴說：「死活咱們跟您走，在鹽市上就講定了的！咱們可不能讓您單人獨馬去大湖澤。」

晌午心，天忽然轉暖，地面上有化雪的濕痕了。

莊戶們分別湊合些粗茶飯來，六合幫那夥弟兄就歪坐在車把上用飯，關八爺一手撫在馬鞍上，望著他們，忽然覺得心裏湧上一股兒悲涼……天南地北一捆兒人，就像糾纏不分的籐莽，當大火燒來，想扯也是扯不開的了！早年領緝私隊時，也曾亟力想把那夥弟兄從悲慘的夢境裏引領出來，黑松林釋脫彭老漢後把他們遣散了，這些年來，誰知他們個別的遭逢究竟怎樣?!

萬家樓惹了朱四判官，原是自己跟向老三的事，與其他弟兄無干，但照目前光景看來，全幫弟兄都跟著蹚進了渾水，洗也洗不清啦！如今明知前路上危機四伏，卻不能逼著他們回頭；有些事情臨到頭上，愈想躲避愈躲避不得，即使逼他們回頭，焉知朱四判官不在別處動手？一捆兒人像是一把筷子，與其分散了讓四判官各個去收拾，還不如合起來當棍打！刀尖槍口最無情，對起火來，傷亡總是難免，這些弟兄們誰能逃得過，那就得看老天保佑了。

冬天裏少見的紅霞把枯樹林燒得亮亮的。

黃昏時分，六合幫的鹽車隊靠近了鄔家渡口……

依照地勢來看，鄔家渡是西道兒上最險的一段地方，一條急流滾滾的大叉河擋住前面，渡口以西是一座寬長里許的水泊，渡口東面是密密的枯樹林，生長在平地中凸起的沙塹上，枯樹林裏，就是遠近知名的鄔家瓦房——一座湮荒多年無人居住的廢第，久已被人在野談中相傳，說是一座鬼屋。一條窄道從北邊伸來，一面沿著枯蘆蔓生的水泊，一面壁立著一丈七八尺高的塹崖，崖上的枯林枝柯交錯，密得怕人；一些落了葉的林木，枝幹仍是棕黑色的，另一些經過雷火劫的死樹夾立其間，像一些慘白的鬼魅，陽光射落在沒了皮的樹幹上，顯得異常觸目。這條路不像鹽河大渡口北面的鄭家大窪一樣，經過多次慘烈的拚鬥，這條路祇是荒涼到令人恐怖的程度。

鹽車一路推過來時，一向愛聊聒的石二矮子反而悶聲不響的沒開什麼腔，旁人問他，他才說出陸家溝那個村子太貧苦，中晌那頓飯他吃的是稀的。

「嗨，還有那份精神鬼扯蛋嗎？」他說：「玉蜀黍稀飯撈不著兩個疙瘩，我他媽一口氣喝了八紅窯碗，肚皮喝得脹脹的，心裏可是又潮又餓；稀飯不搪饑，在肚裏光晃盪，三晃幾不晃變水走了，還是個空肚皮！」

有些人談論著昨夜小野鋪的那場混亂的黑火，耽心前面會有更大的廝殺。而向老三卻安慰大夥兒說：「你們有啥好耽心的？八爺在前頭踹道兒，有事，咱們就拔槍不就是了！」

「我說，向老三，」大狗熊說：「你是久走這條路的，你可去過鄔家瓦房？聽過那許多鬼故事？想那鄔家既能在這兒造起一座偌大的宅院，不用說，該是個一等的財主了，他那些子孫爲何不能在這兒守著祖宗的產業呢？」

「鄔家這本賬，連我也弄不清！」向老三說：「等會兒，你要遇上渡口擺渡的孫二拐腿，你就會弄得清了。孫二拐腿原是鄔家的老長工，鄔家瓦房出的事，唯有他知道得最多……當年老六合幫走這條路時，咱們的腿子倒是在鄔家瓦房裏靠過，——那時瓦房裏早也就沒有人了，祇有孫二拐子在那兒替鄔家看守房子。不過他也沒住在瓦房裏，而是靠近河埃，自己搭蓋的一間小屋。」

雷一炮皺著濃眉，瞧瞧欲暮的天色，又望望走在前面的關八爺策馬的背影，扭頭朝向老三說：「趁這陣子沒什麼動靜，你不妨就你所知，把鄔家瓦房的事兒聊給他們聽聽，免得他們窮耽心，有動靜，我瞧著了自會打關照的！你讓他們熟悉這塊地方也是好的。」

向老三點點頭，真的聊開來了。

故事是零亂的，但很鮮活，帶著些久遠年月的霉斑，暮色在向老三的眉影間徘徊。講故事的人心並不放在故事裏，卻放在沙塹上的密林間，誰知道在這種鬼氣森林的地方將會發生什麼事呢？老六合幫遭伏後，自己是很久沒歷這條道兒了。……沿途的積雪因天氣轉暖的關係，全都開始融化，路面上因爲少有行人踐踏，祇帶一層淺淺的潮濕，柔軟打滑，但並不十分泥濘難行，主要是有一層被掩覆在雪下的尙沒腐蝕掉的落葉幫了大忙。

但聽故事的漢子們卻都津津有味的聽迷了；那故事似乎比石二矮子練喝牌法的故事還要有趣得多。……

傳說鄔家瓦房的祖先鄔百萬原是個窮小子，在一家包發餉銀的銀樓裏當夥計（清末各地協軍之餉，因常以整塊銀錠計算，零星關發極不方便，協統為免鑿銀麻煩，有特約當地較大銀樓代鑿者），整天在吹火筒下過日子，兩眼常看燒銀吹出的藍焰，弄得有些近視。尤當關餉前後，常常爲鑿銀的事情一忙就是好幾個通宵。鄔百萬的眼睛不好，櫃檯裏升了一爐火，火上燉了個銅面盆，隔些時刻，總要淘把熱手巾擦眼。

……一夜，鄔百萬又在鑿銀子；那時，一個協勇每月關一兩七錢二分銀，協裏那些老總們，成天在校場上打滾，爲大清虎黃色的龍旗賣命，滿可憐的；一個月關這點薄餉，實在該關成色十足的紋銀，誰知銀樓老闆不知弄些什麼鬼？鑿開的銀塊全是不足數的，另外得要加鉛。……端人的碗，服人的管，有啥辦法?!……莫說加鉛，灌錫也祇有灌了……

三更過後，忽然起了一陣風，把店門給刮開了，鄔百萬就覺有個人影兒在眼前一幌，揉揉眼角抬頭再一看，可不是個人?!那人一身兵勇打扮，兩手扶著櫃檯的檯面，伸著頭，像有什麼話要說的樣兒。

十三協（協，滿清兵制，相當一旅）的老營盤離銀樓不遠，營規雖是營規，鄔百萬知道有些愛酗酒嗜賭博的傢伙常走後路，翻牆頭出來流連，有時半夜三更到銀樓來換銀子，或是敲當舖的門去當東西，習慣了，也就不覺得驚奇，祇是放下笑臉說：

「你這位老總爺，可是贏了錢?要兌換整錠銀子?」

「我他媽要找你們老闆算賬！」

那人皮笑肉不笑的鐵青著臉，伸手捧出一塊銀子，噹啷摜在櫃檯上，氣勢洶洶的，使鄔百萬嚇了一大跳。

「我們老闆，他……他……他……」

「不關你的事。」那人漠漠的說：「我祇要你張眼瞧瞧，這塊銀子是不是你們銀樓鑿的?——你們老闆黑良心，跟協統勾結起來玩鬼，剝咱們一夥弟兄的頭皮；銀子一經你們手，用出去要打七折八扣，這本賬，祇有到閻王面前才算得清楚！」

「您先坐下歇口氣，」鄔百萬小心翼翼的敬煙奉茶，央那人坐下說：「有話慢慢談。……不錯，這銀子是咱們銀樓鏨的，背後有印記，想賴也賴不了！至於暗裏有沒有勾結，就不是咱們做夥計的能夠曉得的了。」

「嘿嘿，」那人說：「你這位小哥看來倒滿誠實的，我說，像你這樣人，怎能在這兒待得下去？你不知道，吃糧的老總頭皮薄成什麼樣兒，哪經得這等剝法？你幫他們幹這種傷天害理的事，犯得著嗎?!死到陰司，準遭炮烙！」

「誰見過陰司來著?!」鄔百萬嘆說：「我是個孤苦人，沒爹沒娘，端舅家的飯碗長大的，下無立錐之地，上無片瓦存身，十來歲就送到銀樓當學徒，我身子孱弱，除了會玩吹火管，叫我到哪兒混飯吃？」

「實不瞞你說，小哥。」那人說：「我不是人，我是陰世不收的凶鬼，就因爲銀樓鏨銀子玩鬼，我到協統那兒去告密；原以爲協統大人會賞份花紅的，誰知竟被捺上一頂私通土匪的帽子，光緒卅二年十月初三，我被拖到西校場去砍了頭，死得奇冤……在我之後，陸續有告密的弟兄，全被假藉名目砍了腦袋，死後連閻王也沒見得著，你幫著他們吸血，你可忍心?!」

鄔百萬一聽，嚇得渾身豎汗毛，抬眼再看那個人，哪裏還像個人?!在櫃檯一角的帶罩煤燈光裏，那人的臉白得怕人，頸子四周還有一道血箍，刀痕接合處，瀉瀉朝外滴血。……

自從銀樓遇鬼後，鄔百萬決意辭退不幹了。臨走時夢見那鬼托夢給他，真真亮亮的站在他面前，告訴他說：「小哥，你的打算是對的，咱們西校場那十幾個挨砍了頭的朋友有意助你發財。……咱們旁的不會，到銀樓來挑銀子還不成問題。」

鄔百萬說：「事成之後，我當怎樣謝你們呢？」

鬼說：「當然囉，事成之後，有些事兒還得偏勞你辦一辦。頭一宗，你得設法在西校場西邊的禹王台角上，找到咱們的屍骨，使棺木裝了安葬，使咱們在地下也有個遮風擋雨的地方。二一宗，你得請幾個和尚，爲咱們亡魂行超度，各唸金剛經十萬卷，有了經符在手，咱們才能上得閻羅殿，訴得冤，說得苦，才能有轉世爲人再投胎的機會……末一宗，你發財之後，盼能找著咱們家小，多少施捨些，讓他們不致餓死。這三宗事，做起來並不難，盼你能允諾在先。」……鄔百萬在夢裏祇想著銀子，聽也沒甚聽，就全答允了。

離開銀樓，鄔百萬扛著行李朝西走，走到這兒停住了。這兒地勢偏荒，耳目不多，就是起了暴發戶，也不會惹眼。……說也奇，鄔百萬走後不久，那家銀樓就開始少銀子了，接下一撥兒餉銀，無論放在什麼地方，那地下就像起漏似的，眼看著朝下耗。而鄔百萬卻在這兒發了大財，一口氣買下四十頃湖灘地，一座寬長幾里的果木林，修蓋了宅院，買了成群的騾馬。……同時，城裏卻紛紛傳說著某某銀樓倒閉，老闆被問死罪時所生的異事；說是有人看見一群沒頭的鬼出入那家的宅子，一個個全挑著銀擔兒，搧乎搧乎的沿著河走了，街心的青石板上，還留下一路血點兒。

故事確夠新奇，也有些荒誕，但光緒末年十三協兵變倒是千真萬確的事情；而兵變的原因，各代辦銀餉的錢莊銀樓串通剋削兵勇，惹起下層不滿正是主要的導火線。沒頭鬼挑銀擔兒是否確有其事？年月久了無從查考，在另一種可靠的傳說中，認爲那些兵勇全係受了革命黨人革命思想的薰染，由十三協的炮隊先行發動，炸毀山炮，放火焚燒營盤和城裏的錢莊銀樓，一支被清廷認爲是訓練精良的隊伍，在不到一夕的功夫就崩騰瓦解了！民間管那次兵變叫做「炸營」，而向老三所說的故事，正點出了炸營前兵勇們不滿的心理。

黃昏越來越黯了，百步之外，不時傳來白馬一塊玉的噴鼻聲，車軸的聲音也驅不散凝結在枯林上的死寂，每個人都覺得四周的暗處潛伏著什麼似的，說也說不出什麼來，祇有一份潛在的不吉的預感；愈是這樣，愈覺得要找些聲音來塡補塡補……石二矮子就說了：

「向老三，你講故事有頭沒尾，主促壽的！」

「誰說有頭沒尾來著！」向老三舐著嘴唇說：「你也得等我歇歇勁兒。……我吐沫全講乾了。」

「有趣是有趣，」大狗熊跟著說：「也許我腦瓜兒太笨，可是越聽越迷糊啦！——你想，那鄔百萬既是誠實人，又有一群鬼替他挑銀擔兒，他該發家才是！爲什麼鄔家如今淪落成這樣？……偌大一座空宅子，祇留一片荒煙蔓草？……」

「嗨，你可知有些人天生是窮得富不得？小人乍富，就忘了本啦！」向老三說：「鄔百萬正是那種人，一有了錢，就忘了他的錢是怎麼來的了！……傳說他根本忘了到縣城西的禹王台去掘發那些沒頭鬼的屍骨，沒替他們裝棺收斂，也沒延請和尚唸金剛經和大悲咒超度亡魂，更甭談關顧那些鬼魂的家小了。……匆匆過了一年多，鄔家大瓦房忙著娶親，從那天起，宅子裏就鬧起鬼來了。鄔百萬娶了新娘，上上婚變成年披頭五鬼婚。孫二拐腿說，鬧鬼不久，鄔百萬著他去請和尚了……」

「敬酒不吃，他要吃罰酒，他奶奶的！」石二矮子咕噥說：「沒頭鬼來催他，他就請和尚了！」

「你全弄岔啦。」向老三說：「他鄔百萬假如吃罰酒，也早就沒事了！——他覺得沒頭鬼太可惡，請了和尚來，不是超度，是施法驅鬼！……誰知不驅還好，越驅鬼越鬧得兇，鬧得再沒和尚敢上門。鄔百萬的老婆懷孕，生下的不是孩子，祇是一團肉球，見風就炸成一灘鮮血。……天也不幫鄔百萬，那年洪澤湖發大水，把他幾十頃湖田淹沒了，水退後，祇留下一片不能耕植的流沙……如今的流沙堆寸草不生，你們會看得到的。除了發水淹他的湖田，果木園跟著起雷火，劈死很多樹木，沒死的再也不肯結果子了。孫二拐腿說，鄔百萬是叫鬼嚇瘋了死的，如今他老婆帶著一個患軟腿病的遺腹子，住在縣城裏的娘家，母子倆全在藥罐裏打滾，除了孫二拐腿每年還替她們送些批果子的錢，她們倸什麼全沒有了……」

「究竟這鄔家瓦房鬧鬼是怎麼鬧法的呢？」石二矮子說：「你不講還好，一講，可把人滿心講得癢癢的，非得聽過了癮不可！」

「那容易，」向老三朝前呶呶嘴：「前頭就到鄔家渡口了，孫二拐腿自會一五一十的告訴你，他一個孤老頭子住在這兒的草棚裏，靠著替人擺渡過日子，滿肚皮鬼故事，逢人就朝外掏，你想聽，有得聽的。」

一盞紅醋色的黃昏從透明落入朦朧，前面的河堆黑黝黝的橫浮著，鹽車還沒靠渡口，就聽得見奔瀉的水吼。這一段的河面因爲地勢朝東傾斜，水流也就特別湍急；孫二拐腿的那隻平底方頭渡船，不是用撐篙的方法過渡的，而是在渡口的岸邊，豎埋下兩支巨大的木樁，用鐵索橫連著，船頭裝有索鉤，搭扣在鐵索上；起渡時，孫二拐腿不用上船，祇需以木桿扳動索邊的雙輪絞盤，那渡船就能來去了。

鹽車終於在關八爺手勢的招呼下靠在河岸邊的凹道中間了。向老三一靠住腿子，立即就抽出匣槍，爬上沙塹去亮眼路，其餘的人全退縮到在塹壁下的陰影裏，聽著關八爺說話。

「看光景，今夜是無法歇在南興村了！」

關八爺的語調是沉重的，連雷一炮也不敢相信這兒發生了什麼樣的岔事，一路上，他一點兒也沒疏忽，怎麼連一絲不妥的地方也沒覺察到?!

「你們瞧罷！」關八爺指著河面說：「渡船還好好的繫在那兒，河上的鐵索卻沒有了！——再仔細看看罷，渡船有一半被拖到河灘上，我敢斷定，船底早叫鑿通了！我料得到四判官會這一手來攔住咱們。」

「依我看，八爺，」向老三說：「咱們可不能窩在這兒等著四判官來收拾，他既鑿船斷索，明明白白就是要把咱們放在這塊死地上。」

「鄔家瓦房地勢高，」誰說：「不如先佔住那裏。」

「最要緊的是先找著孫二拐腿，」向老三說：「他對枯樹林每條暗道全摸得很清楚，從他嘴裏，也許能掏問出一些消息……如今林裏黯糊糊一片，咱們全變成一窩盲鳥啦。」

「大夥兒甭著忙，」關八爺說：「四判官既然黃昏時沒在半路上攔截著咱們打，咱們業已算逃過一場劫難了；這段河水流急，河面闊，沒有渡船運不得鹽車，如今咱們千萬不能作過河的打算，要是四判官夾岸埋伏槍枝，趁你沒靠岸攔著打，一個也活不成。……你們說的不錯，趁天還沒黑定下來，咱們先找孫二拐腿，佔穩鄔家瓦房，我自有安排。」

鹽車從凹道斜翻上河堆，穿過塹背上的枯樹林朝東走，車軸聲在不該響的辰光偏偏響得格外厲害些兒，那彷彿明明告訴朱四判官——六合幫在這兒。

關八爺要佔穩鄔家瓦房的主意，石二矮子首先不以爲然，大狗熊也有幾分不贊同，倆人一路推著鹽車，就一唱一搭的抱怨起來。石二矮子認爲關八爺聰明人，不該拿出這種笨主意。

「一頭伸進四判官事先佈妥的繩圈，這叫是……」他說：「還是大睜兩眼，心甘情願朝裏伸頭的，對方祇消一抽活扣兒，咱們就得翻眼伸舌頭，——做他娘的吊死鬼啦！」

「這他娘活脫是飛蛾投火！」大狗熊竟想出一句套語來：「眼看要燒斷翅膀啦！」

「何不叫做耍狗熊？」石二矮子無論在什麼時刻，總脫不掉他那種愛嘲謔的老脾氣，開心逗趣說：「我他媽求天保佑在你後死，好啖一頓活燒熊掌！」

「你們甭在這兒缺氣！」雷一炮說：「等八爺他安排了再說……」

天曉得關八爺拿的是什麼鬼主意?!

在鄔家瓦房前面的打麥場中間，十六輛響鹽車像擺八陣圖似的圍成一個圓環，環心燃著一堆潮濕的起白煙的柴火，石二矮子跟大狗熊倆個愛發怨言的傢伙，以及白馬一塊玉被留在火堆旁邊。身後那座鬼影幢幢的廢第，發現了一宗可怖的謀殺——擺渡的孫二拐腿被人拴住雙腿，倒吊在門前的屋樑上，死屍硬得像塊冷石，嘴張著，眼凸著，從頸到額，全變紫變黑了……沒有人有時間顧及那具倒吊著的屍首，各人趁著黑夜初臨，都按照關八爺的交代分開了。

由那具被倒著吊死的屍首推測，四判官確是有心把六合幫困在這塊死地上，一想到這個，石二矮子就有些發冷；並非是貪生怕死什麼的，若是明明白白面對面，伸槍潑火拚個你死我活，那也倒爽快，偏偏四判官故弄玄虛，一路上光見樓梯響，不見人下來，弄得人滿心虛懸著不落實地，天下沒有比這個更使人難受的了。一個四判官故弄玄虛還不算，連關八爺也賣起悶葫蘆來了。這好！他們一個個溜得無影無蹤了，卻把自己跟大狗熊留在這兒做餌，萬一四判官捲得來，豈不是當了活槍靶?!

瘦怯怯的月芽兒撥不透流絮般的浮雲，祇灑下一點兒似有還無的月光；大狗熊不知打哪兒弄來這麼一大堆濕柴火，把火堆弄得白煙滾滾，使整個打麥場和四周的林子全瀰漫著一層凝重的白霧；白馬受不慣煙燻，不時的刨動蹄子，不安的噴著鼻。石二矮子雖然用手捂著嘴，卻也止不住的鬧咳嗆。

「咳！咳！……我說，大狗熊。」

那個還朝剛冒起的火苗上加濕柴，聲音悶悶的，顯見也憋著一肚皮的悶氣：「怎麼著？矮鬼。」

「你他媽不單缺德，」石二矮子說了：「你他媽缺德還帶冒煙！……日後你得當心點兒，人全說缺德鬼生兒子，生下來就沒屁眼兒。」

「二哥，你就忍著點兒罷，」大狗熊會過意來說：「這是八爺他再三交代了的，他要我多備柴火，讓它起濕煙，使四判官弄不清車陣裏的虛實，然後……」

「還他媽什麼然後不然後?!」石二矮子嘟著嘴說：「然後四判官領著一夥人猛撲，咱們兩個笨蛋，就冤冤枉枉的做了替死鬼……甭認真，我這祇是說笑話，我想八爺他也不至於這樣笨法。」

「我可沒心腸說笑話，」大狗熊挪挪身體，湊近來壓低嗓子說：「我恁情伏到林子深處去，卻不願待在這受煙燻，——這可不是像孫猴兒進了老君爐？」

「那就說正經的，」石二矮子說：「你以爲八爺他拿的是什麼主意？」

「他媽？我猜想，他恐怕四判官趁黑偷襲，要咱們在這兒故佈疑陣，他卻領著人匿在黑裏，等對方露了臉，判定虛實再開槍。」

「嗯，不錯，主意倒是好主意，」石二矮子點頭說：「可惜寒冬露宿，坐在這兒等人真不是滋味！……你瞧，寒霜多麼重法兒！」

倆人說話時，全是回臉朝外，背對著火堆；天黑後，濃霜無聲無息的朝下落，沒有人能以肉眼看得見落霜，但在感覺裏，濃霜是一種蝕骨的潮濕的寒冷。今夜的霜落得真夠濃，即使背靠著火堆，也祇有背脊上暖了一小塊，額上，袖上，全都冰寒一片，連襖面也都凍硬了。

無邊的寂靜舖展在打麥場的四周，上弦月穿雲走，低低的斜懸在枯林的光禿的枝椏上，枯樹林在月光中愈顯深密，重重疊疊的枝柯的黑影，彷彿在煙霧那邊浮動著，化成無數無數傳說當中的巨大鬼魅，要朝人撲過來，把人撕裂吞噬掉一樣。

石二矮子沉默下來，取出些乾糧果兒吃著，一隻手在匣槍的槍柄上貼著。天約莫快到起更時了，四周還是沒有一絲動靜；人就是這樣的動得歇不得，一歇著，就骨軟筋酥的想倒下頭來睏它一覺。昨夜在野舖碰上賊，打了一場混火，又忙著拖屍埋人，壓根兒沒睡得成，今晨上路，又推了一整天的鹽車，原以爲熬到南興村，該好好兒補一覺的，這他媽可又得睜著兩眼乾熬了。

……想睡，可不能睡，這是什麼地方？什麼時辰？……這眼前凄慘的夜色，可真有幾分像自己常夢著的那種淒慘的夢境，總是那麼黯淡的光景，像一口魔性的旱井，是誰把自己推落在井底，祇讓從井口落下來的一小塊圓圓的天光映亮眼前的景象……無依無靠的一個人，在黑裏狼奔豕突的疾兜著圈子，這裏那裏，全是堅硬的石壁，乾蛭吸著人的腳板，蛇蟲在壁縫中吐舌，潮濕的水滴常滴在人的臉上，摸著時，又覺不是水滴，而是一灘灘含暈的擴大的血跡；那是怎樣的地方？陰風習習的穿腸蝕骨，地下全舖著散碎的白骨，眼窩深陷的骷髏，有很多曚昧不清的而又透明的景象，懸疊在虛空的黑暗裏，官家渡，羊角鎮，北徐州，萬家樓……分不清是久遠的或是眼前的，紙剪般的人的影像，在黑夜和紅火裏，雨雪和風暴中蹦跳著，身不由主的旋轉著，發出微弱的喊叫聲，像蚊蚋的嗡鳴……不甘心就這樣困死在井底的魔境裏，偏又常落在魔境當中。

夜，就這樣悄悄的流著……

第一響槍音是在三更左右響起的，槍子兒朝高走，劃破冰寒冷寂的冬夜大氣，拉長了尖亢的嘯聲，從大狗熊和石二矮子的頭頂上橫掠過去，緊跟著，從枯林深處迸出一些分不清方向的怪異的牛角聲。

角聲把石二矮子從沉迷裏弄醒了，他搖搖頭，像一隻蛤蟆似的伏在地上諦聽著，想判明四判官那夥人的來路。

「又他媽是一場混火！你瞧罷。」

大狗熊沒理會石二矮子的自言自語，槍聲突然在一剎之間轉密，像狂風掃著驟雨般的直朝車陣當中潑射過來。兩人全是久經陣仗的老手，聽著槍聲，就知槍彈是直衝著自己潑來的了。照理說，槍口若朝著別的方向，槍音聽在耳朵裏是夠驚人的，槍口若衝著人放，槍音聽來反而不甚分明。

這一陣密雨般的槍擊，已把石二矮子和大狗熊的耳朵震得遲鈍了，一時覺不著槍聲，單見槍彈擊在鹽包上，亂迸的鹽屑像落雪似的蓋住人的頭和臉，白馬一塊玉在流彈飛迸裏掙脫韁繩，嚄嚄叫的奔進一側的林子裏去了；兩人貼伏在野火邊的地上，叫亂槍蓋得抬不起頭來，也不知四判官來了多少人？也不知有多少支槍口瞄得車陣？就是想還擊也無法還擊，因爲濃煙滾壓著黯淡的林野，除了聽見槍聲，連個人影兒也見不著。

好在一陣槍擊過後，有幾條影子游撲過來，喊說：「夥計們，挺上來罷，這陣槍火該把關八這窩毛人煮爛啦！」

大狗熊沒等發話的那人說完話，把匣槍擔在手臂上，發了一個三發點放，那人就滾跌在地上發出長長的哀嚎；石二矮子不甘後人，探出匣槍，瞄著那些朦朧的游走的人形橫潑出一整匣槍火，不但又放倒了兩個，更把其餘幾個朝車陣邊衝撲的傢伙打成了縮頭烏龜，翻身爬進林影裏去了。

這時刻，槍聲突又轉來，而這陣槍卻不再是衝著車陣施放的了。

月亮隱進雲裏，混亂的喊殺聲騰揚在林子裏，石二矮子一聽就知起了變化。

「八爺準打的是掏心拳，——在林子裏跟他們窩纏上了。」大狗熊說：「你聽人聲槍聲這麼亂法兒！」

「黑打黑，人越少越佔便宜，」石二矮子罵說：「他奶奶的，四判官決不至料到八爺會耍這一著兒——空城計！把咱哥倆放在這兒誘敵，卻把弟兄們伏在林子裏打他們的脊蓋。我敢打賭，他們站不住腳，非退不可。」

正像兩人所料的，關八爺領著的十來個人，真箇在林子裏跟土匪幹開來了。夜色原本黯黑得可以，林子裏更黑得怕人。那些土匪沒料到關八爺會跟他們捲在一起打，子彈呼呼叫，誰也弄不清敵我，心裏一惶亂，先自亂了陣腳，你兄我弟的喊叫著，想藉招呼壯膽。誰知不開腔還好，一開腔就亮了相，不是挨槍就是挨了黑刀。

枯林那樣密扎，人在裏面要摸著走，六合幫裏的漢子聽過關八爺的交代，每人全抱定拚死的決心，踏踏實實的悶打。土匪可不成了，土匪自打萬家樓吃瘪後，已經變成驚弓之鳥，這回趁夜偷襲鄔家瓦房，原打算一舉就把六合幫剷掉，誰知車陣是空的，等到發覺不妙，抽腿已經來不及了。……

在另一處地方，王大貴已經冒著冰寒泅過了大河，到南興村南邊去連絡民軍去了。混戰仍在黑黑的枯林裏持續著……

第八章．鋒芒

當關八爺和六合幫一夥弟兄在黑夜的枯林中和朱四判官混殺時，遠遠的淮河岸上的鹽市，也正面臨著一場大戰。

鹽市上保鹽抗稅的消息傳到孫傳芳的耳朵裏，一個電報拍過來，下令立即圍剿。孫大帥那個常愛在鴉片煙舖上發作的狗熊脾氣，發起來是沒道理可講的，電報局子裏半夜三更把電報送進防軍大營，鴨蛋頭團長正喝下一斤老酒，摟著從海京戲院裏接來的花旦睡覺，一聽馬弁喊報告，說是：「孫大帥來了手令！」嚇得他屎滾尿流爬起來，穿著一條粉紅色的女褲，朝手執電報稿的衛士敬禮，然後才平伸雙手，恭恭敬敬的接過電報。

「嗨嗨，鄭師座早就保薦我升獨立旅長！咈！」他眼也沒睜，迷裏迷糊的朝電報稿上吹口氣，敲打著如意算盤說：「我說小菊花，妳快起來讓我親熱親熱，老子升了獨立旅長，妳他媽也照章升級了！……大帥他早就誇讚過我帶兵獨得一個穩字，這回可夠提拔我的啦！」

「提拔你？我說我的爺，這可不是時候呀？」那個花旦小菊花在房裏嗲聲嗲氣的說：「若在承平時刻提拔你，我也好跟你享享福；平時不提拔，等到跟南邊革命黨開戰才提拔，你一升了獨立旅長呀，嗨，準調到浙東前線跟革命黨去拚死去，依我看，不升這個官倒也罷了！」

「這這這，這是什麼話？」鴨蛋頭團長一聽見革命黨三個字，就禁不住有摸腦袋的習慣，總下意識的摸摸頭還連不連在頸子上?自己雖沒上過火線，沒看見南軍像什麼樣兒?但在鴉片榻上，花天酒地的宴會上，卻也聽了不少關於革命軍的事情：什麼炮轟惠州城，一團兵打垮飛將軍林虎，一個團打到最後，還剩下團長和號兵時，團長吩咐響號，號兵報告說：「吹退卻號嗎?」團長說：「革命軍沒有退卻這回事，快替我響號——衝鋒!」……真的嗎?講的人就是林虎的散部改投孫大帥的，在廣東吃過苦頭，一談起革命黨就有談虎色變之感，總是假不了的了。

「我說，小菊花，妳說話總得討個吉利，妳提革命黨那撈什子幹啥來?」鴨蛋頭團長忽然又拍著腿，咧著嘴笑說：「他奶奶個龜孫兒的，……妳以為大帥他會調我上前線?我他媽祇是一隻看家狗，天生不是慣乎征戰的將軍，那些上前方佈火線的將軍修的是一個『狠』字，我這個『穩』字號的人物，祇該當防軍司令。嘿嘿嘿，防……軍……司……令，真是他媽紅運當頭，潤心潤肺。」

小菊花在房裏翻了個身，雙手支著腮幫兒，伏在枕上說：「人嘴兩塊皮，說話有統移，前天你明明說你帶兵獨得一個狠字，聽說上火線，馬上又變成一個穩字了，我的爺，你到底是狠呀?還是穩呀?!」

鴨蛋頭團長把電報稿抱在懷裏，伸著頸子打了一串又酸又臭的酒呃；迷糊中聽了小菊花的話，竟觸動靈感，發起議論來說：「妳這個小娘們懂得啥?狠和穩那得看用在什麼地方?呃，哺，……比方說帶兵打仗，當然講穩，我他媽這個團長，就靠穩字得來的。想當年，我帶著兵跟皖軍開……開火，皖軍猛衝猛打，我關照弟兄甭理會，雙手替我抱著要命的腦袋瓜，翹著屁股讓他打，我他媽叫出一句口號是——屁股帶點傷，又吃肉又喝湯。……等皖軍三陣排槍朝天上放過，我算準他們每人三發子彈放完了，就吩咐弟兄們拍拍屁股抬起頭來，等皖軍退卻號一響，咱們就響號衝鋒，結果皖軍吃了敗仗，咱們一樣是每人三發子彈，卻有先放後放之分。呃呃，哺，先放為輸，後放為贏，這可不是穩嗎？……咱們放槍也朝天上放，三排槍沒打死一條牛，這是做人做得穩，後來蘇皖聯了盟，皖軍那個隊長還請我喝頓老酒呢！」

「好，」小菊花格格的笑著說：「那麼狠字該用在那兒，才算用對了地方呢？」

「嘿嘿，有意思，妳他媽半夜三更的，竟考起我來了?!……嗯，嗯？這狠麼，比方說：抓逃勇要狠，你不抓一個斃一個，我敢說，我這團人不用三個月準他媽跑光，連馬弁，勤務兵全跑光。嗯，嗯？抓差拉伕也得狠，熊老百姓一個個皮條得很，你若不橫眉豎眼擺出閻王相來，他們決不會聽你。還還還……還有，嗯，像吃酒、打牌、搞女人這三狠，也是他媽少不了的，我要狠不出花樣，狠不出名堂來，我就不配幹他媽這一團之長！」

「算啦罷，你甭在那兒醉言醉語了，」小菊花笑罵著說：「你這老鴨蛋頭總是言過其實的馬稷。」

「妳甭笑話我，」鴨蛋頭瞇著眼說：「前兩狠狠不到妳頭上，由得妳說風涼話，這後一狠麼？嘿嘿嘿，等我喝了醒酒湯，看了升官電，錦上添花起來，妳就曉得我的狠勁有多厲害了！」

他忽然平伸兩腿，挺著身子在椅背上打了一個又長又怪的哈欠，朝站在一邊咬著舌頭暗笑的馬弁說：「醒酒湯，熱手巾把兒，快快！他媽個巴子快把文書官叫醒，唸電報給我聽。老子升了獨立旅長，雞犬升天，每人全都賞你媽的一級，快去快去！」

馬弁走後，鴨蛋頭團長又轉朝房裏的小菊花說：「別睡了，快蹬上鞋，坐到我腿上來聽聽唸電報。」

「鞋倒在這兒，我的爺，」小菊花叫說：「你黃湯灌多了？你竟穿走了我的褲子！」

「不關緊，不關緊，我錯穿了妳的，妳難道就不能穿我的？……穿褲出房，女人之常，」鴨蛋頭團長搖頭晃腦說：「運用之妙，存乎一心……妳不通兵法，呃呃，無怪乎妳祇配唱戲，不能帶兵了。」

熱手巾把兒替鴨蛋頭團長眼角上黏糊糊的眼屎打掃乾淨了，一碗醒酒湯喝在肚子裏，卻把鴨蛋頭團長喝得清醒到迷糊的程度了。半夜三更的，熱被窩不睡，坐在這兒幹啥來？馬燈亮得發青，四個站大崗衛兵來回走動著，副官、馬弁、文書官全他媽像木頭段兒似的站在面前，算是幹啥來?!

「你們有啥事要報告的？」

「您要我們來的，」文書官看樣子也差一碗醒酒湯，揉眼報告說：「有啥事，團座您該曉得？」

「你看我這人罷，真他媽的糊塗透頂了！」鴨蛋頭團長說：「升官電報捏在手裏，竟忘記找你們來幹啥的了！……醒酒湯還帶迷魂的，嘿嘿……咦，不對勁，我說副官，你下午說鹽市怎麼著？想造反？……你是否跟大帥拍了電報？」

「跟團長回，電報是您交代拍發的，」副官哈著腰，蹩過來說：「但凡您吩咐下來的事，沒一宗不是十萬火急趕著辦的，電報當時就拍發了。」

「你他媽簡直一百廿個渾蛋！你……你……你……槍斃還得另加一番！」鴨蛋頭團長氣得渾身抖索著，翻眼罵說：「我不是跟你這渾蟲三番五次交代過，我手裏拿著酒瓶的時刻，說話你拿當放屁聽，誰叫你自作聰明，發那通奪命的電報來著？」

「報告團長，您……您當時手裏抓的祇是酒杯，並不是酒瓶呀！」

「好，你強辯！來人，把他給拖出去……」

「算了算了，你走你的，」小菊花套著一條黃呢馬褲，過來調停說：「團長他喝醉了酒，神經兮兮，說話也都是不能算數的。……團長要升旅長，藉機會亮亮他的官威，等明天，他非但不喊斃人，也不定還請諸位喝杯酒呢？我說對吧？」

鴨蛋頭團長心裏一團火，禁不得小菊花三言兩語就潑熄了，腦袋一縮，兩肩一聳，眯眼笑說：「對，真對，妳這張小嘴說起吉利話來可真逗人喜歡，奶奶的，我他媽說不斃就不斃了，省下一顆子彈算了。……那文書官，你過來，把電報唸給我聽聽。……熱手巾把兒，他媽特個巴子的，快些。」

文書官一接過電報，沒開封就知裏頭有著不尋常的事兒了，——大帥不會把人事升遷看得那麼重法，半夜三更拍來十萬火急的電報，可憐扁擔長一字也識不得的鴨蛋頭，一意想過升官的癮頭，迷了心竅，自己把電報一唸出來，祇怕他那張眉笑眼開的圓臉馬上就要變成長的了。管它呢，公事公辦，伸手把電報封套扯開，掏出電報朗聲照唸起來……

鴨蛋頭團長帶著一臉春風得意的樣子，嗨嗨的，把小菊花攬在膝頭上，另一隻手端著茶盞，幾乎豎起耳朵來聽著。今夜晚真他媽非比尋常，眼前彷彿處處洋溢著喜氣似的，連左右這幾張人臉，一個個也都看得順眼。團長跟旅長雖說祇他媽一級之差，味兒可就完全不同了：×大甩兒當師長，兩眼總像饞貓餓狗似的盯著底下，地方上捐上稅，他總收總發一把攬，先來個三下五除二送進公館，錢到團裏，祇剩他娘幾點油花兒了。獨立旅，獨立旅，好就好在獨立上，弄塊地盤駐起防來，閉上眼也就是個小皇帝，碰到肥地方，三下五除二……數目不小，嗯，單就吃空缺來講，也就可觀又可觀了……

「……該團長率部留守後方，負安靖地方重職……」文書官捲著舌頭唸到這兒，臉色有些不大對勁兒，捏著電報稿的雙手有些抖索，額頭也沁出汗來。

而鴨蛋頭團長聽著這兩句話，更顯得精神起來。可惜大帥他不在這兒，要是在，自己真該扒下身跟他多磕幾個響頭。大帥到底是行伍出身，懂得底下人的苦處，這兩句話使人十萬八千根毛孔根根都覺得受用。……負安靖地方重職，……真他媽極爲過癮，使人好像抽足鴉片一樣的振奮，……接下去，自該是「勞苦功高」什麼的，然後就該「著即調升某某獨立旅長，限期到任」啦。

「咦，你奶奶的，」當他發覺對方停住聲，光使舌頭舐著嘴唇時，就笑罵說：「這可不是在說書場上呀！你說到精彩的地方，故意勒住話頭吊人胃口，快，快！快替我唸下去！」

「鹽……鹽……鹽市爲淮上重鎭，爲該部轄區，」文書官一面顫顫的唸著，一面舉手抹起汗來：「該團長平時疏於督察，致有今日之變，保鹽抗稅，舉槍獨立，事態危急如此，該團長難辭其咎……」文書官還待接著唸下去，卻被小菊花尖亢驚駭的嗓子打斷了。

「你停停！」她叫說：「團長他，他他……」

文書官一抬頭，就見團長手裏的玻璃杯噹啷落在地上，杯面印著的海京伯馬戲班裏的大象也砸成兩片了；鴨蛋頭團長不知什麼時刻把小菊花從他懷裏推開，兩手緊抱住光溜溜的腦袋，肥豬似的身子朝後大仰著，挺著肚皮大抖。一點兒也沒料岔，他那張圓臉一傢伙就變長了，半張著嘴，想要說什麼卻又吐不出話來，原來那個堆滿肥肉的下巴像捱誰一拳搗掉了似的，不聽使喚了。

「完……完……完……完了蛋了！」隔了半晌，他才擠出話來問說：「大帥他，他提到要我的腦袋瓜兒沒有？」

「沒有。」對方說：「大帥祇要團長戴罪圖功，在限期內調集防區可用的兵力，立即把鹽市的自衛團隊剿滅，……大帥又說，假如辦不到的話，他要拎下您的八顆腦袋呢！」

鴨蛋頭團長這才驚魂甫定，像一隻被人撥弄得四腳朝天的忘八似的，理手划風掙扎著爬起身來，一連噝了三次口水，啞聲叫罵說：「我一個一個，一個一個操你們的老娘，事到這種緊迫的辰光，還你媽的大眼瞪小眼，乾瞪著我幹嘛?!……我老實告訴你們，大帥要我八顆腦袋，我會先砍掉你們的拿去充數！趕快召號兵，響號緊急集合，為了保腦殼，不得不他娘的『狠』一傢伙了！」

號兵之所以能及時響號，是由於副官腿快的關係：當那位氣急敗壞的副官摸到後伙房時，號兵、伙伕頭、營長的小舅子……一窩人全都脫光了鞋，圍著矮方桌兒，把臭鬨鬨的腳伸在火盆邊上，大賭其天九牌呢！號兵的牌運差，手風不順，把幾文現款全送上了堆，輸上了火，把號嘴兒也給押上去了。

「算它大洋一塊二。」號兵說：「輸掉就拿它當押頭，天不亮我再借錢贖它回來。……這還有什麼皮調？天亮我不響號，團長準踢爛我的屁股。」

副官恰巧在莊家打出骰子的時刻撞了進來，他皺著眉毛沒吭氣——他也想看四門亮一把點兒，可惜又怕那股從炕乾的臭襪上發出來的烘臭魚的氣味，就站在遠處叫說：「甭他娘的再推了，團座剛剛大發脾氣，吩咐立即響號，緊急集合全團拉出去打火呢！」

「打火抽煙差不多，我說副官大人，你可甭打斷我的手風，」做莊的伙伕頭說：「你要想押一門，你就押，你要想推兩條兒，我的莊家讓你當好了！」

「半夜三更的，跟誰打火去？」號兵說：「把隊伍開到亂葬坑找鬼差不多。」

副官走過來一把捺住牌說：「誰哄人，誰他媽就不是人揍的，這跟咱們平素開心逗趣不同，……大帥適才拍來急電，著團長立即調兵，把鹽市保鄉團隊給繳械呢！如其不然，團長腦瓜子保不了，咱們可就更慘了。」

「等咱們再亮亮這把牌，」號兵說：「我要是輸掉號嘴兒，您得借錢給我贖，假若拿到好點兒，算咱們走運，省掉這層麻煩了。」

「就憑咱們這夥子人，也想把鹽市的槍枝繳掉？」營長的小舅子叼著煙捲兒，揀著缺氣的話來說：「除非逢著關餉，那天集合集得齊？……司務長報告：三個開小差，五個掛病號，三個賭場上坐，五個娼館裏嫖，還有幾個祇是借套二尺半，暗設他的垜子窯……人家不來把咱們的械給繳掉，業已算是好的了！」

「扒開良心說，」號兵說：「要咱們賣命打鹽市，咱們划不來，這年頭，跟誰幹全一樣，也都是操操槍，吃吃飯，拿份餉。鹽市的保鄉團隊若加我的餉，我明天就跟他去吹號去了。」

「你們這些話，要說也等日後再說。」副官說：「如今是光棍不吃眼前虧，無論是真是假，在鴨蛋頭面前，總得做做樣兒，虛幌它一槍。……等桶箍一炸，各奔東西，豈不是他媽的善哉妙哉嗎？」

「得！」營長的小舅子說：「到底是掛盒子炮當副官的人有學問，不論明早攻鹽市是他媽真打假打，出台亮相麼，少不得是要亮上一番的了！……唪！」他抓起骰子吹口氣，唸唸有詞的擲出去說：「骰子骰子你顯顯靈，是人是鬼我全贏！骰子骰子你旺處走，大錢小錢我一把摟！你娘的七出自拿三，天門頭一班！……抓牌呀，號長！」

緊急集合號能夠在星稀月沉的四更天響起來，是因爲老號手那一把牌抓著娥字九吃莊家人字八的關係，那把牌保住了他的號嘴兒，還贏了一塊二毛大洋，這使老號手有些樂糊糊的，一面站在操場一角的土台上迎著寒風響號，一面把一隻手插在口袋裏，反覆撥弄著他贏回來的壓口袋的洋錢。急速的號聲在冰寒的夜氣裏流噍著，老號手心裏仍有些痛惜——牌運剛他媽轉好，手風正順起來，偏他媽窮找麻煩，天亮攻鹽市，單望老天爺長眼，讓鴨蛋頭挨一顆黑棗，樹倒猢猻散，一哄而散算了！

號聲響了一遍，偌大的營盤仍然無動於衷的黑成一片，連燈火亮也沒見得著，祇見鴨蛋頭團長帶著幾個馬弁倉惶的奔到土台上來了。

「這幫懶狗！媽特個巴子的！」鴨蛋頭團長搓著手罵說：「全他媽睡挺了屍了！那號手，再響一遍號，著實替我加把勁，吹響些兒，催他們一催！」

號手滿心不樂意，又鼓著腮幫兒吹了一遍號，這遍號還沒響完，西南角的那棟營舍裏就鬼哭狼嚎的起了動靜。最先是一條尖亢的嗓子，像鬼掐了脖頸一樣的狂叫著，然後跟著捲起許多條同樣驚悸的、盲目的、像待宰豬隻一般的嘶喊，緊跟著，一些人影從漆黑的營舍裏擠著推著，嗷嗷叫的撞了出來。

「這他奶奶的是啥玩意兒？」鴨蛋頭團長打著酒呃，使舌頭舐著嘴唇說。

突然他想起來了，——鬧營，這是鬧營。自己帶兵不是一年了，常常經歷過鬧營的事情，甭看那些木頭木腦的傢伙，鬧起營來可真是驚天動地，沒有誰能說得出鬧營的真正原因，沒有誰能止得住這種驚呼吶喊的狂潮，一個營舍驚動了，所有的營舍全驚動了，螞蟻似的朝外爬人，有的抱著枕頭，有的拎著褲子，有的抓著襪，有的提著鞋；一個個全像死了爹娘一樣，狂喊著，啞聲的號啕著。擠出營舍門口時，你推我搡，那跌倒的活該倒楣，祇有雙手抱著頭任人踐踏的份兒。

「活……活……」鴨蛋頭團長捲著舌頭說：「活他媽的見鬼……平素不鬧營，偏揀這……這種……要命的辰光鬧起營來……了?!」

夜，黑得夠瞧的，土台背後旗桿上挑著的一盞馬燈實在照不亮什麼，也就因著這團暈濛的燈火，把鬧營的傢伙全招引得來了；鴨蛋頭團長除了搓手大罵之外，一時也拿不出主意。馬燈的碎光旋動著，光裏浮出的一些入了魔的殭屍似的人臉，個個圓睜著眼，嘴張瓢大朝空裏嚷嚷！聲音接著聲音，像一波大浪壓著一波大浪，那景象極爲淒怖，彷彿這一群都不是人，而是衝破鬼門關的惡鬼，要找誰申冤討債一般。

「歐歐歐……歐歐……殺的來嘍！」一個傢伙跌伏在地上，猶自雙手抱住頭，蛇一般的朝前扭動著，彷彿他身後真有什麼殺將過來那樣，極端恐怖的叫喊著。

「繳槍嘍！繳槍饒命嘍！……歐歐歐……殺的來嘍！……兄弟嗳，跑罷！」

「跑……歐！」一群人盲目的附和著。

奔到操場來的總有好幾百人，好幾百人全是瘋子，連他媽幾個營連長也在裏面，一聲喊跑，他們就混亂不堪的在操場上各繞各的圈兒奔跑起來，跑著叫著，嚎著哭著，弄得一塌糊塗不堪收拾。

有一小撮人沒有跑，集合起來在那兒煞有介事的出操，一個木偶人似的兵，氣勢昂昂的手叉著腰喊口令，竟他媽把營長連長排長班長全踢進列子裏操將起來，立正、稍息、跪下、臥倒，操得跟真的似的，有鬼，硬他媽的有鬼！

「統他媽的替我醒醒！」鴨蛋頭團長急得七竅噴煙，破口大罵說：「你們全他媽該拉去槍斃掉！」

他不罵還好，一罵可被那些傢伙學上了，單聽人群裏全學著罵人的聲音，你指著他的鼻子，他指著你的腦袋，罵說：「嗰嗰，醒醒嗰，你他媽的該去槍斃掉嗰！」

「槍斃嗰！槍斃鴨蛋頭嘍！」

「兄弟夥，今夜槍斃鴨蛋頭！大夥兒快去看熱鬧啊！嗰嗰嗰……」

鴨蛋頭團長即使把手掌搓褪了八層皮也是沒用的了，早先看過的幾次鬧營，經歷過的幾次鬧營，全不及這次來的厲害，這簡直鬧得不成體統了！自己這團長的威風一點兒也擺不出來，槍斃、關人、打板子那套慣施的玩意兒也失了靈，壓根兒派不上用場，真是他奶奶的奶奶！……也許自己這個腦袋瓜兒該裝進檀木匣子裏，送給大帥去消遣消遣，要不然，怎會遇上這種邪氣事兒？傳說，兵營冤鬼多，孽氣重，每鬧一次營，要主一次凶，難道我會應在這次凶事上?!……猛可地想起誰說過，鬧營鬧得兇彈壓不住時，祇有朝天開槍才止得住，便轉朝馬弁說：「他們鬧營中魔，你們也他媽的是死人?!——快替我朝天開槍！」

說也奇，幾聲槍響過後，那些瘋著、跳著、喊著、哭著、操著、叫著、爬著、鬧著的人群全不動了，也不瘋不跳了，也不喊不鬧了，也不爬不叫了，一個個全把操場當做床舖，倒下頭睡覺去了，有的還伸著腰，有的一躺下身子就打起呼來了。

鴨蛋頭團長有氣沒處出，沒命的踢著老號手的屁股，吩咐他響第三遍號；無論號聲吹得有多響，那些鬧營鬧得筋疲力盡的傢伙卻賴在夢裏不肯起來了，鴨蛋頭沒辦法，祇好自己帶著副官和馬弁下去踢人，這邊踢起一個坐在地上揉眼，那邊踢醒一個歪著嘴打呵欠，一路沒踢到頭，最先踢起的那幾個可又躺下去了。眼看東邊泛出一絲魚肚白，這才把一夥人弄醒過來，慢慢吞吞集了合，一個個又都沒精打采，垂頭喪氣，回復了平素的老樣兒了。

由於鬧營鬧得不吉利，那封電報又來得令人喪氣，鴨蛋頭團長訓話不是訓話，倒像在背著一本罵人經，媽媽奶奶婊子娘，渾蛋王八三代祖宗全都訓了出來，罵得台底下灰土滿身，狼狽不成人形的傢伙們面面相覷的大翻白眼，誰也不知夜裏曾發生過什麼樣的事情？誰也不知爲何會滾出草舖上的熱被窩，弄得渾身是土？

「你們他奶奶的奶奶！全該砍腦袋！」鴨蛋頭團長罵乾了吐沫才說上正題：「鹽市上喊出保鹽抗稅，舉槍造反了！你們都當著沒事人?!——鹽市不替防軍上稅，你們還想有飯吃？有餉拿？……吃你娘的屁！拿你娘的蛋！咱們衣食飯碗兒整砸了！故所以，」他覺得嗓子有些啞，不得不頓住話頭，使吐沫潤上一潤：「故所以，大帥他電令我領著你們，去把他們的槍械給繳掉，不繳掉，我他媽的團長的腦袋就保不住了！我團長掉腦袋，你們也得挨刀！媽特個巴子的，你們醒了迷，聽懂了沒有?!」

「懂……了！」台底下那些還沒醒透的傢伙，習慣的理開喉嚨吼了一聲。

「好！懂了就成！」鴨蛋頭團長點頭說：「祇要能攻開鹽市，我他媽放花假，放酒假，放賭假！我他媽准你們任意搶錢、喝酒、玩姑娘、讓你們發筆財，鬆快鬆快，……呃呃，」他忽又皺起眉毛，想起什麼來說：「現在，各營派一個挨槍斃的公差出來，開開釆，破破凶；其餘的，替我解散下去準備去，聽號音再來集合。解散後，三個營長留下，跟我到團部去商議開戰。」

古代的傳說裏有過出師前殺人祭旗的故事，許多愛泡書場的北洋兵勇們，都聽過那種滴著血的淒慘的故事，但那也祇是死囚牢裏提出來斬首的囚犯罷了，派公差挨槍斃的事，也祇有鴨蛋頭團長幹得出來，也祇有鴨蛋頭團長明白他爲何這麼做的原因——拿三個傢伙當替死鬼，爲自己破凶氣，希望大帥不會拎了自己的腦袋去消遣。

當隊伍解散時，有三個已經嚇軟了腿的兵，被馬弁們連拖帶扯的扯到土台下面，一個是患了痢疾，骨瘦如柴的外鄉漢子，被抓來充數的，在連裏沒親沒友，正是挨槍斃的好材料，營長就抓了他的公差；一個是個患有口吃病的白癡，光吃飯幹不了事情，別的話他不懂，祇聽懂立正稍息和槍斃，正好讓他嚐嚐槍斃的滋味。另一個卻是個看上去祇有十三四歲的黃臉孩子，胳膊兩腿都還沒成大人樣，他原是北地逃難來的拾荒的孩子，常在後伙房外求口剩飯吃，伙伕頭留他做個炭球兵（**為兵打雜的小兵，不列進花名冊，叫炭球兵**），第三營一時抓不著適合挨槍斃的，祇好抓了這隻童子雞。

這三個人被挾出來，當他們曉得真的是要挨槍斃時，小炭球首先尖聲的哭了，拉痢疾的瘦子撲在鴨蛋頭面前，搗蒜似的叩著頭，哀戚的喊說：「團長饒……命，團長饒……命，我……我……」

「不要緊的，」鴨蛋頭團長說：「我也祇是槍斃你們這一回玩玩，下回有這種公差，不再找你們就成了。……那副官，替他們棺材備大些，多燒紙箔，我這人，是向不虧待部屬的……」

他挺著冬瓜肚子，帶著為善最樂的神情，歪歪晃晃的走過去了……直等三聲悶槍響過，鴨蛋頭團長使手掌抹抹胸脯，這才覺得略為鬆快點兒。不過，當他想起就將攻打鹽市時，不由又把剛舒開的眉頭重新鎖緊了。鹽市的槍枝實力，自己知道得很清楚，旁的甭談，單就緝私營那個營，就比自己這一團還硬扎得多，能打一場雙方都不失面子的火業已算不錯的了，繳械？談何容易?!……大帥他成天泡在鴉片煙舖上，這通電報拍得太缺人味，自己急抓了蝦，不得不把三個營長招呼來打打商量；三個臭皮匠，強似諸葛亮，也許他們能拿出些可用的主意。

第一營是團裏一個空殼子營，營長以下，祇有連排班長沒有兵，營長是一根鴉片煙舖上聞名的老槍（指吸毒很久癮頭極大的人），每天得燒上一二十個泡兒（一個泡兒就是一袋煙），一個時辰不睡煙舖，就他媽涕泗交流，像死了親娘老子一樣；鬧營鬧過一兩個時辰，進了團部就大發煙癮，呵欠連天，垂頭頹頸，連團長講些什麼全沒聽進耳朵，哪還有什麼主意好拿。

第二營長倒是個不抽鴉片的，而且也沒有其他不良嗜好，除了偶而找找堂子裏的姑娘，捨死忘生的把看家本事全用在床上。不過那還都是從前的事，自從見不得人的暗瘡發作以後，走路也得雙手捧著子孫堂，一臉悔愧的神色，所以連這點兒褒貶也沒有了。不過對於床下的開戰有些摸不到門兒，而且早就打算在出發前請病假了，故此也就不方便表示什麼。

「你總該拿點什麼主意了罷？」鴨蛋頭團長轉朝第三營營長說：「你若是再不拿主意，咱們為保腦袋，祇有打夥開小差了！」

「依我看，這場火打不得，」第三營營長說：「您知道的，咱們這個團……連著鬧過幾回事兒了，就好比是一窩野鳥，關在籠子裏養得，拔開籠門牠準飛光，即使替他們鼻尖上抹糖，告訴他們鹽市上有油水，要他們白撿，誰都會搶著撿，可是，若要他們頂著對方的槍子兒去撿，那算是白費心機——天底下，要錢又要命的人多得很，要錢不要命可不多。我的意思是，咱們先著人去鹽市，暗裏通通氣，轉告他們大帥的意思，勸他們甭把事兒鬧大了，祇消把保鹽抗稅的帖兒撕幾張，交卅來桿破銅爛鐵的土造槍銃，咱們拍個電報呈上去，大帥他一樂就沒事了。……這是雙方不失面子，和氣生財的做法。」

「嗯，不錯，嘿嘿，和氣生財的做法，這和……氣……生……？——不成！」鴨蛋頭團長把一臉肥肉笑得抖抖的，忽然一傢伙又凍住了：「我說不成！鹽市上既然撕下臉來，你不咬他，他準會掉頭咬你，若想使他們買賬，非亮亮軍威不可，中不中，猛一衝，衝了再談，鹽市上嚐過滋味，話就好說了！」

「要衝，可也不能單衝。」第一營營長吞了兩粒羊屎蛋兒似的乾煙泡兒之後，擠著眼說：「非得請人來幫打不可，雖說要先花些本錢，但是若能攻開鹽市，十八家鹽棧替它掠個精光，那可就……一本萬利了！」

「論及幫打，非找朱四判官不可。」第二營營長說話時，兩隻手在桌子底下沒命的搓著褲襠，好像他那黃呢馬褲上落了一粒煙灰，不搓就會燒出個窟窿那樣忙法。

鴨蛋頭團長原對幫打滿有興致，伸長腦袋在聽，一聽說朱四判官，嘆了口氣，把脖子又縮回去了。

「我的老天，我他奶奶花不起那多錢！那位人王，有理沒理錢朝錢，獅子大開口慣了的，非到萬不得已的辰光，我不當那種冤大頭。……如今咱們不論打得打不得，先把架勢擺開，試試再講，好在這跟鹽市祇隔一條河，怕兵勇們臨陣脫逃，咱們可挑一個連出來，架起機關炮督戰，誰跑就剃他的頭！」

「行！這督戰官我幹了！」第一營營長說：「我回去吩咐弟兄，把煙舖抬上河堆，燒它幾個泡兒，跟您躺在那兒督戰。」

「我的兵由副營長帶上去開戰。」第二營營長說：「若有膽小畏縮的，聽由團長您槍斃，至於我，不得不告個病假……」

「我去鹽市說降去！」第三營營長胸有成竹的說：「背後既有團長您撐腰，不怕它鹽市不給面子。」

「好，好，」鴨蛋頭團長說：「就這麼辦就得了！……濃茶，熱手巾把兒，媽特個巴子！」

在大營外面的小街上，一群群一簇簇的防軍兵勇們麇聚著，有的敲開酒舖的門，一把撮住睡眼惺忪的店主，使大洋扔在櫃台上，吩咐把他們的水壺裏裝滿了老酒。有的把茶樓的門敲開來，催著店主升火煮茶，有的在街廊下插起硬紙牌兒來，大喊著標售衣物，有的像出大恭似的蹲在石級間，悶吸著土製煙捲兒，皺著眉，紅著眼，就彷彿槍子兒真會找著他們一樣。

清晨的微藍的霧氛在街頭嬝繞著……

平素祇管吃喝玩樂的北洋防軍，一旦遇上戰事就是這個樣兒，無論那戰事是大是小，哪怕開一營下鄉鎮壓土匪呢，明明是一槍不發捉迷藏，可在兵勇們心眼裏，也像是天崩地塌，大禍臨頭一樣。

「開戰嘍，就要開戰嘍！」一個拎酒壺的傢伙把一壺酒全裝到肚裏去了，歪腔歪調，腳步踉蹌的一路喊過去：「兄弟夥，連屎腸兒賣的人，趁隊伍還沒拉上去，得樂且樂罷，操他娘，誰知誰明早喝不喝得成稀飯?!」

「我把我的姘頭（即姘婦）跟誰賭？——跟誰賭?!」一個紫臉膛，臉頰汗毛很密的傢伙，手裏抓著一把蠶豆子兒：「五塊大洋賭熱被窩，隨意抓把蠶豆，逢單就贏，逢雙就算輸！趁他娘集合號還沒響，早些鑽進去，還來得及弄它一火兩火……」

「算了罷，張三，」另一個伸手抹對方後腦杓一把，嘲謔說：「誰稀罕你那個破鳥盆？三年不解裹腳布，臭腳丫巴子裏頭能茁生豆芽來！」

「腳小屁股肥，你不要還有旁人要。」張三說：「你小子拉上去捱一槍，留著大洋啥鳥用？還不如樂一樂倒也罷了。」

渺笑著，笑聲近乎瘋狂的在一撮撮凍得嘶嘶哈哈張嘴喝風的人群裏傳染著，口沒遮攔的把祖宗八代全搬出來嘲謔著，自覺卑微，自覺祖宗八代也都像自己一樣陷在卑微的麻木的處境中活過，嘴裏嘲謔著的是別人，心裏卻嘲謔著自己，甚且對生自己的祖先也有著恨意，——他們活該捱罵，爲什麼他們求仙拜佛、拚死拚活的要生下一個跟孫傳芳幹北洋的、八輩子沒出息的傢伙……仍笑著，想把笑聲盡量捏得自然些，宏亮些，在麻木和空茫相混所形成的絕望中，驅趕掉這麼一種瘋狂的想法。可惜辦不到，每個人都把內心滿積著的慘淒，隨著那樣無端突發的笑聲擠出來，染著眼前的大氣。開初是笑得那樣高亢、那樣猛烈，突然沉落下去，沉進渺渺茫茫不著邊際的哀愁，就像一把流咽的胡琴突然斷了弦索，一堆旺火轉眼化爲灰燼。

一群喝醉的北洋兵勇們，就在冰冷的石級上蹲身圍聚著賭起牌九來，賭注比平常大得多，誰都沒把輸贏放在心上，命他媽還不知能到幾時呢，甭談銀錢身外之物了！一個大腦袋的兵勇把幾年積聚的一點兒錢，在不到三把大注上輸光了，他卻笑說：「風吹鴨蛋殼，操他的！……財去人安樂，上陣不碰上黑棗，自有洋財動擔挑，……踹開鹽市，就像一頭鑽進財神爺的口袋，還愁沒錢給老子們花?!……假如萬一，那他奶奶就有金山銀山也沒鳥用啦！」

「假如真他媽碰上子彈，一傢伙揍在腦殼上，兩眼一閉，腿一伸就沒了事兒，那還算是福氣呢！」一個馬瘦毛長，猥瑣不堪的小個兒，使下唇裹著上唇，吸得特、特的響，抱著屈起的膝蓋說：「假如一槍打得你半死不活，爬不動，挨不動，那才真倒胃口呢。打贏了火，或許還有人顧到你，打輸了，像鴨蛋頭那號人，你就有口游漾氣，他也會把你當著死人埋。」

骰子在冰冷的石台間旋轉著，命運在眼前旋轉著，分不清的點子，在么和六之間，兵勇們把銀洋銅子兒押出去，彷彿那不再是錢，而是自己。……大部分人全打過火，當將軍帥爺們喝酒閒談弄紅了臉的時刻，當他們在鴉片煙榻上窮極無聊打上賭的時刻，誰拐走了誰的姨太太，誰繳了誰的一股兒槍，一聲媽特個巴子，他們就得像線牽的木偶般的被排列在廣場上，結起斷了的草鞋帶兒，各領三五發槍火，然後聽號音吹響，目送將軍肥肥的馬屁股遠去，然後就開上火線去開戰一番。

有時戰線很遼遠，他們得歪呀拐呀的行軍三五天，逗上火暴暴的夏午，四野像密不透風的大蒸籠，太陽能曬塌人的頭皮，也得走，也得聽帶隊官「誰他媽的掉隊（即落了伍）就斃誰！」的叱喝聲！逗上秋雨連綿的日子，天也哭著，地也哭著，許多陷在爛泥地上的黃葉子，許多又冷又濕的死亡，呻吟不絕的草鞋和草鞋，一樣的踏過去，也像滑踏滑踏的踩在發霉的人心上。

雨如煙。雨如霧、如雲。灰霾染著兩眼，心濕成那種樣：像一枚滿生黃色水銹和黯色銅綠的古錢，什麼樣的前塵往事都在潮濕裏翻現出來了！……路有多麼長，祇有起泡的腳掌知道，夜晚歇在不知名的村簷下，眼裏滿噙著火也烤不乾的眼淚，媽在墳裏，沒有人會聽得見裏在笑聲裏的哭泣聲。

然後，草壕把人裝滿，新掘的壕塹把人裝滿，新土的氣味使人兩眼望得見新堆的墳墓，插著一面面略帶歪斜的白木牌子，墨跡淋漓的名字禁不得一場風雨，然後那些名字便成爲一片荒草，沒有人會去墳裏挖掘什麼樣哀淒的故事。槍炮聲響了，新土染上血就會變茶褐色，略帶半分黯紫。槍子兒像大群驚惶的田鼠，刨掘著塹壁的積土，死亡是風，吹盪在人緊縮的身體上，死亡永遠抹掉一些面孔，卻抹不掉花名冊上不變更的名字：李得勝和張得功……

「下注呀，你他媽媽的，甭像根傻鳥，不拉屎空佔著毛坑！」

開戰的消息像有耳報神報著一般的靈通，不到一會功夫，從縣城裏來的收買舊貨的，高價換金飾的，粗眉大眼、脂粉搽有一分厚的土窯姐兒，兜售吃食的，賣花荷包和吉祥符的，全來了，全來了。小街上滿擠著人，滿擠著兵，這是老例子，北洋防軍在開戰前，總讓兵勇們花花胡胡醉一番，連鴨蛋頭也相信兵勇們喝了酒才壯得心膽，才敢睜著眼放槍……他當年初上戰場，喝了半斤高粱，等醒酒時，一覺睡成了班長。

儘管督戰隊業已在東西兩面河堆上佈了機槍崗，還是有些兵勇逃了，鴨蛋頭團長嚷著要斃逃勇，督戰隊長沒辦法，抓了兩個單幫客來斃一斃應個景兒，不過，後來他主動又斃了兩個——因爲他覺得多斃幾個，可以多落幾包純白的細紗和麻葛布，夏天來時能賣得極好的價錢，好替自己多準備半缸煙土。

賣吉祥符的地攤上人頭亂滾著，兵勇們不論價錢，搶著抓；吉祥符裝在絲繡的小小的荷包袋裏，傳說能避子彈的。那個馬瘦毛長、猥瑣不堪的小個兒贏了一衣兜錢，忽然不甘心輕易拿腦袋去碰子彈了，就轉身擠過來，想買個吉祥符佩佩，總覺不佩個吉利東西安不下這顆心。

「開差罷，你這傻鳥！」大腦袋套著他耳朵吹氣說：「你又不是升官發財的命，何不開差，拿這筆錢回鄉做個小買賣去?!甭說做買賣了，光是睡倒身吃，也夠你吃上三年的！」

「你想當逃勇？」小個兒說：「街口躺著四個，一個拖著腸子，那三個腦瓜全叫打炸了……」

「傻鳥不傻鳥?!」大腦袋說：「你不論朝東朝西，祇要跟佈崗的塞一把錢，誰都不會追你，王二麻子走了好半晌，如今怕在十里關外了！」

小個兒突然淒瞇著眼，扯開領口來。

「就因我不是傻鳥我才不開差，你看看這兒，你傷疤，上下兩個洞，正在琵琶骨兩邊，是他娘抓兵的替我穿的洞，姆指粗的鐵鍊兒穿在鎖洞裏，血疤釘在鐵環上，我他媽還有這精神開差回鄉去，讓他們使攮子挑老疤?!……買個吉祥符佩佩算了，這場火打不死，我他媽進窯子摸它一百個女人。」

好容易買到一隻小荷包，醉眼朦朧的捏在手裏看著，不知是那個巧手的閨女刺繡的，蘋果綠的軟緞面兒，四面鑲著一圈狗牙花，底下還貼著一排短短的黃流蘇，飄漾飄漾的刮著……蘋果綠綠得透明的，拿什麼能比呢？怕祇有春來時剛抽芽的嫩葉兒能比它，老家就在楊柳河的河岸邊，老家的春來時，滿眼祇見蘋果綠，蘋果綠的垂楊軟而亮，軟得使人想著就覺心酸。荷包面上繡著一對小布人兒，男的穿著長袍馬褂，紅頂的瓜皮小帽，女的梳著大扁髻，白臉紅唇，穿著綠襖兒，襖下繫著百褶大紅裙……那世界原是自己的，但如今比雲還遠。

「想什麼來？小個兒。贏了錢不請客，死了照樣睡不了大棺材！」

小個兒縮縮肩膀，那世界在醉眼裏波盪著，綠襖紅裙的新媳婦是楊柳河最美的，夜晚摟著她，又軟又熱又香甜，可惜祇有三個月的時光，他被鐵鍊鎖著琵琶骨拖離那塊綠土時，她還沒脫下她的紅裙……她的白臉在荷包上笑著，就像掀開她頭蓋時，她斜睨著自己笑著一樣；她黑眼亮亮的，又羞澀又明媚，跑遍各地的娼戶，十張臉上的笑合起來都揑不成那種模式來，也沒有什麼樣的紅唇像那樣，開口吐話都聞得著輕輕淡淡的薄荷香……

他想著，鼻尖酸酸的流著眼淚……

「吉祥符，吉祥符，保佑我。——她臉上沒有一絲寡婦相，讓她穿著那領紅裙唱『小寡婦上墳』嗎？她愛唱各種俚俗的小曲兒：『楊柳青青』，『千里尋夫』，『五更天』，可就不愛唱『小寡婦上墳』，她最忌諱這個……我若死在這兒，她連哭全找不著墳苞兒啦！」不能想，不能想，想起來心就涼了半截兒，抬起袖子抹抹眼，才發現荷包面上濕了一大片。

「咱們爲啥要跟鹽市開火呢？」誰在那邊說。

「爲啥?!」愛抬槓的總有槓子抬：「開火就是要開火，不開火就是不開火，吃糧的還配問這個?!難道每回開火全他媽有道理？真是！你算是黃河心的沙子——淤到底兒了。」

「讓開！讓開！」有人一路喊過來：「營長的大煙舖要抬上河堆去了！」

幾個掛盒子炮的馬弁在前頭喝著道兒，八個兵勇像螞蟻扛米粒兒似的抬著那張黑漆的煙榻，歪歪晃晃的一路抬了過去。煙舖後面，一匹瘦馬上馱著蝦米似的營長，兩眼睏得水汪汪的勉強睜著，嘴裏還含著一顆提神的煙泡兒。馬後的督戰隊也出發了，橫揹槍的，豎揹槍的，倒吊著槍的，寬沿硬帽扯得很低，一路上嘰哩呱啦的談笑著，顯得很開心，——那全是因爲督戰隊不須上火線頂槍子兒的關係。

集合號還沒有響，鴨蛋頭團長親自護送著他的情婦小菊花回縣城荷花池巷的小公館裏去還沒有回來，他雇的那輛黑色篷車裏，除了小菊花之外，還裝足了三大箱銀洋。全團裏，也祇有一個自願率人進鹽市說降的第三營營長精神最足，他領著全營七十幾桿槍，舉著白旗兒，大明大白的從南邊的洋橋口開進鹽市去了。昨夜晚，方勝就差人來跟他談過槍火買賣，——他這是進去送貨，貨款到手後，他去鄂北，一個朋友把他介紹給吳大帥，新差事是沒有兵的上校團長。

等鴨蛋頭團長回來，等集合號吹響，業已到黃昏時分了。

號音在隔著一道黃河的鹽市上人們的耳朵裏，聽起來就沒有那般雄壯了。然而，鹽市上還是在準備著，兵來將擋，水來土掩，頭場火非打贏了壯壯聲威不可。壩上雖說形勢孤，可卻佔著地利，儘管嚴冬時分，老黃河水淺灘多，防軍能蹚水過河，但他們必得在槍口下面仰攻那座高堆，所以窩心腿方勝把壩東棚戶上所有的槍枝都集到高堆來，交給鐵扇子湯六刮統著。

甭看粗壯黧黑的湯六刮是個蠻漢，蠻漢卻有蠻主意，他交代領著棚戶槍隊的齊二叔，把槍墩兒全堆在堆頂上，無論有人沒人，堆得愈多愈密愈好。

「防軍的官兒全是膽小鬼，」他笑出一口白牙說：「讓他們隔河先數數槍垛兒，他們的小腿就會轉筋啦！」

他讓齊二叔督工挖槍垛兒，又吩咐人到鹽市的鬧街去扯布做旗兒，不論那些布疋是什麼顏色，祇要質料輕軟，能隨風舞動就成。人多好辦事，不到晌午時，幾百面長桿挑著的長旗就做妥了，湯六刮親自督促著把它們一面面埋在堆頂上，每隔三五座槍垛就立著一桿長旗，從東到西一道長長的高堆，在不到半天的功夫就變了樣兒，槍垛兒密連著槍垛，長旗飄接著長旗，太陽照耀在旗上，幻化成一道接連七里的繽紛灼亮的彩雲，北風拍動旗面，刷刷的橫飛橫舞著，那響聲震人心膽。

「人說程咬金有快三斧，我湯六刮也有快三刀！」湯六刮拎著酒瓶跟大夥兒說：「這祇是頭一刀，讓他們抬頭就瞧得見咱們的氣勢！……咱們也算是七里聯營。」

「湯爺，你那第二刀也該亮一亮，咱們先瞧瞧如何？」一個棚戶說，他戴著黑羊皮帽子，穿著灰藍布的襖兒，腰裏緊束著絲縧，看樣子，就好像並不是來開火的，卻像冬閒季結夥出獵一樣的輕鬆。

「這第二刀麼？嗯，我要組個大刀隊！」湯六刮說：「你們全該曉得北洋防軍是塊豆腐，跟他動槍沒有動刀爽快，如今槍火價錢昂貴，來處不易，有了大刀隊，壓根用不著開槍了，老虎攆綿羊，潑風跳出去猛撲它，包管不用費事就嚇得那些膽小鬼交槍了！」

「爽快！」那漢子說：「有那位兄弟接我的槍，我跟湯爺組大刀隊，砍那些龜孫去。」

「好！」湯六刮喊說：「那身強力壯不怕死的，願意掄刀的，就請過來這邊。衣裳豁掉，我教你們砍劈攔，讓防軍嚐嚐快三刀的滋味。」

禁不得湯六刮登高一呼，大刀隊很快就組成了，一百來條大漢，一百多支式樣不一的單刀聚結在一起，湯六刮把他們分成十組，每人都豁掉上身的襖子，光著胸背，就在堆頂的鐵道兩邊練刀。那種刀法很原始，很簡單，真箇就是那麼三招兒——豎砍、斜劈、橫攔；湯六刮祇教他們朝前跨一步，砍一刀，緊跟著來一個老虎跳，並配合著每一有力的動作，要大夥祇當砍著北洋兵一樣喊殺一聲。……天氣是那麼寒法，堆頂地勢高，北風又尖又猛，雖說祇是練刀，也不由大夥兒不賣命了！

「豎——砍！」湯六刮像打雷般的吼著。

刀手們依令朝前跨一大步，雙手抱著刀把兒，刀背朝著鼻樑，猛力砍將下去，一面齊聲吼叫：「嘿！」托地一個老虎跳過後，湯六刮又吼著：「斜——劈！」

那些刀手們把單刀偏右揚起，閃一道亮森森的光弧，急速劈砍過來，由於發力太猛，使身子微微斜旋著，仍然齊聲吼著：「嘿！」湯六刮說了一聲好，使手心抹抹酒瓶口，喝了口酒，再喊說：「橫——攔！」

這一回，刀手不再僅僅呼出一個短而有力的嘿字，卻咧開喉嚨，像吐火般的吐出一聲驚天動地的「殺」字來，百來條嗓子綰結在一起，百十顆受苦受難的憤怒的心靈綰結在一起，匯成一股洪濤，洶湧著，迴盪著，像要吞食什麼，衝破什麼似的撞向遠方去。

湯六刮開初吼得慢，刀手們也動得慢；慢慢的，湯六刮越吼越快，刀手們揮刀的動作也跟著快將起來。

「豎砍！斜劈！橫攔！」湯六刮連聲叫著。刀手們就皺著眉，圓睜著眼，舞起一片刀光，吼出：「嘿嘿殺！嘿嘿殺！」當防軍大營前的小街上鬧著斃逃勇的時候，湯六刮業已領著這幫新組的刀隊，足足操練了一個時辰，直到每人渾身潑汗爲止。

「刀隊打火，無須用什麼妙法兒，衝得快，撲得猛，殺聲震天就行了，」湯六刮告訴大夥兒說：「對著北洋軍這幫飯桶，諸位衹消做到我說的這三點，壓根兒不用刀頭滴血，單憑氣勢就會把他們嚇得拔腿扔槍啦！」

「這衹是第二刀，」戴黑羊皮帽子的漢子說：「咱們湯爺還有第三宗法寶還沒祭呢！」

湯六刮把黏滿煤屑的破大襖拾起來掉掉土，胡亂披在肩上，吐了口吐沫，望望斜西的日頭說：「祭第三宗法寶，時辰還早呢，我業已著人預備去了，防軍不來攻，咱們且不忙亮它。防軍開火我最清楚，雷聲大，雨點小，灑幾滴兒就雲消雨散，也許還用不著我那最後一宗寶物呢！」

儘管一條高堆在湯六刮佈置下，變成鹽市外環的一道鐵箍，但在鹽市各處，仍都顯得異常忙碌；由緝私營爲主改編成的保鄉團，主力分佈在市街周邊的沼澤、稜阜、荒塚各處，挖戰道、壘沙包，像一群新遷的忙於營巢的螞蟻，壩西的棚戶們被編成兩隊——有槍銃的編成一隊，由原先的領隊統著，沒槍銃的交給張二花鞋帶去練棍。張二花鞋要他們砍了大堆的樹桿，去掉雜亂的枝葉，削成兩頭尖，杯口粗，六尺長的木棒，在灌木林中的空地上，教他們怎樣使棒。

「諸位可甭小看了這根木棒，」張二花鞋說：「在早先的各種兵刃裏面，棒是最輕靈、最便捷的兵刃，一般圓頭木棒專拿來擊人，殺傷力較小，而這種兩頭削尖的木棒，除了當棍使，又能當槍矛使，發力直戳過去，一樣的穿胸洞腹，平素那些叉把掃帚，揚場的木掀，當作械鬥用還差不多，到底是經不得陣仗的。」

在保鄉團的團部裏，新任的團統更夠忙的，他得調動槍隊，把防軍可能進撲的地方扼住，他得不斷差人出去刺探河南防軍和河北土匪的動靜，他得跟士紳們聚議籌餉籌戰費，他得接見由各處來的槍火販子。擔任副統的窩心腿方勝更沒有閒空兒了，他走東到西的察看守地挖壕，接著防軍營長，收買他帶過來的槍械，一面留神聽著南邊的號音。

儘管他知道留守的防軍實力不強，但他是個穩沉的人，從不瞎打如意算盤，他一面查看收買過來的槍枝，一面想著，萬一高堆上湯六刮他們吃緊，該怎樣去應援？留守防軍第三營帶過來的槍枝全都是上等貨色，可見孫傳芳一般部隊裝備夠精良的，可就是中看不中吃——以經不得硬火出了名的。

「我真不懂，兄台。」方勝跟那位售槍的營長說：「你爲什麼肯把槍械賣給鹽市呢？」

「這個，兄弟可早就計算過了。」那位售槍的第三營長說：「咱們那位鴨蛋頭團長，是個臉慈心辣的毒傢伙，打了勝仗，功是他的，打了敗仗，過是咱們的。那兩個營長上面有靠山，鴨蛋頭不敢胡亂整他們，兄弟可不成。這回大帥電令攻鹽市，打不下來要拎鴨蛋頭的腦袋，兄弟早料準了要吃敗仗，這些槍，與其讓你們白繳掉，還不如多少拿幾文。我底下這批人想開差回老家，兄弟也明白，發些遣散費給他們做盤川也好。至於兄弟我，不瞞您說，我這就打算到鄂北，改投吳佩孚去了！」

窩心腿方勝困惑的的瞇著眼，防軍這位營長年紀很輕，頂多也不過卅來歲的樣子，長得白淨斯文，非但談吐不俗，對待部下也滿夠愛護的，真想不到他竟會臨陣畏縮，把幾十條槍枝整賣給對方！真是不可以貌相人了……

當窩心腿方勝打量著這位防軍營長時，這位防軍營長卻也雙目炯炯的打量著方勝。

「我說，方爺，我猜透了你的心事了？」他微笑說：「你是不齒我的爲人是不是？」

「對了！」方勝說：「不過，我還是有些兒弄不懂。」

「嘿嘿嘿，要懂很容易。」對方還是微笑著，從口袋裏掏出個黑皮夾兒來，又從皮夾裏掏出一張黃票來，輕輕放到方勝面前：「這您總該懂了罷？在日本學陸軍時，我就入了會了，我在這兒當一回送槍的營長，到吳佩孚那邊，一樣的招兵買馬，再當一回送槍的團長，既革命，就不必居功，……我這夥弟兄，大半也都是領了票的。」

「唔！妙！妙！」窩心腿方勝拍著巴掌說：「這簡直是妙透……了！」

話經這麼一說，再沒有什麼疑慮把人隔著，兩人就談得分外投契起來，這位具有革命黨身份的北洋防軍營長，把鹽市處境分析得極爲清楚，也道出了他對在野豪客關八爺的傾慕。

「可惜兄弟沒有這份機緣，拜謁這位俠士，不過，兄弟臨行有兩宗事要向方爺您直告的，」他說：「依兄弟的看來，目前單憑鴨蛋頭加上土匪，當然是撼不動鹽市。不過，孫傳芳到底是統有大軍，拿它對付革命軍不足，調三兩師人吃掉鹽市卻游刃有餘……鹽市是否能免劫，全在革命軍北伐的快慢，若湊不上機會，就算有大湖澤裏的民軍鼓應，也難免……總之方爺你們多保重就是了！」

「我並沒朝好處打算過。」方勝嘆息說：「義之所至，雖死不辭，咱們順民意拚著挑這付擔子，走到什麼地步就是什麼地步罷了。」

「還有一宗提醒方爺的，」他說：「如今北洋軍裏，領票的很多，萬一有投來的，或是戰陣上，切忌亂殺，這也許對鹽市有很大的好處。」

方勝點頭說：「這個兄弟知道。」

「我不想再耽誤您，方爺。」那位營長說：「您聽，河南岸的集合號響了！鴨蛋頭的老法門兒——不打凌晨打黃昏，因爲他團裏人槍太少的關係。除掉兄弟帶來的七十多桿槍之外，他手裏攢著的槍枝，一共還有三百桿不到。他以爲黃昏天黯，對方摸不清他的底細。」

「我實在也無法久陪你，」窩心腿方勝說：「我得趕到高堆上去，看看湯六刮怎樣剃那鴨蛋頭？」

等窩心腿方勝趕至高堆時，雙方業已開起火來了……

老黃河兩岸的黃昏替雙方揭開了戰幕。

老鴨蛋頭跟鴉片鬼營長躺在煙舖上，那樣的指揮防軍開戰。鴉片鬼營長替他的上司燒了兩個煙泡兒，鴨蛋頭吸起精神來，端著茶壺一抬頭，幾乎連茶壺把兒全捏不住，把濃濃的熱茶全抖索得溢將出來。——在他眼前，那道平素看熟了的高堆全變了樣兒了，那條平頂的堆頭中間，舖有一條運鹽至楊莊碼頭口的輕便鐵道，在往常，除了一天有幾班突突吐煙的火車，或是人撐的裝鹽車經過外，就是有人，最多也不過是三五個肩著鐵鍬鐵鏟的路工，唱著小曲兒走過，或是有些放牧牛羊的孩子晚歸時盪著鞭的人影兒，夾在牲口中間走著。

若說鴨蛋頭不知兵，那就錯了。他比誰都清楚，若想踹開鹽市，必先一鼓作氣控住這道高堆不可，能把高堆控制住，真箇是居高臨下，鹽市的一舉一動全瞞不過自己兩眼；控住高堆，也就等於把鹽市拿下一半了。

鴨蛋頭原以爲一條高堆這樣長，壩上決無法處處設防，祇消把隊伍散開，趁薄暮涉水渡河，就可把堆上防守的人給輕易切斷，然後，憑防軍的槍械和火力把他們擠下堆去，一夜之間，就能把高堆給佔穩了。誰知眼前的高堆竟變成這樣，一座槍垛兒連著一座槍垛兒，一面飄響的長旗接一面飄響的長旗，就彷彿這條堆上佈得有千軍萬馬一般。

「不……不會是……他們故佈疑陣罷？」

「是真是假，咱們一衝，他們非亮底牌不可。」鴉片鬼慫恿說：「咱們何不差個連去試試看？」

「對，他奶奶的，諸葛亮空城嚇退司馬懿，它可嚇不退我，那個副官，著第三營派個連去試試看。」

副官兩腿一夾，是字倒叫得滿響，不過，步兒還沒邁開，忽又兩腿一夾報告說：「報告團長，那個第三營，全營開拔到鹽市裏說降，業已去了半老天，還沒見回來。」

「嗯，三營不在換二營，」鴨蛋頭團長說：「說降的既去了半老天，他們白旗不舉，原就是吃罰酒的料兒！二營派個連去試試，——找那連長來，我跟他說話。」

不一會兒，被抓了公差的那個連長來了，人站在煙榻前面，渾身抖索得像發了瘧疾，那張臉那還像是個官？簡直像是要拉上法場行刑的死囚。

鴨蛋頭一陣火上來，原想發作，繼而又舉眼望望那座高堆，想到自己若是那位連長的話，怕也是……所以就心平氣和起來，反替那位連長撐勁說：「你儘管聽號音，率著弟兄放手去攻，我他媽特個巴子調兩挺機關炮當你的後台老闆，攻下高堆來，賞你大洋五百，外加肥豬一口，順帶老酒兩罈。」

爲了替攻撲高堆的那個連（實則是為鴨蛋頭團長自己）壯膽，全團的號兵排成隊，五六支銅號輪替著，不歇氣的狂吹，多時不用的兩面軍鼓，也叫搬到台口來，咚咚不歇的擂上了。臉色蒼白的連長有些撐持不住，彷彿那串鼓不是擂在鼓面上，而是擂在自己的心窩，就覺心跳得比密鼓還快，虧得一位有眼色的排長發覺得早，遞過一隻盛酒的水壺，平素並不喝酒的連長一口氣牛飲了半壺酒，酒色加上晚霞塗染，才勉強把他那張臉弄得還像個人樣兒。

「幫襯幫襯我，兄弟噯，」他幾乎哀嚎的叫說：「咱們聽天由命撲過去罷！」

慘紅的夕陽像隻哭腫的充血的眼，在灰紫色雲後凝望著，那些擔任攻撲的防軍們沿著河灘散開，拉成一條歪斜八拐的「一」字形，咚咚的鼓聲壓在他們彎起的脊背上，淒迷的號音把他們游絲般的生命捆縛著，使他們必得戰戰兢兢的屈從於命運。

「誰也不准落後，兄弟噯，落後我照樣要斃人的，這是在兩軍陣上。」嘴說不准旁人落後的連長掂著匣槍，自己卻理直氣壯的落在「一」字形的後面像個標點。在連長押陣之下，兵勇們端著槍，也惶亂的，草草的發出幾陣有氣無力的吶喊什麼的。

「衝喲！殺啊！殺那個龜孫雜種王八蛋啊！」

然而兩條腿彷彿全不是自己的，彷彿全像被釘子釘住似的，嘴動身不動，盲喊亂叫替自己壯膽氣，在河對岸防守高堆的人們的眼裏，成一群被黏在膠紙盤上抖翅的蒼蠅。

由於猛喝了半壺酒的關係，使一向膽小的連長居然也熱血沸騰起來，像一把織布梭似的在隊伍後頭來回橫跑著，叫喊說：「瞄準高堆，替我排槍齊——放！」

轟轟的排槍放過去了，高堆那邊不見一個人影閃動，也沒見一支槍還擊，祇有數百面長旗仍在晚風裏無動於衷的招展著。

「空的，根本是空的。」誰說。

「空的，對了！」

一群人從河灣處水淺灘多的地方開始蹚河了。早上曾圍聚在石階上賭牌的大腦袋跟腰裏佩著吉祥符的小個兒，也正在這個連裏，小個兒有些神魂顛倒，放完排槍忘了撿起彈殼兒（在北洋軍裏，無論戰況如何緊急，一場火打完，就得集合起來查點發彈數，交出彈殼兒，意在防止士兵藉機盜賣子彈。有些部隊規定差一顆彈殼，除掉扣餉賠償外，還要扒在地上挨三扁擔），大腦袋替他撿起來，罵說：「小個兒，你那屁股是鐵打的？你放槍不撿彈殼兒，三扁擔能送你到閻老西那兒喝馬虎湯，瞧你那付掉了魂的德行！」

「我祇是怕，」小個兒哆嗦說：「老酒不管用，吉祥符也不知靈不靈？天若保佑我活得這條小命，我寧挨九扁擔。」

即使對面沒響槍，他們橫舉著槍枝蹚河時，仍然是游移畏縮、慢慢吞吞的，等他們一接近北面的河岸，南邊兩挺機關炮就張嘴替他們撐腰了。有一挺槍打的是掃射，槍子兒呼呼叫的掠過高堆，嘯音拖得很長，全不知落到那兒去了。另一挺不甚靈光，祇打了一個三發點放就吸了殼，槍手發了慌，扳著機槍拉一陣，搖一陣，也搖不出一個悶屁來。

「操你娘，你這屬烏龜的，炕炕料兒！」槍手吐了口吐沫，像莊稼人罵懶牛似的罵開來了。可惜那挺機關炮老聾了耳朵，罵也沒法子把它罵張嘴。那邊的第二陣排槍響過，業已手腳並用的爬堆了。爬堆爬至堆半腰，伸頭朝上看看，一條堆還是死沉沉的，連一絲風吹草動的跡象全沒有。機關炮仍然打得那麼高，彷彿「天」跟槍手有宿仇，非趁這種機會假公濟私洩洩憤不可。

這種反常的沉寂，不由不使爬堆的傢伙們渾身發毛了，當真旌旗密佈，槍朶兒林立的高堆會是空的？哪個膽兒大的先爬上去瞅瞅去罷！誰他媽膽兒大呢？原是一個個散開了爬的，爬著爬著就變成了螃蟹，橫挪著身子爬到一堆去了。

「空城計，我他媽料準它是空城計！」鴨蛋頭團長瞇著兩眼，捧著肚皮說：「你瞧瞧，人全上了堆了。依我想，堆上那幾個路工看見咱們的影子，怕早就屎滾尿流的跑回鹽市裏去了。虧得他們有力氣沒處施了，佈成這麼個陣仗！」

也就在這當口，沉寂的高堆背後，澎的一聲銃響，引出一陣巨大的瘋狂的殺喊聲來，湯六刮青巾紮額，精赤著上身，猛可的躍將出來，大張雙臂左右一揮，百十口單刀從堆頂直滾下來了！「殺……嘿嘿，殺……！」刀手們齊聲怒吼著，把單刀舞得霍霍生風。

可憐防軍那一連人猶猶疑疑的，還想著爬上堆交差了事的呢，再一瞅，我的媽，這可不是兇神下界，殺得來了?!人說攻撲要有膽量，實則上，跑也要有膽量才行，有些膽大的，一聲說跑，馬上朝回拔腿，跑得像驚窩的野兔。膽小的光是心裏想跑，兩條腿卻不太怎麼肯聽話，軟了他的娘了！祇有那個連長，做得到「退卻在後」（**不過是因為他兩腿軟得比旁人更厲害些**），他還沒爬下高堆，就被湯六刮追上了。

湯六刮一舉刀，那傢伙就把匣槍扔了，回頭大喊饒命。湯六刮並不殺他，祇是使單刀在他屁股上來回盪了幾盪，然後飛起一腳說：「你爬不動，我幫你個小忙——滾還滾得快些兒！」

那連長真肯聽話，被湯六刮兜著屁股一腳，踢得像隻球兒蛋似的，嘰哩咕嚕的飛滾，果真滾到他們那夥跑著的前面去了。

大刀隊這一陣光衝不殺，前後不到半袋煙功夫，又已把那連人攆回河南去了，湯六刮擄了七八個不逃的兵勇，拾了約莫廿桿洋槍。

河南岸的鴨蛋頭團長這回可不笑了，搓著巴掌，拍著光腦勺，埋怨機槍打得太高，埋怨連長不中用，該槍斃八回，斃完拖了去餵狗！埋怨這，埋怨那，連煙燈都叫他砸了。

「響號，著全團總攻！」最後他說。

太陽沉落下去，總攻是在暮色深濃時開始的。這回也許因爲人多，膽氣比先前壯些，隊伍散開後，不一會兒就有三撥人蹚過了河，一過河就被高堆上猛烈的槍火封住進路，抱著腦袋，翹著屁股，像一群受驚的野雞。不過，湯六刮並不願意射殺那些防軍兵勇，又不願白耗子彈，防軍蹚水過河的人數不少，逼得他非祭第三宗法寶不可。

「替我抬——炮上來！」他站在一隻火車頭上叫喊說：「抬大——炮！」

他一聲沒喊完，堆背後起了一陣嘈喝，拉的拉，抬的抬，把一尊紅衣沒退的子母大炮運上來了。這種黑疤嚨咚的怪物，一口能吞得下一笆斗火藥，還加上銅釘、鐵三角、鉛沙、鐵蓮子，它的射程當然比洋槍差得遠，但誰若靠近它，一炮轟出來能把人給轟爛，洋槍出膛一條線，銃槍出膛一大片，這玩意轟一炮，十丈方圓的人，不死也得塌層皮。

「架——炮！」湯六刮神氣活現的喊說：「祇要他們不怕死，認著炮口朝上衝，就替我開炮轟他個龜孫！」

擠伏在堆前河灘邊的防軍，人人全聽得見湯六刮的喊叫，也能在黯沉沉的暮色中看得見一尊又一尊的那種龐然大物平平的抬上了炮架。一尊，兩尊……他們默默的數算著，說來嚇壞人，天知道怎會有這麼許多子母炮?!單就當面這條堆，就排有廿多尊大炮！那些穿著紅衣的炮手嘈叫著，有的按火帽，有的使人頭大的布捲兒清炮膛，有的業已揭掉炮衣，黑洞洞的炮口使人望著就覺心寒……鐵包輪的騾車在堆面上滾動著，裝運火藥桶的牲口鳴叫著，有一些腰鼓形的火藥桶被卸下來，無數滾桶聲綰在一起，響如巨雷。

「響排槍！」湯六刮又在吼著了。

黑裏響排槍，聲勢分外驚人，蹚過了河的防軍們就覺響排槍時，整個的一條堆都被一團團藍色的槍口火映亮了，幾乎每一座垛子都有槍火，排槍的槍聲像疾風催捲著狂濤，嘩嘩嘩嘩的一直波盪到遠方去。

「第一炮，試炮！」湯六刮緊跟著喊叫說：「第二炮，試炮！……第三炮，試——炮！」

轟！轟！！轟！！！

連著三聲坍天巨響，震聾人的耳朵，不論那些子母炮古老到什麼程度，炮聲可就有那麼響法，噴沙子從炮口的火光中迸射出來，焰火似的直射到河灘上，伏在炮火下的防軍一個個被震得耳聾眼花，心戰神搖。

天慢慢黑下來，過了河的防軍叫高堆上擺出的氣勢嚇破了膽，哪還有頂著炮口攻撲的意思？一個倒著朝後爬，個個跟著朝後爬。爬著爬著，忽聽高堆上又是那條粗沉的嗓子吆喝說：「那大刀隊，準備好，底下的龜孫要退了，跑得慢的，替我留下他們的腿來！」

那些防軍一聽，爬也不行，非得跑不可，黑裏也弄不清誰先退，誰先跑的，一鬨就跑開來了，有的踏錯了地方，落在河心的深水裏，有的跑脫了鞋光著腳板，班不成班，排不成排，兵丟掉官，官找不著兵，旁的全顧不得了，唯恐背後的大刀隊追上來砍腿。

河那邊的鴨蛋頭團長急得跺腳，大喊不准撤退，誰先退斃誰。若在平時，他那種喳呼勁兒，多少還能起點兒約束，可一臨到這種慌亂的辰光，誰還聽他的？他帶著副官和馬弁想去攔人，半路上，聽見黑裏有人叫說：「大刀隊捲過河來了，團長，您要命還不快跑?!」鴨蛋頭一聽，把平素他常放在嘴邊的一個穩字也都扔到九霄雲外去了，任憑兩個馬弁挾著他跑。

跑過煙榻時，他喘吁吁的交代鴉片鬼營長說：「督戰隊改成掩護隊，快拉上去挺住，……要不然，我這個……團，媽特個巴子，就……散了板……了。」

而那個鴉片鬼營長的架子大得很，鴨蛋頭團長跟他說話，他愛理不理的翻著兩隻白眼，副官上去扯他一把，他翻過身來，聲音有些不大對勁兒，副官一捺電筒，才發現他胸口多了個不必要的窟窿。

「督戰隊！督戰隊！」鴨蛋頭團長空叫了兩聲，卻叫來了兩發貼著頭皮尖嘯過去的子彈。

風在天上把晚雲刮散著，鴨蛋頭所統的一個團，就這麼糊里糊塗的散掉了，正像風捲著的殘雲一樣……

長長的高堆上亮起火把來，路工們、棚戶們、小鹽莊來的苦力們，全把湯六刮圍繞著。

「湯爺，真有你的！」連齊二叔也晃著大拇指說：「你究竟從那兒弄得來這幾十門子母炮的？……不但弄來這多炮，連火藥全弄來了，各炮炮後堆的火藥，怕不有好幾百桶？」

湯六刮祇是笑著，也不說什麼，跨過去兩步，走到一門子母炮前，伸手把紅布炮衣一扯，喊說：「瞧罷，哥兒們，就是這種炮！」

大夥兒一瞅，哪裏是什麼炮?!原來祇是一根斗粗的木頭段兒。

「我這些炮裏邊，祇有三門是真炮，適才都已經試放過了！」湯六刮說：「其餘的全是唬人的傢伙，風月堂拆了一棟後屋，大樑大柱鋸斷了，使紅衣一蓋就成。我早說過，假炮在咱們手裏，一樣當真炮使，防軍那一個團是塊豆腐，還用得著真炮轟嗎？」

「那麼湯爺，這火藥？」

湯六刮大笑起來，說：「除了那三門真炮後面那十來桶動不得，其餘各桶，都裝的是油香大餅，快打開趁熱吃，咱們也該用晚飯了……」

……

鐵扇子湯六刮智敗北洋軍的故事，當夜就在鹽市各處播傳著，事實儘管是事實，經不得人嘴一傳，就更顯得誇張了。這一火雖不算什麼，但對鹽市上民心士氣的鼓舞是夠大的了。湯六刮所領的人槍，還不及保鄉團的一個大隊，就能穩穩的扼守住高堆，一日之內，把鴨蛋頭的一團人整垮，若照這樣推算起來，一個鹽市的人槍合在一起，豈不是能整垮北洋軍一個師嗎？

當然，鹽市上能有湯六刮這樣人物出頭，人們不由不飲水思源的想起關八爺來。若沒有關八爺舉賢，戴老爺子師徒幾個怎會出頭管事？而湯六刮一點兒也不居功，每當人誇他了不起的當口，他就會抬出關八爺來說：「我湯六刮算啥？……我實跟你們說了罷，若是關八爺在這裏，北洋防軍哪還有這一打？祇怕隊伍沒拉出營盤，鴨蛋頭那顆沒毛的腦袋，早就裝在關八爺的馬囊裏了！」

而，一去大湖澤的關八爺沒有消息。

有人打縣城來，說是孫傳芳聽說攻鹽市兵敗，另從長江北岸抽調配備精良的江防軍一師，外加一個獨立旅北上，江防軍的先頭部隊業已開到縣城的西大營。

又有人說，鴨蛋頭團長想帶著小菊花捲著大批公帑潛逃，在僱船時，被他的副官出賣，江防軍的師長請示過孫大帥之後，把他裝上船的銀洋沒收了，人被押至銅元局後面的亂塚上斃掉了，因爲沒人收屍，白白的便宜了一群野狗……至於小菊花當然沒事，而且真是媽特個巴子走運，升格成師座的姘頭啦。

鹽市在等待著，等待著關八爺，等待著大湖澤裏的民軍，也等待著另一場大戰……看還很遠。

這正是最嚴寒的時候。

第九章・大湖澤

在荒涼的鄔家渡口，黑夜枯林裏掀起的一場混戰已經過去了。當太陽照進密林時，慘烈的景象仍然遍地存留著，刺痛了關八爺和六合幫那夥蠻漢的眼。

經過一夜苦苦的拚鬥，土匪們遺下了廿八具染血的屍首；有的肩背上帶著飛扎進去的攮子，凝一臉極端痛苦的神情，緊抱著一棵白慘慘的、沒了皮的樹幹，就那麼僵死過去。死者臨死前一定是慘號過，所以死後還張著嘴、鼓瞪著眼，像是古老傳說裏抱樹的恐怖的殭屍鬼；有的老老實實的伏身在一塊沒化盡的殘雪上，雙手抱著頭，通身上下沒見顯著的傷痕，好像一個趕長路口渴極了的客旅，俯身去吮吸地面的雪水，但他的耳朵眼和鼻孔中全有血水滴出來，把雪面染得透紅；向老三知道他是被雷一炮使悶棍砸死的。

有一處地方，三具死屍伏在一道兒，一個胸口中槍，把長槍摜在一邊；一個執短槍的土匪脅下卻挨了他同夥的攮子，攮柄還緊攢在那個傢伙手裏。而那個傢伙也死了，兩隻眼珠像金魚似的凸在外面，臉成豬肝紫，上下唇之間，多了一團帶血泡的被牙齒咬穿的舌頭。——不用說，他是被人從身後扼死的，舌頭才會伸得像那種樣子……也有的被槍火頂掉半邊腦殼，血雨激射在樹幹上的，也有的拖著一地的肚腸……腦汁染在黃葉上，碎肉飛在枯草上，……看也會把人看飽了。

而那些活著的，朱四判官手下的嘍囉們，總算暫時退離了鄔家瓦房附近的枯樹林子，他們並沒真的退走。倚在一棵血樹上，眉尖掛著悲沉思慮的關八爺算得到，他算得到朱四判官這一回是把魚啣進嘴的饞貓，不會輕易扔掉盡殲六合幫的機會的，也許在一兩個時辰之後，他們就會重新響著號角，風樣的捲殺過來了。

這算是什麼呢？這種自己從根厭倦的混殺！但總有人逼著人不得不這樣，然後，不知名姓的死者橫屍在眼前，太陽照著一番全無夢意的冷冰冰的真實，使那些流流的鮮血滴滿人欲淚的雙瞳，英雄不在這裏，看樣子，不除掉四判官這個惡漢，比這更慘的景況還有得瞧呢！

「嘿，八爺，土匪全叫您的窩心拳打退啦！」林外的曠場子上，遠遠傳來石二矮子窮吼的聲音，聽來是帶著笑的：「快出來罷，夥計們，出來曬曬場好太陽罷。」

在鄔家瓦房前面的空場上，也有兩具死屍和幾道長長的血印兒，想必是土匪中槍後狂奔時留下的；空場中間，鹽車圍成的方陣裏邊，大狗熊跟石二矮子倆個滿頭滿臉全是迸灑的鹽屑兒，乍看簡直成了雪人。大狗熊苦熬了一夜，看上去有些懶洋洋的，打火悶吸著葉子煙；石二矮子卻精神十足，坐在鹽包頂上，半臥著，雙手抱著一條腿，真在那兒曬起太陽來了。

「矮子，你倒是樂啊！」雷一炮說。

「我撿著了一條命，放在掌心，一瞅，嘿嘿，原來正他媽是自己的。討了這等的大便宜，爲啥不樂來？」

石二矮子沒誇張，鹽車上疊著的鹽包鹽簍，被槍彈射得爛兮兮的，佈滿了蜂巢似的孔穴，鹽車周近，到處都潑撒著濃霜似的鹽屑和晶亮的顆粒兒，使人想得到夜來的彈雨有多密集，若沒這些鹽包擋著，石二矮子跟大狗熊倆個怕早就涼了。

「咦，八爺的白馬？」向老三這才想起什麼來說。

「白馬？」大狗熊悶聲地：「也許會叫朱四判官撮去騎了。——您可甭翻白眼，是牠自個兒驚斷韁繩跑了的，又不是我拉了的，說什麼也怪不著咱們。」

「跑了還好，」關八爺嘆息說：「若是牠不掙斷韁繩，也該死在流彈上了！……我並不擔心馬，咱們連人都沒有離險地呢。」

「我說八爺，天既已亮了，那幫土匪也叫您窩心拳打得抱住心口，蹲在那兒喘氣去了，咱們總得想辦法渡河。」石二矮子說：「窩在這塊死地上，把子彈打光，可也不是個辦法哪！」

關八爺淡淡的笑了笑說：「想渡河，這還不是時候，你以爲四判官業已退走，那就弄岔了，沒等你現明身子，兩邊準有亂槍蓋你，河沒渡成，反折了人，那才更不是辦法。」

「依您的意思該打算怎樣？」大狗熊吸著煙，鬱鬱的說：「我也覺退不得，一退反中四判官的詭計。橫直咱們槍火足，硬碰硬試試也行。」

「諸位甭急，」關八爺說：「我業已差王大貴抱著木段兒過河去連絡民軍去了。——四判官料不到這一著棋。依我的意思，咱們退進鄔家瓦房，憑險固守，最多困熬它三天兩日，民軍就會趕來夾擊他。」

「成！」向老三說：「咱們就照您的意思辦！」

一夥人卸掉鹽車陣，乘著朱四判官暫退的辰光，撤進這座傳聞已久的鬼屋來。這座宅第是如此荒寂，如此頹圮，前後五六進院落，四面圍著青灰冷黯，塔松密立的長牆；陽光一透過那些琉璃瓦嵌的花窗就變了顏色，一些多稜的光球，白蒼蒼的滿是鬼氣；那些高大的房舍並不十分古老，卻因久無人住的關係，顯得異常灰暗，粗沉的晉木樑泛茶褐色，有一直壓到人眼皮上的感覺，樑間衍上，張掛著長長的兜滿浮塵的蛛網，粉壁上遍是煙燻火烤的痕跡，偶有一兩處瓦背爲狂風翻動，露出芒星一樣的天光。

「老三，」關八爺望著那些殘圮的門戶說：「你領幾個弟兄，把擺渡人的屍首給解下來，使鹽包把門戶封死再說……」又轉朝雷一炮說：「雷老哥，差位兄弟上屋去開眼，咱們得把這座八陣圖似的宅子給摸熟，才能拿主意，看是怎麼死守它。」

實在說，像鄔家瓦房這麼廣大的宅院，單憑六合幫這十來支槍，無論如何也是顧不過來的，一進院子比一進院子荒冷，一進院子比一進院子深沉，人在空屋裏發聲講話，各處的樑間都嗡嗡響著回聲，彷彿真有什麼樣的妖魔鬼怪匿在暗裏偷學人語一樣。

「各把槍火乾糧飲水預備著，」關八爺瞧看了地勢之後傳話說：「多分些人上屋去，不要死守著一個地方，土匪猛撲時，替我轉著開槍，讓他摸不清咱們守在那兒。……中院房子裏，使三四把匣槍挺著，有突進院子來的，好跟瓦面上的呼應著。」

幾個人業已割斷繩索，把擺渡人孫二拐腿的屍首抬進屋來，又使沉實的鹽包封住鄔家瓦房正面的門戶，長牆外的四野寂寂的，登臨瓦面的人都看不出有什麼動靜。

「可憐的孫二拐腿，」石二矮子蹲在那具屍首面前，喃喃的說：「亂世的好人做不得，奶奶的，終年替人擺渡也會開罪人，鬍子全白了，竟落得這……種下場！」說著，嘆著，兩眼一擠，竟擠出淚來。

一個在慘淒裏打滾的丑角型的人物，平常最大的痛傷也祇是打嘲謔罵，一旦從尖銳的慘淒中滾落，卻用自己大把的淚把自己泡軟了。而站在一邊的關八爺極力抑制住自己，六合幫這干弟兄，鹽市的安危，全都挑在他的肩上，他不能像石二矮子那樣輕易展露他的真性情，廝殺恰像暴雨中的雷響，一聲響過，另一聲就將跟著響了。

「雷老哥，咱們不能讓他死後曝屍，」他說：「得想個法子盡速葬了他。」

「那邊有口六角井，井底是涸的。」

「好。」

關八爺說著，抖手抽脫他玄色披風的帶子，解下那件披風，蹲身把孫二拐腿冷硬的屍體小心包裹起來。現在，他橫著托起那具屍體，走出陰黯的屋子，走過方磚舖砌的、泛著褐黑苔痕的院落，緩緩的走向那座石砌的六角井去，一個遭橫死的擺渡人，一個愛喝幾杯酒，熱心熱腸的爲來往過客講說故事的老頭兒，一種含冤帶屈的死，這些簡直平淡得不能當成一個故事。當年，初隨雙槍羅老大走腿子，曾經過這裏。落著雨的黃昏，一夥人圍在渡口，邊飲著他特備的涼茶，聽他講些渺渺茫茫的故事，……多少溫情多少夢，多少循環果報舖展著，一條條亮如向晚的顏彩濃烈的秋雲。

屍首很輕，但托著無辜老人屍體的關八爺腳步是沉遲的，他似乎禁不起這樣死亡所加給他的重量，這不單單是一次死亡，一個人的死亡，……「亂世的好人做不得了！」那聲音像錘擊般的撞動著他，一時，他竟不知自己在胡亂想些什麼?!

他把孫二拐腿葬在枯井裏，從長牆腳邊滾過一塊盤形的麻石封住井口，歪身坐在盤形石塊上，兩手托著下巴，癡癡的望著不時穿越雲片的太陽；弟兄們各幹各的事情，沒有人來驚擾他。他坐著，他落在方磚地上的影子像一頭困獸，顯得分外的孤單。

這時刻，怪異的牛角聲又在遠處吹響了……

「老三，」關八爺朝前屋瓦面上伏著的向老三叫說：「瞧著有什麼動靜，跟我招呼一聲。」

「沒什麼動靜，」向老三說：「除了土匪吹角，您想必也是聽得見的。」

「我得在這兒打一會兒盹，」關八爺說：「關照房上的弟兄，除了『開眼』的，其餘都不妨閉上眼養養神，土匪就是白天來攻，也沒有這麼快法。」

說打盹也是假，牛角聲銳得直鑽人的耳縫，誰當真能盹得著？而人終竟是肉做的，疲睏得有些發飄；昨夜又冷又黑又長，人在生死之間進進出出，一閉上眼，就看得見黑裏浮著的諸多幻象，推不掉，攆不掉的那一些……染血的枯木，溢血的人屍，多少傳說中的亂世，彷彿全是拿人血染成的。

石二矮子是寧願熬著睏，也不願這麼闔眼養神了，直性人最怕想這些，自家腦瓜裏沒幾條紋路，想也想不出所以然來，還不如岔開去，想點兒旁的，或是幹點兒旁的，一付牌還別在腰眼裏，可惜大狗熊不在身邊，一個人賭不成，要不然，倆個在瓦面上賭牌倒是蠻有意味的。那邊伏著雷一炮，臉板得跟一張「大天」似的（**牌九的天牌，俗稱大天**），逗他賭牌，怕也是嘴上抹石灰——白說。

還是關八爺夠沉著，看樣子，就那麼靠上蘚石上盹著了。這屋頂上的瓦松好密，一株株主枝直豎著，朝外抖開透肥的肉紅色的葉子，你爭我擠的拔有六七寸高，瞇起眼望過去，又像是萬千小小的寶塔，又像是密密札札的林子。唔，有一天死後能葬在這樣的林子裏該多好，人這玩意說起來太沒意思，也許這一火就中槍挺掉，那祇好一頭栽進枯井去，聽孫二拐腿那老頭兒講故事了。……忽又收回那些游離的思緒，舉眼朝遠處望去，打個切適的比方，枯樹林這一帶像是水中沙渚上的毛草灘兒，鄔家瓦房像是一隻縮伏在毛草上曬殼的烏龜，人在高處朝下望，錯亂的枯枝濃又密，亂戳著天空，昨夜關八爺跟一夥弟兄在那兒打賊的也都搞不清楚了?不眨眼也看不出什麼來。

太陽蒸蒸的朝上升，轉眼可就快到傍午時分了。

突然，牛角聲密起來，那些牛角哨兒像煮著什麼似的，繞著鄔家瓦房四面響，看光景，好像朱四判官餓極了，不把六合幫這干人抓去吃掉不稱心似的。

「我操你的祖奶奶！」石二矮子啐了口吐沫，掏出一顆乾糧果兒放在嘴裏嚼著……

除掉關八爺，就連一向穩沉的雷一炮也以爲朱四判官這一回會在白晝硬撲的了。朱四判官手掌上攤得出七八百匪眾來，槍枝多，火又足，白晝硬攻，吃掉六合幫，像是理所當然的事情。何況牛角響過不久，枯林邊上閃動著人影兒，近得幾乎能分出眉眼來；何況第一槍劃過人頭頂之後，槍聲就零落的響開了。

而蕭石上斜臥著的關八爺，似乎還沒醒過來。

「我的兒呵！」瓦面上的石二矮子指著一個在長牆外樹林邊露臉的土匪說：「我他媽硬是該開槍了，他奶奶的，挨得這麼近法兒，雖說我槍法平平，伸槍也能打扁他的鼻子呢！」

「你可甭再那麼急急躁躁，像火燒屁股似的，」雷一炮在那邊說：「這還早得很，八字沒見一撇呢，等歇怕沒你打的?!」

在前屋的瓦面上，大狗熊似乎比石二矮子更心急，若不是向老三一把扯住他，他業已預備伸槍了。

「我說，能省，就省幾顆火罷，」向老三悄聲說：「咱們若都猛打猛潑，怕天沒落黑就祇剩一堆彈殼兒了，槍火如今比命還貴，費不得。」

「說是這麼說，我難道不懂?!」大狗熊說：「咱們總不能縮著腦袋先挨他的?!」

「讓他們打去！」向老三說：「賊種要是敢爬牆，咱們就使瓦片砸碎他們的腦袋！」

「算你行，」大狗熊咂著嘴唇說：「你想的比我周全，亂放槍實在沒啥味口，咱們等著用瓦片權當滾木擂石，讓他們開開洋葷罷！」

槍聲疏一陣，密一陣從林間射過來，在人頭頂上，偶爾能看得見一朵一朵淡藍色的槍煙，有些槍彈射在磚壁和瓦脊上，瓦屑和磚粉四處迸散著，內行人一聽槍彈來的方向，就知鄔家瓦房四面都有土匪。雷一炮面對著這種景況，也有些拿不定主意，正打算招呼關八爺，誰知關八爺不知何時業已站起身來，背袖著手，繞著苔跡斑斕的方磚大院子，在那兒低著頭慢吞吞的踱步呢！

「我說八爺，」雷一炮在瓦上說：「土匪有白天硬撲的樣子了，您聽槍聲響得多密。」

關八爺仍然兜著圈兒緩緩踱著方步，彷彿存心要數數院子裏總共有多少塊方磚似的。「四判官是隻狡狐，」他說：「他們放槍嗚角，全是在吊人胃口。你放心，昨夜他雖在黑裏吃了大虧，天不落黑，他不會硬撲的，你要是忍耐不住，那正好著了他的道兒了！」

「八爺真有他的！」石二矮子讚嘆說：「旁的甭講了，就憑他這種耐勁兒，都夠人學三年的。」

「你說對了，」雷一炮掉過臉，緩緩的說：「昨夜枯林裏摸著打，打得那麼驚天動地，八爺他壓根兒沒放槍，說你不信——八爺就憑那柄匣槍的槍管兒，就砸暈了三個老幾，他這一手，更夠咱們學的了！」

無論關八爺怎樣沉著，伏身在瓦面上的一夥人仍覺得這樣悶聲不響的乾熬實在不是滋味；土匪們見鄔家瓦房光挨槍擊沒見動靜，膽量也就跟著暴長起來，在鄔家瓦房正南的空場邊，不時閃動著挾槍的人影，枯樹林裏，更不時傳來你兄我弟的呼叫聲、掘土埋屍聲，和一些馬匹雜亂的啾叫，那些聲音自然帶給人一種被圍被困的感覺。

……這算啥？大狗熊朝瓦松上噓了口氣，滿心湧泛著困惑的聲音，這他媽豈不是瞎貓戲弄死老鼠？四判官擺下的這種聲勢，不由人不灰心；就算他八爺長著六臂三頭罷，怕也熬不過朱四判官一陣硬撲了……

「我說老三，他們這可不是慢火煨湯，存心要把咱們煨爛了再吃?!」

「嗨，」向老三嘆口氣說：「四判官那種有心眼兒的賊，鬼名堂多得很，誰知下一步他會耍什麼花招？……也許他會先派人來說項，比如：交了槍不打之類的！」

「我他媽有槍丟給他?!」大狗熊咬牙罵說：「我丟他奶奶個屁！……我料準他們不硬攻硬撲，是因爲害怕，他們若在光天化日底下硬撲進大院子，那就須得先算算八爺口袋裏還有多少顆槍火？——一顆火換條命，準的！」

「那當然，」向老三說：「在萬家樓，他們已吃過八爺這一杯，曉得八爺伸槍後的滋味了！」

晌午時，浮雲退到天腳去，頭頂上的晴空藍得有些虛幻，就彷彿是一口深不可測的魔井一般；風還那麼尖溜溜的刮著，在枯樹林梢上響著一片細長的尖亢的嘯音，彷彿在碎心哀泣著什麼。

時間就在疏疏落落的槍聲裏，人影幢幢的圍困中，混沌的、緩緩的流過去，一分一寸都比一年還長！但凡是經歷過狠拚惡鬥的人都體會得到，對方晃一隻打不破的悶葫蘆，是最使人難忍的了……。晌午過了，土匪還是沒有猛撲的跡象。守在鄔家瓦房房頂上的六合幫那干人，真箇是又饑又渴，祇好掏些乾糧來塞塞牙縫，吊出些口涎好潤唇，直至太陽大甩西，石二矮子扯了幾次頭髮，大狗熊嘆有八口氣，朱四判官那邊，偏就沒有其他的動靜。

「我說，八爺。您還在那數磚塊？您早點兒拿個主意罷！」石二矮子一急上火來，就扯開了喉嚨管兒，滿腔埋怨的窮嚷嚷了：「再等下去，咱們就會被四判官牽著鼻鉤兒拉走啦！」

關八爺抬起頭，兩眼在緊鎖的濃眉陰影下望了望天色和時辰，沒說什麼，仍然一步一步的繞著方磚院子，在那兒緩緩的踱著，彷彿耳朵裏並沒聽見石二矮子的叫嚷，也沒聽見零亂的槍聲、尖亢的彈嘯以及瓦面上弟兄們嘰嘰喳喳的說話。

斜陽映著他的身影，他的腳步那樣沉重，彷彿每一步下去都能把腳下的方磚踩碎；很多遙遠的掛慮在心底湧騰著，保鹽抗稅帖子張出後，壩上的情況不知如何了？王大貴泅渡後，不知已否連絡上民軍？——這些在眼前都得擺在一邊了，眼前是怎樣對付四判官？怎樣保全六合幫的這干弟兄？

論槍火，鹽簍裏起出來槍火還算充足，論槍枝，這十來支匣槍跟朱四判官就不能相比了！假如朱四判官不耍花招兒，使槍火作輪番猛撲，這是自己最感頭疼的事；八百土匪硬抬六合幫十來支槍，大白天裏頭碰頭臉碰臉，沒什麼巧討，扯平了算算，一個人至少要打土匪三四十，鋼筋鐵骨也該熬化了！要是彭老漢的民軍不能及時趕到，無論六合幫這干弟兄怎樣豪強，想打贏這場火卻比登天還難！……

四判官明明已把硬牌抓上手，偏遲遲不肯亮點兒，這也許是他過份聰明，他想保全子彈和人力，把六合幫纏困到筋疲力竭的時刻再打，那他可就錯了！……今夜他若再不動手，民軍就該貼在他脊樑上，拖下去祇有六合幫有利，這好像攤開巴掌看紋路一樣的清楚。孤身無寄一個人，生死倒不在意中，祇是當壩上急待援手時，偏被窩在這塊孤伶伶的地方，實在是心有不甘。再說，眼看著幫裏這群弟兄伏在這兒爭生待死，而他們身後邊，那些土牆矮屋的老家笆門邊，有多少老母病妻都還在那兒引頸盼望?!他無論如何也不能聽任他們栽在四判官手上……

「八爺您可甭爲咱們掛慮，」雷一炮瞧出關八爺的心思，就放聲說：「咱們是走到那兒算到那兒，誰的命都沒有繩頭拴著；話又說回來，防軍若在這時刻攻鹽市，咱們這十來個毛人能吊住他朱四判官，使他沒法跟防軍坑瀣一氣去夾擊，死也死得夠本了！」

「可不是?!」石二矮子又說了：「我他媽也就是這種意思；防軍的老底兒我摸得清楚，孫傳芳抗南軍，把他的老本全推到長江南烤火去了，後方幾座營盤裏，放的是幾隻飯桶！」

也許那張嘴閒不得，石二矮子覺得牙癢，一說起話來，就大河流水似的，滔滔不絕淌下去了，說著說著，不知怎麼又扯到鴨蛋頭的頭上。

「鴨蛋頭身上有幾毛，我全清楚，」他說：「那個甩子渾身全是酸氣！……早先在咱們老家北邊那帶集市上幹扒手，被人當場抓著了，把上下衣裳剝光，反絞兩隻膀子吊在十字街口的廊柱上，挺著肥豬般的一身肉，狠挨一頓鞭子。……」

「總比你在萬家樓露的那一手——鹹鴨浮水好受些，」前屋上的大狗熊憑空插了句嘴說：「你甭在那兒糟蹋我的兒了！」

「去你娘的！——我說，後來他不幹扒手，去幹小賊秧兒，頭一回偷牽人家的牛失了風，那家偏生沒男人在家，祇有姑嫂倆，鴨蛋頭挖窟進屋，剛伸進腦袋去，吃人家喀嚓一聲，使牛鐲鎖住了他的脖子，就那麼扣了他一夜，二天嫂子牽著他爬遍村子，姑子跟著使鞭子抽屁股，爬兩步，挨一鞭，打得他一路叩響頭，直是求告說：『姑奶奶，祖奶奶，妳就饒過我這一回，下回我可再也不敢了……』」

石二矮子不理會冷槍必溜必溜的刮過來，一面說，一面更在瓦面上摹擬起鴨蛋頭挨打的那付德性來。正當他翹著屁股伸著腦袋時，一粒子彈射炸了屋脊一端的虎頭瓦，嚇得他猛把腦袋朝瓦溝裏埋，這一回，他叩頭叩得真夠響——腦袋下去太猛，把瓦全磕碎了兩塊。

野性的笑聲仍然鬨鬨的迸響起來，在這塊染血的地上，六合幫這夥漢子們，還是頭一回這樣開心。有了關八爺這樣沉毅，有了石二矮子這樣詼諧，他們雖然處身在危境中，卻像吞了一付萬寧丹一樣。

「你們想想罷，像鴨蛋頭那種飯桶加蒲包，竟也幹起團長來了，就憑他那一團人，他也想拿下鹽市？簡直是做他媽的霉夢！」石二矮子說：「他要拿鹽市，非得請人去幫打不可，要請，當然是請土匪；而北地土匪群裏，以朱四判官這夥人聲勢最大，咱們能在這兒拖住四判官，就等於拖住防軍的後腿，著比防軍攻鹽市，祇要沒有四判官參與夾擊，自然容易對付，這一來，咱們就是賣掉這條命，也就沒什麼好計較的了！」

關八爺點點頭，仍然背著手，在方磚大院子裏踱著；這夥弟兄愈是想得透、看得開，自己心裏愈覺沉重，愈覺不能牽累著他們。天色逐漸接近黃昏時了，當然，最好自己在這場火裏能跟朱四判官臉對臉一決生死，能一舉剷掉他，不怕這窩土匪不散，祇恐怕朱四判官不肯露面罷了……。

「您別光在那兒踱步了，八爺。」雷一炮說：「人是鐵，飯是鋼，您總不能餓著肚子來打這場火，萬一天黑後，四判官帶著人猛撲上來，連啃乾糧的機會都沒啦！」

「乾糧得省著些兒，」關八爺說：「萬一咱們在這兒熬上三天，四判官仍把咱們軟困著，那時又怎辦？咱們對手是那樣，沒那麼便宜讓咱們猛打一場就定了輸贏！……看光景，他是存心吊著，要等咱們精疲力盡了，他才來一鼓作氣的猛攻，使你連還手的力氣全沒有。所以，咱們總得盡量預備著，不能上他的大當！」

也許叫關八爺料中了。

天到黃昏時，四判官和那夥兒土匪還是沒有大動靜，槍聲，說它不響罷，它可又零零落落三五聲不斷，子彈尖溜溜的劃破沉入蒼茫的晚天，打著長長的哨子橫過人的頭頂；說它響罷，它可又不緊不忙的磨蹭著人，使你一顆心放落下去又提升上來，提升上來又放落下去，無論如何，睡總讓你睡不成。

慢慢的，不單是關八爺，六合幫的每個人都看透了四判官的心事，沒人再想著伸槍潑火，卻輪替的守望著，也輪替的和衣睡起覺來。這樣沉靜的等待著，等待著最後的時辰……當大狗熊躺在瓦面上拉風箱似的打鼾時，石二矮子醒著，從黝黯的夜空底下去看那片枯林，一些面目猙獰的枯枝，真像是些窮凶極惡的白色妖魅，喋喋地笑著。夜，冷而脆，彷彿禁不住人喘口大氣就會折斷似的。

倒楣的寒霜又朝人骨縫裏鑽的來了……

「四判官這個雜種，不叫咱們丟槍算他聰明，」石二矮子又在找話形容了：「咱們可變成掛在簷口的風雞啦！他奶奶的。」

「嗨，再這樣熬下去，咱們就要給他磨亮了！」

風把雷一炮睡意朦朧的嘆息飄走了，天頂浮雲飄移過去，現出些疏亮的星顆子，雲飄著，飄不盡人心的一份哀感。石二矮子說，他也覺得今夜有些不大吉利的預感，就如同平素在賭場上手風不順要輸錢一樣，渾身都釘著些不是滋味的滋味。……人這玩意兒，天生就他媽有些賤皮子！忙得閒不得，迎風冒雪走腿子上路，鹽包那麼沉重，上半身熱汗呼呼的，腳底下冰寒得有些痲木不仁，一天趕它七八十里路，也沒覺累在那嘿？偏生一歇下來，渾身骨頭同筋脈都鬆散掉了，鬆垮垮不對一點兒勁兒，兩隻眼皮重有他媽的兩百斤，抬也抬不動了！

到底有多少瞌睡蟲兒，癢兮兮的在人眼皮上爬呢?!每到睏倦時，就不期然的想起那支古老的催眠的詩歌來，當自己光屁股睡搖床的辰光，夜夜星光亮在人的額頂上，爹啣著短煙桿兒，閒閒噴著辛辣的煙霧，一面不甚經心的、斷續的唱著：

「那月亮芽兒

一出

樹呀頭……高唷，

咱們家的

娃兒

要呀……睡覺喲！

哎喲，

哎嗨唷！

那瞌睡蟲兒……又爬上了

眉……梢，

哎……喲！

哎……唷……」

轉眼長成莊稼漢了，當年唱眠歌的爹埋在屋後的墳裏，但這支謠歌沒被埋下去，自己也唧著那樣的短煙桿，幽幽的唱響過寧靜的夜晚，星芒亮在娃兒欲張欲闔的眼裏。……眠歌仍匿在過耳的風中，但在今夜，在今夜，實在不適於尋夢，一陣睏上來，真想撕扯著眼皮，捏一把瞌睡蟲放在嘴邊嚼爛，但總不成！心裏想著，不能睡，不能睡呀，那不爭氣的眼皮偏要朝上闔攏。

正當眼皮闔攏時，槍聲突然轉緊了。石二矮子忽然精神起來，在墨黑裏摘出匣槍，扳起大機頭兒（**德製駁殼的扳機，俗稱大機頭兒**），等著找爬牆的打！誰知空等了半晌，光聽一片彈嘯中夾著磚飛瓦炸，光聽四周揚起眾多殺喊，卻覓不著半個爬牆的人影兒！

月芽兒出來了。

這一夜像是提著吊桶打水，一上一下鬧個沒完，對於六合幫疲勞睏頓的一群人，真是極爲難熬！好不容易熬到東方扯一絲霧白，每人的腦袋都沉重得抬不起來，軟軟的歪在頸上，像條條豎不起的醃瓜！

晨光裹著一絲淡霧，映在荒落的大院子中間，庭院中的水磨方磚披上一層霜屑，像誰潑灑了一地白粉，在那片白白的霜上，疊印著關八爺無數的腳印兒。眾人當中，也祇有關八爺了無倦意，誰也料不透有多少取不盡用不竭的精力潛藏在他偉岸的身軀裏?!

關八爺仍然像昨夜一樣，背袖著兩手，腰插著雙槍，在那兒踱著沉遲的方步，彷彿把一夜時間全記在他所留的腳印兒上。

「瞧光景，四判官準想抓活的了，八爺。」石二矮子打了個怪長的哈欠，伸伸懶腰。

「你要是缺精神，趁白天，正好盹一忽兒，養養神。」關八爺說：「四判官正要考考咱們有多大耐性哪！」

牛角聲仍然遠遠近近，時斷時續的響著，枯林裏盤踞著的土匪們仍然使冷槍把人吊著，六合幫的一夥人，無論如何也鬆不下精神來。

由緊張、焦慮裏茁生出來的寂寞，實在是最難耐的，石二矮子這回可嚐著它的真滋味了！兩眼瞪瞪的，伏在瓦楞間朝外瞭望著，悶得沒事幹，祇好在那兒乾數瓦片，數著一楞有多少瓦？……一塊、兩塊、十塊、百塊……數下去，他幾乎把眼前半邊屋脊上的瓦片都數遍了。

「我操他奶奶！」他那麼樣的詛咒著。

又是一天，慢慢的消磨過去了……

夜來時。

一堆旺燃著的篝火亮在枯樹林子當中的一塊空地上，火焰的紅舌頭被夜風擰絞著，抖抖的，又亮又長。火光紅得很陰慘，把一些扭歪的染著酒顏的臉染得血塗塗的，火光也呼啦呼啦的笑著……

朱四判官披著一件三羊皮袍兒，沒扣扣兒，祇攔腰使一根軟絲子紮繫著，反垂的領口使軟白的羊毛全露在外面。他坐在篝火邊一支橫倒的木段兒上，把羊皮酒袋兒甩在肩膀上，一面瞇著眼看火，一面套著袋口仰起脖子飲著酒。

「牽過關八爺的那匹白馬來，」他吩咐說：「關八命該留在這塊地上，就算他是天星，也該歸位了！……斷馬如斷腿，如今他被困在瓦房裏，算是瓦罐裏摸螺絲——走不了瞎爹爹的手啦！」

白馬一塊玉被牽過來，那匹馬彷彿真有些靈性，不慣野火以及陌生的人群，兩隻筋球滾凸的後腿微微蹲屈著，刨踐起前蹄，向後掙扎著，發出一串長長短短的嘶叫。

朱四判官懂得馬，也認得這匹神駿的坐騎；白馬一塊玉是萬家樓的一寶，他想得到牠業已非止一天了；他早就聽過有關白馬一塊玉的傳說，牠是萬老爺子託人在口外盤回來的，說牠參與過口外秋集上的大賽，說牠奔馳起來四蹄貼腹齊，遠望恍似一團急滾的雪球。……昨夜在枯林裏著了關八的道兒，白貼上廿多條命，誰想到憑白落下這匹馬來？有了這匹馬，多貼幾條命也划得來！……關八再狠，如今他是孤掌難鳴，丟掉馬，他就先輸了一半，還有那一半——該是關八的腦袋，早晚也就給他拎的來了。

想起自己得力的頭目五閻王，想起錢九，想起啣進嘴又吐出的萬家樓，朱四判官就連牙根也發起癢來。這一回，手下人若能順順當當的活捉住關八，自己倒想起處理他的辦法來，那得找上一塊荒墳塚，豎埋下一面沒網的繩床，把關八給活剜掉！假如不能活捉關八，也得認出他的屍首，割下他的頭來，召集黑道上的朋友，讓他們開開眼界，——祇有我朱四判官才拎得下關八的腦袋！……關八爺不除掉，萬家樓那筆款子進不了荷包，也沒法子跟防軍捻成股兒去夾攻鹽市，眼看一塊肥肉又吃不著了！可不是？

兩個壯實的漢子合撮著白馬一塊玉的轠繩，像兩隻死扛著蒼蠅的螞蟻，猛可地，白馬一聲昂嘯，蹅蹄直立起來，一個傢伙被摔開去，飛落在地上，另一個仍纏住轠繩，像一隻放不起來的風箏。

「喝！好難馴的牲口！」匪眾們喳呼著。

在一片喧嚷中，又竄上去五六個人力撮白馬的轠繩，有兩個硬賴在地上，才勉強把白馬制住。

「著人去請徐四爺跟毛六爺來，」朱四判官又說：「這該是甕中捉鱉的時候了！」

喝酒儘管喝酒，朱四判官的心計卻沒亂一點兒，他知道自己這夥兒人，是三股蔴線頭搓擰起來的，自己兩眼落在關八身上，徐四跟錢九的兩股人，眼珠裏祇有錢財二字，目前三股人合圍著鄔家瓦房，不像萬家樓和鹽市那麼肥，沒有那麼多金銀財寶讓人眼亮；自己領著人，圍的是鄔家瓦房的東南兩面，北邊是徐四的人，西邊是錢九的人，錢九失了風，權由在壩上抗風（**即避避風頭的意思**）來的毛六領著；關八雖然被困，但若想拿住他，非得找徐四跟毛六來商議不可。

「四爺跟六爺來了，頭兒。」有人打斷他的沉思，跑過來哈腰報說。

那邊有人挪動身子讓開一條路，穿著一身寶藍花緞短襖褲，袋口拖著一條懷表鍊兒的徐四走在前面，人模人樣，穿著長衫馬褂，頭戴紅頂瓜皮小帽的毛六歪歪晃晃的跟著。

「這兒坐著罷，二位。」朱四判官拍拍木段兒說。

「嘿，好馬！」徐四一看見白馬，就情不自禁的讚嘆起來：「真真是匹好馬呀！」他兩眼骨溜溜的亂掃著，使兩隻手指輕捻著他下巴上的一撮毛，他那張黃裏透亮的蟹殼臉，一笑起來就顯得更闊了。

有人把枯柴塊兒添進火堆裏去，火焰上迸起魯魯的火星，升進頭頂上的黑裏去。那匹馬雖被五六個漢子拚力攝住，仍在暴躁不安的刨動著蹄子。

「我倒是有意把這匹馬送給誰，」四判官說：「可是，夥計嘍，這匹馬的主子，是關八那個魔星！……」

「那就是說，誰騎牠誰倒楣！」毛六坐下來吐了口吐沫：「關八沒死之前，誰騎牠也騎不安穩。說真話，頭兒，你就是把牠送給我，我也不敢要！」

「嘿嘿嘿，」四判官擠著眼，爆出一串乾笑來：「你算是驚弓之鳥，叫關八嚇破膽的了。其實關八並非是三頭六臂，祇不過槍法有些準頭；如今他被困在鄔家瓦房，一盞油估量著也快熬光了，單剩兩根燈草芯兒啦！咱們祇消商量妥當，合力一撲，就會吹熄他那盞燈，——六合幫那夥毛人，生死捏在咱們手掌心，還有什麼好怕的?!」

「頭兒說的不錯，」徐四說：「咱們困也困了他們一日夜了，就這麼泡下去也不是一回事兒；今夜晚，咱們就得動手把這肉瘤給拿了！……我業已著人綁長梯，結繩梯了。」

「好。」四判官說：「咱們爲求公平，頂好這麼著！誰捉住關八，這匹馬就是誰的！……當著這夥弟兄的面，話就是這麼說了！」

隨著朱四判官闊闊的笑聲，徐四和毛六也都那樣的大笑起來，笑色雖然一樣，心思卻各有不同。

旱匪頭兒徐四的本錢雖硬，但他不像朱四判官那樣大懷野心，他的手下，在北地各處荒道上打劫些流財（**流動的財物**）業已夠了，沒跟朱四判官合股前，不至於跟關八爺這樣的人物結仇，也不至於面臨著一串打不完的硬火！地頭蛇空長三千年，也成不了龍，上不了天！最初聽信朱四判官的甜言蜜語，想在萬家樓分它一票，誰知反貼了老本，這一路下來，弟兄夥裏業已怨氣沖天，喊著要拉槍散夥了！……這回圍關八，雖得不著錢財，至少還有匹好馬可牽，早點完事，牽匹馬走路，總比兩手空空好看些。……

至於抗風來的毛六，聽說個「關」字就心驚膽戰，那還有跟關八爺對火的意思。毛六心裏揹著一本賬，沒事掏出來算算，連自己也覺得該遭報應。被修理過的人犯的血臉，被姦淫拐帶過的女人，被自己謀殺掉的把兄卞三，常在夢裏現形，笆斗大的一張臉朝人胸口猛撞……也夢過紅臉的關八爺，兩眼稜稜的，彷彿能望穿人的五臟六腑，跑全來不及，還談得上其他？

「關八不是神人，」徐四在那邊說話了：「他想拿十幾支槍守住鄔家瓦房，他算是做夢！」

「祇要不怕浪費槍火就行！」四判官說：「關八那腦袋不是鐵澆的，幾百條槍一齊吐火猛蓋他，我看他還有什麼法門兒？」

毛六沒說話，靠在火堆邊坐著，胸前倒烤得暖暖的，脊樑背上卻冷得厲害。其實也不是冷，是怕，單就愛姑被賣那回事，傳到關八爺耳朵裏，自己就吃不了兜著走了！……要抗風，別處避不了關八，祇好投奔四判官。原以為能躲過關八不碰面的，瞧光景是走不脫了；假若四判官跟徐四倆個今夜能把六合幫呑掉，那算是天大的喜氣，假如吞不掉他，那可就慘了……無論如何，要自己拎槍跟關八對火，說什麼也幹不得。傳說虧心人打火，槍子兒也有眼，專朝人腦袋裏鑽。

白馬啾啾的亢嘯著，毛六抬頭看看馬，隔住飄搖的火焰，那匹馬的眼亮亮的，彷彿也望透自己的心思，毛六不禁格楞楞的打了個寒噤。

守在鄔家瓦房裏的一干人陷在可怕的死寂裏。

早在黃昏時，一點兒果腹的乾糧也用盡了，飢餓和乾渴像火一般的燒著人心腑，把人弄得空空茫茫的，時間混混沌沌的朝前流，人也混混沌沌的跟著朝前流，也不知那兒才是止處。假如領腿子的不是關八爺，任是換誰，祇怕這兩日夜的乾熬也把人心裏的一點鬥志熬鈍了！正因爲領腿子的是關八爺，正因爲關八爺辦任何事一向都是算得清，斷得明，從來沒失算過；正因爲關八爺的氣魄、膽識、機智、沉著使人信服，這夥人才咬緊牙根苦忍著，在死寂中熬過最難耐的時光。

飢餓和極度的困頓會把人磨弄成那樣；會使每一張臉子脫肉般的深陷下去，會使人腮幫兒時時興起痙攣性的抽動，會使人兩眼發花，看什麼東西都忽大忽小，忽遠忽近，飄飄漾漾的，當中裹著一團青黑，會使兩耳裏嗡嗡的響個不停，彷彿有幾盤石磨在耳邊旋轉著一樣……

在這種情況下，說什麼好像都是多餘的了。

而關八爺還是那樣背著手，在方磚大院子裏兜著圈兒緩緩的踱著。餓火一樣燒著他的腑臟，條條血絡一樣佈滿他的眼角，他的嘴唇也已經破裂，咽喉乾得發痛，充滿一股苦味，但他在等著。……第一夜沒猛攻猛撲，四判官算是走錯了一著棋，這個白天他不猛攻猛撲，他該是走錯兩著了。南興村離腳下不太遠，彭老漢的民軍就在幾十里外，若沒別的差錯，今夜必到，幫裏的一干弟兄祇要能熬過半夜，就將見著四判官被前後夾擊。在民軍沒來之前，飢餓和困頓是座黑山，確是夠人爬、夠人翻的！

天黑了，冷槍也跟著停了，周圍更死寂得可怕。

突然，他聽見長牆外的聲音。

「噯，裏頭的那些魚鱉蝦蟹聽著，要吃點兒喝點兒什麼，就乖乖兒的扔了槍出來，姓關的他供養不了你們，咱們頭兒卻給你們預備著啦！」

「沒種的不敢出來也該答腔呀？」另一個扯著喉嚨管兒叫喝說：「咱們業已在綁長梯、結繩梯了，咱們一撲進去，你們全成了餓死鬼了！」

「龜孫兒的，老子賞你兩槍！」石二矮子罵著，喉嚨已乾啞得分了叉了。

「省著你那兩顆火罷。」關八爺說：「等會來還用得著的。」

「我說八爺，」石二矮子說：「如今我餓得還剩一口氣不打他們，再等下去，祇怕連匣槍全使不動了！咱們何不撞出去，趁黑跟四判官拚一陣？……這餓死鬼可真的不好當。」

「枯樹林子裏有火光，」雷一炮說：「他們是在升火禦寒，嗯，有兩處豎起長梯來了……比樹頭還高。」

「弟兄夥，盡力熬著罷，」關八爺說：「無論死活，我敢說這是最後一夜了！明早上，不是土匪看不見咱們，就是咱們看不見土匪！」

大夥兒又靜默下來。

夜朝深處走，天氣又轉寒了，在瓦面上伏著的人罩在濃霜下，說多淒冷就有多淒冷，假若有頓熱湯熱飯添添火，也許會覺得好些，肚子一空，渾身熱氣也跟著散盡了，不由的發出僵索來。但在眼前的枯林裏，升起一堆又一堆的火焰來，那些在夜風裏搖曳著的、紅紅亮亮的火舌勾描出無數枯枝的黑影，槍聲停歇後，代之而起的是土匪們嘩嘩的鬨笑聲，拉扳機擦拭槍枝聲，喝酒猜拳聲，馬匹的嘶叫聲，鼻子很尖的石二矮子硬說他還嗅著烤肉的氣味。

「四判官這個雜種，真會吊老子的胃口！」他罵說：「他可把老子肚皮裏的饞蟲全引到脖頸上來了！——大狗熊，你覺得怎樣？你嗅著烤肉味兒沒有？」

大狗熊扒在前屋的瓦面上，鼻孔不停的噏動著，聞嗅著風裏飄來的、燻烤食物的香味，口水把半截袖子都打濕了。

「我他娘從來沒像這般捱餓過！」他說：「這一回餓得我前牆貼後牆了，甭說什麼烤的，唉，就他娘有隻冷饃啃啃也成，就他娘喝碗稀湯呢，也不會凍成這個樣兒活活沙沙的呀！」

關八爺抬起頭來，遠處的火光閃跳著，把鄔家瓦房映成黯紅的飄搖不定的顏色；不能怪瓦面上的弟兄說這些缺氣話，連自己也覺得一陣陣的升起飄忽的感覺。估量著四判官就要動手了，他停住腳步，撩起袍子翻上了牆頭，跟瓦面上的弟兄混到一起，手搭在眉上朝四邊瞭望了一陣說：「留神著，火熄時他們就會攻撲上來。四判官讓他們吃飽了喝足了來撲咱們，不知能猛到什麼程度？」

「我不信當真能煮化了人？」石二矮子說。

「不信你就瞧著罷，」雷一炮說：「土匪的來勢，比起北洋防軍來，那可大不相同。——那些防軍打火，拿著槍空擺架勢，每槍釘著三五發槍火，放完了完事，可是四判官手底下這幫土匪，哪桿槍不釘百十來發槍火？我估量著，圍咱們的，沒有一千也有八百，他們要是槍槍張嘴，一頓猛放，真夠瞧的！」

也許是二更天，也許二更還不到，六合幫一夥人苦苦等待的時光終於來了。就在那種每人眼皮發重恍恍惚惚的辰光，一聲尖銳的牛角劃空而起，剎那間，四面都響起牛角的和應聲。

角聲一起，枯林裏的火光被人壓熄了，黑裏也不知有多少支槍迸了火，由於槍聲太密，一時也分不出槍聲，祇覺呼呼隆隆的好像刮起一陣激烈的狂風，風頭掃動整個枯樹林子，掃動長牆瓦屋和院落，磚屑迸散著，屋瓦炸裂著，綠火閃迸著，單是聲音就把人震得滿心迷亂，頭暈目眩了。

早在攻撲萬家樓時，四判官就有意使槍火蓋倒關八爺，那回沒得手，這回可趁了心願。頭一場排槍放過，瓦面上就朝下栽了人；那人中彈後全身一震，順著脊坡翻滾下去，跌落在方磚院子裏。

槍火是那樣密集，槍火把人與人之間最低的一點聯繫全給割斷了，槍口的藍焰從枯林邊沿的濃黑裏迸放出來，像一朵一朵魔花，密密的閃現著；槍火刮過每人的耳朵，打得人睜不開眼，抬不起頭來。明知有人中槍滾落下去了，但誰也無法扯他一把，誰也無法問問傷的是誰？死的是誰？排槍密射時，人祇有平伏著聽天由命。

「我的兒，厲害厲害！」

排槍一歇，石二矮子就搶著嚷嚷起來：「這他媽該老子抬頭換口氣了！他奶奶的，大狗熊，你覺得滋味如何？嗯？……你說怎樣?!」

「嗯嗯，」大狗熊悶悶的說：「這像是四判官請咱們喝一壺滋味很濃的原泡老酒，把老子弄得有些兒醉醺醺的了！」

狂風暴雨似的槍聲過去了，緊跟著，那些土匪們嗷嗷叫的怪吼起來，嘶啞的非人的叫聲挾帶著原始的淒怖和野蠻，在黑夜裏撕著人心，這聲音，使人想起一隻獰猛的大鷹使利爪撕碎活兔──跳動的活肉上游走著一縷鮮紅。誰中了彈從瓦面上滾落了？誰呢？無論是誰都是一樣的了，都是推盤車、灑血汗、死裏求活的人，滿臉的塵沙，滿身的黃土，活得卑微，死得默然，有冤有屈也無處可訴了！而土匪們暴喊著，有長梯的影子豎靠在長牆上。

黑夜裏攻撲，氣勢分外驚人，星光映不出人臉，祇見四面八方湧動著人影，帶著淒蠻的殺喊，在石二矮子暈暈糊糊的幻覺裏，那些全不像是人，而是傳說中黑夜顯魂的鬼怪。

即使到了筋疲力竭的地步了，六合幫一夥人的精神卻在這片殺喊聲中振作起來，瓦面上各管匣槍開始吐火，長牆頭上像下湯糰兒似的，撲通撲通朝下栽人，黑裏也不知栽倒了多少，但覺那些人好像是打不完的，倒下去一批，又蜂湧上來一批，仍然嗬嗬的怪喊著，從牆缺間，長梯上翻進方磚大院子裏來。

「抓鬮八呀！抓鬮八呀！」

長牆外有人放聲的叫嚷著，而翻進院子裏來的一些人影，全茫無頭緒的亂奔亂竄，穿堂裏伏著的匣槍一張嘴，方磚地上就躺了不少具屍首。那些傢伙衝進來容易，一旦遭到槍擊，想退出去可就難了，有些機伶的溜著邊，背貼著牆壁還槍，誰知房頂上人把他們看得清清楚楚。

石二矮子使腳踹翻了一架長梯，側滾過身子忙著抽換彈匣；那邊的雷一炮恰把匣槍放在瓦上，伸手掀起大疊的瓦片，狠朝底下砸去；砸得幾個溜邊的傢伙抱著腦袋哀叫，好像是挨刀的肥豬。

「真有你的，雷老哥！」石二矮子說：「你說不放槍，果真就使起瓦片來了！」

雷一炮沒答腔，也沒功夫答腔，他不斷掀起層疊的瓦片，用力朝底下扔擲。雷一炮的臂力本就頗有斤兩，再加上狠命扔擲，瓦彈下去直可比得子彈，有兩個業已被打得扔了槍，雙手抱頭蹲在那兒發昏了，瓦片再打下去，使那兩個傢伙哎哎嚎叫著，繞著圈子亂爬。

大狗熊那邊，一架長梯上朝上冒人頭，石二矮子順手潑過半匣火，使那架長梯變成空的。而土匪似乎發覺了這邊瓦面上有人，密雨般的槍火移過來把人罩著。猛可地，雷一炮半邊身子一挺，伸手想抓他的匣槍沒抓著，人就連滾帶滑的滑到一邊去了；幸好那邊靠著偏屋的山牆，形成一條深陷的流水溝，把中了彈的雷一炮擋著，沒落進土匪手裏。

石二矮子原想滾過去替雷一炮裹傷，但他離不開，他得發槍擋著跟撲進來的匪眾。

隔了一忽兒，背後扔過一塊瓦片來。

「噯，矮鬼，幫忙把我匣槍扔過來。」雷一炮的聲音嘶啞，呼嚕呼嚕的，有點像拉風箱：「我帶了傷，爬不動了！」

趁槍火略鬆的當口，石二矮子橫滾過去，摸著雷一炮遺落的匣槍。也不知哪來那麼一股子勁兒，他猛的爬起身，踏著瓦脊飛奔過去，躍到雷一炮身邊。

「雷老哥，」他說：「你傷在那兒了？」

「你甭顧我，」雷一炮咬著牙，絡腮鬍子根根豎著說：「你頂好竄到前面去，去照應八爺去罷！」

「那不成，我不能單單把你扔在這兒！」石二矮子說：「這是你的槍。」

「我自覺還能撐它幾個時辰！」雷一炮固執的說：「你去罷！……還是，八爺那邊……要緊……」

石二矮子拗不過他，順著瓦溝朝前游過去，關八爺在另一幢房屋的瓦面上，正跟土匪們殺得沉酣呢！怪不得一批土匪簇湧進來，另一批連不上，原來關八爺雙槍頂住了半邊天，爬牆的全給他掃下去了。關八爺這手槍法，石二矮子今夜可算領教到了，兩支匣槍在手，不但照顧了東面的一溜兒長牆，還照顧了偌大的院子，土匪在那兒現身，關八爺的槍火就點到那兒，槍槍不打空，使長牆裏外屍首疊著屍首。

饒是這樣，還是有人翻進牆來，混戰著。

時辰在石二矮子的感覺裏過得很慢很慢，從來也沒像這樣慢過——彷彿被棗核兒釘釘在那兒，再也流不動了。而殺聲仍到處騰揚著，灌進人耳，流進人心，這樣的情景魘壓著人，使人滿腦子空空的，恁什麼全不能想了，祇有一個若即若離的游絲般的意念把人拴繫著——一個本能的衛護生存的「殺」字。

「抓關八呀，抓關八呀！」

長牆外的叫喊聲愈來愈加響亮了，但是，關八爺可不是這麼容易被抓住的人，他打得比誰都狠，比誰都活，每當一梭火潑出手，他就滾動身子，讓還槍的人槍槍全擊在空無一人的瓦面上；他不但使槍火狠剃四判官的頭，更時時照應著各處伏身瓦面的弟兄。

大夥兒瞧著關八爺沒損傷，心裏都像吃了定心丸，雖說情況萬分危急，卻越打越起勁了。朱四判官各槍所帶的槍火雖然不少，但六合幫的各支匣槍，槍火也都是頂足了的，省著留在這一晚拼，不愁缺彈。

時辰一久，翻進院子的人更多，也不知關八在那兒，橫豎閉上眼亂發槍，逢人就打，又打起亂糟糟的爛仗來了。

就算是爛仗罷，假如四判官手下人都能硬挺下去，六合幫可真夠慘的了；可惜土匪雖說人多，也吃不住硬磨，衝也衝進去了，喊也喊粗了脖頸了，遍地磕磕絆絆的人屍，誰見著不膽寒？那些不聲不響的屍首還嚇不著人，糟就糟在掛彩帶傷的身上。有些走劫運，剛翻進長牆就被槍火灌上了，不是拖了胳膊就是拐了腿。有些得「頭」彩——腦瓜子被瓦片砸得冒漿！逃得槍彈的從牆缺口翻遁出來，嚎的嚎，喊的喊，媽媽菩薩老子娘一齊出籠，把後面的心都扯疼了。

「嗳嗳，裏面怎樣？」

「嗨，甭提啦，」負傷的爬著叫：「誰碰上關八，誰就這個樣！」

「天曉得關八的匣槍怎樣打的，橫打橫著倒人，豎打豎著栽人！」

就這麼盲目傳播著，是關八爺打的也是關八爺打的，不是關八爺打的也是關八爺打的，硬把關八爺抬在嘴上，弄得人心惶惶，手把著長梯兩腿就發軟了。

旱匪頭兒徐四平常也不是不怕關八爺，祇因爲肚裏先裝了些酒，錯把醉意當成膽氣，再加想得那匹白馬，就理起匣槍翻上了牆頭，誰知剛上去就劈胸挨了一槍，軟丟丟的從長梯上滑下來了。

「徐四爺栽啦！徐四爺栽啦！」有人一路叫喊過去。

徐四這一栽不大要緊，徐四手下一把兒旱匪沒了頭兒，誰也不肯押上性命去爬牆了。本來就沒誰願打這場火，鄔家瓦房裏既無財寶，又沒金銀，何況關八是個硬裏兒，碰上他就腿瘸胳膊折，說什麼也犯不著，蹚黑道走混水，錢財才是大王爺，四判官算啥?!就是賣命跟四判官出力，把六合幫吞掉，宰掉他們上肉案兒也賣不了幾個錢，抓活的的更沒什麼獎賞，黑裏亂嘈嘈的，又沒有誰押陣，既然有懶可偷，大夥兒就當縮頭烏龜，虛放它幾槍應應景兒也就罷了！

可憐徐四雖中了槍，卻不甘心就死，被他手下人拎著兩腿，像拉黃包車一樣的倒拖著跑到林子裏，兩眼還斜斜的朝上吊著，湧溢著血沫的嘴還嚅嚅的囈語著：「馬……馬……白馬！」

在鄔家瓦房另一面，錢九手下那夥人開頭就沒賣過力，再加上毛六縮頭縮腦，像隻瞎眼的夜貓子，那還號令得人？

錢九那把子人原想跟四判官合夥，在萬家樓分筆肥的，誰知一開頭就折了人，貼了老本，早就嚷著散夥了，錢九帶人入鹽市，一去就沒了消息。今夜圍鄔家瓦房，他們抱的是觀風望陣的心情，若果四判官打的順當，大夥兒不妨搖旗吶喊，湊合湊合，壯壯聲勢，充充門面。偏巧開初就沒打好，兩番衝進長牆，沒見著對方人影兒光是挨槍，一梭火潑出來，活人就變成屍首，亂七八糟舖在大院子裏，有些膽大的還沉得住氣，曉得自己姓什麼叫什麼？知道自己腦瓜還在不在脖子上？那膽小的，早就嚇暈了頭，連東西南北也分不清了。

有些弄岔了方向，翻到這邊來，逢人就喊說：「不得了！不得了了！關八這一手匣槍，可真是開槍就見血，出手就傷人，弟兄夥，能遁的就遁罷！」

「對呀，兄弟夥，」錢九的人就應上了：「四判官又不是誰的老子？生咱們養咱們的，活該聽他！咱們打家劫舍，自個兒的事情自個兒好拿主意，手風順，多做它幾宗案子，手風不順就消聲匿跡不出頭，如今四判官硬拿鴨子上架，逼咱們跟他夥穿一條褲子，錢財好處沒得著，先去頂關八的子彈，這算啥玩意兒?!」

「有理進茶館去說，咱們先拔腿再說！」

「早走早沒事！」

旱匪們紛紛議論著。

當朱四判官正在東南邊撲打不休的時刻，錢九的那撥人卻從枯樹林背後悄悄的拉走了。他們怕毛六報信，把他摘了槍綁在樹上，總算對他客氣，祇用他的瓜皮帽兒裝了一把泥塞在他嘴裏……

而朱四判官仍然蒙在鼓裏，自從在萬家樓跟關八爺對過槍之後，他就犯上了心虛膽怯的毛病，儘管心裏把關八恨到骨頭裏，可就不敢出頭跟關八爺面對面的鬥槍。好在手下人多，活捉關八不易，抓個死的也成，旁人在攻撲鄔家瓦房時，他仍坐在枯林中的木段上喝他的老酒。

時辰慢慢的流過去，彷彿經過好半晌了，鄔家瓦房裏槍聲還是那樣猛，動靜還是握不住，拿不穩。慢慢的覺得有些不大對勁兒了，——不知怎麼搞的？原先那些啊嗬喊叫的殺聲，卻變成鬼喊狼叫的哀嚎……再聽聽，槍聲祇有東南角還算密扎，西北兩個角上怎麼連槍也不響了?!

「趕快著人繞到西北角去瞧瞧，」朱四判官跟左右說：「關八那夥人業已抓在手掌心了，難道還放他跑掉不成?!……快著徐四爺跟毛六爺加把勁，務必在天亮前把六合幫拿掉。」

這邊剛差了人去，那邊有人慌慌張張報的來了。

「頭兒頭兒，事情有些不妙。」那人張口結舌的喘說：「咱們徐四爺……他……他他中槍……」

「怎麼?!徐四爺中槍死了?!」四判官像火燒屁股似的跳起來：「他死了?!」

「還……還還還……還沒死透，」那個傢伙木頭木腦的幽了徐四一默說：「還有一口游漾氣，翻著白眼珠兒，在那兒一抽一抽的嚷著馬呀馬的呢！」

「你他媽的渾透！」朱四判官狠狠的踹了那個傢伙一腳，踹得他蹲著身子，抱著膝蓋跳說：「頭兒甭動火，四爺他真的沒……沒死透，若果不給他水喝（**俗傳中槍負重傷者，不能立即喝水**），他能撐到明天早上呢！」

朱四判官越聽越來火，轉臉一腳想踹那人的屁股，誰知那傢伙似乎不願意再挨一腳，趁黑溜掉了，害得朱四判官摔了一跤。懊惱罷，實在也夠懊惱的了，自己手下最得力的五閻王、粗豪的錢九，全栽倒在關八手裏，如今又輪到徐四的頭上了……自己混世闖道多少年，還沒在誰手上栽過，偏生遇著關八，大筋斗連著小筋斗，栽的鼻青眼腫，徐四中了槍，不知毛六怎樣了呢？

正想著，那邊有人舉著火把，兩人把毛六架著，一拐一拐的走過來了。

「怎樣？老六。」四判官驚問說：「你莫非也中了槍？我看你那兩腿不甚活便……」

「倒不是中槍，是叫捆麻了！」毛六哭喪著臉說：「錢九那幫人不但不幫您的忙，緊要的辰光，還倒拽您的後腿！……他們拉槍退走了！臨走把我摘了槍，捆在樹幹上，塞了我一嘴泥，要不虧這兩位救我，我怕不叫捆死在那兒？」

「他們實在是拉槍退走了！」一個說：「枯林裏漆黑一片，半個人影兒也沒見著。」

「我們朝回摸，」另一個說：「單聽林子深處嗚嗚的，好像是鬼嚎，再聽聽，又像是人聲，晃動火褶兒燃起火把來，才看見毛六爺被綁在樹上，像隻捆蹄似的。」

朱四判官氣得臉色灰白，光是跺腳說不出話來！而他底下的嘍囉們，偏要拿些缺氣的消息來消磨他，眨眼的功夫，又有人跑得上氣不接下氣的過來報說：「不成，頭兒，風聲緊得很！……咱們前後有兩撥人翻進鄔家瓦房的大院子，好幾十個人進去，活出來都是帶彩的，其餘的全叫關八撂倒了，屍首能碼成墩兒。……那些帶彩的沒命朝外爬，喊得使人骨肉分家，許多膽小的嚇得不敢再爬梯子，眼看撲不上去了！」

「你，你們這些笨腦瓜子！真不靈哪！」四判官自己也有些失魂落魄的罵說：「硬撞既然行不通，為啥還要硬撞來?!你們就不能想出一個，一個，嗯，一個……活抓關八的主意來嗎？」

「要是三面夾攻還好些，」那人埋怨說：「咱們光在東南拐兒上賣勁，西北角軟扒扒的，也不知在弄什麼鬼？這好像一個人患了半身不遂，單憑半邊膀子一條腿就能摔倒關八，那才怪呢?!」

「您也甭埋怨，頭兒可也甭急，」毛六伸著腦袋擠著眼說話了：「若說拿主意，我倒有個現成的主意在這兒，祇是想捉活關八可就辦不到了！」毛六說著，歪過身來，使手掌招住嘴，套在朱四判官耳朵上，嘰哩咕嚕的吹了半天的氣，也不知說了些什麼，單見朱四判官那張灰敗的臉逐漸轉變了顏色。

毛六的話彷彿真是一口仙氣，把朱四判官的眼裏吹出光彩來，兩頰吹出笑意來，先是點著頭，後是拍著巴掌，連聲說：「好計，好計！我說毛老六，你這個鴉片煙鬼，你他媽簡直就是哈迷蚩湊出來的！」

無論旁人把關八爺看成什麼樣的人，他仍是個活生生的血肉之軀，不過是具有一份爽直的性情同悲天憫人的心懷罷了！

時辰在他身前身後波流著，彷彿時光也化成無數透明的箭鏃，穿透他的身體朝前面去，朝前面去，朝前面去……去向他自己也不能知、不能解的苦難情境裏，他彷彿是生在風中，長在風中，不知將要飄歸何處。

打這種火，拚這種仗，到底是爲了什麼？自己不是保疆衛國的英雄好漢，又不是替北洋將帥賣命吃糧的兵勇，犯不著耍槍玩命。但這人間世上，總有許多曖昧難分的糾結舖展在自己的生命道途上，逼得人要正面踩踏過去，臨到這種辰光，祇能憑一個人做人的良心來選擇。

朝前面去，踩過很多火，很多血，很多槍聲、驚叫和呼號，也踏過很多死亡的陷阱和不忍人的痛傷。絕非是什麼樣忠肝義膽的豪雄，更非是江湖上聞名的好漢，祇是一個想做一個「人」、肯做一個「人」的人。在這種燒著火，流著血的年月，風暴捲動四野，烏雲壓遍遠天，他不能躲避，也無處躲避，他無法把愛意流溢的心懷扔棄，尋得一處隱居之所；也許自己最好的隱居之處就是在風裏，夜裏，火裏和血裏。他要這樣眼睜睜的呼吸著走過去，挺起脊樑走過去，歸向不可知的情境……

如今，他困在瓦脊上，用自己的性命跟六合幫這一干弟兄的性命捲在一起，濛黑的星光仍依稀勾描出半夜苦鬥後遍地橫屍的慘景；有些屍體互擁著，踡伏在牆隅的陰黯中；有些平伸雙手，掛在長著無根枯草的牆頭，血泊在星光下顯不出顏色，但他能想得到那種鮮紅……如果沒有四判官，如果這些人能給他一個不動槍的機會，他想他能說服他們，祇要做一個「人」！他會像翼護六合幫這干弟兄一樣，盡力翼護他們，像面臨著蒼鷹的母雞翼護她的雞雛，但四判官逼他們撲向一支不肆兇行的槍口，這本賬該記在朱四判官一個人的頭上。

時辰從乾澀的眼縫裏流過去，關八爺悄悄的側轉頭看看星位，判定三更已過，接近四更天了，槍聲由激轉緩，嗚嗚的牛角聲也早黯啞下去了，偶爾仍有些喊叫聲繞著長牆走，但長梯的梯影上已經看不見冒出的人頭。

伏在瓦面上的弟兄們低聲連絡著，有的在裏傷，有的在重分槍火，祇有石二矮子在嘰哩咕嚕嚷著餓。向老三在那邊低喚著自己。

「八爺，雷一炮不成了！」關八爺聽出他咽淚的聲音：「他胸脅、小肚子、胳膊，一共中了三槍，腸子拖老大一節在外面，裏全沒法裏。」

關八爺滾過一段瓦面，滾至雷一炮躺著的地方，緊緊的捏住雷一炮粗糙的大手，他想跟這位開頭腳的漢子說些什麼，但他喉嚨被緊緊的鎖住，吐不出一個字來。

還是大狗熊說得爽快，他說：「雷一炮，你忍著點，腸子拖出一節不算稀奇，塞進去照樣吃飯，……我當初害痢疾，出大恭把大腸頭擠出一大節兒，也沒見出什麼大毛病來！你要夠漢子，咱們就打個賭，賭你不死。你若是閉上眼不理咱們，你就是頭號甩子！」

「到天亮就好。」石二矮子也說：「南興村過去有個中醫靈得很，死人全叫他治活過……我聽旁人講的。等咱們打退了四判官，我使車子推你去！」

雷一炮咧開嘴，一個僵硬的笑容留在他臉上，但他不能說什麼，他的兩排牙齒因過度疼痛咬得很緊，他的手在關八爺的掌心裏慢慢僵涼了。

沒有時間讓活著的人哀悼死者，槍聲跟鼓噪聲復又騰揚起來。不過這一回，土匪們不再爬牆了，他們卻把大束的乾柴隔著長牆扔進院來，同時，關八爺聽得見牆外斷樹拖曳的聲音，枯枝堆積的聲音，有人在使耳語悄悄傳遞著什麼……他聽不清那些人說些什麼，但他直接意識到土匪們可能在這時舉火！

在這種天乾物燥的季節，一把火燒起來，那種慘狀是不敢想像的，當初扼守鄔家瓦房時，算過千著萬著，偏就算漏了朱四判官會來這一著——火攻！鄔家瓦房的長牆外面，圍的是枯樹林子，正是朱四判官舉火的好材料，瓦房裏各房各屋，全是粗壯沉實的晉木樑柱，不但易燃，而且經燒，如今想到這些卻已經晚了。

夜流著，霜落著，離天亮不遠，北風更為尖寒……

槍聲幾乎聽不見了，祇有一把扔擲乾柴的聲音，那些土匪利用長牆掩著身子，縮在牆根底下，反手朝裏扔柴火，關八爺的匣槍再靈也打不著他們。幾百隻螞蟻也扛得七寸長的大蜈蚣，幾百個人捆柴扔柴當然夠瞧的，不到一會兒功夫，前後的方磚大院子裏業已積滿了柴火捆兒了。

「八爺，四判官準是要舉火燒咱們了！」向老三說：「您看罷，咱們在瓦面上，成了駕不起雲頭的天神，突是突不出，遁也遁不掉，萬一一把火燒的來，可真燒得咱們『面目全非』啦！」

「挨燒不知是什麼滋味？」石二矮子縮縮腦袋說。

「胡得有些兒發苦，敢情是?!」大狗熊說：「祇怕到陰司去，連閻王爺也分不清咱們是誰了？」

「當然，咱們不能伏在這兒，眼睜睜的等著他們舉火，」關八爺說：「事機既這麼緊迫，咱們得多動腦筋，想出對付四判官的法兒！」

其實他比誰都想得深，想得苦，他判斷過，假如王大貴半途不出岔兒，彭老漢的民軍就該在這當口到達；彭老漢跟自己是生死之交，民軍在大湖一帶很有名頭，無論那方面，全比朱四判官手下這幫烏合之眾強得多。但這種想法早被成捆扔來的乾柴擊碎了，就算民軍能及時趕到大河南岸，也擋不得朱四判官燒這一把火，在目前，靠外來的一切力量也救援不了自己啦！

石二矮子說的不錯，鄔家渡口這一帶是塊死地！唯有當四判官意欲舉火的時刻，才意味到「死」字真像是一面羅網了。人終竟是人，終有一時失算的時候，今夜沒料到四判官會舉火，正像昨夜沒料到白馬一塊玉會斷韁走失一樣。走失了白馬倒不算什麼，損折了這幫兄弟，就使人雙瞳欲裂了。在這樣的時刻，祇要朱四判官肯露面，自己決不會饒過他，這種人，應該還他一個公平，但連這一線希望也很渺茫，自己明知朱四判官這隻狡狐是不肯露面的。

忽然，沉黑裏有一絲亮光跳躍起來，使他想起唯一對付朱四判官的方法了！關八爺正想跟弟兄們說出這種方法，誰知一向糊塗的大狗熊卻搶先開口了。

「有了有了！」他說：「四判官想活活燒死咱們，咱們何不先下手爲強？也送他一把火。你們想，屋後的北風像棍打似的急，四判官那夥毛人全匿在枯樹林子裏，咱們抽兩個弟兄從後面溜出去，舉火先燒著林子，火燒起來比馬跑的還快，不怕他不退下河心去洗澡。」

「妙著兒！」石二矮子說：「鄔家瓦房有空地和長牆隔著，火燒朱四判官時，諸位正好是隔牆觀火！」

「說走就走，」大狗熊說：「誰跟我一道兒去放這把火？」

石二矮子縮縮脖子說：「那當然是我。」

他倆人插起匣槍，一前一後，飛快的消失到黑裏去了。風嗚嗚的在林梢上尖嘯著，彷彿向朱四判官報警的樣子，可惜朱四判官喝了半皮囊烈酒，已經有些醉了。

朱四判官坐在枯林空處的木段兒上，跟毛六談的，都是燒死關八之後的事情。他告訴毛六：在江湖上混世，不要太看重一時的得失，看要看得準，行要行得狠，挖掉一塊肉也不作興叫疼。

「風月堂也罷，如意堂也罷，那些全不算什麼，真箇兒的。我說，毛老六，就憑你這種機智，在黑道上硬是闖得開！」朱四判官說：「一槍在手，什麼全有，嘿嘿嘿，連北洋防軍全向你低頭。」

「倒不是那些，呃呃，」毛六說：「頭兒，您可沒見過像小餛飩那種樣的女人，丟掉她，真比丟掉金銀財寶還使人窩心……」

「放心罷，毛老六，關八一除掉，鹽市可真不在我眼下，等我踹開鹽市來，自會還你一個小餛飩！」朱四判官說：「如今鹽市高喊護鹽保壩，防軍逼得要攻它。防軍攻鹽市，又非找我幫打不可，咱們先拿它一筆幫打費，然後再大掠十八家鹽棧，就憑這兩票，一生也享用不盡了！」

「錢財我倒不敢枉想了，」毛六說：「我這人素有寡人之疾，──離不開小餛飩倒是真的。」

林裏黑沉沉的，土匪們折枝的、伐樹的、捆柴的、搬運的，弄出一片聲音。朱四判官聽著，滿心直樂，問說：「乾柴堆得怎麼樣了？」

「跟頭兒回，」那邊有人答話說：「業已差不多了，祇等您一句話，咱們就扔火把！」

「慢點兒，慢點兒！」朱四判官沉吟說：「這把火假如一燒起來，關八準是狗急跳牆，嗯嗯，換是我，也會跳出來拚一拚，總比活活燒……死的好。」

「這可容易，頭兒！」毛六又在獻計了：「祇要吩咐下去，除了燃火的，其餘的槍口全平封住宅子，看見人影就開槍，關八若不願被火燒死，挨槍也是一樣！」

「好！好！就這麼著，」朱四判官說：「吩咐各人把槍火頂膛，封住宅子，然後扔火把！」

朱四判官剛把話說完，就聽有人一路嚎叫說：「火燒起來了！火燒起來了！頭兒，您瞧瞧那邊的火頭！」

朱四判官一抬頭，我的天爺，一把火近得就彷彿壓在自己的眼眉毛上面，這把火哪裏燒的是鄔家瓦房？卻把北邊的枯樹林子燒著了！

枯樹林子一經燒著，那濃煙勃勃的火焰捲騰著，順著尖猛的風勢，扯西北燎向東南，風吹著火，火牽著風，無數下捲的火舌頭舐著林子，發出潑潑啦啦的炸聲，匯成一片紅毒毒的火海，直朝這邊撲了過來。可憐那些搬弄了半夜乾柴，累得哈哈喘的傢伙，反被這把無名火嚇得屎滾尿流，一聲吆喝，大夥兒全拉腿朝回亂撞。

「這……這是怎麼弄的?!」朱四判官說：「縱火不成，反他娘的惹火燒身，真是豈有此理！跑罷，毛老六！」

誰知抬眼已不見毛六的影子了。

幸好幾個嘍囉還撮著白馬在等著，朱四判官接過轡繩，片身上馬，抖轡就朝南竄。他原來的幾分酒意也叫這把火嚇沒了！他比誰都清楚，按照鄔家渡口的地勢，整個稜坡除了鄔家瓦房之外，全是枯樹林子，東面是座斷崖，西邊是蘆葦遍生的沼澤。枯樹林子起了火，祇有兩處能避火，一處就是鄔家瓦房，另一處就是南邊的河灘，如今鄔家瓦房被關八佔著，祇有奔河灘了。

白馬剛到河堆邊，就聽河南岸又響起槍聲來。

「民軍，民軍堵著河了！」

「沿河朝東罷，夥計，民軍佔住河南啦！」

朱四判官一聽，這好，這他媽整砸了鍋了！馬頭一領又轉朝東面跑，就見自己手下人跑得一團糟，有的想渡河，被對岸的槍火打落在水裏；有的像蛆蟲似的擠在河灘上頑抗著，大部份人順著河北岸的高堆朝東跑，爭先恐後，跌跌爬爬。

跑著跑著，那匹倒楣的白馬竟使起性子來，四蹄蹬蹬的直是打轉，朱四判官撮韁磕鐙伏不下牠，一轉眼間，跌跌爬爬的都跑到前面去，自己反落在後面來了。正急著，就聽後面有人嚷叫說：「瞧，騎白馬的準是朱四判官，咱們追呀！」又有人歪著嗓門兒叫說：「四判官，你不丟下馬來，老子替你頭上錘八個窟窿放血！你奶奶的！」

朱四判官一聽，沒死鞭著馬，剛跑出沒有幾丈地，一粒流彈飛過來，差點射飛自己的耳朵。「幾把匣槍釘著你，看你能飛上天去！」一個喊說。

朱四判官本待不理會，另一個又扯著歪腔喊了：「河對岸的民軍聽著！騎白馬的，就是賊頭朱——四——判——官，替我隻齊槍口蓋他！」

一聲喊出口不大緊，嚇得朱四判官滾身滾掉白馬，沒命的朝前狂奔；就聽身後那條歪嗓子又在喳呼說：「河對岸的民軍聽著，朱四判官業已扔掉白馬跑了！如今馬在石二矮子手裏，……窩裏兄弟，甭亂開槍！」

朱四判官嘆口氣。

他知道，在鄔家渡口吞掉六合幫的夢，業已叫這一把火給捏碎了……。

第十章・復　仇

隆冬後的第三場大風訊捲過了縣城古老的城樓。

江淮一帶有句流諺說：頭場風訊不理它，二場風訊不問它，三場風訊凍得人喊親媽！這四九心裏的大風訊就有這麼寒冷法兒。沒遮攔的漠風把塞外的嚴寒掃了過來，連家居暖室裏也都滴水成冰；風訊來時，層層疊疊的彤雲堆擁在天頂，一直壓到四周的天腳去，天是一種朦朧的灰暗，雲低得能打到人頭，天與地之間，祇有尖風銳吼著，寒得直刺進人的骨縫，那彷彿不是風，而是薄刃的流冰；平時流水滔滔的大運河也早就封了凍，流冰疊著流冰凝固後，河面舉著無數尖齒，遠望像野狗發亮的臼牙！

平常熱鬧的縣城，彷彿被嚴寒鎖住了，十里長街，沿河的碼頭，春夏裏漁船麇聚的中洲島，歌弦不輟的花街，慈雲寺市場，東區的娃娃井和西區的紀家樓，全都寂然了，自晨至暮，也難見幾個帶著暖袖，縮著脖頸的行人。尤當黃昏時刻，那真是天昏地暗，彷彿天和地都被抹了一層鍋煙灰，顯得異樣的淒清與慘愁。

無數隻從四鄉冰封野地上趕來的烏鴉，群棲在背風的電桿木上，翅膀捱擦著翅膀，茫無所措的胡亂喧嘈著，你飛我啄爭擠著，彷彿嘈聲能爲牠們帶來一絲暖氣。也祇有這種被認爲不祥的臭骨的鳥蟲，用牠們不疲的喧嘩，點綴著這座昏沉欲睡的城市了。

「長街上過隊伍了！」誰把消息帶來，傳進緊閉著的千門萬戶，但反應祇是一片冷冷的沉默。少數人憤憤的罵著，埋怨北洋將軍們不把人當人看。

「寒風虎虎像下刀似的，還把這些吃糧老總們當球踢?!——鹽市這根釘，當真戳進了孫傳芳的眼?非在隆冬把它拔脫不可！」

「想拔鹽市可也沒那麼容易，鴨蛋頭就是個例子！」有人就搭腔說了：「你甭看江防軍外殼兒硬紮，一碰上硬火就開差，這些招募來的兵爺們一向是有糧就吃糧，遇敵就投降，有誰當真肯替孫傳芳賣命?若不信麼，您就瞧著罷！」

但在大多數人的心眼裏，卻沒有這樣樂觀法兒，無論如何，這一師加一旅從長江岸邊抽調來的江防軍，是孫傳芳手底的兩張硬牌，人數和氣勢夠懾人的。縣城裏的商戶們雖沒像鹽市那樣揭竿而起，但在暗裏都早有呼應，大批江防軍開上來，誰不替鹽市暗捏一把汗?……在許多虛掩著的門裏，寬邊的銅爐架邊，人們分別麇聚著，憂心忡忡的談論著鹽市所面臨的戰事，看樣子，惟一能使鹽市免劫的，祇有巴望北伐軍早一天北上了。

隊伍穿過沿河的長街，灰蟒般的游向城西的大營去，尖風迫得每個兵勇把頸子縮在高豎的衣領裏，身子前傾著，以便馱負沉重的方角背囊，遠望就像一群駝背，一雙雙蹬草鞋的腳，因爲走得多而急促，冰上踏雪裏踩的，不是磨爛了的凍瘡就是起了流漿泡，走起來歪歪拐拐，哼哼唧唧的，祇有沒命的使兩臂大擺著朝前划風，埋怨著老天不公，行軍偏遇上大風訊。……

隊伍走過去，屁股上的刺刀鞘跟小飯碗叮噹叮噹的打架，驚得電桿木的那些老鴉大驚小怪的嘈喝起來，這邊也是哇——哇——，那邊也是哇——哇——，夾在隊伍中間的伙伕擔兒吵得更加刺耳，扁擔頭磨著繩索，繩索死咬住扁擔，伙伕每一聳肩，就發出吱唷吱唷的餓鼠的尖叫聲，那聲音也彷彿長了牙，把許多飢餓潮濕的人心也啃出血來了。而鍋底兒打著籮筐，碰碰的，打得人餓火高燒。……隊伍朝西走著，灰色的天，暗色的瓦，流進人眼裏幻化成渺渺茫茫的前途，心裏除了一個怨字，就找不出旁的來了。

「他媽的這座倒楣的鳥城，怎麼儘是這種主凶的臭鳥蟲？銜著人腦門嚎他媽的喪！」隊伍裏有個傢伙說了：「兄弟嗳，咱們許是命定要埋在這兒，替人家免費肥田了！……你瞧，熊老鴰兒不是在舉喪了嗎?!」

「你他媽的甭在那兒吊死鬼搽粉——死充面子好吧?!」另一個帶著認命的味道打諢說：「像咱們這號兒肉沒肉油沒油的幾根骨頭架兒，挨槍挺在地上，祇怕狗都不啃，還談得上替人肥田嗎？」

「甭講晦氣話，吐口吐沫就破了！」另一個說：「誰願頂槍子兒，攻鹽市時誰就上前，讓他們剖肚開腸替你放放一肚皮冤氣也好，這口氣悶在活人心裏，真比死還難受！咱們那位塌鼻子老倌（**指其師長**）是位不折不扣的馬屁精，大帥拔根卵毛，他也拿當令箭使，……你們算算看，這一路雪窟窿裏塞進去幾個了?!」

一提雪窟窿來，大夥兒不由得勾著頭沉默了。頂風冒雪走長途，紅毒毒的死亡貼在人眉影上，明知那樣，卻又機械的邁動兩腿朝向那兒走，有些瘦弱帶病的，喘咳拉痢的，飢餓加上嚴寒，疲勞加上困頓，一攻一夾，半途上就捽出列子走了，擔架沒擔架，醫藥沒醫藥，即使有半口游氣，也睜一眼閉一眼拿當死人埋。雪地上打一個窟窿，把人塞進去像朝瓶口塞上一隻軟木塞子，外加幾鍬濕土拍平了就算了事，在一條生長稀疏蘆葦的河堤邊，一次就塞了三個，那樣的行軍，自己的命得由自己凍得麻木了的兩條腿扛著。那種死法，遠比頂上槍子兒更爲悲慘。

說人是蟲豸罷，其實人還不如蟲豸，蟲豸還有掘穴避寒的機會，而人必得走在路上，尋覓著騎肥馬衣暖裘的官兒們經過時留下的蹄痕，一個黑黑的蹄痕是一座黑黑的命運的深坑，祇許你落在坑底，不許你留下自己的名字，死了一個張德功，自會補進一個張德功，死了一個李得勝，自會補進一個李得勝，沒誰再記住你的臉你的眼眉，你滴血的悲哀和潮濕的嘆息……人算什麼?!

「誰他媽攻下那座山頭，賞大洋一千。」「誰他娘奪取那座鎮市，賞大洋五百！」北洋帥爺一向喜歡這種調調兒，好像千百條命就值那個價錢！可當嗬嗬叫喊著，踏著遍地人屍時，錢也治不活死去的人心了，血光從兩眼滴落心底，無處不是潮的。城齒旋移著，隊伍在入暮的尖風裏開過去，每個咬著牙的嘴再沒有發出什麼樣的聲音了。

在凍青了臉的方形路燈下面，在街頭偶露的燈火縫中，百足蜈蚣似的腳步邁動著。單從表面上看，北洋的江防軍確是浩浩蕩蕩，有幾分唬人的氣勢，骨子裏的情形，祇有吃糧的北洋老總們知道。

從黃昏到落黑，河堤邊的馬路上一直流淌著灰影幢幢的隊伍，而這些隊伍一點兒不影響上下大閘口中間的花街夜市上的繁華；北洋軍的文武官員們，部份圓滑阿諛的殷商、賭場郎中、場面上打混的爺們，替官匪拉縴搭線的，散伙的強盜，專門買賣假古董以投合附屬風雅的新貴吃飯的古董商，善吟幾首歪詩，寫得一筆酸字的拍馬文士，使花街的慈雲寺附近一帶有著畸形的繁榮。這一帶繁榮是靠北洋軍，愈是駐兵多，這兒的交易愈興隆。

「過兵了！」

「過兵了，可不是嗎？大冷天，老總們一放出來，就像鬼門關開鎖，放出一窩爭著托生的小鬼，不來花街來那嘿?!」

慈雲寺兩側，窄窄的石板街曲折伸延著，古老精緻的建築擠在一起，長廊簷高門斗，重疊的朱漆木架雕著花，兩街面的簷口幾乎吻在一起，中間祇留著一線天光，而這一線天光也是可有可無的，因爲差不多每家每戶的門斗兒下都吊著一兩盞日夜點燃的馬燈和各式彩紙燈籠，由於天光太暗，照不亮縮在廊影下的長招橫匾，一般都把堂號店號貼在燈籠上，遠遠望過去，高高低低大大小小的燈籠何止百盞?!匯成一片輕旋緩蕩的燈海，彩色繁複的光暈揉合在一起，盪出一番撩人的情致。

在這寬長里許的迷宮裏面，寒風和雨雪鑽不進曲折的窄街，微溫的空氣裏，散滿了牛油蠟脂混和的氣息，燻烤食物的濃香，慈雲寺那邊巨鼎裏的檀香味，剛開甕的濃烈的酒味，以及倚著門的姑娘們身上那股劣質脂粉的氣味，不甚調和但卻非常緊湊，帶給人一種飽暖和淫冶的慾望。

這兒有的是廉價的客棧，更廉價的殘花敗柳，脂粉殼兒；有的是寬大的供應點心和熱手巾把兒的賭場，包辦筵席的大酒樓和隨意小酌的小餐館；有的是蘇幫揚幫一等一的，一刻千金的名妓，也有半開門的徐娘半老的黑貨；有時新的字畫店，裱糊店，古玩店和舊貨攤，也有醫卜星相者流當街爲人斷定前途；有鴉片煙館，專收私槍私火的交易場，也有各方差來勾心鬥角的包打聽（土語，意指間諜或情報人員），無論你是老嗜、毒梟、海客、白粉道人；無論你是尋花問柳打茶圍、勾搭婦女吊膀子，無論你是打聽消息或做各種投機買賣，到了花街背後的迷宮裏，什麼全有了！

但有一點不能忘記——你必得先有一隻鼓鼓的錢袋，花街的各行各市都是爲肯大把撒錢的來客預備著的。

「過兵了！」

「可不是過兵了，這種大冷的天。若不是發了瘋，那就準是開過來攻打鹽市的了！」

在迷宮一角的茶樓裏，說書的二馬糊先生反套著一件大毛皮襖，髒兮兮的皮毛全結成了餅兒，頭上戴一頂沒底兒破船似的灰呢銅盆帽兒，咧著粗聲啞氣喉管在那兒說著「七俠五義」，正說到山西雁徐良戲弄小俠艾虎，許多張晃動的人臉被裹在茶盞的熱氣和香煙的白霧裏，並不理會說書的二馬糊賣力嚷叫，祇顧交頭接耳的談論著。有些談著鴨蛋頭兵敗，有些人談著塌鼻子師長的癖好，大都誇張得近乎荒誕。

茶樓靠牆角的一張方桌上，坐著個穿著整齊的中年人，一瞅那身衣著，就知是久在世面上混的爺字輩人物；那人戴頂英國灰呢禮帽，帽沿低低的壓在眉毛上，頸上圍著輕軟的褐色羊皮圍巾，身穿寶藍鶴紋錦緞的灰鼠皮袍兒沒加幔袍，大襟上拖著小拇指粗的表鍊兒，一柄四五寸的真象牙煙嘴兒歪啣在唇角，一支鈍重的純白鑲銀箍的司的克鉤吊在身邊的椅把兒上。他疊著腿，應和著說書人的鑼鼓點子輕輕搖動者，瞇著兩眼，閒閒的吐著煙圈。他一個人獨佔著一張方桌，桌面上卻泡了兩盞茶，很顯然的，他是一面聽書，一面等待著什麼人。

「那茶房，」他作了個手勢，招來茶房說：「替我捎一廳炮台煙。……等歇慶雲號煙館施老闆來，替我引過這邊！」

「是了，大爺。」茶房忽然指說：「慶雲煙館的施爺不是來了？喏，在那邊找人呢，等我過去招呼去。」

人力車急劇的鈴聲一路響過去，賣宵夜的叫聲跟著響過來；在書場裏外的喧嘩聲裏，那位鴉片煙館的施老闆悄悄的挨了過來落了座。

「我說方爺，您膽子也未免太大了，」施老闆低聲說：「有些事，壓根兒需不得您親自來，但凡您吩咐了的，兄弟全負責弄妥，無論是消息、東西，都會差人送過去的，您何必親自進城，擔這種風險呢?!」

那個噴著煙笑了笑：「近幾天各方沒消息，人心裏悶出疙瘩來，八爺南下大湖澤沒信來，江防軍這回調得太急，我想，還是我自己來趟比較妥當些。」

「山西雁徐良把頭一低，颼……颼……連發七支錦背低頭花裝弩，可把對方給嚇壞了！」二馬糊說書，全憑他那破鑼般的中氣十足的嗓門兒，無論人聲怎樣嘈雜，他的嗓音總浮在嘈音上面，說至起勁，嘴角白沫橫飛不算，還跳上跳下扮出山西雁徐良放弩的姿勢來，逗起一片鬨鬨的笑聲。

沉思了一忽兒，那個彈彈煙灰說：「最近交易如何？就已經到手的算數。」

「淡一點，」施老闆說：「七支短，廿三支長，七百四十三發槍火，不過出價都很便宜。我想江防軍來後，槍火交易可能轉旺些。」

「嗯……嗯，」戴禮帽的點著頭：「裝妥後，即差齊小蛇替我運的去，如今是萬事莫如槍枝槍火急，攫住機會盡量收就是了。……另外還有什麼消息?」

「我跟江防軍的副師長唐不文籠絡上了，」施老闆朝左右瞥了一眼，更加壓低嗓子說：「那傢伙喜歡這個，」他舉起一隻手，翹起大拇指和小指，就在唇邊嗞、嗞吸氣說：「他在煙舖裏設了特別包房，捶腿捏腳的，燒泡兒打雜的，全是咱們的人，那傢伙論資格比塌鼻子老得多，如今屈居人下，滿腹怨氣，見人就發給人聽……另外，荷花池巷，塌鼻子的臨時小公館裏，剛被他接收了的小菊花跟咱們也搭上線了，有消息不至於漏過。」

「大湖澤那邊可有新的消息？」

「有。」施老闆說：「不過都是些傳說，兩邊對不上頭。有一批油商過來，說是四判官在鄔家瓦房跟民軍對火，吃了大虧。可是……可是今早上舖裏來了個冒大爺，片子上墨跡沒乾，印的是冒突，他自稱是四判官派來的搭線人。據他說：六合幫整叫四判官給剷掉了，彭老漢的民軍也吃了敗仗……」

「冒突？嗯？冒？突？」那個思量著，又彈掉一截煙灰說：「你不妨一邊籠絡著他，一邊讓齊小蛇那夥踩著他，最好是……說動那個老槍副師長，讓他跟姓冒的勾搭，好從中探聽，看他們會耍出什麼樣的把戲?!」

同樣的時間裏，江防軍的塌鼻子師長正在他的臨時小公館裏大宴賓客呢！荷花池巷那幢極其精緻的小公館，原是鴨蛋頭團長生前斂聚的財產之一，塌鼻子師長雖是官大一級，住起來卻絲毫沒有降格之感。

大風訊吹不進厚厚的玻璃磚落地屏風，反把院角的臘梅花催開了，使師長大人眼裏多了幾分風景；雖然假公濟私槍斃了鴨蛋頭團長，心裏總有點兒不甚愜意，但看在這幢小公館、六大箱銀洋和一個吹彈得破的玉人小菊花的面上，倒覺得鴨蛋頭應該槍斃了！——要不然，這份財產怎能安安穩穩的換上自己的名字?!量小非君子，無毒不丈夫，槍斃個把敗軍之將，不必常掛在心上。

由於大帥一時疏忽，調動江防軍時光說攻鹽市，並沒給塌鼻子師長一個緊迫的限期，所以師長大人有的是時間，盤算著怎樣消遣過這一串寒冷的冬天。這位鼻孔朝人的師長有股目空四海的傲勁，一向把開戰當成開賭，總仗持著手裏本錢足，仗持著運氣；在揚州城有位相命先生替他批過八字，呵奉他是胎裏帶的「福」命，做了北洋將軍，也是個「旗開得勝，馬到成功」的福將，既然如此，塌鼻子師長就不大願意打苦兮兮的仗了，他的口頭禪是寒天不打，熱天不打，與其打這種天寒地凍的火，不如等翻過年打它一場春暖花開。

早上，他的護兵把他極心愛的寶貝——兩隻純白的金絲哈巴狗從揚州城運到公館來，塌鼻子師長這才想起這兩隻狗該過週歲了，既過週歲就得請請客，祝賀祝賀，大夥兒喝得酒酣耳熱，一邊搓麻雀牌，一邊談談牌經、狗經、女人經，倒也是賞心的樂事。

塌鼻子師長摟著小菊花，小菊花摟著兩隻小哈巴；塌鼻子師長就說了：「妳瞧，這兩個小玩意兒是大帥賞的，平素傲得可以，見人都懶得搖尾巴，這算是跟妳特別的投緣，妳就認牠們當乾兒乾媳算了。再說，這兩個小玩意兒恰巧過週歲，晚上咱們藉這個名目宴宴客，熱鬧熱鬧如何？」

「那敢情好，」小菊花嗲聲的說：「可惜我這個窮乾媽賞不起見面禮錢，怕不丟了您的面子？當著那許多客人？」

「妳放心，我的小心肝！一切有我哪！」

宴客帖子送出去，小菊花當真替那對金絲哈巴狗梳理打扮起來；使上好的花緞做面子，法蘭絨襯裏，替那兩隻哈巴狗縫了兩套背心，每隻狗的頂毛上全結了一把小辮兒，用五彩的絲帶紮著辮梢，替牠們帶上綴滿銀鈴的新頸圈，拴上拇指粗的純銀打就的鍊子。

因爲有牌局，客人都到得很早，那個黃臉小鬍子獨立旅長是最先來的，還備了一份厚禮來，藉著送狗禮，轉彎抹角拍一下師長的馬屁。小鬍子是個戲迷，懂得唱二花臉的門道，多觀顏察色充充丑角準沒錯兒，師長打下鹽市來，二花臉跟著風光，打不下鹽市，先拎他大花臉的腦袋，與己無關，凡是大花臉出主意的事，二花臉樂得湊合湊合就是了。

小鬍子屁股剛捱上板凳，大門的大崗上不斷傳出抱槍敬禮聲，一群圓圓扁扁的魚鱉蝦蟹，蛤蟆老鼠官兒，歪戴著帽兒的，斜叼著煙捲的，摟著姘頭，自帶條兒的（自帶妓女為當時赴宴習俗之一），由副師長唐不文領著，鬨鬨鬨的湧了進來。緊跟著，幾個馬弁輪流朝上呈遞片子，東關的商會會長，城南的娼館老鴇，蝦米似的專員，紙糊似的縣長，花街各同業的代表，一個個全像朝貢似的捧著禮來了。

白色的大理石面的長案上，早已放妥了兩隻金漆襯紅絨的大托盤，送禮的全把禮物捧到托盤裏，沒一會兒，托盤裏就放滿了圈子鍊子鐲子鎖，全是黃鈍鈍的玩意兒，洗得人兩眼發光。

「這可真箇是……真箇是……不好意思，嘿嘿嘿，」塌鼻子笑咧開肥厚的嘴唇，露出兩排被煙油薰黑的大牙來，虛幌一槍說：「爲這兩隻小哈巴兒慶週歲是假，請諸位來飲酒賞臘梅，熱火熱火是真，諸位又何必多禮？真箇是……嘿嘿嘿，真箇是……」

「我覺得咱們師座看重這兩隻狗是應該的，咱們送禮更是應該又應該了！」小鬍子旅長趁機呵奉說：「這兩隻狗忠於師座，就像咱們忠於師座一樣，師座之忠於大帥，比哈巴狗忠於師座更要這個什麼……什麼……更要加一番就是了……狗是大帥送的，看重牠們也就是……嗯，也就是這個什麼……這是什麼，等於看重大帥一樣，總之，大帥的東西麼，就等於大帥，看重狗，也就是看重大帥。」

小鬍子旅長結結巴巴的來上一個得意的三段論法，可真是比喻切貼，起承轉合絲絲入扣，說完了，乾噍了兩口吐沫，面不改色的坐了下去，把大夥兒說得拍掌的拍掌，噴茶的噴茶。小菊花揉著塌鼻子師長，直管嚷她笑岔了氣，而唯一沒笑的副師長，卻躺到套房鴉片塌上燒煙提神去了。

「好！好！這個比譬打得極妙！」塌鼻子師長說：「我這人，就是大帥的一條忠狗，我跟大帥就這麼說過了的……今天可用不著咬人，咱們請隨意，嗯，隨意去抽煙、開賭、賞花、用茶點罷。……來來來，旅座，唐副座，菊花，咱們先湊合著搓它八圈。」

牛皮面的方桌上，一床真象牙雕刻的麻雀牌和幾堆銀籌碼全是預備妥了的，師長一上牌桌，其餘的也都各就各位了。偌大的廳堂裏分放著七八張賭桌，麻雀、牌九、骰子、寶、應有盡有，每張方桌下面都備有炭火紅紅的暖爐，椅背都加有皮毛氈子，果真是室暖如春，笑語喧騰。

夜風高高的呼嘯著。馬弁沿著客廳的內外屏風間的寬廣的長廊擺席，空氣裏有著熟食的濃香。隊伍在頂著寒風走。師長打出一張北風，並且搖幌著二郎腿唱道：

「那北風吹體遍身……寒喲。」

馬弁接過他脫下的皮裘，因爲師長覺得額上沁汗了。碰白皮時，他摸一下小菊花的臉蛋說：「這才真是白皮，妳來了我該開槓。」

「還是我那乾兒乾媳婦白，」小菊花指著跑來跑去的哈巴狗說：「可惜是狗，要不然，你準是個扒灰（公公偷媳婦，俗稱扒灰）的老公！」

「嘿，小心我擰妳的薄皮嫩肉的小嘴兒，」塌鼻子師長說：「妳是狗嘴裏吐不出象牙來，把我說的不值一文小錢了。」

就這麼說著，笑著，塌鼻子師長誇張他的這兩隻狗是吃過人心的。

「狗吃人心有啥好處呢？」小菊花嚇得白著臉問說。

「嘿，好處可多了。」師長說：「妳不知道，狗要是吃了人心，心就靈，他媽巴子腦袋瓜子，當時我也不知道，是他娘我那個副官剜給牠們吃的，……守江防時，攫著幾個販煙土的，販的是一等一的好土，我原沒打算斃掉他們，祇是全部沒收那些煙土，誰知那兩個哭哭啼啼不肯走，惹煩了我，才歪歪嘴把他們牽去斃掉，落得清靜清靜。拉出去半天沒聽槍響，我問怎麼回事？……碰六條，打二萬，……嘿，那副官跑進來告訴我，兩個叫他活扒心餵狗吃了，……我說，我這兩隻哈巴要是養上三年五載，有百兒八十個人心給牠們吃了，說不定牠們一樣會講話，跟妳一樣呢。」

「你罵人大轉彎兒罵，我不依你，……好，五餅，五餅我胡了。」

「師長的狗要吃人心多的是，打開鹽市有得吃的。」鄰桌上有人說：「隊伍開到了，就該攻鹽市了罷？」

「那裏那裏？……小小的瘡疤不用費力去揭的。」師長說：「喝風冒寒去攻鹽市，那未免小題大做了！鹽市那點兒人槍，吃不住一打的，等春暖花開，我一伸手替它拔掉就是了！」

「師座說的是，說得的確有道理！」小鬍子旅長一開口，就順著師長的大腿摸下去了：「咱們師座穩重沉著，我可真佩服得五體投地，鹽市那些人，全是瓦罐裏螺絲——走不了的，根本用不著操心，哪個什麼……什麼的。」

「喀喀，」副師長伸長脖頸，喀得像一隻誤吞了鹽的蛤蟆，因爲急著要說話，便抓起桌角的紫沙小茶壺，呷兩口濃茶壓壓，這才老腔老調的說：「來這兒之前，我何嘗不是跟師長抱著同樣的想法，認爲鹽市憑幾條破銅爛鐵就能抗得稅?!沙灰裏的蚱蜢，——蹦也蹦不高罷了。可是……可是兄弟自來這兒之後，想法就不一樣了，問題是越看越沒那麼簡單，若真想攻開鹽市，祇怕要大費一番手腳呢！……」

塌鼻子師長朝後仰著身子，又犯上鼻孔朝人的毛病了：「我倒想聽聽你的高見。」他說。

副師長砌著牌，把兩粒骰子捏在手裏，有些顫巍巍的：「話要說在前頭，」他說：「這並不是存心長他人志氣，滅自己威風，我是再三考量過的。鹽市地方雖小，形勢雖孤，但它極得民心，您就拿鴨蛋頭來說罷，雖說祇有一團人，但也是久經戰陣的，打皖軍，打漕河，也勢如破竹的贏過幾場硬火，他那一團人拉去攻鹽市，不到一天就垮桿兒了……咱們一師人，就算多它三倍罷，若說輕而易舉就把鹽市給攻開，談何容易？」

「嗨！你怎麼總拿鴨蛋頭比我來著?!」塌鼻子師長叫說：「你說鴨蛋頭知兵？我是死也不信！……他那偷吃爬𢑥的出生，使他一輩子也幹不出正經事來，他在後方安適慣了，福也享足了，哪還經心行軍開仗這一號兒事？所以這回他挨槍斃，一點也不冤枉！你可甭架勢沒擺就先怯了膽子！」

「倒不是副座膽怯，」小菊花插口說：「您可知道？這回鹽市敢舉槍抗稅，裏頭有人替他們撐後腰，說起來您也許耳聞過，早年在北徐州獨抗張勳的關八爺跟他那夥不要命的鹽幫弟兄，就不是您輕易對付得了的啦！」

「妳說什麼？妳?!」塌鼻子師長好像見了鬼似的，毛髮直豎著，嘴打窩囉指著小菊花說：「妳是說關八那個直頭驢兒?!……大帥邀他幹司令他全不睬，他怎會反臉幫鹽市，倒轉來磨咱們的頭皮?!……」

「毛病就在這兒了！」副師長說：「關八是條見首不見尾的雲龍，你想制他制不著，他若想制你容易得很！這就叫明槍易躲，暗箭難防，咱們總不能不出門？一出門就得防著人家的黑刀！所以麼？……單憑咱們本錢足還是不成，要攻鹽市，就得先找出對付關八的法子來。」

塌鼻子師長點著頭，沉吟著。

「那得請人來幫打，」小鬍子旅長又轉了舵了：「雖說請人幫打難免破費，可應上了『風吹鴨蛋殼，財去人安樂』那句俗話了。話又說回來，咱們祇要踹開鹽市，怕不連本帶利一道兒回籠?!」

從牌桌上換到飯桌上，塌鼻子師長不能不繼續討論這個問題了，熱熱鬧鬧的一個夜晚，全叫「關八」這個喪魂奪命的名字破壞掉了。若想安穩，非除關八不可；若除關八，就得找出黑道上的人物來對付他；若想找到黑道上的人幫打，又非借重土匪出身的老傢伙唐副師長不可。所以他最先端起杯來，敬了老傢伙一盞說：「不文兒，我同意花筆錢找人來幫打，這號事兒，祇有煩勞你給辦一辦，早點接妥頭路，弄出個眉目來。」

「這個沒問題，」老傢伙大拍胸脯說：「這包在我身上。我早先幹過這一行，尤獨是北地這幫子黑道人物，跟我多少總有點連繫，我祇要到鴉片煙鋪去一躺，就會接上線了。」

「請人幫打還有個好處，」小鬍子旅長說：「無論是買人暗殺關八，或者拉槍夾攻鹽市，都可以少損耗咱們的實力。師座您清楚，今天咱們跟大帥幹事，誰有實力，誰的官運就亨通。萬一咱們攻開鹽市卻耗盡了實力，祇怕非但表不了功，還得降級呢！所以因此這個什麼?越想這筆幫打費花出去，越是划得來的啦！」

塌鼻子師長暗暗的咬咬牙，這已是一種習慣，——每當想到白花花的銀洋要朝外滾時，心裏就有些像割肉一般的疼。不過壓尾小鬍子旅長的算盤打動了他，他就想：假如花筆錢請人來幫打，先把關八整掉，然後拉槍攻打鹽市的後背，打著耗著，把鹽市實力耗得差不多了，自己再放出生力軍去猛衝，既不消耗本身實力，又可一舉成功，到那時，把鹽市狠狠的洗劫一番，白花花的洋錢可不又滾回來了嗎?!

「好罷，我看就這麼著，」他說：「不文兄，你就留神盡快把這宗事辦妥，跟對方談好，買關八人頭是什麼價錢?夾攻鹽市是什麼價錢?……我先付五成數兒。」

「一句話，」老傢伙笑瞇了眼說：「包在我身上就是了！」

其實，副師長所以自告奮勇要去找人幫打，他有的是經驗，但凡銀錢過手，多少總有些油水可撈；再說，他早先是幹這一行的，跟黑道上人藉這個機會做做順水人情也是好的。

但是塌鼻子師長是個祇知酗酒、賭錢的半渾蟲，暴戾而缺乏心計，吃老傢伙甜話一哄，就彷彿關東山那顆腦袋業已叫誰替他摘了來，就彷彿鹽市業已叫誰替他攻開了一樣。鄰席有人來敬酒，他是左一杯右一杯的猛灌，灌得醉眼昏花，一手搭住小菊花的頸子，一手指著腳下的哈巴說：「小玩意兒，踹開了鹽市，人心是有你吃的了！」

西大營駐紮了江防軍，東關外的花街更熱鬧起來。防軍裏的一些歪七扭八的低級軍官們，在守江防時弄了許多外快沒處花，衣袋鼓鼓的，三個一群，五個一黨，全轉到花街來逛夜市了。

「噢，這他媽簡直是天宮！」一個扯開風紀扣兒，敞著兩個鈕子的傢伙，手拎一隻空酒瓶，腳步踉蹌的在窄街當中打晃，哺呀哺的打著酒呃，遙望著迤邐的燈籠，讚嘆說：「老子一進來就像踩著雲似的！」

「該說是月宮才對味兒！」另一個手裏捏著一包醃兔肉，邊走邊撮著朝嘴裏送，因此說起話來也有些含混：「你瞧那邊，我的兒，那可不是月裏嫦娥在向你招手呢！快他娘趁熱打鐵去罷！」

倆人走的是迷宮裏的一段花柳路，一家土娼館門前站著個濃妝艷抹的老徐娘，小腳肥臀，肚大腰圓，兩眼帶黑圈，正在朝這邊拋媚眼，搖著汗帕呢！

「咦，我他媽八輩子沒開葷，也不至於到糞坑撈屎吃?!」拎酒瓶的傢伙說：「我看你當真是『當兵三年，拿著母豬當貂蟬了。』像這種婆娘，就算她脫光了躺在大街口，我也恁情踢塊瓦片把她蓋上，還說什麼嫦娥不嫦娥?!」

「玻璃眼鏡——各投各的眼。」吃兔肉的傢伙說：「你喜歡燕瘦，我偏偏喜歡環肥有啥辦法？摟著這種肥婆娘，不蓋被都會出汗，連傷風都能替你治好！」

倆人一路笑過去，不小心劈面撞在一個人的身上，那人是個瘦個兒，剛從娼館裏鑽出來，歪戴著一頂嵌紅扣兒的黑緞瓜皮小帽，身穿紫羔的皮袍兒外罩玄色馬褂，扣子都還沒扣得齊全，猛古丁挨了撞，登登的朝後退了兩三步，把脊背靠到娼館門邊掛有「油漆沒乾」木牌的欄杆上去了。

瘦個兒火氣很大，沒抬臉就罵說：「瞎你娘的鳥眼了！走路亂撞人！你是死了爹？倒了娘？這麼急法兒?!」

「咦！你他奶奶喳喝個啥？」拎酒瓶的傢伙撞著人之後，原是一付滿不在乎的神氣，一聽對方居然開口罵人，火氣可就更大了：「雜種忘八羔子，你睜開龜眼瞧瞧，爺們可是你罵得了的?!」

「攄他一頓，狗操的！」吃兔肉的在一旁助威說：「攄到他臭屁連天，他就不敢吐臭了！」

「嘿嘿嘿，」那個瘦個兒揎著袖子，聳起兩肩，擺出一付江湖上混世大爺的架勢，活像一隻欲鬥的公雞，笑著發話說：「我道是誰，敢充著冒大爺說這種混賬話?原來是仗恃著這身老虎皮?!……我告訴你們倆，先回去問你們上司，看他敢不敢這樣衝著我說話?我把你們這兩個不知好歹的東西！你們飯碗是鐵打的?冒大爺歪歪嘴砸不爛你?嗯?!」

對方倆個原是持強把橫，作威作福弄慣了的，一個喊打，另一個就仗著三分酒意摔掉帽子，把酒瓶順著牆角一磕，磕成一把狗牙，準備動手打人的，一聽這位自稱冒大爺的傢伙話裏滿是骨頭，不由面面相覷楞住了，姓冒的是何等樣人，壓根兒弄不清楚，聽他的話頭，就曉得他背後是有靠山的，萬一他是團長的把兄弟，師長的小舅子，那豈不是癆病鬼打虎?……話又說回來，當著街口不清不楚的軟下台也太丟面子，萬一這瘦個兒是唬字號兒，叫他三言兩語唬住，豈不是便宜了他?!

「你倆個走不了的。」瘦個兒說：「你們弄髒了我的皮袍兒，我會找你們師長算賬的！嗯哼！嗯哼！」

「師長要是講理，你就不該先破口罵人。」拎酒瓶的溜是沒溜，不過業已把沒底的酒瓶順手扔到陰溝裏去了。

「別讓他唬倒！」吃兔肉的說：「我沒見過什麼樣有身份的人進土娼寮?嗄！我說，這位冒爺，——姑且先稱你一聲冒爺罷，咱們無心撞了你，你打算怎樣?咱們不跑，等著看你的！」

「對！等著看你的，」扔掉酒瓶的傢伙說：「你弄不出名堂來，老子們還是要揍扁你！」

這傢伙！姓冒的心裏可有些爲難了，他祇管扭過頭去扯著他紫羊羔袍子的後襬，跺著腳疼惜他的袍面被油漆弄髒了，裝著沒聽見對方的話，一面卻思量著脫身之計。硬話是放出去了，空城退不了司馬的來兵，哪兒去找挺槍解圍的趙子龍去?!窄街上鬧不得芝蔴大的事兒，一有動靜，人群就擠得結成疙瘩，前一圈是看熱鬧的，後面爲了好奇，也都爭擠著想瞧個究竟?硬帽殼兒的越擠越多，那兩個官兒的氣焰更甚了！正急著，有人挺身出來拉彎兒了。

「噯，我說冒大爺，」那人先躬著身子衝自己招呼說：「您是有身份、有地位，有涵養的人，何苦跟他們底下人計較?……小小不言的事兒，祇要他們賠個不是也就罷了，您當真要什麼……?」

冒大爺眼珠兒一轉，就見說話的人也是混世爺們的扮像，衣履鮮華，可惜那張臉陌生得很；反正事到急處，也想不了那麼多了，就笑說：「他們若真賠個不是，早也就沒事了！我這人，一向是懶得追究人的，您不知他們橫到什麼樣?竟敢連我都喊起揍來了?!……有一天，他們還敢揍他們的師長呢！」

「算了，冒大爺！」那人說：「大人不記小人過，宰相肚裏能撐船。您就饒他們這一回也就罷了！慶雲舖包房裏的唐副師座，或許燒了泡兒在候著您呢?!」說罷，又轉朝那兩個軍官說：「還不替我拾起帽子走路?想等著吃排頭怎的?」又湊過去小聲說：「在花街上少惹事，要不是碰上我，苦頭有你們吃的！」

他還待說什麼，誰知那兩個拾起帽子就像泥鰍似的滑遁掉了，連周圍看熱鬧的也都嚇跑了。那位冒大爺這才手抹著胸口踱了過來。

「噯，我說兄台，恕我冒昧問一聲：您怎知我姓冒的呢？」

「囉！冒大爺。」那人卑躬屈節的哈腰說：「您真是貴人多忘事，早上您在慶雲煙舖跟施老闆遞過片子，我正在那兒陪唐副師長燒泡兒，施老闆談起您，我羨慕得很，才想要施老闆代爲引薦的，又怕太冒失，沒想到在這兒遇上您了！」

「遇上北洋兵，有理講不清。」瘦個兒說：「虧得您方才那番話把他們鎮住了，要不然，這場眼前虧我是吃定了！我得謝您才好。」

「那兒的話?!」那人說：「朱四爺那兒差來的爺們，誰敢把虧給您吃?那可真是吃了老虎心、豹子膽了！兄弟是這兒的老街坊，祇不過說說現成的話，哪用得著個『謝』字?」

「你看我這人！弄了半天，還沒請教您尊姓呢？」

「好說，敝姓齊。」

「台甫是？」

「說來不怕您見笑，冒大爺，我是蛇年出生的，按屬相，取名叫做小蛇。小蛇永不能長角成龍，所以混一輩子也是一條地頭蛇（**地頭蛇，地方惡霸之謂**）罷了！」

「人發達不發達，不在乎名字如何，」那個說：「一旦風雲際會，平步飛天也說不定呢！像我這個冒突二字也夠瞧的，又冒昧，又唐突，哪點可取?!……我還不是混了！」

「我哪敢跟冒大爺您比?!」齊小蛇說。

倆人拐進一條更窄的巷子，齊小蛇走在前面，冒突趁機會扣起他適才沒扣妥的扣子。一家門前搖幌著白地紅字的冬瓜燈籠，上寫著「逍遙池浴室」，燈籠光斑爛一片，在青石板橫舖成的路面上往復旋轉著。

「冒大爺可是剛到城裏？」齊小蛇問說。

「來了兩天了。」冒突說：「我住碼頭邊的迎賓樓客館。」

「冒大爺，您若有事就可請便，」齊小蛇說：「不必爲我耽擱時辰，這兒是我老地方，我得到堂子裏泡把澡去，待會兒咱們慶雲煙館樓上見。」

「我是個甩膀子閒人，哪有什麼事？」冒突說：「我陪你一道泡澡堂子算了！先來個水包皮把身子暖一暖，再來個皮包水跟你擺擺龍門去！但不知齊兒有閒空兒沒有？」

「除了陪唐副座燒大煙泡兒。」齊小蛇說：「還早著呢！」倆人就有說有笑的拐進逍遙池浴室去了。

寒天泡澡堂兒，是江淮一帶城裏人的癖好，一泡就是一晚上，無論天怎樣酷寒，一進澡堂門，就覺得連風都在湯池裏泡過，軟綿綿暖薰薰的，澡堂裏設有高等雅座和更高等的包間，一律是懸著沉重的棉門簾兒，室中燒著紅熾熾的炭火。講究些的浴室，全是玻璃磚透明屋頂，浴罷了的人，躺在設有厚棉墊的躺椅上，可以光著身體看滿天寒冷的星辰，……就那麼閒閒的躺著，一邊飲著茶，用著點心，讓手法熟練的捶腿捏腳人把那份舒泰捶進骨縫去，再從十萬八千根毛孔裏抒放出來。

倆人剛挑起簾子進屋，賬房裏就有人火熱的招呼上了：「齊大爺您好！東邊包房替您空著，小池的清湯熱得恰到好處，捶腿捏腳的在等候著，來人哪——」他拖長歪嗓門叫說：「侍候齊大爺倆人入座——」

「這位是冒大爺，」齊小蛇說：「該說侍候冒大爺。冒大爺是外路鼎鼎有名的人物……」

「侍候冒大爺——」櫃上又嚎叫說，——橫直奉承人是不花本錢的。

這位冒大爺攀上了齊小蛇，表面上雖沒動聲色，心裏可樂了！從鄔家渡口的大火中逃出命來，改名換姓進縣城，我毛六辛辛苦苦創下的一點基業全叫關八給掃盡了，原以爲投靠朱四判官較爲穩妥的，誰知四判官照樣不是關八的價錢，三天兩日打一場火，自己不定那天碰上關八的槍口?!若想活得安穩，勢非遠走高飛不可；若想遠走高飛，又非弄上一筆錢不可！這幾天獨自盤算著，怎樣能潛回鹽市去，把小餛飩給弄出來？怎樣能跟江防軍搭上線，詐到一筆款子。若跟江防軍搭線，沒有比齊小蛇這樣人再合適的了。他不但在地方上要得開，聽口氣，好像他跟江防軍的副師長也套得上交情，這正是個機會……

小池是青石砌成的，冒突跟齊小蛇兩人光赤著身子泡在熱湯裏，室裏沒旁人，說話也就沒什麼顧忌了。

「實不瞞你，小蛇兄，」冒突吐出事先編好的話來：「兄弟這回進縣城，是奉了咱們頭兒差遣來的，看看官裏有沒有現成的交易？我跟江防軍不熟悉，中間缺少個穿針引線的，有些話，即使碰了面也不方便出口……」

齊小蛇全身都泡在湯池裏，祇露出一顆汗氣蒸騰的腦袋：「聽施老闆說過，您可是朱四爺那邊差來的？要是朱四爺的人，話就好說了，——如今北地半邊天，祇有朱四爺那股人聲勢浩大，官裏若真要找人幫忙，不找您還找誰去？旁人兄弟不敢說，他們的唐副師長跟我常碰頭，抽機會，我跟您引見引見就是了！」

「齊兄真是個爽快人！」冒突說。

「我這人混世，一向是一絲不掛的脾性，」齊小蛇拍著肚皮說：「就像我進澡堂一樣的原形畢露，有什麼就說什麼，日後有要我幫忙的地方，儘管說好了！我姓齊的能辦到的，決沒不辦的。」

從湯池裏談到包房的雅座上，倆人的交情就更進了一層。齊小蛇那張嘴之能說善道，連冒突也自嘆不如，開口冒大爺長，閉口冒大爺短，把冒突奉承得自以為是在天雲眼兒裏，除了瞞著毛六這個真姓名之外，把其餘的都掏心挖肺似的掏得差不多了。而齊小蛇顯得更為熱切，連怎樣安排著跟唐不文副師長見面，全替對方設想周全了。一直到捶腿捏腳的進房，倆人才換了不相干的話題，一直到茶房奉上雞絲煮干絲等細點，才塞住了那兩張「相見恨晚」的嘴來。

洗罷澡出來，天到起更時分了，齊小蛇吩咐茶房叫來一輛車，送冒突回碼頭邊的迎賓館去，望著洋車上冒突的背影，齊小蛇嘴角滑過一絲難以覺察的笑容。

這傢伙把腦袋送進繩圈了！他想：下一步就該抽緊活扣啦！

受了慶雲舖施老闆和齊小蛇的慫恿，老槍副師長決意要跟姓冒的碰碰頭。一個土字號兒出身的人，耳目總要比較靈通些；在唐不文眼裏，若不請黑道上人幫打，要指望這幫吃糧的老總頂這種硬火，那才真是四兩棉花——甭彈（談）呢！沒打仗前照例要拜營膽（**北洋軍中，迷信極深，通常各單位都選拜一神，名為營膽**），營膽不選文神武將，卻都選的是財神老爺，他們打火哪像是打火？穿心透肺的說，祇是去搶錢。朱四判官那夥人不同，雖說是一窩烏合之眾，但他們人人兇悍，肯打肯纏，拿他們對付關八是沒有再好的了！

躺在煙榻上的唐不文捻動煙籤兒吞雲吐霧，沉默的思忖著，算盤反覆打幾次不會錯賬，可不是？塌鼻子自以爲是個主管官，拚命抓權，大把摟錢，自己這個副師長終年冷板凳一條，難得分到一星半點的油花兒；這一回攫住油水，先喝飽了再說。關八不是一盞省油燈，鹽市能在一日之間打垮鴨蛋頭，聲勢洶洶也夠瞧的，自己不如在攻鹽市前拍個電報上去稱病請假，把擔子卸給塌鼻子師長一人挑，等他兵敗被拎去腦袋，自己再出來收拾殘局，這個師長怕不是他媽的篤定了嗎?!算盤打來打去，愈是要早點兒跟姓冒的碰頭了！

窩居在碼頭邊迎賓客館裏假冒冒突之名的毛六，也正像熱鍋上螞蟻似的急得團團轉，思量著怎樣跟唐不文接頭。

他知道孫傳芳決不會任由鹽市抗稅，搞什麼護鹽保壩，總在鹽河開河季之前要把鹽市攻開，而北洋部隊，無論江防軍也好，海防軍也好，一遇上攻堅破壘斬關奪旗的硬仗，即使小腿不轉筋，也祇有一張嘴朝前。每到這種辰光，平時一毛不拔光顧著摟錢的將軍，就祇有咬著牙，整箱銀洋朝外抬，請人幫打了。自己離開壩上的「如意堂」，抗風投奔朱四判官，祇是走投無路時應急的打算，四判官兩腮無肉，寡情薄義，兩眼一翻六親不認，就著他的下巴舐露水不是辦法。如今朱四判官敗走鄔家渡口，自己脫身出來，正好藉他的名跟江防軍開盤談價，拿它一筆幫打費，一走了之。自己橫直已惹了關八，再加上一個四判官也是一樣，天下大得很，有錢到處全去得，出了省，想踩著我毛六，那可不像海裏撈針?!

「冒爺，冒爺！」茶房在門外篤篤的彈著門：「花街祥雲莊的齊小蛇齊爺來了。」

「請齊爺上來。」毛六說：「我正在候著他呢。」

樓梯突突響，茶房下樓去了，毛六從椅上跳起來，背袖著手，在套間裏轉著踱步；也許自己是時來運轉了，竟會邂逅到齊小蛇這種快人，說辦事就辦事，說幫忙就幫忙，他這一來，準是替自己鋪妥了路，讓自己跟唐不文面談的了！想雖想著，可沒料到他會辦得這麼快當。……當然囉，辦這種事是越快越好，若等四判官喘過氣來，真差搭線人進城，自己想詐這筆幫打費的美夢豈不是全都落空了嗎？再說，縣城離鹽市祇有十多里路，冒突這個名字用得，自己這付嘴臉卻改不得，萬一碰上熟人認出毛六來，那可不甚妥當，風聲傳進關八那幫人的耳朵，說不定會因此丟掉性命！總之，縣城這塊落腳的地方，活搖活動的站不穩當，早走早好。嗯，早走早好。……

「我說冒大爺，我有消息告訴你來了！」樓梯突突的一路響上來，齊小蛇準是把事兒給辦妥了，單聽那嗓子也是喜氣洋洋的：「嗳，我說冒大爺，咱們那位文公副座可真是風火雷般的脾性，聽說您在這兒，急著就要吩咐馬弁備車來看您，——若不是他發了癮，祇怕真的就來了！」

毛六先是聽著那個唐副師長要來，渾身一緊，跟著又聽說他躺回大煙鋪上去了，這才手抹著胸口透出一口氣來，拉開房門迎著說：「先請屋裏坐，齊兄，有話咱們慢慢談！您幫我這樣熱心辦事，我得好生謝您……」

「哪兒話?!自己弟兄還用得著說這個？」齊小蛇手扶欄杆站在樓梯口說：「我說冒大爺，我這人也是火燒雞毛——一磁溜，唐副座他在慶雲煙鋪等著見你，洋車備在門口。……你甭換衣裳了，就跟我一道兒去罷！副座他說：中午在閘口的老半齋宴客，您是主客，我是唯一的陪客。……副座他又說，有什麼要緊的事兒要跟您密談呢！……我猜八成是想跟您商量夾攻鹽市的事。」

「行，行！」毛六說：「我這就來了！」

初次跟唐不文見面，毛六特意在花街上停車，寫了個大紅的稟帖，又備了一份厚禮，跟齊小蛇一道兒到慶雲煙舖去。那位老槍副師長今天到煙舖來，破例沒前呼後擁的排護衛，祇帶著一個穿便裝揹匣槍的貼身馬弁守在包房門口。

「煩您通報一聲，就說副座候著的客人冒爺來了，」齊小蛇說：「這位就是冒爺……」

「嘿嘿嘿，」毛六一挫腰，身子矮了三寸，上前招呼說：「老兄弟，我這兒有張稟帖，煩老兄弟您代爲呈上，另外還有點不成意思的意思……呃，呃，另有人送的來，……呃，呃，這點兒……」他抽出個包包硬塞在馬弁手裏說：「留著喝盅酒罷了！」

瞧不起那個小包包兒，真像吹豬的竹筒一樣，把那個萎靡不振的馬弁吹鼓了身子，急忙挺胸靠腿來個洋禮，忽然想起穿的是便裝，又彎腰撫膝鞠了個大躬，轉身進屋喊報告去了。

「報告，外廂有位冒大爺由齊爺陪著求見，」馬弁嚷說：「這兒是冒大爺呈上的帖，禮物備在外邊……」

「咳咳咳，你窮嚷個屁？你他媽簡直沒一點兒眼色?!我等著的客人來了，還不快朝裏請，用得著你收帖子傳報嗎？這樣慢待客人，祇有你這根死木頭做得出來，人若不知內情，還當我唐某人愛搭架子呢！快請！快請！」

沒等那馬弁嚷請，毛六業已一路哈腰進來了，那個老槍副師長穿著大英純毛藏青嗶嘰面兒的銀灰鼠皮的袍兒，光著頭，縮著脖頸，趿著一雙深色厚絨衫裏的皮拖鞋，離開煙霧沉沉的裏門煙榻迎到套間來。

毛六天生是個輕骨頭，哪天見過北洋將軍來著？一見那個形容猥瑣的稀毛老頭，兩隻膝蓋就有幾分打軟，哈著腰，垂著頭，擺出眼看就要下跪的樣子，左一個晚輩，右一個後生，差點把裝成一個搭線人的應有的身份也給扔到九霄雲外去了。

「請坐罷，毛兄，」稀毛老頭說：「我請冒兄是來商議事情的，您若這麼多禮，拘形跡，可就不成話了！」許是他的假牙不甚關風，說話時口齒含混不清，竟把冒字說毛字，使心虛膽怯的毛六嚇了一跳。

「啊！不不不，晚輩祖宗八代也沒姓過毛，晚輩我我……姓的是冒，是，是……是冒失鬼那個冒，單字名突，嗯，突突突……」

「可是特意那個特？」唐不文笑出一口變色的金牙：「您這個名字取得特別極了，解釋出來豈不是『特意假冒』或是『特別冒充』了嗎？」

唐不文祇是無心的隨意開了玩笑輕鬆輕鬆，這一來可把心懷鬼胎的毛六嚇慘了，坐在椅上搖股戰慄說：「啊！不不不，晚輩適才說，冒是冒失鬼的那個冒，突麼？呃，突是突如其來那個突，呃呃，晚輩這回拜謁您，就像個突如其來的冒失鬼，真是不恭又不恭，唐突又唐突……在這兒，晚輩首先要請您恕罪，再就是要替咱們頭兒朱四爺恭恭敬敬的問候您。」

「不敢不敢，」唐不文說：「我幹這個副差使，常年坐冷板凳，遠不及一個黑道上頭兒的威風；也煩您見著朱四爺，替我恭敬問候他罷。我這人也像我的名字一樣，道地是個耍槍桿吃四方的人，粗野不文。來罷，先燒它幾個泡兒提神醒腦……」他轉朝貼身馬弁說：「你去著茶房來，壺裏沏熱茶，爐裏添新炭，先弄些點心來把心給點點，天越冷，胃裏越他媽泛潮。」

若說毛六心虛，唐不文的心裏也不太實落，他跟冒突從沒處過，不知談及幫打時，姓冒的盤子怎麼開法？他若是價錢開得本份些，自己在塌鼻子面前就能加油添醋，多敲他些銀洋；他若撲上來就玩個獅子大開口，事兒就有些扎手了。這麼一來，毛六愈是卑謙，唐不文愈是客氣；唐不文揣摸毛六是老於此道，毛六以爲唐不文是老奸巨猾，倆人誰也不肯把話頭扯直了談，都天上一句地下一句的兜著不著邊際的圈子。不過圈子越兜越近，各人爲各人打算罷了。

「鴨蛋頭團長上回攻鹽市，敗得那麼慘快，就連咱們也都是意想不到的，——想不到鹽市上真有一把勁兒，咱們頭兒在河南也是急著來，想伸把援手，可惜是遠水救不得近火，有啥用?!」毛六心不在焉的揑著鴉片煙槍，並不急於吸煙，閒閒的吐出話來，可在話音兒裏，總有意無意的誇張鹽市的實力，一面把四判官刮著，暗指著——江防軍若不聯絡妥朱四判官合力夾擊，單攻鹽市可沒那麼容易法兒。

唐不文使小拇指甲挖著一邊的耳朵眼兒，挖出塊黃黃的耳屎來，彈落在煙盤裏，又伸手揑起紫沙小壺品了一口茶，懶懶的說：「那祇是鴨蛋頭差勁，其實單憑鹽市那點兒槍枝實力，對江防軍來說，實在算不了什麼！」話是這麼攤著，其中的意思是——你甭想藉機抬價太高，我業已明白表示江防軍並不一定非找朱四判官幫打不可，有當無試試看是可以的。

毛六聽得出來，他卻慢吞吞的祇當沒聽見，按上煙泡兒，使籤條通了個小洞，就著八角煙燈吸起煙來，拿吸煙消磨時間，表示對談幫打的事無所謂，愛談不談由你。這他媽該叫「欲擒故縱」，他想。

唐不文又品了口茶，換挖另一隻耳朵。齊小蛇在外間背著手，閒閒的面壁觀賞著一幅山水畫兒，其實兩眼全斜盯在煙舖上，把兩人那種搓磨勁兒全瞅在眼裏；那個馬弁蹲在火爐邊煮煙土，聚精會神的攪著。街頭響過一串人力車冰冷的鈴聲，包房裏瀰漫著煙土的香味，像一鍋炒焦了的花生。

「大寒天調隊伍，大帥一定把這事看得很重了？」毛六丟下煙槍兒才說：「說實在的，像鹽市這麼做法，簡直可說是造反，江防軍這付擔子夠重的，假如調動大軍，還刨不掉這棵孤樹，一旦等它發起芽來，那可就棘手了！依我看，聽任鹽市坐大硬不是辦法！日後他們跟大湖澤的民軍勾結起來，此地那些鄉鎮難保不受鼓動？你也抗捐，他也抗稅，那還得了?!」

唐不文咳了一陣，朝小痰盒裏吐了幾口痰說：「至於這個，咱們是早在料中；小鬍子那個旅不攻鹽市，順著河朝西佈防，擋著民軍，鹽市三面被圍，咱們先剷斷它的根，不用刨它，它也就枯死了，哪還會發什麼芽？」

毛六眨眨眼，舐舐嘴唇，眼前這隻老狐狸真難對付，他明明請我來談盤子講價的，偏把左話右說著，軟兜兜的推他的太極拳，磨得人牙根發癢。幸好這個悶葫蘆叫一旁觀戰的齊小蛇給劈破了。

「我說不老，文公，冒大爺，咱們有句俗話說：『眾人一條心，黃土變成金。』依我看呢，鹽市那把實力並不算什麼，不過麼，這裏面插進了六合幫的關八，聽說還有幾位退隱的武林人物，事情就沒那麼簡單了。」齊小蛇還是背著手，緩緩的從外間踱進裏間來，深思熟慮的說：「您全知道的，關八在北地極有聲名，他要是振臂一呼，有好些鄉鎮都會被他煽出火來；若想使江防軍去捉他，一準是勞而無功，唯有朱四爺才是關八的剋星；假如官裏跟朱四爺兩邊合力，事情可就好辦了！」

「對，對。」毛六急忙接渣兒說：「祇要官裏有這個意思，四爺他是沒有不答應的。他如今雖不在這兒，祇要談得適合，我多少也能當他一半家。」

「我覺得齊兄這主意著實不錯，」唐不文接著說：「不過師長他並沒跟我提過這回事兒，我也難硬替他作主。咱們不妨先談談，假如師長他願意，那當然……不過，話又說回來，冒兄您開價不能過高，咱們師長是一向連一個銅角子落地都彎腰挖起一撮泥的人，價錢一高，事兒就談不攏了。——這是我私下的話。」

「那，那當然，」毛六說：「不過，晚輩我也有兩句私話說在前面；咱們那個頭兒一向是六親可以不認，祇認得一個錢字，凡舉辦事，他是有理沒理錢朝前。正因這樣，官裏若想請他幫打，價錢固不在高，太低了可也不成，即算我能當一半家，那一半還得靠他點頭才能算數，對不？」

唐不文瞧瞧窗外的天色，又掏出掛錶來看看時辰，藉這個把毛六的話打耳邊滑過去，另起話頭說：「天也快晌午時了，咱們留著話塡滿肚子再談罷！」他轉臉吩咐馬弁說：「馬上備車，去老半齋……」

老半齋是縣城裏最聞名的館子，冬令時節是最忙碌的時刻，門前車水馬龍，川流不息，由於唐不文訂席時那張片子，更由於片上所印的銜頭，櫃上特意把賞雪樓空出來待駕。

賞雪樓祇是一座方形的高閣，橫跨在大運河閘口一側，四面都是透明的落地玻璃屏風，極爲敞亮，登臨閣上的人舉眼四望，全城都顯呈眼底，尤其是一條像閃光白練似的大運河，流冰疊疊，蔚爲奇觀，隆冬時運河封凍，祇有南北兩座大閘，因爲水流特別喘急，是常年不凍的；河水在冰層下一路洶流著，到了閘口，便從冰層斷處冒湧上來，再噴著白沫倒瀉下去，發出轟隆震耳的虎吼聲。

可惜這三個人都有著心事，雖然登樓暢飲，但誰都沒有觀賞風光的雅興。彼此碰過杯之後，就又把適才沒談妥的話題拾起來了。

「我說冒兒，假如咱們師座要請你們頭兒出面對付關八，拉槍合攻鹽市，當然該付出一筆款子。你不妨估量估量，平實點兒開出個毛價來，回頭我也好跟他商量。——你放心，我唐某人不會把難處給你就是了！」

「說來也真有些不好意思，」毛六假惺惺地先套上一頂客氣帽子：「照理說，刨掉關八，攻開鹽市，對咱們雙方全有好處。尤獨是關八，跟咱們頭兒，倆人可說是活冤家，死對頭。前些時，頭兒捲進萬家樓，眼看就得手了，關八卻半路殺出來，擋了頭兒財路不說，又倒拎了七顆人頭。這回在鄔家渡口，頭兒困住六合幫，打了一場惡火，把六合幫整散了板，除了關八沒拿著罷了……我說這話的意思是——咱們頭兒沒拿錢，業已吊著關八打了。所以官裏說開價若干，實在談不上，不過頭兒手底下人多，大夥兒能分幾文補貼補貼，算是歡喜錢，也就罷了！」

「來，乾杯，冒兒。」唐不文說：「聽你這番話，真是人情味十足，値得乾一盅。不過我得告訴你，錢不是我荷包裏的，你太客套也不甚好，價仍得逐項照開，這一來，我好跟師長去呈說，你也好跟你頭兒報賬！」

「嘿嘿，」毛六說：「當著齊兒的面，您既這樣說，晚輩我可也就不客氣了。」說著，毛六就當席逐項扳起指頭來。

那些款數，都是前夜算好了的，依次是：

一、對付關八部份：幫打費，大洋一千。活動費，大洋一千。添槍費，大洋一千。子彈費，大洋五百。萬一有傷亡，埋葬費，大洋五百。合計大洋四千。若是拎了關八的頭來，官方得另撥大洋一千作爲花紅。

二、夾攻鹽市部份：不論攻不攻得開，由四判官召聚一千人槍幫打，共取大洋八千，先付半數。

毛六一邊數算著，齊小蛇就取了紙筆，在一邊攤出一張單子，雙手捧給唐不文過目。唐不文取出老花眼鏡，拭拭戴上，皺著眉毛看了半天，苦笑著，使手指反彈說：「好兄弟嘜，就算作生意麼，也有個討價還價，不能說若干就是若干，咱們就照這張單子刪除幾項，其餘的可打個七折八扣罷。」

「哦——」毛六倒抽一口氣，雙手亂擺說：「老前輩，動不得，真箇動不得，我開的這壹萬貳千大洋，可說是低到不能再低了。您想想，防軍有的是正餉、補貼費，有的是錢糧、特別費，花紅獎賞多得很，咱們那夥亡命徒，全指望這筆錢吃飯咧！……再說，咱們頭兒給人幫打，開價從來沒還過價，一拍巴掌就平地起山；若照您這麼刪刪剔剔，再來個七折八扣，弄火了他那叫驢脾氣，還當我從中使什麼手腳，日後若真有事，我的話就不靈光了，事兒呢？也就不好辦啦！」

「好罷，」唐不文咬牙說：「就照你開的這個價，我馬上就去跟咱們的塌鼻子師座說去，若是說妥了，我會先付價款半數，把合同簽妥；塌鼻子假如執意要殺價，那可是他的事，可甭埋怨我不盡力。」

「那當然，那當然，」毛六笑皺了鼻子說：「那時再講那時的話罷……」

老半齋分手後，唐不文辦事之快，簡直連毛六也不會想得到，天沒斷黑，唐不文就親自押著三大箱銀洋送到毛六暫寓的迎賓館來了。

「算是你走運，冒兄，」十幾級樓梯爬得唐不文喘氣巴叉的：「師長這回夠慷慨，全照原價撥銀洋——這兒是大洋六千整，這是合同，這是收據——空白免塡，也許他藉此好跟大帥要錢。」

「恭喜，恭喜，恭喜成交！」齊小蛇不知從那兒聽著消息，也一路嚷上來了。

毛六很快把合同跟收據簽妥，心上的一塊石頭才落了地；合同上對於何時活動擒殺關八？何時拉槍夾攻鹽市？全都訂得明明白白，但毛六連看全懶得去看——銀洋到了自己手裏，哪還管什麼塌鼻子四判官、鹽市和關八？總算借齊小蛇這塊踏腳石，把六千大洋詐到手了！

但他並不知道，唐不文跟塌鼻子報的半數是八千，另外兩千早已落進他的荷包；而塌鼻子師長所以肯出這筆錢，一來這筆錢原是鴨蛋頭斂聚的，花掉買個平安，算起賬來並不心痛。二來是剛接大帥急電，業已限定了攻破鹽市的日期，橫豎這筆幫打費早晚要花，若是早點花出去，早點拎來關八的腦袋，也免得夜來做夢也提心吊膽。

塌鼻子師長把急電給唐不文看過，指了兩千大洋的唐不文卻已拍電請了四個月的病假……他打算到揚州城住院去，住的是一等妓院不是醫院，惟一能治好他這毛病的藥方祇有一味，——他離不開的揚州妓院裏那些又細又嫩、又軟又白又溫存的、花一樣的女人。

而比唐不文更急於抽身離開縣城的毛六，卻脫身不得了，他原以爲得了款就好遠走高飛的，萬萬沒料到太多的銀洋也會像流沙般的把人陷住，他爲了怎樣運走這筆錢，一整夜思來想去闔不了眼。六千銀洋分裝三大箱，太多了，也太重了，重得能把人活活壓死，即使捻亮煤燈多望那幾口箱子幾眼，一顆心也會教壓得透不過氣來。

假如不逗上天寒地凍的隆冬季節，大運河不被狼牙冰封住，那就好辦得多；自己祇消扮成一個大商客，把六千銀洋當成貨品，分裝成若干小箱，高價雇一條又新又大的帆船，就能經水路把這批銀洋運至北徐州。在那邊，自己還有一把子死黨，可拿這筆錢出省另闖天下去。

如今水路被流冰封斷了，祇有轉朝旱路上打主意。說是僱車推罷，四鄉亂得很，遇上攔路劫財的散夥土匪還不大緊，可以假四判官的名頭把他們唬退，可是萬一要遇上四判官的人，那豈不是替他送錢去了?!遇上四判官還算好的，若想運錢去到北徐州，非要闖過鹽市附近的咽喉地段不可；萬一遇上鹽市的人，非但銀洋保不住，連這顆腦袋也是關八的了！

關八喲！關八喲！一想到關八的名字，兩眼一浮起關八爺在北徐州啷噹入獄的影子，毛六就禁不得從心靈深處迸出瀝血的、恐怖的哀嚎來了。一個行將處決的死囚，今夜卻會把自己嚇得心驚膽裂，這是當年合姦老獄卒女兒愛姑時沒曾想到的，是出賣愛姑入妓女院時沒曾想到的，是見錢起意殺害把兄弟卞三時沒曾想到的，是霸佔卞三妹妹小餛飩時也沒曾想到的，偏偏在今夜，面對著這三大箱銀洋時想到了……假如遇上關八爺把我毛六的腦瓜拎走，憑什麼全不再是我的了！

寒雞像追魂索命似的淒切的啼叫著，鬧口的水聲在靜夜裏更吼得撼人心魄，毛六越是壓著自己不要胡思亂想，那腦袋越是不肯聽話，而且越想越害怕起來。寒風搖著身後的窗格兒格格的響著，久已埋葬了的卞三的影子又浮現出來，他的嘴大張著，在眼前的黯影裏發出空空洞洞的聲音，彷彿說：毛六，毛六，詐到銀洋有什麼好神氣？你怎樣殺人，人就會怎樣殺你！

「呸！」毛六歪在床上，狠狠的啐了口吐沫，把卞三的影子啐開了，怨罵說：「真他媽的疑神疑鬼！你那膽子弄到哪兒去了?!」罵儘管罵著，邪心惡膽還是罵不回來。連毛六自己也奇怪起來，爲什麼會這樣害怕呢？早年幹獄卒時，在那陰森淒怖的大牢裏，哪天不從黑洞裏朝外拖死人?!哪天不聽那些囚房裏鬧鬼的傳聞?!那時候從沒怕過，好像渾身都是膽子。當真如俗傳的——人不心虛，不畏鬼神？

去他的！什麼卞三，什麼關八，全是自己腦子裏因疑懼所生的幻念罷了！毛六又轉念道，有錢能使鬼推磨，老子有了錢，愛去那兒去那兒，快活日子比春來時樹葉兒還多，用得著胡思亂想嗎？還是睡罷，寒雞又啼二遍了。……嗯，不成！剛倒下頭又坐了起來，雙手抱著膝蓋。這三箱銀洋到底是怎麼個運法兒還沒想妥呢！……說是不想不想，又叼起一支煙捲兒，鬱鬱魘魘的想將起來了。

當然，若是在早年，把銀洋存進大錢莊去，領一紙存銀若干的票據，到北地跟某錢莊有來往的行號取兌，該是又安穩又便當的法兒；可惜近時時局多變，縣城裏業已沒有這樣的錢莊了！假如人跟銀洋一道兒僱車推著上路，打腳下推到北徐州，迢迢近千里的路程，一路上不知會出多少凶險？難過唐僧去西天。……找個地方下窖？或是兌換黃金？毛六挖空腦子想，也想不出一個萬全的辦法來。銅爐裏將殘的炭火映亮他踡縮在床頭的影子，白蒼蒼的瘦臉，佈滿疲倦紅絲的眼四周帶著黑圈。

一支煙捲兒吸完了，他又燃上另一支，極度的睏倦使他有些茫無所措，壓根無法把意念集中起來認真思索什麼；他從銀洋跳到關八，從關八跳到卞三，又從卞三跳到小餛飩身上。……赤裸著那一身細皮白肉的小餛飩，四千七百塊大洋擴大經營的如意堂子，全打了水飄飄了！關八那顆心不知是啥做的？何必單爲一個愛姑跟我毛六過不去來？姦她賣她，事又不是我毛六一個人幹的?!錢又不是我毛六一個人分的?!用得著他狗咬耗子多管閒事？……好像盹了一忽兒，看見白花花的銀洋遍地滾，每塊洋錢面上都有卞三的鬼臉獰笑著，再睜開眼，天漸漸的亮了。

既然一時沒想出如何運走這筆銀洋的法子，不如到祥雲莊找齊小蛇商量去，兩人拿主意總比一人苦想要好些，他不是說過，有事可找他幫忙的嗎?!

拿定主意去找齊小蛇，鎖上門下樓，信步走向花街去。石砌的河堤上沒有幾個早行人，晨風薄得像刀刃一樣，割得人鼻孔酸疼；天頂的龜背雲又低又厚，大風訊連續了幾天，還沒有轉晴的樣子。天色還早，城仍在睡著，除了幾個擔水伕在石級下面河邊的冰層上鑿洞汲水，哼呀嗬呀的唱著，挑著水擔兒走過，一路潑灑在路面上的水滴，轉眼就成了冰凍。

毛六撩了撩羊毛圍巾擋住鼻孔，離開河堤轉向花街去，那道低矮的窄街兩面廊下，那許多亮了一夜的燈籠，還睡眼矇朧的相對著，沒有一家店舖開門的。……不成，不成！念頭一動，毛六的腳步就跟著放慢下來。

這辰光就去找齊小蛇可太早些兒了！齊小蛇雖說跟自己滿投契，但總是相交不久，怎能大驚小怪的在他面前自露馬腳?!萬一叫他拆穿底牌，向江防軍密報我毛六存心詐銀洋，那，不用關八來踩我，我這個腦袋怕就要掛到銅牛角（**銅牛，古代挑河時鎮水用，俗稱鎮水銅牛，軍閥槍斃罪犯，慣將人頭割取，懸在銅牛角上示眾**）上去了！齊小蛇那人腦瓜紋路多，眼裏揉不進一粒沙子，人心隔肚皮，虎心隔毛皮，非到萬不得已，還是不找他爲妙。卞三是信任我毛六才挨了黑刀的，殺卞三的毛六可不傻，還能因著相信旁人，走上卞三的老路嗎?!

那邊有家賣早點的舖子，一個老頭兒冒著寒風起爐子做燒餅，一個老婆婆當著街炸油條，白霧騰騰的，先進舖去吃餐早點罷。毛六一斜身就走過去了。

舖裏地方不甚大，祇容下四五張小方桌兒，毛六挨著一角坐下身，叫了份早點，老頭兒剛把早點端的來，那邊門簾兒一掀，登登的又跨進來兩個漢子；正巧旁的桌上都擠滿了，那兩個漢子一歪身就坐到毛六的桌上來了。

「對不住，兄台，」戴黑羊皮兩塊瓦高筒帽兒的一個，笑著跟毛六打招呼說：「沒座位，將就擠一擠了！」

「累您受擠。」另一個矮矮胖胖留八字鬍的說。

「擠擠暖和些兒，」毛六說：「天氣真冷得可以，皮袍兒裏都是一股寒氣！」

「真冷，可不是。」矮胖子搭訕說：「虧得我是胖子不怕冷，我要像你這樣瘦法，早起出門，能凍成一隻風雞！」矮胖子叫了兩碗豆漿，兩份早點，轉朝戴黑羊帽的說：「老兄，今年你是怎麼搞的？……天越冷，皮毛生意越好做，往年市面交易清淡，你來貨多，如今家家皮毛店搶著購買，你送來的反而少了?!」

原來是兩個皮貨商，毛六想：我這領皮袍兒也該換換新了。他在一邊吃著他的燒餅，熱呼呼的豆漿焐暖了人的身子，那兩個邊吃邊談開了。

「其實也怪不得我，大老闆，」戴黑羊皮帽的說：「如今鹽市那塊咽喉地卡得很緊，北地大宗皮貨過不來；我想去大湖澤那邊收貨，路過鄔家渡口，遇上民軍跟朱四判官對火，又蹩回來了。……收不著產地的貨呀！」

「鹽市也留貨嗎？」

「祇是查。」戴黑羊皮帽的說：「除了菜蔬米糧外，其餘各貨不准通過大小渡口。」

毛六聽著，心裏一動，就裝著若無其事的樣子，留神他們的談話。

「朱四判官也真是，」矮胖子抱怨說：「早先他原在北幾縣吃混世飯的，怎麼又拉到大湖澤去了?!」

「聽說是踩著六合幫一路踩下來的，」戴黑羊皮帽的壓低嗓子說：「他原想把關八爺領著的六合幫當成肥肉吞，誰知六合幫那夥人不是肥肉，卻是骨頭——誰硬啃都會崩了牙。……在鄔家瓦房被一把火燒退，又碰上民軍迎頭打，這回是輸慘了！」

旁邊的毛六暗暗打了個寒噤，……四判官慘敗鄔家渡，消息很快傳進縣城來，假如北洋防軍聽著這消息，說不定生出反悔之心，把幫打合同撕掉。事兒業已到不能再延的地步，非得馬上去找齊小蛇不可了。

離了早點舖，匆匆趕到祥雲莊去，齊小蛇正在洗臉換衣，一付打算出門的樣子，遠遠看見毛六進來，就忙不迭的迎說：「冒大爺，您來得真是巧極了，我正打算到您那兒去呢！……適間我聽著一條對您不利的消息；朱四爺在鄔家渡敗得很慘，眼前是不是還能聚得起一千人槍來幫打？在我看是頗成問題的了。……這筆款子如今對他用處極大，您該早些把款子運走，就是爾後江防軍反悔也來不及了。」

「我來，正爲這事，特意找您打商量的，」毛六說：「我若不把事辦成，就對不住朱四爺了；我這筆錢，打算親自押運到北地去，如今封河季，水路不通，祇有起旱；說起旱，這三大箱銀洋可就太搶眼了，而且還得經過鹽市附近，難保沒有險失？」

「嗯，這倒是……有點兒難人，」齊小蛇沉吟著：「咱們裏邊坐下談罷，不過請您放心，您有難處，就是我有難處，敢不盡心盡力？」

齊小蛇說話雖很熱切，卻沒立刻拿出主意來，這使毛六自覺被倒吊在半虛空裏，上上下下都不踏實，兩人到了店後的暖堂裏，齊小蛇皺著眉毛吸起水煙來，彷彿要從煙霧裏找出個妥善的主意，而毛六卻坐也不是，站也不是，祇管抓耳撈腮猴形畢露。

「嗯？嗯！嗯?! 我這倒想起來了！」齊小蛇自言自語的說著，猛可的拍了一下膝頭：「您若想把這筆錢安安穩穩的運走，最好的辦法是把它打散了，摻混在運米糧的長袋裏，鹽市附近各卡兒上一向不扣米糧，很容易就混過去了。再說，花街這一帶的馱販們都在幫（幫會中人俗謂在幫），我在他們面前一向是說一就是一，不知您覺得如何？」

「行，行！」毛六說：「這真是個好主意！」

「說做就做，」齊小蛇說：「待我著人去找張老實去，他是這兒的馱販頭兒。銀洋裝妥後，咱們傍晚出城，趁早穿過小渡口，我祇能送你過小渡口就得回頭了。」

「您這麼熱切的幫我的忙，我真不知怎麼說才好。」毛六說。

「那兒的話，冒大爺。」齊小蛇笑說：「您這麼一說，可就太見外了！」

「小渡口離鹽市太近些了，」毛六顯然放不下心來，伸著頸子問說：「您知道關八跟咱們頭兒是死對頭，鹽市實在是座鬼門關……我的意思是：不能繞遠些兒走嗎？比如說走官家渡也成。」

「我說，您可甭弄岔了。」齊小蛇搖頭說：「您既將銀洋摻在米糧袋裏，您就要自覺是個米糧商；按道理，米糧商通常都走小渡口，假如不按常理，反而引人起疑。您要是信得過我，您就跟著我走，就這麼大明大白的從鹽市東面經過，準沒事兒。凡是出岔事，都是心虛引起來的，您不心虛膽怯，他們反而猜疑不到您的頭上……」

「有道理，有道理。」毛六說。

他並不知道他的頸子早叫齊小蛇套得緊緊的了。

米糧商的一大群馱米的牲口，在寒風虎虎陰雲密佈的半下午離開花街，蹄聲得得，浩浩蕩蕩的朝北去了。這些馱販們長年不斷的南來北往，他們把北方產的五穀雜糧運到南方來，把產米區的稻米運到北方去，賺取一些辛苦錢來養家活口；風雪嚴寒的季節，唧唧的驢頸鈴聲，是寂寂長途上唯一的點綴。

這一趟出城的牲口特別多，一共有七八匹騾子，十二三匹走驢，每一匹牲口背上，都馱負著兩三條長長的米糧袋兒，沉重的米糧壓鼓了牲口的肚腹。馱販們一共有六七個人，由馱販頭兒張老實領著，每人都套著雞毛或蘆花編成的毛窩鞋，手執短小的趕驢棍，各自照管著兩三匹牲口。

這一趟米糧，是毛六按照齊小蛇的話，以冒突的名義買下的；對於馱販們來講，算是包運，按里程給價，齊小蛇當著毛六的面，特意關照馱販們說：「這位冒大爺是北地來的大糧商，爲人極爲慷慨，這回天寒地凍煩勞諸位辛苦趕長程路，他心裏老大的過意不去，所以要兄弟告訴各位，運費加二成不說，這一路飯食都由冒大爺照料……」

馱販們聽了話，都眉笑眼開的精神起來了。

米糧是齊小蛇另覓米糧行裝的，馱販們並不知米糧袋裏還摻的有比米糧更值錢的東西——五千多塊大洋。

牲口放出城不久，地勢高亢的鹽市就落入人的眼底了，那旗旛招展的長堆，那壩上展鋪著的一條灰色長龍般的瓦脊，都在天腳層雲下隱約顯現著；齊小蛇騎著一匹深栗色的走騾走在馱糧的牲口後面，毛六換了一頂老羊毛的風帽，圍著厚重的圍巾，騎著一匹斑驢子走在壓尾，祇露出一雙驚恐不安的眼睛。

醜媳婦怕見公婆面，望著鹽市的毛六怎能不心虛？沒詐到這六千銀洋時，還苦苦的想潛入鹽市去，把風姿撩人的小餛飩接出來，一道兒遠走高飛。靠齊小蛇的幫忙，平白詐到這筆錢之後，連朝思暮想的小餛飩也不要了，祇想速速插翅飛開，離鹽市越遠越好！……天底下標緻娘兒多的是，有錢就不愁沒有女人，何必拚著性命進鹽市，老鼠穴裏倒拔蛇去？萬一讓卞三的陰魂纏住腿，想走走不了，那就慘了。

牲口要經小渡口，必得順著鹽市邊緣繞半個彎兒，在毛六的眼裏，鹽市是越來越近了。風在路邊枯枝間倒吊著長號，那聲音又尖又慘又綿長，彷彿有什麼樣屈死的冤魂撲來奪命一般。……啊，卞三哥，卞三哥，毛六心裏有這麼一種僵抖的聲音在哀告著！你可甭這樣衝著我喊冤叫屈了！你知我毛六是個貪心愛錢的，我不該坑害你，你若饒我這一回，日後我答允經常替你焚紙化箔就是了！我也答允放過小餛飩，從此再不找她，咱們總算焚香結拜的把兄弟，瀝過血，折過鞋底的，無論如何請你可憐我……可憐我……我他媽從此放下屠刀了呀！

「冒大爺，您得沉住氣。」齊小蛇掉轉臉說：「等歇咱們牲口要經過鹽市民團的崗哨，繞過鹽市東的棚戶區，您得裝出不經心的樣子，任意談笑才好。」

「我……我……我……一定……照……辦。」毛六上牙跟下牙祇能緊咬著，不能張開，一張開就要捉對兒廝打了。

「您像是有些不大起勁兒似的。」齊小蛇勒一勒牲口，跟毛六併肩走著說：「您是有些不太舒坦？」

「不不不，呃，不……不……」毛六說：「我祇是有些，呃呃，有些，從裏朝外發冷……」

「走的時候太急促，」齊小蛇說：「竟忘了請您喝些熱酒。不過等歇到了小渡口，那邊有間酒鋪兒，咱們可以歇會兒，吩咐店家溫壺熱酒喝喝驅寒，也聊表兄弟我送客十里的一點意思。……嗯，您瞧這天色越來越暗，竟飄起牛毛雨來了！」

毛六一抬眼，四野是那麼陰慘，蝕骨的寒風吹著，雨並不是雨，祇是一團團分辨不出是雲是雨的霧粒，裹著逼人的寒氣朝下飄，原先近在眼前的鹽市被雨霧隔住，一點兒也看不分明了。……牲口群在這時通過鹽市民團放出的崗哨，五六個披著雨簑衣，亮著單刀，執著纓槍的漢子坐在樹叢邊的茅亭裏烤著火，聽見驢鈴一路響過來，便出來兩個攔路盤問說：「誰?!」

「城裏販米糧的牲口，」張老實說：「齊小蛇齊爺在後邊。」

「兄弟夥，都好。」齊小蛇笑瞇瞇的趕著牲口上來說：「諸位喝風列崗，辛苦了。」

那兩人聽了齊小蛇的話，祇打了個放行的手勢便退回去了。毛六看在眼裏，不禁暗暗的疑惑起來?這齊小蛇若不跟鹽市互通聲氣，會有這麼輕鬆?連民團放出的崗哨都認得他?!

「甭疑疑惑惑的了，冒大爺，」齊小蛇眼珠一轉說：「這就是我爲什麼要送你的緣故，咱們做買賣吃四方飯的人，各面都要顧得周全，管你張王李趙怎麼個爭法?咱們祇管做咱們的交易就得了。我要是存心賣您，又何必費那麼大的精神爲您搭橋牽線?!」

「笑話了，齊兄。」毛六說：「我決沒有這個意思，您可甭……誤……誤會，我感恩還來不及呢。」

牲口經過鹽市東面的棚戶區，那些棚戶們並沒有因天寒地凍就躲進屋去，一隊披著簑衣的漢子，不管霏霏寒雨，列著方陣在一座曠場上操練，不時揚起粗大沉宏的吼聲。有許多捲起褲管的漢子們，挖壕的挖壕，挑土的挑土，蟻群般的忙碌著；一些婦女們，爬在長簷及地的棚頂上，用一層潮濕的紅黏土抹佈在棚草上面。

「這是幹啥？」毛六問說。

「防火啊！」齊小蛇說：「北洋防軍不久總要攻鹽市，那時難免縱火，棚頂抹了泥，火把落上去燃不起來的，真虧得她們想出這種辦法。」

「這都是關八爺交代了的，」一個婦女在棚頂上答話說：「我們那會想到這麼多?!」

又是關八！又是關八！毛六縮縮脖子，夾了夾牲口。天昏地黑的這一陣過去就好了，過了小渡口就好了！人在這一小段路上，天靈靈地靈靈，千萬不能出岔兒，一出岔兒命就丟定了。……那邊不就是小渡口了嗎?!隱隱約約的枯枝聳在灰黑的天上，隱隱約約的露出酒舖的一星燈火，牲口的頸鈴一路搖響過去，還沒到酒舖門前，一盞馬燈就搖搖晃晃的接出來了。

「這麼晚，還有渡河的？」

「馱米糧上去，齊小蛇齊爺也在後面。」

「齊爺您好。」那人說：「今夜想渡河是不成了，河口兩邊全佈了崗，冰面上不准通行啦！」

「跟崗上打打商量不成麼？」齊小蛇翻下牲口說：「馱的都是米糧，又都是常來常往的熟面孔。」

「嗨，要在昨兒晚上就行了！」那人說：「您來得不巧，今早上方德先方爺親自來交代過，說是近時風聲緊，有個什麼傢伙在城裏冒著朱四判官的名，詐了北洋軍六千塊大頭，方爺說他要拿這筆錢辦事，因此就沿河佈了密崗，特意關照崗上，不論誰要過河，都得等天亮後他親來查過才准走。……我說，這馱糧麼，又不是什麼樣十萬火急的事兒，又何必連夜穿過亂葬崗子碰鬼去！進屋喝盅熱酒擋寒，睏了就到暖坑上歪歪去，天亮再走還不是一樣?!也許天不亮方爺就來了呢。」

「來罷，冒大爺，——你怎麼了?」

「我……我！我的腿叫凍痲了！」可憐毛六叫那人一番話嚇得溺濕了一條褲子，翻下牲口時，兩腿軟得寸步難行了。那說話的聲音哪還像是人聲?!簡直就像陰雨天亂葬崗裏的鬼嚎。

「來罷，店老闆，來幫著攙扶一把，咱們這位冒大爺腿痲了！」齊小蛇說著，不由分說過來抄過毛六的一隻胳膊。毛六忽然覺得情形不對，正想掙脫開去，反手去摸懷裏的小蛤蟆（小型手槍之一），誰知那一隻胳膊已被一隻更有力的胳膊抄死了。

這樣兩人架著他，連拖帶拽進酒舖去，毛六一看那酒舖的客堂裏燈火通明，方桌椅凳全都移開了，祇有靠牆設了一張長案，長案正中點著兩支白蠟，燭火的光暈照著一面白色的靈牌，靈牌上寫著一行黑字：「亡兄卞三之靈位」。

「你……你……你……」毛六一看見這面牌位，嗡的一聲，大魂二魂全從脊蓋上飛走了，祇落了縹縹緲緲的三魂還依依不捨的在頭頂上盤旋著。他本想朝齊小蛇問些什麼，無奈一張嘴，牙齒就六親不認的咬破了舌頭。

「我相信因果報應，」齊小蛇說：「你這自稱是突如其來的冒失鬼，我早已查出你是誰了！——我張二花鞋辦事是向不冤枉誰的，你跪著罷！」

毛六那膝蓋很乖，說跪就矮了半截兒，張二花鞋手一帶，撕去毛六的大襟，把落在地上的小蛤蟆拾在手裏。毛六沒了槍，更是乖乖兒的跪著不敢動彈了。

有誰喊一聲：「毛六叫攫住了。」那邊轉出一個白衣白裙，手執牛耳尖刀的女人來，她的臉是慘白的，兩眼是紅腫的，她就是毛六朝思暮想的小餛飩……。

「替他綁上繩床去，好讓仇家親剮他！」一個聲音平靜的說：「咱們總算替關八爺分了勞，把這惡賊給攫住了！」

「是，方爺。」

一架沒索的繩床兒被立起來，幾隻粗壯的胳膊把毛六剝得精光，祇剩下一條短褲，拖狗似的拖上床架，綁住了腳。張二花鞋沒食言，端過一壺熱酒來，把壺嘴兒送在毛六的嘴裏說：「這算是我敬你的送終酒，你喝了罷，喝了心安！臨死前，你還有話說沒有？」

毛六這才睜開深陷下去的怕人的眼，抖索著說：「我毛六，罪有應得，祇求大妹子看著一度同床……共枕的情份上……剮得快些。」

「我不會剮得快的。」小餛飩挫著牙說：「我要一點一點的剮你，我要你活得受苦。……三哥亡魂在天！」她跺著雙腳號吼：「妹妹我替你報仇來了！」她跳上前去，先拎著毛六的耳朵削了一刀，削得毛六吱著牙哀嗥起來，她接著一刀砍掉他的鼻子，然後她繞著繩床轉著割他，割得毛六一忽兒哀求，一忽兒大罵，一忽兒痛哭，一忽兒哀號。

寒風慘慘的吹著，殺人者這樣一寸一分的死去。但在另一天另一個時辰，縣城裏卻紛紛鬨傳著毛六藉朱四判官的名，詐到江防軍六千塊大洋，投奔鹽市去了。窩心腿方勝散佈這樣的傳言是別有用意的，誰也不知道他是什麼樣的想法？——祇有他心裏明白。

塌鼻子師長爲這事氣躺在床上，更參了唐不文一狀，又嚷著去花街抓人，不但人沒抓著，連狗也沒牽回一條，因爲窩心腿方勝早把機關撤回鹽市來了。大新年裏，大帥連著來幾封急電，限令塌鼻子師長即攻鹽市，壓根兒打碎了他三不打的如意算盤。

第十一章・四判官

縣城各處張貼著的捉拿冒突的告示，經過幾番春雨，早已經變了色了，城裏人都知道塌鼻子師長被人冒充朱四判官搭線人，從中騙去了一大筆款項，而騙款的傢伙竟把銀洋分摻在米糧裏運進鹽市去了。一般人傳述著這回事，都以爲冒突是鹽市遣出來臥底的，誰也料不到那個化名冒突的毛六落了網，被仇家小餛飩親手剮掉，野墳頭上已長滿了青草。

在春雨連綿的季節裏，整個縣城天空雲黯天低，不大不小的牛毛雨，白沉沉霧昏昏的到處落著；開河後的飽滿的春水並不活躍，懶洋洋的在輕微雨絲構成的霧幕下緩緩的流淌著……儘管人們相信傳聞，相信鹽市運用機智又走贏了一著棋，但在塌鼻子師長惱羞成怒之餘，若論全局輸贏，還有待眼前一場猛烈搏殺，一時的欣悅仍壓不住人們內心對鹽市關切的憂愁，希望祇初初在春雨中萌芽，離遍野花開的日子還遠著啦。

初張佈告時，塌鼻子師長確曾怒火沖天，拍過桌子，摔過帽子，操過副官的祖宗，踢過親隨的屁股，不過這些官樣排場，並不能幫助他弄回那筆被騙走的款項，也無法使他手下那幫飯桶捉住冒突和齊小蛇，因爲齊小蛇騙走冒突後，設在慶雲號煙舖裏的機關也跟著轉移了。那些替塌鼻子師長辦事的傢伙，最大的能爲也限於大張佈告而已。

塌鼻子耳朵裏也刮著了小菊花帶給他的傳言，指說那個冒突拐帶鉅款投奔鹽市去了，這使他光火到「滿貫」的程度。離開江防軍北調時，自己在揚州城的送別宴上，當著許多在北洋軍裏混得有頭有臉的人物誇過海口，把鹽市那撮人比成一棵野草，吹口氣就能把它連根拔掉。說江防軍拔根毫毛就粗得過對方的腰桿，攻打鹽市直像伸手捻死螞蟻一樣的輕鬆。……原打算來它個先聲奪人，馬到成功的，誰知鼓沒響，號沒鳴，兩軍沒對陣，八字還沒見一撇，就伸脖子上套，叫鹽市騙走了銀洋好幾千！俗說：好事不出門，壞事傳千里，像這種丟人敗氣的事兒一經傳揚出去，摘下臉皮來朝那兒掛去?!縱然能生千隻手，也蒙不住一張張議論長短的嘴呀！萬一這消息傳到大帥耳朵裏，他那狗熊脾氣一發，誰知會怎樣?摘掉腦袋瓜兒，連喊媽也沒嘴喊了。

想來想去，非他娘重重辦幾個人不可，要辦人，首先就該辦老渾蛋副師長唐不文。可是，要辦唐不文定會驚動大帥，那老傢伙嘴頭兒又圓又滑，假如倒咬一口，也是一窩老鼠下湯鍋；既不能辦他，就得追查冒突，冒突追不著，就該辦幾個查案的飯桶！

查案的一聽師長要辦人，祇好先到花街去抓幾個吃混世飯的砍掉腦袋，使托盤端著人頭替師長消消火氣，誰知塌鼻子師長外強中乾，那把火祇是虛火，人頭送到荷花池巷的公館時，師長大人業已臥病在床，幾天不能下榻了。

「攻……攻……攻……」塌鼻子師長半躺在暖榻上，朝坐在一邊的參謀長說：「這鹽市非攻不可，騙走老子幾千大洋，真他娘氣死了我！」

「您千萬忍一忍，師座。」聳肩細脖子、小眼淡眉毛的參謀長擺出酸溜溜文縐縐的架勢，兩手彈著膝頭，細言慢語的說：「攻鹽市要緊，您的身子更要緊，春天一到，百草齊發，可也容易百病齊生。依我看，您就該暫把攻鹽市的事兒擱在一邊，先請兩位漢醫來瞧瞧，開幾帖方兒，抓幾付藥，先把身子調理好了再講。無論是打牌或是打仗，這精、氣、神三字訣頂要緊，您想想，江防軍拉出去打鹽市，您這爲主將的卻在榻上哼哼，這可是群龍無首呀！」

塌鼻子師長皺著眉毛，虛火把他掏弄得飄飄的，渾身打骨縫朝外流酸，懶得連牌也沒精神打了，哪還談得上打火?!想了一會兒，無可奈何的鬆開眉頭嘆口氣說：「也罷，這場虧我算縮著腦袋白吃了，就依你，去找漢醫熬些苦水喝罷，不過……不過……我這毛病，連我也弄不清……嗯，祇覺有些兒頭暈目眩，四肢百骸全像散了一樣……」

參謀長對軍事倒很少參而謀之，惟獨對塌鼻子私人如何摟銀洋、嫖女人、設賭局、選煙土、抽鴉片、拍上司、辦部下，那真是頭打扁了朝裏鑽，盡心盡意的又參又謀；尤其對於這些升官發財聲色犬馬，他是老太婆的簪子——路路皆通。塌鼻子師長一提起病來，他就兩眼瞇得像綠豆似的，搖頭晃腦的參謀起來了。

「嗯，這個……嗯，這個……」他兩眼不停的梭動著，一面像吟詩似的自言自語，兩手不停的敲打膝蓋：「嗯，這個，這個……這個麼?……」

塌鼻子師長躺著的套間裏靜靜的，一爐炭火旺燃著，使室內溫暖如仲春；室角放置一盆迎春花盆景，已經被爐火的暖氣催得提早含苞了，微雨在窗外飄漾著，簷瀝的聲音也是徐徐緩緩的，半晌才迸出一聲滴瀝，打著窗前含有生意的花枝。

一陣風兜起房門簾兒，參謀長就覺小眼珠兒一亮，在門簾飄盪中，他看見一隻金漆圓凳兒對著一座精緻妝台，師長大人寵愛的小菊花正坐在那兒梳妝，粉紅水綾長內褲包裹著一個軟軟圓圓的屁股，光滑豐盈使人心跳，兩隻拖著嵌珍珠拖鞋的小腳全裸著，白嫩得像兩隻新剝的粽子。她一面梳理著青絲，一面扭動腰肢，低低的繼續的哼著一支時興的淫冶的小曲兒，由於她紅唇間啣著一綹頭髮，哼起來詞意朦朧，聽在耳裏，倍加撩人。

「嗯，嗯……美色當前，顛倒晨昏……」參謀長的腦袋總算從漿糊裏拔出來了：「我說，您這毛病，嗯，祇怕是……小菊花姑娘心裏有數罷？」

「嘿嘿嘻嘻嘻……」塌鼻子師長忽然詭秘的笑起來，笑得太急，嘴和鼻子一起朝外放氣，一面笑，一面用手指點著參謀長的鼻尖說：「你……你……你……你這可一傢伙參謀到我的骨縫裏來啦！我是素患寡人之疾，你是知道的，鴨蛋頭留下這張床害人不淺，他奶奶……三面都嵌著鏡子，你想想，我?!……」他勒住話，曖昧的扮個鬼臉。

「食色性也，」參謀長擠著一隻眼說：「這倒算不得大毛病，假如我是您，嘿嘿，祇怕早已喝上十全大補湯了。不用說，您也是病在這個上。不過，嗯，不過俗說：春三，夏六，秋一，冬孤（**意指行房次數**），您，隆冬大雪天也不肯鳴金收兵，當時也許不覺著，嘿嘿嘿，這如今，一開春就犯上內虧啦！」

「嘿嘿嘻嘻嘻……」塌鼻子笑得捧著肚子喘說：「道理人人會講，可是到時候就身不由己了呀！我對這一門，一向是一員勇將，一個小菊花還對付得下來，要不是姓冒的那小子給我這場氣，也許不會犯病。」

「其實也沒什麼。」參謀長參謀著說：「加意下幾帖大補的方子補它一補，也就沒事了。」

「我說，你們倆個老沒正經的湊到一堆兒來了！」小菊花祇是加了一件睡袍，手挑著簾子出來說：「嘰嘰咕咕嘻嘻哈哈沒好話，又不知拿我當話題，瞎嚼什麼大頭咀了，是吧?!小心我撕你們的嘴。」

「天知道，誰講妳什麼來著?!」參謀長乜著淫邪的小眼說：「誰不知道妳是『橫』『豎』『上』『下』不饒人的?師座這麼結壯的身子全領教不下，我哪兒敢?!」

小菊花笑罵著，果真半真半假的走過去撕起參謀長的嘴來，撕得他小眼亂翻，雙手抱拳告饒說：「好姑娘，好姑……娘，撕得輕些兒，呃……輕些兒……妳那小嘴祇是唱唱樂樂，我這張嘴卻是混飯的傢伙，專門參謀用的，呃……呃……沒有它，我這參謀長就……就幹不成了。」

「原來是參謀用的嘴?!」小菊花笑罵說：「我當是專說骯髒話的呢！你約莫在糞坑裏打穴，吃過三年屎蛋兒，開口就噴出屎臭味。」

「饒……饒了我罷。」參謀長叫小菊花捏得半歪著身子，半邊屁股離了板凳，噝噝的吸氣說：「妳捏得我心疼，肉也疼了……」

「我替他說個人情罷，菊花。」塌鼻子師長瞇著眼說：「瞧他叫妳撕得蠻可憐的。」

「不成，誰說也不成，」小菊花故作羞態說：「這老鬼沒正經，當你面就這樣糟蹋我，背地裏，舌尖還不知怎樣翻花呢！要我鬆手可以，他得乖乖的讓我拔他三根騷鬍子。」

「我說，你就讓她拔三根玩玩罷。」塌鼻子師長笑著，病像好了一半，虛火撲搧著慾火，像一爐炭火般的熾燃起來。

「我的天，妳怎麼想起來的?!」參謀長叫說。

「你甭嚷嚷，」塌鼻子師長說：「她說男人家拔掉鬍子年輕些，成天捺著我窮拔，你沒看我下巴全叫她給拔光了?!你閉上眼，忍著些疼，權且讓拔三根算了。」

「你閉上眼，忍著些疼。」小菊花一隻手輕摸著參謀長的臉說：「師長他吩咐的。」

小菊花話還沒完，參謀長就把兩眼乖乖兒的閉上了。紅水綾褲裏裹著緊綳綳的圓屁股，兩隻白粽子似的小腳，渾圓的身段，在黑裏浮現著。這種絕妙的娘兒們跟塌鼻子太可惜了。她一隻手扶住自己的下巴，手掌那麼光滑，那麼柔軟，真是柔若無骨。他奶奶的，手心裏一定剛剛塗過香膏，香得簡直使人意馬心猿，心猿意馬到摟不住火的程度。他奶奶的，情願風流花下死的人不在少數，拔幾根鬍子算啥?疼也疼得過癮，……參謀長越想越有點兒那個了。

小菊花並不急著動手拔鬍子，她使一隻手掌托住對方的下巴，另一隻手指在對方嘴唇邊撥弄著，咯咯的笑著說：「你當心點兒，我就要摘了。」

參謀長微微抬起眼皮，從眼縫裏偷瞧著小菊花那張吹彈得破的粉臉，眼是眼，眉是眉，無一處不生得正是地方。她那樣嬌慵的笑著，軟軟的笑裏飛盪出半分淫冶的風情，她頰邊漾起的酒渦和含情的媚眼都是醉人的深井；她說笑時，那張臉幾乎挨上自己的臉，呼吸時能聞得著她臉上的脂粉香……塌鼻子有了這種女人，無怪乎他要鬧腎虧了！

正當他渾身鬆軟之際，就見小菊花一咬牙，使尖尖的蔥指撳著自己嘴唇一摘，疼得他哎喲一聲，身子朝上一聳，連忙使手掌揉著說：「好姑娘，妳拔我記賬，——該是一根了罷?」

「你說的好輕鬆?!」小菊花說：「我連半根也沒摘到，剛剛我摘滑了手了。」

「唉喲，疼得我連心扯肺。」參謀長苦笑說：「想不到拔我區區一毛也這般疼法兒?」

「就是了，」小菊花說：「你一毛不拔弄慣了，說話自然輕鬆，師長他白白叫人騙去大洋幾千，該是什麼滋味?——他明明是氣悶出來的毛病，你卻滿嘴胡言亂語，硬把他病因栽派在我身上，我不摘你鬍子，祇怕你還不知錯呢！」

「嘿嘿嘿，想不到妳這張嫩嘴皮兒這麼厲害？妳若是早替師長拿主意，也許他就不會受騙了。」

「你可真會灌米湯，參謀長。」小菊花眼珠兒一轉，輕輕拍拍對方面頰說：「看在這碗米湯份上，我把那三根鬍子暫時留在你嘴上長著，等哪天你那嘴唇兒發癢，要放騷放臭了，我會再來摘的。」說著，轉臉扭動腰肢走過去，屁股一歪，半倚半靠的坐到塌鼻子懷裏撒起嬌來說：「我的個好師長，參座的話您可聽著了，他怪我凡事不替你參謀，才會叫姓冒的騙了錢去，他這是米湯裏加醋——存心酸我！我們女人家即算再有多大的聰明才智，這些事兒也容不得我插口！鴨蛋頭當初要肯聽我一句半句，他哪兒會掉腦袋?!他酸得我不打一處傷心，我……我自覺好冤枉！您，您還是說句公道話罷。」

「妳甭哭，我的心肝嫩肉兒，參謀長他實在該打屁股。」塌鼻子摟著她低聲下氣的哄著說：「不過他也是無心，呃，錯還是錯在我頭上。呃呃，當初這事我沒認真跟妳打商量，呃，妳甭傷心，從今後妳就是我的太上參謀長，妳說怎麼就怎麼的，好吧?!……對，笑一笑，對了，妳他娘一滴眼淚能把我心給泡軟，真比那幾千大洋還要珍貴呢！」

小菊花眼淚還噙著，說笑就笑了，揉著塌鼻子說：「說真箇兒的，師長，我以爲你既鬧著病，就該把旁的事兒先放開。俗說：留得青山在，哪怕沒柴燒？等天氣轉暖了，您的病也調理好了，那時再攻鹽市也不晚。我這就替您找漢醫去，我要親自侍奉湯藥……」說著，掙脫了塌鼻子師長的手，一面招呼馬弁備車，一面進房換衣裳去了。

直到人力包車的鈴聲一路響出去，塌鼻子師長才帶著知足的神情跟他的參謀長說：「怎樣？你甭看她跟我不久，可真是貼心貼意到了家，你見過結髮夫妻有這等恩愛的沒有？……我他媽這輩子算是服了她了！」

而參謀長祇是習慣的點著頭，胡亂的使鼻孔嗯著，實在並沒聽塌鼻子在說些什麼，春雨的聲音是一些惱人的蟲子，成千成萬的咬著他的小腹，他的思緒也像雨絲一樣飄飄漾漾的一片煙迷，沒有個固定的落處。我把她奶奶的奶奶的奶奶，盤絲洞裏嬌嬌滴滴的小妖精，恨不得咬上一口的臉蛋兒，裹在粉紅水綾褲裏的圓屁股，白粽般的小腳，即算等因奉此它一傢伙也是好的，……塌鼻子萬一翹了辮子，我傾家蕩產也得接收她來，奶奶的奶奶的奶奶我把她，滴瀝滴瀝的簷瀝壓不住人一心的火！

人力包車沒拉下迎面雨篷，以矜持的貴婦人姿態端坐在車裏的小菊花，心裏也燃著一團烈火，自幼習平劇唱京腔，她沒離過淮上，這塊春雨迷濛的土地原是她的家鄉，當初爹送她學戲時，自己想得很單純，祇想著怎樣從科班苦熬的歲月中唱出頭來，積些錢，使一家人能拔脫愁城苦海，為這點兒卑微但卻遙遠的心願，她咬牙苦忍著當學徒時加給她一切的痛苦和折磨，不但練腰練腿練身段練唱工，還得練就吞眼淚、擺笑臉、受饑寒和挨皮鞭。

原以為滿師的日子就是出頭年，後來才知想錯了；真正出頭還得從粉墨登場的前台從根熬起，從荒村的野臺子戲唱至鄉鎮的關王廟廟會戲，從各鄉各鎮竄進城裏的海京戲院子，眼裏才看得見自己前途上的一點兒亮光。

多遼遠的一串鐵鎖般的歲月？多少淚痕繪成的斑斑剝剝的痛傷……畢竟熬著那點兒亮光了！誰

知道那亮光卻傷害了自己。……永不會忘卻受辱那夜，被架出後台去灌酒，失身時，上半身還穿著戲裝。「老子今夜夢見了貂蟬！」而那痛傷彷彿不但是自己身受，卻一直牽動了煙雲般的歷史！跟鴨蛋頭過日子是含悲忍辱的，沒有前台的地方，同樣有著撕心的悲慘，觀眾看客再不限於方場一角，而是所有活著的人們。

演著一場戲，是的。一個新掛頭牌的旦角對本身從事的藝術仍有著無比的熱狂，這戲不但是戲，而是活活生生的歷史，總要費心演好它，無負同在一個天底下活著的人們。她想過刺虎的費貞娥，也想過罵殿的賀后，但那仍是不成的，像塌鼻子這種貨色，北洋軍裏能挑出一蒲包，即使殺死他，一紙電報走馬換將，那可就再沒人能解鹽市的危局了，如今是必得想法子讓他半死不活的拖著。人力包車唧唧的響著鈴，她的眉尖始終是微鎖著的。

「西門大街轉城中街，老董。」

「是的，姑娘。」

車伕老董是她新換來的車伕，也正是窩心腿方勝安插過來作她幫手的一著棋子兒；老董的塊頭兒並不高大，見誰都擺著老實溫厚的笑臉，每衝人說話必定像磕頭蟲一樣的彎腰，就算塌鼻子是天下一等精明人，也不會懷疑這個苦哈哈的老董能舉得頭號石鎖，能敵得過他手下四個貼身馬弁的。

「妳是要去會方爺？」老董手抄著車把兒，扭過身來說：「那我得放下迎面的雨簾，趁落雨，沒人……我說，總得留神耳目呀。」

「不用了，你逕拉到空心街和德堂藥舖去罷。」小菊花揮著手，一支綠玉手環在她白腕間晃盪著。

老董拉著車，一面捺著車鈴折入一條深長的巷子，一塊塊橫鋪的青石板從他腳下閃移過去，幾支微旋的油亮的雨傘跟著閃移過去；小菊花仍然石塑般的坐著，出神凝思，一點兒也不覺得風雨裏料峭的春寒。……讓他半死不活的拖著，該是她唯一能做的事了；鹽市日後會落到那一步田地？誰也無法預料，至少在眼前多把江防軍攻打鹽市的日子朝後拖一天，總有一番好處；北洋軍打火，一向是蛇無頭不行，能拖住塌鼻子，也就算握住了蛇頭。

塌鼻子並不是精靈人，但也不傻，若想在他身上做手腳，萬不能露出馬腳來，所以請醫生仍得請名醫，無論他向誰去打聽，和德堂的老漢醫齊和德都是淮上頂有名望的醫生，藥方子上決剔不出毛病來，免得塌鼻子起疑，……但則自己不諳醫理，難就難在如何能使他「半死不活」這四個字上了。

…………

齊和德老醫生替塌鼻子師長搭過脈，又隔著玳瑁邊的老花眼鏡，觀顏察色把塌鼻子師長看了一番，摸著鬍子說：「師長您這個病，主要是病在一個『腎』字上，腎乃生氣之源，人體之……大木，您朝朝戎馬勞形，耗傷元氣，暮暮喧嘩宴飲，亟損精神，再加上……呃，是罷，腎虧一成，虛象環生，竭其源而伐其本，久之，則紕漏就大了！不過，若單為腎病，治起來並不難，可惜您的病雖不重而枝節頗繁，照脈象看來，您是喜怒憂思悲恐驚七情齊動，尤獨其怒，其憂，形成一股悶火，湧塞心頭無法化解，既奪魄且復傷魂，真箇是……真箇是……」

老頭兒是個儒醫，說話時搖頭晃腦，活像吟詩作對一般，假若病家是旁人，老醫生的話也許會說得少些，面對著北洋軍的這幫將軍，可小心加上小心，總覺若不把病因說個明白，難以交代。誰知塌鼻子師長這號粗貨不是景德窯裏燒出來的細瓷胚子，跟他擺酸文，簡直是對牛彈琴，鼓著兩眼聽半天，還是莫名其土地廟，祇覺得對方在摸鬍子晃腦袋罷了。

「噯，我說我的心肝命汁兒，」等到副官引著齊老醫生到外間處方時，塌鼻子師長才抹著小菊花的脊背說：「這老傢伙嘰哩咕嚕，搖頭晃腦，連哼帶唱的說了半天，到底說的是啥呀?!」

小菊花嚶嚀一聲轉過臉來，手指轉點著塌鼻子兩隻朝天的鼻孔說：「他說你吃喝嫖賭，貪酒好色，再加上天天盤算升官發財，攻打鹽市，七情齊動，六慾生煙，又爲被人騙去銀洋嘔氣，又怕大帥日後動火拎掉你的腦袋，所以就病下來了。」

「對！對！對極了！」塌鼻子師長躺在睡榻上窮拍膝蓋說：「想不到這老傢伙是吃玻璃片兒長大的，兩眼一直望進我骨縫去了，真他娘比我肚裏蛔蟲知道得還多，我得多賞他幾文診費才行。」

齊老醫生倒是滿認真，一筆一劃都皺著眉毛再三捉摸，開下一帖怯心火、除煩渴、補元陽、安精魄的藥方兒，用蔘鬚作爲藥引兒送了來，臨走又加意關照小菊花，要病人安靜休養、摒除雜務，清除思慮，暫戒行房等等。

齊老醫生一走，塌鼻子師長就拉著小菊花說：「前三樣，我勉強可以辦到，那後一樣，嘿嘿，就算是我自添的藥引兒罷！自古以來總是『英雄難過美人關』呀！」

自添的藥引兒，自添的藥引兒……這句話猛可的把小菊花的靈機觸動了，再坐著人力包車去配藥時，她決定了一宗事情——這使塌鼻子所服的第一帖藥裏，除了蔘鬚，外加上七粒研成細碎粉末的巴豆。

吃了這種湯藥，塌鼻子師長覺得腦瓜子清爽些，病全落到下半身去了，一忽兒拉，一忽兒瀉，忙得提不起褲子。好不容易止了瀉，一身辛辛苦苦積起來的肥肉，都跟水淌掉了。饒是這樣，塌鼻子師長還是四大皆不空，想起大帥限期攻破鹽市的電令，急得抓耳撈腮，憂心如焚；想起被騙走的銀洋，仍然咬牙切齒，七竅生煙，最後全消化在那張春色無邊的床上。

齊老醫生來換個藥，改用荷莖作藥引兒，小菊花又在藥裏加上一點兒玩意——一塊小指甲大的砒霜，塌鼻子師長吃了也沒怎麼樣，祇不過吐了半痰盂血塊而已。

有人來報告，說是小鬍子旅長那個旅，業已把民軍擋在大湖澤裏不能出頭，祇有一處河口的守軍疏忽，叫他們闖過去一撥人。那撥人人數不多，卻很蠻悍，不但傷了守軍十多個，還打傷了一位連長。

「聽說這撥人，是是是……」

那個傢伙還待報告下去，叫小菊花揮手打斷了。

「你還有眼色沒有?!你沒見師長他病成這樣?還拿這些雞毛蒜皮的小事來麻煩他?!」小菊花作色說：「你先退到外廂去，有話等歇跟我說。」

「是，是，」那人躬著身子退出去了。

小菊花跟到外廂問那人說：「你說，你說輕些兒。……那撥人怎樣?」

「旅長他要我來報告，」那人說：「那撥人是由關八領著的，說是師長要發兵攻鹽市，就得趁早；若等關八回到鹽市去，就好比鐵桶外加一道箍，想破它，可就……更難了。」

「關八?!」小菊花轉了轉眼球，一股關不住的喜悅在心底激盪著，但她仍極力壓住了，不讓它形之於色，淡淡的說：「你回去立即跟旅長回報，就說師長全都知道了。」

遣走那人後，小菊花又去和德堂抓第三付藥，這回又該摻進巴豆粉了。塌鼻子師長停了吐血又拉起肚來，他卻怨艾著，把他的毛病歸罪於春天。

闖過小鬍子旅長所佈的防線，關八爺手邊還剩下四個人了。這在他生命經歷裏劃下一道深深的慘痛的溝壕，逼著他雙手抱著頭，坐在黑夜的曠野上苦苦追思；在亂世，任何一個想做一個「人」的人，都必得懷抱這種苦痛，還得要穿透這樣的苦痛，繼續向前面去。儘管在一片混沌的前程上，或有著更大的苦痛在等待生者，——生者必得要從橫倒的屍身上去撿拾更多可思可感的苦痛揹於一肩。

離開民軍地面時，關八爺一顆心業已夠沉重的了；鄔家瓦房那一戰，雖說勝了四判官，但也勝得艱難，勝得很慘；那是必然的，以六合幫十來條漢子力抗近千匪眾，沒被全殲已經算是奇蹟了，哪還能說免得掉半數的傷亡？但，回首想想一夥推鹽車流血汗的兄弟罷，誰是該遭凶，該橫死的人?!說流淚麼？淚水早叫熊熊的怒火熬乾了。那些從不能安居樂業的鄉野中迸入江湖的漢子，誰想到當年鋌而走險，用旁人的鮮血為自己掛姓留名？正如往昔他們扶犁站耙時祈求風調雨順一樣，他們祇求得活命兩個字，偏就有一隻巨大的魔性的黑手把這群求活命的漢子推進死谷。

這可是你關東山單憑一腔熱血護得了的麼？也祇能把死者姓名鄉里開給彭老漢，求他暗下差人去照顧死者的家小罷了……可哀的是那些死去的兄弟，有的仍有著白髮蕭蕭的老親娘，有的仍留下一堆凝望野胡胡蒼天的妻兒，即使彭老漢能照顧她們的生活，誰又能安慰得那些殘了破了的心靈?!地蕪了，田荒了，出門時還是活生生的人，回去時祇是一通噩訊。

自己領腿子時，曾大拍胸膛保證過，有我關東山活一天，決不讓你們受牽累，如今這些兄弟埋骨在大湖澤邊的荒野上了，罪不在我關東山也在關東山：「都是關八害的他！」自己聽得見那些悲酸怨憤的叫喊。實在說，祇怪在整體相連不可分割的命運！這命運像一塊烏雲，總壓在想做「人」的人們的頭頂……誰也不是好漢，誰也不是英雄，命運來時，生和死全是由旁人代選的，閉上眼罷，兄弟夥，這五個活著的，自會盡力去剷除這樣的不平！

即使這樣反覆寬慰著自己，總也忘不了身後的慘景；大火把鄔家瓦房周圍的白色枯林燒成一片黑炭，被困在瓦脊上的人才從無數的屍堆裏認出八具屍首；胸脅、肚腹、胳膊全中彈而死去的雷一炮，後腦中槍後，從瓦面滾落到屍堆裏的曾常和，彈粒洞穿大股、失血過多死去的魏小眼，被土匪單刀劈裂腦門的胡大侃，面貌模糊、滿身血餅、僅憑半邊臉上硃沙痣認出來的倪金揚，……那些在長途上豪飲過、哀笑過、咒罵過北洋官府，談過扒心話的人臉，就都在一場噩夢般的黑夜中飄落了。民軍們拆下瓦房裏的窗櫺和門扇，把他們移放在一起，輪換著抬往南興村去，石二矮子跟大狗熊兩個，一路上罵罵咧咧的跺著腳長嚎……。

這一切，如今都已成爲過去了。

天黑前，自己帶著向老三、石二矮子、大狗熊、王大貴和另兩個兄弟覓渡奪船，硬闖新設的防線，在迷茫的暮雨裏又頂上一場惡火，這場浴著馬力斯快槍彈雨的惡火，又奪去了那兩位捨死忘生的弟兄。如今，他們染血的屍體，一具由大狗熊和石二矮子輪流揹負著，另一具橫擔在白馬一塊玉的鞍子上，成了另一場噩夢。

「走罷，八爺。」向老三啞著嗓子說：「前頭該摸到鄔家瓦房老地方啦。咱們若不連夜趕，祇怕天亮後，防軍還會出動搜人。」

夜雨無息的飄落著，沒有星夜黑得怕人，整個曠野像一座幽古的墓穴，塞滿了空空茫茫的哀感，纏繞著人心，平素閒不住嘴的石二矮子和大狗熊，竟也破例的緘默起來，不再打嘲謔罵了。

「先把他們埋了吧，向三哥。」關八爺的聲音充滿了咽哽，聽在耳裏，就知他在流淚了。誰說過，男兒有淚不輕灑，皆因未到傷心處，這樣一條生鐵澆成的鐵漢子，半生不知經歷過多少生死？多少血淚？老六合幫被殲，殘餘的弟兄離散，北徐州下大牢，他全沒淌過眼淚。他並非無淚，卻總被熊熊怒火熬乾。但在今夜，他卻將手指插在額髮間擰絞著，淚如潑雨。

他並非單單哭泣死者，而是哀憐著所有被壓伏在整體的悲慘命運下的人們，在東在西在南在北，在此時在此刻，誰知道有多少善良的人們被慘殺？多少樸質的生命被奚凌？新拉起的六合幫就是例子，十六個兄弟一路上推著響鹽車淌下來，每個人生命背影都塗著同一種灰沉沉的顏色，就像寒冬時日殘陽沒土後的黃昏色，逐漸黯淡，祇剩下幾張熟臉，看光景也難扯得回那一輪落日的了。——幾個人就算都長著三頭六臂，還能熬得過幾場惡火呢?!

幾個人沒說什麼話，誰都想吐句安慰話，但都開不得口。向老三摸著一處地方，找出攮子來挖坑刨土，王大貴也在白馬背上抱下那具屍身。

「這邊也得刨過，」大狗熊悶聲說：「坑得朝深處刨，免得犯了天狗星，讓野狗來作踐他們，春天地氣上升，屍味重，積土不堆得厚實些可不行。」

「算啦，你摸到那邊挖罷，」王大貴說：「讓他倆靠在一堆，做鬼也不悶寂不好嗎？」

「嗨，這兒是啥地方？」石二矮子嘆息著，沒頭沒腦的：「日後怕再難認出他們的墳頭了。誰還能活到太平年月呢？」

「我說，幾位哥兒們，我關東山有幾句沒輕重的話，要在今夜跟幾位明說。」關八爺跳起身來說：「在產地拉腿子，承諸位生的、死的兄弟抬愛，讓我領這幫腿子。誰知我關八無能到這步田地，雖說把鹽給運到地頭了，但卻坑害了這許多兄弟，風吹大海千層浪，浪浪相催，……我既護不了諸位，反使諸位因跟著我白受牽連，實在於心不忍，……等這兩位兄弟入土，咱們散了罷。算我關八是個罪人，也請諸位甭再掛心我關八生死了！」

「散了?!您說咱們就這麼散了？」石二矮子跳起身叫說：「八爺，我們恁情跟您死在一個坑裏，——至死不散！」

「咱們散不了，八爺。」向老三停住手，緩緩地說：「兄弟們葬身郊野，屍骨沒寒，咱們不替死人報仇解怨，親摘朱四判官人頭，那還算得人麼？」

「我不知八爺爲何要說出這樣話來。」大狗熊說：「你一向不是這樣，今夜準是有鬼在作祟了。您再想想吧，咱們誰都不是貪生畏死的人，俗說，一隻筷子易折，一把筷子堅牢。您就是闖龍潭，探虎穴，總得要幾個幫手，不是嗎？」

王大貴沒吭聲，卻猛可的雙手捧著臉啜泣起來。

夜朝深處走，風勢轉猛了，雨絲是一面遮天蓋地的冰網，網著早春時日刻骨的奇寒；大夥兒說著話，關八爺沉默的聽著，經過一段寂寞，他才又說：「你們都是有家有室，有牽有掛的人，我當然不能強著幾位生，強著幾位死，鹽市也不知怎樣結局，危難還在後頭，我關東山半生闖蕩，生死像陣輕煙，而你們，實在全該……活到……太……平……年。我說，還是散了的好，有你們在身邊，我反而不能爽快幹事。」

「您打算獨自對付朱四判官？八爺。」石二矮子說：「天下有這等便宜事？要剮要殺，全該我石二矮子剮殺頭一刀，要是您有危難，我要挺身替你擋槍子兒。」

關八爺啞然的踟躕良久，苦笑著搖搖頭說：「好兄弟，我此刻的心情實在難以解說，我不知怎的，忽然想到不要逼殺朱四判官，我要單獨找他談談；祇要他能稍加悔悟，能幫鹽市一把力，共抗江防軍這場猛攻，也就……罷了！人麼，總得放條生路，容他有個退步。」

「不成！八爺。」大狗熊說：「明明白白，朱四判官決不是能放下屠刀，立地成佛的那種人，他一心要把咱們趕盡殺絕，哪還會聽您的言語?!——你就變成一尊佛，活活的去度化他，他兩隻賊眼也祇看著你的金心銀膽，你若單獨去找他，那準是白貼一條命罷了。」

「嗨，」關八爺沉沉深嘆著：「可是我總覺得，與其拚著一條命去殺一個人，總不如捨著一條命去度化一個人。要是我挺身束手讓他去殺，也許能度化得了他。假如四判官伸手救鹽市，能解得萬民之危，這七八個兄弟也許會不計較慘死的私仇了……說起來也真顛倒，連我也不知怎會有這種想法，今夜說來可真有幾分禪意了。」

「無論八爺您怎樣打算，」向老三說：「咱們都得跟著您，咱們的主意，是早就打定了的！」

一具屍身塞進新刨出的坑裏去，王大貴開始撥土。亂世裏的生離死別也就是這樣的了。摸黑埋葬了兩個飲彈的兄弟，幾個人又冒著黑夜和寒雨摸上了路，幽靈般的走著，除了白馬一塊玉偶爾發出的短促的噴鼻聲，再也聽不見任何聲息了。……一行人朝前摸著走，天黑得看不見路影兒，地面潮濕柔軟並不泥濘，他們用腳步踩過了看不見的春天。

平靜而傷感的思緒，一直在關八爺心裏縈迴著，他必得從其中找出個決定來；思緒在游動，彷彿未來的日子也如同眼前的暗夜，摸不著一絲光亮。

江防軍北調的消息傳至大湖澤，不由領民軍的彭老漢不替鹽市未來的命運暗捏一把汗，小鬍子一旅人沿河佈防後，硬把南北呼應之勢給切斷了。依目前情勢來看，民軍並不是闖不開防線，但不計死傷闖過去，準也陷進江防軍事先佈妥的陷阱，真要解得鹽市的危局，祇有兩條路可走，一是設法解決掉朱四判官那幫人，使他們不再跟北洋軍勾結，拖鹽市的後腿；一是自己北赴萬家樓、柴家堡那一帶，說動北地的大族大戶，結伙拉出民槍來，和鹽市捲在一起共抗江防軍的大舉攻撲。

祇要能苦苦撐持過這一場火，相信北地半邊天都會形成野火燎原的態勢，到那時，就算他孫傳芳再調大軍北上，也壓不住火勢的了。……真能憑自己這腔熱血這番心意，把這兩宗事辦妥，我關八死也該瞑目了。人，終竟是血肉之身，能力有限，爲解公憤，就難以顧得私仇，查訪毒陷羅老大的萬家樓內奸，打聽愛姑下落，爲小餛飩踩著陰險的毛六，這些事祇有暫時收拾起來放在一邊，看機緣再說了。

「八爺。」石二矮子的叫聲打斷了他的思緒：「雨又像大了些，大襖全濕透了，寒氣攻心，四肢麻木；這樣不辨東西黑摸下去，準會迷路的。」

「總得巴著個村舍，弄盆柴火烤烤才好。能摸回小陸家溝就好了。」大狗熊說：「這樣摸下去，鐵打的金剛也熬受不了。」

關八爺的聲音在黑裏飄來：「我何嘗不想著一堆旺火，一餐熱燙的飯食，一張暖暖的草舖來著?!但則咱們如今是在鬼門關口兒上，若想早些活著回到鹽市，必得要晝伏夜行不可。朱四判官如今好像百足之蟲，死而未僵，雖說在鄔家渡口受了點兒挫折，但他手下至少還有著七八百人槍，再加上防軍游騎，這塊地上寸步都關乎生死。咱們來時還有十七桿槍，如今三停去了兩停，萬一被他們踩住，那就很難活得出了……」

「八爺說的對，」向老三凍得話音抖索著：「咱們勢必要死撐著連夜趕路不可，來時推著鹽車快不得，回程空著兩手，不幾夜就巴得著鹽市啦！」

他們寂寂的走下去，沒有停留。

人，處身在危難之中，往往連一餐熱飯，一盆旺火，一方草舖，都和自己相隔得很遠很遠……

在江防軍軟困中的鹽市，仍然安祥的屹立著，沒有什麼能困得住春天的綠意；大王廟的空場子前，高大的銀杏樹在春雨洗濯中迸裂了苞芽，吐放出一簇簇透明的麗亮的新葉，荷花塘周近的垂楊也都抽垂了鵝黃帶綠的新條，各種叢生的灌木，初甦的野草，妝點著一野的春色，解凍的運鹽河孕一河飽飽的春水，悠悠漾漾的鼓湧奔流……

鹽市的街道上，仍然喧嘩如昔，交易如常，並無一絲驚恐的跡象；江防軍所謂軟困鹽市，也祇是在隔河拉起一面哨網而已，事實上，整個縣城的米糧雜物，大部份全靠北地運來，而鹽市正是北地貨物流入縣城的咽喉，若是鹽市也來它一個反困，受驚受恐的倒該是縣城了。

「祇要江防軍不籠絡土匪貼咱們脊背，鹽市就能挺得住。——朱四判官是一帖爛膏藥。」人們都這樣談說著，也都這樣憂慮著。

但自鄔家渡口那場拚鬥之後，朱四判官像是消聲匿跡了；有人說他遠退至萬家樓北的四十里荒蕩去了，有人說仍有一些散股盤踞在鄭家大窪，沒有人確知朱四判官本人匿在那裏。這正是關八爺竭耗心神要找出來的。那夜悄悄的帶著四個弟兄回鹽市，就一直沒在街頭露過臉；窩心腿方勝來拜望他，提起剮殺毛六的事。

「我說八爺，我盼望這著棋沒走岔步兒，」方勝說：「除掉那夜在場的幾個人，沒有外人知道我已經把那惡賊交給小餛飩活剮掉。我對外放話，祇是說姓冒的把六千大洋騙到鹽市來了，您知道，那筆錢原是朱四判官該得的，這就叫做活鉤釣魚，那六千大洋是魚餌。」

「您幹得好，」關八爺說：「朱四判官雖不至於怎樣動火，但叫他平白把這六千大洋送給鹽市，祇怕他也沒有這個雅量。」

「我這是存心引他上鉤，」方勝說：「我看透了朱四判官那傢伙的心，——他眼裏祇有你關八爺，並沒把鹽市放在眼下。也許他會錯當您還沒回來，帶著一小股人潛進鹽市來謀奪那筆錢，這就是我求您不要露面的原因，您一露面，他就……」

關八爺苦笑著，感慨的說：「方爺，您把我看得這麼重法兒了，朱四判官若是怕我，他會纏著我，傷害了六合幫八個兄弟？……您若能引他進鹽市，我倒想單獨會一會他，我要盡力去度化這個惡匪。」

「您說『度化』?!我的八爺！」方勝訝然了。

關八爺閉上眼，點點頭，緩緩的應了個嗯字。

而方勝卻搖起頭來。

「這未免太心慈，太過份了，八爺。」他說：「八爺，我這人也正一付直心腸，喞不住心底的話，一時急起來就衝口而出。……我不配批斷八爺您的不是，您該曉得，咱們師徒幾個全都崇敬您。我方勝做事，黑白分明，對於這幫奸惡的傢伙，一向是毫不留情，尤獨像朱四判官這種惡匪，該捉住就殺，千萬留不得他；我不知您怎會想到『度化』？」

「您覺得錢九如何？」關八爺反問說：「當初咱們若是殺錢九，不也就殺了?!」

「這個……這……個……」

一想到關八爺釋放匪首錢九的事，窩心腿方勝就感動得滿眼盈淚，透過薄薄的晶瑩的淚光去看關八爺那張臉。方勝就覺得一別數月，豪氣干雲的關八爺似乎有了很多變化，他那張紅塗塗的有稜有角的臉，經過長途風雪和一場接一場生死相啣、間不容髮的搏殺，更顯得蒼老而憔悴。六合幫大部份弟兄的慘死，使他昂昂眉宇間流露出一份戚容和不可言宣的哀傷的黯影，那些神情混合起來，給人一種深沉的撞擊，他不能懂得對方內心蘊含有多麼深，他究竟想怎樣？要怎樣？但他那樣的不計後果開釋錢九，確是常人做不出的豪舉，如今錢九早已不是當初的錢九，關八爺那一舉，使他脫胎換骨變成一個新人……

「朱四判官雖兇雖惡，但他性情直而不奸，粗而不詐，」關八爺沉吟說：「我再三思量過，一個人爲匪作歹也並非天生的；固然他逞兇施暴，害了六合幫的八位兄弟，但若能度化得了他，使他不跟北洋軍勾結，保住鹽市，我想我寧願力勸向老三他們，忘卻……私……仇……」

「八爺，您這番苦心，我方勝算是佩服到頂了，祇怕想說服朱四判官，實在很難。」方勝說：「我這就得把誘擒四判官的法子說給您聽聽，當然無須您親自出面，祇要您暗裏拿主意就成了……您知道鹽市上人跟北地風俗一樣，每年都有幾次廟會……」

「哦，」關八爺說：「您是想藉行廟會，把朱四判官誘進鹽市來？」

方勝點點頭說：「正是這個意思。」

「嘿嘿嘿，我說方爺，」在外間的石二矮子一路笑進來說：「您這主意想對了，——那朱四判官專愛玩這套把戲，上回在萬家樓，他可不也是藉萬家各族行賽會的時刻闖進人窩的麼？……您祇要一行廟會，四判官準到。」

「矮鬼，你可甭幸災樂禍抱那歪心眼兒，」大狗熊跟過來罵說：「四判官真趁著廟會闖進人窩來，可沒什麼熱鬧好給你瞧的！八爺他清楚，上回在萬家樓，若不是咱們拚命出手，差點兒連鍋砸掉，——我說方爺，這主意行不得，萬一他帶一撥土匪混進來，再來一個暗打明，那可夠瞧的。」

「你們先甭打岔，讓咱們聽聽方爺怎麼個打算？」向老三正經地說：「咱們是上一回當，學一回乖，這回當然得把算盤撥準，不會再吃那種虧了。」

「依我的打算，咱們決不致吃虧，」方勝說：「眼下就快到三月十九，鹽市有個太陽會，再過去，四月初一，鹽市西的天齊廟還有個天齊會，這都是極隆重的廟會。咱們在起會前，先得把一撥人槍放在河堆上阻住江防軍，另把一撥人夾在廟會的扮會人群裏，再把各處扮會人全都戴上一種暗號，朱四判官那撥人，定也扮成一堂會混進來，到那時，見他們沒戴暗號，咱們就每三個人不動聲色的軟貼他一個，不容他有亮槍的機會就把他們貼倒，……八爺您說，這主意可行得？」

「嗯，……嗯……」關八爺思量著說：「不錯，方爺，咱們若能事先把耳線、眼線、出會的方式全都細心計算好，拉下一面天羅地網來，那祇怕朱四判官不來罷了！不過，當著幾個兄弟的面，我得有句話說在前頭，——萬一朱四判官進鹽市，這人得交給我關八一個人對付，幾位千萬不能先報私仇！等我辦完這宗事，我得單獨去一趟萬家樓，去說服他們拉起槍隊來替鹽市撐腰，鹽市若能得到他們伸出援手，江防軍也就不足畏了！」

「誰敢不聽您的吩咐來著？八爺。」石二矮子紅著眼圈兒，無可奈何的攤開兩手說：「但您總得想想咱們的心意，雷一炮他們的屍骨沒寒，咱們一心全是血餅兒，您總得讓咱們多殺幾個土匪解解憤，不能叫咱們袖著兩手。」

「嗨，」關八爺長嘆一聲說：「向老哥，你就帶著他們三個去幫方爺的忙，聽方爺安排去罷！」

眼看著窩心腿方勝帶著四個弟兄遠去了，關八爺兩眼不禁有些一時找不出因由的潮濕，把一腔豪情義氣化落在舉目無盡的曠野蒼生的頭上，不由人不生出一分哀感。

自鳴鐘的金色擺錘的的噠噠的晃動著，時辰淌過去，它淌過去一分一寸都滴落有斑斑血跡，往昔的日子總是不堪回首的了，……浪跡在海一般廣大的血淚江湖上，看過多少不平與冤抑，見過多少絕望的掙扎與痛傷，石二矮子這直性人說的不錯，——總不能袖手！也正因這樣，自己便也陷身在一片血海裏，有了輪轉不休的恩仇。卸不了脫不掉的恩仇像把鎖，將人與人鎖結成一串連環。

即使不作意氣之爭，也得用鮮血來塗染歲月，塗得人眼前和身後一片殷紅，救世不成，到頭來也許變成害世了。自己總參不透這些，祇覺得應該多度化，少殺戮；這回若遇上朱四判官，寧可犧牲自己去換回他一點人性裏的原有的仁心。而這日子眼看著就要來了……萬一我關八死在朱四判官手裏，羅老大，秦老爹，雷一炮以及屈死的兄弟們，你們不要怨我關八沒能爲你們伸報冤仇，撫孤慰寡，鹽市上近萬人的命運，更重過你們已成定局的慘遇，我祇好先這樣默禱著了。

一張張起廟會的帖子不但貼遍了鹽市，也貼遍了鹽市以北，隔著運鹽河的各處鄉野，這些帖子張到哪兒，哪兒就起了喧嘩的搖動，人們不能不懷著驚奇、憂心、關切和輕恐，紛紛議論著這回事。

不錯，在往年，鹽市上規模盛大的太陽會和天齊會起時會，鹽市以北幾十里的各村各鎮都要拉出玩會的班子，鑼鼓喧天的趕去迎神，出會那天，幾十個會班子麇聚東郊曠野上，順序經過幾里長的大街，到福昌棧後土崗的鬼神壇去焚香拜神。但在今年情勢不同，誰都料著江防軍即將大舉攻撲，都錯以爲處在風聲鶴唳中的鹽市一定沒有那份心腸起會，誰知起會帖子竟然一張一張的貼出來了，難怪人們驚異之餘，議論紛紛了。

「也除得關八爺有這種膽子，竟敢在江防軍跟土匪的牙縫裏打滾，」有人說：「假如江防軍跟土匪趁著起廟會的時刻夾攻鹽市，那怎麼得了？」

「誰都曉得，關八爺根本不在鹽市，」有人抬槓說：「他要是真在鹽市，也許就不會主張鹽市起會了。」

「敬神總是好的，神佛總會默佑著鹽市的吧。」

就這樣，各鄉鎭的會班子還是鳴鑼聚眾，紛紛練起會來，同時派出會首去鹽市抽籤（排定出會行列的前後順序），各處整天都聽得見練會的鑼鼓聲。

離出會的日期愈來愈近了……

鹽市的東郊設起一座座綿延數里的香棚來，每座香棚前都設著迎神的長案，古磁香爐裏晝夜不息的燃著長香，懸掛在棚架上的香燭紙馬、保命符，幸福符、各類經文善本，在長香騰起的煙篆中飄動著，轉暖的柔風和春三月的艷陽，使大氣中滿漾著穆穆的氣氛。而鹽市上領頭會的會班子，也早在勤練著了。

「瞧罷，怕也祇有湯六刮湯爺有這樣的神力，能練得多年沒人拿得動的金錢傘！」

這種讚嘆一點兒也不誇張，這一把七十四斤重的金錢大傘，確有許多年沒人耍得了，實在說，一般沒有點兒武功根底的漢子，即使生得粗壯紮實，也難拿得穩這把巨傘；這把傘的傘柄是酒盞粗細的生鐵鑄成的，幾十支傘骨全是姆指粗細的百煉鋼條，傘面是由幾千隻川銅的大銅錢綴成的，撐開後，無數閃閃燦燦的金錢疊著金錢，映日生輝，光芒耀眼。尤當湯六刮精赤著肩膊，扭動著青筋盤錯肉球滾凸的臂膀耍旋巨傘時，在陽光之下，每隻經過擦拭的金錢全都迴耀著懾人的金色光彩。

耍傘的人若祇是雙手舉著傘，在賽會的行列前端開道，並不很難，若想單手拿著傘柄，運動自如，前後飛翻，耍出各種花樣來，那可就難上加難了。

湯六刮真是身手不凡，他精赤著膊，腰間繫著黃絲，渾身肌肉滾凸著，輕鬆寫意的單手舉傘，隨著喧天的鑼鼓敲打出來的急驟節拍踩著花步，反覆旋移著傘柄，使傘面飛也似的旋舞起來，但見無數金錢咬拍著金錢，使叮叮的聲響從金光閃燦中迸射出來，引起陣陣的采聲。

「嘿，廟裏今天就放長頭夫人了！」

「快把孩子叫回家，見著這晦氣鬼會生災的！」

依照往俗，捉拿倒楣鬼長頭夫人，是廟會節目裏最精采的好戲；傳說長頭夫人是天界的晦氣星（**彗星，又稱掃帚星，民間習以為不祥**），她常扮爲披髮的女子，下界來撒大瘟，使民間年成荒旱，顆粒無收，而且被困於瘟疫；說這個由長頭夫人化身的女子，總愛在春天下凡，興風作浪，所以人們就根據傳聞扮演這個節目，希望藉著神的力量把她捉住押送回天界去。

通常是在會期前三天，就要選出一個最機警、最有急智的漢子，戴上假髮，裝扮成長頭夫人，放逐到野處去；長頭夫人的扮像完全根據著古老的傳說，又可怖又慘淒，頭上亂髮披垂，飄飄盪盪的遮住臉面，那張常爲亂髮所蔽的鬼臉著實驚人，塗著一層厚厚的白粉，畫上一道掃帚眉，一些帶黑圈的豬婆眼，血盆大嘴裏，拖出一隻紅紅的假舌頭，一直垂至胸窩；她身上穿著一件寬大的白孝服，肩上披著一方粗蔴布，手裏拖著一根紙紮的亂穗蓬蓬的哭喪棒，頸間還繫一串紙錢串成的喪環，望在人眼裏，有一種陰風慘慘的感覺。

長頭夫人放出去，一共有三天的日子，這三天，她可以任意選地方躲藏；鄉野的人們會規戒孩子，這期間不能出門，據說誰若看見這個在曠野穿行的長頭夫人，誰家就主楣運，不是生大瘟就得鬧眼病。不過，長頭夫人放出去一晝夜之後，扮演捉拿她的八個神將，加上城隍土地，陰司裏的黑白無常、牛頭馬面、耍馬叉的鬼使，就得費盡心機，判斷她可能隱匿的地方，帶著繩索、板子、鍊子和枷鎖，提著廟會用的馬叉、刀、槍、分頭去捉拿她了。

今年的這個長頭夫人被神將們追逐著，從大廟門口飛奔出來，直朝沿河的碼頭奔去，她的面孔被長髮遮住，誰也猜不出扮演者是誰？祇覺得她的身材有些滑稽可笑；因爲往年扮演長頭夫人的漢子，大都選用高瘦的人，而今年卻破例選了個矮冬瓜，又矮又胖，走起路來擺呀擺的像一隻跛了腿的鴨子，也許替他化妝的人覺得他氣派不夠，份外替他糊了一頂三尺高的尖頂圓筒帽子，帽後畫著鬼頭，帽前寫著「長頭夫人」四個大字。

這個扮演長頭夫人的傢伙，正是石二矮子。

石二矮子不會轉彎抹角動腦筋，一干兄弟們的慘死，使他怒火沖天；原想俟機捨命搏殺匪首朱四判官，替關八爺分憂，也替死去的兄弟報仇的，誰知關八爺突然又改了主意，硬要對朱四判官大施慈悲。他說話像板上釘釘，誰也搖不動他，既殺不得朱四判官，祇好殺幾個小號土匪洩憤了；扮長頭夫人，正好先過河去探聽探聽土匪的動靜，在這場盛大的殺機重重的廟會裏，總要搶著露一露身手才好。

臨行前，關八爺和窩心腿方勝分別指點過他鹽河以北一帶的地形地勢、村落散佈的情況、各處要道和荒涼的墳場所在；扮演長頭夫人是假，打探消息是真，沿河碼頭邊，早有一隻方頭渡船在日夜守候著，聽他的暗號行事，俾便隨時接應他渡河了。

過了河，他在荒曠無人的麥田裏踽踽獨行著，一面打量四野的形勢。他寬大的孝服中間，使幾束草繩兒胡亂的繫紮著，胸口揣帶著乾糧、水鱉和麥餅，脅下還挾著一壺偷灌來的老酒。他一向在大狗熊面前誇稱他的膽子大，不怕趕夜路，不怕鬼火和攔路撲人的鬼旋風。大狗熊卻存心嚇他說：「瞧吧，矮鬼，你他娘扮假鬼，夜晚孤伶伶的宿在荒墳頭上，亂葬坑裏，不定會他娘的引出真鬼來跟你敘敘交情……」

石二矮子放眼望出去，滿眼是起浪的麥田，綠海般的鋪展到天邊去，有些早種的孔麥和大麥都已經垂穗兒了，有些小麥剛吐芒，望上去白汪汪的，路上不見人蹤，祇有黑羽白頸的烏鴉，蹲在荒墳頭上撲搧著翅膀，哇呀哇的，鬼嚎一般的叫著；那聲音又怪異，又隱含著不祥的兆示。我的乖乖，石二矮子心裏話：鹽市北的野地竟這等荒法兒，墳頭多過人頭，白天也許不覺著怎樣，夜晚一個人露宿，真他媽的嚇死人。

大狗熊的一句玩笑話，竟像酵粉似的在人心裏發起酵來，使石二矮子禁不住要探手到脅間去摸酒，一邊喃喃的跟酒壺說：「你他媽就是我的南無大慈大悲救苦救難的觀世音菩薩，夜晚老子猛喝它半壺酒，醉得死死的像他媽一灘泥，就真有鬼，老子也不怕了！」

說著，他舐舐舌頭，嚥了一口口水，自打那回因酒受罰之後，有很久都酒不沾唇了，滿肚子酒蟲都餓扁了他的娘了！一想到老酒的滋味，心裏就不打一處發癢，恨不得馬上就取出壺來狠喝它一陣。繼而又一想：不成！假如一離鹽市，馬上就喝醉了酒，一定會很快被那些神將捉住，送回大廟去。

按廟會的老例子，捉住了的長頭夫人，得要被上上鎖，囚在一隻四尺高、三尺見方的木籠子裏，站著嫌不夠高，坐著嫌不夠寬，而且頸上還得套上一面廿四斤重的紅漆枷板，那豈不是活受洋罪？誰願去扮那種馬猴去?!再說，酒能誤事，非到緊要關頭，還是不喝為妙。

石二矮子揀荒走，風把他齊胸的假髮吹得飄飄的，在腦後一絲一綹的飛舞著，他頂上的高帽兒晃晃盪盪，一聳一聳的，把野田裏偷穀的鳥蟲都嚇飛了，一路上也遇上幾個看田的人，遠遠見著他，驚叫一聲：「長頭夫人……來……了……」就都拔腿飛奔掉了。

遠遠的村落上有人在練會，鑼鼓聲隱約可聞。

石二矮子走了大半天，估量著離開鹽市斜向西北角，至少走下十來里路程，即使明晨那些神將和鬼卒都分頭出動來捉自己，也不見得被他們輕易捉住了，這才定下心來放慢腳步，一面走，一面想找個地方歇息。

眼前橫著一條清淺的、林木夾岸的流溪，溪兩岸散生著叢叢灌木林莽，高雖不甚高，卻也能擋得住人頭；灌木叢南邊，有一塊狹長的油菜田，油菜花開得金糊糊的一片；油菜田再過去是一座墳場，大得白天也有些鬼氣；離墳場不遠，小荒路像一條淡色的蚯蚓順溪蜿蜒著，路口有座由一隻缺口破瓦缸蓋成的小土地廟，廟後翹起一隻尾巴似的紅漆小旗桿，旗桿上還有一盞久經風吹雨打，紙面已經破爛不堪的小燈籠。

「嘿，小廟裝不得大菩薩，」石二矮子自言自語的說：「待老子先過去跟土地爺叩三個恭恭敬敬的響頭，今夜就他媽睡在朽木棺材裏，小鬼瞧著土地爺的面子，也不該爲難我姓石的了。」說著，就搖搖晃晃的走過去，趴在破瓦缸的缺口前面朝裏面張望。

瓦缸頂上也有個破窟窿，一塊金石子似的陽光斜射進來，照亮了缸裏的頹圮景象，那個土地爺祇有五寸高，一身衣袍積滿塵土，早就破爛了，翹著幾莖白鬍子，一臉苦相，活像跟誰嘔氣似的；他身邊坐著個木頭木腦的土地婆婆，一隻手扶著龍頭枴杖，一隻手朝空伸著，一股窮酸乞討的樣兒，不知是誰發了善心，在她手裏塞進一條已經發了霉的紅薯乾兒。土地爺老夫妻倆的面前，兩塊青磚疊成個神案，神案上也放有一隻紅泥小香爐，兩隻紅薯刻成的燭台，可惜爐裏不見香煙，燭台上也沒有紅蠟，可見這對老夫妻也餓飯餓了很久了。

「土地公公，土地婆婆，兩位在上，」石二矮子說：「我他媽石二矮子在下，我扮長頭夫人路經貴地，今夜或許在您管轄的鬼窩裏露宿，一時沒帶香燭，容我叩響頭三個，聊表寸心，還請多多幫忙，不要放縱那些小鬼拖我腿就是了！」

石二矮子抹掉高筒帽子放在一邊，正要彎腰叩頭，忽然想起一宗使人動疑的事兒來了。對呀，人說莊莊有土地，鎮鎮有城隍，但凡土地廟都必蓋在村莊左近，沒有單單蓋在荒地上的，怪不得這位土地爺沒有香火供奉，原來這附近沒見著村子。

爲了探究這事，石二矮子不忙著叩頭了，抓起高筒帽兒匿到樹林背後去四處張望。他望見溪上橫著一座略顯得歪斜的小木橋，曲折的小路通向一圈兒高大濃密的樹叢裏去，也許在樹叢圍繞中，會有一個孤單的小村子，樹叢太濃密了，根本看不見屋頂。

「這村上人太吝了，連土地公婆全餵不飽！」石二矮子自語著。這時候，他忽然聽見樹叢裏面隨風刮過來一陣陣群馬嘶鳴。馬嘶把石二矮子像冷水澆頭般的弄醒了，心想：這麼孤單的小村子哪會拴養這麼多的馬匹來著？

「個狗娘養的！」他轉動眼珠罵說：「原來朱四判官這雜種的老巢安在這兒了！」

他怕被放風的匪哨瞧見，便沿著灌木叢爬開，爬過那塊狹長的油菜地，爬到荒冷的蔓草叢生的墳場裏去，找塊草窩坐下來，取食乾糧和麥餅。天色將近黃昏時了，他盤算著，在天色落黑後，殘月未升前那段時刻，親身爬到溪那邊的樹叢裏去，探聽探聽那窩土匪在弄些什麼玄虛？

當然，爲了壯膽子，他理直氣壯的喝光了那瓶偷帶出來的酒，然後便暈糊糊的閉上了眼，當他再醒來時，出山的已不是今夜的月亮，而是二天的太陽。

「糟！糟！」他罵說：「這瓶酒又害了人了！原來自稱海量的石二矮子，竟他媽這等膿包?!」

喝，那邊的鑼鼓打得很急，不等誰去探聽，他們竟明目張膽的一路敲打出來了！至少有幾十匹馬拉成的馬隊，旁的地方不去，竟像有小鬼領路似的，直衝著亂塚堆奔過來。馬背上坐著的全是鬼，全是鬼！全是化妝成妖魔怪狀的傢伙！我他媽姓石的要是叫他們瞧見，就是塊石頭也該被他們敲散了。

石二矮子眼一斜，瞧見那邊有一處露出棺材的荒墳，便急忙爬過去，晃斷蓋板上的銹釘，一頭鑽進去了。馬蹄聲漸漸逼近，像打鼓一般的繞著亂塚轉了一圈兒，突然在亂塚當中停住了。

石二矮子把棺蓋掀開一條窄縫，瞇著眼望過去，祇見一個穿著長衫的人被一群化了妝的鬼圍住，更有一支黑黑的匣槍抵在那人的後腰上。

朱四判官真他媽夠貪夠辣的，石二矮子想：他既打算扮成會班子闖進鹽市去奪回那六千大洋，又趁這點空兒在這兒綁票，真是棺材裏伸手——死要錢了。

「張會頭，四爺我有話跟你說。」一個扮紅臉判官的傢伙說話了，從話裏表明他就是朱四判官。

「四爺……有話您儘管吩咐就是了……」那人聲音有些僵涼，臉色也嚇得灰敗如土：「我張福壽哪敢不聽您的，祇求您……」

「嗯，我問你，張福壽，」朱四判官獰笑說：「你究竟是要死？還是要活？」

「四爺……四爺……四爺您千萬開恩，」那人撲地一聲，直直的跪了下去，叩著頭說：「可憐我家裏還有一窩老小，我求您指點我一條生路。」

「明天就是鹽市太陽會的會期了，」朱四判官說：「鹽市上不知是誰想出的歹法兒，想騙四爺我去上當，他們先把你們這幫作會頭的找去商議，串通了謀算我一個人，——你們一共廿二班會，每會都戴上暗號，咱們即使冒充玩會的人，一進去也像飛蛾投網不是？嘿嘿嘿，誰想我朱四判官決不是愛上當的人，對罷？」

「四爺，」張福壽又叩頭說：「這些我都已跟您說明了，若敢有一字瞞您，您把我頭上打八個窟窿也不多。祇求您開恩……」

「好罷，我一向不喜歡過份難爲人，」朱四判官說：「你要是想活，你就領著咱們這個班子進鹽市去，就說是張家村的會班子，咱們活著出來，立即就放你；你若是走漏風聲，那就先殺你，你答應了，就是生路。」

「我……我……我答應。」

「上……馬，」朱四判官喊說：「從小渡口進鹽市，馬匹寄在祝家莊，今夜落宿高昇店，明早起會時，咱們排在李家莊花船隊的後頭……」

一直等到馬群去遠了，扮長頭夫人的石二矮子才敢從爛棺材裏爬出來，猶自伸著舌頭。

「乖乖隆的東！」他自語說：「怨不得連關八爺那種好漢子遇著他也會吃癟，原來四判官的腦袋長有螺旋紋路，他奶奶的，他會先捉一個會頭來敲出鹽市的底細，若不是我石二矮子親眼見著，差點被這隻老狐狸鬥贏了這一著兒了……」

他不能再停留。

他必得趕回鹽市去，把這消息帶給方勝。明天可不就是三月十九會期了。

喧嘩聲浪傳著……

初升的太陽暖暖黃黃的照在賽會場上。

廣大的賽會場幾乎被上萬的人群擠滿了，鹽市所舉行的迎神賽會，場面之大，花樣之多，可又比萬家樓賽會喧赫多多了。廿二個會班子，整整齊齊的排在廣場中間，每一班會，不算鑼鼓手和樂器手，總也有五、六十個人，扮鬼的、扮神的、扮蚌精、扮釣翁、扮擔手、扮綵女、扮飛禽走獸的，可以說應有盡有。看會的人群會指出這是南天門八帥，那是醉八仙，這是姜子牙，那是五閻羅，這是鬼王，那是鬼卒，這是馬面，那是牛頭，這是腳踏風火二輪的哪吒三太子，那是架鷹牽獒的灌口二郎神……但等各班的鑼鼓聲和樂聲一響，人們圈著手喊叫也聽不見了。

風把廣場前十二面神旛吹刮得拍刺刺的響，真像是半空舞動著十二條長過一丈的巨大的蜈蚣，場前正中安放著一隻千斤鐵鼎，鼎心滿燒著檀香塊兒，火焰冒有三四尺高，使周圍瀰滿沉檀的香味。鑼鼓聲升騰上去，頂動了天頂上的雲塊不斷飛翻。

「起——會！」一個披紅袈裟的僧侶高喊著。

廣場中的方陣變成了逐漸伸展的長蛇，這長蛇游過香棚，游過臨時架設的攤市，一直游進鹽市的大街。大街兩邊，家家戶戶的門全是大敞著的，門前設著香案，簷下懸著拖地的龍鞭，會班子經過哪兒，哪兒就響起震耳的鞭炮聲……

各會的最先頭，由鐵扇子湯六刮嘩嘩的耍動那把金錢傘開道，後面跟著兩排分披著紅黑兩色袈裟的和尚托著缽，宣誦著經文。

「嗨，真想不到，這種兵荒馬亂的時刻，今年的廟會比往年更要熱鬧。」一位掛念珠的老太太扶著枴杖說：「阿彌陀佛神開眼，保佑鹽市罷……」

「甭光顧著念佛，老太太，」一個紅臉的漢子彎下腰，靠著她耳朵說：「今年不光是爲迎神才行賽會的，等會就要生岔事，槍子兒呼呼不長眼，有動靜時，妳得快些退進屋裏去……」

「今年的會雖很熱鬧，」一個小夥子說：「祇可惜差一樣——沒有閨女出來跟咱們唱鴦鴛和（**一種男女對口唱的情歌**）啦！」

「算啦，老弟，……三月十九太陽會，老袁家的閨女跑一對，那種日子早過去啦，如今是什麼年頭？」一個嘆著說：「你若想調情，等這場火打完，不死再說罷。」

小夥子紅著臉溜掉了。

事實上，每年舉行廟會的時刻，也正是鹽市上青年男女談情的好時光，冶蕩的春風吹拂著，鑼鼓聲那樣激奮，弦樂和管樂聲又那樣柔媚，看廟的閨女們一個個打扮得那麼鮮艷，像一粒粒成熟的紅果子，確使小夥子們動情，傳說在十多年前的廟會上，有個開酒坊的老袁，他的兩個閨女就是在一夜之間跟兩個外鄉小夥子私奔了的，所以人們才把它當成一句俗語。但今年行廟會的前夜，鹽市各戶都接到保甲轉來的通知，大家心裏都有了戒懼，閨女們看廟會都不離宅門，再也難見往昔那樣的情調了。

紅臉的漢子隱進大王廟側的一座宅院裏去。賽會行列緩緩的流淌著。

托鉢僧的後面，跟來了廿四個童男、廿四個童女，童男挽著雙扁角的短辮兒，穿一身藕色綠鑲邊的荷花衣，揹著特製的百花背筐；童女穿著七彩鮮明的綾羅衣裙，腰繫長彩帶，挑著精緻的花籃；背筐和花籃裏面插滿了五顏六色的各類春花，所經之處，陣陣花香沁心肺腑。

緊接著這四十八名童男女，是一班細樂，笙簫管笛交鳴著，樂聲像是柔雨柔雲，飄飄灑灑，童男童女隨著樂聲交叉對舞著，紅裙和綠衣相映，就像是風裏的綠柳戲著桃花……

當街兩側看賽會的人群迷目時，紅臉的漢子業已登上一座臨著大街的敞樓，這樓朝南全是玻璃隔扇拼成的，人朝隔扇邊一坐，就能望得清整條街道。

「您吩咐備辦的事，業已辦妥了，八爺。」說話的是玉興棧的老曹：「您隨時出後門，渡船和馬匹全候在後門外的碼頭上。……方爺立即就到。」

「好，好，」關八爺說：「勞你費心，老曹。」

會班子緩緩移動著，鞭炮炸裂的青色煙霧在人頭上飄游著，鑼鼓聲使屏風格上的玻璃都起了震動，關八爺兩眼一瞬不瞬的注視著每個玩會的人。

玩會的行列正長，眼前來了一班耍花車兒的漢子，一排七輛漆著不同顏色的花車，又靈便又輕巧，每輛花車前面，都有一個十七、八歲，穿著素色衣裙的姑娘使白綾帶兒挽引著花車，推花車的大都是小鹽莊上的苦力，他們一律袒著膊，露出一身紅銅色帶油光的精壯筋肉，下身套著緊身黑褲，蹬著細蔴鞋。

鑼鼓聲細碎而急促，引車的姑娘們急踩著翻花碎步，鳳頭鞋鞋幫上的白色絨花球隨著舞蹈的步伐，顫巍巍的抖索著；她們裊娜的身子東搖西晃，像風裏弱柳的柔條一樣，而推花車的漢子是獷野粗豪的，他們聳動雙肩，扭動手腕，猛烈的踩著急促的跳步，把花車盡情的翻弄著，做出上坡、下坡、過橋、行彎路、過泥濘等等的動作，一面擠眉弄眼的扮出各式挑情的姿態。

「這都是早有預備的，八爺。」老曹說：「他們車底的暗盒裏，全帶妥了短槍和攮子。」

「方爺快來了罷？」

老曹正準備答話，窩心腿方勝已出現在梯口，手扶著欄杆說：「八爺，事情有點兒變化，剛剛石兄弟回來，……」他跨過來，套著關八爺的耳朵說起耳語來。

關八爺聽著，臉色也隨著變化，等方勝說完話，他才搖頭嘆說：「這真是人算不如天算，方爺，若不是石二矮子聽著，咱們祇怕又輸了一著兒了。」

「可不是?!」方勝說：「幸虧消息傳來得早，我業已吩咐底下踩著他們了。」

鑼鼓聲一波過去，一波又響了過來。

花車隊後面是鹽市上獨眼龍耍小驢的，這種外形很滑稽的小驢，是以油紙彩紙和竹枝紮成的，正套在扮成老寡婦的獨眼龍的腰上，紮匠心靈手巧，硬把那隻紙驢紮活了，騙得過人們的眼，遠看過去都爭說那是真驢。那驢的兩耳、頭頸、尾巴和四蹄都裝著靈活的機鈕，獨眼龍祇消挺挺肚皮，翹翹屁股，牠便煞有介事的刨動蹄子，懸空走動起來，配上一隻敲響的木魚，連蹄聲全聽得見了；小紙驢的頭也點著，兩耳和長尾也搖著，直比活驢還要活三分。

獨眼龍耍小驢是鹽市廟會上的一絕，他扮成一個又老又醜、偏又風情撩蕩的寡婦，腦後梳著個柿餅兒髻，臉上搽抹著胭脂粉，眉動眼開的搖著芭蕉扇兒，滿嘴風涼話，顛倒淫冶，配上滑稽得離奇的動作，逗得人手捧肚子笑得直朝地下蹲。

兩個扮成花子頭形狀、翻戴著羊皮帽子的漢子打著叉喇機兒（竹製的響器，四川又稱作「金錢棒兒」），他們一邊把一支竹筒心繫滿銅錢的響器在肩胛和膝頭上不斷敲打，敲迸出一串串有節奏的沙沙聲，一面歪腔歪調的唱著：

「太太噯，
不好了來……了不成啦，
五百銀子紅包沒送到，把咱們

青天大老爺氣得心口疼喲！
前堂上大拍驚堂木
明明有冤也不肯替他申，咱們
青天大老爺……他……他……他……
還口口聲聲要殺……人……」

這樣類似於蓮花落的小曲兒，竟惹得關八爺仰天長嘆起來。俗說爲官不廉民騰怨，像北洋這種靡爛的官府，怎能不使萬民騰怨，戾氣沖天?!假若能捨身化除這些戾氣，把它轉匯成一股抗暴除奸的怒火，那就算萬民有幸了……

「接……神……駕！」一條粗沉宏亮的嗓子吆喝著。

「接……神……駕……啊！」許多條嗓子應和著。

在神駕沒臨之前，氣氛就頓然肅穆起來，鑼鼓聲轉成一種緩慢莊嚴的節奏，穩穩的敲打著，高高敞頂神輿上，端坐一尊威風凜凜的神像，神輿前後，擁著幾十個持著刀槍劍戟，斧棍錘叉的天兵天將；這些神前護駕們一路翻著空心筋斗，並齊齊的發出巨大的吼聲。人們一見著神輿抬來，便忙著焚香燃蠟，屈膝俯首，一行行的跪拜下去。

「二班會快過來了罷?方爺。」關八爺望了望天色，默算著時辰說。

「還早。」方勝說：「等朱四判官離方場，天怕過午了，他們是第廿二班會，正好排在尾巴上，……他們進來後，前面各班會都已撤至鎮外，足夠把鹽市箍緊，假如不出意外，他是難得飛脫的了！」

頭班會壓尾，跟著許多奇特的「叩頭會」中的信徒，男女老幼都有，這些人全都穿著黃色土布，拜神專用的寬大袍服，肩上斜揹著香火袋兒，手腕間纏著鐵鍊，扮成神前罪犯的樣子，每個人雙手端著一隻小板凳，凳面漆得油光灼亮，兩端包著紅黑布，叩頭會上的信徒們像是一群甲蟲，全是哀聲禱告著，在地上爬著走的，每爬一步，就放下小板凳兒，在凳面上碰的叩一個響頭，同時把散碎的香火，一路拋撒在路上。……

還有一種更奇異的拜羊會，他們抬著一張八仙桌，上面抬著一隻用木頭雕成塗上油彩的彎角老羊，老羊身邊圍一圈香爐，燃著濃郁的檀香，咚咚的打著雙環巨鼓，群起圍拜著。拜老羊的人叩頭的快慢，是根據鼓聲快慢而定的，鼓聲慢的時候，叩頭還叩得及，鼓聲一緊，那些人便像瘋了一般的狂叩起來，比搗蒜還要快當些兒。

會班子緩緩的移動著。每一個班子都別出心裁爭奇鬥勝，有的舞著獅，有的耍著龍，有的呼呼耍著火流星；賽旱船，鬥石滾兒的，打花棍耍花刀的，踩丈二高蹺兒踩滾筒的，人們一班一班的數著看著，像根本忘卻了時辰。但日影也正一分一寸的緩移著，終於第廿二班會進場了！

領會的張福壽人稱老壽，平素趕集市時，常在鹽市街頭坐茶館，鹽市上有不少人都認識他，今天老壽仍然領著會，不過臉上沒有一絲血色，白得像死人一樣，兩眼直楞楞的連人全識不得了。而那個會班子也扮得非常陰慘，從閻王到鬼卒，每張面孔都塗得異常恐怖獰惡，朱紅、靛藍和灰黑夾雜著，有些兩耳上還套著耳毛；扮判官的一手舉著生死簿，一手拿著硃砂筆，在前頭像跳假官似的跳著，大頭鬼、吊死鬼、滿臉抹著嗆人的白粉沿街遊魂，屈死鬼一路嚎哭，討乞鬼不斷伸手討錢。

關八爺數著人頭，總也有卅多人。緊跟著這幫人的，正是扮長頭夫人的石二矮子，他戴著筒形高帽兒，拖著哭喪棒，一步也不放鬆的把那幫人緊跺著，隨時留神他們的舉動。與石二矮子相距二十來步地，捉拿長頭夫人的八個神將和黑白無常、牛頭馬面和勾魂鬼使等，一共也有廿多人，每人雖然跳著鬧著，但懷裏揣著的短槍，全都塡上了壓膛火，拉上了機頭，祇要前頭有一點動靜，立即就可響槍。

「方爺，您打算何時動手捕人？」樓上的關八爺跟方勝說。

「這兒人太多，下手不甚方便，」方勝說：「我業已關照他們，等他們上了鬼神壇時動手，鬼神壇四周，我已有了佈置，能不容他們拔槍就把他們給制住，鹽市就可免去一場血光之災了。」

「這主意極穩妥，」關八爺望望四周看會的人群說：「假如當街動手，亂槍難免要傷人……」

關八爺的話還沒說完，槍卻像連珠炮樣的響開了。

原來朱四判官早已估量到鹽市上的廟會行得太兀突，背後一定有計謀，他先著人捕了會頭張福壽，藉他領路闖進鹽市，但他又想到鹽市即使發現，當街決不至先動手，他一貫把看會的人群當盾牌，先行拔槍的。他早就算準了拔槍後，立即攻撲民團的團部，去搶奪那筆銀洋。

朱四判官跟他的手下有默契，領頭的一聲呼叫，那些人立即朝左右人群裏橫躍，使身後的廿多人無法發槍，就算石二矮子眼再明，手再快，等他掄出匣槍時業已來不及了。祇有耍馬叉的大狗熊一時情急，抖手飛出那柄繫有九顆響鈴的馬叉，使一個土匪的脊背上帶著那柄叉，嗬嗬哀嗥著伏倒在街上。

也祇有一刹那的功夫，早有準備的住戶業已關門加槓，使朱四判官一夥傢伙失去了盾牌，鹽市上應變之快，是出乎朱四判官意料的；這一來，逼得他不得不散匿到房簷和小巷裏去應戰，由於雙方混在一堆，匣槍一張嘴，就渾渾噩噩的打暈了頭，一時竟分不出誰該打誰了?!

一個精赤上身的鬼卒拎著匣槍，認準了大頭鬼潑了一梭火，又奮不顧身的橫躍過大街追躡著他，扮大頭鬼的那個土匪一面奔跑一面胡亂還槍，子彈打不著人頭，全飛到天上去了。一個黑無常在追著另一個黑無常，倆人心裏有數——準不會是自己人。

槍煙在陽光底下一朵一朵的迸炸著。槍戰移到十字街口的大王廟附近來，有一股土匪捲進廟去，藉著廟牆和獅獸掩住身形，朝外發槍。有一個分不清是那一方的鬼卒的屍體橫倒在街心。這種雙方都化妝的槍戰真是少見，打來格外混亂，格外淒慘。

「來罷，方爺，」關八爺撩起長衫亮槍說：「咱們分頭頂上去，先盤掉大王廟裏的土匪，讓弟兄們有個卸妝的機會，要不然，連伸槍都有顧忌，這場火就沒法打了！」

「老曹，」方勝叫說：「先調一個排圍住大王廟！招呼咱們的人趕緊卸妝，免得誤傷！」

關八爺出後窗，踏瓦脊，斜刺裏撲向大王廟去，這時候，扮天將的向老三、王大貴和扮長頭夫人的石二矮子，都已經翻牆跳進大王廟裏去了。

石二矮子跳進廟，迎面潑來幾發火，打穿了他頭上的高帽子，轉眼之間，一條黑影竄進了西廊房，石二矮子跟著追撲過去，那人掉臉發槍沒潑出火來，正好一匣子彈打空了，石二矮子攫住機會，哪肯容他有抽換彈匣的機會，掂著匣槍罵說：「我把你這個狗娘養的賊孫兒，老子非替你放血不可！」

那人跑進一間房去，再沒地方可逃了，轉臉使槍管砸掉石二矮子的高帽筒兒，而石二矮子黑洞洞的槍口卻抵住那人的太陽穴。

「饒……饒……了我！」那人說。

「你他媽閉上眼認命罷，我替你放了血，你他媽就天下太平了。」石二矮子一壓扳機，那人四迸的腦漿射到他的臉上。「報銷一個。」他說。

在東廊房的向老三可沒這麼順當，兩個人的匣槍全打空了換不上彈匣，那人先扔掉槍，找出一把雪亮的攮子來，向老三也扔掉槍，大張雙臂虎撲過去，那人一攮子正扎在向老三的肩胛上。

「扎得好，賊種！」他把那人硬抵在牆角，雙手死勒住那人的喉嚨。那人起初還掙扎著，到後來，喉管發出哺哺的響聲，握攮柄的手便鬆了。這當口，另一個土匪闖進屋，飛出一攮子扎進向老三的後心，王大貴也跟進來，朝飛刀殺人的土匪餵了一槍，那人便叫打死在地上。

「您怎樣，向三哥？」

向老三光是張開嘴吐不出話來，唇角間湧溢著鮮血，直到嚥氣也沒鬆手，原來他的十隻手指都像鋼錐一樣，深深叉進了那人的喉嚨。

在大王廟右側的街心，大狗熊一腳踢飛了白無常的匣槍，兩個人就赤手空拳的纏鬥起來；那人沒命使腦袋猛撞大狗熊的肚子，大狗熊叫他撞得踉蹌後退，但他急中生智，合起雙手來猛擊那人的後頸，等那人倒下去，便倒拎起那人的後腿，像摔麵袋似的朝白果樹的樹幹上砸去，那人連哼全沒哼，祇是後腦裂了一條縫，就安心的躺著了。

而關八爺終於找到了扮判官的傢伙。

那扮判官的傢伙匿在一座影壁牆邊放冷槍，看來槍法頗準，一連傷了三個保鄉團的兵勇，關八爺人在房脊上一伸槍，對方就扔了槍，捂住受傷的手腕，關八爺躍下房來，踢開他扔下的匣槍，緩緩的說：「四判官，我關八若是存心殺你，剛剛那一槍就不打你的腕子了！我衹想跟你談談，盼你信得過我。」

「是……是八爺?!」那個抖索著跪了下去說：「我不是四判官，我祇是他的手下人，如今當著您真人面，我不敢扯半句謊，——咱們頭兒壓根兒沒有過河。」

「沒有過河？」關八爺驚訝說。

「可不是，」那人說：「他若輕易過河，他就不叫四判官了！他……他還交代過咱們，若是見著八爺，替他問候一聲，他要您親到羊角鎮去會他，送上您自己的人頭！不信您問旁人，他實在是這麼說的。」

「嗨，」關八爺不由不嘆息說：「天生我關八，偏又生了朱四判官，論鬥智，我是滿盤皆輸了！但則那朱四判官怎會知我到了鹽市的呢？」

「我們底下人實在弄不清楚。」那人說：「咱們頭兒無時無刻不差人踩探您的消息，您即使不露面，想瞞過他的耳目，也實在太難了！」

廟會期過去了。

窩心腿苦心佈置的這場廟會並沒拿著朱四判官，土匪闖進來廿多人，除去死的，一共捉住十六個活口，關八爺祇收繳了他們的槍枝，一律遣放了。

縣城裏傳來消息，說江防軍操練甚勤，即使塌鼻子師長病不好轉，也得要在孫傳芳定下的新限期之前撲開鹽市。這使得關八爺決定要應朱四判官之約，單槍匹馬先到羊角鎮去。假如能留得命，回程再到萬家樓去請人槍。

關八爺說出這個意思時，連方勝都搖頭，認爲想單槍去會朱四判官，無異是自投羅網。但祇有一個人——神拳戴老爺子說：「該由八爺自己決定他的行止，八爺的俠心，又豈是你們能懂的?!」

方勝默然了。

關八爺臨行那一天，還騎著白馬，跟方勝一道兒去看鹽市內外的防務，在陰黯的織蓆廠裏，安慰過爲兄報仇剮掉毛六的小餛飩。態度從容，一點兒也沒把北上羊角鎮當作一回事兒，愈是這樣，方勝、石二矮子、大狗熊、王大貴這幫人，卻都有風蕭蕭兮易水寒的哀感。

中午鹽市設了餞別宴，該到的都到了，逐一向關八爺敬酒，而關八爺卻先潑酒於地，奠告埋骨南荒的雷一炮和最近死去的向老三。他說：「如今，我關八爺心裏祇有抗北洋，保民命，萬宗事全化爲這一宗，但凡跟我站在一道兒的，就不再計較私仇，諸位兄弟地下有知，就請佑我，助我成全這番心願罷。」

「八爺，您想您這一去，後果怎樣？」一位敬酒的紳士捧著酒盞，由於內心激動，大粒的眼淚落進酒盞裏；更由於兩手抖索，使盞內的酒全點點滴滴的潑灑到地上：「我們全都感念您的恩德，崇佩您的行事爲人，您將我們指撥醒了業已……夠了，何必再爲我們……捨命去……」

「死生由命，」關八爺溫聲說：「請不必爲我掛心，請不必……了。諸位這樣盛情，這樣處境，關八能不效死？我自信還能說得朱四判官。」

「八爺，唱戲也得有個配角，」石二矮子說：「咱們六合幫的一夥兄弟，也曾對天發過血誓，生死不分，如今您辦事，這三個龍套還是少不得的，咱們跟您去！」

「對，咱們跟八爺去！」經過石二矮子這麼一吼，大狗熊等二個人也和應上了。而關八爺卻搖著頭，掛一臉寂寞淒遲的笑意：「這不必了，從今天起，您們聽方爺的安排罷，祇要我關八活著，咱們日後自會合撐一條船，請不要再說……了。」

關八爺當天黃昏時取東道，過小渡口，逕赴羊角鎮，一行人送他到河堆上，斜陽初墜，滿天霞影映落河面上，隨流水波搖著。他牽著白馬站在船頭，寂寞的矚望著遠天，不可知的命運正像高天抖翅的鳥，一些渺渺茫茫的黑影寫在雲間。總那樣短暫而哀遲，黃昏由燦爛歸於平淡了，沙塹壁立的渡口凹道很快遮斷他的背影，一縷由馬蹄捲起的黃塵在凹道背後升起，漸遠漸遠，蹄聲寂落時，那些呆立於隔岸的人們聽見一聲長長的馬的悲嘶。

那嘶聲在沉沉暮色裏，在遲遲的風中，久久的迴盪著……它喚濕了所有的眼瞳。

第十二章・關八爺

兩盞久沒擦拭的馬燈在一條窄街街口的長簷下搖晃著，隨風飄過來的冰寒的雨絲，打落在蒙滿黑色油煙的燈罩上，發出嗞嗞的聲音，和鏽蝕了的鐵皮棚頂上的雨聲相融，使夜晚沉在一種冷寂淒迷的氣氛裏。

雨夜的羊角鎮大街黑黝黝的，幾乎看不見窗間射出燈火，更難見廊下有拎著燈籠的行人，幾道橫攔著街道的沉重的木柵門全大開著，橫木上吊著一盞光暈細碎的馬燈。有一些馬匹臨時拴繫在廊柱間，並沒鬆開肚帶，卸脫馬鞍，幾匹性躁的雄馬咬踢著兒馬，不斷發出些點蹄聲，噴鼻聲。

在馬燈射亮的一圈圈黃色光暈下，有碎光從積水的街心跳起，閃爍著；連綿的春雨滲入地層，使很多積水在街心的凹處凝聚著，滿溢後更向別處匯流。從表面上看，這座新近被土匪盤踞著的鎮市是在雨中安睡了，實質上，朱四判官早在各處佈下快槍手，匿身暗處守候著。

爲了不使關八爺起疑，窄街的夜市仍然亮著散落的燈火，澡堂兒、茶樓、酒館仍然大開著門，不時傳出一陣陣的嘩笑聲。一些穿著皂衣的漢子，圍聚在街口那家酒館的客堂裏窮賭，爭來爭去的搶擲骰子，兩個把風的傢伙橫著長槍，回臉朝外坐在門邊的條凳上，嘴裏叼著煙捲兒，帶著懶散和漫不經心的樣子。

「嗳，夥計，」賭場上有個傢伙說：「你兩個得放機警點，萬一門把兒上了門，咱們通報晚了，準觸楣頭。小蠍兒報信說，昨夜他看見門把兒牽著馬投店，離腳下不過七十來里，今夜該到啦！」

「甭你娘的過份小心火燭好吧?!」條凳一端的漢子說：「一朝挨蛇咬，十年怕草繩，你們全叫關八嚇怕了。其實關八就是來，也不會揀著黑夜，頂著雨來，……他再怎樣英雄，也搪不得背後打黑槍，他能不戒懼這個？」

「嘿嘿嘿，你可算是以小人之心度君子的大腿了！」那個傢伙朝外掉臉說：「關八要是沒那份膽氣，他會單槍匹馬直朝咱們槍口上撞？怕你背後打黑槍，他就不會來了。老實說，他這回闖羊角鎮是應頭兒的約，要打黑槍也是頭兒的事，四爺他沒吩咐，咱們連邊全幫不上，……不夠那個格。」

「看，小蠍兒騎馬來了！」另一個歪嘴的漢子說：「咱們等著聽聽他怎麼說罷。」

一匹栗色馬在雨裏疾奔過來，一路濺迸著水花，馬至街口的轉角處，馬背上的漢子猛一收韁，使那匹馬捲起前蹄，憑空直立著打了個盤旋，發出嚄嚄的嘶叫。小蠍兒飛身下馬，匆匆把皮韁拴在廊柱上。

「算你們這些臭王八蛋興致高，乾乾爽爽的圍著檯子賭得好樂意，」他渾身濕淋淋的，蒸騰著汗氣，短筒馬靴裏灌滿了雨水，走起路來吱吱咯咯的響：「老子算是倒楣透頂了，分派到這種雨裏接客的差事……我一見關八爺的影子，渾身就有幾分發毛。」

「你……你說門把兒怎樣?……他不會連夜冒著雨趕來的罷?」

「瞧罷，」小蠍兒朝外呶著嘴說：「我在辛家店遇著他，我敢打賭，不消一頓飯工夫，他的白馬就會闖進頭道柵門。」

一聽小蠍兒的話，屋裏的喧嘩靜落了，擲骰子的猶自抓著磁碗，其餘的人全都忙著收拾檯面上的錢。有幾個沉不住氣，搶著去摘掛在壁上的槍帶。廊下有一匹馬在嘶叫，樸燈的火焰遇上一陣掠過罩口的風，突突的閃跳著。

無論羊角鎮上有多少支槍口在準備著，關八這名字總像一道閃光似的能把人心撕裂。……不錯，關八爺的槍法神奇，使很多人吃足了苦頭，在萬家樓和鄔家渡兩番接火，他是出手就倒人，伸槍就見血聞了名的，就是在黑夜裏，他也能憑藉著星月的微光，捕捉百步左右閃動的人影，機頭一拉，腦袋開花，準得像伸手朝禿頭上貼膏藥一樣。但那並不可怕，因爲他關八爺再有能爲，也是血肉之軀，單槍匹馬直闖羊角鎮，四面圍著幾百桿槍，無論怎樣全沒有他施展的餘地。怕就怕在他明明知道有幾百桿槍等著殺他，他還是認著絕路走，說來真的就來了！這份膽識，這種豪情，威稜稜的懾人心魄，普天世下，實在找不出第二個人來。

「噯，你說關八來了，咱們頭兒怎樣對付他？」骰子噹啷響，那人抓碗的手有些抖索：「我看這可真是個大難題。」

「你說對了！」小蠍兒說：「除非他先拔槍，要不然，誰也殺不了他。咱們頭兒那種性子，你們全曉得的，他要是公然殺掉一個赤手空拳的關八，他日後就沒臉再在江湖上混世了。……關八爺這著棋走得絕到了家，他逼得咱們頭兒什麼計謀全用不上，非跟他面對面攤牌不可！」

「就如你所說罷，攤牌會攤出什麼樣的結果來呢？」

小蠍兒搖搖頭。

「那祇有天知道。」他說：「咱們祇好等著瞧了！」

其餘的人也都三三兩兩，交頭接耳的推測著，議論著。有同情的，有掛慮的，有敬佩的，也有仇恨的，恐懼的，關八爺已在他們心頭掀起一場風暴，不管各人所抱的心情如何，誰都急著等待結果，這結果也許會牽連到他們未來的命運。

小蠍兒向店家討了一壺燙酒，喝著。許多隻眼睛都投落在大街上，在遠近燈球之間，大街中段是暈黑的，迸出些耀眼的光刺，那些是迎受著燈光炫射的雨絲。有一個傢伙在側耳諦聽著什麼，忽然他半張開嘴，不自禁的伸手摸在匣槍槍把兒上。

「來了！……他……來……來……了！」他緊張的說：「你們聽。……聽！那是馬蹄聲。」

另一個傢伙聽了一忽兒，兀自搖頭說：「甭神經兮兮害得人心裏發慌好不？這哪兒是馬蹄?!……這是雨點打著洋鐵皮的聲音。」

「嗐，你那耳朵準是有了毛病，」那個跺腳說：「你再仔細聽聽。聽！這可不明明是馬蹄聲？雨天土軟，聽不分明罷了。」

「不錯。」小蠍兒也像聽見了什麼，扔開酒盞，緊一緊槍帶說：「我得趕至北街大廟裏去稟告頭兒去，——他等著的客人進鎮了！」

他大步跨出店門，用熟練的手法迅速解開廊柱上的皮韁，雙手捺著鞍面一發力，身子平飛到馬背上，人還沒坐穩，就反手領韁，使那匹栗馬像一支箭鏃似的急竄進雨裏去了。一怔忡間，其餘的人果然聽見了踩著水泊的馬蹄聲，彷彿在很遠很遠的地方一路響了過來。

馬蹄聲是輕柔的，徐緩的，自然形成一種節奏，把人心擰絞著。踢踏，踢踏，踢踏，踢踏，……踢踏，踢踏，踢踏，踢踏……這種輕柔徐緩的聲音，卻把所有伏身在暗處或麇聚在茶樓酒館中的匪眾們懾服住了，成爲春天雨夜裏唯一的音響。……踢踏，踢踏，踢踏，踢踏，在沒看見人影之前，就令人從這穩穩沉沉的蹄聲裏聯想到來人的威風和氣概，這使得握著槍把的手指都緊張得抖索起來，彷彿在這位來客眼前渺小如蟲蟻，壓根兒不配跟他動槍。……踢踏，踢踏，在每道柵門的燈球下，閃過了人和馬的黑影，迅即融入暈黑，祇看得見地面的光刺繞著馬蹄紛紛迸閃著。

慢慢的，白馬穿經第二道柵門。使人在濛黑中隱約能見著朦朧的白色影廓，白馬一塊玉彷彿看見了兩邊街廊背後設伏，突然揚起頸項，發出一聲悠長宏亮的嘶叫，這一聲嘶叫在長廊下迴響著，引起廊下馬群的和應。

但白馬仍然緩緩的走過來，走近兩盞馬燈光暈交射的街面，關八爺的身影也迎著燈光清晰的顯露出來，他像石塑一般的端坐在馬背上，皮質馬韁搭在鞍前的判官頭上，他沒有披雨簑，也沒披著披風，他青緞的絲棉袍兒全已叫雨打濕了；他的雙槍放在皮匣兒裏，掛在鞍側，他的臉上也凝掛著晶亮的雨珠。

……踢踏，踢踏，白馬一塊玉無需領韁，閒閒的走著，關八爺臉上的神情也像在夜雨中踱步似的那樣怡然無驚，不但沒把街廊兩側的人和馬明裏暗裏對準他的胸窩後背的槍枝放在眼裏，連一街的雨絲掃打著他的臉和衣裳，他都好像渾然不覺似的。

白馬筆直的走過來，走過來，踢踏踢踏的馬蹄聲就是一種有力的魘人的符咒，揚起一股捆縛性的魔力，使酒舖裏那群土匪由驚慌無措變成呆若木雞，自然而然的退列成兩排，握著槍把的手不知何時全已鬆開了，一個個垂手站立，像恭候著來人。……白馬走到廊下，關八爺抓著皮韁輕輕一抖，牠就穩穩的停住了。

「店家，」他微笑著，朝呆站在長櫃裏面發楞的店主說：「這兒還有客房罷？」

「噢，」店主這才驚醒過來，匆匆朝左右瞄了一眼，換上恭謙的笑臉，跨出長櫃門迎著說：「客房？……有有有有有……聽說八爺您要來，早就打掃乾淨了準備著的……嘿嘿，您請。」

「好。好。」關八爺下了馬，把皮韁交在店主手裏，並沒有碰一碰他那兩支套在皮槍匣裏的匣槍，祇是拂了拂身上的雨水，就跨進客堂來，轉身交代說：「煩您替牲口加些豆料，這幾天腳程緊，辛苦了牠了。」

「是是是是是，」店主殷勤得有些過火，說話都有些兒口吃起來：「您放心，八爺，我自會照照照……照……照……辦的。」又揚著嗓子叫：「小二，領八爺上樓。」瞧著那個頭上生著禿瘡的店小二一臉遲疑的樣子，又說：「你過來牽馬上槽，麥麩裏摻拌豆子好生餵牠罷，我親來侍候八爺。」

關八爺一腳跨進店堂，店堂裏的那幫土匪全都成了貓腳爪下的老鼠，一個個齊身後退，在喉嚨裏不情不願的咕嚕一聲：「八爺。」

關八爺背著手，饒有興致的打量著他們，兩道溫和的、卻又隱露出森森寒意的眼光，電炬般迅掠過他們的臉，然後轉問店家說：「他們盤踞羊角鎮，有多久了？」

「這個，嗯，」店主沉吟說：「朱四爺……來鎮上，總也有半個來月了。」

「你們沒遭劫罷？」關八爺說。

「這這個，咱們沒開搶。」一個土匪插口說。

「羊角鎮上，也許沒有朱四爺掛得上眼的大戶。」店主苦笑說：「這位爺說的不錯，他們沒搶。」

「好，好。」關八爺說：「有熱茶飯，等會兒替我端份上樓。銅爐裏，炭火升得旺些，我這身濕衣還待烘烘，有人來找我，回他今夜我不見客了。」他撩起長袍的下襬走至梯口，忽又轉回來，把那隻無人理會的骰子碗推回賭檯中央，做個招喚的手勢，微笑說：「你們熱鬧你們的好了，甭因我關八一來，就掃了諸位的興頭。我關某人有事，跟你們頭兒有關，跟諸位無涉，你們就熱鬧你們的罷；若今夜有誰見著你們頭兒，就煩請說一聲，——說關八問候朱四爺，明天同他碰面就是了。」

直到關八爺昂藏的背影消失在梯口，那些被對方威稜魘禁住的匪群，才開始還了魂似的轉動眼珠，你瞧著我，我瞅著你，互傳著驚異。一響槍聲掠向高空，那是撤崗的信號。雜亂的馬群竄過街心朝北奔馳過去，隱約的螺角斷續低鳴著。

誰都知道，在關八爺跟朱四判官晤面前，朱四判官業已敗了一仗。

傍午時分。

連綿的細雨暫時歇止了，天頂的低積雲仍然厚壓著，沉遲的凝固成一整塊的煙灰色，沒有一絲退散的跡象。關八爺在濘濕的羊角鎮大街上緩緩的走過，街面濕沙上留下他清楚的腳印。離他身後五步遠，被差來迎接他的小嘝兒撮著白馬一塊玉的韁繩，不緊不忙的跟隨著。街兩面的長廊下邊，站著一群一簇的土匪，原在嘰嘰喳喳議論著什麼，及至關八爺經過時，全都低下頭、垂下手，默默的目送著他的背影。

「我弄不懂他？」一個匪目說：「我弄不懂這位關八爺到底是怎樣一種人物?!……咱們頭兒跟他在萬家樓對過火，鄔家渡口拚過命，可說是生冤家死對頭，咱們頭兒日夜懸慮的，就是怎樣擒殺他?!他竟然就這樣來了！」

「唉，來的容易，去的……難！」

不知是誰，從心底湧出這樣一句話來，使許多人都有著同樣的感嘆。不久之前在如沸的槍聲、螺角的嚎鳴中，在紅火燭天的夜裏，關八爺這名字會使人亡魂喪膽，肉跳心驚，即使退離後，這名字仍使人惴惴不安，一提及他，便像面對著神威奮發的獅虎一樣。……但一見面之後，這些由驚恐錯覺造成的印象全都消失了，關八爺緩緩的走著，他臉上掛著煙樣雲樣的笑意，凌駕乎生死之上的笑意，那樣深刻的擴染在人的心上，他的眼光是溫和的，安詳沉著，卻帶著半分悲憫的意味，悲憫誰呢？……他闊闊的雙肩上似乎獨揹著一天沉黯的愁雲。

「這個人無論如何死不得，」另一個匪目讚嘆說：「講句掏心話，能死在他的槍下，死也死得心服，咱們這些人，心腸黑漆漆的，見了他就自感齷齪得很，憑什麼跟他拔槍?!……他就命中註定要死，也不該死在咱們手上。好一個磊落光明的漢子，真箇是……」

關八爺那樣緩緩的走過了……

這一條長長的、寒傖古老的市街，它每一戶人家都是常年南來北往的走腿子人所熟悉的，它是西道上鹽梟們必經之地，逢著落雨飄雪天，兄弟夥搭起腿子，常在鎮上作較久的盤桓；在過往的承平裏，這鎮市曾有過安詳的容貌，一整條窄街飄浮著燻烤食物的香味，茶樓和酒肆中飛騰著異鄉浪漢們澆愁的闊笑，唱書人鑼鼓齊鳴，但招不回悲慘的歷史，鎮梢草頂的譙樓間，又擊出一聲徐徐的更鼓，那聲音使每個背井人都悠然起了鄉情。……

可哀的羊角鎮的樸拙的人們，誰欠過捐，拖過稅？那些吃民脂喝民膏的北洋軍醉飽之餘，哪還記得起「保民」兩個字？看光景，他們祇有聽任著有槍有馬的傢伙們任意夷凌了……想在這種劫難交加的亂世做個「人」，就不能不看這些，不能不想這些，看在眼裏兩眼滴血，想在心裏五內俱焚！做「人」，是的，一個「人」該挑的擔子就有這般重法，直能把人壓死，但在沒死之前，仍得挑著它，咬牙走下去，也許眼前就橫著一座深坑了——誰能料定朱四判官的心意如何呢？

關八爺仍那樣緩緩的走著，微風貼地來，飄起他長袍的下襬，他拎起袍叉兒，繞過一座水窪到了北街。

「瞧這就是關八爺了，」在一處窗洞裏，做父親的指點著，跟他的孩子說：「四面八方，幾百桿槍圍著他，他卻恁地輕鬆，真是個人間少有的漢子，可惜……」

「天會保佑他。」做母親的合掌說：「他這樣手無寸鐵，諒想朱四判官那天殺的也不敢把他怎樣。」

「不一定，」做父親的搖著頭：「像朱四判官這種老奸巨猾的土匪頭兒，什麼歹主意行不出?!關八爺硬想衝著老虎討皮毛，未免太傻……了！」

女人彷彿受了驚，抖成一團跪下去，喃喃著：「阿彌陀佛，你開眼罷，我的老……天……」

而關八爺輕鬆的走過去，座落在北街的那座大廟就在眼前了。

朱四判官的機警也正顯在這些地方，他無論到那兒，垛子窯總安在地勢高亢開曠，使得槍跑得馬的處所，以防萬一被人軟貼上。在整個羊角鎮上，論地形地勢，沒有比北街大廟更適宜的地方了；大廟建在一座斜斜隆起的土坡上，三面繞著綠林，廟前卻是一塊寬廣的青石坪，一端和一條寬而短的橫街相啣，有兩道石級通到石坪上。

爲了迎候關八爺，朱四判官存心擺排場亮威，橫街兩邊，每隔三五步地，就皋候著一個穿皂衣、掛雙跨（雙跨，即雙槍）的傢伙，手捺著槍把兒，擺出隨時可以拔槍的架勢。最觸目的該算是那些編結得非常精緻的匣槍穗兒，分成紅黃藍白黑五色，在風裏悠晃著。

「稟告頭兒罷，」小鰍兒牽著白馬招呼說：「就說關八爺來了。」

「關八爺到。」

「關八爺到。」那些人毫無表情的傳遞著同樣的話語，聲音走在人前，關八爺還沒登上方坪，聲音早已傳到廟裏去了。

關八爺壓根兒沒理會這種陣仗，撩著袍叉兒登石級，邁步上了青石坪。青石坪剛被春雨洗濯過，極爲光敞明潔，石面上還濕漉漉的留著雨痕和小小的水泊，泊裏倒映出被分割了的大廟的影子。

兩扇廟門大開著，朱四判官穿著深藏青嗶嘰呢的長夾袍兒，大襟半敞著，攔腰勒著黑緞腰絲，光著頭迎了出來，帶一臉假意做作的懶散的神情，鬆浮的笑著說：「可真沒料著，嘿嘿嘿，沒料著咱們的喪門神——關東山關八爺，真的會來這兒，我朱四該磕頭迎您咧。」

「倒也用不著磕頭，」關八爺過去，拍拍朱四判官的肩膀，也口氣輕鬆的說：「你要是自己拎著頭，讓我塞在馬囊裏帶回去，那可比磕頭更省事了。」

「本當照您吩咐辦的，」朱四判官笑瞇了眼，反拍拍關八爺的肩膀說：「我如今還不想死，我說八爺，——我的鬍子還沒泛白呢，死了豈不是太可惜了？」

「您若是死了，我該送您四個字！」

「哪四個字？」朱四判官說。

關八爺臉上的笑意緩緩的收攏，臉色跟著僵冷下來，緩緩的吐話說：「死，有，餘，辜！」這四個字，說得斬釘截鐵，像四柄鐵鎚似的鎚進朱四判官的心裏去，他抽了一口冷氣，苦笑著攤開兩手，聳了聳一邊的肩膀。

「我說關八，我朱四判官一向不講繞彎兒話，」他苦笑說：「在我眼裏，您八爺確算是一條鐵錚錚的漢子，我真的敬佩您，可也真的恨你！你該知道，我時時刻刻盤算著殺你！今兒碰面，正是咱們攤開檯面算總帳的時刻，我倒要洗耳恭聽，您這『死有餘辜』這四個字，是怎樣解說法兒……咱們進廟去，當著神佛，碰杯說話罷。」

「假若您心裏也有神佛，那就好辦了。」關八爺說：「至少我得把要說的話，一一說清楚，然後，你要殺我很容易，——我身上是沒帶槍的。」

「甭擔心，」朱四判官說：「我朱四判官自承不是個君子，卻也不若八爺您所想的那樣小人，我即使要殺你，也是拿命換命，大明大白的拚一拚，至少不會在桌肚底下打你黑槍，我卑鄙也不至於卑鄙到那種程度。」

「您誤會了，」關八爺說：「我的意思是：我既來了，就悉聽尊便。」

酒席擺在前大殿正中，席上祇設了兩個席位，兩邊有兩排佩槍的站著侍候。四判官一擺手央客，關八爺就坐在客位上。「替八爺把酒給斟上！」四判官說：「替咱們換上大杯來。來罷，八爺，咱們先乾這一杯，再聽您說話，您得說說這死有餘辜。」

酒盞碰擊酒盞，關八爺喝乾那盞酒說：「那我得先問你，你對死有餘辜這四個字加在你頭上有何看法？」

「直截了當一句話，——去他的！」朱四判官喝完酒，脖子有些發粗：「也就是說，要是您沒有一番解說，我不服氣。」

「您的道理是?!……」關八爺伸著下巴等著對方說話，一絲微笑又掛上他的臉。

「我他媽一向不是愛講道理的人！」朱四判官說：「可是今天不同，您八爺是我頂佩服又頂恨的人，我不妨跟您談談。我認爲我朱四判官一百個不該死，充其量，我是個愛放火，愛殺人，從裏到外的，透明透亮的壞蛋罷了。……這世上，依我看惡人分四等，我是最不該死的那一等，還有三等比我更壞的。」

「妙論，」關八爺說：「今兒能聽著，也算長了一分見識了。」

「這頭一等人，就是我朱四判官這種草寇了！並非是我自鳴得意，八爺，您想想，誰他媽不是他父母娘老子揍的，誰他娘天生就有邪皮惡骨，非他娘殺人放火不快意?!……我這種邪論，還望您別介意……像我這號兒的粗人，當初也跟您一樣，一把淚一把汗朝田裏栽土裏灑，官不逼，民不反，我願意揹聲名，賣祖先，落草爲寇的麼?也祇是爭口怨氣，爭他一個豪強罷了。你北洋軍強你的，老子強老子的，上捐上稅你甭談，黑裏白裏，兩不相干！」

「道理確是有道理，」關八爺笑說：「可惜是和尚的大襟——跟常人反著開的。你不錯是出怨氣，老民呢？——又鬧官兵又鬧匪，上下牙對著挫，皮跟骨全叫你挫分了家了！」

「我知您會這麼批斷我，」朱四判官兩眼有些發赤了：「可是天地良心，出道這多年，我吞散匪，盤大戶，劫奸商，並沒擾著那些沒骨頭、沒心眼、軟扒扒的叩頭蟲，我反而慫恿他們揹乾熊人淚，拉槍跟我走，……如今我手下這七八百人，哪個不是老民?!若不是我拉了他們一把，祇怕早讓北洋兵搾乾了骨髓了！我說八爺，您口口聲聲把那些老民頂在頭上，祇是您太癡太傻了，我卻恨透了他們，因他們太有些像軟骨蟲了，這天底下的惡人，全他媽是他們寵出來慣出來的，他們受罪也是活該！」

關八爺聽著，渾身震動了一下，手裏新斟滿的酒，有幾滴潑灑到桌面上。

朱四判官額角上盤錯的青筋鼓凸著，多毛的手緊握著酒盞，彷彿要把什麼勒碎在掌心裏一樣，他硬刺刺的髫梢上黏著些殘酒，微僵著，赤紅的兩眼也有些濕潤。

「衝著真人沒假話，八爺！」他怒沉沉的說：「一個人做了賊，祖宗三代沒光采，我幹這個，空揹個惡名，誰同情我？誰懂我心裏的苦楚?!我他媽是金剛鑽鑽碗——自顧自，我他媽既不想做聖人，沾那些文酸狗屁味，管他娘天下如何?!我祇懂我自己不受北洋軍的氣就夠了，誰想舉聖人牌子，擺正經面孔來說我，我就賞他一槍，……嘿嘿嘿，……是罷？他愛做聖人，他愛萬古留名他去做就是了，我他娘也沒擋著誰，誰也甭來擾我。……當然嘍，我他媽朱四判官也不是好東西，我他媽草寇就是草寇，這就是第一等人；從裏到外的壞蛋，我也用心機，施計謀，那全是爲了自私，——想保住我這顆不該挨刀的腦袋！」

朱四判官那樣放開喉嚨嚷著，雖說是粗野鄙俚，但卻爽快的吐出了他內心深處隱藏著的真意，他說話時，對面的關八爺微蹙著眉，一直凝望著他那張激憤的臉，一面緩緩的點頭著。

「那麼，那第二種人怎樣呢？」

「也還說得過去，」朱四判官呷了口酒，吐氣說：「第二種人雖也算是壞蛋，但卻沒那個膽子直認，權充一隻悶葫蘆，敲也敲它不響。」

關八爺高舉起酒盞，跟對方碰杯說：「那三四種又當如何？」

「等而下之！」朱四判官撇撇嘴，擺出鄙夷的神態說：「第三種人是滿口仁義道德，滿心男盜女娼，壞在骨子裏，正經在表面上。第四種人不但假作正經，還祇許他施壞，不准旁人施壞。……領兵下鄉，掛著靖鄉名義打劫的北洋將軍，這就是活例！」

關八爺旋動酒盞，默然沉思著。

「喝完這盞酒，八爺。」朱四判官舉盞相邀說：「您適才指我『死有餘辜』，您該解說解說了！」

「不錯，正如你所說，老民是些軟扒扒的叩頭蟲，若依你的看法，這世上的善良人全都是該死的了？」關八爺說：「官逼你，你不舉槍抗北洋，鹽市保鹽抗稅，你倒抽後腿，六合幫那些弟兄，既不是散匪，又不是奸商大戶，你照樣使他們撇下嗷嗷的妻兒，埋骨南荒，這全是你四判官摸著良心該做的了?!你若真是糊塗人做下糊塗事，也許罪不至死，可是你並不糊塗。」

「我不糊塗。」朱四判官說：「我祇是冷酷自私，我忘不了盤算著殺掉您也正是這個原因，普天世下，也祇有你關八敢這樣數我的罪狀；但我弄不懂，你逞英雄，顯豪氣，不計生死，以天下爲己任，到底存什麼用心？」

關八爺搖搖頭，笑得有些悲涼：「我既不逞英雄，也不顯豪氣，我何嘗不知惜生避死？我祇是懷著一顆做『人』的良心！」

朱四判官放下酒盞，突然抖動著雙肩，悲慘的大笑起來，笑得短髭賁張，淚水縱橫，半晌才說：「良心?!您是說？……我朱四判官沒見著這個，您把我骨頭上榨，也休想榨出我一點一滴良心來。」

「它是看得見，摸得著，」關八爺懇切的說：「您夜晚捫著心，它就是疼痛。想想鹽市罷，想想那些婦孺老弱，成千累萬的棚房裏的流民……江防軍一旦闖開鹽市，火燒槍殺，玉……石……俱焚，能說與你我漠不相關?!咱們總披著這一身人皮，咱們父母娘老子，何嘗又沒在惡徒槍口下，忍辱含悲的做過叩頭蟲?!……」

朱四判官雙手分扶著桌角，聽著聽著，他的頭側向一邊，沒精打采地垂了下來，忽然他舉首搖頭說：「我的八爺，您不單槍馬有功夫，詞鋒也夠利的；您這一番言語，幾幾乎把我說動了。不過我得先問一聲，您這回來羊角鎮，是想說動我集起人槍幫鹽市，跟那幫傻鳥一道兒曝屍呢？還是來替你那幫死去的弟兄報仇呢？」

「一切由您權衡罷。」關八爺說：「您若肯聚集人槍解救鹽市，我關八的生死，由您處斷就是了。」

朱四判官沉吟著，聲音柔軟下來：「不錯，八爺，您是想拿話頭兒牽著我的辮子打轉的，我認輸。不過我得說明白，您那良心總是空的。要我幫著鹽市，冒死打北洋，我朱四判官一個人幹，那成，我可不能牽著大夥兒下湯鍋，……我雖敬重您，但還念念不忘殺你，我在想，我恁情先殺掉你再去鹽市赴死，我實在妒恨天底下有你這種人，敢在幾百支槍口下揭我的瘡疤！您逼得我遁走萬家樓，慘敗鄔家渡，我忘不了，我沒有您這樣的心胸！」

關八爺淡然一笑說：「適間我業已說了，悉聽尊便，……不過，今兒我總是客，我還沒放下酒杯呢！」

「來人，替八爺把酒給斟上。」朱四判官神色沮喪的說：「我反覆想了想，我是中了你的計了，你單槍匹馬來這兒，實在不夠英雄，我既不能差人半路上打你黑槍，又不能拔槍射殺一個手無寸鐵的人……」

「那好辦，」關八爺說：「祇要請你給我取槍的機會，咱們出去比槍，可不就成了?!假如關八還瞧得進您的眼，這是最妥當的辦法。我若不死，算替老民除一害，你若不死，單願您守信諾，聚集願解民困的弟兄幫鹽市，您覺得如何？」

「成！」朱四判官隔著席，伸過他多毛的大手來，跟關八爺狠狠的握了握，轉臉吩咐小蠍兒說：「吹螺角，撤崗，把夥計們全招回來，替我跟八爺作個生死見證罷！……雖說我是不甘心死的人，這回也得賭賭運氣了！」

晌午後，天頂的灰雲翻動了，想必是起了高風，但地面的空氣仍是沉遲濕鬱的，連半絲風刺兒也覓不著；大廟兩側鬱綠的樹叢寂舉著，葉片間還亮著昨夜殘存的雨瀝，葉蔭下籠著沉黯天色濾落的鬱影，映在人眼裏，卻化成一片濕鬱蒸蔚而成的水霧，孕結著從人心底湧升上來的紛亂和焦灼。……

成百匹雜亂的馬群弄出一片混亂的聲響，各形各式的匪徒們分聚在青石方坪的兩端，紛紛嘈切著。這消息確是令人驚異的，誰也料想不到關八爺跟朱四爺竟會決定單對單比槍決死，螺角把他們聚攏來，等候目擊這場龍爭虎鬥。但從大廟的神殿中，正飛出他們兩人豪氣的猜拳聲，你五魁，他八馬，嚷得那麼熱乎，哪像是馬上就要一決生死的對頭？倒像兩個闊別多年的故友呢！

酒盞碰擊酒盞，兩旁自有人添餚換酒，酒到三分醉意時，朱四判官哈著腰，雙手抱著酒盞，把多鬍髭的下巴挨在盞邊上，捲著舌頭說：「八爺，等歇就要拚槍了，您不怕嗎？」

「爲什麼要怕呢？頭兒。」關八爺說：「死後總有一棺之土，何況咱們還各有一半生機。」

「我……」朱四判官斜乜著眼珠；「我說句實話，雖答允跟您比槍，可又有些後悔，正想改變主意呢！」

「那也隨您的便。」關八爺說。

朱四判官的臉色突然有些泛青泛白，抖索著肩膀，詭秘的笑了起來。那不是笑，那是內心一種激烈的痛苦的熬煎，化成一股氣，不能自禁的迸發出來，衝過喉管，衝過牙床、齒縫和鼻孔，使他那張醬紫色的面孔出奇的扭歪著：「直到如今我才知道，我原來是個怕死的人，……早先充膽大，也祇因沒遇上真正的對手罷了！我說八爺，跟您比槍，我實在有些膽怯，您拔槍快，槍法又奇準，祇怕我今天是……活不成了。」

「那倒也未必。」關八爺說：「假如您有顧忌，我倒願慢點兒拔槍。」

「不成。」朱四判官說：「槍子兒不長眼，假如我先開槍，你是準死無疑，您願拿性命送禮?!」

「那要看值不值得了。」

「我疑心您說謊，八爺。」朱四判官說：「我這許多年，殺人也算殺出了名，可就沒想到死是什麼滋味，今兒一想，實在怕得慌。有句話我得問您，世上當真有人能他媽的視死如歸?!刀橫脖子，槍抵胸窩也不害怕?!」

「天下沒有不貪生的人，」關八爺嗟嘆說：「唯有良心能激發人的勇氣，有了它，婦人小子照樣能視死如歸。我並非跟您說道理，您會曉得的——平素持強把橫的人，及至死到臨頭，未必有勇，一樣兩腿篩糠。」

「斟酒來，」朱四判官叫說，又轉朝著關八爺，繼續說：「我還是信不過，八爺，我從沒見過良心像什麼樣兒。我這半輩子耳聽眼見的，是槍聲，是火是血，是仇恨和不平，似乎世上也就是這些了。——拿我的三膛匣槍來，擦槍的絨布和雞油一併帶來……今天我可真算是捨命陪君子，是好是歹也就是這一遭啦。」

朱四判官使絨布蘸著雞油，擦著他那支二分口（槍口緊的槍枝，多係新品，俗稱緊口槍，價較昂，購槍者通常將槍口朝天，倒置子彈一粒，彈尖嵌入槍口二分，即為二分口），烤藍沒褪的新匣槍。關八爺仍然閒閒的把玩著酒盞，一縷游離的思緒，也在跟著盞緣旋轉著。

假如藉比槍的機會，伸槍擊殺朱四判官，那該是十拿九穩的事，可是即使殺了他又當如何？殺人容易度人難，酒席上曾費盡口舌，希望能以言語喚醒他，這人雖是個兇蠻的草寇，卻也跟錢九一樣，是個直性人，又混沌又固執；看光景，自己不捨身，是度化不了他的了！雖說自身死不足惜，但仍有許多該辦的事情沒了，萬一橫屍在對方槍下，柴家堡、萬家樓那一帶民槍由誰去集？鹽市的危局由誰去夥同撐持？愛姑的下落由誰去訪？……別的私仇都可暫放一邊，唯有出賣羅老大，斷送老六合幫，勾結朱四判官，陷害保爺的那個奸徒，決不能放他活在世上，假如那種人能活著，世上就沒有天理了！

「有句話我也得問您，」關八爺明知黑道上的慣例，永不會對外人道及扒灰臥底人的姓名，但事到急處，也不得不硬著頭皮問上一問了：「早些時，您撲萬家樓，那根暗線，是誰替您牽的？」

「我不知八爺您怎的會問起這個來的？——那事跟您無關啊?!」

「不。」關八爺說：「萬家樓房族多，裏面也許另有文章，那我倒無意過問，不過……我總覺得，替你牽線的傢伙，極可能就是通報緝私營，圍殲掉老六合幫的那個人，……那是我必報之仇！」

「噢。……說來您不信，連我也不知他是誰。——最先他是先跟老五接頭的，可惜老五早已死在您那夥人手裏了。」朱四判官追索說：「不錯，我也曾見過他，黑巾蒙臉，騎著一匹白疊叉的黑走騾，他說是祇要我闖進萬家樓撂倒他們族主保爺，除了任意捲劫之外，他們另送大洋五千整。」

「你收到那筆款項了？」關八爺追問說。

「一文不缺整五千。」朱四判官說：「雙方事先議妥交款的地方，在宗祠後邊的石板巷裏，保爺在前面一倒，五閻王就在後面替我收了錢，……若不是你八爺擋了我的財路，我何止祇拿那筆錢？看光景，保爺那條命，您也有意寄在我頭上了。」

「我不能要一個土匪不殺人。」關八爺說：「有七顆人頭抵了保爺一命，咱們算是扯平，保爺的死，你祇是幫兇，我正要追那元兇。」

「話又說回來，八爺，」朱四判官說：「萬一您今天撞在我這槍口上，那就免談了。我若贏了您，我祇答允拚死幫鹽市，使那些人免於一劫，其餘的恕我辦不了！」

「那祇好把我這片心意，交給蒼天明察了！」關八爺整妥杯筷，緩緩的放下酒盞說：「無論如何，我總誠心謝您爲我設宴，如今我關八酒醉飯飽，該是您動槍的時刻了……」說著，反手一推坐椅，緩緩的站起身，朝廟門外的青石方坪走過去。

朱四判官拎著匣槍跟了過來，捱著關八爺說：「依理講，我這種人不配跟您比槍決死，可惜咱們天生就不是同一種人，……我就是不跟您比槍，您也不會放過我，我自私，我要爭這一半免死的機會。」

倆人並肩走到青石方坪中間站定，久候在方坪兩側的土匪全都瞪大了眼睛，伸長了脖頸，一度沉落了的嘈切聲旋又升騰起來，廟廊邊的白馬一塊玉見著主人，引頸發出一聲歡快的嘶鳴。雲散得很快，西側的樹梢上，落著一縷一縷穿透雲塊的黃得過份的陽光。

「奉槍給八爺。」朱四判官說，聲音有些僵涼瘖啞，「用八爺他自備的匣槍。」

從小蠍兒手上接過皮槍匣，關八爺拉出他的匣槍來，帶著無比珍惜的神情，反覆凝視著。這管不算新的三膛匣槍跟自己的性命緊扣在一起業已好些年了，最初拿它護身保命，原沒把它當成飲人血奪人命的凶器看，一年年秋風落葉的辰光，總在飄泊的長途上檢視著它，翻一翻一年來積在心底的舊賬，生恐錯用了它，愧對拴繫在良心上的律法。

亂世人難做也正難在這兒，每個人要活著，又得肩負起從官府潰下的律法——良心的律法，北洋官府非但不除奸剷惡，反養奸扶惡，這奸這惡，都得由人趨身去剷除。這些年來，雖沒逞血氣之勇錯用這管槍，總覺它仍留下了太多的血腥氣，難道這世上的惡人全非得伏屍槍下不成?!

關八爺悲切的舉起眼，斜陽金色的光腳移走在大廟的廟脊上，曾經金碧輝煌的琉璃瓦，因年深日久遭受風雨霜雪的侵襲，已變得十分黯淡了，無數塔松，綠白菌子和粒狀苔覆蓋住久遠的往日，祇留下一片殘陽拍不醒的蒼涼……從斜飛簷角間探出的叉角龍頭，展垂的鳳尾：整條勒滿古式花紋的廟脊上，站立著的各種樣傳說裏的神仙，那世界是和平縹緲的，離開腳下所踏的人間太遠太遠了。……

神仙們治不了這個世界，也度不盡天下的蒼生，我關八又算什麼？盡力求取一個安心罷了！人生數十寒暑，事實上也無法想得太多，顧慮得太遠，有口氣爲人在世，祇能說辦一宗事算一宗事，度一個人算一個人。想到這裏，他眼睛突然明亮起來，發出奕奕的光彩。

「夥計們，豎起兩耳來，替我一個字一個字聽真了，」朱四判官朝兩側揚聲喊說：「我朱四在江湖上闖蕩半生，鳴鑼響角，聚眾拉槍，行過兇，作過惡，抬過人，撕過票（即殺掉人質），在關八爺面前，都由我一人獨擔了！我幹的也是我幹的，不是我幹的，也算我幹的，關八爺找的是我，不會剃你們的頭毛。我是人老骨頭硬，頑石不點頭，是生是死不認罪的，寧可挨槍。……我要槍口無情傷了八爺，我答允他從今洗手，幫他援鹽市，散夥後，願跟的跟我走，不願的不相強。假如八爺他傷了我，世上不差我朱四判官這個壞蛋，你們就聽八爺作主罷。……你們看著辦，能替我備一口薄皮材，不拿我餵鷹餵狗就成了！」

那些土匪們並非沒見過世面，可像今天這種光景，卻都畢生沒瞧過，大夥兒心裏有數，這兩人的槍法都是聞名的，若說槍響不傷人，那就難乎其難了！朱四判官的狗熊脾氣是那種樣，一旦決定什麼事情，九條牛也拉不轉，明知比槍的結果很慘，但任誰也說不上話，這場槍是比定了。太陽一寸一寸的朝下落。風把人汗毛吹得陰陰的。

「請罷，八爺，」朱四判官背轉臉去，噠的一聲抽栓頂火，墊起機頭，苦笑說：「咱們背頂背南北走，小蠍兒，你退在一邊數數兒，一步一數，數至卅，咱們轉臉發槍，每人塡三發槍火，三槍不倒人，咱們各行其是！」

「好罷，」關八爺當場退掉多餘的槍火，徐徐的轉過身子，面對著大廟。一群歸鳥喧噪著，斜掠過廟脊，天頂的灰雲退盡了，露出井樣的深色的藍天。

小蠍兒用數字催著人走。

歸鳥飛進斜陽影裏，祇留下一群迷茫的抖動的黑點，神仙的世界，安然無驚的世界在關八爺凝注的瞳孔裏擴大，他走過去，他希冀中的人間原本是那樣的。

「五六……七……八……」小蠍兒數著。

站立在青石方坪兩側的人群，幾乎連呼吸也停了，變成些木偶。空氣裏也塞滿了死寂，彷彿就要朝開迸裂。

朱四判官的兩腿有些打顫，死的預感圍繞著他，變成一面密密的巨網，網外是一片觸目的黃昏，求生的本能，使他在這最後的時刻抓緊一些游舞得快如閃電的思索，假若想免死，自己必得要搶快半步旋身開槍；關八的槍法遠比自己高明，必得不容他有開槍的機會，要不然，即使自己發槍傷了他，自己也無法逃過他那三發槍火……

「十八，十九，二十……」

朱四呀朱四，你這老狐狸討了一輩子巧，難道竟爲了保命，對關八爺這樣的豪雄也起這種歹心?!朱四判官忽又興起這種自責來。不成！我不能也不配槍殺關八，我得壓偏槍口祇讓他帶傷，我既有這種念頭，焉知對方不手下留情？

「廿六，廿七，廿八……」小蠍兒數著，聲音也變得僵涼了。朱四判官收斂心神，緊一緊滿浸掌汗的槍把兒，等到小蠍兒方一吐出卅兩個字，旋風般的擰轉身形，匣槍的槍口一低，砰砰的點出兩發槍火。

也就在這一剎功夫，眨眼間，他祇看見關八爺挺身靜立著的脊背，長袍飄飄的牽著晚風……他脫口叫了一個啊字，但那聲驚呼並不能召回射出膛的槍彈，大錯已經鑄成了。

大錯已經鑄成了，這結果是他萬萬料想不到的——關八爺在數至卅時，兩手壓根兒沒觸及插在腰間的匣槍槍柄，也壓根兒沒有轉身，他是挺著脊背打算挨槍。

當然他是挨了槍，一發槍火擦過他的左肩胛，使他左手垂落下來，另一發槍火射穿他的左腿，使他的身子歪側著，腳跟抽離了地面，鮮血從兩處傷口湧溢出來，灑在他長袍和靴筒上。他這才手捺著肩膀，緩緩旋轉過上半身，蒼白的臉上仍掛著笑意說：「打罷，頭兒，你膛裏還有一粒火。」

「我看見了！我看見了！八……爺！」朱四判官忽然哀嚎著，屈膝跪在地上：「您不會記恨我罷？八爺，您不是人，您就是神！」

「我祇是關八。」關八爺說，疼痛和暈眩使他咬住牙，額角滾下豆大的汗粒，他原來紅塗塗的臉慘白得可怕，但他聲音仍是溫柔的，充滿了對世上的哀憐：「我……不恨你，我祇盼你記著你的話，救救……鹽……市……罷。」剛說完話，他就咚的一聲慣倒在石坪的血泊裏了。

「我能救誰?!八爺！」朱四判官瘋狂一般的使頭額敲擊著石面，哀聲說：「我這樣打傷您，八爺！八爺！……啊！我是豬，我是狗！我是豬狗不如的扁毛畜牲！我祇能先救……自己了！」

他跪著，最後一束殘陽的黃光勾下他的影子，他挺起身子，把那支尙餘一粒槍彈的匣槍槍口反頂住自己的額角，跟著就響起一響悶悶的槍聲。

連天和地全跟著紅了。

朱四判官的靈柩就停在大廟的前殿中央。

那口黑漆大棺材是羊角鎭上一位信佛的老太太捐出來的，她爲著他，捐出了她準備多年，自己要用的壽材。她相信朱四判官死後不會受地獄之災，就因他臨死前找著了他自己扔棄半輩子的良心。

「嗨，放下屠刀，立地成佛呀！」她數著唸珠說。

成佛與否是世人的事，朱四判官是不會知道了。他的死被羊角鎭上的人們風一般的播傳著。他死後，他手下的七八百支槍並沒風流雲散各奔東西，暫由小蠍兒領著，一方面替他們死去的頭兒護靈，一方面等著帶重傷的關八爺傷勢略痊時，吩咐行止。至少他們已跟著四判官死過一回，復活後都不再是土匪了。

躺在祥生堂中藥舖裏的關八爺是清醒著的，唯其清醒著，當小蠍兒進屋稟告朱四判官自己槍擊天庭時，他的痛苦就比傷口之痛更深了。

「這都是我的錯，」他流下不輕易湧溢的眼淚說：「我存心捨己救他，成全他的聲名，誰知反而害了他，我不知你們頭兒竟這樣烈性！」

「您一樣成全他，他可又成全了咱們幾百弟兄。」小蠍兒說：「咱們落草爲寇這多年，誰不是滿手血污？如今大夥兒全有意學著爲『人』，祇有靜等八爺您吩咐和指撥了。……您也甭太傷神，養傷要緊。先把彈頭鉗出來，再行敷藥調息，不久就可痊癒的。」

「我不能不想著，」關八爺沉痛的說：「你們頭兒要死也該死在鹽市，不該死在這兒，死在他自己的槍口上……這正是他過份愚拙的地方，他這樣一死，我雙肩上的擔子，就重得夠挑的了……他存心留我一命，讓我獨挑這付擔子，我怎能不挑?!怎能不急?!」

「急是沒用的，八爺，」小蠍兒說：「俗說好漢單怕病來磨，您的槍傷更重過病患，不按部就班的調治是下不得床的了！」

「調治歸調……治，」關八爺喘息說：「有些事情，你得急著替我辦一辦，如今我是個帶傷的人，命還攢在你們手掌心，我逼殺了你們的頭兒，你們該怎樣處斷我不必猶疑，……好，就算你們信得過我關八，你們頭兒也曾說過『不必相強』的話，你出去問問他們，願不願爲鹽市捨命？願的就留……著，不願的就……遣散了……罷。」

「這我照辦，」小蠍兒說：「不知八爺還有什麼吩咐沒有？」

「煩你替我備一份紙箔，」關八爺說：「一俟彈頭取出來，我就得去奠靈！我的白馬鞍韁煩替我備妥，我不能因傷勢耽擱行程。你知道，鹽……市是座……危……城！」

「您想帶著傷上路？八爺。去那兒用得著這麼急法兒？」小蠍兒驚得張口結舌說：「那可不是?!……」

「不必爲我擔心了！」關八爺說：「這就算我的吩咐罷。我走後，你能集聚起多少人槍，就暫時紮在鎮上，聽我的消息再朝南拉，柴家堡、萬家樓是否肯拉槍助鹽市，目前還說不一定，非等我去後才能見出分曉。」

小蠍兒瞧著對方疲倦的臉色，心裏老大的不忍，爲怕他說話太多，耗傷元氣，就欠欠身子，悄悄的掩上門退了出來。

而關八爺還在裏間獨自喃喃著，他明白自己的傷勢，肩傷並不重，祇要傷口不化膿潰裂，不消三五天就能合口了；而腿傷不同，彈頭深嵌在腿骨裏，即使順順當當的取出來，肉傷易痊，骨傷沒有百天養息是難得痊癒的。一百天是多長的時光？若按常理去養息療傷，一百天後，鹽市也許會變成一座火燒的廢墟，萬人埋骨的墳場了！……明知這條左腿在養息沒痊時行動定會成殘，也顧不了那許多了，救鹽市賣命全不足惜，何況一腿?!

就因抱定這樣想法，所以當祥生堂的中醫把彈頭夾在盤子裏，血跡沒乾，關八爺就扶創而起，嚷著替他備馬。但他雖有鐵打的心志，卻沒生就鐵打的身體，創口的劇疼使他陷入昏迷，直至朱四判官出殯前一天，他才勉強能扶杖下床。

「我這一躺，躺有多少天了？」

小蠍兒屈指數算著：「連今天算在一起，才過了十三天。依您的傷勢來看，還是不宜走動，醫生說，不過百天走動，傷筋損骨，腿會成殘的。」

「十……三……天，」關八爺自語著，一臉的焦灼與懊傷：「你有得著什麼關乎鹽市的消息嗎？」

「我曾差人下去打聽過，」小蠍兒說：「至今差去的人還沒見回來。」

「你可不能把我瞞在鼓裏，這樣，你就害了鹽市了，」關八爺說：「我瞧出你在說謊！那謊話藏在你的眼裏，你瞞不了我，……說實話罷，鹽市怎樣了？」

小蠍兒囁嚅著垂下頭去：「八爺，您包涵點兒，為了您的腿。……鹽市的風聲很緊，原先一直鬧病的師長，發覺小菊花那姑娘在暗裏搗鬼，前幾天把她殺在西校場。聽說孫傳芳連來幾封急電，一再限期破鹽市，這幾天，江防軍業已在東西兩面跟鹽市接火了！我並非要說謊，八爺，實在是……你那腿創不復元，乾急也沒有用場。」

「替我備馬！」關八爺壓根兒沒理會小蠍兒下面談些什麼，暴躁的嚷著。

臉朝著朱四判官的靈棺屈膝跪拜時，關八爺就覺著腿上的傷口復裂開來，鮮血順著褲管滴在靴筒裏，但他咬著牙沒吭聲，沒有時間再讓他顧及這些，他金花游舞的眼裏，祇看見鹽市的危亡。……天已過午了，陰霾霾的，頗有雨意，但他必得立即上馬趕赴蘆葦蕩那邊的萬家樓去，無論傷勢怎樣，他也要死死撐持著，白馬放韁後，頂多入夜，就能趕至萬家樓。

他沒有要小蠍兒派人護持，逕自翻上馬背，領韁催馬哨出羊角鎮南門，順著低斜的荒路撥馬南行。

過度的焦灼找不著出處，此時此刻，關八爺滿心塞著空空盪盪的淒茫。人生就像眼前天色一樣的陰霾灰冷，不知怎樣撥開雲霧覓得著陽光？就拿西道上這條荒路來說罷，幾乎寫下了自己悲涼的半生，替老六合幫拉縴的日子寫在一塊滾動的雲裏，那些慘死的弟兄們曾互相吐述過的故事，繫在走過的蘆葦曠野的風中，幾個月前跨著麥騾，領著十六輛鹽車走過這裏；霜花抱樹，寒風刺骨，一轉眼間又變成遍野鬱綠了，那些弟兄的墳頭，怕也已遍生綠草了？……

不錯，那時朱四判官插過狼牙樁，威風凜凜的圖捲萬家樓，而今也不過躺在七尺之棺裏，等著埋進黃土，一別半載的萬家樓，誰知又起過什麼樣的變化呢？正因爲人事變遷太大了，料想不到的岔事太多了，像保爺被殺，鹽市舉槍，四判官飲彈，六合幫離散，才使得自己僕僕風塵，疲於奔命；自己雖爲苦難人間盡力，誰又能知結果如何?!

管它悲涼也罷，灰黯也罷，活一天總得朝前走一天，不止一回，自己常拿這話來勉慰自己，萬一走不動呢，爬也總得朝前爬了！左腿的傷處痛得麻麻木木的，涔涔的血水把褲管濕得黏在腿肉上，關八爺仍然咬牙叱著馬。

這回到得萬家樓，必得使大義說服業爺，鹽市這一舉關係太大了，假如合各方之力，能一戰擊散江防軍，孫傳芳的大軍在江南被北伐軍咬住，勢必無法抽調更多軍隊過江，前方後背內外受逼，孫軍極可能不戰自潰。北伐軍早一天過江，北地人們少受一天煎熬，他業爺該懂得這個道理。

業爺雖沒有保爺那樣精明果斷，但總該信過自己罷？何況還有個與自己極爲投契的珍爺幫著拿主意呢。也許當初自己拒婚的事，會使珍爺記恨自己，記恨我關八太不通情，如今再仔細考量，當初自己的決定一點兒也沒錯在那裏，菡英姑娘雖有些男人家的野性，終究是大家閨閣裏嬌養的千金……

誰不想有個遮風擋雨的小窩巢，供人從無盡的江湖道上息止？誰不想在終年飄泊中抓住一把根鬚？而關八不是那樣人，也沒生那種命，說什麼也不能拖累她，剖開自己的心胸腑腹，攤掠出的不是柔情，祇是鮮血；單是人間重壓已使自己透不過氣來，還能再加上情累麼？……鹽市如今戰火殷紅，關八必須赴死，珍爺兄妹若是明眼人，就該體諒我當初拒絕婚事的用心了。

一陣輕微的暈眩的黑浪湧向眼前來，逼得關八爺不得不兜住馬韁，手扶在判官頭上閉了一會兒眼。過了好半晌，強自撐持著低頭去看傷口，不單褲管浸泡在血裏，連馬鞍上、馬腹上全沾染得透紅，短短的靴筒裏灌滿血槳，溢出靴口朝外流，一路全滴著錢大的血點兒。

假如像這樣下去，也許在半途上就會因失血過多，從馬背翻落下來，無依無靠的死去了。關八爺想到這兒，不由心頭一凜，立即抽出攮子來，割斷袍角，齊傷口以上，緊緊的勒了幾匝，覺得這樣雖然不能完全止血，至少也可以延緩時間，不至把體內的鮮血流盡。包紮了傷口之後，就猛力的使單腳磕鐙，催馬疾行。

處在這樣危急無助的辰光，天頂的重重疊疊的灰雲推湧著，翻滾著，互相交錯著，一陣狂風揚起路面的糙沙，雨意可愈來愈濃了。關八爺仰臉望望天色，兩道濃眉不由緊蹙著劍立起來，透過他飽有經驗的眼，他曉得這場雨再不是綿綿的春雨，卻是春殘夏接的季節中偶興的雷暴雨。

他兩耳仍極敏銳，聽得見半空滾動雲層裏嗡嗡的水鳴聲，這種水鳴聲，正是雷暴雨來臨前的最顯明徵兆，民間通常把它傳說成雲縫中有蒼龍使巨尾絞水。而這種水鳴聲在先，沉雷在後的雷雨，不同於一般雷雨之處甚多：一般雷雨來得快去得快，多係驟雨和陣雨，不致耽擱長途趕路人的行程太久，祇消找個落腳處暫避片刻就行了，而這種有蒼龍絞水的雷暴雨，卻是發大水、起大汜的根源，因爲它不單雨勢極爲威猛，落雨的時間更長，一旦落下來，瓢澆似的嘩嘩傾潑，說不定能落幾天幾夜。

自己並非怕雷怕雨，常年走在長途路上，風霜雨雪也不知經歷過多少，上回冒著大雪趕路，也並沒把人難倒。但目前不同，自己知道沒合口的槍傷傷口最怕遭雨水，若被生水泡過，勢非化膿潰爛不可；再者，傷口正在流著血，單是血漿見了風容易凝固，祇要不經受劇烈震動就能阻住新血外流，但一遭雨水就不同了，還沒來得及濃凝的血漿會被雨水沖落，新血混了雨水，會流得更快。

這些還不是最可憂慮的事，頂使人擔心的卻是白馬一塊玉容易被暴雨驚嚇，發力狂奔，平時還好，帶著傷使不上全力，很難控得住韁繩，萬一在暴雨中墜馬，大羅神仙也救不活自己的性命，自己墜馬不關緊，救援鹽市豈不是也將化成一場夢幻煙雲?!

雲層急劇的翻滾著，朝低空漫壓下來，天地隨著昏暝，猶如夜暗將臨，一陣陣貼地吹刮的疾風把帶粒的糙沙捲揚起來，唰唰的鞭打著關八爺飛飄的袍角；空氣是濕潤的，帶著一股雷雨前常嗅著的銅腥味，雨點還沒打下來，而雨水的冰寒之氣已經降落，透過人的衣裳浸入人的肌膚。風勢愈刮愈狂，刀劈一般的使路旁行林的枝葉飛翻，許多由細枝互擊產生的綠色碎葉，也漫空飄舞著。

陡地在眼前掠起一道鞭刷似的大閃，緊跟著響起一聲長長的繞雲滾轉的雷聲，這是一聲催雨雷，俗稱打天鼓，雷聲威猛，繞著天腳轟隆了半個圈兒，使極遠處撞響了隱隱的回聲。

遠處的蘆蕩梢尖上走著風的大浪，暈暝中聽不盡鳥雀的撲翅驚鳴，令人駭怖的雲腳朝下伸，和四周的林梢相合，一絲一縷的雲氣游著舞著落入曠野，煙非煙，霧非霧，真像想攫取什麼的龍爪一樣。

白馬迎著撲面而來的浸寒的雲氣，抖開的鬃毛劈破聲勢虎虎的狂風，嚄嚄的鳴嘯著蜷蹄奔馳，彷彿這天地之間，祇有這一人一馬才配領受這天，這雲，這滾動的雷響和虎虎的狂風。牠奔馳著，牠白色的身影穿雲撥霧，像一條矯健的白色游龍，牠雙耳像兩柄合攏的白刃，在極度敏性的顫索裏聽著八方的消息。牠前蹄踡刨在糙沙之上，蹄花總在身後丈許遠近騰揚，牠的肚腹幾乎貼著地面，牠似乎知道主人的心事，奔馳得平穩急速，有若騰雲。

在雷暴欲臨沒臨的這一刹，關八爺摒除了一切游亂的意念，全神貫注控韁催馬。他想過，無論暴風雨怎樣險惡，對他的傷勢怎樣不利，他既離開了羊角鎮，就不能半途折返。情勢逼得他祇有一條路可走，這場暴風雨他是非冒不可的了。可嘆的是這一路如此荒涼，一去卅里難見人煙，根本覓不著聊避風雨的地方，萬一暈眩落馬就是死路，除非能早一個時辰趕到三里彎的小野舖，……但那是來不及的，暴雨業已隨著另一道大閃，另一聲催雨雷，從蘆葦蕩那邊傾潑過來了。

暴雨傾潑過來，閃動著一片密不分點的白汪汪的水光，鯨吞了那片密密札札的綠蘆葦，遮斷了前路上的林子，包籠了原野上一切景象，慢慢朝白馬奔行處聚攏，第一潑雨聲大而稀，但極爲沉重有力，叭叭叭叭，像落雹似的激射在沙路上，把路面浮沙打得深凹進去，成一些雜亂的銅錢大的穴窿，雨點的水暈繼續在窟窿四周擴散著。

一隻逞強的癩鷹低旋著，發出無可奈何的驚惶而又憤怒的啾鳴。關八爺搖搖頭，因爲他似乎聽見在什麼地方，在遙遠的身後，有人在呼喊著他。

「關……八……爺……」

「關……八爺……」

但那聲音是斷續而微弱的，常被狂風劃斷，他再想留神諦聽時，嘩嘩暴射的雨聲業已吞下一切聲音，根本什麼也聽不到了。那會是誰呢？那極可能是小蠍兒他們，瞧出天色不好，放不下心，領了一撥人騎馬直追下來。但那是沒有用的，不論生死，這趟萬家樓自己是非去不可的了。

雷暴雨的來勢那樣猛，雨水嘩嘩朝下傾倒，雲低得能打著人頭，從額上不斷滾落的水珠使人張不開眼，壓根兒分不出哪兒是天？哪兒是地？哪兒是雲？哪兒是雨？閃光連著閃光，一支支慘白的活珊瑚使人心驚目眩，雷聲在雲裏嘩笑，雨水是冰寒的箭鏃，把一個帶著槍傷的豪士折磨著，轉眼功夫，關八爺全身從裏到外全都濕透了，爲了便於呼吸，他幾乎伏身在馬背上，深深埋下頭，一任白馬朝前奔馳。

雨水傾潑著，閃電是游竄的青蛇，是煉獄裏的魔火，那樣反覆的，肆意的，禪續的，要捕獲一個人，焚燒一個人，吞噬一個人，熬煉一個人！關八爺咬緊牙根伏在馬背上，雨水從他背脊上蹦開，他把手棚搭在眉上，偶爾睜開眼縫，沙路已不是沙路，是褐黃帶黑的河流，天光是青的，是黑的，是慘慘的粉青，是刁刁的墨黑，一切安謐的柔美的自然風情，都被這場惡意的暴風雨破壞了，撕裂了。天和地被孤立起來，變成蠻野的原始的洪濛，不見走獸，不見飛禽，滿眼祇見青蛇游竄，魔火抖閃，滿耳祇聽得嘩笑的雨點，嘩笑的雷聲；這正是幼年時噩夢中常見的煉獄景象，而今陰山背後的煉獄已落在人間……

白馬一塊玉不愧是一匹名駒，牠並沒有被滿天游閃和震耳的暴雷所驚，馬蹄潑著含沙的濁水，認準草尖夾峙著的朦朧的路影朝前奔馳，馬背上的關八爺渾身冰寒，全靠著白馬身上蒸騰的汗氣溫暖心窩。彷彿有一座荒村，一座碾盤，在幽靈般的閃光中移轉一下，閃過去了。

路邊的柔草被暴雨蹂躪得慘不忍睹，草葉寸斷的，埋入泥沙的，根鬚暴露的，隨水漂流的不一而足；在這樣鬼氣森森的青幽慘白而寒冷的閃光世界裏，在關八爺透明凝注的眼瞳中，似已活化成某種不幸的、苦難的、在暴力侵凌下所形成的象徵，那不再是野生的柔花柔草，而是許許多多扭歪的、殘破的、流血的人臉。莽悍的朱四判官不曾想到這一點——天生純樸善良的人是無可指摘的，他們必須有人拯救！……在閃光過後的黑暗裏，那些人臉紛紛旋轉，從暴雷的巨響背後，他聽得見那些無聲的號泣哀啼。

閃過去，使人目盲的閃光和陷塌的昏暗，閃過去，雪青雪青的林枝——一些鬼魅般的戟立的尖牙。狂暴的雨點鞭打著他，不歇的閃光鞭打他，這原始的洪濛般的世界是一匹蠻野的獸，獰笑著舐吸他創口流迸出來的血液，他不是什麼銅打鐵澆的英雄豪傑，他的鮮血時時不斷的迸流，使得他肉體極感疲弱。他渾身浴著摻和了血水的雨水，開初是極度的寒冷，後來變成一種燒灼，復由燒灼變成麻木。他的臉在閃光中更加青白，他的唇變成烏紫色，他惟一可憑藉的不再是一向健碩的軀體，祇是一種痛苦的愛心所結成的意志，……萬家樓，萬家樓……伏身馬背的關八爺，在半昏迷中，仍然這樣反覆的自語著。

老天彷彿要存心折磨這樣的一個人，閃電嬉弄著騰汗的白馬，咯喳喳的響雷就在他頭頂上炸裂，電光劈中路邊的一棵古樹，連枝帶葉撕裂開來，騰著白色的煙氛，一隻被雷火灼傷的鴉鳥跌落在水泊裏，歪著身子，哀切的撲搧著翅翼啼叫著，作本能的掙扎，但那是徒然的，鮮血從牠喙間溢出來，牠歸入了這場劫難。

三里彎路後的野舖的影子打一個盤旋，從白馬的身邊閃移過去。暴雨並沒減弱。

而天卻真的黑了……

關八爺並沒聽錯，在這場可怖的暴雨中，距他身後一里地，確有七八匹馬在追著他。關八爺槍傷沒痊，執意要親去萬家樓，小蠍兒跟幾個頭目們雖不敢頂撞他，暗地裏總放不下心，所以大夥兒計議妥了，祇等關八爺馬出羊角鎭南門，就由小蠍兒自領七八個人撥馬躡護著他。誰知白馬一塊玉的腳程太快，一般馬匹差得很遠，行不多久，就連關八爺的影子也見不著了。

經過一段荒路時，不知是誰首先發現了迤邐的血跡，驚叫說：「不妙，八爺他……想必是傷口破裂了，咱們務必追上去，勸他回鎭。」

「天色更糟，」小蠍兒說：「眼看要起大雷雨，八爺爲早天救援鹽市，眞的豁著命幹的。……說句眞心話，旁人都死得，唯有八爺這種好漢子死不得，他那傷口要是沾上生水……殘廢算輕的，祇怕連命全保不住，咱們放馬追罷。」

就這樣，七八匹馬迎著風雨直追下來，並且一路綰起喉嚨叫喊著，但得不著半聲回應。他們一樣的淋著雨追到夜晚，精疲力竭的投到三里彎沒鼻子大爺開設的小荒舖裏，討了一盆火烘衣，又叫些燙酒來溫暖身子。

「這一路沒見著人影，」一個漢子擔憂說：「八爺傷口流血過多，半路上會不會弄出岔子？」

「我想不會的。」另一個說：「八爺的馬快，也許這陣子業已進了萬家樓了。……可惜雨潑得太兇，一路全是水泊，找不到馬蹄印兒。」

風和雨仍在荒舖外翻攪著，把卸落的窗篷弄得咯咯作響，肥胖的沒鼻子大娘正在拌料餵馬，一面低聲的嘀咕著她的矮老頭子，聲音細碎，絮絮叨叨的不知說些什麼。

「我曉得，」老頭兒嗓門兒倒滿大：「我生著兩眼幹什麼的?!一眼瞅上去，就知他們是朱四判官的人，從羊角鎭下來的。……我還怕什麼?誰還能再割掉我一個鼻子?!妳怕他們吃東西不給錢?把門頂上，風太大了！」他朝客堂裏伸著頭叫說：「甭等燭火被風吹熄了，再耗我幾支火柴！你們這些土字號兒的大爺。」

「你不要命了?!老砍頭的。」沒鼻子大娘罵說。

老頭子眼一瞇，牙一齜，喝熱湯似的笑起來：「妳甭替我擔心，——我這幾根老骨頭打總算，也不夠一顆槍火錢的，就算他們愛吃人肉也輪不著我，我是哇哇哇，黑老鴉，連肉也是臭的酸的，聞聞就夠了。」

客堂裏圍著一支白蠟喝著悶酒的漢子們，也都被沒鼻子大爺這番話逗笑起來，祇有小蠍兒雙手抵著下巴，兩眼癡癡楞楞的望著飄搖的燭焰，顯出焦慮不安的神情。

「你們頂著這場雨，真像頂著刀。」沒鼻子大爺見了人，就像蒼蠅見血一樣的犯了老毛病，捏住煙桿踱過來找話說了。

「問問他罷，蠍爺，」一個說：「他也許見著八爺了的。」

「我說，沒鼻子大爺，我想問問您，」小蠍兒說：「天將落黑時，您見著一個騎白馬的漢子打從舖前經過沒有?……這事是很關緊的，他帶著槍傷……」

「沒有，」肥胖的沒鼻子大娘挺著肚子搶過來插嘴說：「我們恁什麼全沒見著，連老鼠毛全沒見一根。」

「原來你們是追人的。」老頭兒抽了一口氣說：「那人是叫你們開槍打傷的?朱四判官半輩子沒幹過好事，日後該翹著屁股下地獄眼兒。」

「咱們不再幹土匪了，沒鼻子大爺。」小蠍兒說：「咱們的頭兒四判官也已經死了。咱們弟兄如今全要跟著關東山關八爺去助鹽市，關八爺是跟咱們頭兒比槍時帶下的傷。傷沒好，他就急著要來萬家樓……咱們不放心，跟著下來，卻找不著他。」

「嘿，你們可真會說謊！」老頭兒說：「專拿鬼話騙人。你們哪兒是追什麼關八爺?!你們是踩路兒，接暗線，打算再捲萬家樓！上回你們開槍蓋倒了保爺，這回更辣刮，沒動手就先害死了業爺。」

「誰害死了業爺了?您說。」

「有人在水塘邊打算掬水喝，忽然發現腳下有根蔴繩頭露在水面上。」沒鼻子大爺說：「那人一時好奇，伸手拉動一下，業爺就從水底翻了上來，雙手反縛著，背上還著人繫了一柄鐵犁頭。——他腦後有裂傷，是被人先拿鈍器擊倒後，沉屍在塘裏的。想來你們比我清楚，——萬家樓的人眾口同聲，全說是朱四判官害的，說四判官槍馬聚屯在羊角鎮，就是爲了再捲萬家樓。」

「天曉得?!」小蠍兒雙手捏著拳，叫說：「天曉得，朱四爺死後還揹了個謀殺的罪名！若論歹毒，這人可真歹毒到家了。」

「虧得咱們適才沒拉韁直放萬家樓。」一個說：「假若冒冒失失靠近柵門，怕他們不拿咱們當土匪辦?叫割掉了腦袋怕還不知是怎麼死的呢！」

「這宗事可不是咱們的人幹的，老爹。」小蠍兒說：「咱們的頭兒業已死了十三天了，羊角鎮的人全曉得這回事，……關八爺離鹽市，打算說動咱們拉槍去鹽市保民，頭兒拗著性子要跟他比槍，槍傷八爺後，他自戕死了的。關八爺掛慮鹽市安危，放馬下來找業爺……卻不知業爺遇害了……」

「就算八爺業已進入了萬家樓，他這趟也算白跑了，」一個熟悉萬家樓內情的人說：「業爺遇害後，若是小牯爺作主，事情還好辦，要換了珍爺作主，準不肯拉起槍隊去助鹽市。珍爺是個文弱書生，一向沒有膽量，他未必肯大明大白的開罪北洋軍。」

「萬家樓肯不肯聽八爺的話，那還在其次，」小蠍兒說：「咱們要槍玩命，卻不怕開罪誰，即使北地這些大戶不肯拉槍，咱們好歹還有幾百人槍，好跟江防軍豁著幹一番。目前最使人擔心的，還是八爺怎樣了?!」

一提及關八爺，大夥兒就捧著臉沉默下來了；無論這半個月來起了多少變化，朱四判官手下人總和萬家樓的人有著極大隔閡，想盤馬直進萬家樓是行不通的；說退回羊角鎮罷，更解不得懸慮。窗外的雷聲像巨碾，輾壓著四野，閃光擦白了油紙窗，雨在傾注著……

雨在傾注著，萬家樓的燈火在關八爺的眼裏盞盞都成了雙的。他畢竟撐熬過這半日的馬程，馳過古老的七棵柳樹來到這裏了。萬家樓在這許多年裏，一直是走西道推鹽漢子們的中途站，自己也曾在鎮上盤桓過不少的日子，萬金標老爺子對江湖浪漢的關注與照拂，萬家樓住戶們的溫厚和平，都暖暖烘烘的久漾在人的心上；除卻黑裏那個久已殘破的老窩巢，若說那兒還有個停翅暫棲的地方，那就該算萬家樓了。

或許因著落暴雨罷，萬家樓南北大街上燈火零落，顯得分外冷清，大部份店戶人家都提早收市了，祇有茶樓、浴堂等處還有暈濛不清的燈的光球，隔著密雨閃亮著。

白馬經過這一路奔馳涉跋，渾身滿是泥污，被雨水沖出條條黑跡，渡過溝泓、涉過水泊的行程對於牲口是一種艱苦的折磨，饒是牠有無盡潛力，也乏得嘴角噴著白沫，順著馬環節一路流滴著。

馬背上的關八爺更慘，他渾身麻木，體內寒熱交迸，每一環骨節都像鬆脫了一樣，整個左半身受傷勢牽制不能動彈，祇能歪側著身子，由右臂攏著韁繩，緩緩催著馬走。馬進柵門時，守柵的槍隊上的人跟他說些什麼，他聽不見，那些浮泡樣的語音被耳內的嗡嗚擊散了，他的眼也彷彿是半盲的，白的青的黑的白的青的黑的……交互在眼瞳裏騰跳著，追逐著，成一些渾噩的錯亂的斑斕，浪似的湧騰、退落，旋又湧騰；斑斕暫退的一瞬，藉著雷電的閃光，他能夠迅速瞥見萬家樓重疊著的方形樓影奇異的高舉著，一邊被閃光刷白，另一邊是一片黑暗，閃光抖動，樓影跟著抖動，彷彿驟然的彎曲著崩頹下來，擊向自己的額頭。

他在冷寂的街道上，在暈眩的敲擊裏，祇有一絲搖曳的意念仍在招引著。他實在撐持不住了，渴需有一爐火，有鬆軟乾燥的衣物，有一些熱酒，一張眠床，需有一個醫生重新爲他敷紮傷口。他覺得半生從沒像今夜這樣衰頹過，軟弱過。他盤馬轉過橫街，望見了張掛在拱廊高處的「萬梁舖」的燃著的燈籠。

有人從店堂裏走過來，燈籠搖曳的碎光使他認出來人，那是在萬梁舖多年的老賬房程青雲，他仍然戴著那頂閃光的青緞瓜皮小帽，穿著整整齊齊的長袍馬褂兒，瞇著眼，弓著腰，細頸子朝前伸得長長的，手裏還捧著一管水煙袋，翹起的無名指和小指間倒夾著火紙媚兒（**燃煙用的一種紙捲兒**）。

關八爺想招呼什麼，但他牙關咬僵了，張不開嘴來，程青雲的臉在他眼裏像隔了一層雲霧，時而變扁，時而拉長，時而飄飄盪盪的像一張剪紙，時而又變得碩大無朋……人在雨裏浸泡著還不覺得寒冷，馬到通道間，經穿堂風一吹，滿心就像埋進冰窖一樣。

老賬房程青雲的眼力不濟，見有牲口進店，就趕著出來迎客，人到燈籠下一抬眼，不由驚得登登的後退了兩三步。哪來的這匹馬？像從淤泥河裏洗了身子來的，渾身全是濺污的泥漿，鬃毛上也遍黏著殘碎的草末，馬背上的人更是夠瞧的，一身衣褲像打水裏撈起來一樣，滴噠滴噠朝下滴水，把通道的方磚全滴濕了一大片。

雖說驚詫著，仍然掛下笑臉來說了：「您啦，也真是……什麼樣的急事兒？用得趕夜頂著這塊漏天出門？又是雷，又是雨的……」說著，並不見對方答話，再一瞅，不由驚叫說：「啊，血！……您是哪兒帶了傷了？……來人，扶著這位客人下馬。」

但對方終於開口了，聲音粗啞，像地獄的鬼靈：「你認不……得……我了？……我……我是關……八……」沒等店小二趕來扶人，關八爺的右腳脫了蹬，整個身子軟軟的滑下馬背，那樣暈厥在地上。

不知經過了多麼久的時光，蠕蠕流進喉管的熱湯使他醒過來，眼前是一盞戴著細瓷燈笠的煤燈，一圈黯黯的燈華映著幾張人臉，仍然有些奇幻，有些飄浮，彷彿雙耳生了翅翼，搧乎搧乎的朝上飛著。他醒過來，發覺這是萬梁舖的一間套房，自己仰躺在暖熱的眠床上，正像是一場夢境。

「好了，好了！八爺他醒轉過來了！」誰說。

「真算是暴雨落飛龍，」老賬房的聲音有些飄忽：「自打去年朱四判官夜捲萬家樓之後，八爺領著鹽車一去就沒消息，光聽南邊來人鬨傳著，這些時八爺他怎樣怎樣……誰知他竟傷成這種樣兒?!……您說他這傷勢？……醫生，關緊不關緊？」

「嗨，這種透骨槍傷，最怕過早活動，更切忌沾上生水，如今他傷口迸裂，染了泥污，加上冷雨一激，使腿筋扭結，……人又受了寒熱，失血這麼多，鐵打金剛也虛弱不堪，即算能活得，也勢必成殘了。」

「我說八爺，您打哪嘿來？您究竟是怎麼了?!」老賬房幾乎哀哭下來，抓住關八爺的手說：「您是萬家樓的恩主，您竟……」

「不要煩擾他，」醫生說：「創口的血，我已替他止住，他半條腿的浮腫，要用熱敷替他散，另外我開下驅寒熱、健心脈的方子，快著人去配藥，讓他靜靜的睡罷。」

關八爺緩緩的閉上眼，一片夢的輕雲把他輕輕托起，他看見高高的河壩上的鹽市浮在一片血海上，槍煙亂迸著，火焰蔓延著，無數伸長頸項的人臉在驚呼，但它逐漸的沉下去，沉下去，血海在翻著泡。

「我……要見業……爺……」他囈語般的呻吟著。

「業爺叫人謀害了。」老賬房說。

這一聲，把關八爺從恍惚中重新喚醒了，大睜著眼說：「什麼？您說業爺遭人殺害了？是誰殺害了他?!」

「我不該在這種時刻告訴您的，八爺，醫生說……」

「誰?!」關八爺仍然固執的吐出這樣的問詢，他用眼睛等待對方的回答。

「人全說是朱四判官謀害的，」老賬房說：「全說朱四判官馬屯羊角鎮，就爲了再搽萬家樓，可憐業爺已經死了好幾天了，您再見不著他了。」

一個迷離的疑竇擴大成一片幻黑，撲在關八爺鬱結的肩上。這是不能相信的疑案，業爺不會是已經死去十三天的朱四判官謀殺了的，朱四判官死在業爺之前，是無庸爭辯的事實，那麼這放出謊話的人就該是疑兇！……自己雖然已成了一頭和傷病掙扎的困獸，但這事卻非追究不可。

「業爺他是怎樣死的？」

「誰也弄不清楚。」老賬房說：「春頭上，老七房的菡英姑奶奶生了病，常咯血，珍爺怕她悶著了，就搬出老宅子，住到沙河口田莊上去養病，每隔一段日子，業爺常騎馬下鄉去看菡英姑奶奶的病，……這回他出門三天不見回來，鎮上也沒介意，總以爲業爺在那邊住下了，誰知就有人跑來報了信，說在鎮外水塘裏發現了人屍……」

關八爺凝望著沉黑的屋樑，就那樣出神的發著楞，不再言語了。老賬房悄悄的掩上房門退了出去。

雨還在落著，祇是沒了閃和雷。……身體還是異常虛弱，這該是另一天的夜晚了，人在輕微持續的暈眩裏，思緒總有些飄忽。從老賬房嘴裏聽了很多萬家樓的變故，這些變故總令人覺著哀傷，萬家樓枉死了一個保爺，已經太不公平，像業爺那樣穩沉忠厚的人，更不該被人暗殺沉屍！……菡英姑娘原是那樣歡樂明快的人，一朵花樣的年歲，怎會生了咯血的毛病？莫非是……可嘆的正是她一縷癡情。

「程……師……爺。」關八爺忽然想起什麼來，叫說：「程師爺，如今萬家樓誰是族主？」

老賬房緩緩推開門踱進來。

「八爺，您還是養息著罷，醫生他說過……您甭急，依我看，長房倒了保爺業爺兩弟兄，輩份長的再沒人了。這多年族主全在長房，如今族裏就得開祠堂門聚議另推人，除了老二房的牯爺，再不就該是珍爺。」

「煩您差人稟上牯爺一聲，」關八爺說：「我帶著傷病來萬家樓，沒能立即踵府拜望他，但我有刻不容緩的要事要跟牯爺當面商量，明天一早我就去看他。」

「您千萬動不得，我的八爺，」老賬房慌說：「您傷成這種樣兒，倒是怎樣下得床，出得門？……適才我業已著人去通報牯爺去了，牯爺今夜不來，明早定來，您儘管安心歇著罷。」

一層倦意襲上關八爺的臉，他吁嘆著，無力的垂下雙手。

老賬房挨過來，捻黯了煤燈。再一次退出房門，不解的搖著頭。一生快過完了的人了，常年迎賓送客，有幾個關八爺這樣的漢子？去年冬天在萬家樓邀擊匪群，鞍掛七顆人頭替保爺奠靈，何等的威風，何等的氣概，哪一點也不輸演義說部裏的豪傑英雄。一轉眼間，跟隨著他走道的六合幫那干漢子們風流雲散了，他像離群孤雁似的索落的單飛著，又不知從哪兒帶下這身槍傷，難道說，自古來豪傑英雄就該受這樣悲慘的折磨？……若逢著萬老爺子在世，或是保爺兄弟不死，也許還能助他一臂之力，可悲的是萬家樓連遭變故，他就是有事找上小牯爺，萬家樓怕也無力助他了。

夜朝深處走。雨仍在嘩嘩的落著。

雨在嘩嘩的落著。一盞高腳美孚燈仍亮在古老的妝台上，寡居的愛姑常這樣，總是不爲誰刺著繡著的守著夜，守著明月守著雨，守著這樣一盞黯黯的孤燈。八歲大的繼子治邦雖是極可人意，孩子家終難解得她內心深處悲悲切切的愁情。每當孩子入睡後，她必得孤伶伶的打發這長長的夜晚，繁華的萬家樓是她荒涼的瀚海。

小姑奶奶萬菡英是唯一關注她的人，一冬風雪裏，常傳喚自己過去，藉刺繡、描紅，閒閒的談說消磨長夜，在萬家樓，她是自己一把黃羅傘，誰知她也是個傷心人?!

打小姑奶奶遷居沙河口，自己不但失去了閨閣知音，也失去了凡事替她揹著扛著的人，寡居在萬家樓是一種苦刑，苦的不是自己的孤單寂寞，卻是那些猜疑的眼神和非非的私議，都祇爲跟隨萬梁時自己的出身和守寡時青青一把的年歲，……無中也能生有。

也常怨尤悲慘的往昔，假如爹不那樣古道熱腸的毀家打救關八爺，自己就不會落在毛六那幫豺狼的手裏，就不會輾轉到鹽市去，抱一懷傷心的風月……爹的好心反惹來惡報，天道竟如此不平?!恨的是萬家樓人心太冷，自己悲慘沒人過問，祇知把出身青樓的女人不當人看!……這些沉冤枉屈，除非等著關八爺來伸了。

偏偏這種入骨的盼望祇能埋在心窩裏，連在菡英姑奶奶面前也無法吐述。小姑奶奶看上去那樣坦直任性，誰知她竟那樣的癡情，儘管她表面上倔強冷漠，絕口不提一個關字，但她潮濕的眼角卻流盡了心底的秘密。

自己常覺著在自己被埋葬的一生裏，祇遇上兩個可欽可慕的人，一個是豪氣干雲，捨身救世的關八爺，一個就該是懂得人身後苦楚，慣於諒人的菡英姑奶奶了。假如逢著太平年景，兩人匹配該多恩愛美滿?祇怪這可咒的亂世，逼使關八爺不得不斬斷牽人的情索，隻身在江湖闖蕩，自己力弱，不能促成這一段姻緣，哪還能再提起她不願提的，加重她原已擔不起的沉重的相思?!

寂寞的日子像貓腳爪，無聲無息的踏過去，在人生了霉濕苔痕的心版上，留下一路足印。也偶爾聽見人說過一些有關於關八爺的事情，說他怎樣贊助鹽市護鹽保壩，說他怎樣遣散妓院裏的姑娘，使鹽市上一擲千金的豪商富商停了宴飲……說起六合幫冒著風霜走長途，說他在鄔家渡口那場惡戰令人觸目驚心，……他彷彿是一尊神祇，為拯苦救難履踏凡塵，他總是活在血泊中，火焰裏，活在生與死的邊緣……自己在後堂的香案前，常向觀音跪拜著告禱著，求禱蒼天保佑這個人。對於一個埋葬在萬家樓的寡居的弱女，也祇有這樣的求禱，能使無助的心得一分安慰了。

夜夜憑窗坐，心愁亂絮理不清，明明不為誰，也總找一件針線活兒刺著繡著，繡不盡的春花秋月祇是空空冷冷的夢，但兩手不停，總能驅散心頭鬱結著的悲情。哪一天能見著關八爺，一詢爹的下落，一吐別後的辛酸，這一生也就不算白活了。哪天再能見著八爺呢？但願腥風血雨早停早落，也許八爺他還能救一個為他咯血的好心人，再晚，祇怕菡英姑奶奶難得撐持了。……

日子的貓腳踏過去，一更一更的繞響著梆聲，總有浮雲流來掩著窗前月，總有寒風吹冷了雨瀝聲，仁厚的業爺竟遭人暗算了，看樣子，萬家樓日後該是小牯爺的天下了。菡英姑奶奶不喜歡那種霸氣十足的人，自己也覺著小牯爺又自負，又有著野心，這樣人當族主，祇怕未必是萬家樓之福，誰又能左右得了這些變故呢？

但今夜，暴雨嘩嘩的潑瀉著，她在默默的數著時辰。老賬房程師爺告訴她，關八爺負著重傷投店，她一時像遭了雷擊樣的楞傻著，彷彿那不是真的；她說不出心裏是悲是喜是酸辛，她叮囑賬房趕急請醫生，好生照護八爺，她等著夜深時去見關八爺一面。她有很多話，要說給關八爺一個人聽。

不知從哪兒飛來一隻大黑蛾，叮叮的繞著燈笠打轉，蛾翅上黑綠相間的花紋使她感到一陣無端的恐懼。自幼聽過傳說，說大黑蛾是鬼變的，在關八爺來到萬家樓的時候，她看到這樣一隻鬼蛾蟲，充滿了一種不吉的兆示，難道還會有什麼樣的劫難落這位豪士的頭上麼？……從忐忑不安的夢裏醒轉，她拎起了小小的照路方燈。

燈光暈霧般的亮過一道長廊，消失了，無休無止的雨聲掩去了她穿著釘鞋（北方婦女常穿的雨鞋，布製，浸以桐油，鞋底遍佈銅釘，故稱釘鞋）的腳步。但這樣由遠而近的步履聲卻傳進了關八爺的耳鼓。

「誰？」他仰在高枕上啞聲問說。

房門被打開了，一條穿著深黑衫裙，鞋頭蒙著孝的清瘦的身影閃了進來，手裏仍搖曳著方燈。她並沒走近關八爺躺著的床榻，卻後退一步，反手掩上門，身子靠在門背上，方燈在她指尖輕輕抖索著，她抬起頭，望穿什麼似的深凝著對方的臉，他墊在枕上的裹著白布的傷腿。過半晌，方有無限幽怨，無限悲愁的聲音從她唇間迸出來：「是我，八爺。我是北徐州……大牢裏的愛姑……」

「啊！」關八爺也祇吐出一個長長的啊字，便被什麼湧塞了喉嚨，咬牙擰過身子去捻亮榻邊亮几上的煤燈。「我……總算找著妳了，愛姑。」他喘息著。

不錯，她確是愛姑，老獄卒秦鎮的女兒，他受了秦老爹臨終時殷殷之託、念念找尋的人！從她被黑色喪服包裹著的身影和她帶怨含愁的蒼白臉廓上，還能依稀覓得出當年的愛姑的影子。……她這一生也可算埋葬在自己的手上，他也曾想挽回她的命運，但那是徒然的，就像那些數不盡的廣大民間的悲劇一樣，除非事前避免它，要不然，等到悲劇業已形成，就成爲一種悲慘的確定。

他激動的喘息著，痛苦使他額頭沁汗。

「妳爹曾一再叮囑我，要我找著……妳。」他說。

「我爹怎樣了？……八爺。」她跨前半步說，方燈抖索著，使燈罩的玻璃也發出細碎的響聲。

這不是問詢，這是閃電交加的滂沱的雷雨，渴切的盼望摻融著強烈的親情匯成的雷雨撲向他的頭頂。

他不畏紅火，不畏比火更紅的鮮血，他上得如林的刀山，下得死谷，敢以無畏的神情笑向著嘩嘩噴濺的槍口，但他卻經不得這一聲問詢；他看見痛苦的生機，艱辛的忍耐，閃閃欲墜的張掛在她的眉眼之間，她活著就爲這句問詢。也許蒼天能答，蒼天該答她，爲什麼她會有這般悲慘的遭逢?!而關八不能……他默默的垂下頭，不忍再觸及她突然黯了的眼神。但他無法避過她的咽泣。

「告訴……我，我求您……告訴我，……我爹他？……究竟……怎樣了？」她跪倒下去，放下方燈，顫慄的掩住臉，她聲音是瀝著血的：「是生？……是……死？……單求你說明白，甭再瞞著……我這苦命人……」

他抬了三次臉，費盡力氣才吐出話來：

「他……死……了！姑娘。他在遼東患的病，埋骨在關外，臨死託付我找著妳，照護妳。……妳從今恨我罷，姑娘。秦老爹病死他鄉，妳落進豺狼口裏，都是由我關八起的因。妳恨我，我還好受些。」

她突然不再咽泣了，抬起掛淚的臉，絕決的說：「不，我一點也不能怨恨您，八爺。您眼裏看過更多悲慘事，那是命運！強人惡人造出來的命運！」

頓覺有火花從他眼瞳裏迸射出來，他不再垂頭。他想不到愛姑竟能說出這樣的話來，比雷還響，比閃電還亮，這正是世間悲劇的源頭，她祇是暴政和暴力所造成的大悲劇中的一個受難的人，她悲慘的活著，並沒倒下去。她這樣含悲忍辱的活著就是一種顯示，一種抗爭，她會這樣站立在地上，無須誰伸出援手。……不過，她終竟是善良孱弱的女人，她吐述說：「我祇……覺活得……太苦了，八爺。」

「我……知……道……」他痛心的說：「妳的遭遇，我全……知道……值得安慰的是當初賣妳的人——卞三和毛六，都遭了活報。天道總在人眼裏彰顯的。妳起來坐著，姑娘。」

「我不再信天道了，」她起身說：「八爺，天道要藉著人去行。您就是……行天道的人，祇是太孤單了。」

「我不敢。」關八爺啞聲說：「我也祇是學著，勉力做個『人』，跟受苦受難的萬民一樣，引頸切盼著北伐軍早點掃除掉烏煙瘴氣的北洋。……我相信，真正的天道，總是有人行的。」

「不要這麼說，八爺。」她說：「您行得夠多的了。您爲誰受辛苦？爲誰血裏火裏日夜奔波？……您怎的就從沒想過自己?!……您的腿傷？……」

「不要緊的。」他笑了一笑，復又咬住牙：「我拿這條腿換來了幾百搭救鹽市的人槍，即使殘廢了，也夠了本了。」

「您在哪兒帶了傷，頂著大雷雨來的？」

「羊角鎮，朱四判官打了我兩槍。」關八爺說：「這倒使我認識了他，不愧是個拿得起放得倒的漢子！可惜他自己，舉槍擊碎了頭……骨。我總是一心救……人，到頭來，反害了……人……」

愛姑沉默著，經過一陣過劇的熬煎，她已能在逐漸平靜中控住她的顫慄。雨聲似乎收煞了許多，空氣雖很淒冷，卻多少含有一絲無語的溫柔。

「有一個人，您卻祇能救她，不能再害她了！」她終於說：「菡英小姑奶奶，開春她咯了血……我知道她對您的一番情意，……她，她……您知她是個要強的人……」

關八爺寂寞的悲淒的搖著頭：「祇……怪我生不逢辰，姑娘，我不是木偶，那祇是一場夢……罷了，又遠又朦朧。也許我祇是填溝壑的料子，即算活著，也是一片浮雲。妳說叫我怎能？……」

「但願哪一天能太平。」她說，意味深長的望著他。

「是的。」他喃喃著，他滿眼晶瑩的喃喃著：「是的。……太平……」

但太平還很遠很遠，還得更多民命，更多屍體，更多鮮血去換取它。他淚光閃動的眼裏，祇有雷，祇有雨，祇有窗外惡毒毒的黑暗。一盞煤燈描著兩張淒苦的臉，痛苦寫在上面，希望也寫在上面。

她和他共了一晌沉默，拎起她的方燈。她曾經在大牢裏望過他雄偉的背影，望過他血淋淋的棒傷，也曾偷偷愛戀過他，把他在少女的心中描出一個朦朧的夢。雷打過，火燒過，如今那夢畫祇留下一陣陣隱痛而已，她如今已不再是愛姑，當初的愛姑早已死了，她祇是裹在黑衣裏的軀殼，她是萬梁的未亡人萬小娘。環境和人言限著她，使她連爲關八爺侍奉湯藥都成爲過份之事了。但她決計要親來侍奉他，爲報答菡英小姑奶奶的厚遇，爲更多待救的生靈，她將不管萬家樓那些人們流佈怎樣的閒言。

「您……保……重。八爺。」她含淚說。門扉隔斷了她閃出去的影子，方燈轉至窗格外，她又叮嚀著：「保重身子，明天我親來熬藥。」

燈焰跳動著。遠方有一聲雞啼，牽起無數雞啼。

……………

這正是江防軍初次冒雨總攻鹽市的時辰……

第十三章・血祭

江防軍開出西大營時，天已經哭泣起來，不過雨勢並不大而已。糟的是從縣城到鹽市這段路，全是黑淤土和紅黏土，略沾些雨水就化成一片泥濘。那些泥濘經先行的馬隊一踐踏，更黏黏乎乎的成了陷人坑了，天色灰黯得可以，鼓聲也擊不透低壓的層雲，縣城外圍的土崗缺口，張著黑糊糊的大嘴，把那些流走的隊伍吞吸著。

不單是塌鼻子師長有這種癮頭，幾乎所有的北洋將軍們都喜歡藉著開戰亮亮軍威；塌鼻子最得意的，就是他這支兵在大校場上的輝煌成就了。江防軍在煙迷的細雨裏經過大運河上的洋橋，塌鼻子師長半躺在城樓上特設的高背椅上，瞇著眼瞧看著。不錯，軍威真夠煊赫的。經過一春天的加意餵養，馬群更發膘了，出發前，那些馬匹的長鬃短鬣以及渾身馬毛全經梳理洗刷過，在灰濛天色下顯迸著油光，唯其那些馬兵們駝著腰才更顯得馬匹的健壯雄偉，圓圓的馬臀寬過門板，聳動著，連接成一波波的小浪。

這一撥馬總有兩百來匹，橫展開來，少說也有半里寬，不用接火，光是擺擺架勢亮亮威，也夠瞧的了。馬隊算是開路先鋒，這後邊才是三面帶黃穗兒的五色軍旗，半飄半垂，凝凝寂寂的引過去，軍旗後邊跟著德式的軍樂隊，嗚嗚的響著號，咚咚的擂著鼓，那聲音震得人像一口氣喝了半壺老酒，有點兒暈暈陶陶的。

「瞧，他奶奶真是大軍陣仗！」塌鼻子師長跟他的左右說：「也好讓鹽市上那幫井底下的土蛤蟆聽聽……也許有些傢伙自出娘胎也沒聽過這種鼓號！」

「他們祇懂得吹牛角罷了！」善呵附的參謀長說，朝前欠著身子，兩手分捺在膝蓋上，活像一隻遭雨淋濕的公雞：「我不信，不信這把牛刀殺不了一隻雞。」他凸出的喉管跳動一下，嚥了一口吐沫。

橋面傳出轟隆隆的響聲，炮隊開拔過去，幾門使健騾拉著的包鐵輪的小山炮抖索著，彷彿發了瘧疾一樣。步兵們走得滿齊整，依然走著大校場上走慣了的馬蹄步兒，灰色的硬盔帽兒，帶硬來的方塊背包，隨著屁股蹈舞的白毛巾，倒掛在肩上的槍枝，都夠使塌鼻子師長滿意的。

「好好拚，弟兄們！」塌鼻子師長捏著中氣不足的嗓子朝下喊說：「衝開鹽市，我一向捨得發賞錢！」

「去你娘的老×！」隊伍裏有人咕噥著：「這種陰雨天活整老子們的冤枉，楣星照你八輩子！」這樣的詛咒輕輕在列子裏蔓延著，成爲許多冷雨淋不滅的怨毒的小火焰，燃燒在一些冷漠無聲的臉額上。他們背向著城樓，一排排的穿過甬道般城門的圓洞，走過雨絲鎖住的洋橋，走進鉛色的原野去。

雨霧封死了人的視野，到處全是濕淋淋的，連人心裏也濕淋淋的，一把擰得出水來；槍枝在各處碰擊著，泥濘像飢餓的黏魚似的，亂咬著人的鞋跟。

「噢，第三連，第三連，第三連？」掉了隊的兵士一路嚷嚷著跑過去，不一會兒，又一路嚷嚷著跑了回來。馬匹在泥濘裏跋涉著，不斷的發出惶急的嘶叫。更多人走岔了隊，在灰濛濛的雨霧裏伸著脖子亂撞。

出了土崗缺口，隊伍就離開道路，一把展開的摺扇似的漫荒走，田裏變成陷人坑，後面滑倒一個人，泥漿四濺，惹起一片抱怨聲。第三連那個掉了隊的兵勇又一路喊過來，被一個老傢伙抓住胳膊說：「你這傻鳥！你嚎啥來？你管它第幾連？閉著兩眼在人窩裏朝前淌就是了，打勝了，開賞少不了你一份兒，打輸了，一個人開差還滑溜些！」

「你弄岔了，二哥。」那人說：「你才真是傻鳥，——一個人開小差，叫四鄉老百姓攫著，你有幾層皮，他們就會剝掉你幾層皮！」

「嘿，後面跟上，後面跟上！」誰在前頭喳呼著，而隊伍卻越拉越遠，即使有心跟上去，一窩人臉團在一堆壯壯膽氣，無奈腳底下的草鞋不肯幫忙，三步兩步就拔斷了襻帶，結又結不上，扔了又捨不得，祇好打個繫兒，把一雙破草鞋繫在一起，掛在槍環上，像兩條滴滷的鹹魚。

霧雨把天封著地鎖著，把人眼裏的世界弄得那樣狹隘、潮濕、灰黯而淒慘；每個北洋兵裏的老兵都有許多盲目的傳統性的迷信，尤其愛在開戰前疑神疑鬼，隊伍還沒開出營盤，就已經弄得風聲鶴唳，草木皆兵。有些傢伙找算命瞎子來，卜算時運和流年，有些找浪跡江湖的巫婆招鬼來說話，有些相信會抽字牌兒的黃雀，有些就買份香燭，到附近的古廟裏去擲卜求籤。……

說是怕死貪生麼？倒也不見得，活著挨板子，站夜崗，走長路，受饑寒，常巴望哪天開戰挨一槍，翹了辮子拉倒，不再受這份洋熊罪，驢推磨似的推前磨蹭；但等開戰的消息傳來，死亡的黑影壓在眉毛上，提起死來，可又有些不甘心了。拿死人骨頭給那些將軍帥爺去打鼓？就這麼淒淒索索的埋在外鄉？悲裏帶著憤懣和不平呀！一樣是在世為人，一樣是父母娘老子生的，不是捏塑的泥人，雕成的木偶，總在半絕望中固執的堅持著，咒詛著，總希冀孫傳芳、塌鼻子這幫傢伙在人眼裏遭報應！誰知道呢？子槍總打不著摟娘兒們吸鴉片、在後面「坐鎭」的帥爺將軍……

雨，這樣綿綿的落著，前列和後列也被雨霧隔開了，誰也見不著誰，誰也幫不了誰，每個人都覺得那樣的孤單無助，都各各不同的被困在自己的悲慘命運裏面。

誰都知道開戰前的這一刻最難熬，許多零亂的痛苦的思緒，會從遠遙的時空裏，從回溯裏，苦憶裏，從常爲晨號切斷的夢裏，一絲一絲一縷一縷的飄回來，盪回來，一窩鬼螞蟻（**一種善咬人的大型紅蟻，俗稱鬼螞蟻**）似的嚙咬著人心；那些盲目的傳統性的迷信傳說，在一般無知、愚魯的兵勇們中間是極有份量的，誰都相信這場開戰前的霧雨不是雨，而是老天爺流下的眼淚，爲鹽市上那些善良的無辜者，也爲這群臨死還望著承平、望著家鄉的可憐的弟兄。

「還有幾里到火線？」

「快了。」霧裏不見人，祇有一種嘲謔著什麼似的聲音：「翻過前頭的土崗子就是老黃河岸，鴨蛋頭當初攻鹽市，就在那兒砸了鍋的；你若想早點兒放血，你就走在前頭罷，先進枉死城，也他娘好先搶個好舖位。」

「嘿嘿嘿，」一個笑得像梟嚎似的：「我他娘倒不在乎有舖沒舖，祇知道閻老西準備的馬虎湯有好壞，——先去的喝稀的，後去的喝稠的。我他娘要等你們死完了再死，決不去搶那碗面兒上的稀湯。」

「橫直是死路一條，哪還有先後之分？奶奶的。我看這場火惡得緊，沒有一點好徵兆。」後面又有一條啞得分叉的嗓子說：「不信你們就瞧著罷，凄慘得緊啦！」

沓沓雜雜的步兵隊走過田野，踐踏出一遍零亂的、深陷的足印。有幾處咽泣似的號音在他們前面的霧裏流響著。一直等到步兵隊翻過土崗稜，炮隊還在泥濘裏掙扎著。雖說幾門小山炮在演練時從沒打中過目標，炮隊也是形同虛設，但是塌鼻子每臨著開戰，都必定把它拖出來亮相。

塌鼻子最崇洋，總認爲像小山炮這種洋玩意兒，祇要拖上火線去胡亂轟它幾響，甭談準不準了，就憑那種氣勢，也足以把那幫沒見過世面的土牛木馬嚇暈腦袋，睜眼辨不出東西南北來。就因爲這樣，炮隊才吃足了苦頭。黑淤泥加上紅黏土，經雨水那麼一泡，簡直像一盆漿糊，死死的咬著鐵輪，在輪邊結成大塊泥餅兒，拖炮的騾群死命的掙著朝前捱，無奈地面的泥濘又深又滑，牠們的四蹄壓根兒得不上力，即使沒命使皮鞭抽打，牠們也祇有發出心餘力拙的哀鳴罷了。

炮車拖至上坡處，騾群像受了定身法似的在原地白賣勁，四蹄打滑動不了，逼得炮兵們紛紛插手，幫著推轉鐵輪，一個個嘿呀嘿呀的高翹著屁股，把賣勁的樣子全放在皺著的眉毛、鼓瞪的眼睛和齜咧的嘴上，但那樣面上使勁並不能幫助騾群，有一輛炮一路倒滑，滾翻到草溝下面去了。

「好一個臨陣脫逃的鐵將軍！」那門炮的炮手打諢說：「它硬想賴在草溝裏睡覺，這麼一來，咱們就落得它一個『無炮一身輕』罷了。」

號聲在這裏那裏流響著，各連隊都在找人，雨霧和泥濘使散開的隊伍紛紛失去建制，失去連絡，在一片混亂中，也不知哪班哪排？橫豎三五成群團到一起就成；馬隊進入南大營集結，好些步兵連隊擠在營外的小街上避雨，近在眼前的鹽市的長堤被雨霧封住，既見不著影子，也聽不見人聲。……這種開戰前的反常的沉寂最是懾人，就連久經戰陣的老兵也有些驚惶駭懼，何況從沒打過硬仗的江防軍?!

穿過這一片混亂，時辰緩緩的流淌過去，直到傍晚時分，後續的隊伍才開過土崗，到達黃河南岸一帶散落的村莊上。而師長大人還沒來，攻撲的命令也沒下達，甚至連三個團長都沒碰得上頭。北洋的一些官兒們把這種混亂歸罪在老天頭上，說是老天不該在這種辰光落雨，害得他們連攻撲的架勢也拉不開；兵勇們向來是一推六二五，巴不得這場雨落它十朝半個月不開天。……

即使是後續部隊開到了，混亂的情況還是有增無減，進入村落的隊伍，架起槍，忙著催糧催草，劈門板升火烘衣，逼著鄉戶人家殺豬送肉，忙著去張羅雞鴨，搭床架舖；而那些被擠落在荒地上的隊伍卻倒盡了大楣，一個個抱著槍蹲在土崗上、河岸邊、野林間、草溝裏、樹叢下破口大罵。

「我操他的親娘！這不公平。——他們進村子的吃雞吃鴨，卻留咱們在這兒頂著這一塊破了的穴窿天——仗該由他們去打。」

「咱們是天生的傻鳥嗎？爲什麼不攏村子，卻待在這裏捱淋？走啊！走——哇，二哥。」不知是誰這麼一吆喝，那些落湯雞們就嗬嗬叫的附和上了！

也許下一個時辰，攻撲令一下來，就會橫屍陣前；飽死鬼醉死鬼好做，凍死鬼餓死鬼難當，爲何不去有雞有火的地方？這一來，各個村子上紛紛出岔兒，有的爲爭宿地打起群架來，有的爲爭雞鴨動起刺刀，誰也不願意上一分當，吃一眼兒虧，直到塌鼻子師長親上火線來督師，這種混亂仍在各處發生著，底下不斷報上來，說是某連長獨吃一隻肥雞，被部下起鬨割去了鼻子，某營跟某營爲爭宿處打成一團……

參謀長在一邊聽著，滿臉憂急，而塌鼻子師長卻若無其事的說：「這群傢伙，跟蟋蟀一個樣，你不使鬥草撥弄撥弄他們，他們就不肯開牙，讓他們鬧一鬧，也未嘗不是『激勵鬥志』的好辦法。」

「我說師座，這……這……總是在兩軍陣前，您若果不辦那些搗亂的傢伙，祇怕事兒越鬧越大，那，那可就收不了攤兒啦！」

「你以為割掉連長鼻子的傢伙們，還會呆在那兒容你辦人?!」塌鼻子斜著眼珠兒，以一付老奸巨猾的神態笑著說：「祇怕早就開他娘的小差啦。至於窩裏起鬨，那是家常便飯，今夜且由他們鬨去，明早上，攻撲令一下，他們準他娘目標一致，——想著鹽市的洋錢了！」

當夜在南大營裏，塌鼻子師長、幾個酒意醺醺的團長、馬隊和炮隊隊長，打開鹽市的地圖，商議著怎樣攻撲法兒。從圖上可以看出，座落在高壩上的鹽市形勢雖孤，卻是一塊易守難攻的險地，背臨寬闊的鹽河，面朝東向的老黃河，一片斜斜伸展的斜坡上密生著綠色灌木，有幾處寬長里許的大塘和野沼展佈其間，構成天然阻障。

林空處的棚戶區最令人覺得棘手，誰都知道這些飽受苦難災荒的北地流民是極為蠻悍的人，他們雖說缺少槍枝彈藥，但卻多的是單刀木棍長矛和鐵叉，滾地殺上來，聲勢浩大有如千軍萬馬。按理說，假如分兵繞過鹽市東西兩側的大小渡口，從背後插刀，猛撲鹽市的碼頭區該是一著好棋，因為祇要過得鹽河，就能刺入鹽市的心臟，中間沒有伸縮的餘地，但毛病出在北地各鄉鎮情勢不穩，再者，兵一分力量就薄，萬一攻撲不進，下一個機會也將跟著喪失了。……假如集中三個團正面猛撲鹽市，那就得涉渡老黃河，仰攻鹽市的頭一道門戶——那座形勢險峻的高堆，這是鴨蛋頭團長已經試過了的，一團人從頭垮至尾。所以臉對著這張圖，七八個傢伙個個都祇有掀起帽子搔頭皮的能耐了。

「我他媽的至死不相信！……小小的鹽市竟能抗得江防大軍?!」塌鼻子光火說：「何況我這回是提高了賞金，不計花紅的！」

因爲是雙手插在帽子裏搔頭的關係，看上去這位自誇江防軍所向無敵的師長大人，簡直像挨了誰「當頭棒喝」，雙手抱著腦袋瓜兒喊疼的模樣；幾個團長一時也不敢擅拿主意，有的手抱膝頭，翹起上唇的一撮毛，鼓張兩眼乾瞪著桌面上的馬燈；有的緊鎖著眉毛，叼著煙捲兒吐煙，一顆空茫無主的心，跟隨著煙霧東飄西盪。馬隊的隊長習慣的使手背的骨節敲打著桌角，敲出一串連續的馬蹄聲，炮隊的隊長捱不了一屋子的悶氣，每隔一忽兒就要啸啸的透出一口大氣。

「我他媽的今晚上要鄭重其事的告訴你們，」塌鼻子一心懊悶沒處發洩，全發洩到幾個部下頭上來了：「我他媽實在看不慣你們這付甩熊的嘴臉！總而言之統而言之，鹽市非攻下不可！總而言之統而言之，這個腦筋不能由我一個人傷！……說話呀，你們?!那趙團長，你說該怎麼辦？嗯?!你說……」

「我……我……我……」那個趙團長是個渾身是肉的小矮胖子，臉圓肚皮圓屁股圓，由於人矮，站起來總愛手撐著桌子，盡力墊起腳跟：「報……告……師長，我……我……一向是照您的吩咐辦事的……」

「辦你媽特皮，你這隻飯桶！」塌鼻子火氣一上來，嘴裏就不乾淨了：「我他媽這是向你們討主意呀?!——那李團長怎麼說？嗯！就是你！」

「我這個團，師長您是知道的，花名冊兒上列的，多半是空缺，祇能收拾殘局，若論衝鋒陷陣，人和槍全不夠數，呃，簡直是差得太多，太多，呃。」

「甭講那些廢話了。」塌鼻子說：「我看你那腦袋還算靈光，旁的你可推三阻四，這主意你得拿呀！要不然，我召你來幹啥?!」

「若論拿主意，我倒有一些，不過，連我也三心兩意的拿不準罷了。」李團長搖晃著腦袋說：「我的意思是……攻撲鹽市，可不能操之過急，無論如何，想在三五天內拿下它，根本辦不到。我頭一個主意就落在一個『困』字上，橫直咱們人多，四面包圍軟困它三五個月，切斷它的米糧來路，他們準是不打自降。……鹽市的人口眾多，沒辦法屯積太多糧，困到它沒糧時，它想守也沒法再守。」

「你的主意倒不差，」塌鼻子師長做個手勢止住他的話說：「可惜算盤打得太如意了一點。你想想，南方的革命軍要鬧北伐，長江南岸，風聲緊得可以，連大帥他還不知五省聯軍能撐持多久，咱們哪有功夫跟鹽市泡磨菇?!」

「假如我這頭一個主意行不通，」李團長眼珠打轉說：「那我的第二個主意是分兵攻佔大小渡口，放開南北，從東西兩面夾攻，這是打頭又打尾的辦法。這樣一來，可以免去渡河涉水、仰攻高堆的危險，兩面祇要有一面得手，能衝進鹽市的長街，那就成了！不過……這兩邊順著堆脊，地勢太狹窄，隊伍展不開，假如對方守得緊，即使能攻進去，咱們傷亡也夠瞧的了……」

塌鼻子師長一面聽著，一面懊惱著，要不是實在沒辦法，自己決不會向部下討主意，早先也開過戰，攻打祇消一句話，從沒有像這樣爲難的。夜的陰影圍逼著燈，雨勢似乎轉大了，滴瀝滴瀝的煩人，這使得他原先想妥的，在平陽廣地上炫示軍威的計劃被徹底擊碎了；明知即使炫示軍威也威嚇不倒鹽市，至少能替自己壯壯膽子。……也許是晚飯時喝了酒的關係，祇覺兩耳嗡嗡響，兩眼發澀，一顆腦袋沉重得抬不起來。

……小菊花那個女人真是邪賤透頂，他迷迷茫茫的想著，……她放著師長的外室不做，放著那許多金銀財寶不要，偏要替鹽市扒灰臥底，到底是爲了什麼？這多年來，自己不知斃掉多少人，從沒有回想過，祇有這個女人的影子，始終在眼裏晃動著，推不開，抹不掉。

也許她的話根本不可聽信，但她講過的，關於鹽市上那些人物的傳說，卻是千真萬確的事實。神拳太保戴旺官師徒幾個確有其人，這些善於擊技的人雖搪不得子彈，但他們名頭亮出來，卻會嚇倒自己手下的兵勇。還有那個關八，放著司令他不幹，偏要慫恿著鹽市舉槍造反?!拋開鹽市的人手槍枝不談，單單這幾個人就夠棘手的了，這些人不除掉，甭說自己枕席不安，祇怕遠在南方的孫大帥也會耳鳴心跳。難道北洋的氣數真的該盡了？才有這些魔星照頂?!連他媽的小菊花也會順著他們……

「我說師座，」參謀長的聲音把他喚醒了：「您覺著李團長的主意如何？您參酌著做個決定罷，天就該快亮了。」

塌鼻子師長打了個呵欠，擠一擠眼說：「隊伍業已開上了火線，就像騎在老虎背上，攻撲令是非下不可的了！……趙團朝東拉，天一亮就攻小渡口，劉團朝西拉，午前攻下大渡口，李團先攻高堆，馬隊助威，順便搶佔洋橋口。炮隊回去立即發炮，替我不分青紅皂白的猛轟，轟它個稀花爛再講！參謀長全權負責督戰，我回縣城去坐聽消息。我這個人不愛講空話，我備下一萬大洋的重賞，攻破鹽市，你們拿去均分。那最先進入鹽市的，另有花紅。」

當江防軍冒雨發動攻撲時，塌鼻子師長在荷花池巷的小公館裏睡得像一口死豬。

炮聲在黑夜裏把這塊土地搖撼著。炮聲不但搖撼著整個鹽市，也驚動了鹽河北岸的許多村鎮。四更尾五更初，天地昏黑，炮聲使無數人從夢裏驚醒了。

對於鄉民們來說，炮聲使他們驚駭的程度是無法形容的，因爲那是一種全然陌生的巨響，有人以爲是遠天響焦雷，有人以爲是哪兒塌了屋，但它比響雷塌屋更爲驚人，它最先是一聲天迸地裂似的巨響，然後是嘩嘩波蕩的炸裂的餘音……轟！速速速速，崩，嘩……嘩……嘩……轟！速速速速，崩！嘩……嘩……嘩……那彷彿是一頭蹲伏在黑暗裏的原始的怪獸，在撕碎人間前所發出的怪吼，最後他們朦朧的意識到——這是江防軍在攻打鹽市了。

炮聲那樣的揭開了戰幕，但鹽市上的人們並不覺得怎樣驚駭。從江防軍隆冬北調以來，他們就在積極的準備中等候著這一個時辰，如今它畢竟來了！江防軍有馬隊，有炮隊，馬隊有多少匹馬？炮隊有幾門炮？窩心腿方勝打聽得很清楚，他早先學過這一行，也幹過這一行，知道幾門小山炮在那些窩囊貨的手裏並不能發揮多大的威力，比紅衣子母炮厲害不到哪兒去，所以他早就著人鳴鑼叫喊過，要鹽市的住戶聽見炮響不必驚惶。

「也祇有孫傳芳那種笨蛋肯做冤大頭，」他說：「銀洋論船裝，買來這些洋人快要報廢的破爛貨，祇能替他在校場上撐門面，若論唬人，那還差得遠呢！」

他說的不錯，三門安放在老黃河南土崗上的炮一開炮就壞掉一門，其餘兩門各發四炮，三炮打在鎮外的灌木叢裏，兩炮打落進老鼉塘，一炮轟中了東面的棚戶區；炮彈沒爆炸，祇把一座拴羊的棚屋射穿一個圓穴窿，還有兩炮壓根兒不知轟到哪兒去了。

「炮轟不算什麼，」窩心腿方勝說：「祇怕天色一亮，他們就要猛撲，得通告各處準備著。咱們若想守得穩，這第一遭非得殺它個人仰馬翻，煞煞他們的威風不可！也好讓塌鼻子曉得，鹽市不是一塊豆腐，卻是塊啃了就會崩牙的石頭。」

在落著雨的街道上，兩面長廊下都有一串馬燈亮著，鹽市上最精銳的一支槍隊麇集著等候出動，窩心腿方勝是個有計算的人，在沒摸清江防軍主攻方向之前，他得把這張牌捏在手掌心。果然在炮轟之後，號聲在南面吹響，緊接著，乒乒乓乓的槍聲也密集起來了。

「方爺，方爺！他們在攻高堆了。」有人來報說：「黑裏算不出人數多寡，祇知道夾有馬隊。」

窩心腿方勝點頭說：「我曉得了。」

由於江防軍一攻高堆，方勝就算出東西兩面要受更大的攻撲了，塌鼻子不是渾蟲，他不會重走鴨蛋頭的老路，在槍口下強涉老黃河；冬季水淺，那條河還能涉得，如今春雨連綿，老黃河河面寬過十丈，淺水處也漫得過人頭，根本沒有涉渡的地方，……再說，以江防軍的兵力，用不著夜襲，他們要攻哪兒，大可在白晝雨停霧散時大舉強攻，夜襲是一種掩遁的手法，可惜這手法瞞不過人。

「你回去告訴湯爺，」方勝沉吟了一會兒，朝來人說：「統帶他親自領著人扼著洋橋口，那道洋橋決不能讓馬隊衝破，湯爺盡可分一撥兒人去幫助統帶，祇需保住洋橋，高堆決沒險失。」

來人退出去，拎著方燈翻上馬背，馬蹄聲逐漸遠去了。不論江防軍是真攻假攻，盤著辮子的湯六刮正冒雨和隔河的江防軍對戰著，天色太黑了，伏身在壕堡裏的民團壓根兒看不見外界的一切，祇能憑藉各種音響判別敵方的情形，而那許多音響，是極易使人心神迷亂產生錯覺的。

聲音是一條波濤洶湧的長河，一層大浪疊著一層大浪，最先響起的是由遠而近的鼓號聲，沓雜的馬蹄聲，接著響起的是一片燎原般的吶喊，那些聲音彷彿一直貼到人的耳門上。而鼎沸的槍音把那些聲音又都掩蓋了，馬力斯快槍像炸豆，機槍呼嗚呼嗚的像一陣狂風，後膛槍更沓雜，越過高空的流彈更劃出一條條不合調的尖鳴……

江防軍這麼一開槍，卻開亮了民團的眼，就見老黃河對岸，黑裏閃迸出無數槍口火的藍焰，大大小小遠遠近近的開放著，芒刺是紅的紫的黃的青的，裹著一團灼目的亮藍，就像是夢裏開放出的幻花，鬼靈似的青白臉，幽冥世界的照路燈，荒墳中滾動的燐火，都會在幻花開放的一刹間進入人們的聯想，……那樣多淒慘的幻花，死亡的兆示，使人無心再聽取什麼樣的槍音了。

民團裏的幾百條漢子在壕裏、堡裏靜伏著。

他們祇是那樣一動不動的靜伏著，像一群俟機覓食的餓虎，他們心目裏英勇粗豪的湯六刮曾屢次告誡過他們，非等北洋兵攻至切近，絕不理會那些龜孫。如今他們祇是靜伏著，等待湯六刮湯爺的號令行事。雨點不時灑在他們頭頂的堡蓋上，圓大的竹笠上，以及高粱葉編成的簑衣上，蕭蕭的，有七分悲壯三分淒涼。

在這群人裏，沒有誰是耍槍賭命沙場鏖兵的人，沒有誰願意抱緊殺人奪命的刀槍，棚戶區的流民常夢著充滿饑荒疫厲的北方大野，他們一心要從忍耐煎熬中活著回鄉，重整荒圮已久的田園；另一些小鹽莊的苦力們，更是含辱偷生的人，他們也曾走過腿子，闖過江湖，但他們善良，受不了防軍的欺逼，稅卡的盤查，不得已才進官辦的小鹽莊，成天頂著烈日扒土曬鹽（鹽市東邊的土地，由於轉運商經年累月運鹽，所撒落的鹽粒浸入土層，變成光坦的、滿佈白色鹽屑的鹽地，故設小鹽莊，扒土曬鹽，售款悉歸公有），每月的工資薄得可憐，難維一家溫飽，……全不是打仗的人，但被逼得非打不可，他們的火焰不是噴在槍口上，卻是熾燃在每一顆求生求存的心裏。

他們靜伏著，瞪視著玩火者用槍炮的火光燒灼他們的眼瞳，死亡的聲音圍逼著他們，在不停不歇的鼓噪，死亡的槍彈嘩笑著穿掠過他們的頭頂，死亡的藍色幻花開著落著在一剎之間，這就是戰爭，就是瀝血的沙場！他們沒有舉起什麼樣的多采的旗幟，也不需揹負什麼樣的利祿功名，他們祇是一群要活下去的人，要像「人」一般的活著；要活著就必需面對這些，穿透這些罷了。

一顆槍彈射中了一個人，黑裏不知是誰中了槍，單聽見一聲短促的呼叫，隨著響起一聲摔撲的聲音。是誰呢？是誰好像都是一樣的了。死者從垛口間朝下滑倒，痙攣的雙手猶自抓著槍壁上的皮環，血從他被子彈撕裂的傷口間湧溢出來，泉一般骨突突的冒起，帶著一股熱濕的銅腥，沒有誰看見他，看見他臨終那一剎的表情。

「湯爺，湯爺，這廂倒……人了。」

「咱們該還槍啦，湯爺。」

但那邊仍然暴起那種特有的嘶啞的嗓門兒：「別理那些龜孫。等天亮後再見分曉。他們這是玩障眼法……明知渡不了河還在亂放槍，裏頭必有鬼名堂！」

湯六刮領著一群單刀手，伏身在那串運鹽火車裏車廂後面，等待著。他知道北洋軍是一群盲鳥，在這種墨刁刁的夜裏，他們除了胡亂的殺喊和放槍之外，再沒有其他的能爲好使了！老黃河河心的深度，每天都測量過，如今最淺處也有一丈二尺深，急流滾滾，人馬無法涉渡，高堆的正面，又都挑出三道深壕，插上巨而密的鹿砦，一直展延至河灘，即使人馬能渡得河，高堆也夠他們拿命來塡的，因此，他很快判定江防軍趁夜攻高堆是假的，祇有洋橋口一處地方會有廝殺。

「單刀隊下堆，抄捷路增援洋橋口！」他喊說：「先去一百張刀就夠了！馬隊若是踹洋橋，滾身砍他們的馬腿！」

算來快到五更天了，天還沒有透亮的意思，風雨反而轉急起來，河對岸的吶喊聲一陣緊過一陣，槍彈仍舊像雨潑般的把整條高堆覆蓋著，有幾粒流彈擦過湯六刮伏身處不遠的火車鐵輪，激迸出一片火花，這時刻，東西兩面都傳出了槍聲，洋橋口那邊也滾出一片慘烈的殺喊來。看樣子，江防軍定是留一股人牽制高堆，分兵去佔大小渡口的了！

「湯爺，這陣子槍聲有些不太對勁兒！」一個單刀手滾身過來，捱近湯六刮說：「敢情雜種耍的是三面包圍?咱們這邊倒成了冷門啦！」

槍聲、人聲、馬嘶聲，亮在黑夜的火光，遠遠騰揚的吶喊，嗚嗚的螺角交織成黑夜搏殺的場景，那彷佛是一陣奇異的巨大的旋風，把整個鹽市從大地上連根拔起，飄飄漾漾，旋旋盪盪的升在雲端裏，沒一處能放得下懸起的人心。

「既他娘唱戲就該唱前台！」湯六刮摸著根根硬的刺蝟般的鬍髭說：「替我兩邊傳話過去，咱們射蘆球開眼，先射殺這些吱吱喳喳的老鼠們！」

所謂蘆球，實在是湯六刮準備打夜戰的傑作，他早就想出這種極原始的夜間照明的法子，著人大量採集乾了的白蘆花，捆紮成斗大的球形體，每隻蘆球全放在耐燃的桐油桶裏浸過，分別堆存在高堆背後的彈藥堡裏。這些蘆球極易引燃，而且燃燒力特強，同時又能經久，雨淋不滅。在高堆背後，湯六刮選了幾十根極富彈力的碗粗巨竹，做成彈射蘆球的射桿，使緊纏的蘆球能飛過老黃河上空，落到對岸的平野上去，假如遇上順風，蘆球會飛得更遠，一直落在對岸的高堆上。

湯六刮是熱性的漢子，火燒的肺腑使他時時刻刻想到瘋狂搏殺，他極不願在鹽市東西兩面緊迫的時刻，被一股看不見的敵兵吊在高堆上不能動彈，若能早一點殺退這股人，他就好率著大撥人槍，到危急處去應援。

他掀開竹笠，任冷雨沖激著他的頭和臉，他渾身全蘊蓄著一股巨大的亟待迸發的力量，這股力量是他早年投師習武闖蕩江湖以來從未曾感覺過的，早先他曾慨嘆過擊技日趨沒落，慨嘆過江湖道義在魔群亂舞中蕩然無存……他曾以觀望的心情，眼看著烽煙四起，盧舍爲墟，眼看著萬民受難，失所流離。隱遁罷，但普天世下早無隱遁之所，他曾陷在那種密織的痛苦的網裏，像一尾離水的魚群。但關八爺撞醒了自己，也給自己帶來了這股全新的力量，這力量使他雙肩有了重壓，使他不再飄浮，他每經一次呼吸，這力量就有一分增長。

處身在死亡的陷阱裏，滿耳是彈嘯的聲音，滿眼是槍口火開放出的藍色焰花，他反而比往昔任何時刻更爲清醒，新的力量更使得他渾身通暢。他咬挫著的牙盤裏祇咬著一個單純的殺字，他就要用這種力量，捏碎這些來犯的防軍。此時此刻，萬一倒了一個湯六刮不算什麼，湯六刮跟千萬老民連在一起，在有槍有馬的北洋軍閥的眼裏，還不如一群螻蟻！……頭一次他覺得朵朵槍焰幻花所預示的死亡是那樣美，美得無比悲壯，無比蒼涼，他要挺胸迎向這樣的死亡，他要用蠻野的爭抗表明他是一個人，而不是隨手就能捏得死的螻蟻！

有聲音喞著聲音從兩邊傳過來，——蘆球業已備妥了，祇等他一聲令下，就可立即引燃施放！……湯六刮不顧紛飛的槍彈，虎一般的蹦跳起來，一手勒起拳頭，一手高高橫舉著洋槍，怒吼著：「點火！——放！」

他的喉嚨是那樣嘶啞沉宏，直像平地響起沉雷，轉眼間，被壓彎的射桿彈動了，從一條數里長的高堆背後，飛起無數紅毒毒的旺燃的火球，朝四方迸伸的焰舌被風擰絞著，直飛入老黃河上的高空。火球在高空繼續旋著，滾著，飄落下點點的火星雨，把夜幕條條的撕裂，波盪的河面上反呈出天空的景象，也有無數變了形的帶焰的火球走著斜弧，朝對岸疾滾過去。

槍聲頓然停歇了。

擔任佯攻的江防軍李團的兵勇們，做夢也沒料著鹽市的民團會耍出這種花樣?!開初團長命他們裝腔作勢打攻擊，兵勇們還存著一份顧忌，生恐鹽市還槍反擊，使自己掛綵，所以全都伏身在堤後，解開背包，抖開毯子裹住被雨淋濕的身體。每人更把油布雨衣頂在頭上，抱著槍朝對岸胡亂施放，及至經過半個時辰，對岸高堆上死沉沉的沒有半點聲息，他們膽子就大了，從堤後挪至堤頂，又從堤頂走下堤坡，群群麇聚在一無隱蔽的河灘上，一面開槍，一面直著喉嚨大嚷著「繳械！」「繳械投降！」等類的話，既喊叫得過癮，又能藉此驅寒，全以爲雖沒強行涉水渡河，單憑這陣密雨似的槍彈和喊聲，業已把民團嚇昏了。

蘆火球初初飛出時，他們驚得目瞪口呆，等心神略定，知道這玩意不是炮彈，壓根兒不能傷人時，反而鬨鬨嘩笑著嘲謔起來。

「咦，他奶奶，越打越夠交情啦，」一個傢伙說：「他們曉得老子們渾身冷濕，特意送盆火來爲咱們暖暖身呢？敢情是……」

「既不逢年，又不過節，」一個說：「用得著施放這多的焰火？……他們竟有心腸耍這種孩子把戲！」

火球紛紛落下來，在人群前後滾燃著。有一個靠近河岸的兵勇衝著他身邊的火球踢了一腳，那隻火球雖然骨碌碌的滾落在河水裏，還浮流在水面上照樣的燃燒，無數火球把幾里長的河岸映照得通明。原以黑暗作爲護符的北洋兵勇，都隱隱綽綽顯露了他們的身形。湯六刮把握住這一剎，揚聲喊出：「排槍，快——放！」話音沒落，整條高堆上人人舉槍，槍槍吐火，眨眼就打得對岸那些兵勇們鬼哭狼嚎！

乍起的火球的紅光迷住了他們的兩眼，使他們迷失了方向，也分不出高低，除了火光照得亮的那一角空間，他們啥什麼全看不見了。就在這種盲目般的時刻，瞄準了的槍口移向他們活動著的形體，平飛的槍彈那樣無情的切割著他們的身軀，一排槍音沒落，另一排槍又跟著密射過來，應聲仆倒的，屈膝呼天的，帶傷爬行的，喊爹叫娘的，扔槍抱頭的，幾乎佔全了。槍彈仍然飛射過來，那些兵勇們開始盲亂的從橫倒的屍首上奔跑，有的想爬堆，卻跳進河水裏去，有的爬上堆坡，卻直滑下來，渾身滾成了泥人。

這些灰藍色的影子都被咬死在湯六刮挫動的牙盤裏。萬民的怨恨都從他噴著火焰的眼裏直迸出來，指向那些形象。他冷冷的看著江防軍橫屍眼前，聽著那些哀慘的呼叫，沒有同情，沒有憐憫，因那已經不是人間，那是善良百姓們常常想著念著的，公平處斷惡人的地獄，刀山、血池、劍林和炮烙，正是這樣，正是這樣！如果說對岸成了火紅陰森的地獄，自己就該是公平執法的閻羅，這懲罰是公平的，他要這樣懲罰凶暴，要不然，這些暴徒們會使整個鹽市上成千累萬的善良人埋在火窟裏面。

「快放！快——放！弟兄們！」

他分開兩腿，挺立在火車廂的廂頂上，威風凜凜的像一尊天神，他鬍鬚上沾著雨水，他的兩眼裏亮著火光。他揹負著愛心，更從愛裏走出來，化成一片燒向暴力的烈火。

這把烈火可真把江防軍的李團燒化了，湯六刮的蘆火球攻勢，至少使李團長的花名冊上又多了一百個空缺，連著三四陣排槍把他們逐退到河堤背後去，在光坦的河岸附近，祇留下無數猶自燃燒的火球，照亮了沒人理會的槍枝，背囊，硬帽，彈盒，爬行的傷者和七橫八豎的屍身……

天就那樣緩緩的放亮了。

灰白的天光在洋橋口一帶卻變成了紅的。

塌鼻子所屬的江防軍馬隊正反覆蹂躪著這塊地面，連孫傳芳也曾當眾誇讚過的江防軍馬隊確是這一師的精銳，這些馬隊的騎者，都是經過一再挑選的北方大漢，不但身材要結實，而且要有相當的膂力，能控得劣馬，舉得鈍重的馬刀，不但善騎，而且槍法要有準頭；除了在校場上演練外，馬隊通常是簇擁著塌鼻子師長出巡的護兵，所以在兵勇的待遇上，也就有了很大的差別，普通一個馬兵的月餉，抵得上四個步兵隊的兵勇，無怪開戰時，馬兵們要比步兵勇敢……至少他們沒餓癟了肚皮。

也許就因爲待遇好的關係，十個馬兵就有十個不願意死，平常他們餉包足，有酒有肉有女人，夠自在夠逍遙的，活既活得舒坦，誰願上陣就頂著槍子兒來?!塌鼻子師長既拿炮隊和馬隊充門面，故此馬隊的裝備也夠新的，馬力斯快槍和短筒彎把馬槍打起來槓槓叫，養成馬兵們不把對手放在眼裏的十足傲氣。塌鼻子下令，要馬隊替李團助陣，順便攻洋橋，馬隊隊長認為替步兵助陣太無聊，就逕自朝東面斜奔過來，猛撲洋橋口了。

洋橋口原是縣城直通鹽市外圍的大道啣接點，一塊突出的高地上，全已被有刺鐵絲圍成的各型拒馬、橫木釘成的圍牆，斜插的鹿砦阻塞了，變成一塊荒草叢生的死地，洋橋的橋身上，也被五六道帶刺的稜形拒馬阻住，橋北端巨石壘成的河壁上，魚眼般的凸出兩座磚堡，經常有瞭望的崗哨在堡頂上荷槍徘徊著。

假如塌鼻子師長能把他這一支精銳的馬隊用在地勢開曠的平野上，來一次黎明決戰，鹽市上的那些手持刀叉木棍的人也許會吃塌大虧；馬隊開戰，最忌黑夜、狹地和泥濘的雨天，塌鼻子偏讓他們在黑夜裏頂著雨來攻洋橋口這塊狹地，簡直就是把他們送上屠宰作坊。

馬隊在落著雨的黑夜裏奔馳過來，軟濕的泥地也掩不住群馬奔馳的蹄聲，踐水聲，刀環和馬鞍的碰擊聲，馬槍和背囊在抖動中的摩擦聲；這些聲響，老遠就被守護洋橋的民團聽在耳裏了。洋橋口這塊咽喉地帶，是由新的保鄉團統帶親自扼守著的，原先兩淮緝私營的一撥馬隊，正跟江防軍的馬隊隔河唱上了對台。馬兵出身的統帶，早就防著江防軍的馬隊會來撲襲，所以在橋南端的要道上，事先掘妥了許多陷馬的深坑，面上使竹枝、蘆蓆和一層浮土掩蓋著，更在馬匹可能經過的地方插上尖銳的單支鹿砦，扯起低矮的絆索，專門對付大舉撲襲的馬隊。

假如遇上晴朗的白天，江防軍馬隊決不至大睜兩眼吃這場大虧。由於落雨的關係，有一部份陷馬坑表面的掩覆已經變了形；浮泥被雨水沖激流走，露出泛白的蓆面和捲起的蓆角，有些流不走的粗糙的沙礫土聚在蓆心，使人一眼就判斷出那些深坑的位置，單支鹿砦樹皮剝脫了，白森森的裸枝也東一枝西一枝的暴露著，極易為人察覺，有些原繃得很緊的絆索也已經由於基樁歪斜而鬆弛了。

偏偏江防軍馬隊揀著這種墨黑的雨夜撲襲，等到他們進入這塊死地時，再想撥馬後退已經晚了。

幾匹領頭的馬匹被狼牙般尖銳的單支鹿砦刺穿了馬腹，傷馬護疼，嚄嚄哀嘶著，連鹿砦一齊拔起，盲目的朝前奔騰過去，誰知卻碰上另一道密集的高枝鹿砦，人和馬都被無數尖牙咬在上面。有一個馬兵心急，從馬背上翻跳下來，一支朝天直舉的鹿砦直戳進他的肛門，使他筆直的暈死在那兒，有些馬兵在馬匹受驚的顛躓中落了馬，散韁的馬匹拖著連續的長嘶，亂奔亂竄，使馬兵們意識受到極大的打擊性的驚震。

「扯轉韁繩，勒馬後退！」馬隊的隊長喊說。

有幾匹馬衝進了陷馬坑，有幾匹馬韁繩沒控穩，從路面的邊緣斜坡上直衝進橋底去了，而對面的兩座磚堡裏趁機伸槍吐火，真箇是打得馬隊先頭人仰馬翻。

這一來，卻激起江防軍馬隊的怒火，他們退出這塊滿是阻障的橋頭，下馬散開，也用馬力斯快槍還擊，展開了熾熱無比的槍戰。

「咱們等天色放亮時再攻。」馬隊的隊長說：「除非民團自己縱火，把這道長橋燒掉，要不然，鹿砦拒馬是擋不得咱們馬頭的，至多不過是拖延時數罷了！」

馬隊的幾百支快槍的火力夠強的，民團方面，哪兒有槍火閃亮，幾百支槍口就集齊朝那個方向猛壓，壓得民團中據守磚堡的人幾乎抬不起頭來。江防軍馬隊雖然開頭吃了夜暗的大虧，損傷十幾匹馬，及至雙方槍戰半個時辰之後，兩面的傷亡也就相等了。

馬隊的隊長陰魂不散似的死纏在橋口，趁著夜暗，又收容了從李團潰散來的一些步卒，令他們爬過去刨鹿砦，拖拒馬，清除橋口一帶的阻障。

天，就在這時刻轉亮了……

天轉亮了，雨雖沒停，卻能看出雲層較高，天光也較亮，這正是快要收雲歇雨的徵兆，估量著大小渡口的攻撲正在激烈進行著，幾里外全聽得見殺聲；這種樣的天色壯了江防軍的膽子，尤其是圍撲洋橋口的這股馬隊急於要掃通進路，在鹽市民團勢危毀橋前直衝進去。

統帶困守在磚堡裏，民團的傷亡越來越多了。儘管拚命開槍壓蓋著，也擋不住馬隊在橋南清掃那些阻障。天亮後，馬隊的槍火蓋得很準，連射口也伸不得人頭。自己統著的人數不多，萬一橋面的阻障被掃清，很難擋得住馬隊闖進來。

「除了請方爺撥槍過來，」統帶說：「這兒情勢夠緊的了！」

「用不著找方爺，」堡後的壕塹口有人伸頭報說：「西邊堆上撥來了百十張單刀，有刀手助陣，他們一時也難闖得過橋的。」

統帶無聲的嘆口氣，感慨的說：「這也祇是臨時應急的辦法，鹽市到底是座孤城。大湖澤的民軍被小鬍子領兵隔住，一時伸不來援手；孤身北去的關八爺又渺無音訊，假如北地不來援，鹽市雖能勉力撐持，但日子也不會熬得太久……了！」

在陰暗潮濕的磚堡裏，景象是淒慘的，馬力斯快槍還在響著，堡牆上業已散佈了大遍零亂的彈洞，掛綵的就靠在牆角上，一些屍首疊在堡口粗糙的圓木釘成的地上，到處滴灑著鮮血，一隻被扔落的牛角哨兒橫在一灘血泊中沒人撿拾，每支槍孔下都蹲著兩個人，趁空兒朝外放槍。密集的槍彈早把人兩耳嘯聾了，祇覺得堡頂的木架顫震著，塵土紛紛朝下灑，迷著人的兩眼。

東面和西面喊殺聲捲地而起，大小渡口也不知情勢如何？而橋南端的江防軍馬隊，許是受了三面攻撲的慫恿，也已經把三層鹿砦掃除，在猛烈的槍火壓護下爬上橋面拖移拒馬。

「讓他們衝過來，還是毀橋？」

「毀橋是來不及了。」統帶說：「祇有硬對硬的搏殺才是辦法。」

誰的槍擊中一個拖拒馬的兵勇。那人站起身子打了個盤旋，從橋欄的側面栽進了河心。幾匹馬跟著上橋，也被擊倒在橋面上，單刀隊趁勢滾殺過去，在長橋的兩端拉著大鋸，幸好湯六刮又從高堆那邊抽撥百十個槍隊趕到，才使一度危急的洋橋口轉成僵持不下的局面。

這局面是鮮血換來的，前後不到一個時辰的激戰，橋面上已橫滿了屍體，重傷的馬匹被遺棄在橋口的坑凹裏，還不時刨動蹄子，朝空發出逐漸微弱的哀嘶。

幾隻愛食屍的大癩鷹，似乎被某種血腥的氣味引動了，在灰色的雲層下盤盤繞繞的飛著，通常在細雨並沒全停的時刻，牠們是難得飛翔的。

牠們尖銳的眼看得見地面上的鮮血與河心扯動的紅絲。牠們骨碌碌的鳴叫著，鳴聲是很歡悅的。

天沒放亮時，被分派在東邊扼守小渡口的石二矮子、大狗熊和王大貴，一直團在小酒舖裏跟棚戶裏的漢子們聊天。石二矮子那張嘴除了吃喝之外，總難得有停住的時候，而且滿嘴詼諧，逗得那些棚戶們咧開厚實的嘴唇，笑得捧著肚皮，簡直忘記了江防軍業已開上火線，就要對鹽市展開攻撲了。

棚戶們一向崇仰關八爺，對於眼前這三位跟八爺走道兒，而且屢經大難不死的三個人也夠尊重，他們稱石二矮子叫「石爺」，王大貴叫「王爺」，問及大狗熊的姓氏好稱呼時，石二矮子就說：「叫他狗爺不甚雅，馬虎點，就叫熊爺罷！」

「石爺，」一個棚戶笑問說：「您到底是闖過道兒的人，江防軍就要攻撲了，您還這樣開心？」

「噢，我他媽開心透頂！」石二矮子說：「你不知咱們走腿子這多年，受過防軍多少洋熊氣，有機會送上門來，讓咱們伸槍打活靶，咱們爲啥不開心?!」

「您好像一點兒也不在乎生死？」一個棚戶手抱著兩頭削尖的木棍，蹲在他自己的腳跟上，帶一份好奇和讚嘆的意味問說。

「誰不怕死？」石二矮子眼珠亂滾一陣說：「不過如今我石二矮子不怕了，怕死就是你養的。咱們這條命飄在浪頭上，說死麼，也該死過十回了。」

「實在說，跟八爺活在一起，耳濡目染的看著他行事爲人，怕死鬼也會變成好漢的。」王大貴說：「八爺他總認爲人活著，即算做不了什麼，也該做個『人』；若果人也做不了，倒不如死得像個人樣兒。」

石二矮子正待說什麼，炮聲卻把他的話頭剪斷了。棚戶們一向沒聽過炮擊，個個都有些憂慮之色，而石二矮子卻理開嗓門兒，歪腔歪調的唱出來：

「洋熊炮，瞎胡鬧

東一炮來西一炮
打得老子哈哈笑……」

忽然，他停住身子的搖晃，正正經經的捏著眼皮說：「不是我在說鬼話，我敢打賭，天一亮，防軍準會攻撲小渡口。不信？那你們就等著瞧好了！……我這眼皮一跳，十回靈驗十回。你們準備著廝殺罷，我說的話是錯不了的！……」

棚戶們半信半疑的聽著，其實他們也沒什麼好準備的，統領著他們的張二花鞋早就集聚起他們，一再演練過殺敵的方法，那方法是依照小渡口的地勢決定的。如果說鹽市那條東西橫走的長堆是一條舉首欲飛的蒼龍，那麼，小渡口就是這條龍昂起的龍頭，無數凸起的圓頂沙丘是蒼龍頭頂上的閃光的鱗甲，沙丘中間圍著高架鐵刺網的小鹽莊房舍，恰恰座落在龍頂的正中央。

張二花鞋手裏控有兩百多支雜牌槍組成的槍隊，就佈置在小鹽莊那一帶起伏不平的高地上，東面棚戶區的七八百使刀叉棍棒的人，張二花鞋把他們編成七隊，分別匿伏在沙丘腳下的灌木叢裏；他料定江防軍若攻小渡口，必得要攻佔高地上的小鹽莊，要攻小鹽莊，必得先通過七條狹長的谷道，這七隊沒有洋槍的人利於近戰，等江防軍分散開來，經過谷道時，他就鳴鑼，使棚戶們躍起搏殺。而現在他們早在分隊藏匿妥當了，小酒舖是外側第一隊，在這裏，張二花鞋留下幾支匣槍的用意，是讓石二矮子藏匿到最後，偷襲江防軍指揮隊伍攻撲的官長。

「江防軍就是這種貨色，」張二花鞋說得好：「祇要把他們頭兒撂倒，他們就亂了，我領著槍隊一反撲，他們非潰散不可。」

南面的槍聲響得很急，東面始終不見動靜，有人就笑說：「石爺，天眼看就快放亮了，您那眼皮跳得不靈光了罷？」

「慢慢較，慢慢較，」石二矮子說：「天亮還要黑一黑呢！」說著，忽然一拍腦袋，轉朝大狗熊發話了：「說正經的，人家張二爺肯把打蛇打頭的這種重任託付給咱們，可算是看在八爺面上，瞧得起咱們，咱們爲了替八爺撐檯面，也爲自己爭口氣，不知哪個忘八羔子的臭腦袋，咱們非拎不可。」

「你他娘開心逗趣老半天，祇有這番言語才沾幾分人味！」大狗熊說：「祇要你不當失陷街亭的馬謖也就罷了，你若再玩萬家樓那一手鹹鴨兒浮水，我可救不得你，——咱們這可是有言在先。」

石二矮子沒說話，祇是紅著臉，縮一縮腦袋。在短暫的沉默中，他的思緒遠引著。一個慣於打嘲謔罵的浪漢，言語和內心總像被一層什麼隔著，他說不出那是什麼？曠野中間游走著的荒草路，遮天蓋日的狂風沙，構成野稜稜生命的背景，他常無因無由的溯憶起那種情境，溯憶起飄舞的黃葉，披霜的秋草，彷彿仍能聽得見被風絞起的鹽車的軸唱聲，那些生死相連的人臉一張張的飄落了，自己該大哭一場才好，但總這樣魯鈍愚騃，喝白水樣的笑著，笑在心底和哭相連，他們那樣死去是爲了什麼？……一個「人」，一個「人」！也就是這樣的了。

這兒正是廿天前送別關八爺的地方，風裏的雲，遠天的樹襯映出一河淒荒的野蘆和方頭渡船上一人一馬的影子，在高渺的藍天之下，連那樣雄健的背影也顯得分外的渺小，分外的孤伶，……自己死得，但關八爺死不得。他走後，噩夢總纏著自己，夢見那個人滿臉汗粒，獨揹著整整的一塊藍天。

這也許臨到自己最後的時辰了，死前見不著關八爺總是一宗憾事，彷彿死也死得空茫，有一份難以解開的牽掛，牽掛關八爺這一去的安危！……他是那種人，祇要不死在朱四判官槍下，他從這兒離去，必將從這兒回來，祇要有他在，這一角蒼天不會崩塌，它江防軍再狠，也不會壓平鹽市這座孤城。假如萬一他受了傷害呢？那這些人除非得他默佑，借取他那樣的精神跟江防軍單獨周旋到底了！

「你還在癡想些什麼？矮鬼，」大狗熊用急促的聲音叫喚他說：「你那眼皮跳準了，——咱們這台戲業已開鑼啦！」

他們離開酒舖時，灰白色的晨光奮力撕開了東邊的一條雲，江防軍的號音在原野上飄盪著並且遙相和應著。從小酒舖背後的土崗稜上極目東望，看得見縷縷如蟻的灰藍色的點子，像風裏牽出的蛛絲，略略打斜朝小渡口這邊伸延，一條，兩條，三條……

雨絲已然暫時停歇了，淡藍白色的地氣裹住他們，他們朝高稜地帶開過來，那樣明目張膽的開過來。慢慢的，三條長長的蛛絲變成無數短短的並行的毒蜈蚣，他們在陣前展開了，同時迸起了徐緩的鼓響。在清晨沉遲的大氣裏，沒有風能吹散那種鬱悶的聲音，鼓聲是緩慢的，均勻而沉重的，像打樁的巨鎚一樣，一鎚一鎚的鎚入地面，再從地面彈起，震動人的耳膜。

咚，咚！咚咚咚！

咚，咚！咚咚咚！

而這種聲音正是江防軍白晝攻撲的前奏，在小渡口，沒有天然的障礙阻擋著他們，他們習慣這樣——把全部鉅額賭本全攤在檯面上顯闊，因為在高稜地帶的下面，有一片足夠他們全面開展的平野。

石二矮子看著，臉上顯出頗爲稀奇的滿足的神情，那神情，祇有當他酒醉飯飽而且手氣順贏了錢的時候才能見到，他兩手互捏在胸前，輕輕的忘情似的扭動著，把骨節弄得咯咯的響，兩眼微微的眯睎著，高抬起下巴，使舌頭換舐著上唇和下唇，像一隻貪饞的蛤蟆瞪視著一群在牠眼前嗡嗚的蚊蚋，他嘴角也有些濕黏黏的。

「我操他的大妹子！」他喃喃的說：「咚咚，咚咚，你瞧那種熱活勁兒！」

石二矮子說得一點兒也不錯，江防軍的趙團這樣展開時，連小米桶似的趙團長也熱活得渾身發癢。小渡口的地勢他匆匆打量過，覺得非用廣正面的攻撲不足以震懾對方，於是他把作爲預備隊的一個營也抽調上來，配置在正面的右方，使他的攻撲幅度扯有兩里多寬！

從上一回大帥在校場上大檢閱之後，他有很久沒能得機會露露他這一手了，這回攻鹽市，正是個絕好的演兵的機會，因爲他覺得唯有開戰時，他才耀武揚威得像個團長，談到叉麻雀，他是十賭九輸，談到嫖女人，他又是個先天性的陽萎，跟塌鼻子師長走在一起，他又自卑得像個隨身的馬弁，這一回，他可得好生揚揚眉吐吐氣了。

他在小渡口東面一座村莊上，——他的臨時設置的攻撲指揮部裏，正式下達了攻撲前進的命令，等到全團的隊伍從混亂中整出建制，排木偶似的展開之後，他用完早點，這才換上簇新的灰藍呢質軍服，佩上雪亮的金絲纏把銅鞘指揮刀，蹬上帶馬刺的長筒馬靴，套上在校場檢閱用的白色手套，擎起細長的軟籐馬鞭，掛上瞭望鏡，鼻孔出氣哼出幾個字：「牽馬來！」

寬大整齊的方陣在平野上緩緩推動著，鼓手們木無表情的擂著鐵架軍鼓，使沉寂的清晨大氣裏充滿即將迸發的廝殺意味；那種使人容光煥發的鼓聲，震動了趙團長挺出在馬鞍上的肥大的肚腹，使他有一種容易消化早餐的感覺。……他那匹經過梳理的灰斑白馬雖然高大豐肥，長鬃上結了無數細長的拖垂於馬項兩邊的辮子，辮端紮著金絲線，卻嫌有幾分不調和的女性的氣味。

趙團長一向喜歡這匹灰斑馬，喜歡得似乎過份了一點，竟有些說不出口來的，人同牲畜間那種極端微妙的近乎同性戀的感情，馬步有些忸怩，使加舖了錦墊的馬鞍聳動得恰到好處，使趙團長萎靡不振的那部份起一種超常的、似乎尚能稱得英雄式的快意。

他閒閒的鞭著馬，走在方陣的中間後方，四匹從騎護著他，一排從勇簇著他，他圓圓厚厚的小肥下巴綻開來，安放上陶然自得的微笑，翹高兩手的無名指和小拇指，捏起瞭望鏡來，湊在眼上，反覆移動著，欣賞並且品味他的拿手傑作，——一次肅然的黎明全面大攻撲時，他的部隊擺列出的雄姿。

這就是他的職業，他是正正當當的經過這種職業訓練的人，在這一點上，連出身不正的塌鼻子師長也得自嘆不如，他自卑，是因爲他的上司們看待鴉片煙槍比看待軍事操演更重，他常常夢想著如果他的上司不是塌鼻子，不是孫傳芳，而是凱撒，亞歷山大和拿破崙，那，他不至如今還幹著小小的團長，而讓塌鼻子指著他開口渾蛋、閉口飯桶的胡糟蹋，他怕塌鼻子，因爲他沒有塌鼻子那樣的女兒能爲大帥分開兩腿……

即使這樣的委屈著，當他從瞭望鏡裏看見這種影畫般的行列時，威壯的軍鼓聲也使他高高的挺起了胸膛。這種不冷不熱不明不暗的天色，最適宜大舉攻撲了，這樣壯盛的軍容如一陣灰藍色的潮水，實在想不出鹽市上有什麼樣的力量能阻擋得了?!……

他胸脯上有一些鐵質的帶芒角的胸章，在他肥胖的身軀抖動中叮噹蜜語著，那些都還是從不疼不癢的開戰中得來的。這回攻開鹽市，我該弄個大一點的佩佩了！他聽見那些蜜語，心裏也有著這麼一種回音。是的，前面沒有什麼力量能擋得了這種威勢赫赫的部隊，祇要攻撲的隊伍翻過眼前的這些散亂的高陵子，那邊就將是鹽市的街梢了。

隊伍進行到高地前面時，又整頓了一番態勢。敵前亮威已經結束，真正的攻撲就要開始；當軍鼓初歇，每支步槍加上衝搏的刺刀時，趙團長又舉起瞭望鏡來，費力的抬起鏡筒，把那些閃亮的圓頂沙丘望了幾眼，忽然，他臉上的笑容被一層冷意抹平了，一種從心底湧泛起來的新的憂慮爬上了他的眉頭。

爲什麼在平地上要舉起這許多倒楣的沙丘呢?!真正討厭的倒不是沙丘，而是沙塹夾峙的凶險的谷道，這邊一條，那邊一條，有的入口比較寬闊，有的入口既深且狹，它們並不是順著地勢朝上升起的，卻逐漸的下降，彷彿要通到地獄裏去一樣。他那樣的猶疑了，因爲他從沒有碰到過這樣複雜的地形，而這些討厭的谷道像一些張開魔袋，專收鬼魅魍魎的魔袋，勢必要把他這一團人分割成七八股，分別裝進去不可。

「這倒是傷透腦筋了！」他放下瞭望鏡，左顧右盼的自語說，想找誰來參謀一下。忽然他想起來，由於平素開戰時根本用不著參謀，所以連參謀也被自己吃了空缺，祇有召營長們來拿主意了。……不不不，在這種時刻召營長，使隊伍在敵陣之前停踟不前，豈不是挫了他們的銳氣？還是寧可多傷自己一些腦筋。……對了！我可以放開谷道，命令隊伍直接爬上沙丘的丘頂，這樣，祇要佔穩一處制高點，就能控得住全盤了。

他重又舉起望遠鏡來，將鏡片移向當面的沙丘。

但當他視線觸及那些沙丘時，他幾幾乎暴躁起來！原來所有沙丘的丘腳，都是那種壁立著的沙塹，帶著一條條鋒厲如狼牙的橫向水齒。從根至頂，都有三丈多高，如果是石崖，那些銳齒還能供人踏腳，但那些凸出的沙齒，是萬萬容不得人身重量的。

他的腦筋可傷得更大了！

無論如何，他想，我得儘快決定，不能把隊伍總是放在這擺地攤兒！於是，他又移動著瞭望鏡，仍把腦筋動回那些自己連看全不願多看的谷道去了。

那些谷道想來是遠古年月裏，黃河奪淮時巨大而兇猛的洪水造成的，大自然揮動了它神奇的利劍，將整座高丘斬劈開來，變成七零八落的迷陣般散佈的丘群，而洪水急退時沖出的深泓，就成了今天的谷道。這些谷道被塹壁上端的灌木叢從兩面倒覆著，幾乎不見天日似的，曲曲折折的繞丘盤旋，經過小鹽莊腳下，歸入鹽市東面街梢的七里深溝，再延至老黃河岸去。

在谷道頂端和沙丘腰部，還有著許許多多蛇一般的暗泓，蔓生著交纏的灌木和藤莽，趙團長從瞭望鏡裏能看到的，祇是谷道入口處的塹壁和浪延的灌木的綠色圓頂罷了！從瞭望鏡的圓形鏡片裏，塹壁那樣清晰的呈現著，本身是淡黃色的，中層間雜紫鋁土，構佈成許多暗褐色的斑點，那些水齒的狀貌很猙獰，彷彿是某種怪獸的銳牙，齒槽上生著絨狀的的苔痕；灌木叢是那樣的密集，裏面即算藏有千軍萬馬也難以察覺，經過再三觀察，趙團長在出發時的豪勁不由就消了一半。

不不不！我不能被這種地形嚇住，一個聲音在他心裏反覆慫恿著，鼓迸著。我估量鹽市決沒有這樣多人能遍扼這許多條谷道，而且，而且……也決沒有這種善於利用地形的人物！假如整團人分進各條谷道，全面攻撲，就算它伏得有幾隻蝦蟆老鼠龜鱉蛇蟲，硬嚇也就把他們嚇遁了！

「擊……鼓！」他喊著。

咚咚的鼓聲又響了，鼓聲撞在塹壁上，碰回陣陣奇異的回音。晨光愈來愈亮，驚鳥在灌木間飛起，天頂的灰雲開始裂縫。鼓聲捶打進趙團長循環著的血液裏，使他萎頓了的精神重又振作起來，他磕動灰斑馬，馳進方陣中心，鄭重其事的拔出雪亮的指揮刀來，大叫著：

「放排槍。……分進攻撲！……前進！」

由於塌鼻子師長公開宣佈過，這次攻撲鹽市可以免於報繳彈殼，所以兵勇們樂於多放槍，用蓋地的槍聲替自己壯膽；排槍的氣勢實在夠驚人，無數槍聲綰結起來，已經不是一種單純的音響，它是地的搖撼，狂風的驟起，硝煙的噴迸，音浪的連鎖，匝天蓋地的撞向高稜去，使狹窄盤曲的谷道裏，久久迴盪著鬱結不散的嗡嗚。

走成橫陣的兵勇們，機械的邁著步子，每隔三步，就單膝跪地，舉槍施放，然後停在原地，讓後一列超前放槍。槍彈是陣風吹著的驟雨，鞭一般的刷打在沙丘的光禿圓頂上，灌木的無邊綠海中，鋸齒形的塹壁上和陰風陣陣的谷道的入口，使沙煙高揚著，彈花騰捲著，枝葉飛迸著，驚鳥哀啼著；但很快他們就發覺，即使浪費再多的槍彈，也打不出一條驚惶逃竄的人影來。

趙團長勒著馬，最先覺察到這一點；他在排槍驟起時一再瞭望，在整片高地上並沒見著半條人影；排槍一陣接著一陣響，見不著對面槍煙飄起，這使他很快用直感斷定——空的，這塊沙丘遍佈的高地根本沒有設伏的人槍！各營的號音吹響了，灰藍色的潮水從這裏那裏分別灌進了谷道。即使沒見敵蹤，那些心虛膽怯的兵勇們也習慣的盲亂暴喊著！衝呀！殺呀！使滿谷的殺喊聲替代了方落未落的槍擊的餘音。

作戰心理著實是個怪異的東西，這些一向倚仗聲勢的北洋軍兵勇們在平野上推進時，人人都夢著踹鹽市、分花紅、領獎賞、劫富商，做他一個吃喝嫖賭的英雄。一出營門就遇上倒楣的連夜雨，冷濕饑寒聚成一股子怨氣沒消，聽說黎明攻撲，正好打他娘一場熱火消氣，那時若遇上民團，真有一場硬火好打。……及至軍鼓咚咚引著他們的腳步，走過這段平野時，那股子怨氣卻叫開戰前本能的恐怖敲剝殆盡了，不過還有悲壯的鼓聲，眾多沙沙的腳步，滿眼灰藍的人影，把人浮盪的心拴繫著，捧托著，排槍造成的氣勢使人一時忘了駭懼，所以才有餘勇衝進谷道口。

初進谷道時，餘勇未消，全從盲亂的殺喊聲裏冒掉了，變成一股逐漸消散的輕煙。如果這時民團出現，他們也許還能咬著牙，硬起頭皮死撐一陣，爲著保命掙扎。誰知經過三陣盲亂的殺喊之後，回答他們殺喊的卻是他們殺喊的回音，恍恍惚惚的，幽幽遠遠的，從風裏來，氣裏來，從綠灌木的葉簇間搖曳出來，從地心迸彈出來。那回音是奇幻的，恐怖的，聲音裏裹著鬼氣，裹著死的兆示，裹著相對的沉寂，把他們心裏最後一絲熱勁也打落了。

他們沉默下來。

沉默和清醒是相連的。

他們沉默，沙丘、灌林、谷道比他們更沉默。他們清醒了，發覺陰冷的狹谷風穿透他們的身體，連初醒的天光也被無數倒垂的灌木遮斷了，地面是潮濕的，兩面壁立的塹崖把他們夾著，塹壁上的水鹵簡直就有吞噬他們，嚼爛他們的樣子。

這是隱伏著重重殺機的陷阱？這是荒無一人的鬼地？谷道竟是這樣死寂，這樣黝暗，一步比一步深幽，一步比一步下沉?!……疑慮和恐怖越鎖越深，越逼越緊，使那些兵勇們像掉在惡夢般的魔境裏。

長久被多種傳統性的迷信和怪異傳言捆縛著的軍閥部隊中的無知兵勇們，是很難以本身理性和冷靜思索脫出這種惑人的魔境的，方才的真實攻撲反而變成迷離的遠揚的夢了，震天的戰鼓聲沉落了!眾多的腳步聲隱匿了!捲地而起的排槍聲消失了!甚且連從自己口中發出的殺喊聲也難以爲繼了!……砍誰呢?殺誰呢?那祇是一場噩夢，沙丘是殺不倒的，灌木是伐不盡的，而谷道像羊腸般的通向前面去，不可知的惡運在前面等著!

氣勢被這些惡魔般的谷道割碎了，兵勇們滿腦袋全是空茫無主的感覺，恐懼隨著陰風直朝人的骨縫裏吹，每人的汗毛全豎起來了，每人的腳步都兢戰著了。

「噯，老夥計，咱們敢情是遭鬼迷了!」

「他奶奶，這條倒楣的凹路，約莫直通陰朝地府的罷?……陰風習習的，連半點人味全沒有……」

兵勇們的習慣是這樣的!打了勝仗去搶錢、翻屍、敲金牙、掏屍首的口袋時，即使人少也嫌人多。一到恐懼狐疑的辰光，即使人多也嫌人少。實在每條谷道裏，少說也湧進來百把人，但由於路狹彎多，快慢不一，三轉幾不轉的，誰都看不見人在哪裏，恐懼使他們三個一簇，五個一簇的麋聚在一起，前面的疑心後面的偷偷遁回去了，後面的疑心前面的把他們遺棄了，幾個人麇聚到一起時，彼此都以爲這樣可以減輕孤獨時所產生的恐懼，誰知你一言我一語的一猜一疑，自怨自責，反而更糟。

「天靈靈，地靈靈，列祖列宗全顯靈！」一條抖顫著的嗓子近乎絕望的叫出來：「祇要保佑我活出這條鬼路，就是踹開鹽市，這一遭我也決意不搶錢，不姦宿，算是報……天恩！」

「甭讓人笑掉牙了罷，瘦猴。」一個說：「你這一遭不姦不搶，下一遭照姦照搶，哪個神佛肯上你的圈套？對天發誓，不興來騙的。」

「那我就……就……再加一遭！」瘦猴說：「我他媽兩條腿，全軟了他丈母娘了，我自知早先作多了孽，祇怕今兒活……不成啦。」

「呸！」前頭的一個牙齒也打著顫，認真的吐了口吐沫說：「破你這句晦氣話！到了這步田地，說話怎麼還不知忌諱?!」

進入各條谷道的兵勇們，差不多全這樣猜著、疑著、怨著、責著、求著、禱著，而可怖的魔境卻走著向下的螺旋，越是這樣，越把他們拖扯下去。最後，大夥兒沉默下來，任由遠近時日聽取得的多種樣的傳言所幻化成的形象，在泛黑花的眼裏浮現著，……陰魂會領著槍子兒來找仇人。陰魂會纏著朝刀口上碰。凶死鬼進不得閻羅殿，永世都作飄泊的遊魂，不能再轉世爲人。張三夢見七顆紅棗，就一口吞了，二天一上火線就中槍陣亡，屍首上不多不少七個彈孔。李四在開戰前夢見一口寫著他名字的黑漆棺材，以爲必死無疑，誰知卻搶到一大袋銀洋，見「材」有「財」！

人在陰森的谷道裏像遊魂般摸索著，偶爾有一個人醒了一下，罵說：「真是糊塗，臨出發時，竟忘了燒香拜廟了！」

「我……倒拜過幾處廟。」另一個說：「沒用，我自覺神佛並沒護在我身上。也許……前面就會遇上民團！」

而這些真實的景況都不在趙團長考慮之中，等全團都進入谷道之後，半晌沒再聽見槍聲和殺聲，他圓圓的胖臉上又現了笑容，到底是自己算得準，這一帶險地鹽市並沒設有伏兵。他勒馬盤旋一匝，向從勇和從騎發出跟進的命令，磕著馬進入右側第一條谷道。

他永遠也不會知道，石二矮子那雙眼一直沒離開過他，而那條谷道正是石二矮子扼守的那一條。

同一時間，在鹽市西邊的大渡口附近，情況卻是反著來的。坐在輪椅上的戴老爺子和粗腿錢九都守在這一邊，大渡口這一帶，除了北岸高堆上的樊家舖是個可以堅守的險寨外，其餘各處雖然灌木密生，卻無險可憑，這種開曠的地勢，誰都知道有利於江防軍展開攻撲的；而大渡口必須要守得穩，因爲它翼護著鹽河岸的一串碼頭，屯彈屯糧的堆棧和集中保護婦孺的繩蓆廠，江防軍祇要越過這片開闊地，就能刺入鹽市的心臟區，假如他們一縱火，鹽市損失就更慘重了。

戴老爺子知道這付擔子夠挑的，祇有在平地上挑出三道一丈八尺寬，一丈二尺深的深壕，把少數槍隊放在樊家舖，多數槍隊沿棚戶區西側的亂塚堆散佈開，鎖住壕溝的正面，而把絕大多數使用銃槍、刀矛、叉棒的人群遠遠的拉開，拉離北洋防軍可能用爲決戰的地方，伏伺在更西邊的一條乾涸的大溝泓裏。

「我不懂老爺子您的意思？」粗腿錢九放開天生的大嗓門兒嚷著說：「您不讓使銃槍刀矛和叉棒的人參與這場火，單憑薄薄的槍隊拉成的一條線，就能擋得成千的江防軍?!」

「您是個直性人，腦袋不會繞彎兒，」戴老爺子叼著煙桿兒說：「這種地勢，我挖空腦子想了好久，也祇有這樣佈置才能退敵。喏！你瞧！」他捏起煙桿，遙指著南面高堆的堆尾說：「那條高堆由湯六刮領人守著，到堆尾爲止，假如江防軍要攻大渡口，他們得繞過堆尾，從西南的三星渡渡河，撲向這邊來。他們撲至深溝前的曠野地時，心裏必有顧忌，怕湯六刮從堆尾回撲，打他們右側背，這樣，勢必逼使他們全力速戰！……打仗這玩意兒，打在一個氣勢上，我這邊槍隊雖薄，但我要棚戶們趁他們立足沒穩的時刻，從背後伸拳！他們雖少洋槍，卻能憑氣勢贏得這一仗——江防軍怕後路被切，哪還有心朝裏攻？他們一退，槍隊追著打，棚戶們儘管拿棍換槍就是了！」

「嘿嘿，」錢九笑起來，點頭說：「老爺子不但越老越不迷糊，反而比咱們年事輕的聰明多了！……我錢九早先幹土匪，背後打黑槍打慣了的，這份差事我領了！」

戴老爺子雖不能稱得上是料事如神，至少也沒離大譜兒，大渡口的這場火，算是在他手巴掌上打的。

擔當攻撲大渡口的劉團繞路繞得遠，從三星渡渡河，祇有一隻渡船好使，祇好著人現紮木筏，草草的趕渡，等全團人馬拉過河，天色業已開亮了。那個草雞毛脾性的劉團長也沒等隊伍整頓成形，就使細馬鞭子亂抽人，一迭聲的催令打攻撲。好在地勢開闊，展開容易，底下怕挨馬鞭抽打，也就板起臉掉過面，依樣畫葫蘆，來它個大魚吃小魚，小魚吃蝦，蝦子吃爛泥！

隊伍在開闊地上展開後，原可很快朝前推行的，誰知腳跟還沒立穩，戴老爺子就吩咐守在正面的槍隊立即開槍了。

「老爺子準是糊塗了！」那些槍隊裏的槍手議論說：「平素他一再交代咱們，不等江防軍臨近不要亂放槍，今天他是反著來，這麼早就放槍，子彈連搆也搆不著人，到底是怎麼回事?!」

老頭子耳朵滿靈的，一聽著這些議論，就生氣嚷說：「我吩咐你們放槍，你們就替我放就成了！……你們那些張嘴要是實在閒不住，就替我如此這般嚷著招降！」

江防軍攻撲過來，條條灰藍色的人影結成團兒朝上滾，但密扎的槍聲打慢了他們的腳步。無論那些槍彈打不打得著人，但那些防軍卻都能清楚的看見落彈線上飛迸起的泥沙，那種明顯的落彈線對於攻撲者心理影響很大，彷彿那兒就是陰陽界，線外還是人世，線內就是陰間，兵勇們誰願先頂上去挨槍子兒？存心畏死，腳底下就跟著磨蹭起來。這樣一磨蹭，原先拉散了的隊伍就密密的麇聚起來，前面不動後面催，打上了死疙瘩。

那個劉團長一瞧這種光景，趕急響號召各營營長，罵說：「這可是打攻撲，不是滾肉球，……午前若不衝進鹽市，我他媽一個個先在你們腦袋上點卯。」

一頓狠罵的結果奏了幾分效，隊伍勉強頂著呼呼叫的槍彈通過落彈線，進入灌木區。那些低矮的灌木展佈成一片綠海，看上去不覺得怎樣，隊伍若想通過它，卻是難上加難。灌木叢是那樣濃密，亂枝糾結交纏著，變成陷人的軟坑，扯也扯不開，拉也拉不脫，除了伏身在枝柯下硬鑽，就得踩著那些有彈性的枝條蹈舞。

這當口，夾在槍裏飄來了許多叫喊。

「防軍進了老鼠籠啦！夥計。捲殺罷！」

「繳槍！繳槍！扔槍不打！」

那些叫喊落進敏感的攻撲者的耳裏，不由人不興起種種被圍被困的猜疑！天知道眼前這些灌木叢裏會不會突然出現一股伏兵?!天知道南邊堆尾會不會伸槍來應援?!因為叫喊聲中已經明顯的暗示出——你們被困了！

領先進入灌木叢的兵勇們不敢再深入，跟著鑽進灌木叢的兵勇們也落得蹲下來，兔子似的豎起耳朵聽風，不願冒險。江防軍先頭幾百人被喊聲阻擋在離頭道深坑五十丈遠的地方。那阻擋是短暫的，因爲四野不見任何動靜，先頭的防軍兵勇們已能看得見當面深坑，以及深坑積土埋下的鹿砦的尖齒。

正當兵勇們以爲那是騙局時，身後的喊殺聲騰揚起來了。那是一種使人聽來毛骨聳然的聲音，原始、慘烈，淒怖又野蠻，那不是軍旅中職業性的吶喊，不是慣常聽得到的人聲。黑鴉鴉的一群人，從江防軍陣後的泓溝裏撞出來，有的戴著竹笠，有的披著雨簑，捲起褲管，精赤著腳板，他們像一匹匹狂獸般的嗥吼著，搖舞著木棒，揮動著鐵叉，端平了帶紅纓的長矛，高舉著雪亮的單刀，直朝江防軍猛烈撲襲過去。灰白的黎明的曠野也彷彿被慘烈的吶喊聲撼動了，沉鬱的大氣中塞滿了那種綿長不絕的音浪，一波波地朝遠方盪開。

江防軍受驚的兵勇們不得不因此放開亟待攻撲的正面，掉轉臉迎向這場出其不意的反撲；槍煙從灰藍色的人叢中騰起，子彈在半空呼嘯著，雖然有些棚戶們中彈仆倒了，但槍彈阻不了這種原始的攻撲，他們叫喊著，像一群吞了符咒的瘋子，迎著雨般的槍彈，滾殺進江防軍的方陣裏，方陣被這股潮水沖亂了，面對面的搏殺像蟻鬥般的進行著。

錢九率著的這群棚戶冒死滾殺，完全抵銷了江防軍依仗槍械精良的心理，雙方一到了肉搏的階段，江防軍就吃了大虧；上了刺刀的洋槍遠不及刀叉棍棒靈活，江防軍的鬥志又遠不及棚戶們那樣高昂，所以短兵一接觸，江防軍就有了崩潰的模樣。

這種大規模的原始搏殺的淒慘景象是少見的，寬長數里的曠野地上，全是一群一簇滾動的人頭，雜亂的槍聲仍然在鼎沸的人聲中迸響著，有時人聲竟也蓋過了槍聲。有人站在墳頂上嗚嗚的吹螺角，空氣灌進角聲，彷彿天和地都跟著嗚咽起來。

空氣確然在嗚咽著，眨眼就有成群成陣的活人倒下去變成滴血的死屍，每個人的心裏再沒有別的，賁張的脈管裏單一的循環著一個殺字，吶喊、呼聲、慘叫和呻吟聲捲連在一起，分不出聲音裏表示著什麼。……

粗腿錢九領著一隊匣槍手在灰藍色的人群中奔竄著，橫起匣槍兩面潑火，一面粗聲嚷著：「殺官不殺兵！扔槍的活命！」隨著他這樣的吼叫，許多江防軍的兵勇們都跪地扔槍了。他揪住一個兵勇的衣領搖晃著，問他領頭的官兒是誰？那兵勇面如土色，團起舌尖啊了半天，才說出：「是……是……劉團長！」

「我要活剝那忘八羔子的皮！」錢九說。

他這樣滾在血泊裏搏殺，使他滿頭滾著豆大的汗粒，唇乾舌苦，不停的激烈喘息著，但他滿心是明亮而暢快的，彷彿覺得能看見心頭燃燒著的那一把活生生的火苗；這樣的感覺是他當年拎槍走黑道，殺人放火時所未曾有過的，忽然他眼裏出現了關八爺的那張臉，在慘紅火光的圍逼中凸露著，他的眉影罩著那種閃忽不定的火光，他深黑凝定的瞳孔裏也亮著那種火光，他的臉上也有著燃燒的表情——飽含著淒苦，飽含著悲憐的笑容。……

紅火暗下去，那張臉搧乎搧乎的隱遁了，他想捕獲它，擁抱它，但那是徒然的，祇有臨別的印象殘存著：大片霞雲染著西天，雄健的背影寂立在方頭渡船的船梢上，貼地的晚風吹過河上，牽起他一角藍袍……就因爲八爺不在鹽市上，這付沉沉的重擔每人都得挑。……他滾殺過去，一面喊著：「姓劉的忘八羔子拿命來！」直到一顆流彈貫穿他的胸脯，他摜倒在泥地上打著滾，他口噴血沫的嘴還噏動著，斷續吐出這樣的聲音。

有一股氣橫在棚戶們的心裏，使他們敢於揭地吞天！前面有個漢子被三個藍衣兵勇圍困著，他身上被戳了幾刀還沒倒，但渾身都被他自己的鮮血染紅了，有一個兵勇膽怯，轉身想跑，那人狂呼著，端起削尖的木棒直撞過去，棒尖嵌進那兵勇的後腰，破腹穿凸出來，棒尖染了血，棒身上繞著一盤花蛇似的肚腸，猶自在吱吱響的扭動著。另外兩個嚇軟了腿，跑不得了，拖著槍枝在地上爬著。……

東北角有幾張單刀圍著一個江防軍的官佐，祇消一刹工夫，那官佐就變成一些黏著泥的肉塊，祇有一頂硬殼軍帽是完整的。另一個官佐早已放下槍跪在地上，雙手抱拳，遇見誰都顫聲喊著饒命，聲音尖細得像是女人哭，又像笑著唱小戲，又滑稽又淒慘。……一個端鋼叉吶喊而上的棚戶中了一槍，槍彈打飛了他的天靈蓋，剩下的半個頭，還歪起嘴角把那一聲叫完，直到絆在一具屍體上，他才跌倒嚥氣。……另一個把拖出的肚腸別在腰帶上找著人打，旁人趕來扶他，說他帶了傷，那人說：「不關緊，我提一口氣，還能再殺它兩個人！」……一個楞頭楞腦的侉漢掄著一把大鐵叉，一叉挑起人來，就發力朝外摔，中叉的兵勇慘叫著，像一束草把般的在半空翻滾，血雨濺得人滿頭滿臉，連喊聲也跟著人翻筋斗，那人一口氣連挑飛六個兵勇，使他面前跪倒一大片江防軍。

這些形象落進劉團長放大的瞳孔，使他需要馬弁攙扶才能走得動路，這之前，他迷信著槍桿，更迷信著他自己的馬鞭，他做夢也想不到這些軟扒扒慣了的鄉民，叩頭如搗蒜的老百姓，一刹間也會變成潑吼著的猛獸，威風凜凜的惡煞神。他的馬鞭早不知遺落到哪裏去了，他無法再叱罵兵勇，不准他們丟槍，他的兵勇們經過一陣極短的搏殺，就已經開始紛紛潰逃，鹽市上的槍隊鳴槍追蓋著，一路上都是屍首。

棚戶們和槍隊合在一起，追著江防軍劉團的潰兵，一直追到三星渡；大渡口這一戰，劉團損失了兩百多人和將近一半的槍枝。

到正午為止，躺在小公館裏等著聽捷報的塌鼻子師長聽到的並不是捷報，卻是全師慘敗的消息，除了炮隊和馬隊損失輕微，其他各團都損傷很大，攻小渡口的趙團被困陷在谷道裏，棚戶們貼近衝殺，更用成笆斗的石灰粉從高處推滾下來，使兵勇們迷住了眼，一部份衝出谷道佔定了幾座沙丘，卻叫小鹽莊發出來的槍火鎖住，無法前進。更傷腦筋的是趙團長陣亡，全團指揮無人。李團勉強守在老黃河堆南原地，彈藥消耗將盡，亟待補充。攻撲大渡口的劉團退守三星渡，人槍損失更是慘重。

這樣的戰報使他癱在椅子上。

「媽特個巴子！」他罵著左右說：「還不趕急替我拍電報，求大帥增兵！」

但他並不知道大帥早把鹽市造反的小事甩開了，在遠遠的南方正疾滾著更大的戰雲，這朵戰雲的陰影落在孫傳芳緊鎖的眉頭上，使他的五省聯軍變成了四省聯軍，……國民革命第一路軍揮師入閩，在短短的時間裏把全閩平定了。這些遠遠的消息一時傳不到這塊多難的荒土，被困的鹽市更不會知道。

第一天開戰，從表面上看，鹽市的民團是挺住了，用他們的橫飛的血肉擋住了江防軍的進擊，假如仔細算起來，傷亡人數卻比江防軍更多，這是使用原始武器對抗洋槍的必然結果，窩心腿方勝早已料到這種情形，但他一點也不灰心，這樣壯烈的死亡總比放下槍任憑江防軍宰割要強，何況關八爺北去連繫各地民槍，眼前還有著受援的希望。但有一點要立刻決定的，就是鹽市上的老弱婦孺，非得在江防軍破鎮前遣散不可！

遣散老弱婦孺的事，就在當天下午，趁著江防軍喘息未定時進行的。方勝在運鹽河的兩處碼頭，各用四隻鹽船橫河鎖成兩道浮橋，鳴鑼通告東西棚戶區和市街前後，要所有不參與戰事的人口收拾細軟箱籠，離開鹽市，到北地鄉野去避難。

黃昏時，避難的人縷縷不絕的從鹽河北岸的高堆牽向野地去，成一幅淒慘的圖畫，跪地禱天的，喊爹叫娘的，啼哭不休的，他們的腳步雖印向北地去，但他們的心仍繫在鹽市上，因那些掄著槍銃守護鹽市的漢子們，全是他們分離不了的親人。當然，也有許多人留了下來；十八家鹽棧的棧主全都沒走，一部份年事較輕的婦道留下來做飯行炊和照護傷者，小餛飩就是其中的一個。

太陽該在層雲背後落下去了，黃昏光灰霾霾紫沉沉的，在當日豪華宴飲過的大廳裏，鹽市上民團的首領跟士紳們在馬燈光下聚議著，六合幫裏的三個人如今祇落下兩個了。

「小渡口情勢怎樣？」方勝問張二花鞋說。

「還算好。」張二花鞋說：「直到下傍晚，江防軍還沒靠得小鹽莊，各條谷道裏都躺了不少死屍，六合幫的石爺一管匣槍伏在樹上，打翻了江防軍的團長，石爺也……中槍運回來，祇剩半口游氣了。……如今人在藥舖裏，祇怕活不過今夜。」

大狗熊放聲哭起來，雖然他也用白巾纏著肩窩的傷口。王大貴木坐在一邊挫著牙。

「大渡口錢九死了。」輪椅上的戴老爺子說：「棚戶死傷近百，如今正在著人收屍。」

「我們人手和槍枝都有限，還不及江防軍三成。」方勝說：「我們槍火槍枝雖經明收暗買，還差得很多，明天再接火，鹵槍搜火最要緊。能鹵得較多槍火，我們就能守得久，能巴得著關八爺他領著北地民槍來援。」

「八爺他倒是怎麼回事兒？」福昌棧的棧主說：「這一去不少日子了，竟音訊全無，會不會弄出了什麼岔兒？……要不然，決不會這樣沒一點消息?!」

一提起遠去求援的關八爺，所有的頭顱全垂落了，大花廳裏的氣氛更低沉起來。似乎誰都明白鹽市如今的艱危處境，祇有一隻援手能伸得過來，那便是北地的大批槍隊了。北地民槍極盛，假如能再加上朱四判官那撥人槍，不消說是守鹽市，就是直薄縣城也有那種力量，不過在場的各人，包括窩心腿方勝，大狗熊和王大貴，誰都不敢相信關八爺能說服朱四判官那種不見洋錢不開眼的大盜，問題就出在這裏了。馬燈的燈焰在人眼前撲突撲突的閃跳著，那是燈油將盡的預兆，遠處又流響了江防軍重新集結的號音。

「待援還在其次。」窩心腿方勝終於打破沉寂說：「要緊的是關八爺沒回鹽市前，我們怎樣保住鹽市不陷？我們得趁著江防軍喘息的機會拿定主意。」

「那箇單，」湯六刮伸手一擊桌角說：「鹽市是能守也得守，不能守也得守，路就是這麼一條。咱們按著人頭點，有一個人，貼一條命，萬一江防軍推進街市，咱們就起火……燒……街！是生，是死，不低頭！」

「十八家鹽棧的金飾，錢甕，底財（即埋藏於地下的財物），全都列了單子。」玉興棧主說：「我們一面打，一面仍得盡力向鹽河北收購槍枝槍火跟大宗米糧，我相信江防軍決沒有長足的後勁，我們能熬過三天五日，鹽市就能久守了。」

火花仍然在黯裏噴濺著，也許在不久之後，這些街道和市屋就會被江防軍更猛烈的炮火夷平，但不死的人心能照亮眼前凄慘的黑暗。集議後的行動又開始了，各處受槍傷的漢子都被陸續送回鎮上來，繩床、門板上躺滿了成排的人，血滴使街心的泥土全變成紅的，有多支火把燃在暗夜裏，一隊即將補充到小渡口火線的民團槍手就在街廊下草草的用飯。遞換下來歇息的人，一股一股流過街道，他們身上，臉上，長矛尖和單刀口上都還留著沒乾的血跡。蒸騰著汗氣的馬匹從洋橋口西調大渡口，戴老爺子領著槍隊換守高堆，粗莽的湯六刮調往小渡口去了。

大狗熊和王大貴兩人奔到藥舖去看石二矮子，他在小渡口谷道邊的小酒舖門前大樹上伏擊那個團長，槍殺矮胖的團長之後，被一整排護兵圍擊，中了好幾槍還死死的抱在樹枝上。他們趕至藥舖時，石二矮子業已嚥了氣，但兩眼還在鼓瞪著，彷彿死得不甚甘心的樣子。

「你……閉上眼算啦，矮子。」大狗熊伸出手去，輕輕捏闔了石二矮子的眼皮，喃喃說：「餘下的那些雜種，我跟大貴會去收拾的。」

「也許關八爺就會領著民槍殺過來，」王大貴說：「他會痛痛快快替你報仇的。」

「咱們生死交結這一場，」大狗熊依依的緊握著死者冷冰冰的手，合掌溫著說：「你不是命該遇兇過鐵（即死在刀槍之下），閻老西偏這樣錯安排，……情勢這般急法，兄弟，我大狗熊連紙箔也沒能爲你燒一份，若是我跟大貴兩個有一人不死，日後再跟你料理罷！」

他們走了。而死者們沒有棺木，沒有壽衣，他們都被草草的合葬在一個坑穴裏，他們沒有石刻的墓碑，也沒有他們自己的名字。戰事還沒有完，洋橋口的江防軍馬隊又興起兩次趁夜撲襲。大渡口的灌木叢被江防軍縱火，燒得屋脊後起紅霞。小鹽莊也陷在苦戰中。

而在遠遠的萬家樓，臥床養傷的關八爺聽不見鹽市的槍聲，槍聲血泊和燭天的火光祇留在他每夜由高燒結成的渾噩的夢裏。他還沒能見到小牯爺，因爲萬家樓的槍隊跟小蠍兒拚上了火，小牯爺心裏想著的不是鹽市，卻是屯在羊角鎮的朱四判官舊日那一撥人槍……

第十四章．小牯爺

連經幾場劇變，萬家樓再沒有往昔威武煊赫的光輝了。儘管那座石砌的高樓仍然矗立在遠行人的眼裏，儘管北門外七棵交纏的柳樹仍然作成這一氏族和睦繁衍的預示，但短短數年間連倒三位族長的事實，不由萬家樓各族的人們不覺得沮喪。

當年萬金標老爺子在世時，不用說野蘆蕩一帶承平無事，就在北方各縣份裏，江湖上人行事，也都得先看萬家樓的眼色，先聽萬老爺子的口風，要不然，準得鼻青臉腫大栽筋斗。萬老爺子一倒下頭，墳頭新土沒乾，就傳出老六合幫被殲的噩訊，一向視萬家樓爲畏土的兩淮緝私營，竟敢在萬家地面上逞凶施暴，硬摘死人臉面?!……事情既已鬧出來，爛攤子祇有萬家樓出面收拾，那時一般人都還自嘲的想著：也許緝私營祇是趁萬家樓族長新故，忙著料理喪事時橫插一腳，日後保爺一正位，就不會有這些痲煩了。

萬家樓各族看重年輕的保爺，不是沒有道理的，一般全覺得保爺在料事上比珍爺更精明，在處事上比業爺更果斷，在槍法和勇爲方面更要比牯爺略勝一籌，有了保爺這般年輕有爲的族主，萬家樓自當有一番新氣象的了。……不錯，在保爺手裏的萬家樓，確能秉照著萬老爺子生前的意願，替受冤屈的人們洗雪不平，替江湖道上排解是非，更爲許多走腿子的浪漢張起一把傘，使他們一進野蘆蕩，就有著一片蔭涼。

無論年輕的保爺怎樣苦心經營，而萬家樓各族略有遠見的人都會看出：以百里土王侯自視的萬家樓，在威風上，已經是年遜一年了。北地在北洋軍的馬蹄下被踏成一片遼闊的荒土，兵燹、瘟疫以及水旱災荒輪番折磨著那些無告的人們，萬家樓再也無法翼護千百里捲地而來的流民，其間幾度春荒，保爺也曾放過賑糧，但那些流民饑餓的胃腸是一口漏鍋，不是萬家樓一方之力拯救得了的。多種人爲的災患使匪亂猖獗起來，使野蘆蕩一帶也不寧靖了。

朱四判官夜捲萬家樓，伸槍撂倒了保爺，是一種更大的不幸的開始。誰都看得出，在萬家樓有數的幾位年輕的長輩當中，再難找得到像保爺這樣能一面穩守基業，一面力圖開拓的人了。

臨到業爺手裏，萬家樓的聲勢已成了緩緩西墜的斜陽，珍爺去了沙河口，領著各族槍隊的小牯爺又力主自保，使往昔繁榮的西道變成罕見人跡的荒路，市街上的買賣交易，也都現出一片凋零的景象。而老天爺似乎存心不佑萬家樓，連業爺那樣溫厚誠篤的人，也逃不過被人打黑槍的命運，野塘裏縛鐵沉屍，顯見殺人者有著精密的計算，長久的預謀，那會是誰呢？……業爺的屍體浮出後，小牯爺又發了急躁的老脾性，趕夜集齊槍隊，暴喊著緝兇，緝兇既緝不著，小牯爺就把一腔怒火全發到馬屯羊角鎮的朱四判官那夥人頭上去了。

「我知那夥子賊，不把萬家樓洗劫一番，他們就賊心不死。」小牯爺說：「哪怕天塌在我一個人的頭上，我也得跟他們見個真章不可！我敢料定，業爺是他們殺的，他們重新拉回羊角鎮，就在於安心謀算……明算了保爺，暗算了業爺，同是一樣手法。」

事實上，誰都這麼料算著，多少年來，也祇有朱四判官這股悍匪敢於明盤暗算萬家樓，業爺這條人命賬，除了記在朱四判官的頭上，是不作第二人想的了。老二房的小牯爺也許不是個穩守基業的好族長，可是牯爺殺土匪、打硬仗，卻像一頭不馴的牯牛般的猛悍，面對著盤踞羊角鎮的馬群，族裏祇有依仗著牯爺出面，替枉死的業爺報仇了。牯爺這麼一提，正應了萬家樓闔族的願望，各房族的槍隊立刻鼓騰起來，恨不能立即就把盤踞在羊角鎮的那股人掃光。

鹽市被困，江防軍北調的消息雖然早有傳聞，但卻在萬家樓被冷落了，萬家樓各房族的心裏眼裏，想著看著的，都祇是朱四判官，他們忘不掉保爺業爺橫屍的血債，忘不掉四判官捲入萬家樓那一夜的槍聲和燭天的紅火，他們急於拔除眼裏的釘、肉裏的刺，他們要報仇！

而在羊角鎮和朱四判官比槍帶傷的關八爺，偏巧在這種辰光來到了萬家樓。……暴雨之後的一段日子，天色陰沉，略有一份寒意，關八爺在病榻上，還不時惦記著要會見小牯爺。

「牯爺他業已知道八爺您到了鎮上，」老賬房程青雲說：「牯爺他也說過：一得空兒就趕來探望您。不過……不過……這幾天鎮上的風聲很緊，槍隊上，有人在三里彎小荒舖碰上朱四判官手下的探馬，雙方狠對了一場火；牯爺怕他們再捲萬家樓，正忙著對付呢！」

「探馬?!」關八爺顯然陷進了極大的困惑裏，失驚說：「我正要當面呈明牯爺，這場火千萬接不得。……四判官早已經過世了，羊角鎮那股人槍，祇等著我這邊的消息，就會拉下去救援鹽市……他們決不至再捲萬家樓，我敢擔保他們不會觸動萬家樓的一塊磚石，牯爺他……想必是誤會了。」

老賬房深深的鎖著眉毛，透過水煙袋上嬝繞的煙霧，出神的望著對方的臉。他弄不懂關八爺這樣的人！幾個月前，朱四判官夜捲萬家樓，他還領著六合幫一干弟兄抵死奮搏，跟朱四判官結下深仇。朱四判官一路追踩著六合幫的行跡，存心要除掉他，他竟匹馬直薄羊角鎮，辱死了朱四判官，收降了那股兇悍的土匪，這又是爲了什麼呢?!

無論如何，他是帶下了很重的槍傷，變成一隻折翅的蒼鷹了，早先跟隨他走道兒的六合幫那干人，連一個也不在他的身邊，有多少驚心動魄的搏殺橫在他的身後，有多少生生死死的煎熬掛在他的眉頭上？莫講他是肉捏的凡人，就是上界的神仙也該疲倦了，但他不！雖然兩處創口的傷痛日夜啃嚙著他，雖然化膿處吸著他的血肉，使他不能站立，而穿透這樣巨大的痛楚，他的心仍在有苦有難的地方飛翔著，沒有片刻的停歇。

「八爺您有話，我去跟牯爺陳說去。」老賬房說：「您曾在萬家樓危難時，拚著性命伸過援手，我相信，您若有需得萬家樓出力的地方，牯爺他不會推諉的。」

「那就煩您再跑一趟，告訴牯爺，我關八槍傷在身，不能踵府拜望他。」關八爺說：「我祇盼牯爺撥冗抽閒，到萬梁舖來一趟，有些話，我好當面陳告。」

老賬房出門時，才發現南北大街上滿是揹著彈袋，拎著槍銃的槍隊，街廊上也滿拴著馬匹，有些人坐在廊簷的的石級上，攤開油布包擦拭著槍枝，有些人替那些馬匹上鞍子緊肚帶，人聲和槍機拉動聲，牲口刨蹄聲和鳴叫聲，使整條街的空氣都緊張得發硬。很顯然的，牯爺聚集了這許多人槍，是要拉出去撲打羊角鎮的了！

老賬房一想起關八爺的話，心裏不由就著急起來，胡亂抓著一個人問說：「嗳，兄弟，你知牯爺如今在哪嘿？」

「約莫在西園上的馬棚裏撥馬。」那人說。

「不在馬棚。」另一個擦拭槍枝的插嘴說：「若要找牯爺，您得先到六畜廟去瞧瞧，清早咱們在三里彎跟土匪接火，射中土匪一匹馬，擄住那個落馬的傢伙，牯爺說是要活剝他的人皮，……您到六畜廟去瞧瞧活剝人皮，牯爺定會在那邊。您瞧，好多人全湧得去了！」

老賬房瞇著眼一瞧，正有成群人挨擠著湧過宗祠前面的廣場和保爺宅前的影壁長牆朝西邊去，想來都是到六畜廟那邊去看熱鬧的。

保爺業爺若在世，即使對待土匪，也從沒這樣殘忍過，到了牯爺手上，怎能連審也不審，問也不問，就拉出去剝皮?!關八爺既說朱四判官死了，他手下那股人也洗淨兩手，萬家樓就不該跟羊角鎮那夥人再因著誤會，彼此火拚了，所以弄成這樣，都是小牯爺太冒失的緣故。假如他擄得人來，先審問明白，或是先到萬梁舖來問過關八爺，決不至出岔兒。

如今眼看那人的性命捏在自己手上了，要是自己早到一步，見著小牯爺，把話說明白，他就不會慘死；要是自己慢走一步，那人豈不是白丟了一條性命?!想著想著，便拎起袍叉兒踉踉蹌蹌的跑將起來。

跑出西街口，迎面撞上一個人，老賬房連瞧也沒瞧對方一眼，就欲朝六畜廟那邊的堤道上奔過去，誰知衣領叫人伸手扯住了。

「噯，噯，想不到你這老頭兒也愛瞧這種熱鬧?!」一條熟悉的油嗓門兒打諢說：「瞧你跑的這麼急法，當心絆跌跤，摔落你的門牙。」

老賬房扭轉頭，瞇起眼一看，原來是鎮上最愛逗趣的大板牙，高高細細的伸長頸項，活像一根竹竿，即使不笑也張著嘴，把那排朝上翹朝外撩的門牙凸露在嘴脣外面乘涼。

「甭開心，板牙。」老賬房匆匆的說：「我得問你點正經事兒，——你見著牯爺沒有?」

「怎麼沒見著?!」大板牙使下唇包了包上牙說：「剛剛在六畜廟前的酸棗樹下，牯爺他捲起袖子自己動手……把那個傢伙……嘿嘿……」

「把那傢伙怎樣?你說。」

「活剝掉了！」大板牙吸著口涎說，「要看熱鬧趁早去，那傢伙沒皮的屍首還吊在樹上，遠望一身紅，好像剛出嫁紅襖褲沒離身的新媳婦一樣。」

「哦！」老賬房倒抽了一口冷氣說：「牯爺這種火燒雞毛的脾性不改，弄出岔子來了！關八爺他說朱四判官早已死了，他手下那股人也洗手了，牯爺不問過八爺，怎能不分青紅皂白亂殺人?!我得立即找著牯爺，跟他說去。」

「任是他關八爺的臉面再大，我敢打賭牯爺不會聽他。」大板牙說：「牯爺已集聚各房族的槍隊，著他們拉出萬家樓去打土匪，你即使找著他說了這話，只怕也說得太晚……了！」

及至老賬房奔到六畜廟時，牯爺早已離開那裏，衹在廟前酸棗樹上、留下一具血漓漓的沒皮的人屍。老賬房又抓住一個人問起牯爺來，那人告訴他，說是牯爺回宗祠去了。……

不錯，小牯爺他回到宗祠來了，他的緊身黑緞夾襖上染著斑斑的血跡，他的牛筋編結的馬鞭也被人血染成紅的，他這樣處置了被擄的土匪，使萬家樓失去已久的威嚴又重新回來，沒有人批斷他一個不是。他們想到業爺那樣慘死，想到土匪的殘忍手段，就覺得也非有小牯爺這種樣人出頭，懲治那幫兇手，才能平得各房族鬱在心底的怨氣，所以當他大踏步走回宗祠前的廣場時，人群向他快意的呼著吼著，表示出衷心依從他的主意。

「各房各族的，凡是萬家樓的人都替我聽著，」牯爺臉上罩著一層寒霜般的殺氣，在人聲寂落的剎間暴揚起嗓子喊叫說：「老爺子在日，咱們萬家樓的威風氣勢哪裏去了?……我實在不忍在保爺業爺死後批斷他們，他們待外人太寬厚，太和善了，才落得這般淒慘的下場！朱四判官這股惡匪捲劫過萬家樓，一遭沒得手，決不會算了，他們謀倒了業爺，陰魂不散似的屯馬羊角鎮，正是打算著第二遭捲劫。咱們無論錢財、人槍和馬匹，都強過那幫惡匪，不趁這個機會把他們連根剷盡，還等什麼時候?!……故此我聚集各族的槍隊，立即拉出去，會合上柴家堡那一帶大戶的槍枝，圍擊羊角鎮的土匪，我要打得百里不見匪蹤，不拎下朱四判官的腦袋，我發誓不回萬家樓！」

小牯爺說的話，正是萬家樓各房族人們所想的，他們常年孤處在這塊荒野地中間，很少看得見天外的變亂和更大的烽煙，唯一使他們難以安枕的，就祇有朱四判官這股人，他們日夕夢想著有人能領著闔族的槍隊，把這股悍匪掃光，而這人就是勇悍的小牯爺了。

「對！咱們跟著牯爺走，土匪殺咱們一個，咱們殺他十個！」

「不殺光那些土匪，不算替保爺業爺報仇！」

人群激奮的喧嘩著，盲目的叫喊著，圍成重重疊疊的圓圈；小牯爺一隻手輕盪著染血的馬鞭，一隻手扶著一條蹬立在高樓前石級上的腿，那樣環望著四方滾動的人頭，慢慢的，他臉上的寒霜消退了，泛起一絲幾乎難以覺察的會心的微笑，因爲他那一番吻合人心的激昂的言語，業已像一把烈火似的把全族的人心點燃了。他知道下一步他所要做的，祇是響角出發罷了。

誰知也就在這時，有一個人撥開人群，踉蹌的跑向他，搖著手，氣喘吁吁的高叫說：「牯爺，牯……爺您慢點兒，我程青雲……有幾句要緊的話，要跟牯爺您……稟明。關八……爺，他說您弄岔了，朱四判官早已死……了；羊角鎮那股人也洗手了，正等著這邊的消息，就……拉下去救援被困的鹽……市，這場火，決不能……亂打！」

老頭兒跑得太急促，猛然停下身，就有些換不過氣來，說話時老是打頓，手掌不停的抹著胸口，張開嘴哈哈的喘著，臉色蒼白得像要暈倒的樣子。但他這番話總算斷斷續續的吐了出來，使很多人驚愕的楞在那裏。……

人們雖然憎恨著朱四判官，卻也很難忘記豪勇無畏的關八爺，這許多日子裏，關八爺和六合幫的事蹟，經常被人們輾轉的傳述著；關八爺帶傷來到萬家樓，使他們模糊的意識到在遠方定有不尋常的事情發生了；但他們遇上業爺被害，遇上三里彎探馬的蹤跡，無心去探究那是什麼；當他們從老賬房程青雲嘴裏聽得朱四判官已死的消息時，驚愕是自然的，話既是關八爺說出口的，決無半個字的誑語，爲何這樣重大的變故，竟無半點消息傳進萬家樓?!

老賬房撲進廣場說話時，小牯爺仍一動不動，冷漠的輕搖著那支染血的馬鞭，半邊臉頰上牽起一絲陰暗不定的冷笑。

「萬家樓的事，該由姓萬的自己料理，」他說：「無論朱四判官死活，我也不能放過那撥匪寇。關八爺早先幫過咱們的忙，如今他帶傷來到萬家樓，該由咱們延醫爲他療傷，若說管事，他八爺的好意……咱們衹有心領了！我天生就是這付拗脾性，凡事不喜歡外人插手。」

「關八爺躺在病榻上。」老賬房後退一步說：「他要我轉告您，他腿傷動不得，沒能立即拜望您，祇盼您能移駕見他一面，他有事要跟牯爺您當面商量……」

「好罷！」小牯爺皺了皺眉頭說：「那就煩你回去轉告八爺，說我得先領著槍隊出門，明晚我去萬梁舖當面聆教就是了！」他轉朝角手喊說：「替我響角，……告訴槍隊立刻拉向羊角鎮去！我即使信得過他關八爺，卻信不過那幫土匪！」

兩支彎彎長長的牛角哨兒朝天高揚著，淒厲的角聲撕著風，抖散向遠處去；在街廊下暫歇的槍隊，滾滾滔滔的流出這座古老荒冷的鎮市，那些從各處田莊上被召來的漢子們，揹著纏了布把的單刀和各式獵銃，興致勃勃的走著，他們一個個捲起褲管，裸露出多毛的乩筋盤錯的腿肚，穿著蔴織的草鞋，一群一簇的大聲談說著；他們渾身的肌肉都因即將來臨的拚鬥微顫著。沒有人想得到鹽市安危對於他們的影響，對於他們來說，唯有拉槍打土匪才是天經地義的事情。

當角聲流進病榻上的關八爺耳裏時，他廢然浩嘆著，他知道剛愎自用的小牯爺壞了大事，自己一心想說動北地大戶拉槍救援鹽市的事，到此可說是完了。……角聲那樣長鳴著，他聽得懂那角聲的含意，是老賬房程青雲還沒把話傳到呢？還是小牯爺不肯聽信自己?!這角聲分明是在催促槍隊拉出萬家樓去接火！這場不該打的火，偏偏就這樣打起來了！

他在白天和夜晚都曾反覆計算過，面臨著江防軍總攻撲的鹽市，恰像一莖吸不著盞心油的燈芯草，它還能亮多麼久，就得看北地能援助多少人槍，情形如此，哪怕多一槍，增一彈也是好的。假若萬家樓一意孤行，聚集槍隊圍撲羊角鎮，那無異是吸住了鹽市的一支救兵；萬家樓不拉槍援鹽市，反而間接幫了北洋軍，這種變化是自己做夢也沒曾料著的，小牯爺他當真會這樣的糊塗？

掙扎著起來罷，關東山：傷既能挨得過北徐州的黑獄，挨得過遼東旅途上的萬里風霜，就該在鹽市危急的辰光掙扎起來！不能因這點兒槍傷誤了大事，他內心昇起這麼一種煎熬的聲音，帶著遙遠的巨大而靈幻的回聲。但他的腿傷正在發膿，無論怎樣也起不了床，他的思緒滾落在時間的釘板上，印下條條的血痕。

萬家樓的槍隊拉出三里彎時，羊角鎮那股人卻也卯上了勁，打算跟萬家樓抵死拚上一拚。

在小蠍兒和他那群伙伴的心眼裏，救援鹽市固然要緊，打救關八爺卻更爲緊要。前一天裏，他差遣到萬家樓探聽關八爺下落的人，被牯爺手下的槍隊射倒了馬，擄去了人。關八爺既進了萬家樓，他們若肯聽信八爺，早就該拉起槍隊出南門，也不會跟自己這方面接火了。萬家樓如今非但不聽八爺的勸告，反拉槍隊對付自己，可見八爺在萬家樓處境艱難，假如羊角鎮這夥人槍被萬家樓槍隊吞掉，那還有誰去救援鹽市？還有誰替受窘的八爺撐腰？

在灰暗的天色裏，他們也開始嗚響螺角，召聚人槍。他們是一群從死裏脫殼還陽的野漢子，從不畏懼對火，他們在街頭上橫衝直撞的馳馬，在大廟前青石方坪上肆意的嘩笑，並不爲了什麼的那樣笑著如同哭著，鬨鬨的笑聲中流露出生命深處潛藏著的淒慘，……總那樣承受委屈，總那樣被人看低，命運迫使他們走狹路頂槍子兒，生不如死，好不容易盼得關八爺這樣的人，伸手撥開他們眼前的雲霧，萬家樓的槍隊偏又在他們前路上橫加阻攔。他們笑著，原始的野性從他們咬挫著的齒縫中迸發出來，一種無因由的憤怒，使他們急欲攫取自殺戮中得來的報復性的快意，來滿足他們生命的饑餓。

小蠍兒和一些領隊的頭目們聚在大廟裏，商議著怎樣應付萬家樓。

「若不是八爺陷在那裏，我們原可朝南拉，」一個紮黑巾的頭目說：「我們既不著眼於萬家樓的馬匹錢財，何犯於跟他們作無謂的火拚？」

「他們即使不肯聽八爺的話，爲鹽市出力拉槍，依我想，他們諒必也不敢把八爺怎麼樣！」另一個頭目說：「咱們能拉離羊角鎮投奔鹽市去，也就算了，總算沒辜負八爺他臨走的一番交代。」

「那不成！」小蠍兒說：「萬家樓這可是逼人太甚，你避著，他找你纏鬥，我們能束著雙手讓他們欺淩?!我這就得要跟他們死拚一拚，什麼時刻拚到八爺他出面，咱們什麼時刻歇手。要不然，咱們火燒野蘆蕩，逼著他們把帶著槍隊的八爺送回羊角鎮。……我知我作不得主，咱們得把這意思跟大夥兒說去！大夥兒倘若不肯打，我一個人也要闖闖萬家樓。」

「那倒用不著，」紮黑巾的頭目說：「咱們頭兒死後，八爺既然把咱們這夥弟兄託給你，你就是當家作主的人，若論打，咱們可一點兒也不在乎萬家樓！」

當萬家樓槍隊拉出時，小蠍兒領著的這股人也已經拉出羊角鎮了。陰沉天色裏的黃昏落在野蘆蕩邊的荒野上，殘陽被灰雲緊緊裹住，陽光照不著這一片地勢低凹的荒野，卻把半分黃昏的顏色染在倦臥於天腳的睡雲上，那些長長的臥羊般的灰白雲片染著陽光，變成曖昧不明的土黃帶紫的顏色，荒野的黃昏是被天腳這些雲片染亮的，到處潛浮著暮沉沉的迷離的黑影，望在眼裏就覺著淒涼。

在整遍遼闊的凹地上，除了四十里野蘆蕩和一些稀疏的林木，孤落的村舍，淺淺的流泓之外，就祇是坦平的田畝了，如果遇著晴朗天，沒有霧氛和地氣掩障，沒有流走的沙煙遮眼，放眼就能望得見十里外的林梢。

「咱們要趁夜攻撲萬家樓？」一個頭目說。

「也許就在前面，咱們會跟萬家樓的槍隊頭碰頭了！」小蠍兒說：「適間有探馬報說：萬家樓的槍隊業已全數拉出圩堡啦！」

「那，咱們就不該拉出羊角鎮，」歪吊著嘴角的頭目說：「在羊角鎮，咱們可以以逸待勞，又有圩崗可守！在這塊野地上，連塊險地也找不著。萬家樓的馬匹多，將會佔盡便宜。」

「話不是這麼說法，」小蠍兒磕著馬說：「咱們既不做匪寇了，怎能連累羊角鎮的人，跟咱們同受這場槍火劫?!……萬家樓的那些槍隊，祇慣於守堡樓，不慣於打野仗，儘管馬匹多，照樣的用不上，尤獨碰上夜晚，他們更沒門兒。咱們長槍少，匣槍多，緊緊貼近了開火，比他們靈活得多，祇有咱們佔便宜。……這些事，咱們頭兒沒死之前，早就精心計算過了。在北地，咱們跟頭兒打過無數場火，除了敗給關八爺之外，還算沒遇上對手，咱們可不能因爲頭兒一死，就先怯了膽氣；萬家樓那些井底下的土蛤蟆算得了什麼?」

小蠍兒說的話一點也沒錯，朱四判官一向是那樣老謀深算的人，他所以能直闖三星寨，捲進柴家堡和七星灘，全靠著他精心的計算。他早就在準備捲入萬家樓之前，把萬家樓槍隊攤在巴掌上反覆計算過，算準了他們的長處、短處和致命的地方。

四判官這種樣的計算，使他生前得能一帆風順的併合散股土匪，吞掉黑道上的零散槍枝，收服各路人馬壯大了他的聲勢；使他在捲撲各大戶時，像伸進口袋摸東西那樣十拿九穩；連機敏的關八爺也甘敗下風。這可是萬家樓牯爺那種人望塵莫及的，不過牯爺他那腦瓜子想不到罷了。

牯爺領著槍隊出發時，早知朱四判官死了，萬家樓七個房族的槍隊統合在一起，聲勢是夠壯的，近千的人，七八百桿後膛槍和兩百匹馬，抵得北洋軍兩個團。牯爺總誇傲的想著，以這樣的一支槍隊去打群龍無首的土匪，對方不是逃跑就得乖乖兒的扔槍。

孰不知萬家樓槍隊上的這幫人，多半是各房族田莊上的長工短工和佃戶，要槍遠不及執木掀，扶犁柄，幹那些莊稼活熟練。假若土匪來犯萬家樓，或是攻撲田莊，他們爲了保護家小，保護糧食和本身性命，一頭鑽進碉堡和土堡去，舉槍盲目的亂放倒還可以，假若要他們拉到幾十里外去打野仗，遇上強硬的對手，他們真就沒門兒了。

不錯，在江淮地帶的平原上，萬家樓是唯一多馬的地方，由於萬老爺子愛馬，萬家樓的這些馬群都是長房出資，從遠遠的北方產地以大盤交易的方式買來的，平時關在西園上的馬棚裏馴養，壓根兒很少有出棚的機會，那些槍隊上的莊漢們比不得馬兵和馬匪，一個個全祇能有牽了馬來當驢騎的本事。若說騎馬趕路還不離大譜兒，論及馬戰，那就連邊也沾不上了！……

槍隊更是混亂沓雜的，莊漢們習慣把打火當成圍獵，人群一到曠野上，就三五成群的結成團兒，張大哥，李二叔，熱呼呼的聊聒起來，以解除夜行的寂寞，組既不成組，伍又不成伍，前後左右，散有幾里寬長。不知是誰談起獵狐的經驗來，立即就有人插口，把羊角鎮那股人比做狐狸，天還沒落黑，有人就談起走夜路遇鬼的故事，膽小的就嚷著要挑馬燈。

俗說「聚蚊成雷」，這些肆意談說的聲音綰結在一起，散在晚春沉遲的大氣裏，變成一股衝撞不出的噪音，再加上馬嘶聲，腳步聲，槍環抖動聲，鞍蹬撞擊聲，使得幾里外伏地的人都覺得出槍隊行進的動靜。

而小蠍兒領著的這股人卻是精悍的、肅靜的，朱四判官親手調教出來的幾十匹馬隊，那些馬寇全是北洋軍馬隊裏的逃勇，北地走投無路的亡命徒，常年在道路上奔波，馬背上打滾，不但馬術精嫻，而且長槍短槍都有相當的準頭；這些慓悍的漢子們在多年闖盪中，鬥過官兵，撲過城鎮，無數回接火的經驗使他們學了乖，尤其是萬家樓、鄔家渡口這兩場硬火，更使他們收斂了平素的傲氣，精明老練的面對著任何拚鬥。

統領著這股人的小蠍兒跟隨朱四判官多年，算是四判官的心腹，四判官平時對敵所施的那套法門兒，沒有誰比小蠍兒更清楚；早在人槍拉出羊角鎮時，他就沿著野蘆蕩撒佈下十多匹探馬，爲了調度靈活，他把馬隊安排在步隊的側方前頭，這些土字號出身的人最慣於摸黑趕夜，幾百人散佈在野地上，靜悄悄的聽不到一絲聲息。

黃昏時，他們傍近了野蘆葦蕩子。

探馬帶來了萬家樓槍隊出動的消息……

「他們一群一簇的捲過來，遍野滾著人頭。」那個報訊的傢伙指手劃腳的比著說：「看光景，總有上千人，活像一群沒長全翅膀的蝗蟲秧兒，到處全是鬨鬨鬨鬨喧鬧著的人聲。」

「蠍爺估的不錯，」紮黑巾的頭目說：「咱們不找他，他一樣找上了咱們！他們準是拉出來圍撲羊角鎮的！這算是冤家路窄，——硬頂上了！」

小蠍兒勒住馬，抬臉瞅了瞅慘淡的黃昏天色，默然沉吟了一忽兒，儘管心裏像油熬般的焦灼著，面上卻不動一絲聲色，緩緩的說：「這陣兒就跟他們接火，似乎還嫌太早了一點，……馬隊朝南斜放，停在斜泓南，他們的側背上，槍枝散開，在原地等著攔頭打，探馬輪竄著，遠遠踩著他們，隨時報動靜來，一等夜色四合，咱們就猛鏟他的中腰，重擊他的腦袋。」

馬群奔馳的影子牽走黃昏最後的餘光，趕早的人槍從野蘆蕩角斜向東南靜伏下來，幾百桿槍鎖住了通向羊角鎮的荒路，角手爬在路邊行樹上等待著，小蠍兒率著幾匹馬隱在行林背後等待著。

「如今咱們可算是八爺手下的人了！」誰打破岑寂說：「強將手下無弱兵，就算是爲了八爺罷，咱們也該打一場漂亮火，替八爺臉上裝金。」

「你以爲八爺他願意咱們跟萬家樓對火？」小蠍兒嘆口氣說：「那你可就弄岔了。實在說，咱們這是騎在老虎背上，想下下不來，完全是不得而已……我總覺這背後有蹊蹺，祇是一時解不透罷了！」

「您說萬家樓裏頭還會另有文章？」

「準有。」小蠍兒勒馬打了個小小的盤旋：「我一再推想過，我說準有！」他斬釘截鐵的說。

「我說，蠍爺，你這一說，我也揣摸著兩分了。」紮黑巾的頭目說：「諸位想想看：當日咱們初捲萬家樓，八爺他領著六合幫過境，恰巧留在萬梁舖，八爺他是混世走道的人，當然懂得江湖規矩——光棍不擋財路。他若不跟萬家樓有著密不可分的人情恩義債，他決不至於捨命插手，馬鞍兩側掛人頭，把咱們頭兒開罪到頂！那就是說，八爺跟萬家樓長房那支人，夠得上情深意重。但今天，長房似乎交楣運，萬老爺子，保爺業爺弟兄全死了，連倒三把大紅傘，萬家樓就把八爺冷落在一邊了，……那……那就是說，它萬家樓七支房族之間並不和氣，也許這就是文章的落筆。」

「嗯，不錯。」小蠍兒漫應著。

不錯！這回聲落在他心底旋轉著，但仍然有著許多比暮靄更濃更黑的謎團在眼前滾動，他臉孔是呆滯的、平板的，兩眼凝神注視著西邊。……最後一群歸鳥驚噪著飛過天頂，斜斜的隱入南方去，灰雲空隙間顯露出的一塊塊被割裂的藍天，經微弱的黃昏光一洗，淡得幾乎顯不出顏色，祇是一些極爲高渺的影子，像褪了色的月白布般的，空空洞洞的張著，做了灰雲的陪襯。

風在野蘆蕩的葉子間嘆噫著，總那樣嘆噫著滾滾紅塵中另一面不可見的真正的荒涼。黑頭老金的話是對的，足以引得人追索下去，首先要敲破的謎團就是業爺的死了。在萬家樓一般人的心目裏，都以爲他們那位族主是被四判官謀殺了的，實在四判官是死在業爺之前，四判官要殺誰，總得吩咐手下人去殺，而羊角鎮這股人裏，沒有誰是謀殺業爺的兇手！那麼，這真兇會匿在哪裏？……

「不錯，」小蠍兒兩眼仍凝望著逐漸暗下去的西天：「走遍北地，我看過不少的大房大族，很少有不起內鬨的；儘管敦睦匾額掛滿宗祠，那全是妝點門面罷了！謀產業，爭基業，搶權奪勢，總不外這些事情，弄得一族人貌合神離，……你們該記得，頭兒當初謀捲萬家樓，是有內線的，死鬼五閻王接的線，頭兒親自收的錢，那就是他們房族之間不和的明證。」

「那天在大廟裏，八爺曾當面問過咱們頭兒，問那騎一匹白疊叉黑騾子的人！……可見八爺也知道這回事，不過，他是追查賣掉老六合幫廿多條命的內奸。」

「八爺他以爲那內奸跟出賣保爺的扒灰匠是一個人。」紮黑巾的老金說：「可惜當時咱們都沒參與那回事，五閻王又死了。我總在想，他既能花錢買保爺的命，就能暗害掉業爺，他害掉業爺，反將一口黑鍋硬戴在咱們頭上，這人心腸夠辣的。……蠍爺您覺得如何？」

小蠍兒突然彎曲起馬鞭，沉沉的說：「我想，帶著槍傷的關八爺爲救鹽市心切，一進萬家樓，就好比虎落……平……陽……，他可沒想到長房業爺最後這把大紅傘一倒，萬家樓的光景全都變了，我敢斷定，那人決不會放過八爺。八爺若是不帶傷，也不會使人擔心，傷在身上，即使他是真英雄，大好漢，怕也無力衛護自……己的了！」

暮靄是從地面上湧起來的，暮靄不是晚霧，不是游雲，祇是茫茫蒼蒼的抖著的暗影。它最先從野蘆蕩裏，溝泓裂隙中，荒路邊的行林葉蔭下露出它鬼魅般的黝黯面目，再從四面八方匯聚到一起，把曠野上的野蘆，行林和人跡掩蓋在一層昏暝之中，然後那昏暝朝上浮昇，和轉黯的晚空相合，夜色便潮水般的洶湧而來。

大氣隨著夜晚的來臨沉寂起來，小蠍兒仍在沉寂中苦苦追索著，照理說，鹽市舉槍抗北洋，孤單一鎭力抵著江防軍的圍攻，該是關八爺一手促成的大事，這種驚天動地的大事，跟萬家樓這樣的大戶息息相關，在這種緊迫的光景，萬家樓竟然不顧關八爺的勸告，拉槍北圍羊角鎭，會不會這領著槍隊的小牯爺，就是？……

愈是掛心於關八爺的安危，心裏愈覺得焦灼悽惶，有些茫茫無主，但一轉念間，猛然驚覺到這不是焦灼悽惶的時刻，萬家樓的槍隊正漫野朝這邊捲過來，也許槍戰就要開始了。

「瞧罷，蠍爺，那邊是什麼？」

小蠍兒再一看，就見西邊的黑裏泛出一絲隱隱的微紅，不定的搖曳在遠雲上，光亮昇起處，彷彿傳出一些雜沓不清的聲音。他們來了！他在內心裏警告自己說。

「那好像是火光，」他說：「前頭的探馬該來報信了……我弄不明白，萬家樓的這幫傻鳥，爲什麼要在夜暗裏明目張膽的舉火？」

「真他媽的像是火光，」紮黑巾的老金咕噥說：「他們這樣自掀底牌，難道不怕夜襲?!若依我這雷公脾氣，我就撲上去打得它焦爛！」

「探馬來了！」誰說。

「那邊亮的是火光嗎？」小蠍兒盤馬迎上去問說：「萬家樓的槍隊爲什麼要在夜晚舉火呢？」

「他們歇在旱泓西，正在舉火行晚炊，」那人說：「他們挖鍋洞，架鍋灶，弄得遍地起狼煙。」

「在樹上也瞧著了，蠍爺！」樹枒上的角手叫說：「沿著旱泓頭，大片野地上全是馬燈亮，牽牽連連幾里地長，搖著滾著，像鬼火！」

在幾里外，乾泓的那邊，萬家樓的槍隊確在行晚炊，這些槍隊從沒有拉出遠處打火的經驗，不懂得攜帶飲水和裹藏乾糧，他們卻把大鍋大灶裝載在幾輛牛車上，準備按時就地行炊。

當然，他們熟悉野蘆蕩一帶的地形，掘地三尺就取得到飲水，隨地劈木就有柴燒，他們完全依照圍獵的大群獵隊的習慣行事，但他們弄岔了一點——對方並不是無知的獵物。

他們在野地上熱熱鬧鬧的行晚炊，大塊烤著肉，大鍋烙著餅，熊熊閃射的火光和興奮的喧語融成一股特殊的氣氛，——他們全都仗恃著那種氣氛所造成的安全。馬隊歇在人群中間，打下角樁，拴上韁繩，火光從鍋洞裏閃射出來，把曠野上的夜晚烤得暖洋洋的，風裏流溢著烙餅和烤肉的香味。

「咱們吃飽了這餐飯，養足了精神好開火！」一個說：「天不亮圍撲羊角鎮，祇消幾個時辰把土匪收拾掉，就他媽天下太平了！」

「你也甭把朱四判官那夥人掂輕了份量，」大板牙伸著頸子踱過來插嘴說：「拿一粒蟲牙還得費半天的勁呢，休說他們還有幾百桿槍在手上！我說：這一火，沒有十朝半月完不了事，不信，你就瞧著罷。」

大板牙剛把話說完，後衣領卻被人一把撮住了；小牯爺怒沉沉的冷著臉孔，撮住大板牙罵說：「你甭在吱著狗牙吐這些缺氣言語，你若沒膽子去圍撲羊角鎮，就替我拎著腿滾回去，那撮毛人真還不在你牯爺的眼裏！」

「我，我祇是……鬧著玩的，牯爺。」大板牙惶恐的說：「我就是打土匪死在羊角鎮，還怕睡不著棺材?!」

大板牙這麼一說，惹得許多人嘩笑起來。沒有人想到在他們周圍的黑暗裏早已隱伏著殺機。及至有人喊出馬蹄聲時，馬群業已從南邊掃過，一排排密射的快槍的彈雨，造成眾多的慘呼和呻吟……

莊稼漢們在黑夜裏突如其來的遇上這一手突襲，原本就混亂沓踏的人群，更亂到不可收拾的地步了！有人忙著捏熄馬燈，有人忙著撲滅灶火，有人急不擇地的伏下身去盲目還槍，而那群馬又從背後闖殺過來。

第二次闖殺的來勢更猛，萬家樓槍隊從火光中落進暗夜，沒有人能憑藉撼野的馬蹄分辨出眼前馳來多少馬匹，子彈激迸起泥沙，濺得人滿頭滿臉，掠空的流彈尖嘯著，拉長那種可怖的音響，使人在受襲時心驚膽裂。

緊接著馬隊的突襲，嗚嗚的角聲又流響了，角聲恍惚繞著人兩耳旋轉，一時分不清那聲音起自哪個方向？這種突發的情況是萬家樓的人做夢也沒料到的，事實跟他們一廂情願的想像完全不同。

在他們想像中，圍撲羊角鎮是在大白天，他們挨擠著爬圩堆，殺喊連聲朝前奔過去，那些土匪就跪地扔槍，叩頭饒命了。有些拔腿回奔的殘匪，得使排槍猛蓋，——天下沒有比開槍猛蓋那些奔逃的脊背更為過癮的事了！如今，旋轉的角聲把人捆著，天是黑的，地是黑的，呼呼銳嘯的彈雨像刮起了狂風，馬蹄疾滾過去，又從另一個方向疾滾過來，密密的槍聲把一剎前那種使人安心的氣氛掃光了，餅香和肉香仍在黑裏瀰漫著，每個人卻都被槍彈隔開，咫尺也遠過天涯，每個人都覺得自己是暴露的、孤絕的、無助的，每個人都在盲目的還槍，都在爬行中戰慄。

這景況實在是夠淒怖的，萬家樓槍隊原有兩百來匹馬，由於襲擊得太突然，十個人有八個沒來得及摸黑解開轠繩，槍聲使角樁上拴著的馬匹受了驚，紛紛掙拔起角樁奔竄了。免了槍傷的，被馬蹄踏傷的慘號加上散轠馬匹的狂嘶，使黑夜的曠野變成人間地獄；開初他們驚愕著，像陷進夢魘，當他們從魘境中醒轉時，恐怖更深了，所以當小蠍兒領著馬群再次撲襲時，萬家樓的槍隊就各不顧各，爭著奔逃潰散了。

「萬家樓的，不要自亂陣腳！」小牯爺在一片混亂裏猶自放聲高喊著：「他們來……人不多，替我抵死挺住，挺住了打！」

但是混亂的莊漢不再聽他。

不錯，滿滿的彈袋斜揹在肩上，久經擦拭的洋槍攢在手裏，兩眼漆黑先挨了當頭棒，光聽槍聲滾豆，馬蹄擂鼓，不見人在哪裏，除了閉眼朝天放空槍，還能打誰呢?!……與其翹著屁股挨揍，倒不如三十六著，走爲上著，撒奔兒跑罷！跑開這塊死地就是生路了，爲什麼不立即拔腿呢?!

一個是這麼想著，個個全是這麼想著。俗說：兵敗如山倒，就是這麼形成的。小蠍兒領著幾十匹馬，祇打了兩個盤旋，放了幾陣排槍，萬家樓的槍隊就散了板了。儘管小牯爺和一部份沉得住氣的漢子死挺著，黑夜裏對產生的混亂局面，卻不是他能控制得了的。

等到五更天，他領著兩三百殘眾退到了三里彎。

淡淡的晨光照在三里彎小荒鋪背後的土稜子上，勾描出那幾棵參天的古樹的黑影；經過一夜血戰的小牯爺神情是萎頓的，他灰黑的薄呢禮帽邊上，被子彈射穿了兩個窟窿，皂衫上下都染著一綹綹的血跡，他的馬匹也中彈死在旱泓邊了，他太陽穴上的青筋糾結的凸起，兩眼佈滿了血絲，他整個神情像是一匹瘋獸。

「萬家祖上沒積德，竟生出你們這幫飯桶，」他罵說：「我喊叫你們挺住，你們卻都插翅飛著跑，你們全是膿包，把萬家樓的臉面全丟盡了！」

「牯爺您甭枉罵咱們，咱們全是拚命挺著的。」一個說：「那些沒膽鬼，全都逃進鎮上去了。」

「那大板牙！」牯爺怒叫說：「替我騎馬回鎮去，嗚鑼響角把他們再召出來，不能白白的吃一場黑虧，就這麼縮著頭算了！四判官那股人眼看捲過來，咱們不在這兒挺著，難道還要大開祠堂門，把他們請去上供?!我這如今沒功夫跟這些飯桶生閒氣，等打退了土匪，我再好生處斷……真是太不像話了！」

「牯……牯爺，」大板牙也不知在哪兒挨過了這一夜，渾身全是泥漿和草刺，臉嚇成屍白色，半天還沒變過來，說話時，嗓門兒還在不自禁打著哆嗦：「您知道，我一向是……騎不得馬的，我騎的是……驢。」

「那你就騎驢。」牯爺沒好氣的說。

「我說，牯爺，恕我講句唐突話，」大板牙沒動身，反而湊過來說：「土匪沒找咱們，咱們何苦去找土匪鬥?!昨天老賬房程青雲明明講過：羊角鎮這股人早叫關八爺收服了，朱四判官他他……

也業已死了，就是他們趁勝捲過來，咱們祇消向八爺討得一句話，就能退得他們，您怎不早點兒去見八爺呢？」

「咱們敢情是沒祖宗，要找他姓關的來當活祖宗?!」小牯爺挫著牙盤：「我沒有隔著肚皮看人心的能耐，怎知關八來到萬家樓存的是什麼心腸?!……如今他明明是藉著這幫土匪的勢，轉來挾制著咱們，萬家樓決不能就這樣斷送在外姓人的手裏。」

「我想，以關八爺那種豪俠心腸的人，帶傷來到萬家樓，決不至有什麼惡意，」長房有人猜測說：「八爺他跟老爺子、保爺世代交情，萬家樓危急時，他伸過援手，算是對咱們有恩有德，牯爺您最好是先見見八爺，八爺他有話使牯爺爲難的，可以大開祠堂門，交各房族公議，這樣，他八爺對得起咱，咱們也對得起八爺。」

「除了援鹽市，」大板牙說：「八爺許就沒有旁的事了。」

沒有時間讓萬家樓敗退的人多換一口氣，日頭剛露紅，小蠍兒領著的那股人槍就追壓過來。多雲的天，野地上起晨風，追壓過來的人影出現在土阜前面的麥地裏，荒路邊，伏在土堆後的人，清楚的看得見馬匹馳聘捲起的沙雲，和一簪一簪的頭巾。

很明顯的，盤據羊角鎮的這股人並不在乎萬家樓，他們非但不逃，反而繼夜襲槍隊後反撲過來，有意要趁著大白天打一場硬火。

這情形落在牯爺滿佈血絡的眼裏，又驚恐又憤恨，萬家樓槍隊氣勢那樣壯法，竟像紙糊似的不經打，這是他料想不到的。假如大板牙不能把逃散的人槍重新聚攏，單憑這兩百多人，想挺住三里彎這條土皐還很難，萬一挺不住，讓這幫人直薄萬家樓，自己的名聲就丟盡了。……

想到這兒，不由人不記恨起關八來。關八不來萬家樓，自己就不會心虛情怯，領著槍隊去打羊角鎮這幫亡命徒，不會陷在這種進退維谷的僵局裏。各房族的心思不一樣，使自己無法明白的虎下臉把關八拿掉，到頭來，反逼著自己向關八去低頭。

而這卻是自己極不願做的。

老二房伏在羊角鎮的暗線早就牽來消息，朱四判官的死訊早就進了耳，關八的來意一清二楚攤在桌面上——要萬家樓拉槍援鹽市；逼得自己不能不提早下手，把萬世業暗裏剪掉。關八這顆魔星，慫恿鹽市舉槍抗北洋，真是一著笨棋，孫傳芳再不濟事，手裏總握有幾十萬兵馬，不論南方戰況如何，拿來對付小小的鹽市總游刃有餘。他害了鹽市不說，還想拖累萬家樓一道兒蹚渾水；假如萬世業不死，萬家樓這趟渾水是蹚定了。如今萬家樓的實權落在老二房手裏，無論如何不能聽信關八的話，拉槍援鹽市，讓孫傳芳日後把一筆賬記在姓萬的頭上。

日頭穿過東邊疊疊的雲翅，橙黃帶紫的雲恍如片片金魚鱗，把半邊天映得透明。小蠍兒領著那股人從東邊橫著推壓過來，雙方相距百丈地，兩邊都沒開槍，空氣裏有一種反常的沉寂，壓得人透不出大氣來。

萬家樓的槍隊，不單是小牯爺看見，所有的眼都看見對方有的抱著槍圍在灌木邊，有的躺在麥地上，散了韁的馬匹三五成群的在噬咬著莠足了穗兒的晚麥，肆意作踐著麥田。小蠍兒領著人，把昨夜突襲後掠得的馬匹、槍械、鍋灶和牛車放列在田坎邊，把十多具染血的屍首排在荒路上，還有些被擄的漢子，被捆成一串兒，牲口似的拴在那兒。

「瞧，牯爺，他們在吃咱們昨夜的烤肉和烙餅，」誰說：「他們吃飽肚子，就該撲打土阜了！」

「我的槍一定放不準。」另一個聲音帶著哭腔：「可憐我餓的前牆貼後牆，渾身發抖。」沒有比槍戰開始那段等待的時間更難熬的，萬家樓被昨夜黑裏迸發的突襲嚇碎了膽，一個個都成了驚弓之鳥，雖說暫時退守土阜，穩住了陣腳，但猶存的餘悸卻使他們有了怯戰之心。

經過那場突襲後，小蠍兒業已搶得了先手，攻撲不攻撲？何時行攻撲？全都操在他手裏。守在土阜上的人生就了挨打的命，驚惶疑懼的盼著大板牙能及時召回那些逃遁的人，趕回來助陣。

時辰像穿針孔似的，一分一寸的流著，騎驢去萬家樓召人的大板牙仍然不見影子，而對方吹響了螺角，徒手持槍的人群散成一把摺扇，朝土阜的三面圍了過來，馬群業已逼近了通向小荒舖的叉路口；小牯爺拎著匣槍，臉色焦黃，兩眼發直，露出不知如何是好的神情。

他在嗚嗚的角聲裏匆匆盤算過，假如對方趁著大板牙召回逃散的人趕來助陣前動手，這座土阜撐持不了兩個時辰就會被撲陷，這群野悍的傢伙要是按照「人不留頭，馬不留面」的老例子大開殺戒，那就恁什麼都完了，……不祗萬家樓往昔煊赫的氣勢、遠播的威名，不祗是萬家樓無盡的錢財，獨撐著荒天一角的繁華，而是久沒得勢的老二房這個日顯蕭條的房族，是自己多年來處心積慮謀得的族主的權勢，就將變成一場空夢了。

自己當初原以爲萬老爺子過世後，會經各房族推舉爲族主的，長房掌權得勢這多年，光知庇護外姓人，爲那些災民行大賑，爲那些走腿子浪漢得罪北洋的囚人，力揹力扛的開罪官府。滿把銀洋朝外撒，在江湖上換得長房一族的聲名。老二房怎樣？火劫後的老二房賣田產建屋，田地收益

三、五年還不及長房一季糧，一筆寫不出兩個萬字來，爲什麼族主全推長房當?!

萬世保、萬世業弟兄哪樣比自己好？比自己長，藉他老子的餘蔭得勢，老二房的人就該甘心捏鼻子受麼？假手殺人的主意是自己想出來的，在謀殺萬世保之前，趁萬老爺子出葬時，自己業已通風報訊，假緝私營馬隊的手，剷掉了長房倚爲幫手的老六合幫，……在當時，自己眼裏心裏只想著雙槍羅老大，認定了羅老大不死，保爺業爺就有一道護身的靈符。老天真是存心作弄人，七柳之下的屍堆血泊裏，偏偏漏掉了關東山這個魔星。

五千大洋買了保爺一條命，關東山領著新六合幫露面，真使自己膽裂心驚！那紅臉漢子的聲名威勢，遠超過雙槍羅老大，萬家樓邀擊四判官，像是趁風的虎，入雲的龍，他說過要追踩通風給緝私營而使老六合幫被殲的人，他說過要盤明引領朱四判官夜捲萬家樓的內線，當然，他同樣不會放過暗害萬世業的真兇，這些事的主謀只有一個，那就是自己。

萬世業死了，萬世珍遠走了沙河口，萬家樓族主順理成章是自己當了，可惜自己心裏祇有一宗大事沒了，那就是設計把關八盤弄掉。

關八這回帶傷落進萬家樓，單人獨馬，沒有一個幫手，原該吩咐幾支匣槍，趁夜翻牆潛進萬梁舖，使黑槍把他撂倒。他既在羊角鎮會見過朱四判官，定會踩出自己的一絲底細來，若不揀他傷癒前動手，等他養好了傷就難纏了！

可是一想到謀算關八，便被一種心虛膽怯的氣氛懾住了，關八易除，各房族的公憤難平，無論如何，關八有恩於萬家樓，關八在各房族人們的眼裏，不但是個豪士，還是個恩人。萬一黑槍沒撂倒關八，活口落在他手裏，盤出自己的底來，祇怕是數案併發，連自己的腦袋也會掛上祠堂門了。

爲了平服業爺死後族人的疑心，自己祇有把謀害族主的罪名加在已經死了的朱四判官頭上，先領著槍隊去圍撲羊角鎮，除掉關八的新羽翼，然後轉回萬家樓，再替關八按上勾引土匪的罪名，讓闔族的人懲治他，自己在一邊袖手。誰知這一步棋走岔了，弄得前有數百支槍口，後有一個關八，說進進不了，說退也有麻煩，真是像赤身睡在針氈上，無處不刺人。

螺角那樣狂烈的嗚嗚著，勒馬盤旋的小蠍兒的喊聲一直飄上土阜來：「萬家樓的全聽著，咱們原先跟朱四爺闖黑道，也曾搶劫過北地的大戶，踹過你們萬家樓！如今咱們聽了關東山關八爺的勸，脫胎換骨走明路，決無搶劫萬家樓的心腸，……萬家樓願不願拉槍援救鹽市，咱們管不著，你們仗著馬槍多，氣勢盛，虎虎凌人的想圍撲羊角鎮，一口吞掉咱們，咱們不計較！昨夜那場火祇是告訴你們，咱們不是好惹的，啃了照樣崩牙！……如今你們祇要答允不傷害關八爺，讓八爺出面丟句話，萬家樓擄來的活口咱們就放生，死的由你們抬回去安葬，假如八爺他受委屈，咱們就火燒野蘆蕩，馬踩萬家樓，毀你們宗祠，燒你們牌位，不論你三尺童男兩尺童女，一律擺平，……我小蠍兒一言出口，有角有稜，決無更改！……螺角響三陣，咱們等著回話。」

第一遍螺角長嗚著。小牯爺仍然楞在那棵參天的古樹後面。不錯，他的馬術和槍法在萬家樓是頂尖兒的，但土阜的形勢太孤，阜上的人槍遠不及對方，憑他一個人決撐不了大局。他是個表面暴烈、心裏多計算的人，直路既走不通，祇有繞彎兒了。

第一遍螺角聲剛歇，他就揚聲發了話。

「回上您這位頭兒，這麼經您一解析，咱們許是弄誤會了！朱四判官死訊咱們不知道，關八爺養傷時沒人敢煩他，咱們的族主業爺遭人暗算，闔族全在舉喪，咱們錯以爲業爺是朱四判官謀算掉的，他連害保爺業爺兩條命，咱們不能不報仇……朱四判官既然死了，天大的血仇也跟他入了土，咱們就此收兵。關八爺他是萬家樓的朋友，咱們不會委屈他，他如今傷勢沒癒，要見他，祇有請頭兒差幾匹馬跟我一道兒進鎮。至於你們打死萬家的人，咱們殺了你們的馬探，那祇有認命了！……你們若有真心誠意，請就此收槍。」

牯爺的喊聲飄送過去，小蠍兒磕馬退下，一場慘烈的博殺就這樣暫時化除了。萬家樓殘餘的槍隊離開三里彎的土阜撤回鎮上去，馬匹上馱著屍首，後面跟一群被擄獲釋的徒手漢子，四判官的那股人祇從萬家樓領出一張人皮。他們在七棵柳樹抱槍停歇下來，守候著小蠍兒的消息。

小蠍兒帶著兩個頭目，一共三騎馬進鎮，不顧萬家樓街道兩邊的萬姓族人含憤的眼光，緩緩的跟著小牯爺在萬梁鋪前下馬。

這又已經是第二天太陽甩西的時分了！

請續看《狂風沙》卷下

司馬中原經典復刻版

狂風沙(卷上)

作者：司馬中原
發行人：陳曉林
出版所：風雲時代出版股份有限公司
地址：10576台北市民生東路五段178號7樓之3
電話：(02) 2756-0949
傳真：(02) 2765-3799
執行主編：朱墨菲
美術設計：吳宗潔
行銷企劃：林安莉
業務總監：張瑋鳳

版權授權：司馬中原
初版日期：2018年7月
ISBN：978-986-352-568-4

風雲書網：http://www.eastbooks.com.tw
官方部落格：http://eastbooks.pixnet.net/blog
Facebook：http://www.facebook.com/h7560949
E-mail：h7560949@ms15.hinet.net
劃撥帳號：12043291
戶名：風雲時代出版股份有限公司

風雲發行所：33373桃園市龜山區公西村2鄰復興街304巷96號
電話：(03) 318-1378
傳真：(03) 318-1378
法律顧問：永然法律事務所 李永然律師
北辰著作權事務所 蕭雄淋律師

行政院新聞局局版台業字第3595號 營利事業統一編號22759935

定價：480元

國家圖書館出版品預行編目資料

狂風沙 / 司馬中原著. -- 臺北市：風雲時代, 2018.03
冊；　公分.(司馬中原經典復刻版)

ISBN 978-986-352-568-4 (上冊：平裝)

857.7　　107003593